ullstein

Linnea
Hartsuyker

KRONE UND FEUER

DIE FJORDLAND-SAGA

Band 1

Roman

Aus dem Amerikanischen von
Edigna Hackelsberger

Ullstein

Besuchen Sie uns im Internet:
www.ullstein-taschenbuch.de

Deutsche Erstausgabe im Ullstein Taschenbuch
1. Auflage Juli 2017

Titel der amerikanischen Originalausgabe: *The Half-Drowned King*
(Harper, an imprint of HarperCollins Publishers, LLC)
Umschlaggestaltung: zero-media.net, München
Titelabbildung: © FinePic®, München
Satz: LVD GmbH, Berlin
Gesetzt aus der Scala und Fairfield
Druck und Bindearbeiten: CPI books GmbH, Leck
ISBN 978-3-548-28914-4

KAPITEL 1

Ragnvald tanzte über die Riemen und sprang von einem zum anderen, während die Männer ruderten. Manche von ihnen hielten kurz inne, um es ihm leichter zu machen, andere versuchten, ihn abzuschütteln, wenn er auf ihrem Riemen landete. Der Wind aus den Bergen, der vom ausklingenden Winter kündete, fegte über den Fjord und pfiff durch die Bäume, die die Klippen säumten. Doch die Sonne schien, und Ragnvald, der ein Wollhemd und eine warme Kniebundhose trug, fror nicht. Er hatte die Sachen während der ganzen Heimreise über das Nordmeer getragen, auch als sie durch die Stürme und Nebel zwischen Irland und seiner Heimat gefahren waren.

Er berührte den Vordersteven und hielt sich einen Augenblick daran fest, um zu verschnaufen.

»Komm zurück«, rief Solvi. »Du klammerst dich ja an den Drachen wie ein Weib!« Ragnvald holte tief Luft und stieg erneut auf den ersten Riemen. Hier saß sein Freund Egil, dessen gebleichtes Haar in der Sonne glänzte. Egil sah zu ihm hoch und lächelte; er würde ihn niemals zu Fall bringen. Doch jetzt geriet Ragnvald ins Wanken, als er entgegen der Fahrtrichtung des Schiffes weitersprang, denn die Sonne blendete ihn. Seine Bewegungen wurden unsicher, er taumelte, rutschte ab, fing sich aber bei jeder Aufwärtsbewegung der Riemen wieder und wurde davon weitergeschleudert, bis er endlich am Heck war. Über die Reling schwang er sich zurück auf das Achterdeck, wo er einen sicheren Stand hatte.

Solvi hatte demjenigen einen goldenen Armreif versprochen, der es schaffte, auf den Riemen das ganze Schiff entlangzulaufen, vom Heck bis zum Bug und wieder zurück, während die Männer ruderten. Ragnvald hatte es als Erster versucht, denn er wusste, dass Solvi auf Wagemut Wert legte. Nun, da er wieder auf dem Deck angekommen war, musste er grinsen: Sein Lauf würde nur schwer zu überbieten sein. Die ganze Reise stand für ihn unter einem guten Stern. Zunächst hatte sie ihm die Möglichkeit gegeben, endlich einmal seinem mürrischen Stiefvater zu entfliehen. In Irland, wo schon so viele ihr Leben lassen mussten, war er keiner Krankheit zum Opfer gefallen. Und jetzt hatte er sich auch noch einen Platz auf Solvis Schiff für den nächsten Raubzug im Sommer verdient. Im Laufe des Winters hatte er sich an seine schlaksigen Arme und Beine gewöhnt, so dass er nicht mehr bei jedem Schritt über die eigenen Füße stolperte. Sollten die anderen ruhig versuchen, ihn zu übertrumpfen!

»Nicht schlecht«, meinte Solvi und klopfte ihm anerkennend auf die Schulter. »Wer wagt es, Ragnvald Eysteinsson herauszufordern?«

Ulfarr, Solvis Mann für das Vorschiff, trat als Nächster nach vorne. Er war ein gestandener Mann mit Schultern, die um die Hälfte breiter waren als die von Ragnvald, und einer langen gelben Mähne, die er sich mit Gerblauge zu bleichen pflegte.

»Das ist ein Spiel für junge Kerle, Ulfarr«, rief Solvi ihm zu. »Und du trägst zu viel Schmuck. Die Göttin Ran wird dich zu sich holen.«

Ulfarr schaffte nur wenige Schritte, bevor er abrutschte und mit einem lauten Platsch ins Wasser fiel. Schwer atmend tauchte er aus dem eisigen Nass wieder auf und klammerte sich an einen der Riemen. Solvi warf den Kopf in den Nacken und lachte.

»Zieht mich rauf, verdammt«, rief Ulfarr.

Ragnvald beugte sich zu ihm hinunter und zerrte ihn an Bord. Ulfarr schüttelte sich wie ein nasser Hund und spritzte Ragnvald von oben bis unten mit Salzwasser voll.

Egil versuchte es als Nächster. Er sah aus wie ein Storch, als er über die Reling stieg, schlaksig und unbeholfen, wie er war. Hier war jedoch Behändigkeit gefragt.

Angespannt sah Ragnvald ihm nach. Tatsächlich schaffte Egil es beinahe bis zum Vordersteven, doch dann verlor er das Gleichgewicht. Er klammerte sich an den Steven, bis Ragnvald ihm wieder hinaufhalf, so dass er lediglich nasse Füße bekam. Ragnvald ließ sich auf einem Stapel Felle nieder, um den nächsten Herausforderern zuzuschauen, die jedoch einer nach dem anderen ausrutschten und ins Wasser fielen.

Die steilen Felswände des Fjords zogen an ihnen vorüber. Der Schnee von den Gipfeln des gewaltigen norwegischen Gebirgsrückens stürzte hier unten als Schmelzwasser in großen Kaskaden die Klippen hinunter, und in der zerstiebenden Gischt fing sich das Sonnenlicht in unzähligen Regenbogen. Auf den Felsen am Fuß einer Klippe sonnten sich Seehunde, plump und glänzend. Neugierig und ohne Furcht beobachteten sie die vorüberziehenden Schiffe – Langschiffe machten Jagd auf Menschen, nicht auf Felle.

Solvi stand am Heck seines Schiffes. Er lobte erfolgreiche Versuche und lachte über misslungene. Dennoch merkte Ragnvald, dass Solvi dem Wettlauf nur seine halbe Aufmerksamkeit schenkte. Seine Augen waren unaufhörlich in Bewegung; immer wieder schaute er hinüber zu den Klippen und Wasserfällen. Dieselbe Vorsicht und Achtsamkeit hatte er auch bei ihren Überfällen an den Tag gelegt, und damit hatte er seine Männer mehr als einmal vor den irischen Kriegern gerettet. Und die Iren kämpften fast so gut wie die Nordmänner!

Ragnvald hatte Solvi während der ganzen Fahrt mit großer Bewunderung beobachtet – aus gutem Grund: Solvi war klug, aber zugleich auch äußerst geschickt darin, seine Männer für sich zu gewinnen. Ragnvald war erstaunt gewesen, diese beiden Charakterzüge in einer Person vereint zu finden. Wie oft gab es Draufgänger und Säufer, die sich zwar viele zu Freunden machten, aber so unvorsichtig waren, dass ihr Leben als Krieger nicht lange währte. Ragnvalds Vater, Eystein, hatte auch zu dieser Sorte Mensch gehört. Jeder von Solvis Männern hatte während der langen Fahrt etwas über Eystein zu erzählen gewusst, und alle schienen sie enttäuscht, dass Ragnvald nicht mehr nach ihm geraten war – einem Mann, an dessen Geschichten man sich noch ein Jahrzehnt später erinnerte, der seine Pflichten gleichgültig vernachlässigt hatte, wann immer es ihm beliebte.

Solvi lachte über den nächsten Versuch, den nächsten Sturz, den nächsten seiner Männer, der strauchelnd über die Reling kletterte und vor ihm auf das Achterdeck plumpste, in dem eiskalten Wasser nach Atem ringend. Solvi war ein gutaussehender Mann mit schmalem Gesicht und hohen Wangenknochen, die rot leuchteten wie reife Äpfel. Als kleiner Junge hatte er sich die Beine übel verbrannt, nachdem sich der Inhalt eines Kessels über ihn ergossen hatte; es hieß, schuld daran sei eine von König Hunthiofs Zweitfrauen gewesen, die von Eifersucht getrieben war, weil der König Solvis Mutter mehr Zuneigung entgegenbrachte als ihr. Die Brandwunden waren gut verheilt – auch in diesem Punkt hatte er sich als tapferster Kämpfer erwiesen, dem Ragnvald je begegnet war –, selbst wenn seine Beine verkrüppelt geblieben waren und etwas kürzer als normal. Man nannte ihn deshalb auch Solvi Klofe – Solvi, der Kurzbeinige; ein Name, der ihn lediglich zu einem breiten Grinsen veranlasste – zumindest, wenn ihn einer seiner Freunde so nannte.

Am anderen Ende des Schiffes setzte eben der nächste Krieger zu einem Sprung an und wäre beinahe gestürzt. Solvi lachte und rüttelte an einem der Riemen, um ihn zu Fall zu bringen. Inzwischen waren nur noch wenige übrig, die versuchen konnten, Ragnvalds Glanzleistung zu übertreffen. Lediglich der Sohn des Lotsen, ein schlanker junger Mann mit dem sicheren Tritt einer Bergziege, hatte die ganze Strecke geschafft und war vom Heck zum Vordersteven und zurück getanzt.

Hinter ihnen segelten die fünf Schiffe, die in Solvis Konvoi verblieben waren. Manche hatten ihn bereits verlassen, um Söhne heim zu ihren Höfen oder Fischer zurück zu ihren Booten zu bringen. Wiederum andere Schiffe hatten schon ihren Kurs geändert, in Richtung der Inseln entlang der Inside Passage; ihre Kapitäne nannten sich Seekönige und herrschten über Königreiche, die aus nichts als Felsen und engen Fahrrinnen bestanden. Wenn ihr Schlachtruf ertönte, strömten die Männer in Scharen zu ihnen. Auch Solvis Vater nannte sich einen Seekönig, denn obwohl er von den Bauern von Maere Abgaben forderte, verweigerte er die anderen königlichen Pflichten und besaß selbst keinen Hof in Tafjord.

Es war noch früh im Jahr und damit ausreichend Zeit für einen Beutezug über den Nordatlantik oder eine kurze Fahrt zu den ungeschützten Küsten Frieslands im Sommer. Dennoch war Ragnvald froh, wieder nach Hause zu kommen. Hinter den Ausläufern der Skanden warteten seine Schwester Svanhild und der Rest seiner Familie auf ihn – und außerdem Hilda Hrolfsdatter, seine Auserkorene. Er hatte zwei Kupferbroschen für sie ergattern können, gefertigt von den nordischen

Schmieden von Dublin. Der nordische König dort hatte sie ihm als Belohnung überreicht, nachdem Ragnvald einen gewagten Überfall auf ein irisches Dorf angeführt hatte. Sie würden hübsch an ihr aussehen, groß wie sie war, und gut zu ihrem rötlichen Haar passen. Eines Tages würde sie der großen Halle vorstehen, die er an derselben Stelle errichten wollte, an der einst die Halle seines Vaters niedergebrannt war. Bis dahin würde Ragnvald ein erfahrener Krieger sein, mit kräftigen Muskeln wie Ulfarr, und seinen Reichtum am Gürtel und um die Arme tragen. Hilda würde ihm große Kinder gebären, Söhne, denen er das Kämpfen beibringen würde.

Diesen Sommer, wenn die Familien des Sogn-Bezirks zum Thing zusammenkamen, wollte er sie für sich fordern. Zwischen seiner Familie und ihrer gab es bereits eine Übereinkunft, auch wenn die Verlobungszeremonie noch nicht stattgefunden hatte. Er hatte sich auf dem Raubzug bewiesen, hatte genug Vermögen erworben, um weitere Leibeigene für den Hof in Ardal kaufen zu können. Jetzt, wo er zwanzig Jahre alt war und als Mann galt, konnte er Hilda heiraten. Damit hätte sein Stiefvater auch keinen Grund mehr, ihm das Land seines Vaters, das ihm von Geburts wegen zustand, vorzuenthalten.

Während des Winters war ihm außerdem eine silberne Halskette in die Hände gefallen, die Svanhild ausgezeichnet stehen würde. Zuerst würde sie lachen und so tun, als gefiele sie ihr nicht – was sollte sie, die den ganzen Tag nur Kühe hütete, denn auch mit Silber anfangen? –, doch ihre Augen würden leuchten, und sie würde die Kette von da an nicht mehr ablegen.

Solvi rief Ragnvald und den Sohn des Lotsen zu sich. Er strich über das dicke goldene Band, das sich um seinen Arm wand. Es war von Dubliner Goldschmieden gefertigt und mit Karneolen und Lapislazuli besetzt – ein Schmuckstück, wie es

Königen gebührte. Sollte er tatsächlich beabsichtigen, es zu verschenken, wäre er ein wahrhaft großzügiger Herr.

»Ich hätte genügend Armreifen für euch beide«, sagte Solvi, »aber ich würde lieber einen von euch fallen sehen.« Er grinste den Sohn des Lotsen an, als hätte er Ragnvald gar nicht bemerkt. Nun, beim nächsten Lauf würde er schon dafür sorgen, dass Solvi ihn nicht übersah, dachte sich Ragnvald. »Wer von euch beiden als Erster zurück am Heck ist, soll den Armreif bekommen. Ragnvald, du läufst am Steuerbord entlang.« Bei diesen Worten schaute Solvi ihm in die Augen. Ein Lufthauch ließ Ragnvald frösteln. Er bevorzugte Backbord, das wusste Solvi doch. Die ganze Fahrt über hatte er diese sonderbare Wechselhaftigkeit bei Solvi beobachtet: Mal begegnete er Ragnvald mit Wohlwollen, gab ihm Ratschläge oder lobte ihn, doch schon im nächsten Augenblick tat er so, als existiere er gar nicht. In solchen Momenten erinnerte Solvi ihn an seinen Stiefvater Olaf. Bei diesem wusste Ragnvald dann immer, dass er sich einfach noch mehr anstrengen musste, um seine Aufmerksamkeit zu erlangen, und dass alles, was er tat, perfekt sein musste. Wie er jedoch Solvis Verhalten zu deuten hatte, wusste Ragnvald nicht.

Er lockerte seine Schultern und schüttelte die Beine aus, die vom Sitzen steif geworden waren. Dann kletterte er auf die andere Seite des Schiffes, von wo aus er dem Sohn des Lotsen einen herausfordernden Blick zuwarf. Beim Tanz über die Riemen musste man ständig sein Gleichgewicht verlagern, war immer kurz davor, zu fallen, und wenn man sich wieder gefangen hatte, glitt einem auch fast schon der nächste Riemen unter den Füßen weg. Er musste seinem Körper vertrauen und den Rhythmus der Ruderschläge spüren, sich auf jeden Einzelnen der Männer einstellen, wenn das eine Ruderblatt tief ins Wasser eintauchte, während das andere flach durch ein

Wellental glitt. Agni, der Sohn des Lotsen, war kleiner und behänder als Ragnvald. Er hatte seine ganze Kindheit auf Schiffen verbracht und würde nur mit Mühe zu schlagen sein.

Solvi gab das Startzeichen, und Ragnvald lief los. Jetzt wo er ein Gefühl für die Bewegung bekommen hatte, würde er nicht einmal jeden Riemen berühren müssen. Er sprang im Gleichklang mit den Ruderschlägen, ließ sich von ihrem Schwung nach vorne werfen. Der Wind wurde kräftiger, und das Schiff rollte immer steifer in der stärker werdenden Dünung.

Noch vor dem Sohn des Lotsen erreichte Ragnvald den Bug. Er machte kehrt und hatte fast schon das Steuerruder erreicht, als Solvi rief: »Genug jetzt!«

Ragnvald streckte die Hand nach der Reling aus, um sich zurück auf das Deck zu schwingen. Er wollte bei dem schweren wollenen Segel mit anpacken, denn Solvi würde jede Hand brauchen können, bis es festgezurrt und gegen den Wind gestellt wäre.

»Du nicht«, sagte Solvi. Er stand jetzt ganz nah bei Ragnvald. Seine Worte galten nur ihm. Die Riemen, die die Männer eben noch gehalten hatten, verschwanden unter seinen Füßen. Das Wasser, über das er so sicher getanzt war, saugte nun an seinen Beinen und zog ihn hinunter. Die Kälte drang durch seine Hosenbeine. Er hing an den Planken der Reling und sah, wie die Männer die Ruder schwangen. Diejenigen, deren Blicke den seinen trafen, wandten schnell den Kopf ab.

»Helft mir rauf!«, rief er. Es fiel ihm schwer zu glauben, dass Solvi ihn über Bord gehen lassen wollte. »Hilf mir«, rief er noch einmal, an den einzigen Freund gewandt, auf den er sich noch verlassen konnte. »Egil, hilf mir doch!« Einen Augenblick lang schien Egil hin und her gerissen, dann sprang er auf. Doch Solvis Männer schlossen sich zu einer Mauer zusammen und hielten Egil an der Schmalseite des Schiffes zurück.

Verzweifelt klammerte Ragnvald sich an die Reling; die Kante des Holzbalkens schnitt ihm in die Arme. Immer wieder versuchte er, mit den Füßen Halt zu bekommen. Dann sah er, wie Solvi nach dem Dolch an seinem Gürtel griff.

»Ich wünschte, es bliebe mir erspart«, sagte Solvi, »aber ...«

»Was?«, schrie Ragnvald. »Warte, mach das nicht – zieh mich rauf!« Solvis Gesicht hatte einen harten, entschlossenen Ausdruck angenommen. Jede Spur von Güte war gewichen. Ragnvald erstarrte, als Solvi den Dolch aus der Scheide zog und damit in Richtung seiner Kehle stieß. Ragnvald drehte den Kopf zur Seite, um dem Angriff auszuweichen, und die Klinge schnitt ihm tief in die Wange.

Der Schmerz riss ihn aus seiner Erstarrung. Das Blut pochte in seinen Schläfen. Egil würde die Mauer aus Solvis Kriegern nicht durchbrechen und ihm zu Hilfe kommen. Wenigstens hatte Ragnvald noch sein Schwert. Er war inzwischen so sehr gewöhnt, es zu tragen, dass er es sich auch bei dem Wettlauf nicht abgeschnallt hatte, um sein Gleichgewicht besser halten zu können. Mit einer Hand ließ er den Balken los, um danach zu greifen, konnte die Klinge in dieser Position aber nicht herausziehen. Er klammerte sich wieder an die Reling und schwang sich hinter den Achtersteven, so dass das Schwert nun zwischen seinem Körper und dem Schiff eingeklemmt war.

Solvi packte Ragnvalds Handgelenk und wollte ihn hochziehen, um ihm einen weiteren Dolchhieb zu verpassen, während dieser immer noch krampfhaft versuchte, mit den Füßen festen Stand zu bekommen. Solvi stöhnte und stach erneut zu, doch in diesem Moment ließ Ragnvald sich schlaff hängen, in der Hoffnung, dass Solvi nicht gleichzeitig sein Gewicht halten und ihm einen tödlichen Stoß versetzen konnte. Ein ums andere Mal stieß er sich von der Bordwand des Schiffes ab, nur um irgendwie aus Solvis Reichweite zu kommen. Dieser klammerte sich an Ragnvald, bis er schließlich mit seinem ganzen Oberkörper über der Reling hing. Noch einmal erwischte er Ragnvald leicht am Hals, dann ließ er ihn los, um nicht selbst über die Planken gezogen zu werden.

Ragnvald rang nach Luft, als er das eisige Wasser in seinem Gesicht spürte. Er atmete ein und musste husten. Das Salzwasser brannte in seinen Wunden, doch erschien ihm dieser Schmerz nur schwach gegenüber der schneidenden Kälte, die ihm wie Messerstiche in die Glieder fuhr, und dem Schock über Solvis Verrat. Die Strömung war an dieser Stelle des Fjords stark und würde ihn rasch vom Schiff forttragen, wenn er nichts unternahm. Dennoch blieb er unbeweglich, den Kopf nur knapp über der Wasseroberfläche, und wartete hundert Herzschläge lang, ehe er den Kopf hob und die Augen öffnete.

Die Strömung hatte ihn schon fast bis unter die Ruder des nächsten Schiffes im Konvoi gespült. Er hörte, wie die Männer an Bord lachten, so wie noch kurz zuvor die auf Solvis Schiff. Ragnvald streckte den Kopf aus dem Wasser und hob einen seiner triefnassen Arme. Er war mit diesen Männern in den Kampf gezogen, hatte mit ihnen einen langen, harten Winter über eine Küstenfestung verteidigt und nach hitzigen Gefechten die Frauen mit ihnen geteilt. Sie mussten ihm doch helfen.

Dann fielen ihm wieder die Männer ein, die sich Egil in den Weg gestellt hatten. Hinter der ganzen Sache steckte also nicht Solvi allein. Noch einen Tag zuvor hätte er sich dafür verbürgt, dass diese Krieger ihr Leben riskieren würden, um seines zu schützen, so wie auch er es getan hätte. Doch wenn er nun nicht einmal mehr Solvi vertrauen konnte, wie sollte er dann wissen, woran er bei den anderen war? So ließ er sich also von der Strömung am Schiff vorbeitragen, ohne den Männern zu rufen.

Die Kälte drang ihm durch alle Glieder, seine Zähne klapperten. Sein ganzer Groll gegenüber Solvi war jetzt weit weg, schien ebenso im Wasser zu verschwinden wie die Wärme aus seinem Körper. Mit der Zunge tastete er die Backentasche ab, dort wo Solvi ihm den Dolchhieb versetzt hatte, und nahm den eisenartigen, salzigen Geschmack von Blut wahr, vermischt mit dem des brackigen Fjordwassers. An einigen Stellen hatte Solvi ihm die Backe komplett durchgeschnitten, doch immerhin war sein Mund unversehrt geblieben. Er dankte Gott dafür, dass ihm wenigstens dies erspart geblieben war.

Einmal hatte er bereits eine solche Wunde bei jemandem gesehen: Einem Krieger waren von einem Mönch Wange und Mundöffnung mit der Axt durchschnitten worden, und die Wunde eiterte, bis das halbe Gesicht des Mannes verfault war und er in seinem Schmerz und Fieberwahn nur noch brüllte. Ragnvald würde Solvi aufspüren und sich freimütig von ihm töten lassen, ehe er einem solchen Schicksal anheimfallen wollte. So würde er nach seinem Tod wenigstens nach Walhalla gelangen anstatt in eine jener kalten, stinkenden Höllen für gefallene Feiglinge.

Die Sonne war bald hinter den Klippen untergegangen, und die Luft in seinem Gesicht, die ihm im Vergleich zum eisigen Wasser eben noch warm erschienen war, ließ ihn jetzt frösteln. Seine Glieder fühlten sich schwer und taub an, und rasch driftete er auf den langen, leeren Gang zu, der jenseits der Kälte auf ihn wartete. Wenn er hier ins Reich des Todes glitt, würde niemand seine Leiche finden. Ein solcher Tod wäre beinahe ebenso schändlich, als wenn er an einem Fieber zugrunde ging. Er hätte es zurück zum Schiff schaffen können, und doch hatte er sich wie ein Feigling tot gestellt, anstatt den ungleichen Kampf aufzunehmen. Sein Stiefvater Olaf hatte recht gehabt: Ragnvald war einfach noch kein Krieger, und nun würde er auch niemals einer sein.

Seine wollene Tunika hing schwer an ihm, zog ihn beinahe unter Wasser. Er versuchte, Richtung Ufer zu schwimmen, doch die Strömung war hier, in der Mitte des Fjords, rasch und kräftig, so dass er kaum dagegen ankam. Irgendetwas zerrte an seinem Fußgelenk – die kalten, gierigen Finger von Ran, der Göttin des Meeres und der Schiffbrüchigen, die ihn mit in die Tiefe ziehen wollte, in ihre eisige Festhalle.

Es wäre gar kein so übler Tod, dachte er sich – vielleicht sogar besser, denn als kalte Leiche auf ewig in einem einsamen Hügelgrab zu liegen. Immerhin gab es in Rans Halle unzählige Seefahrer und Fischer. Schon sah er sie vor sich, wie sie ihre meerwassergefüllten Trinkhörner langsam zu einem stummen Toast erhoben. Jedes gekenterte Schiff opferte der Göttin seine Schätze, und ihre Krieger tobten wie rasend durch die Fluten, um sie zu bergen. Das Licht brach sich in all dem Gold, mit dem ihre Halle ausgeschmückt war, und flimmerte bis zur Wasseroberfläche hinauf, wo Ragnvald trieb.

Mit Staunen sah er die schemenhaften Figuren tief unter sich, Gebilde aus Licht und Dunkel. Goldene Netze zierten das Deckengewölbe der Halle. Eine Meerjungfrau nahm ihn beim Arm und führte ihn hinunter zu dem kalten Fest. Wird das meine neue Wohnstatt sein?, fragte er sich. Werde ich Tag für Tag Fisch essen? Und ist es nun an mir, andere Seemänner zu ertränken?

Die Kiemen an ihrem Hals flatterten. Sie bat Ragnvald, auf einer Bank vor einem Lagerfeuer Platz zu nehmen, das keinerlei Hitze verströmte und aus dem blau-grüne Flammen emporzüngelten. Er hatte keine Ahnung, wie lange er so dasaß, inmitten seiner stummen Gastgeber. Die Meerjungfrauen brachten ihm zu essen und zu trinken, doch alles schmeckte nach Salz und roch nach Fisch. Ihm war kalt, unendlich kalt.

Dann wurden die Türfügel aufgestoßen, und ein riesiger

Wolf schritt herein, blauäugig und mit goldenem Fell, aus dem die Funken stieben. Langsam streifte er durch die Halle, bis zum anderen Ende. Hin und wieder berührte er mit der Schnauze einen der Männer, die dann entweder verbrannten oder aber den grünlichen Schimmer des Meerwassers verloren und stattdessen einen metallenen Glanz annahmen. Ragnvald beobachtete, wie der Wolf von einem Mann zum anderen lief, und fragte sich, was er ihm wohl bringen würde: Asche und Tod oder strahlenden Ruhm. Als er näher kam, sah Ragnvald, dass das Fell des Wolfes stellenweise verfilzt und glanzlos war. Er streckte die Hand aus, und wo er ihn berührte, begann er hell zu strahlen wie frisch geschmiedetes Metall. Die Augen des Tieres waren blau wie der Sommerhimmel und sein Fell unter Ragnvalds Händen so warm, dass er kaum die Flammen spürte, die seine Finger und Unterarme hinaufkrochen, die ihn wärmten, während sie anderswo in der Halle Fleisch und Holz verzehrt hatten. Ragnvald beugte sich vor und schlang seine Arme um den Wolf. Die Flammen züngelten an seinem Hals empor und füllten seinen Blick mit blauem Feuer. Er wusste, dass er hier unten, in seiner Umarmung mit dem Wolf, sterben konnte, und doch blieb ihm nichts, als dem Tod ins Gesicht zu sehen.

Es wäre kein schändlicher Tod, mit diesem Wolf, den ihm die Götter gesandt hatten. Er wollte sich ihm hingeben, doch irgendetwas zerrte an seinem Fußgelenk. Diesmal konnten es nicht die eisigen Finger von Rans Dienerinnen sein, denn er befand sich ja bereits in ihrem Reich. Er wehrte sich, schrie wütend und strampelte wild, doch dann spürte er, wie ihn kräftige Hände packten und aus dem Wasser zogen.

KAPITEL 2

Ein lautes Krachen riss Svanhild aus tiefem Schlaf, sie fuhr hoch und saß stocksteif auf ihrer Schlafbank. Vor einem Monat erst hatte solch ein Krachen sie geweckt, als sie überfallen worden waren. Mitten in der Nacht waren die Angreifer gekommen, hatten die Halle geräuschlos umzingelt und dann mit einem Axthieb in die Stalltür die Attacke begonnen.

Unter der Dachtraufe blitzte hie und da ein wenig Tageslicht durch die Lücken im Torf. Ihre Stiefmutter Vigdis – die Lieblingsfrau ihres Stiefvaters – schlief auf dem Lager neben ihr. Vigdis lächelte im Schlaf. Grund dazu hatte sie, denn sie war noch immer schön und musste sich nicht die vielen Demütigungen gefallen lassen, mit denen Olaf Svanhilds Mutter bedachte, die er aus Verpflichtung gegenüber einem verstorbenen Freund geheiratet hatte.

Svanhild horchte nach, ob noch mehr zu hören war, so wie damals: leise Männerstimmen, Unruhe unter den Kühen. Doch davon war jetzt nichts zu hören. Sie nahm Rauch wahr, doch nicht den süßen, Panik erregenden Duft von brennendem Heu, sondern den penetranten Geruch von schlecht getrocknetem Feuerholz, mit dem das Küchenfeuer unterhalten wurde. Das Krachen war vom Knecht Luta ausgelöst worden, der Zündholz kleingemacht hatte, um das Feuer neu anzufachen. Svanhild atmete auf. Der heutige Tag würde keinen Tod bringen.

Unter dem Rauch roch die Luft frisch, nach Sonnenschein und neuem Wachstum. Svanhild zog die Felle zum Gesicht hoch, um sich einem letzten Augenblick der Ruhe hinzugeben, dann kletterte sie von der Schlafbank herunter und zog sich die Schuhe an. Sie hatte einen guten Schlafplatz nahe am Feuer, mit einer Matratze aus Federn statt Binsen. Ein Vorhang trennte sie und die anderen Frauen von den Blicken der Männer. Ihr Stiefvater Olaf hatte eine Kammer für sich und die Frau, mit der er sie gerade teilen wollte – für gewöhnlich Vigdis –, aber heute lag sie offensichtlich nicht bei ihm. Die anderen Hofbewohner, an die dreißig versklavte Hörige, freie Knechte und Mägde sowie Olafs Bewaffnete, schliefen auf den langen, breiten Bänken entlang der Hallenwände. An den Sonnwendfeiern schliefen dort auch dicht an dicht die ärmeren Bauern. Es würde nicht lange still bleiben.

In der Küche überwachte Svanhilds Mutter Ascrida bereits die Vorbereitungen zum Morgenmahl – heute gab es nur Milchhaferbrei und ein paar getrocknete Moltebeeren. Ascrida stocherte mit einem Stock im Feuer herum, nie zufrieden mit der Arbeit anderer.

Sie erhob sich lächelnd, als Svanhild an ihr vorbeiging. Svanhild senkte den Kopf und glättete ihr Haar. Wenn es offen herunterhing, reichte es ihr bis zur Taille hinunter, fein wie Mohair, doch im Schlaf hatten sich einige Strähnen aus dem Zopf gelöst und sich nun am Oberkopf vernestelt.

»Lass mich mal, Kind«, sagte Ascrida, wischte sich die Hände an der Schürze ab und strich die losen Strähnen hinter Svanhilds Ohren. Svanhild lächelte vorsichtig zurück, froh darüber, dass die Mutter heute glücklich schien. Es gab Tage, besonders seit Ragnvald weg war, da zog sie sich ganz in sich selbst zurück, sprach kaum, und das Haar hing ihr strähnig und ungewaschen unter der Haube hervor. Svanhild wusste nie, was diese Anfälle auslöste, und so bewegte sie sich auch jetzt mit Vorsicht. Schon zu Lebzeiten ihres Vaters war Svanhilds Mutter ständig wachsam und besorgt gewesen. Als Svanhild heranwuchs und mehr Geschichten über ihn hörte, verstand sie nach und nach, dass ein verschwenderischer Mann eine aufmerksame Frau brauchte. Als er starb, war sie gerade mal fünf Jahre alt gewesen, und sein Freund Olaf hatte Frau und Hof übernommen. Doch nun da Ragnvald das Mannesalter erreicht hatte, hing Svanhilds Schicksal von ihm ab, nicht mehr von Olaf. Er hatte ihr für seine Rückkehr Nachricht von einem Ehemann in Aussicht gestellt, der sie von hier wegbringen würde.

Wenigstens waren die Tage nun schon so lang, dass sie sie nicht drinnen beim Spinnen ungewaschener Wolle für Schiffssegel verbringen musste. Bei feinerer Arbeit wären ihre Hände weniger rau, doch weder Vigdis noch Ascrida vertrauten ihr Arbeit mit so feinen Stichen an, wie sie für Kleidung nötig waren. Ihre Tuniken sähen aus, als hätte ein Bauernkind sie zusammengestichelt, meinte Ascrida; nicht einmal Olafs Dienerschaft könne so herumlaufen. Sie solle sich lieber an die endlosen Stränge grober Wolle für Segel halten; diese müssten nur stark sein, nicht schön, und das würde sie ja wohl noch schaffen.

»Ich geh mal nach den Kühen sehen«, sagte Svanhild und nahm sich eine Handvoll Beeren aus dem Specksteintopf, in den Ascrida sie gegeben hatte. Die Samen knackten zwischen ihren Zähnen und erinnerten sie an das Krachen, das sie geweckt hatte. Bald würde das Eis am Ufer brechen und Ragnvald heimkommen. Sein Schwert würde gebraucht, wenn es zu einem neuen Überfall käme.

Aber ganz davon abgesehen vermisste Svanhild ihren Bruder einfach. Sie waren fünf Jahre auseinander und sich doch näher, als Svanhild sich ihrem Stiefbruder Sigurd fühlte, der nur ein Jahr älter war als sie. In jenen schlimmen Tagen ihrer ersten Kindheitserinnerung, nachdem Olaf mit der Nachricht gekommen war, ihr Vater sei von den Plünderern getötet worden, die ihre erste Halle abgebrannt hatten, da hatte ihre Mutter nur völlig betäubt und zitternd dagesessen, unfähig, etwas zu tun. Ragnvald war damals erst zehn gewesen, aber er hatte sich darangemacht, seine Schwester zu trösten. Er nahm sie mit in den Wald hinaus und zeigte ihr, wo die Eichhörnchen in einer Erdhöhle zwischen den Wurzeln einer riesigen Eiche ihr Nest gebaut hatten. Sie hatten dort gesessen und zugesehen, wie die Eichhörnchenmutter mit ihren winzigen Jungen herauskam.

»Das ist wie der Weltenbaum, der die ganze Schöpfung trägt«, hatte Ragnvald ihr erzählt. »Die Eichhörnchen tragen Botschaften von der Schlange an den Wurzeln hinauf zum Adler im Geäst, in dem Odin sitzt. Eichhörnchen sind die Boten des Waldes. Achte auf sie. Wenn du sie nicht siehst, bedeutet das den Tod, und dann musst du dich verstecken.«

»Wenn ich sie nicht sehen kann«, antwortete sie, um Ragnvalds Ernsthaftigkeit ein wenig aufzulockern, »wie können sie dann eine Botschaft bringen?« Doch was sie an jenem Tag und an vielen anderen später gelernt hatte, war sehr nützlich gewesen, wenn sie in den Wald ging, um Pilze zu sammeln oder kleine Tiere wegen ihrer Pelze in Fallen zu fangen; es hatte sie vor vier- und zweibeinigen Angreifern geschützt.

Svanhild ging durch die Halle zum Nordende, wo sich der Kuhstall befand. Jetzt, wo Ragnvald fort und sie fast erwachsen war, verbrachte sie mehr Zeit mit den Kühen als im Wald. Svanhild mochte die Kühe, denn sie sprachen nicht, stritten nicht und hießen sie nicht ständig, dies oder jenes zu tun. Als sie die Tür öffnete, wurden sie unruhig. Zu dieser Jahreszeit erholten sie sich noch von den mageren Winterszeiten und hatten ständig Hunger.

Während sie die Kühe aus dem Stall führte, kam Einar, Olafs Ziehsohn, aus der Küchentür. Er ging hastig, so schnell er nur humpeln konnte. Sie winkte ihm zu.

»Will deine Mutter dich nicht drinnen haben?«, fragte er mit einem Lächeln. Er war kein hübscher Kerl, nicht mit diesem Bein, aber jung und äußerst muskulös von der schweren Arbeit. Sein Lächeln war sympathisch, zurückhaltend und schüchtern, aber umso gewinnender, weil er es so selten zeigte. Eigentlich sollte jeder freie Mann ein Schwert schmieden, einen Schild schnitzen, ein Boot bauen, eine Falle stellen und sich mit Schwert, Messer und Axt verteidigen können, aber einige Männer zeigten mehr Talent fürs Schmieden und Hämmern als andere. Einar gehörte zu ihnen. Als der alte Schmied vor drei Jahren seinem Husten erlegen war, hatte Einar trotz seiner Jugend die Schmiedearbeit für den Hof übernommen.

Svanhild warf ihr Haar in den Nacken. »Kann schon sein.«

»Was ist, wenn Plünderer kommen?«, fragte Einar.

Svanhild erbebte.

»Wenn Plünderer kommen, schicke ich sie zu Thorkell«, antwortete sie.

Thorkell war Olafs Vetter, ein riesiger Mann, dafür bekannt, dass er Viehdiebe schon eigenhändig von seinem Grund und Boden geworfen hatte. In letzter Zeit hatte er angedeutet, Svanhild als neue Frau für sich oder seinen ältesten Sohn in Betracht zu ziehen, sobald sie alt genug war. »Vielleicht können die sich gegenseitig abmurksen.«

Einar trat näher. »Wenn sie nun aber wegen dir kommen, schöne Maid?«

Svanhild zögerte. Sie fühlte sich unwohl bei Einars Flirtversuch. Ragnvald hatte versprochen, ihr einen starken, jungen

Krieger unter Solvis Männern zu finden, einen Fürstensohn, wie sie hoffte. Ihr Vater war Fürst von Ardal und den umliegenden Gehöften gewesen, ihr Großvater der König von Sogn. Sie konnte ihre Ziele höher stecken als einen lahmen Schmied, ganz gleich, wie blau seine Augen waren oder wie breit seine Schultern. Aber sie mochte Einar. Er und Ragnvald waren wie Brüder zusammen aufgewachsen, und Einar war trotz seines Hinkebeins ein guter Kamerad.

Falls Ragnvald nicht zurückkehrte, wäre sie lieber Einars Braut als die von Thorkell. Thorkell hatte schon drei Ehefrauen unter die Erde gebracht, die alle beim Gebären seiner Kinder gestorben waren. Sie wusste nicht, wie viel Wahlfreiheit Olaf ihr zugestehen würde. Nach dem Gesetz konnte ihr Vormund einen Gemahl für sie bestimmen, und sie hatte nur das Recht, sich später von ihm scheiden zu lassen. Nach einer Scheidung hätte sie keine Wohnstatt mehr, nur die Mittel, mit denen Olaf ihre Mitgift ausgestattet hätte, und außerdem käme es vielleicht wegen ihr zum Zwist zwischen seiner und Thorkells Familie. Wenn Olaf schon so grausam wäre, sie an jemanden zu verheiraten, den sie ablehnte, dann würde er doch sicherlich wenigstens das nicht riskieren wollen.

»Mich können sie haben«, sagte Svanhild. »Sicher würden sie weniger streiten als Vigdis und meine Mutter.«

Dazu hatte Einar nichts zu sagen – Vigdis war schließlich seine Tante und Olaf seit sieben Jahren sein Ziehvater –, aber seine Lippen kräuselten sich.

»Glaubst du, dass Ragnvald bald kommt?«, fragte Svanhild.

Aus Einars Blick wich das leichte Necken. Er blickte über Svanhilds Schulter hinweg zu seiner Schmiede hinüber. »Wäre eigentlich klüger, wenn er nicht käme. So viele Männer haben sich in Island Land und Frauen genommen«, sagte er, »und auch auf den Südinseln.« Damit meinte er die norwegischen

Orkney-Inseln. »Ragnvald sollte das auch tun. Kannst du ihm das irgendwie klarmachen, wenn er zurückkommt?«

»Warum sagst du so was?«, fragte Svanhild. »Das hier ist doch das Land unseres Vaters. Ragnvalds Land. Olaf hat doch versprochen ...« Sie wusste eigentlich gar nicht, was Olaf versprochen hatte. Ragnvald hatte ihr von klein auf gesagt, dass Olaf das Land nur treuhänderisch für ihren Vater verwalte. Die rechtliche Situation kannte sie nicht genau, doch Ragnvald hatte behauptet, falls Olaf ihm das Land wegnehmen wollte, müsste er das vor dem gesamten *Thing* im Bezirk von Sogn tun und diese schändliche Tat vor den Männern ausbreiten, die seine Familie von früher her kannten und wohl wüssten, dass das Land ihm gehörte.

Einar blickte unglücklich drein, und das aus gutem Grund. Bei einer Auseinandersetzung stünde er zwischen Olaf und seinen Ziehgeschwistern. Doch Svanhild kümmerte das nicht – Ragnvald war im Recht.

»Sei vernünftig, Svanhild. Dein Bruder ist doch noch so jung.«

»Immerhin hat er Olaf in den letzten drei Sommern dabei geholfen, sich gegen Angreifer zu wehren, während du ...« Sie brach ab, bevor sie ihn als Mann beleidigte, doch sein Blick verriet, dass sie ihn schon verletzt hatte. »Einar, ich hab das nicht so gemeint. Olaf ist einfach zu geizig, um ausreichend Männer hier zu haben ... und wenn es stimmt, was du sagst«, sie musste schlucken, um die nächsten Worte ruhig auszusprechen, »... dann heißt das ja wohl, dass er Ragnvald in den Kampf geschickt hat, weil er wollte, dass er dabei umkommt, damit er selbst das Land behalten kann.«

»Ragnvald ist mein Freund«, sagte Einar etwas steif, »aber er muss doch gesehen haben, dass Olaf die Absicht hat, das zu behalten, was ihm jetzt schon gehört, und er hat mächtige

Freunde. Es wäre für Ragnvald viel besser, wenn er woanders neu anfangen würde.«

»Ich verrate Ragnvald jedenfalls nicht, dass du so etwas gesagt hast«, erwiderte Svanhild schockiert. Sie war sich ziemlich sicher, dass Ragnvald nichts dergleichen wahrgenommen hatte und es als bodenlose Ungerechtigkeit empfinden würde. Dabei war Einar sein Freund. »Ich muss an die Arbeit, die Kühe haben Hunger.« Die Tiere hatten schon angefangen, die abgegraste Wiese unter ihren Füßen anzufressen.

»Svanhild …«, sagte er bittend.

»Mein Bruder schätzt Treue«, sagte sie, »und ich auch. Also guten Tag noch.«

Einar verabschiedete sie mit einer schmerzhaft wirkenden Verbeugung und ging langsam zu seiner Schmiede hinüber.

Svanhild ließ die Gerte auf die hinteren Kühe der Herde niedersausen, um sie auf den Pfad zu treiben, der am Südende des Sees entlang verlief. Olaf herrschte über den Landstrich und die Pachthöfe um das Südufer des Ardal-Sees herum und noch weiter einige Wegstunden nach Süden, mehr als eine Tagesreise zu Fuß. Nahe am Westufer des Sees standen die Überreste der Halle, die ihr Großvater Ivar einst gebaut hatte. Als er noch lebte, war er König von Sogn gewesen, und er hatte seine Ländereien seinem Sohn Eystein vermacht, der Jahr für Jahr ein Stück Land nach dem andern verlor und zum Schluss noch sein Leben, als er mit Olaf Raubzüge unternahm. Als Olaf mit der Nachricht von Eysteins Tod zurückkam, hatte er dessen Frau geheiratet und sich eine neue Halle gebaut, in sicherer Entfernung vom Sognefjord und den dänischen Seeräubern, aber auch von Schiffen, die Neuigkeiten brachten und Handel trieben.

Eine der frühesten Kindheitserinnerungen von Svanhild war es, die verkohlten Überreste der Halle zu durchsuchen und geschmolzenes Zinn von den Steinen zu kratzen. Heute waren die Balken grasüberwachsen, doch hin und wieder, wenn sie genau hinsah, konnte sie noch Holzkohle dazwischen ausmachen. Die Kühe liebten es, hier zu grasen, denn das Gras wuchs saftig über der verbrannten Erde. Ihre Erinnerungen an ihren Vater beschränkten sich meist auf die Geschichten, die über ihn erzählt wurden, während Ragnvald noch richtige Kindheitserlebnisse im Gedächtnis hatte. Als sie noch jünger waren, handelten alle Geschichten Ragnvalds von den Abenteuerfahrten ihres Vaters, denn er hatte jeden Bezirk bereist und jedes Land rund um die Nordsee. Je älter sie wurden, desto mehr Zweifel säten Olafs Geschichten, und Ragnvald begann sich wieder daran zu erinnern, wie sein Vater gelogen hatte, und an den Winter, in dem er ohne Nachricht verschwunden war und seine Mutter gedacht hatte, er sei tot. »Alle haben ihn geliebt, aber keiner hat ihm vertraut«, sagte Olaf über ihn an einem der seltenen Julfeste, als er sich zu Äußerungen über seinen gefallenen Freund hinreißen ließ. Andererseits liebte niemand Olaf oder vertraute ihm gar.

Svanhild zog ihre Spindel und ein Stück unversponnener Wolle aus der Tasche und setzte sich auf die Steinmauer, die dieses Feld vom nächsten trennte. Mit den Fingern schnalzte sie gegen die Wirtel und setzte sie so in Bewegung, dann begann sie, die fettige Wolle auszuziehen. Zweimal waren die Fasern zu dünn, und die Spindel fiel klappernd zu Boden, wo Moos und Erde sich im unversponnenen Vlies festsetzten. Vigdis würde sie dafür schelten. Sie packte die Wolle um die Spindel und steckte alles wieder in die Tasche. Heute wollten sich die Finger nicht zu dieser Arbeit hergeben, nach all dem, was Einar gesagt hatte. Ragnvald würde sich ohne sie bestimmt nicht woanders ansiedeln wollen, nicht nach dem, was er ihr versprochen hatte, aber er könnte beim Raubzug gestorben sein, so wie ihr Vater. Wenn Ragnvald tot war, würden sie nie wieder durch den Wald zur Hexenhöhle gehen, nie wieder zu den Felsen über dem Sognefjord wandern und den Seehunden beim Spielen zusehen. Wenn Ragnvald tot war, sah es für sie hier düster aus: Olaf würde sie an Thorkell verheiraten oder an einen seiner Söhne, um Frieden zu halten. Thorkell war ein brutaler Kerl, alt genug, um ihr Vater zu sein, und seine Söhne waren entweder Schwächlinge oder selbst brutal. Ragnvald durfte einfach nicht tot sein.

Aus den Wolken, die von einer Seite des Fjords zur anderen zogen, fiel Regen in dichten Fäden schräg herab. Wo Svanhild saß, schien noch die Sonne, aber von allen Seiten her näherten sich Wolken. Als der Regen sie erreichte, zog sich Svanhild den Mantel über den Kopf und setzte sich an die geschützte Seite eines Felsvorsprungs. Am Nachmittag bekam sie Hunger, trieb die Kühe zusammen und führte sie zurück zum Hof.

Dort ließ sie die Tiere auf einem Feld nahe der Halle grasen. Beim Weggehen hörte sie vom Übungsplatz her das Klappern von Holzschwertern. Sie ging um den Zaun herum und beobachtete ihren Stiefbruder Sigurd, der mit seinem Holzschwert ein paar Hiebe gegen den Übungspfosten ausführte und es dann gegen die Wand lehnte. Er ließ sich daneben zu Boden plumpsen. Vielleicht machte er sich dieselben Gedanken über Olafs Absichten wie Einar – sicherlich würde er das Land genauso wenig haben wollen, wie sie wollte, dass er es bekäme. Sigurd brauchte immer jemanden, der ihm sagte, wo es langging. Niemals könnte er Ardal gegen Angreifer verteidigen.

Sie ging zu ihm hinüber und nahm sein Übungsschwert auf. Der eingelegte Eisenstab machte es schwer. Früher einmal hatte sie sich selbst eines gewünscht, aber Olaf hatte sie geschlagen und gesagt, sie würde womöglich für eine Heirat zu hässlich und verunstaltet werden, wenn sie sich mit den draufgängerischen Jungs herumschlüge. Ragnvald hatte ihr so viel beigebracht, wie er nur konnte, aber sie war zu klein und ungeduldig gewesen, und später hatte ihr die Hausarbeit zu wenig Zeit gelassen.

Sigurd war für sein Alter recht groß, spindeldürr und weder so stark noch so geschickt, wie Ragnvald in seinem Alter gewesen war. Er war Olafs Sohn von seiner ersten Frau, die schon lange tot war und deren Platz nun Vigdis und Svanhilds Mutter eingenommen hatten. Als er mit Olaf hier herkam, war er noch ein Kind gewesen. Sowohl Svanhild als auch Ragnvald hatten eine dunkle Haut wie ihr Vater, Sigurd aber hatte Olafs blässliche Farben und einen flachsfarbenen Schopf über seinem pickligen Gesicht, das nun rot war von der Anstrengung.

Er grinste sie höhnisch an. »Du solltest drinnen sein und dich um meinen kleinen Bruder kümmern.« Vigdis' jüngstes Kind war noch so klein, dass es Tag und Nacht nach Milch schrie. Was die Kleine brauchte, war eine Säugamme, nicht Svanhild.

Sie hob das Schwert und hielt es Sigurd unters Kinn. »Ist gar nicht so schwer.« Dabei verlagerte sie ihr Gewicht, damit er nicht sehen konnte, wie ihr Arm zitterte.

Er schob die Klinge zur Seite. Sie führte sie zurück an seinen Hals. »Schwing das mal ein paar Stunden lang herum«, sagte Sigurd, »dann wird es schon schwer genug.«

»Glaubst du, Ragnvald hat sich gut geschlagen auf dem Raubzug?«, fragte sie. Einars Worte klangen ihr immer noch im Ohr. Die stumpfe Klinge drückte sich in das weiche Fleisch unter Sigurds Kehle, wo sich die ersten Barthaare zeigten. »Warum ist er noch nicht wieder zurück?«

Sigurd griff nach der Klinge und schlug sie stärker weg. Svanhild ließ das Schwert zu Boden fallen, damit sie nicht selbst hinfiel.

»Keine Ahnung«, erwiderte Sigurd mürrisch. »Hast du Angst? Wenn er nicht zurückkommt, sorge ich für dich.«

Svanhild stemmte die Arme in die Hüften und sah ihn skeptisch an. »Übst du deshalb?«

Sigurd warf sich in die Brust. »Olaf will mich diesen Sommer auf seinen Raubzug mitnehmen.«

»So wie er das mit Ragnvald auch wollte?« Svanhilds Stimme wurde schrill. »Einar sagt, Olaf wird Ragnvald sein Erbteil nicht zurückgeben.«

»Warum sollte er auch?«, fragte Sigurd. »Mein Vater kümmert sich um das Land hier, wozu deiner ja wohl nicht fähig war.«

»Dieses Land gehört Ragnvald«, sagte Svanhild wütend. »Olaf soll es nur verwalten, so wie vereinbart.«

»Das Land gehört dem, der es behalten kann«, erwiderte Sigurd. Das klang selbstgefällig, aber auch verlegen, wie damals, als sie noch klein war und er all ihre Puppen verbrannt hatte. »Außerdem meint mein Vater, dass Ragnvald vielleicht gar nicht mehr zurückkommt. Raubzüge sind nun mal gefährlich.«

Svanhild starrte ihn an. »Besonders ... besonders wenn du den Männern nicht trauen kannst, mit denen du segelst? Besonders wenn jemand gar nicht will, dass du zurückkommst?« Der nur halb ausformulierte Gedanke verfestigte sich beim Sprechen. Plötzlich war ihr einiges klar. Olaf hatte sich so lange geweigert, Ragnvald ziehen zu lassen, bis sein Sohn von Vigdis die schwierigen Jahre der frühen Kindheit überlebt hatte.

Sigurd warf ihr einen schuldbewussten Blick zu, was ihre Vermutung bestätigte. Ihr stieg das Blut in die Wangen. »Du – du – *Nithing.*«

Sigurd bückte sich nach seinem Schwert. Svanhild ballte

die Faust und holte aus, wobei sie einen Glückstreffer landete, als er aufstand. Er stieß einen kläglichen Schrei aus und fiel rückwärts ins Gras. Svanhild trat ihm auf die Hand, die nach dem Schwert greifen wollte.

»Das ist meine Schwerthand«, rief er.

»Wenn du sie nicht dazu benutzt, deine Familie zu schützen, wozu soll sie dann gut sein?« Svanhild bohrte ihren Absatz in seine Handfläche.

»Olaf ist meine Familie. Ihr seid nur meine ...«

»Olaf und mein Vater waren Schwurbrüder«, rief Svanhild und drückte weiter zu.

»Das tut weh, du Trulla.«

»Gut so! Das soll es auch!« Svanhilds Hand schmerzte ebenfalls von dem Schlag, den sie ausgeteilt hatte, ein dumpfer Schmerz, der immer schlimmer wurde. Gebrochen war nichts – sie wusste, wie sich das anfühlte –, aber wenn sie ihre Hand nicht bald in einen Schneehaufen steckte, dann würde sie anschwellen und eine Woche lang nicht zu gebrauchen sein. »Sag mir, warum er noch nicht zurück ist«, verlangte sie.

»Ich habe auch nichts Genaues gehört.« Er trat nach ihr, so dass sie den Halt verlor und auf dem Hinterteil im Gras landete, wo sie ihre Hand schützend festhielt.

»Du kriegst gleich noch eine ab«, sagte sie, aber Sigurd hatte gesehen, dass sie ihre Hand schonte, und jetzt, wo das Überraschungsmoment vorüber war, konnte sie ihm kaum mehr weh tun. Er sprang auf die Beine und packte ihre lädierten Finger, zog sie halb daran hoch und quetschte ihr die Fingerknöchel schmerzhaft zusammen.

»Nein«, keifte er sie an. »Du schlägst mich nie wieder, sonst quetsche ich deine Hand hier zu Brei, und dann muss die Waldhexe sie abhacken.«

Sigurd hielt sie einen Moment lang so fest, dass ihr die Tränen in die Augen schossen. Sie könnte ihm auf den Fuß treten, dann würde er sie vielleicht loslassen, oder er würde seine Drohung wahrmachen. Die Wut, mit der sie ihm den Schlag hatte versetzen können, wich einer elenden Angst, die sie erzittern ließ.

Ascrida stürmte mit flatternden Röcken auf sie zu. »Sigurd, lass deine Schwester los.« Sie blickte auf Svanhild, dann auf Sigurd und nickte. »Svanhild, du kommst mit mir.«

»Aber Sigurd hat gesagt …«

Ascrida sah sie böse an. Svanhild machte den Mund zu.

*

»Nutzlose Göre«, schalt Ascrida, sobald sie Svanhild in die Frauengemächer gezerrt hatte.

»Er hat gesagt, Ragnvald kommt nicht mehr zurück.«

Ascrida presste die Kiefer zusammen. »Bis jetzt ist noch keiner von Solvis Leuten zurück.«

»Das ist dir wohl egal?«, rief Svanhild. »Er ist doch dein Sohn! Aber du hast dir wahrscheinlich auch nicht viel aus meinem Vater gemacht. Warum hast du Olaf nicht gezwungen, ihn zu rächen? Sie waren doch Freunde.« Ascrida drückte Svanhilds verletzte Knöchel zusammen wie Sigurd. »Au! Du tust mir weh!«

»Du sprichst von Dingen, die du nicht verstehst«, sagte Ascrida müde.

Svanhild entriss ihr die Hand. »Ich muss das kühlen, sonst kann ich nicht spinnen.« Wenn die Mutter sich schon nichts aus ihren Schmerzen machte, so doch wohl aus der Arbeit im Haushalt, dem endlosen Spinnen von Garn, um den Bedarf an Kleidung, Segeln, Laken und Leichentüchern zu erfüllen.

»Du solltest Sigurd nicht schlagen.« Ascrida klang kraftlos und müde.

Wenn sie so war, ließ Svanhild sie für gewöhnlich in Ruhe, aber nun war sie zu aufgebracht. »Warum?«, fragte sie. »Weil er es nicht aushält?«

Ascrida hielt Svanhild nun an der Schulter fest und krallte ihr die Finger ins Fleisch. Der Schmerz war Svanhild nicht unwillkommen, lenkte er doch von ihrer pochenden Hand ab. »Nein«, sagte Ascrida. »Sondern weil später einmal einer von Olafs Söhnen hier der Herr wird, falls Ragnvald tatsächlich nicht mehr zurückkehrt.«

»Dann glaubst du auch nicht, dass Ragnvald wiederkommt?«, fragte Svanhild hitzig. »Habt ihr hier alle Morde geplant, während ich Weben gelernt habe?«

»Mord? Nein. Aber ich glaube, dein Stiefvater hofft, dass dein Bruder sich in einem anderen Land niederlässt.«

»Mutter, du bist mit Blindheit geschlagen«, sagte Svanhild mit tränenverschleiertem Blick. »Olaf hat nicht die Absicht, Ragnvald zurückkommen zu lassen.«

Ascrida zog scharf den Atem ein. »Und du hast zu viel Fantasie. Er war euch die letzten zehn Jahre ein Vater, und ich kann mir nicht vorstellen, dass er so etwas tun würde.«

»Glaubst du das? Fragst du dich nie, warum er und unser Vater zusammen zum Raubzug auszogen und nur einer zurückkam?«

Ascrida hatte Svanhild schon vor Jahren gewarnt, nicht auf solche Gerüchte zu hören, und dass böswillige Leute immer solche Zweifel säten. Olaf sei vielleicht ein strenger Mann, aber ein Mörder sei er nicht.

»Ich denke über vieles nach«, sagte Ascrida, »mehr als ein hohlköpfiges Gör wie du verstehen kann. Und wenn Olafs Söhne hier das Sagen haben, dann können sie mit dir machen, was sie wollen. Sie könnten dich an einen Schläger und Säufer verheiraten, und du könntest nichts dagegen tun. Olaf mag dich sowieso nicht – du bist ihm zu aufmüpfig –, aber deine Stiefbrüder, die könnten dich noch mögen.«

»Niemand verheiratet mich an einen Schläger und Säufer. Lieber haue ich mit dem wildesten Räuber ab, bevor ich zulasse, dass Sigurd mich so bestraft.«

Ascrida hob die Hand zu einer Ohrfeige, doch Svanhild fing den Arm der Mutter ab, drehte sich einfach um und ging weg, bevor diese noch mehr sagen konnte.

Im Flur traf sie auf Vigdis. »Du solltest mit deiner Mutter netter umgehen«, meinte Vigdis.

»Sollte ich?«, antwortete Svanhild, die kaum noch die Tränen zurückhalten konnte.

»Der wildeste Räuber ist wahrscheinlich auch ein Säufer, Liebes. Diese Drohung zieht nicht.«

Vigdis' Sarkasmus machte es Svanhild leichter, ihre Tränen zu unterdrücken. »Ich will überhaupt nicht heiraten. Ich will mein eigenes Land und Männer, die es bearbeiten und manchmal auf Fahrt gehen und ...«

»Frauen müssen nun mal heiraten«, sagte Vigdis. »Heirate lieber einen reichen Alten, so dass du reich bist, wenn er stirbt, reich genug, um dir selbst einen Mann aussuchen zu können. Ich glaube, Olaf will dich an Thorkell verheiraten.«

»Damit ich beim Gebären seiner Söhne umkomme?« Bei diesem Gedanken wurde es Svanhild schlecht, so als fürchte sich ihr Schoß schon jetzt.

»Vielleicht stirbt er, und du wirst seine Witwe und kannst tun und lassen, was du willst.«

»So wie du es bei Olaf versuchst.«

»Svanhild!«, wies sie Vigdis zurecht.

»Du hast mir gar nichts zu sagen.« Svanhild schüttelte den

Kopf und versprengte so die Tränen, die sie eigentlich hatte verbergen wollen. Dann ließ sie Vigdis stehen und eilte auf das Weideland hinaus.

Sie stapfte über die Felder und in den Wald hinein auf der Suche nach einem schattigen Platz, an dem sich der Schnee noch gehalten hatte. An den Wurzeln einer Eiche wurde sie fündig, setzte sich hin und kühlte ihre Hand, während die Sonne unterging.

KAPITEL 3

Solvi saß am Heck seines Schiffes, die Hand am Steuerruder, und dirigierte es in einem großen Bogen in den Hafen. Es wehte stets ein ablandiger Wind und machte Tafjord somit für Plünderer unzugänglich – mit Ausnahme derer, die hier lebten. Auch von der Landseite her war ein Angriff kaum möglich, denn die Siedlung war von Bergen und Schluchten flankiert. Solvis Vater Hunthiof und seine Vorväter waren allesamt Seekönige gewesen, seit den Anfängen seines Geschlechts, die bis zum Meeresgott Njörd zurückreichten. Dieser hatte eine flüchtige Liebschaft mit einer Irdischen gehabt, sie aber verlassen, ebenso wie ihre beiden Söhne, die sie alleine großgezogen hatte. Die Nachfahren dieser kummervollen Verbindung waren allesamt harte Männer, die entlang der nordischen Küsten unermüdlich auf Raubzug gingen – zu Zeiten, als die Länder jenseits des Nordmeeres noch Legenden waren und nicht, wie später dann, jeder Bauernsohn davon träumte, plündernd über die Meere zu segeln. Solvis Vorfahren waren nie Bauern gewesen. Ihre Gebeine wachten über keine Ländereien.

Normalerweise übernahm Snorri die Aufgabe des Lotsen, doch die letzte Strecke nach Tafjord, wo die Halle seines Vaters stand, steuerte Solvi sein Schiff gerne selbst, um bei der Ankunft alles unter Kontrolle zu haben. Nicht alle Entscheidungen, die Solvi während der Fahrt getroffen hatte, würden den Beifall seines Vaters finden, obwohl die Erinnerung an seine eigenen Raubzüge inzwischen längst verblasst sein mussten. Mit seiner freien Hand strich Solvi über den Knauf seines Dolches. An den goldenen Intarsien klebten noch Blutspuren. Es war vollbracht; er hatte Ragnvald den Meeresgottheiten Ran und Njörd geopfert. Wenn Ragnvald seinen Verletzungen nicht gleich erlegen war, dann war er sicher ertrunken, von seinem ledernen Harnisch in die Tiefe gezogen und vom eisigen Wasser erstickt.

Ihm war nicht wohl dabei, wenn er daran zurückdachte. Er hätte zuvor schon etliche Male die Gelegenheit gehabt, Ragnvalds Leben ein Ende zu setzen – verborgen vor den Blicken seiner Männer, die ihm seitdem mit Misstrauen und Furcht begegneten. Natürlich war es durchaus angebracht, dass sie ein gewisses Maß an Furcht gegenüber denen zeigten, die sie einmal anführen würden, doch eben diese Furcht konnte ihm auch zum Verhängnis werden: Womöglich hielt einer der Männer es für klüger, Solvi hinterrücks zu erdolchen, als zu riskieren, selbst einem grundlosen Angriff zum Opfer zu fallen, wenn Solvi plötzlich danach zumute war.

Er fragte sich, ob sein Vater in diesem Wettlauf nicht auf das falsche Pferd gesetzt hatte. Olaf, Ragnvalds Stiefvater, war ein wahrlich durchtriebener Krieger. Er war es gewesen, der Ragnvalds Vater Eystein erledigt und sich seines Weibes bemächtigt hatte. Ragnvald hingegen hätte das Zeug zum Anführer gehabt, was man von seinem wortkargen, geizigen Stiefvater nicht behaupten konnte. Olaf beutete das Land aus, das er von Eystein übernommen hatte, er schröpfte die Bauern, bis sie sich irgendwann einem anderen Herrn anschlossen, der weniger Abgaben von ihnen verlangte.

»Wir brauchen starke Männer wie Olaf«, hatte sein Vater

ihm erklärt. »Und Olaf will das nun mal so.« Wäre Ragnvald noch am Leben, hätte er gewiss sein Geburtsrecht eingefordert; und entschlossen, wie er war, hätte er seine Ansprüche auch durchsetzen und seine Ländereien besser schützen können, als Olaf es jemals getan hatte.

Als Solvi sich der Küste näherte, bemerkte er, dass neben den Schiffen seines Vaters noch andere lagen – edle Schiffe, wenngleich sie neuerer Bauart waren. Die Witterung hatte den Fettfirnis noch nicht von den Masten gewetzt, sondern ließ sie glänzen. Hoher Besuch also.

Der Kies in der seichten Bucht knirschte unter dem Kiel seines Schiffes. Solvi sprang von Bord, ins Wasser der heimatlichen Gefilde. Die Siedlung Tafjord befand sich am Grund des Tals, das sich bis zum Geiranger-Fjord erstreckte. Ein Gewirr aus Feldern und Holzzäunen zog sich den Talkessel hinauf bis zu den Felswänden. Weiter oben erhob sich das Bergmassiv der Skanden, weiß und völlig unzugänglich.

Solvi beugte sich hinunter, um sein Gesicht mit Wasser zu benetzen und sich den Schweiß und Schmutz der vergangenen Tage abzuwaschen. Die Diener seines Vaters warteten bereits am Ufer, um die Fracht zu entladen. Offenbar hatten die Wächter sie kommen sehen.

Solvi sprang auf den Pfahl, an dem sein Schiff vertäut war. Dank seiner langjährigen Übung gelang es ihm, so zu landen, dass es völlig mühelos wirkte, und ohne mit der Wimper zu zucken, ganz gleich wie sehr seine vernarbten Füße ihn schmerzten und wie sehr er sich anstrengen musste, damit ihm seine Beine nach der langen Zeit auf See gehorchten. Er sprach laut genug, dass ihn die Krieger auf allen fünf Schiffen, die mit ihm bis nach Tafjord gekommen waren und nun nebeneinander am Strand lagen, hören konnten.

»Ihr alle habt ein Zuhause, wo ihr erwartet werdet, und ein

Weib, das ihr mit euren Beutestücken und Geschichten beeindrucken könnt. Doch wenn ihr heute Abend mit meinem Vater tafelt, könnt ihr unseren Skalden berichten, was ihr erlebt habt, und sie werden Lieder über eure Abenteuer ersinnen, die man nicht nur in euren Häusern, sondern auch in den Hallen von Königen singen wird.«

Die Männer jubelten ihm zu – alle außer Ragnvalds Freund Egil, der Solvi von seinem Platz aus misstrauisch beäugte. Sobald Solvi seine Ansprache beendet hatte, machte Egil sich daran, seine Habseligkeiten zusammenzupacken. Die anderen Männer stürmten los, kletterten hastig über die Reling und sprangen ins seichte Wasser. Auf dem Rücken trugen sie die Schätze, die sie in Irland erbeutet hatten. Dennoch würden sie sich heute Abend um Solvi scharen, darauf erpicht, von ihm noch mehr zu ergattern. Er war stets darauf bedacht, seinen Ruf als freigiebiger Herr zu pflegen, und da seine Schiffe fette Beute gemacht hatten, würde bestimmt noch etwas für jeden abfallen.

Solvi zog den Vogt seines Vaters zur Seite, während seine Männer sich auf den Weg zu Hunthiofs Halle machten. »Wer ist bei meinem Vater zu Gast?«, wollte er wissen. »Ich kenne diese Schiffe nicht.«

»Krieger aus Vestfold«, antwortete der Vogt. »König Guthorm und sein Neffe Harald.«

Aus seinem Mund klangen die Namen reichlich gewöhnlich, doch Solvi kannte sie aus den Liedern der Skalden, wo sie im selben Atemzug mit denen von Göttern und Riesen genannt wurden. Obwohl Harald nicht älter als sechzehn Jahre sein konnte, war die Kunde von seinem kämpferischen Geschick weit über die Grenzen von Vestfold hinausgedrungen. Es hieß, er könne jeden besiegen, ganz gleich mit welcher Waffe, und habe mit dem Schwert zehn wildgewordene Krieger gleichzeitig abgewehrt. Seine Mutter war eine Zauberin, die ihm prophezeit hatte, er werde einst König aller Länder des Nordens sein. Und nun war er hier. Solvis Vater gefiel das bestimmt nicht.

Drei von Solvis Elchhunden stürmten herbei, um ihn zu begrüßen. Der größte und dunkelste von ihnen sprang an ihm hoch, leckte ihm über die Wange und blies ihm dabei seinen fleischigen Atem ins Gesicht. Solvi kraulte ihn am Kinn, behielt dabei jedoch mit einem Auge stets das Schiff im Blick. Egil saß immer noch auf einer der Ruderbänke und pulte mit der Spitze seines Dolches den Schmutz unter seinen Fingernägeln hervor.

»Ich mache mich auf den Weg nach Hause, mein Herr«, sagte er, als Solvi in seine Richtung schaute. Er hievte sich seinen Beutel auf den Rücken. Solvi wunderte es nicht, dass Ragnvald und Egil gute Freunde geworden waren. Beide behielten immer das Wesentliche im Blick – eine Eigenschaft, die den meisten jungen Burschen ihres Alters fehlte. Noch dazu war Ragnvald Egils Schwester Hilda versprochen. Beim nächsten Thing von Sogn sollte die Verbindung formell bestätigt werden, womit Egil und Ragnvald zu Brüdern würden.

»Du bist auch zum Festgelage eingeladen.« Solvi kam näher. Egil wich rasch zurück, verlor das Gleichgewicht und fiel rücklings auf das Deck.

Er ließ Solvis Schwerthand nicht aus den Augen, machte aber keine Anstalten, sich zu verteidigen. In Schildmauern oder bei nächtlichen Überfällen war er durchaus ein geschickter Krieger, doch gegen Solvi hätte er keine Chance. Solvi war ein Muskelpaket und hatte fünf Jahre Kampferfahrung – fünf Jahre, die den Unterschied zwischen einem Jungen und einem Mann ausmachten. Außerdem trieb Solvi nicht selten ein gewissenloses, falsches Spiel. Das Schicksal hatte ihm zu oft übel mitgespielt, als dass er nicht jede Gelegenheit genutzt hätte, die ihm zum Vorteil gereichte. Das hatte Egil inzwischen kapiert.

Mühsam rappelte er sich auf, die Hand an der Reling. Solvi stützte sich darauf, quetschte mit der metallenen Manschette an seinem Handgelenk Egils Finger, bis dieser vor Schmerz stöhnte und sich wieder setzte. Er zog die Hand zurück und rieb sich die Finger wie ein kleiner Junge.

»Ihr habt nichts zu befürchten, mein Herr. Aber ich muss zu meiner Schwester und ihr die Nachricht überbringen.«

Solvi grinste. »Nimm einen Armreif für sie mit.«

Egils Blick schoss hinüber zu dem Haufen an Kostbarkeiten, die sich aus einem aufgerissenen Sack ergossen. Aus dem, der ihm am nächsten lag, zog er einen breiten goldenen Reif hervor. Ihm war wohl bewusst, dass er weit mehr wert war als der gesamte Hof seines Vaters. Ihre Blicke kreuzten sich.

»Den hier?«, fragte er. Welchen Preis hatte sein Schweigen?

Der Armreif war dazu bestimmt, sich die Gunst von Königen zu erkaufen, und nicht die eines Burschen wie ihm, dem gerade mal die ersten Barthaare sprossen. Wenn es Solvi beliebte, konnte er seine Männer losschicken und Hrolfs Hof dem Erdboden gleichmachen lassen, Egil in seiner kärglichen Halle verbrennen und dessen Schwester zu einer seiner Zweitfrauen machen. Doch Solvi hatte heute schon zu viel Blut gesehen. Sein Vater hatte ihm aufgetragen, Ragnvald zu töten, nicht Ragnvalds Freund. Er nickte also lediglich. Egil konnte sein Glück kaum fassen. Es war ein wunderschönes Schmuckstück, gediegen und zart.

»Du wirst nicht für ihn aussagen, egal, was geschieht«, sagte Solvi.

Egil nickte und steckte den Armreif in sein Bündel. Als er über die Reling stieg, packte Solvi ihn am Oberarm, um ihn zu stützen. Dann sah er Egil nach, wie er den steilen Pfad zu den mondbeschienenen Klippen hinaufstapfte, zurück in die Obhut seines Hofes und zurück zu seiner Schwester, die nun genug Gold hätte, um sich von ihrer Trauer abzulenken.

*

Oben am Hang über dem Fjord stand hell erleuchtet die Halle von Solvis Vater. Der Abendwind trug den Duft von gebratenem Fleisch bis zum Strand hinunter. Solvi ging dem Geruch nach. In der Halle hingen an langen, an der Decke befestigten Seilen etliche steinerne Öllampen, die hell brannten und Hunthiofs Wohlstand ebenso deutlich zeigten wie das Silber an seiner Gürtelschnalle. Das Rufen und Johlen der Krieger, die miteinander rauften, schwatzten und schon jetzt nicht mehr nüchtern waren, drang Solvi entgegen.

Hunthiof saß auf seinem erhöhten Ehrenplatz, neben ihm ein Mann, bei dem es sich um Guthorm von Vestfold handeln musste, und ein aufgeweckter blonder Bursche – Harald Halfdansson.

»Solvi, mein Sohn!«, rief Hunthiof. Seine Stimme dröhnte – für alle vernehmbar – durch die Halle. Er stand auf und breitete die Arme aus, um Solvi an seinem Tisch willkommen zu heißen. Seit Hunthiof nicht mehr jedes Jahr auf Raubzug ging, war ihm ein langer Vollbart gewachsen. Als Solvi sich im vergangenen Sommer auf den Weg gemacht hatte, war ihm sein Vater noch rüstig und robust erschienen. Nun aber kam es ihm vor, als würden seine Augen allmählich an Glanz verlieren.

Solvi bemühte sich, die lange Halle mit festem Schritt zu durchqueren, obwohl die vielen Wochen auf See seinem Gleichgewichtssinn arg zugesetzt hatten. Alle Augen waren auf ihn gerichtet – etwas, das ihm während eines Überfalls oder wenn er das Kommando an Bord führte, völlig gleichgültig war. Auf See hatte er die unangefochtene Befehlsgewalt und somit auch keinen Grund, jemals an seine verkrüppelten Beine zu denken.

»Ist es vollbracht?«, flüsterte Hunthiof in Solvis Ohr. Er roch nach Met, süß und schwer, nicht mehr nach Salzwasser, so wie Solvi es in Erinnerung gehabt hatte.

»Ja«, gab Solvi zurück.

Sein Vater kniff die Augen zusammen und sah ihn prüfend an. »Du musst mir später genauer erzählen, wie es geschah, damit ich auch Olaf davon überzeugen kann.«

Dann wandte er sich seinen Gästen zu, um ihnen seinen Sohn vorzustellen. Guthorm von Vestfold war ein Ungeheuer von einem Mann, ein Fleischberg, der zu Fett werden würde, sobald er mit dem Kämpfen aufhörte. Solvi reichte ihm nicht einmal bis zur Schulter. Sein Mund war eine dünne, steil nach unten führende Linie, die den Bart durchschnitt, seine Backen hingen schlaff herab.

Als Harald aufstand, sah Solvi, dass er fast ebenso groß war wie sein Onkel. An seinem Unterkiefer spross ein goldblonder Bartflaum – ein junger Hüne also, der bereits das Mannesalter erreicht hatte. Sein Anblick ließ die Geschichten, die man sich über ihn erzählte, durchaus glaubhaft erscheinen.

Solvis Männer hatten sich am Feuer niedergelassen, das rund um den Ehrenplatz brannte, und schilderten ihre Reisen und Heldentaten. Der junge Harald lauschte ihnen gebannt, fasziniert von den Schlachtberichten wie ein kleines Kind. Solvi blickte hinüber zum Ende der Halle, wo die Bediensteten Schläuche voller Bier und Schalen mit Fleischbergen heranschleppten. Eigentlich hätte seine Frau Geirny hinter ihnen stehen und ihnen Anweisungen geben müssen, doch er konnte sie nirgendwo entdecken.

Er runzelte die Stirn. Nach ihr Ausschau zu halten, war letztendlich unangebracht. Immerhin hatte sie ihm in den Jahren, die sie gemeinsam verbracht hatten, nur Töchter geboren und einen Sohn, der so missgebildet zur Welt gekommen war, dass er nicht einmal in der Lage gewesen war zu atmen. Weggeben würde er Geirny nicht, denn er befürchtete, dass es sein eigener Samen war, der mit dem Makel behaftet war, doch zu ihr kommen wollte er auch nicht. Er besaß eine schottische Dienerin, die auf der Rückfahrt von den Hebriden seinen Fellschlafsack mit ihm geteilt hatte. Auch heute Nacht würde er sich mit ihr zufriedengeben – und mit umso größerem Genuss, wenn sie endlich wieder einmal gebadet hatte.

Hunthiof stand auf und stieg auf seine Sitzbank. Mit erhobenem Trinkhorn begann er zu sprechen. Seine Stimme drang bis in jeden Winkel der Halle. »Meine erfolgreichen Krieger und Eroberer! Willkommen zu Hause! Ihr seid umhergezogen, habt geplündert und seid reich und stolz zurückgekehrt. Meine Skalden werden eure Heldentaten besingen. Doch selbst ihre rühmenden Worte werden die Schreie unserer Erschlagenen nicht übertönen.« Die Krieger grölten zustimmend und schlugen mit den Fäusten auf die langen Holzplanken, die als Tische dienten. »Lasst meinen Sohn berichten, was ihr vollbracht habt, und ich werde euch angemessen entlohnen!«

Solvi grinste routiniert. Sein Vater mochte noch so sehr darauf bedacht sein, Solvis Männer daran zu erinnern, dass er der König war und nicht sein Sohn – letztendlich war es Solvi, den sie als ihren Herrn in Erinnerung behalten würden, als denjenigen, der sie in den Kampf geführt und wohlhabender als zuvor hatte heimkehren lassen.

Solvis Männer leerten ihre Trinkhörner. Hunthiof griff nach dem Beutel mit den Armreifen und rief der Reihe nach alle zu sich, die mit auf Raubzug gewesen waren. Solvi zählte auf, was sie geleistet hatten, und Hunthiof überreichte ihnen einen Ring, entweder aus Zinn, Bronze oder Silber. Manche der Männer waren unzufrieden mit ihrem Lohn. Nun, dann würden sie sich an seinen Vater wenden müssen; außerdem konnten sie ja später, wenn sie betrunken genug waren, um die Beute kämpfen. Und was wäre es auch für ein erbärmliches Festgelage, wenn nicht wenigstens ein paar Nasen bluteten!

Als die üblichen Zeremonien vorbei waren, ließ Solvi sich neben seinem Vater auf der Bank nieder und stürzte sich auf den gewaltigen dampfenden Berg mit gebratenem Fleisch, den einer der Diener ihm vorgesetzt hatte. Der kräftige rote Bratensaft hatte den Holzteller schon ganz durchweicht. Solvis Magen knurrte. Seit er im vergangenen Herbst losgezogen war, hatte er nichts Derartiges mehr gegessen – seine Krieger waren verheerende Köche. Wahrscheinlich würde er die Hälfte davon im Lauf der Nacht wieder von sich geben, doch ihm würde auch das gefallen – das gehörte dazu.

»Weshalb seid ihr den weiten Weg bis hierher gekommen?«, wollte Solvi von Guthorm wissen. Harald und sein Onkel hatten ihr Fleisch bereits gegessen, während er von seinen kriegerischen Taten berichtete. Guthorm winkte eine Dienerin heran, um sich nachschenken zu lassen, doch als Harald es ihm gleichtat, runzelte er die Stirn und schickte sie mit einer Handbewegung wieder fort. Hunthiof warf seinem Sohn einen warnenden Blick zu, und dieser fügte hinzu: »Schließlich ist Vestfold um so viel reicher als unser armes Land.«

»Die Fjorde hier sind sehr steil«, erwiderte Harald. »Wie schaffen die Leute es nur, den Boden zu bewirtschaften?« Er versuchte seine Stimme tiefer klingen zu lassen, als wolle er verhindern, dass sie brach.

»Wir betreiben keinen Ackerbau«, gab Hunthiof zurück. »Bauern sind die Sklaven ihres Landes.«

»Dennoch habe ich auf den Hochweiden Kühe gesehen«, meinte Guthorm. »Gewiss gehören sie nicht alle den Elfinnen und Trollen.«

»Ich glaube nicht an Trolle«, setzte Harald hinzu.

»Das solltest du aber, denn sie kommen von unseren Bergen herab«, sagte Solvi und wurde prompt mit einem verunsicherten Blinzeln von Harald belohnt. Er griff nach einem Fetzen Fleisch, zupfte ein Stückchen Knorpel ab und warf es den Hunden vor. »Du hast meine Frage noch nicht beantwortet.«

»Harald soll das Land sehen, über das er herrschen wird«, erklärte Guthorm.

»Die Bauern hier binden ihr Vieh an den Bäumen fest, damit es nicht von den steilen Wiesen fällt. Sonst würden die Kühe im Fjord ersaufen«, sagte Solvi. »Es gibt viele, die fallen und ersaufen – nicht nur Kühe. Dieses Land ist unerbittlich gegenüber allen, die über es herrschen werden.«

Guthorm kniff die Lippen zusammen. »Wir sind eure Gäste.«

»Ja, das seid ihr«, bestätigte Hunthiof und sah Solvi scharf an. »Was wollt ihr von uns?«

»Eure Unterstützung natürlich«, sagte Guthorm. »König Hakon hat Harald bereits seine Tochter versprochen.«

»König Hakon hat viele Töchter«, bemerkte Solvi mit einem anzüglichen Grinsen. »Einige von ihnen habe ich auch schon gekannt. Welche hat er dir überlassen?«

Die bis dahin heiteren Augen des Knaben verfinsterten sich. Seine Hand wanderte zum Messer an seinem Gürtel.

Guthorm rief ihn mit einem warnenden Blick zur Räson. »Dein Sohn kommt einer Beleidigung gefährlich nahe«, sagte er. »Willst du die Sache mit einem Duell austragen?«

»Mein Sohn ist betrunken und eben erst nach Hause zurückgekehrt«, beschwichtigte ihn Hunthiof. »Hör nicht auf ihn.«

»Du kennst die Geschichte, Hunthiof«, sagte Guthorm. »Dreißig Jahre ist es her, seit wir gemeinsam gegen das Heer der Dänen kämpften. Sie haben in England fettere Beute gefunden als bei uns, doch als sie dorthin zogen, vereinten sie das Land unter einem König. Jetzt hat nicht nur Schweden einen König, sondern auch Dänemark. Das Heilige Römische Reich entsendet Bischöfe gen Norden, und dazu sein Heer. Die Zeiten, zu denen jeder Mann, der ein Tal besaß, sich König nennen konnte, sind bald vorbei.« Guthorm hielt inne und blickte zu den Wänden der Halle empor, an die die Fackeln flackernde Schatten warfen. Solvi hatte den Eindruck, sein Blick führte jedoch viel weiter, hinaus zu den Klippen, die den Geiranger-Fjord eingrenzten.

»Wenn du dein Knie jetzt nicht vor Harald beugst, wird er dich später dazu zwingen, und dann wirst du dich nie mehr erheben«, sagte Guthorm. »Die Könige, die sich uns jetzt anschließen, werden mit unermesslichem Reichtum belohnt werden. Jene, die sich weigern, werden alles verlieren, was sie je besaßen.«

»Eine mutige Drohung, wenn man bedenkt, dass du mit lediglich drei Drachenschiffen unterwegs bist und einen bartlosen Burschen als deinen Favoriten ins Rennen schickst«, sagte Hunthiof. Solvi sah seinen Vater zustimmend an. Die Schiffe waren zwar meisterhaft gebaute, lange Kriegsschiffe mit geschnitzten Drachenköpfen, doch auch diese waren nur aus Holz. Und Harald – ein Favorit, der noch nie die Härte und Unbill des Lebens kennengelernt hatte – würde es nicht weit bringen: Er wäre nicht der erste König, der bequem auf seinen Ländereien im flachen Süden hockte und zugleich die Herrschaft über ein Gebiet für sich beanspruchte, das er nur ein einziges Mal zu Gesicht bekommen hatte. Niemand würde je König über die gesamte nordische Halbinsel sein; die vielen unterschiedlichen Gebirge und Fjorde waren einfach zu abgeschottet voneinander. Stets würde derjenige im Vorteil sein, der über lediglich so viel Land herrschte, wie er mit seinen Schiffen auch verteidigen konnte, und der die angrenzenden Ländereien plünderte, um die eigenen Grenzen zu sichern.

»Willst du uns gleich hier umbringen, Hunthiof?«, fragte Guthorm ruhig. »Meinst du, es wäre klug, deine Gäste zu erschlagen und damit den Zorn der Götter noch einmal zu erregen? Immerhin haben sie dich bereits mit einem verkrüppelten Sohn gestraft.«

Solvi sprang auf. »Ich lasse mich in meiner eigenen Halle nicht von dir beleidigen.«

»Setz dich«, wies Guthorm ihn an. »Ich habe deinen Vater beleidigt, nicht dich. Ich beleidige nur ganze Männer.«

Hunthiof hatte sich ebenfalls erhoben. »Ist dies dein Verständnis von der Kunst des Herrschens, so wie du sie dem Jungen beibringen wirst? Wie man seine möglichen Verbündeten beschimpft? Geh, oder wir werden dich hinauswerfen.«

Guthorm stand auf. Er war so groß, dass selbst Solvi, der es gewohnt war, in einer Gruppe von Männern stets der kleinste zu sein, sich eingeschüchtert fühlte. »Wir hatten nie vor, dich zu unserem Verbündeten zu machen«, gab Guthorm zurück. »König Hakon wäre ohnehin niemals damit einverstanden.«

»Weshalb bist du dann hier?«, dröhnte Hunthiof.

»Um dich zu warnen. Verlass dieses Gebiet. Überlass es uns und den Königen der benachbarten Territorien, dann wirst du überleben. Der Wolf steht bereits vor deiner Tür.«

Mit diesen Worten rauschte Guthorm davon. Harald folgte ihm, doch bevor er die Halle verließ, blickte er sich noch einmal mit besorgtem Blick um.

Solvi ging eilig zu Ulfarr hinüber, dessen Hand gerade unter dem Rock einer hübschen Dienerin steckte, und packte ihn an der Schulter. »Hol die anderen, und komm mit ihnen raus.« Er schnüffelte, um herauszufinden, ob schon das Pech zu riechen war, das Guthorm bräuchte, falls er die Halle niederbrennen wollte.

Unten am Ufer standen ein paar von Guthorms Männern Wache, während die anderen die Schiffe aufbruchbereit machten und die Riemen einlegten. In dieser windstillen Nacht würden sie aus dem Tafjord hinausrudern und dann auf eine Morgenbrise warten müssen.

»Wie dreist!«, sagte Hunthiof. Er hatte sich zu Solvi gestellt, das Schwert gezogen. »Sie haben ganz schön viel Aufhebens gemacht, nur um uns zu warnen.«

Solvi war immer noch in Rage. Er konnte es kaum ertragen, sie nun ungeschoren davonrudern zu sehen. Es wäre ein Leichtes gewesen, seine Männer hinter ihnen herzuschicken, die Schiffe zu entern und zu versenken, mitsamt ihrer Prophezeiungen und Schmähungen. Sein Vater hätte das, was sie über ihn, seinen Sohn, gesagt hatten, nicht unkommentiert lassen dürfen – es sei denn, er teilte ihre Meinung. Hunthiof legte seine Hand auf Solvis Schulter. »Lass sie ziehen. Alles andere wäre töricht.«

»König Hakon ist mächtig«, entgegnete Solvi. »Wenn er es gutheißen würde ...«

»Du hast es selbst gesagt: Er hat viele Töchter. Wenn er sich durch eine von ihnen absichern möchte, warum nicht? Schließlich kann er sie jederzeit zur Witwe machen.«

Solvi schluckte. Er musste an seinen Mordversuch an Ragnvald denken, an den missglückten Dolchhieb. Jetzt könnte er die Sache wettmachen und Guthorms Beleidigungen tilgen. Jetzt, wo Guthorm und Harald aufgebrochen waren, befanden sie sich jenseits dessen, was die Gastfreundschaft gebot.

»Solvi«, wies Hunthiof ihn noch einmal zurecht – eine Warnung, die keinen Widerspruch duldete.

»Ja, Vater«, antwortete Solvi. Die Riemen von Guthorms Schiff tauchten ruhig ins Wasser ein, und noch bevor Solvi Luft geholt hatte, war es im Schatten der Klippen verschwunden.

»Nun, erzähle mir endlich von Ragnvald Eysteinsson«, forderte Hunthiof ihn auf, während sie zurück zur Halle gingen. Solvi schluckte.

»Unterhalb der Klippen, direkt am Steuer habe ich ihm die Kehle durchgeschnitten und ihn Ran übergeben«, sagte Solvi.

»Hast du sein Blut gesehen? Hat er sein Leben ausgehaucht?«

Nur sein Vater konnte ihn derart ausfragen, dass er an seiner Tat zu zweifeln begann. Hunthiof war ein alter Mann geworden; seine Jahre als Krieger lagen längst hinter ihm. Er hatte Solvi Männer und Schiffe gegeben, aber niemals sein volles Vertrauen. Warum sollte er auch? Solvi war ein Zwerg, kein richtiger Sohn, wie sein Vater ihm immer wieder ins Gedächtnis rief. Solvi kamen Bilder aus seiner Kindheit in den Sinn, lange Tage in der düsteren Halle, wo man sich nicht mehr um ihn gekümmert hatte als um die Hunde, die unter den Tischen miteinander kämpften. Dazwischen blitzte scharf die Erinnerung an den Schmerz seiner Brandwunden auf.

Solvi wandte seine Gedanken von jenen dunklen Tagen ab und der jüngeren Vergangenheit zu. Der Angriff auf Ragnvald war ihm nicht leichtgefallen. Ragnvalds Augen waren voller Entsetzen gewesen, voller Anklage. Viel Blutvergießen hatte es tatsächlich nicht gegeben. Solvis Hände verkrampften sich. Dennoch war Ragnvald von ihnen gegangen wie ein toter Mann; unmöglich, dass er der Strömung hatte standhalten können, mit all den nassen Kleidern am Leib, die ihn in die Tiefe zogen. Seine Haut war kalt gewesen.

»Wenn er atmet, dann atmet er Wasser«, sagte Solvi bestimmt.

Hunthiof sah ihn finster an. »Es gibt Männer, die selbst das können. Sprich die Wahrheit: Ist er tot?«

»Es könnte sein, dass er noch lebt«, gab Solvi zu und berichtete seinem Vater in so wenigen Worten wie möglich, was geschehen war. »Es liegt in den Händen des Schicksals.«

»Ich dachte, es lag in deinen Händen!« Solvi spürte, wie Hunthiofs Griff in seinem Nacken sich verstärkte.

»Die Wellen haben ihn mir aus der Hand gerissen«, sagte Solvi. Tatsächlich hätte er die Sache schon viel früher hinter sich bringen können, aber er hatte Ragnvald in dem langen Winter, während der Belagerung durch die Iren, noch gut brauchen können. Ragnvald war stets der Erste gewesen, wenn zum Angriff geblasen wurde, und der Letzte beim Rückzug. Vor allem aber war er derjenige gewesen, der als Erster einen Verrat witterte – mit Ausnahme von dem, den Solvi an ihm begangen hatte.

»Falls er noch lebt, ist er unser Feind«, erklärte Hunthiof. »Sorge dafür, dass das Versprechen gegenüber Olaf eingelöst wird.«

»Olaf ist ein alter ...«

»Sorge dafür!«, presste Hunthiof zwischen den Zähnen hervor. Seine Finger bohrten sich immer noch schmerzhaft in Solvis Fleisch. Die Männer in der Halle drehten sich nach ihnen um. Solvi schüttelte die Hand seines Vaters ab und richtete sich zu voller Größe auf – soweit ihm das möglich war.

»Ich werde tun, was für unsere Familie am besten ist«, sagte er. »Und für unser Königreich.«

KAPITEL 4

Egil erschien zum Abendessen. Die Frühjahrsstürme, die Svanhild die letzten drei Tage ans Haus gefesselt hatten, hatten ihn wie einen Vogel nach Ardal verschlagen. Er sah auch aus wie ein zerzauster Vogel, mit dem Wasser, das aus seiner Hutkrempe floss, wie ein gerupfter Storch mit herabhängenden Federn. Bei seiner Ankunft setzte Svanhilds Herz einen Schlag aus; einen Augenblick lang hoffte sie, er würde gute Nachricht bringen oder dass Ragnvald hinter ihm im Nebel auftauchte.

Vigdis schob sich an Svanhild vorbei, um Egil in die Halle zu geleiten. Sie wies ihn an, vor dem Feuer die nasse Kleidung auszuziehen, und brachte ihm eine trockene Tunika und eine Hose – von Ragnvald, wie Svanhild feststellte. Der würde seinem Freund die trockenen Kleider bestimmt nicht neiden.

»Ich habe Neuigkeiten für euch«, sagte Egil beim Anziehen.

»Jetzt wo du trocken bist, musst du uns erst mal ordentlich begrüßen«, fiel ihm Svanhild ins Wort. Sie ging zur Feuerstelle hinüber, um sie zu richten, und vermied seinen Blick, als er versuchte, Kontakt aufzunehmen. »Du bist fast mein Bruder.«

»Ich muss es dir sagen.« Er ergriff ihren Arm. »Es geht um Ragnvald.«

Nein, das wollte sie nicht hören, die Bestätigung sämtlicher Gerüchte, das Ende all ihrer Hoffnungen, die Ragnvald in ihr genährt hatte: von einem glücklicheren Leben, das sie zusammen führen würden, wenn er sein Erbrecht einforderte. Der Raubzug mit Solvi sollte der erste Schritt in diese Richtung sein.

»Erzähl«, bat Svanhild. Sie umklammerte ihren Körper fest mit beiden Armen, um gegen den Schmerz in der Brust anzukämpfen. Vigdis bot Egil ein Handtuch für sein nasses Haar, doch Svanhild entriss es ihr. »Erzähle es uns.«

»Es tut mir so leid, ich habe versucht, ihn zu retten. Es war Solvi.« Dann erzählte er ihnen, was passiert war, wie er versucht hatte, Ragnvald zu verteidigen, doch die anderen Männer ihn zurückgehalten hatten. »Er hat deinen Bruder getötet und ihn dann ins Wasser geworfen«, schloss er seinen Bericht.

Svanhild spürte, dass Olaf hinter sie getreten war und auf sie herunterblickte. Seine Nähe ließ sie schaudern. »Hast du ihn sterben sehen?«, fragte Olaf. »Bist du sicher, dass er tot ist?«

Svanhild hatte dieselbe Frage stellen wollen, doch nun, da Olaf sie aussprach, fühlte sie sich plötzlich in all ihren Vermutungen bestätigt. Olaf hatte dafür gesorgt, dass Ragnvald von dieser Reise nicht zurückkommen würde.

»Ganz sicher«, sagte Egil. »Er fiel wie ein Stein. Er ist jetzt in der Halle von Ran.« Sein Blick traf sich kurz mit Svanhilds, dann sah er weg. Er schämt sich wohl, dass er ihrem Bruder, seinem Freund, nicht mehr geholfen hat, dachte Svanhild.

»Du bist bestimmt müde«, meinte Vigdis. »Du musst ein paar Tage bei uns bleiben. Warte, bis das raue Wetter vorbei ist, bevor du zu deinem Vater heimkehrst.«

Egil suchte wieder Svanhilds Blick. »Er ist gut gestorben«, versicherte er. »Er hatte den Dolch in der Hand. In Irland und Schottland hat er mutig gekämpft. Sein Platz ist bei Odin, er bleibt nicht bei den Ertrunkenen.« Svanhild umschlang ihre

Oberarme noch fester. Sie konnte kein freundliches Wort für Egil finden. Ragnvald war tot, verloren, sein Körper würde nie im Hünengrab neben seinen Ahnen liegen. Er würde nie Teil des Landes werden, für das seine Familie gekämpft hatte und gestorben war. Sie schlug die Hände vor den Mund und rannte hinaus.

Allein im Kuhstall draußen, gelang es ihr nicht zu weinen, obwohl ihr Atem wie kurze Schluchzer kam. Seit Ragnvalds Weggang hatte sie jeden Tag an ihn gedacht, hatte versucht, sich so gut wie möglich entsprechend den Wikingergeschichten der Skalden vorzustellen, was er gerade tat, wo er kämpfte. Im Geiste hatte sie so viel Zeit mit ihm verbracht, dass es ihr so vorkam, als habe sie ihn zurück nach Hause begleitet, durch die schlaflosen Nächte auf dem offenen Meer, zurück zu den Gefilden von Sogn. Er konnte einfach nicht tot sein.

Die Kühe stampften nervös, da sie ihren inneren Aufruhr spürten. Was würde wohl geschehen, wenn sie anfing zu schreien? Würde sie jemand im Kuhstall suchen und sie trösten? Halb erwartete sie, Vigdis, ihre Mutter, vielleicht sogar Egil könnten kommen und sie holen. Stattdessen hörte sie das Klappern von Tellern, die auf dem langen Tisch gedeckt wurden, daneben kleine Zinnbecher, dazu vernahm sie leises Reden und Essensgeräusche. Im Hauptraum draußen saßen die Hausgenossen zusammen und verzehrten ihr Mittagsmahl. Der Geruch von Ziegenbraten verursachte Svanhild Übelkeit. Sie schluckte und wischte Heu von ihrem Gewand, als sie die Tür öffnete.

»Gern würde ich länger bleiben«, sagte Egil gerade, »aber ich muss die schlechte Nachricht meiner Schwester überbringen.«

»Fragt sich eigentlich niemand, ob ich nicht auch gern was essen würde?«, fragte Svanhild wütend.

Vigdis stand hinter Olafs Schulter, schmiegte ihren Körper an seinen und goss ihm mehr Bier in seinen Becher. »Ich wollte dich einfach in Stille trauern lassen«, antwortete sie aalglatt. »Du musst dich natürlich zu uns setzen, wenn du Hunger hast.«

Svanhild sah sich am Tisch um. Ihre Mutter war auch nicht da. Sicher trauerte sie ganz für sich. Svanhild hatte sich nicht um sie gekümmert, aber ihre Mutter auch nicht um sie. Das trieb ihr Tränen in die Augen, obwohl die Nachricht von Ragnvalds Tod diese trocken gelassen hatten.

»Mein Bruder muss beim Raubzug Gold und Silber gewonnen haben«, sagte Svanhild mit schriller Stimme. »Das gehört der Familie. Hast du etwas davon mitgebracht, Egil Hrolfsson?«

Egil sah sie erstaunt an. »Nein«, erwiderte er. Er öffnete den Mund, als wollte er eine Erklärung abgeben, schloss ihn dann aber wieder.

»Dann müssen wir es beim Thing einfordern«, fuhr Svanhild fort. »Mein Stiefvater hat nicht viel Silber übrig für meine Mitgift. Das sollte Ragnvald für mich gewinnen.« Für sie beide.

Olaf sah missmutig drein. Er warf Sigurd einen Blick zu. »Ja, Solvi schuldet unserer Familie eine Erklärung, und die Beute, die Ragnvald gemacht hat.«

»Er schuldet ... das Strafgeld für den Mord an Ragnvald«, erklärte Svanhild. »Oder ist er etwa für den Mord bezahlt worden?«

Vigdis stellte den Bierkrug krachend auf den Tisch. »Komm mit mir, Svanhild. Deine Mutter braucht dich jetzt. Du bist ihr einziges noch lebendes Kind.«

Svanhild ließ sich von Vigdis in die Küche führen. Dort saß ihre Mutter am Tisch und mahlte langsam Getreide. Mit ausdruckslosem Blick sah sie zu ihrer Tochter auf. Svanhild hätte lieber Sorge darin erblickt, die sie hätte teilen können. Dieser

Ausdruck in Ascridas Gesicht, diese Leere, die hatte Svanhild schon so lange gesehen, immer wenn sie mit ihren Wehwehchen oder Schmerzen zur Mutter gekommen war. Selbst Vigdis mit ihrer aalglatten Art hätte mehr Trost spenden können.

»Ich mahle das Korn für den Brei morgen früh«, sagte Ascrida. »Die Leute müssen essen.«

Svanhild setzte sich ihr gegenüber und nahm ihr die Mahlsteine sanft aus den Händen. Sie hatten sich gegenseitig nicht viel zu geben, aber aufgeben würde sie Ascrida nicht. »Lass mich machen, Mutter«, sagte sie. »Du bist müde.«

*

Svanhild mahlte das Korn auf dem Mahlstein, bis ihre Hände fast lahm waren. Alle Muskeln in Händen und Armen schmerzten. Doch sie mahlte eine Handvoll Körner nach der anderen. Was machte es schon, wenn ihre Hände heute schmerzten, so dass sie morgen nicht spinnen konnte? Wenn sie sich nicht auf diese Weise weh tat, dann würde sie mit dem Mahlstein die eigene Haut zerkratzen, nur um sich vom Schmerz in ihrer Kehle abzulenken.

Die anderen waren alle schon schlafen gegangen, doch Svanhild arbeitete weiter, während ihre Mutter Kräutersträußchen zum Trocknen aufhängte, mit fleißigen Händen und leerem Blick. Schließlich war Svanhild zu wütend, um weiter Korn zu mahlen. Sie warf den Stein auf den Tisch, so dass sich eine feine Staubwolke erhob.

»Svanhild, du machst das kaputt«, sagte Ascrida.

»Mutter, was geschieht jetzt mit uns?«, fragte Svanhild. »Ragnvald sollte doch ...« Sie hielt inne. Die Liste der Aufgaben, die Ragnvald hätte erledigen sollen, war einfach zu lang. Hinzu kamen die Pflichten, die ihr Vater vernachlässigt hatte, wie zum Beispiel ihr Land vor Plünderern zu schützen, wie Olaf.

»Hat Olaf unseren Vater getötet?«, brach es aus ihr hervor.

Ascrida seufzte. »Ragnvald hat mich das auch gefragt. Komm her.« Sie öffnete die Arme mit einem Ausdruck unendlicher Müdigkeit im Gesicht. Svanhild wollte hineinsinken, wie sie es als Kind getan hatte, aber sie erinnerte sich, wie ihre Mutter sie behandelt hatte, als sie sich mit Sigurd anlegte. Schließlich teilte ihre Mutter das Bett mit Olaf.

»Nein, Mutter«, sagte sie und verschränkte die Arme. »Sag mir jetzt die Wahrheit.«

Ascrida presste die Lippen zusammen. Hatte sie Ragnvald als notwendiges Opfer betrachtet? Die drei Schicksalsnornen saßen am Fuße der Weltesche, spannen den Lebensfaden der Menschen, maßen ihn aus und schnitten ihn ab. Hatte Ascrida Ragnvalds Lebensfaden ausgemessen und entschieden, ihn abzuschneiden?

»Das weiß nur Olaf«, sagte sie, »und der hat es nicht für nötig befunden, mich einzuweihen. Wenn er tatsächlich Ragnvalds Tod geplant hat ...«

»Wenn? Mutter, er ist befreundet mit König Hunthiof. Er hat Ragnvald zu Hause behalten und sich geweigert, ihn für einen Raubzug mit irgendeinem anderen König auszustatten. Und jetzt ...«

»Ich sage dir jetzt, was ich deinem Bruder auch gesagt habe«, erklärte Ascrida. »Ich tat, was notwendig war, damit unsere Familie überlebt.« Ihre Stimme klang hohl. »Du magst doch die alten Lieder so sehr: Brünnhildes Rache, weil man sie an den Falschen verheiratet hat, Gudrun, die als Frau des Mörders ihres Mannes überlebt und ihre neugeborenen Söhne von ihm abschlachtet, um sich zu rächen. Das Leben ist aber nicht so. Du musst lernen, zu überleben und schwere Entscheidungen zu treffen. Männer können rücksichtslos leben. Sie können töten oder sterben. Für Frauen ist das nicht so leicht.«

»Du könntest ihn töten«, sagte Svanhild. »Er nimmt dich doch immer noch in sein Bett. Er hat deinen Mann und deinen Sohn umgebracht.«

»Ich bin kein Krieger und auch keine Gudrun.« Ascrida berührte Svanhilds Kinn und hob es an, so dass Svanhild sie ansehen musste. »Und du auch nicht. Beim Sommeropfer drehst du immer noch den Kopf weg, wenn die Tiere sterben. Könntest du einem Mann die Klinge in die Kehle stoßen?«

Svanhild dachte daran, wie sie Sigurd geschlagen hatte, an die Wut und die Ohnmacht, die sie überfallen hatten, weil sie Sigurd nur durch Überraschung hatte verletzen können. Sie konnte ein Tier in der Falle töten, weil das keine Waffen hatte, mit denen es zurückschlagen konnte.

»Du könntest es ja versuchen«, sagte sie fest. »Deine Familie ist es das wert.«

»Und was passiert dann in deiner Geschichte, Tochter?«, fragte Ascrida. »Wenn du deinen Mann umgebracht hast, der dich zehn Jahre lang beschützt hat? Nimmst du dann das Schwert auf und verteidigst das Land vor Plünderern und gierigen Nachbarn? Eine Frau wartet und beobachtet. Sie schluckt auch eine Kröte, wenn es sein muss. Das habe ich getan, als ich Olaf zu mir ins Bett nahm. Warte jetzt. Nimm dir einen starken Mann, der dich beschützt.« Sie nahm den Zipfel ihrer Haube auf und wischte damit etwas Schmutz von Svanhilds Gesicht. »Geh jetzt zu Bett. Es ist schon spät, und morgen wirst du müde sein.«

»Und wenn schon«, sagte Svanhild.

»Thorkell kommt zum Fest vor dem Sogn Thing«, sagte Ascrida. »Du solltest dich ausruhen, damit du für ihn schön bist.«

»Ich will doch gar nicht, dass er mich schön findet«, rief Svanhild.

»Das solltest du aber«, erwiderte Ascrida traurig. »Es ist die einzige Macht, die du jetzt hast.«

*

Egil verließ sie am nächsten Morgen, um die schreckliche Nachricht seiner Schwester zu überbringen. Für Svanhild war es tröstlich, dass auch Hilda um Ragnvald weinen würde. Wenigstens wurde er von noch jemandem beweint außer ihrer Mutter, die mehr um die von ihr getroffene Wahl als um ihren Sohn zu trauern schien.

Am Tag des Fests kam Thorkell mit seinem Gefolge an: zehn bewaffnete Männer. Drei davon waren seine Söhne, keiner war unter zwanzig, und jeder von ihnen war besser bewaffnet und geschützt als die Bauernjungen, die Olaf anheuerte, wenn er Plünderer verjagen musste.

Als die Männer sich gesetzt hatten, trug Svanhild die Holzteller herein, dann die Becher mit Bier, den Blick gesenkt, immer von der anderen Seite des Tischs aus bedienend, ohne den Blick je zu Thorkell zu erheben. Olaf ergriff ihr Handgelenk, als sie ihm mehr Bier einschenkte.

»Tochter«, sagte er kalt, »du hast unseren Gast nicht begrüßt. Ich glaube, er hätte gern deine Gesellschaft an seiner Seite.«

Svanhild stieg das Blut in die Wangen. Noch nie zuvor hatte man sie aufgefordert, bei einem Mann am Tisch zu sitzen, außer damals in ihrer Kindheit, als der Mann ihr Vater gewesen war. Nun bedeutete es, dass Olaf sie als seinen Besitz zur Schau stellen wollte, den Thorkell vielleicht erwerben würde. Olaf hatte an Thorkell Land verschenkt, das er von

Eystein genommen hatte, und nun war Thorkell der Reichere von beiden.

»Wie du wünschst, Stiefvater«, antwortete sie.

Sie ging um den Tisch herum zu Thorkells Platz und fühlte sich unbehaglich, weil alle Augen auf sie gerichtet waren. Von hinten konnte sie sehen, dass sich sein Haar über der Stirn lichtete. Er trug einen schweren roten, von Grau durchsetzten Vollbart, der fast sein ganzes Gesicht verdeckte, und schien riesig und ungeschlacht, als wären die Teile seines Körpers unabhängig voneinander gewachsen und hätten nicht gleichzeitig damit aufgehört. Seine Augen waren kleiner und dunkler als die von Olaf, doch ihr gemeinsames Blut ließ sie ähnlich erscheinen: die tief eingegrabenen Falten von den Nasenflügeln bis zum Kinn hinunter, die Oberlippe von einem Schnurrbart bedeckt, die Unterlippe vorstehend. Thorkell trug eine Seidentunika über seinem hausgesponnenen Hemd und der Hose, und die vielen Silberringe und Schnallen zeugten von großem Reichtum. Wenn sie ihn nun so ansah, verspürte sie keine Angst, nur Abscheu.

»Welche Ehre, meine Base«, sagte Thorkell und musterte sie von oben bis unten. Ihr Gesicht erglühte, aus Abscheu wurde Wut. Sie setzte sich neben ihn und trank etwas aus seinem Becher. Sein mächtiger Körper verbarg ihr die Sicht auf die Hälfte des Raums. Sie trank kräftig; denn das war ihre Aufgabe, wenn sie den Platz eines Mannes teilte. Als sie leergetrunken hatte, spürte sie immer noch die gleiche Wut, aber weniger Zurückhaltung. Sie rief die Dienerin herbei, den Becher wieder zu füllen.

»Mein Beileid zum Tod Eures Stiefsohns«, sagte Thorkell zu Olaf. Sie hatten fertig gegessen, die Knochen den Hunden zugeworfen, und begannen nun ernsthaft mit dem Trinken. »Lasst uns drauf anstoßen, dass er in Frieden ruhe, wo immer das auch sei.« Er nahm ihr den Becher aus der Hand, wobei seine brüchigen Fingernägel ihre Haut kratzten. Sie versuchte, auf der voll besetzten Bank von ihm abzurücken.

Olafs Ausdruck wechselte von Überraschung zu Wut und dann zu Scheinheiligkeit, die Svanhild noch mehr erzürnte. Er hob den Becher, vollendete den Toast und begann einen neuen Trinkspruch auf Thorkells jüngsten Enkelsohn, das Kind einer Tochter, die Thorkell an einen Bauern weiter im Süden vermählt hatte. Einer von Thorkells Männern kam dann mit einem Trinkspruch, der sich zu einem Wettstreit von Schmähungen zwischen zwei Brüdern entwickelte, wie es wohl häufiger vorkam, wie Svanhild aus den müden Hochrufen der anderen schloss. Die Beleidigungen waren nicht besonders kreativ, der Unterhaltungswert lag wohl eher in der Neugier, ob die beiden den Abend in brüderlicher Umarmung oder jeder in einer anderen Ecke beim Abtupfen seiner blutigen Nase beenden würden.

Olaf wandte sich Thorkells Schmied zu, mit dem er zusammen aufgewachsen war. Da niemand, nicht einmal Thorkell, ihr Beachtung schenkte, trank Svanhild wieder seinen Becher leer. Als sie ihn absetzte, legte sich Thorkells mächtige Pranke auf ihre Hand, und sie erschrak.

»Du hast einen ganz guten Zug«, sagte Thorkell. »Ich glaube, das reicht jetzt für heute, auch wenn dein Vater …«

»Stiefvater«, korrigierte ihn Svanhild.

»Also dann, dein Stiefvater. Soll das heißen, dass du mich nicht mehr wie früher Onkel nennst?«

Als Onkel wäre er zu nah mit ihr verwandt, um sie zu heiraten, doch das wusste sie nicht mehr. Er war in den vergangenen Jahren nicht oft zu Olaf auf Besuch gekommen und hatte eher die wohlhabende Familie seiner letzten Frau bevorzugt. Nun war sie tot, und ihre Familie hatte die gebotenen Gefälligkeiten seinen Söhnen erbracht, nicht ihm. Daher richtete sich sein Augenmerk nun auf Olafs Land, denn Olaf hatte einen schwächlichen Sohn und eine heiratsfähige Stieftochter. Wäre Ragnvald hier, könnte er es verhindern. Als direkter Vetter des Stiefvaters würden die Familienbeziehungen vielleicht als zu eng angesehen, aber da sie in ihrer Gegend weder Reichtum noch eine hohe Stellung zu erwarten hatte, würde wohl kaum jemand Einspruch einlegen.

»Ich sehe, mein Vetter hat dir keinen Gefallen getan, indem er dich hierher setzte«, sagte Thorkell.

»Ich glaube nicht, dass ihm daran liegt, mir einen Gefallen zu tun«, erwiderte Svanhild. Sie sollte ihn eigentlich umgarnen und bezaubern – Vigdis würde ihr das raten, obwohl er nach altem Fleisch und saurem Schweiß stank. Die Vorstellung, mit ihm ins Bett zu gehen, war ihr genauso fremd wie die, es mit einer der Kühe im Stall zu teilen, doch seinem Blick konnte sie entnehmen, dass er keine Schwierigkeiten damit hatte.

»Willst du eine Wette für mich anbieten, Thorkell?«, fragte Svanhild. »Ich habe keine Münze.« Sie versuchte, ihm zuzulächeln.

»Wenn ich einen Hörigen hätte, der so fett ist wie du, dann – dann würde ich ihn an einen Spielmann verhökern, dass er ihn mit seinem Tanzbär auftreten lässt«, schrie einer der Brüder dem anderen zu. Thorkells Männer johlten nur abfällig. Sie mussten die Schmähung schon früher einmal gehört haben.

»Was willst du wetten?«, fragte Thorkell.

»Ach, nicht doch«, erwiderte Svanhild. »Ich wollte, dass du eine Wette für mich anbietest. Ich selbst kann nichts einbringen.«

»Nicht mal einen Kuss?«, fragte Thorkell. Svanhilds Gesichtsausdruck musste offenbart haben, wie angewidert sie war, denn Thorkell zuckte mit der Schulter und streckte seinen

Becher einem vorbeigehenden Diener zum Auffüllen hin. »Nicht? Ich habe vergessen, wie jung du bist. Was für eine Wette soll ich denn anbieten?«

»Ich wette, dass die beiden die Nacht friedlich und betrunken beenden. Meine Mutter braut ein starkes Bier.« Die Brüder schienen an diesem Abend zu müde zum Streiten. Thorkells Hof lag bei gutem Wetter eine halbe Tagesreise entfernt, und heute war es kalt und nass gewesen.

»Ja, das stimmt.« Thorkell hob seinen Becher. Er beugte sich vor, sprach kurz leise mit einem seiner Männer und drückte ihm eine kleine Silbermünze in die Hand.

Svanhild sah, wie das Geld die Hände wechselte. »Wer zahlt für deine Schwerter, Thorkell?«, fragte sie. »Ich weiß ja, dass du aus dem Viehdiebstahl nicht genug Geld machst.«

Thorkell lachte, obwohl es recht dünn klang. »Du arbeitest wohl für meinen Vetter, wenn du das fragst.«

»Kann ich nicht für mich selbst fragen?« Svanhild warf ihr Haar in den Nacken. »Ich will's einfach wissen. Wie kauft man sich denn Schwerter?«

Thorkell sah sie ernst an. Sie fing beinahe an, ihn zu mögen, denn er schien mehr in ihr zu sehen als nur Olafs Pfand. »Ich glaube, du bist gescheit genug, um zu wissen, dass ich kein Interesse daran haben kann, dir das zu erzählen.« Er ließ den Blick zu Olaf hinüber schweifen. »Dein Vater sollte sich besser bewaffnen. Jedes Jahr kommen mehr Plünderer, mehr ehrgeizige Männer aus dem Süden. Ein Mann, der sich nicht ausreichend schützt, geht in dem Chaos unter.«

»Kümmerst du dich gut um das Wohlbefinden deines Gastes?«, fragte Vigdis hinter ihr und erschreckte Svanhild.

Svanhild sah Thorkell an und setzte ihr falsches Lächeln wieder auf. Ihre Mutter war nicht die Einzige, die schwere Entscheidungen treffen konnte. »Ist es so?«, fragte sie leichthin.

»Deine Tochter ist kühn«, sagte Thorkell. »Sie unterhält mich gut.« Vigdis sah sie warnend an und ging dann zu ihrem Platz an Olafs Seite zurück.

Thorkell gab ihr den Becher wieder in die Hand, und sie trank erneut daraus. »Warum erzählst du mir das?«

»Ich will nicht, dass dir ein Unheil geschieht.«

»Bevor du die Gelegenheit gehabt hast, mir selbst ein Unheil anzutun?«

»So ein schlechter Gemahl wäre ich gar nicht«, sagte er.

Svanhild verschluckte sich an ihrem Bier. Sie hielt sich an der Tischkante fest, als sie hustete. »Und da behauptest du, ich sei zu kühn«, erwiderte sie, als sie sich erholt hatte.

»Ich denke, du bist gerade kühn genug«, antwortete Thorkell diplomatisch.

»Du bist ein Großvater und ich gerade mal fünfzehn«, sagte Svanhild und versuchte, ernst zu klingen. »Viel zu jung zum Heiraten.«

»Heirate lieber jetzt, solange du noch die Wahl hast«, sagte Thorkell leise mit einer Stimme, die Svanhild Angst einjagte. Sie könnte all das an Olaf weitertragen, dass Thorkell beabsichtigte, sein Land einzunehmen, und Olaf würde ihr vielleicht sogar glauben. Aber warum sollte sie Olaf helfen, wenn sie sich selbst helfen konnte?

»Du siehst nicht gerade so aus, wie ich mir meinen Mann vorgestellt habe«, sagte Svanhild ehrlich. Sie sah zu Vigdis hinüber und bemerkte ihren Blick und die Art und Weise, wie sie den Kopf in den Nacken warf und über die Witze der Männer lachte. Sie legte ihre Hand auf Thorkells Arm. »Aber wenn du mich besser kennenlernen willst, bitte meinen Stiefvater, mich zum Thing mitzunehmen.«

Dort könnte sie sehen, ob sie Olaf dazu zwingen konnte, Ragnvalds Beute für ihre Mitgift einzufordern. Er war gierig und wäre durchaus dazu in der Lage. Sie könnte sich nach anderen Männern umsehen, die Interesse an ihr zeigten. Einzig Ragnvald hatte sie an Ardal gebunden, doch nun konnte sie sich ganz anders orientieren, überall hingehen. Olaf würde sie nicht verfolgen, wenn sie floh. Sie hatte nur ihre Schönheit anzubieten, soweit diese vorhanden war, ihren Körper und die Söhne, die sie gebären könnte. Wenn es niemandem Schande brachte, könnte sie die Zweitfrau eines Königs sein, eine Kebse, eine Geliebte. Sie könnte sich zu den Priesterinnen der Freya flüchten und sich deren Fruchtbarkeitsriten verpflichten, Königen und Bauern beischlafen, um reiche Ernten zu gewährleisten. Der Gedanke war seltsam, aber nicht so unangenehm wie der, Thorkell zu heiraten.

»Das mach ich«, flüsterte er ihr zu, als teilten sie beide ein Geheimnis. Svanhild errötete und freute sich darüber, was sie zustande gebracht hatte.

Wie auf ein geheimes Zeichen hin standen Ascrida und Vigdis auf. Es war an der Zeit für die Frauen, den Tisch abzuräumen, so dass die Männer unter sich weiter trinken und Würfel spielen konnten. Thorkells Männer würden da schlafen, wo sie gerade lagen. Svanhild stand auf und folgte Vigdis in die Küche.

»Gibt es eine Verlobung anzukündigen?«, fragte Vigdis. Svanhild stieg das Blut in die Wangen; sie war unglücklich, weil Vigdis ihre Tricks beobachtet hatte.

»Sind sich denn Olaf und Thorkell schon einig über mich?«, fragte sie ihre Mutter.

»Er ist ein guter Fang. Thorkells Macht wird immer größer«, sagte Vigdis, noch bevor ihre Mutter antworten konnte.

»Ja, leider. Und das sollte nicht so sein«, rief sie aus, senkte die Stimme und fuhr fort: »Wenn Olaf auch nur halb der Mann wäre, der mein Vater war, dann hätte er sein Land zusammengehalten, und mich hätte man einem der Söhne von König Hakon versprechen können.« König Hakon herrschte über die Ländereien nördlich des Fjords von Solvi und Hunthiof und galt als reichster Mann im Westen.

»Eine Heirat mit Thorkell ist alles, was du erwarten kannst«, sagte ihre Mutter. »Er ist anständig genug.«

»Wahrscheinlich anständiger als Olaf«, sagte Vigdis leise und nahm Svanhild etwas Wind aus den Segeln. Svanhild schüttelte den Kopf. Das würde sie sich vielleicht von Vigdis oder ihrer Mutter einzeln anhören, aber beide zusammen gaben ihr das Gefühl, wieder ein kleines Mädchen zu sein, das beim Stibitzen von Honig erwischt worden war.

»Er hat schon drei Frauen unter die Erde gebracht«, rief sie aus, »und ich wäre schon begraben, bevor ich überhaupt tot wäre.«

»Seine Frauen waren kränklich«, sagte Ascrida. »Du bist aus anderem Holz geschnitzt. In unserer Familie ist man gebärfreudig.« Svanhilds Mutter hatte sechs Kinder ausgetragen, doch keines der nach Svanhild geborenen hatte das erste Lebensjahr überlebt. Und sie war auch nicht daran gestorben.

»Wenn ich Thorkell zur Frau gegeben werde, dann – dann nehme ich mir einen Geliebten und sorge dafür, dass er Thorkell umbringt«, sagte Svanhild.

Ascrida und Vigdis wechselten Blicke. Vigdis trat vor und legte den Arm um Svanhilds Schultern. »Warte erst mal, bis alles beschlossen ist, bevor du den Tod von jemandem planst«, sagte sie. »Sei nett zu Thorkell, so wie heute. Sei geduldig, Vielleicht kommt ja noch etwas Besseres daher.«

Svanhild verzog mürrisch ihr Gesicht; sie wollte nicht, dass Vigdis auf ihrer Seite war und all ihre Gedanken und Pläne so leicht durchschaute. Nicht heute.

»Und jetzt«, sagte Vigdis, »führst du dich auf wie ein braves

Mädchen, das nur ans Spinnen und Kinderkriegen denkt. Und mach ein freundlicheres Gesicht.«

Svanhild warf den Kopf in den Nacken. »Ich glaube nicht, dass ich das kann.«

»Ich weiß schon«, sagte Vigdis müde. »Versuch's trotzdem.«

KAPITEL 5

Der Boden, auf dem Ragnvald lag, fühlte sich uneben an und schwankte. Seine Zähne schlugen vor Kälte aufeinander. Er presste den Kiefer zusammen, und die Schauer wanderten weiter zu seinen Halsmuskeln. Er konnte einfach nicht aufhören zu zittern. Hände griffen nach ihm, zerrten an seinen Kleidern, während eine tiefe Stimme etwas sagte, was er nicht verstand. Er war wieder auf Solvis Schiff, daran gab es keinen Zweifel. Und diesmal würde Solvi ihn mit seinem Dolch nicht verfehlen. Ragnvald setzte sich gegen die drängenden Hände zur Wehr, trat wahllos um sich und fühlte an seiner Hüfte nach dem Dolch, den er immer noch bei sich hatte. Er saß jedoch zu fest in der durchweichten Scheide, als dass er ihn daraus hätte befreien können.

»Wie du willst«, sagte die Stimme, und die Hände gaben ihn frei.

Endlich ließen das Zittern und die Panik, die all seine Glieder erfasst hatten, etwas nach. Das Boot bewegte sich anders als ein Drachenschiff, das bei seiner Größe auf den Wellen längst nicht so stark hin und her geschlingert wäre. Ragnvald setzte sich auf.

Er befand sich in einem kleinen Fischerboot aus dicken, fest miteinander verbundenen Holzplanken, das in der Dünung schaukelte. Sein Retter war ein stämmiger Mann mit grauem

Haar und dick geschwollenen Fingerknöcheln – offenbar warf er seine Netze schon seit vielen Jahren in diesem Fjord aus. Einer der Fische, die am Boden des Bootes lagen, war noch nicht ganz tot und sprang über Ragnvalds Fuß. Ragnvald machte einen Satz nach hinten und wäre fast über Bord gegangen; seine Nerven lagen noch immer blank.

»Schreckhaftes Kerlchen, was?«, sagte der Fischer.

Ragnvald hielt sich an der Reling fest. »Wer bist du?«

»Agmar, auch genannt Agi, Sohn des Agmar, Sohn des Agmar, Sohn des ... Du verstehst schon. Meine Vorfahren hielten etwas auf die alten Traditionen.« Er stieß ein gackerndes Lachen aus und entblößte dabei ein Gebiss, in dem die Hälfte der Zähne fehlte.

»Wem schuldest du Gehorsam?«, fragte Ragnvald misstrauisch.

»König Hunthiof.«

Das war Solvis Vater, der über die Ländereien herrschte, die an Ragnvalds Heimatbezirk grenzten. Ragnvalds Familie war an keinen Herrn gebunden, und Hunthiof hatte nie versucht, seine Macht so weit Richtung Süden auszudehnen. Der Letzte, der Sogn als sein Königreich beansprucht hatte, war Ragnvalds Großvater Ivar gewesen.

»Ah, das ist gut«, sagte Ragnvald. »Er soll ein guter König sein, habe ich gehört.« Das Zittern beeinträchtigte inzwischen auch sein Sprechen, was er als denkbar ungünstig empfand. Er hielt die Reling fest umklammert.

Agi zuckte die Achseln. »Uns Fischer lässt er in Ruhe – außer wenn einer mit jemandem spricht, mit dem er nicht sprechen sollte. In den letzten Wochen sind eine Menge prächtiger Schiffe hier vorbeigekommen, voll beladen mit Kriegern.« Er musterte Ragnvald. Seine Kleider waren triefend nass und sahen überhaupt ziemlich mitgenommen aus, da es viele Wochen her war, seit sie das letzte Mal gewaschen worden waren. Aber er trug auch ein Schwert, einen Degen und eine silberne Mantelspange am Umhang, und seine Zähne waren kräftig. Agi würde ihn gewiss nicht für einen Fischer halten.

»Du bist doch nicht etwa ein Gesetzloser, oder?«, wollte er wissen.

»Nein, ich bin kein Gesetzloser«, gab Ragnvald zurück – obwohl Solvi eine Strafe über ihn verhängt hatte, ohne ihm zu sagen, was er verbrochen hatte. Vielleicht war es ja Solvis Absicht, von seiner eigenen Schuld abzulenken, indem er Ragnvald beim nächsten Thing vor dem Gericht durch irgendeine Scheinbelastung verfemen ließ; Ragnvald bliebe dann nichts anderes übrig, als über die Grenze zu flüchten, denn als Vogelfreier könnte ihn jeder umbringen, dem er über den Weg lief. Doch falls Solvi ihn für tot hielt, war die Sache vermutlich ohnehin erledigt.

»Warum sagst du mir dann nicht, wie du heißt?«

»Ich heiße Ragn…, Ragnar«, antwortete er. »Und ich danke dir, dass du mich gerettet hast.«

»Dann bist du ein Bastard?«, fragte Agi und begann stöhnend zu rudern.

Ragnvald erstarrte angesichts dieser Beleidigung. Doch Agis Vermutung war nur folgerichtig. Schließlich hatte Ragnvald den Namen seines Vaters nicht genannt. Er nickte also.

»Aber ein adliger«, fügte Agi hinzu. »Zumindest redest du wie einer von denen, die oben in der Halle leben. Und du hast ein ziemlich schönes Schwert.«

»Ja«, erwiderte Ragnvald. Der begehrliche Blick, mit dem Agi seine Waffe beäugte, gefiel ihm gar nicht. Er flunkerte ihm daher etwas vor, von einer adeligen Mutter, einem Kind, das vom Karren gefallen war, und dass er aus dem Norden stammte – so weit war Agi in seinem Leben gewiss noch nicht gekommen.

»Und wie bist du dann im Wasser gelandet, mit halb aufgeschlitzter Kehle?«

»Es war ein Spiel«, gab Ragnvald knapp zurück. »Dabei bin ich hineingefallen.«

»Und keiner von den anderen hat dich rausgefischt?«

»Nein, aber sie werden sich dafür verantworten müssen, wenn ich ihnen das nächste Mal begegne«, antwortete Ragnvald mit finsterem Blick. Natürlich hätten sie ihn aus dem Wasser gezogen, wenn es sich nur um ein Spiel gehandelt hätte. Er besaß zwar nicht Solvis Gabe, sich mit allen Leuten gut zu stellen, aber die Männer hatten ihn respektiert. Sein Stiefvater hatte ihn mit Solvi auf Raubzug geschickt, um sich damit als würdig zu erweisen, die Herrschaft über das Land seiner Vorväter zu übernehmen. Solvi hatte Ragnvald bestätigt, dass ihm das gelungen war, und ihm versprochen, seinem Stiefvater Entsprechendes zu berichten. Und dann war alles anders gekommen. Solvi hatte seine Meinung offenbar geändert – oder aber er hatte niemals beabsichtigt, Ragnvald zu helfen. Der Gedanke an dieses Unrecht schnürte ihm die Kehle zu.

Zu spät dämmerte ihm, dass die Geschichte von einem Mann namens Ragnar, den man mit aufgeschlitzter Kehle aus dem Fjord gezogen hatte, ausreichen würde, um Solvi und jedem anderen von dessen Schiff klarzumachen, dass er noch am Leben war.

Ragnvald betastete die Wunde an seinem Hals, die nun, da ihm wärmer wurde, immer stärker zu bluten begann. Sie war nicht allzu tief; das Blut benetzte gerade mal seine Fingerkuppe. Die Wunde in seinem Gesicht, aus der das Blut inzwischen auf seine Hose tropfte, wollte er lieber nicht berühren. Er wrang einen Zipfel seines Kittels aus und riss einen Streifen Stoff davon ab, um die Wunden zu verbinden.

»Dann bist du vielleicht ein Draugr?«, fragte der Fischer.

Ragnvald setzte ein finsteres Grinsen auf. Mit seinem blutverschmierten Gesicht und Hals und den vor Kälte blauen Fingern sah er wahrscheinlich wirklich wie eine wandelnde Leiche aus.

»Noch lebe ich«, sagte er, »dank deiner Hilfe!« Agi starrte ihn immer noch an. Dieser Mann fischte in Gefilden, über die Solvi und sein Vater herrschten, machte Ragnvald sich wieder bewusst. »Obwohl ich mir nicht vorstellen kann, dass König Hunthiof sich dafür bei dir bedanken wird«, gab er zu.

Ragnvald stöberte unter seiner Tunika nach etwas und zog sich schließlich den Reif vom Arm, den Solvi ihm geschenkt hatte. Für einen Augenblick wog er ihn in seiner Hand. Der Armreif war wulstig und schwer, und das Silber fühlte sich unter seinen Fingern so geschmeidig an wie Samt. Gefertigt war der Reif aus gewundenen Drahtsträngen, jeder einzelne von ihnen dicker als die Ringe des schwersten Kettenhemdes. Die Enden waren zu zwei Eberköpfen modelliert, die mit offenen Mäulern aufeinander losgingen. Es war ein fürstliches Geschenk. Ragnvald hatte es sich mit seiner Tapferkeit im Kampf verdient und es mit Stolz getragen, seit Solvi es ihm bei einem Festgelage überreicht hatte. Abgesehen von dem zinnenen Anhänger, den er um den Hals trug, und der Schließe seines Umhangs war es das Einzige von Wert, was er besaß – und vermutlich jemals besitzen würde, falls Solvi seinen Tod wollte.

»Ich danke dir, dass du mich aus dem Wasser gezogen hast«, sagte Ragnvald, wobei er den Armreif so hielt, dass Agi ihn sehen konnte. Allmählich wurde ihm wärmer. Seine Hand zuckte ein wenig, war bereit, jeden Augenblick nach dem Dolch zu greifen. Wenn es nötig war, konnte er Agi jetzt töten – das musste auch dem Fischer klar sein. »Ich wäre sehr froh, wenn niemand davon erführe, dass wir uns begegnet sind«, fuhr Ragnvald fort.

»Dann war es also doch kein Spiel ... Ragnar, stimmt's?«, forschte Agi nach. Beim Anblick des silbernen Reifs begannen seine Augen verzückt zu leuchten, doch in seiner Stimme schwang etwas Freundliches mit.

»Ich dachte, es wäre ein Spiel«, gab Ragnvald zurück. Er wollte Agi die Wahrheit sagen, wollte versuchen, sich ihm zu erklären, ihm zu erzählen, welches Unrecht Solvi ihm angetan hatte. Ihm war, als hätte Solvi gewonnen, solange er Agi – oder irgendeinem anderen – nicht alles erzählt hätte. »Aber ich habe mich getäuscht. Ich habe einen Feind.«

Agi sah Ragnvald an, dann wanderten seine Augen zu dessen rechter Hand hinunter. Sein Blick war angespannt und starr. »Ich bin nicht dein Feind. Ich werde dich nicht wieder ins Meer schmeißen, keine Angst. Ich setze dich an der Küste ab und bin froh, wenn du mir den Rücken zugedreht hast. Wenn du den Klippen folgst, kommst du nach Tafjord«, sagte Agi. »Oder weiter. Immerhin hast du ja noch dein Schwert.«

Ragnvald legte die Hand auf das feuchte Leder, das die Klinge umschloss. »Ja, das habe ich.«

»Aber jetzt schau lieber, dass du nicht doch noch erfrierst«, meinte Agi unvermittelt und begann seine Tunika auszuziehen.

Ragnvald war kalt, aber dann kam ihm der Gedanke, Agi könnte es darauf anlegen, dass er beim Anziehen für einen Moment die Hände nicht frei hätte, und er lehnte sein Angebot ab.

»Wie du meinst«, sagte Agi. Er griff nach einem Ruder und begann auf die Küstenlinie zuzusteuern. Ragnvald schämte sich, dass er Agi zurückgewiesen hatte. Unter einem zusammengelegten Fischernetz fand er ein weiteres Ruder, das er an der Seite des Bootes ins Wasser stieß, um Agi zu helfen und die Sache so vielleicht wiedergutmachen zu können. Er hatte das Gefühl, als habe er keinen einzigen Knochen in seinen Armen, und er keuchte vor Anstrengung, aber wenigstens wurde ihm wärmer.

Als sie das Ufer erreicht hatten, drückte Ragnvald Agi den Armreif in die Hand. Mit einem eingerissenen Fingernagel fuhr er ein letztes Mal über das Silber. Wahrscheinlich war es das Wertvollste, was der Fischer je besessen hatte; es sei denn, seine Bude war in Wirklichkeit eine Schatzkammer – vielleicht fand man doch des Öfteren derartige Kostbarkeiten, wenn das Meer wieder einmal einen Ertrunkenen an Land gespült hatte.

»Das ist zu viel«, widersprach Agi. Er sah flüchtig in Ragnvalds Gesicht und auf seine Wunden, aus denen immer noch das Blut rann, und sein Blick nahm einen gütigen Ausdruck an. »Meine Tochter könnte sich um dein Gesicht kümmern.«

»Ich muss los«, sagte Ragnvald. »Behalte es nur.«

»Dann gebe ich dir wenigstens etwas zu essen mit.« Rasch holte Agi ein Stück Brot und etwas getrockneten Fisch aus dem Boot. Schweigend nahm Ragnvald die Sachen entgegen.

*

Agi zeigte Ragnvald den Weg, der die Klippen hinaufführte, dann sah er zu, wie er loskletterte. Als Ragnvald das obere Ende der Felsen erreicht hatte, war er so erschöpft, dass er nicht mehr weitergehen konnte. Am Himmel, der sich dunkel über ihm wölbte, blinkten schon die ersten Sterne. Im Schutz einiger Felsen zündete Ragnvald ein Feuer an und aß etwas von dem getrockneten Fisch, den Agi ihm gegeben hatte. Es war ewig her, seit er das letzte Mal alleine unterwegs gewesen war. Nur dunkel erinnerte er sich an seine Kindheit, an einen Ausflug in die Wälder, eine Art Mutprobe.

Er zählte nach, wie viele Monate er von zu Hause fort gewesen war; für jeden hatte er eine Kerbe in seinen Gürtel geritzt. Das Jahr war doch schon weiter fortgeschritten, als er angenommen hatte. Bald war Mittsommer, und in Sogn fand die nächste Thing-Versammlung statt – vielleicht sogar in weniger als einer Woche. Wahrscheinlich wäre es klüger, dorthin zu gehen, als nach Hause, wo ihn nur Olafs Zorn erwartete, wenn er ohne Beute zurückkehrte. König Hunthiof und Solvi waren bei jedem Thing anwesend, um Männer für ihren nächsten Raubzug anzuwerben und ihren Reichtum zur Schau zu stellen. Ragnvald würde seinen Teil des Raubguts einklagen, und vielleicht konnte er ja sogar eine Entschädigung für die Wunden einfordern, die Solvi ihm beigebracht hatte.

Er war oft bei den Gerichtsverhandlungen dabei gewesen, als sein Vater noch lebte, und später, als er auf Ardal zurückbleiben und es verteidigen musste, während Olaf und Vigdis die jährliche Versammlung besuchten, hatten sie nach ihrer Rückkehr immer vom Verlauf der Verhandlungen berichtet. Jedes Mal wurde einer der Anführer des Bezirks zum Rechtsprecher bestimmt, der ein Drittel des gesamten Korpus des nordischen Gesetzes rezitierte – genauer gesagt jenes Drittel, das er sich gemerkt hatte. Dann brachten die Männer ihre Anklagen vor, wobei die schwerwiegendsten Fälle zuerst verhandelt wurden. Per Los wurde aus zwanzig Männern eine Gruppe von Geschworenen ausgewählt. Sie selbst durften keine Beschwerde führen, und da der Thing von Sogn recht überschaubar war, wusste man letztendlich im Voraus, wer zu ihnen gehören würde. Entschieden wurden die Fälle durch einen Mehrheitsbeschluss, doch das Urteil der Männer war nicht immer der Wahrheit verpflichtet, sondern oft auch von ihren Freunden, der Familie oder demjenigen beeinflusst, der sie dafür bezahlt hatte – zumindest in Zweifelsfällen.

Ragnvald würde seine Klage gegen Solvi allein vorbringen müssen; es würde Aussage gegen Aussage stehen. Seine Anwesenheit beim Thing würde für Solvi völlig überraschend kommen; immerhin musste dieser davon ausgehen, dass Ragnvald durch seine Attacke ums Leben gekommen war. Vielleicht wäre ja auch Egil anwesend – zumindest hatte er Ragnvald erzählt, dass er jedes Jahr zum Thing ging. Solvi würde gewiss nicht früh genug eintreffen, um die Zeugen und die Geschworenen zu bestechen oder diejenigen einschüchtern zu können, die sich nicht kaufen ließen. Die Wunde, die er ihm beigebracht hatte, würde ihm als Beweis dienen. Ragnvald musste sich dazu zwingen, sie nicht erneut abzutasten und mit seiner Zunge über die Scharte in seiner Wange zu fahren.

Er zog sich den Umhang über den Kopf und versuchte zu schlafen, doch jetzt, wo er einmal begonnen hatte, über die ganze Sache nachzudenken, konnte er nicht anders, als sich den Ablauf der Thing-Versammlung in allen Einzelheiten auszumalen. Er würde dem Rechtsprecher seine Klageabsicht anzeigen, und dieser würde nachfragen, um was für eine Art von Schädigung oder Schmähung es gehe. Es gab verschiedene Möglichkeiten, und Ragnvald spielte sie im Geiste alle bis zur letzten Konsequenz durch, erwog sämtliche eventuellen Fallstricke und kam doch immer wieder zum selben Ausgangspunkt zurück. Er grübelte über die verschiedenen Möglichkeiten nach, seine Aussage zu formulieren, stellte sich vor, wie er inmitten der Zeugen und Geschworenen stand und ihnen die Wahrheit darüber erzählte, was Solvi ihm angetan hatte. Auch Hilda würde unter den Anwesenden sein und sehen, dass er zu einem Mann herangewachsen war, einem Mann, der in der Lage war, zu fordern, was ihm zustand – ein Krieger, kein Feigling.

Irgendwann musste Ragnvald doch eingeschlafen sein, denn er erwachte vom Pulsieren des Blutes in seinen Wunden.

Er stand auf und marschierte los. Ganz allmählich wurde es wärmer. Der Raureif, der das Gras der Hochweiden überzog, schmolz, sobald die Morgenluft ihn berührte. Durch Ragnvalds dünne Bootsschuhe drang der Tau und kühlte seine Füße. Durch die Landschaft zog sich ein sanfter Schwung, und er verspürte den Drang, ihm zu folgen, Richtung Süden, wo sein Zuhause war. Svanhild und seine Mutter würden dort auf ihn warten, und auch Vigdis mit ihren Seufzern und ihrem Lächeln und mit ihren flüchtigen Blicken, die nur ihm galten. Auch Olaf wäre dort, wenngleich Ragnvalds Rückkehr für ihn eine Enttäuschung sein würde. Der Weg zur Thing-Stätte in Jostedal hingegen war mühevoller, denn er bestand lediglich aus schmalen Wildwechseln, die quer durch die Wälder führten, und mit Steinhäufen markierten Pfaden über den blanken Fels.

Dies war das Land, das er seit seiner Kindheit kannte: Kiefernwälder und grüne Täler, und jenseits davon, in der Ferne und nur an wolkenlosen Tagen zu sehen, das Meer. In dieser Gegend besaßen die Menschen nur wenig Grund und Boden, und für die Bauern, die ihn bewirtschafteten, war die Reise zum Mittsommer-Thing meist die weiteste Reise, die sie in ihrem Leben wagten. Der Fischer Agi war nicht der Einzige, der von seinem König erwartete, dass dieser ihn vor Überfällen schützte, dann aber aus Sogn fortgegangen war. Mit jedem Jahr wurden es mehr, die nicht mehr auf Olafs Schutz vertrauten.

Ragnvalds Vater war Herrscher über alle Höfe rund um den Ardal-See gewesen, seinem Großvater hatte das gesamte Ackerland am Sogn-Fjord gehört. Jetzt waren ihre Gebeine begraben, und das Blut, das auch durch Ragnvalds Adern floss, mischte sich mit der Erde. Olafs Gefolgsleute dagegen lagen nicht in dieser Gegend begraben, weshalb sie das Land auch nie so gut würden verteidigen können wie Ragnvald.

Im Gehen aß Ragnvald den Rest von Agis Brot auf. Er lief weiter bis kurz vor Mitternacht, als die Sonne nur mehr ein schwacher orangefarbener Schimmer am Horizont war und der Himmel über ihm tiefblau und sternenübersät.

Aus der Ferne sah der Hof, der ein Stück vor ihm im Halbdunkel lag, wie jeder andere aus: Es war eine lange, niedrige Halle, deren schemenhafte Umrisse von zwei Nebengebäuden flankiert wurden. Rangvald hatte sein Hungergefühl die ganze Zeit über verdrängen können. Nun aber würde er abwarten, bis der Hof erwachte, und dort um etwas zu essen bitten. Zum Mittsommer-Thing kam er auf alle Fälle rechtzeitig, selbst wenn er noch etwas auf dem Hof mithelfen musste, um sich sein Essen zu verdienen. Außerdem konnte er die Zeit nutzen, um sich zu überlegen, wie er bekam, was Solvi ihm schuldete.

So stieg Ragnvald ins Tal hinunter und ging auf den Hof zu. In Gedanken war er bereits bei dem Mahl, das ihn erwartete, und bei den Frauen, die es ihm auftischen würden: propere Mägde mit langem Haar und wiegenden Hüften. Er war lange unterwegs gewesen, und immer nur in Gesellschaft von hässlichen, fast noch bartlosen Burschen. Eine der Dienerinnen, die Ulfarr gefangen genommen hatte – ein Mädchen, das sich bis dahin auf einem Hof in Irland verdingt hatte –, war recht hübsch gewesen. Doch nur bis zu jenem Tag, als sie zu fliehen versuchte. Ulfarr hatte sie geschlagen und ihr den Schädel kahl rasiert. Ab da war sie keine Schönheit mehr gewesen.

Ragnvald konnte später nicht mehr genau sagen, was ihn gewarnt hatte; vielleicht war es die Stille, die über dem Hof lag und ihm tiefer erschien als die des Schlafes. Seine Hand lag bereits auf dem Schwertgriff, als er das dumpfe, verzweifelte Stöhnen einer Frau hörte.

Er löste sein Schwert aus der Scheide. Auf Zehenspitzen schlich er zwischen den Gebäuden weiter, stieg über die Steinbrocken, die im Weg lagen. Plötzlich schrie die Frau auf. Am liebsten wäre er sofort losgeprescht, doch er konnte nicht drauflosstürmen, bevor er nicht wusste, wie viele es waren. Als er etwas näher herangekommen war, konnte er drei Stimmen unterscheiden: die einer Frau, die ihre Schmerzenslaute zu unterdrücken versuchte, das Keuchen eines Mannes und das Wimmern eines Kindes.

Vielleicht handelte es sich ja nur um einen misslungenen Ehevollzug. Doch wenn er innerhalb der Halle vonstattenging, hätte Ragnvald die Frau nicht bis nach draußen hören dürfen. Und dann tauchten vor seinem inneren Auge plötzlich wieder die Bilder von einer der irischen Dienerinnen auf, die von einem Plünderer geschändet worden war.

Er entdeckte sie hinter dem Pferdestall, dessen Tor weit offen stand und im Dunkeln aussah wie ein riesiges schwarzes Maul. Der Mann lag keuchend auf ihr, sein blanker Hintern leuchtete fahl wie Pilze, die unter einem Holzbalken wuchsen. Die Frau drehte den Kopf zur Seite, doch ihr Peiniger packte sie und zwang sie, ihn anzuschauen – ein grausamer Kerl also, der nicht nur Befriedigung suchte, sondern sie auch demütigen wollte. Ragnvalds Füße knirschten auf dem Kies. Er erstarrte. Der Mann hatte ihn nicht bemerkt, dafür aber die Frau. Sie sah das Schwert in seiner Hand und blinzelte langsam.

Ragnvald schlug mit aller Kraft zu, legte seine ganze Wut auf Solvi in diesen einen Schwerthieb. Er traf den Angreifer zu weit unten; die Klinge blieb im Nacken des Mannes stecken und verkantete sich am oberen Ende von der Wirbelsäule. Blut quoll hervor und ergoss sich über das Gesicht der Frau. Ragnvald stürzte sich auf den Mann und zerrte ihn von ihr weg. Er war noch nicht tot, würde es aber bald sein, denn Ragnvalds Schwert hatte sich tief in seine Knochen gebohrt.

Die Frau schrie grell auf, dann hielt sie sich den Mund mit

ihrer blutigen Hand zu. Ragnvald hörte hinter sich ein scharrendes Geräusch und fuhr herum. Er griff nach dem Schwert, und seine panische Angst gab ihm die Kraft, es zu lösen. Das Geräusch kam jedoch nur von dem Kind der Frau, das mit großen, dunklen Augen angelaufen kam, um zu sehen, was geschehen war – ein tapferes kleines Kerlchen, auch wenn es zuvor gewimmert hatte.

Der sterbende Mann stöhnte. Ragnvald ging zu ihm hinüber und stellte sich mit dem Schwert in der Hand über ihn, für den Fall, dass er noch einmal zuschlagen musste. Der Mann hatte sich in den Nacken gegriffen, zwischen seinen Fingern schoss pulsierend das Blut hervor. Die Wunde war so groß, dass er sie mit seiner ganzen Hand nicht bedecken konnte.

»Du Narr! Ich bin nicht alleine gekommen. Meine Männer werden gleich zurück sein«, krächzte er.

»Du solltest längst tot sein«, gab Ragnvald zurück. Er klang müde, fast unbeteiligt.

»Ich werde dich heimsuchen«, stieß der Mann hervor. Er spuckte Blut. »Ich werde dich in deinen Träumen verfolgen und ...«

»Vielleicht ...«, sagte Ragnvald. »Aber vielleicht schätzen deine Freunde dich auch gar nicht so sehr, wie du dir das erhoffst.« Er verspürte bereits jetzt das Gefühl, das ihn nach einem Kampf immer überkam: ein Zittern und ein seltsames Licht, das alles um ihn herum unwirklich erscheinen ließ. Er stellte seinen Fuß auf den einen Arm des Angreifers, beugte sich zu ihm hinunter und zerrte ihm den anderen Arm von der Wunde, so dass das Blut ungehindert herausströmen und den letzten Funken Leben mit sich nehmen konnte. Er musste nicht lange warten.

Die Frau setzte sich auf und zog sich das Kleid herunter,

um ihre Blöße zu bedecken. Ihr Gesicht war von dunklem Blut bedeckt, und ihre Augen leuchteten weiß. Ragnvalds Hände waren ebenfalls blutverschmiert. Er wischte sie an den Hosen des toten Mannes ab. Der kleine Junge betrachtete seine Mutter aus einiger Entfernung – ihr Aussehen machte ihm offenbar Angst.

»Ich bin Ragnvald Eysteinsson«, sagte er. »Ich kümmere mich um deinen Sohn, während du dich sauber machst.« Er sprach mit tiefer Stimme, um sie und auch sich selbst zu beruhigen. Sie sah ihn ausdruckslos an. »Du solltest dir Gesicht und Hände waschen, damit er dich erkennt.«

»Sie. Das ist meine Tochter«, sagte die Frau mit einem bitteren Lachen. »Soll sie doch sehen, was sie einmal erwartet.«

Ragnvald half der Frau auf die Beine, dann wandte er sich an das Kind. »Du bist in Sicherheit«, sagte er. Insgeheim fürchtete er jedoch, der Mann könnte recht gehabt haben mit dem, was er im Sterben behauptet hatte, und seine Freunde würden umkehren und hierher zurückkommen, wenn er sie nicht einholte. Gegen wie viele Angreifer würde er diese Frau und ihre Tochter verteidigen können?

»Wie heißt du?«, fragte er das Kind.

»Hilda.« Die Antwort des Mädchens ließ Ragnvald zusammenfahren, obwohl es ein recht geläufiger Spitzname war. Seine Hilda hieß eigentlich Ragnhild; und auch Svanhild hätte sich so nennen können. *Hild* bedeutete »Kampf« – und dieses Mädchen hatte früh in ihrem Leben erfahren, was das bedeutete.

»So heißt auch meine Verlobte«, erklärte er. »Es ist ein Name, der für Stärke und Glück steht.« Das Kind starrte ihn nur an.

Über die Wiese hinter dem Stall verstreut lagen die Leichen mehrerer Männer. Den meisten hatte man die Kehle aufgeschlitzt, mit einem sauberen Schnitt von einem Ohr zum anderen – die Plünderer hier hatten das wesentlich besser hinbekommen als Ragnvald und seine Männer bei ihren Überfällen. Die meisten der Toten waren Bauern, und die wenigen Waffen, die sie noch umklammert hielten, waren Gerätschaften, wie sie am Hof verwendet wurden, keine Schwerter. Das Mädchen starrte auf sie herab, ohne einen Laut von sich zu geben. Ragnvald befürchtete, dass sie wieder zu weinen anfangen könnte, doch als das Schweigen anhielt, fragte er sich, ob das Kind beim Angriff nicht vielmehr den Verstand verloren hatte. Hoffentlich tauchte die Mutter bald wieder auf.

Und tatsächlich: Als die Kleine gerade wieder zu wimmern beginnen wollte, kam die Frau zurück, mit nassen Händen und sauberem Gesicht. Nur am Haaransatz klebte noch Blut und färbte ihr blondes Haar rot. Sie trug es nun offen, so dass sie trotz ihrer weiblichen Rundungen mädchenhaft wirkte.

»Glaubst du, sie kommen zurück?«, fragte Ragnvald sie.

Die Frau zuckte die Achseln und legte ihre Arme schützend um die Tochter, die sich unter lautstarkem Protest aus ihrem Griff wand, als die Mutter sie zu fest an sich drückte. »Sie haben nur mitgenommen, was sie tragen konnten, und jetzt ist hier niemand mehr, der den Hof verteidigen könnte.«

»Ich bin hier«, gab Ragnvald zurück.

»Ja«, sagte die Frau. »Aber du bist zu spät gekommen, um noch viel retten zu können. Meine Tochter und ich sind so gut wie tot. Zieh nur weiter, nimm mit, was noch übrig ist, und kehre diesem Ort der Toten den Rücken.«

»Noch seid ihr am Leben«, sagte Ragnvald und versuchte sich nicht anmerken zu lassen, wie ihre Worte ihm einen Schauer über den Rücken jagten. Sie konnte ja nicht ahnen, dass auch er halb tot war, dass man ihn aus dem Wasser gezogen hatte und niemand wusste, ob er überhaupt noch lebte.

»Bald beginnt der Thing. Du kannst diese Männer verklagen.«

»Glaubst du, ich wüsste, wer sie sind? Und was sind das für Männer in Sogn, wenn sie so etwas nicht zu verhindern wissen?«

Genau das war es, was mit einem Land ohne König geschah. Jemand hätte die Küstengebiete vor feindlichen Angriffen verteidigen müssen – Hunthiof vielleicht; wenn Ragnvalds Vater noch Herrscher über die Ländereien der Familie gewesen wäre, hätte dieser Hof jedoch vermutlich zu seinem Territorium gehört, und Ragnvald hätte der Frau den nötigen Schutz bieten müssen. Nun aber war er zu spät gekommen. Ihr blieb nichts, als es mit ihrer Forderung nach einer Entschädigung bei der jährlichen Versammlung zu versuchen – und dazu musste sie einen Schuldigen benennen können und einen Zeugen beibringen.

»Ich kann für euch Wache stehen, aber zuerst brauche ich etwas zu essen«, sagte Ragnvald. Das war das Mindeste, was er für die beiden tun konnte. »Ich bin schon lange unterwegs, und es ist eine Ewigkeit her, seit ich das letzte Mal etwas gegessen habe. Kannst du mir etwas bringen?«

Er gab seiner Stimme jetzt wieder einen festen Klang, um ihrer Angst und Verzweiflung etwas entgegenzusetzen. »Ich will nicht, dass du für uns Wache stehst«, erwiderte sie. »Ich habe dir doch gesagt: Meine Tochter und ich sind so gut wie tot. Uns fehlt nur eine Klinge, um es wahr werden zu lassen.«

Ragnvald ging auf sie zu und ergriff sie beim Arm. Das Mädchen presste sich die Faust in den Mund; in ihren weit aufgerissenen Augen lag wieder derselbe angstvolle Ausdruck wie vorhin. »Deine Tochter hat mehr verdient als das«, sagte er. Der Anblick der Kleinen rief in ihm die Erinnerung an Svanhild wach; sie hatte nach dem Tod des Vaters auch ihre

Mutter verloren, die sich von jenem Moment an ganz ihrer Verzweiflung hingegeben hatte. »Ich passe auf sie auf, und du holst mir etwas zu essen. Dann gehen wir gemeinsam zur Thing-Versammlung. Das hier ist ein stattlicher Hof, und er gehört jetzt dir. Nur solltest du diesmal einen heiraten, der es besser versteht, dich zu beschützen. Als Witwe kannst du dir aussuchen, wen du zum Mann nehmen willst.«

»Wie kommst du darauf, dass ich wieder einen Mann will, nach all dem, was passiert ist?«, fragte sie schaudernd. Trotzdem schob sie die kleine Hilda zu Ragnvald hinüber.

»Ich habe nicht davon gesprochen, was du willst, sondern was du brauchst«, sagte er. Jetzt, wo ihr Gesicht wieder sauber war, sah er, dass sie eigentlich recht hübsch war. Er schätzte sie auf knapp dreißig. Ihre Wangen waren voll, die Augenbrauen ebenmäßig, die Unterlippe hatte sie leicht trotzig hervorgeschoben – eine gute Partie für einen Mann, der nicht viel besaß, aber kämpfen konnte. »Und was ich brauche, ist etwas zu essen.« So wie jetzt sprach er sonst nur mit seiner Mutter, wenn sie sich wieder einmal in sich selbst zurückgezogen hatte, doch bei dieser Frau funktionierte es ebenfalls. Sie sah ihn mit gerunzelter Stirn an, wandte sich dann aber ab, um seiner Forderung nachzukommen.

KAPITEL 6

»Mein Beschützer schläft schon wieder.« Die Worte drifteten durch Ragnvalds Traum von Gold und Schiffen, die über seinen Kopf hinwegzogen. Mit den Worten kam auch das Bewusstsein eines Drucks an seinem Bein. Er öffnete blinzelnd die Augen und sah Adisa, denn das war der Name der Frau, die über ihm stand und ihn mit ihren weichen Lederschuhen stupste. Sie hatte recht, er war eingedöst in der Wärme der Morgensonne, die sich an der Südseite des Stalls staute. Er hatte es eine gute Idee gefunden, sich zum Wachehalten dort hinzusetzen und Kräfte zu sammeln – bis jetzt.

Er wachte schon seit zwei Tagen über den Hof. Tagsüber hatte er ihr geholfen, Gräber für ihr Mannsvolk auszuheben und Steinhügel aufzuschichten, dann die halb vergessenen Worte des Begräbnisrituals zu murmeln, während sie in die Luft starrte und wohl Erinnerungen nachhing. Die Nächte verbrachte er hier, oder öfter noch auf den Beinen, und wartete auf den Angriff, der nie kam.

Adisa war die meiste Zeit still und ernst, und ihre Tochter war kaum lauter. Das Mädchen folgte der Mutter auf Schritt und Tritt, ohne einen Mucks zu machen. Doch nun zuckte über Adisas Gesicht ein ironisches kleines Lächeln, das Ragnvald ebenso beantwortete.

»Geh rein und schlaf«, sagte sie. »Die Toten ruhen, und die Lebenden haben genug geraubt.«

Ragnvald glaubte das nicht, aber er konnte nicht noch einmal anderthalb Tage ohne Schlaf bleiben. Auf diesem Hof gab es für Plünderer noch zu viel zu holen. Adisa trug Kupferspangen, mit denen sie ihr Übergewand befestigte. In den leeren Ställen hing noch metallbeschlagenes Zaumzeug an den Nägeln. Und die Frau selbst – wenn ein Mann sie entführte und schwängerte, konnte er den Hof für sich beanspruchen, selbst wenn sie sich später scheiden ließe. Wenn sie keine Sippe hatte, die sie verteidigte, dann hätte der Mann, der sich den Hof samt Herrin aneignete, einige Rechte.

Ragnvald dachte, seine Angst vor wiederkehrenden Plünderern würde ihn wachhalten, wenn er sich auf die Matratze legte, die Adisa ihm zugewiesen hatte, doch stattdessen versank er sofort in denselben Traum wie vorher, von der goldenen Halle unter den Wellen, als hätte er ihn nie verlassen.

Das Erste, was er bemerkte, als er wieder erwachte, war sein Gestank. Er hatte sich seit Wochen nicht mehr gewaschen, und nun hatte er zwei Tage damit verbracht, Tote zu begraben. Adisa musste dankbarer sein, als sie ihm gegenüber zugeben konnte, denn sie hatte ihn auf ihrer sauberen Matratze schlafen lassen. Als die Dämmerung hereinbrach, ging er Wasser und Holz holen, um sich ein Bad zuzubereiten. Es schien fast so mühselig wie das Begraben der Toten. Als er sich im Badehaus endlich niederließ, damit sauberer Schweiß und Dampf den Dreck von ihm abwuschen, wäre er fast wieder eingeschlafen. Die Hitze löste das getrocknete Blut auf seinem Gesicht von Wunden, die er in der Erschöpfung der letzten Tage fast vergessen hatte. Adisa hatte sich nie nach ihnen erkundigt.

»Ragnvald, schläfst du wieder?«, fragte Adisa draußen vor

dem Badehaus. Er antwortete nicht sofort, halb schläfrig, warm und sorgenfrei wie eine Katze im Sonnenschein.

»Diesmal nicht«, rief er zurück. »Dreh dich weg«, warnte er, als er aus dem Badehaus hinausstürmte zu dem Flüsschen dahinter. Ohne zu sehen, ob sie sich daran hielt, rannte er an ihr vorbei in seiner Verlegenheit, um in eine Wasserlache zu plumpsen, die kaum kniehoch war. Er juchzte unter der Kälte, hielt den Kopf unter Wasser und schrubbte sich den Kopf.

Als er mit der Planscherei aufhörte, vernahm er Adisas Lachen hinter sich. »Und ich dachte, du kannst nur mürrisch sein«, sagte sie.

»Man nennt mich Ragnvald den Ernsten«, erwiderte er, immer noch mit dem Rücken zu ihr. Das stimmte sogar – Solvis Männer hatten ihn manchmal so genannt, und es war kein Kompliment gewesen. Adisas Lachen nahm jedoch die Bitterkeit von der Erinnerung. Sie hatte mehr Grund, mürrisch zu sein, als er.

»Wer bist du wirklich?«, fragte sie. Die Pfütze, in der er saß, schien überhaupt nicht mehr kalt, jetzt, wo er sich daran gewöhnt hatte. Sie war den ganzen Tag über von der Sonne erwärmt worden.

»Ragnvald Eysteinsson«, erklärte er. »Mein Vater war Eystein Ivarsson. Mein Großvater Ivar war König von Sogn.«

»Ich wusste gar nicht, dass Eystein Glumra Söhne hatte«, sagte sie. So war sein Vater genannt worden, Eystein Glumra – Eystein der Schwätzer –, der zwar Geschichten erzählen, doch seine Prahlerei nie in Taten umsetzen konnte.

»Dann gibt es wenigstens etwas, mit dem er nie geprahlt hat«, sagte Ragnvald. »Gut zu wissen.« Er stand auf.

»Will Ragnvald der Ernste ein Handtuch?«, fragte sie.

Ragnvald warf das Haar zurück und beugte das Gesicht vor,

um sich mehr Wasser ins Gesicht zu spritzen. An seinen Händen klebten noch Überreste von getrocknetem Blut.

»Noch nicht. Ich gehe ins Badehaus zurück.« Aus den Augenwinkeln sah er, dass sie sich vor seiner Nacktheit abwandte.

Das Feuer war fast erloschen, und was an Wärme noch übrig war, hatte sich in den Holzdielen festgesetzt. Ragnvald setzte sich und nahm die letzte Wärme auf, bevor er sich aufraffte, wieder nach draußen zu gehen und eine lange Nacht durchzuwachen. Je früher er Adisa zum Thing brachte, desto besser. Der Friede, der dort herrschte, würde sie schützen, und dann war sie auch nicht länger sein Problem. »Adisa«, rief er, »ich könnte jetzt das Handtuch gebrauchen.«

Sie antwortete nicht. Vor der Tür lag ein Handtuch für ihn bereit, doch sie war nirgendwo zu sehen. Er wickelte es sich um die Hüften und nahm seine Kleidung auf, die nun so verdreckt war, dass er sie nicht mehr tragen wollte. Ihr Mann oder ein anderer unter den Toten musste noch Kleider übrighaben, die er so lange tragen konnte, bis diese hier gereinigt waren.

Als er auf die Halle zuging, hörte er einen leisen Aufschrei des Kindes. Es schien ihm ein gutes Zeichen, dass ihre Angst so weit verklungen war, dass die Kleine wieder Laute von sich gab. Dann hörte er sie jammern, verängstigt und hilflos. Eine Warnung.

Ragnvald zog sein Schwert unter dem Kleiderbündel hervor. Wenigstens das hatte er immer bei sich. Er ließ die Kleider fallen und dann, gleich darauf, auch das Handtuch. Es schützte nur sein Ehrgefühl, und auch das nicht besonders gut. Vielleicht würde ein nackter Mann mit Schwert denjenigen erschrecken, der das Mädchen zum Weinen gebracht hatte, und es so leichter machen, ihn zu töten.

Es war nichts mehr zu hören, weder von dem Kind noch von Adisa. Vielleicht war es nichts. Vielleicht lachte ihn Adisa nur aus, wenn sie ihn so sah. Er hielt immer noch das Schwert bereit. Bei jeder Ecke, um die er ging, fürchtete er, sie so zu sehen wie anfangs, grausam von einem Plünderer vergewaltigt. Einen zweiten Angriff könnte sie sicher nicht verkraften, selbst wenn sie überlebte.

Er ging um die Hauptscheuer herum und ließ bei jeder Ecke Vorsicht walten. Wenn er für Vorsicht Zeit fand, dann hätte er gewiss auch genügend Zeit gehabt, seine Hose anzuziehen. Die würden ihn zwar nicht schützen, aber er fühlte sich trotzdem verletzlicher ohne sie. Aber es war zu spät zurückzugehen. Er bewegte sich auf die Halle zu, und an der Westseite sah er Adisa am Boden sitzen, gegen die Außenwand gelehnt und mit einem Mann quer über dem Schoß, aus dessen Kehle Blut schoss, das eine Lache bildete. Mit einem steifen Arm hielt sie ihre Tochter fest, die andere Hand umklammerte drohend einen Dolch.

»Wag's bloß«, rief sie. »Du kriegst das Gleiche ab.«

Ragnvald folgte ihrem Blick und sah einen anderen Mann im Schatten eines Nebengebäudes warten. Er war wohl alleine, dachte Ragnvald, sonst würde er nicht so zögern. Ragnvald stürmte über den Hofplatz auf den Mann zu. Dieser hielt inne und gab einen erstickten Laut zwischen Lachen und Schreien von sich. Ragnvald schoss das Blut ins Gesicht, und er rannte dem Mann nach, der Fersengeld gegeben hatte. Er erreichte ihn am Zaun zwischen Adisas innerem Hof und den Feldern und schnitt ihm die Kehle durch, so dass er nach hinten stolperte.

Er wartete, um sich zu vergewissern, dass der Mann tot war. Sollte er sich an dessen Kleidung bedienen, um seine Nacktheit zu verbergen? Es schien ihm zu viel Aufwand, und Adisa saß immer noch dort am Boden, beschwert durch die Leiche des anderen Mannes.

Als er zu der Halle zurückkehrte, hatte sie den Toten ein

wenig zur Seite geschoben und den Arm heruntergenommen. Ihre Tochter hielt sie immer noch fest an sich gepresst. Die Augen des Mädchens waren rund und weiß, obwohl sie sich ein wenig unter dem Griff ihrer Mutter wand. Als Ragnvald die Leiche von ihr weg und hinüber in den Schatten zog, in dem sich der andere versteckt hatte, sprang Adisa auf, riss sich das Überkleid vom Leib und sieß einen wortlosen Schrei aus.

Ragnvald eilte zurück und zog ihre Tochter von ihr weg. »Adisa«, rief er und versuchte, durch ihren Schrei hindurchzudringen, dann herrschte er sie noch einmal lauter an: »Adisa!« Er packte sie bei den Handgelenken und schüttelte sie, damit sie den Dolch fallen ließ, dann legte er die Arme um sie und hielt sie fest, bis sie zu schreien aufgehört hatte. Sie atmete flach und fühlte sich hölzern und steif an in seinen Armen. Er wollte nur verhindern, dass sie sich oder jemand anderen verletzte, doch nun glaubte er zu verstehen, dass sie Angst hatte, auch er könnte zum Angreifer werden.

»Dir passiert nichts«, beteuerte er. »Denk an deine Tochter. Du musst stark sein für sie. Heute warst du stark.« Er sagte noch mehr Worte, die sie beruhigen sollten, bis ihr Atem wieder langsamer ging. Dann zwickte sie ihn an der Stelle, wo er ihre Hand gegen seinen Körper gedrückt hatte, und grub ihre Nägel so fest ein, dass eine rote Schwellung entstand.

»Lass mich los«, befahl sie ihm. Er ließ sie los, und sie trat einen Schritt von ihm zurück und schien zum ersten Mal seine Nacktheit wahrzunehmen. »Warum bist du nackt?«

»Das Bad«, erwiderte er und wendete sich halb ab.

»Das Bad«, wiederholte sie. »Ich brauche ein Bad. Hilfst du mir, Feuer zu machen?«

Er lachte trocken auf. »Wenn ich mir vorher ein paar Kleider borgen kann.«

*

Ragnvald und Adisa reisten am nächsten Morgen ab zur Thing-Versammlung. Sie wechselten sich ab beim Tragen des Kindes und des Proviants, wenn Hilda zu schwer wurde oder ihre Mutter brauchte. Sie fanden Lagerplätze weit genug abseits vom Weg, um alle drei schlafen zu können, ohne dass einer wachte. Ragnvald benötigte Schlaf wie ein Ertrinkender Luft, und Adisa schien es in der ersten Nacht nicht anders zu gehen.

In der zweiten Nacht wollte sie nach dem Abendessen noch etwas plaudern, als das Feuer zur Glut herunterbrannte und das Kind mit offenem Mund zwischen ihnen schlief. Die Kleine, die an seiner Brust ruhte, gab fast so viel Wärme wie das Feuer, und er dachte, dass sie wohl ein schönes Bild abgäben: Mann und Frau mit einem Kind zwischen ihnen, das Geäst der Bäume über ihnen, wie die ersten Menschen, frisch von den Göttern geschnitzt.

»Du bist jung, Ragnvald«, sagte Adisa leise. »Wie alt bist du?«

»Zwanzig Sommer«, sagte Ragnvald. Alt genug, um als Mann zu gelten, jung genug, um zu den Jungen zu zählen.

»Also doch nicht so jung. Ich habe dreiundzwanzig Sommer erlebt«, sagte sie. »Hättest du mich für älter gehalten?«

»Nein«, log Ragnvald schnell. Erschöpft wie sie war von Trauer und Wut, und mit ihrer kleinen, rundlichen Statur, hatte er sie älter geschätzt. »Ist Hilda dein einziges Kind?«

»Das einzige, das lebt«, sagte sie mit so fester Stimme, dass sie bestimmt kein Kind in letzter Zeit verloren hatte. Diese Trauer war schon vernarbt.

»Du solltest beim Thing wieder heiraten«, sagte Ragnvald. Er räusperte sich und versuchte, älter zu klingen. »Du brauchst jemanden, der deinen Hof beschützt.«

»Du hast doch meinen Hof beschützt.«

»Ich kehre aber nicht mit dir zurück.« Seine Antwort kam

so laut, dass das Kind zusammenzuckte. »Ich bin schon versprochen.«

»Ach ja. An ein Mädchen mit demselben Namen wie meine Tochter.«

»Hilda Hrolfsdatter«, erwiderte Ragnvald. Sein letztes Treffen mit Hilda war formell gewesen. Hilda hatte ihre feinsten Gewänder getragen, als sie Olaf und die Männer bediente, die er zur Brautwerbung mitgebracht hatte. Ragnvald sollte dabei nicht sprechen, nur Hilda beobachten, während Olaf mit Hrolf verhandelte. Sie hatten sich schon als Kinder gekannt, denn Hrolf war ein entfernter Vetter von Ragnvalds Vater. Hilda hatte gefangene Prinzessin gespielt, während er und Egil vorgaben, Krieger zu sein. Ragnvald erinnerte sich, das Spiel sehr ernst genommen zu haben, denn er hatte immer gewusst, dass er sie einmal heiraten würde, so wie Svanhild für Egil auserkoren war. Zum Mitspielen war Svanhild damals noch zu klein gewesen, und als sie alt genug war, da lebte ihr Vater schon nicht mehr, und Ragnvald hatte das Spielzeugschwert gegen ein echtes eingetauscht.

Bei der Brautwerbung konnte er beobachten, dass aus dem kleinen Mädchen, das so ernsthaft spielte, eine aufmerksame, ernste Frau geworden war, die ihn und Olaf bediente. Sie war hoch gewachsen, mit langen Gliedmaßen, und bewegte sich selbstsicher im Raum, mit wallendem Haar, während sie Bier in die Becher schenkte. Ragnvald hatte ihren Blick nur einmal erhascht, und keiner von beiden hatte gelächelt, denn der Augenblick war viel zu bedeutungsschwer gewesen.

Und nun lag er im Wald mit einer anderen Frau und ihrer Tochter, die zweimal in den letzten Tagen dem Tode nahe gewesen waren. Genauso viel Unheil hätte auch Hilda befallen können in der Zeit, als er weg war. Und Unheil hatte auch ihn befallen. Sein Gesicht trug die Narben von Solvis Messer.

»Wirst du sie beschützen, so wie du mich beschützt hast?«, fragte Adisa.

»Besser, hoffentlich«, erwiderte Ragnvald. »Es tut mir leid, dass ich nicht früher gekommen bin.«

»Es waren zu viele«, widersprach Adisa mit ausdrucksloser Stimme. »Du wärst wahrscheinlich auch gestorben.«

Dazu hatte er nichts zu sagen, wenn sie von einem Gemahl nichts hören wollte, also gähnte er laut und tief. Das Kind Hilda wandte sich im Schlaf von ihm ab und seiner Mutter zu. Adisa legte den Arm um das Kind und schlief auch ein.

*

Am nächsten Tag kamen sie aus dem Wald oberhalb des Flusses heraus. Der Platz der Thing-Versammlung war ein kahles Stück Land in einer Biegung des Flusses Moen. Trüb von Schmelzwasser toste der weiße, reißende Strom und fügte seinen Lärm dem des Windes hinzu. Helle Zeltdächer bedeckten Torfbuden da, wo sich etablierte Familien niedergelassen hatten, und das weite Felsplateau erklang vom Lärm an den langen Feuerstellen und in den Festhallen.

Ragnvald nahm das Kind von den Schultern und setzte die Kleine auf die Erde. Sie gähnte und rieb sich die Augen.

»Du solltest bei meiner Familie bleiben, bis deine ankommt«, sagte Adisa. Diese stammte aus einer Gegend nördlich des Lagerplatzes und hatte noch nichts von Adisas schrecklichem Schicksal gehört. Als sie dort ankamen, fing Adisa an zu schluchzen und erzählte stockend, was sie durchgemacht hatte. Ihre Mutter, eine stämmigere, ergraute Version von Adisa, schloss sie sofort in die Arme, während ihr Vater Ragnvald finster anblickte. Ragnvald stand verlegen herum. Das letzte Mal, als seine Mutter die Tränen anderer, nicht nur ihre eigenen, getrocknet hatte, war vor dem Tod seines Vaters gewesen.

Adisas Vater blickte immer finsterer drein, je mehr sie erzählte. Er machte drohend einen Schritt auf Ragnvald zu, dann noch einen, bis Adisa ihn aufhielt. Mit dem Zipfel des Schals wischte sie sich die Tränen ab.

»Das ist Ragnvald Eysteinsson. Er kam erst ... nachher. Und er hat mich gerettet, Zweimal. Sag's ihnen.«

»Ich kam zu spät.« Ragnvald schien plötzlich die Zähne nicht auseinander zu bekommen. »Ich habe sie gefunden«, Adisa sah zu ihm hoch und schüttelte den Kopf, »ich tötete einen Mann, der noch da war, und als sie wieder zurückkamen, tötete ich noch einen. Sie auch.« Er erzählte das alles furchtbar schlecht, denn er hatte kein Talent zur Prahlerei wie andere Männer. Das machte ihm normalerweise auch nichts aus, außer in Augenblicken wie diesem, in dem die Augen von Adisas ganzer Familie auf ihn gerichtet waren und etwas von ihm wollten, das er ihnen nicht bieten konnte.

»Ragnar Eysteinsson hat mich vor dem Schlimmsten bewahrt«, erklärte Adisa und betupfte sich die Augen. »Und er hat mich wieder gerettet, als sie zurückkamen. Wir müssen ihn alle willkommen heißen.«

»Aber natürlich«, sagte Adisas Mutter. Ihr Vater klopfte ihm auf die Schulter und lud ihn ein, mit ihnen das Mittagsmahl zu teilen und einen Platz in ihrem Lager einzunehmen, solange er ihn brauchte.

Er aß mit ihnen, ein wenig abseits, denn sie hatten einander so vieles zu erzählen, das ihm nichts bedeutete. Sie verwöhnten Adisa und ließen sie weinen, und sie gaben dem kleinen Mädchen süße Speisen. Ragnvald sah sich auf dem Thingplatz um, ohne ihnen zuzuhören, während sie sich weiter unterhielten. Seine Vorfahren waren hier einst die wichtigsten Leute gewesen und hatten ihre Zelte weit auf diesem Plateau ausgebreitet, das nie matschig war, selbst wenn der Fluss es überflutete. Er konnte hier lagern und auf Olaf und Vigdis warten – sie würden wohl wissen wollen, dass er noch lebte –, aber hier bei Adisas Familie war er willkommener als bei den beiden.

Auf der gegenüberliegenden Seite des Lagerplatzes flatterte das blau-goldene Banner von Hrolf Nefia, als die Männer die Zeltstangen, von denen es flatterte, in den Boden rammten. Hilda wäre da, und auch Egil. Egil hatte seiner Familie bestimmt schon von seinem Sturz berichtet. Sie würden sich freuen, ihn am Leben zu sehen.

Der Wind blies scharf die Hänge herab und ließ die Wimpel knattern. Bei dem ganzen Lärm gelangte Ragnvald nahe an Hrolfs Lager heran, ohne dass Egil ihn gesehen hätte. Egils flachsblonder Kopf war über sein Wetzleder gebeugt, an dem er den Dolch auf und ab strich und einen dünnen Gegenlaut zum Brausen des Winds kratzte.

Als Egil den Kopf hob und Ragnvald sah, wurde er blass, bevor ihm die Wahrheit dämmerte. Er sprang auf ihn zu und umarmte Ragnvald, klopfte ihm auf den Rücken wie einem Bruder.

»Ich dachte, du …« Mit festem Griff hielt er Ragnvald an den Oberarmen. »Du lebst.« Ragnvald schüttelte seine Hände ab. Egil grinste und nahm spielerisch Kampfhaltung ein. Ragnvald ließ einen Schwinger in seine Richtung los, unter dem Egil sich hinwegduckte, dann rammte Egil die Schulter gegen Ragnvalds Brust und stieß ihn zu Boden. Ragnvald setzte sich lachend auf.

»Ich bin so froh, dich zu sehen«, sagte Egil. Er blickte Ragnvald einen Moment lang in die Augen und sah dann weg.

»Und ich bin froh, dich zu sehen«, sagte Ragnvald. Er

lachte auf, zum ersten Mal entspannt, seit er von den Rudern gerutscht war. »Aber noch froher wäre ich, deine Schwester zu sehen.«

»Dafür verdienst du eins auf die Rübe.«

»Ich meinte nur ... Sie denkt doch sicher ...«

»Ich mach nur Spaß«, erwiderte Egil. »Wie ich sehen kann, hat das Eintunken deinen Humor nicht weiterentwickelt. Sie wird froh sein, dich zu sehen. Sie war nicht besonders erpicht darauf ... sie wird froh sein. Sie ist hier, mit allen meinen anderen Schwestern. Du musst heute Abend zum Essen zu uns kommen.«

Sie sprachen von Egils Heimreise, wie es seiner Familie ging, und da Egil das Thema offensichtlich nicht von sich aus ansprechen wollte, platzte Ragnvald heraus: »Was denkst du darüber ... du weißt schon, auf dem Schiff.«

Egil pflückte eine Rispe Strandhafer und schnipste die Samen mit dem Daumen weg. »Ich dachte, dass Solvi dich umbringen will. Und ich dachte, dass alle auf dem Schiff ihm mehr Treue erweisen als dir.«

»Ja«, sagte Ragnvald mit erstickter Stimme und erinnerte sich wieder an sein Gefühl von Angst und Hilflosigkeit. »So war es wohl.«

Egil sah Ragnvald in die Augen. »Sie haben mich festgehalten«, sagte er. »Solvis Männer, Ulfarr und ...«

Er ließ den Satz unausgesprochen und sah wieder weg, hinüber zur Versammlungsstelle. Ragnvald sah ihn sich genau an. Egil trug eine Festtunika und einen Gürtel mit silberner Schnalle, die so aussah wie etwas, das sie zusammen in Irland erbeutet hatten. Eine Schnalle hielt seinen Mantel zusammen, die genauso aussah wie die von Ragnvald, die aber auf den feineren Kleidern von Egil mehr Staat machte. Egil stand auf und klopfte sich ab.

»Ich hätte ja was für dich getan, wenn es gegangen wäre. Die Götter haben dir mehr geholfen, als ich es gekonnt hätte.«

Ragnvald stand auf und ergriff Egils Schulter. »Du kannst mir immer noch helfen«, sagte er. »Ich will Solvi anklagen. Wirst du mein Zeuge sein?«

Egil nahm Ragnvalds Hand und löste sich langsam. »Komm, wir überbringen meiner Schwester die gute Nachricht. Sie wollte sich keinen neuen Mann suchen.«

»Egil!«, rief Ragnvald. Sein Freund schien ihm wieder zu entgleiten.

»Bitte, Ragnvald«, sagte Egil flehentlich. »Ich würde ... ich will ... wir sollten mit meinem Vater sprechen. Er hat guten Rat für dich. Für uns beide.« Er drehte sich um und sagte munter: »Ah, sieh mal, da kommt meine Schwester.«

Ragnvald sah hinüber. »Nein.«

»Dann solltest du mit mir kommen.« Egil ging voran, und Ragnvald folgte ihm. Egil lief wie ein Kranich, dachte Ragnvald, sein Kopf hoch über dem Körper und der Hals so dünn, dass man ihn mit einem einzigen Schwerthieb durchhauen konnte. Ragnvald schüttelte den Kopf, um den Gedanken zu vertreiben. Egil war sein Freund. Solche Gedankenspielereien mochten die Götter nicht; sie könnten sie Wirklichkeit werden lassen.

Ragnvald versuchte es noch einmal: »Egil, du musst ...«

Egil drehte sich um und lächelte ihn verzweifelt an. »Solvi ist mächtig«, bat er mit erstickter Stimme. »Die Gerichtsverhandlungen fangen erst in drei Tagen an, nach dem Fest und den Spielen. Wir sollten mit meinem Vater sprechen.«

»Du brauchst seine Erlaubnis nicht«, entgegnete Ragnvald.

»Ich brauche seinen Rat, Ragnvald. Jetzt hör einfach auf damit.« Er schlang einen Arm um Ragnvalds Schultern und drängte ihn hinüber zu Hrolfs offenem Baldachin. Unter der vertrauten Geste verkrampfte sich Ragnvald. Sie waren auf der

Reise nach Schottland und zurück feste Freunde gewesen, Männerfreundschaften werden eng, wenn man sich an Bord den Platz in einem Schlafsack teilte, aber das hier klang nicht echt.

»Warte«, sagte Ragnvald. »Ich will nicht, dass deine Schwester mich so sieht.« Er zeigte auf die Bandage auf seiner Wange. Während der Tage mit Adisa hatte er sich nichts dabei gedacht, und es schien ihm, als hätte sich die Wunde geschlossen, zumindest, als er mit der Zunge die Innenseite der Wange abtastete. Er kratzte die Ränder der Bandage ab, die er mit Pinienharz aus den Vorräten auf Adisas Hof festgeklebt hatte. Die Luft fühlte sich seltsam auf der Haut an, die nun schon seit Tagen zugedeckt gewesen war.

»Wie sehe ich aus?«, fragte er Egil.

Egil wurde blass, als sein Blick über Ragnvalds Gesicht wanderte. Ragnvald legte die Hand auf die Stelle. Sein Bartwuchs war noch nicht stark genug, um die Narbe zu verdecken.

»So schlimm?«, fragte Ragnvald.

»Nein«, erwiderte Egil. »Ich war nur erschrocken. Wenn die Narbe verheilt ist, wird sie dir gut stehen. Du siehst grimmig aus.«

Ragnvald musste grinsen, aber die Angst, die Wunde könnte wieder aufreißen, bevor er Hilda zu Gesicht bekam, ließ ihn seine Miene kontrollieren. Sie gingen aufs Zelt zu, Egil einen Schritt voraus.

»Hilda, da bringe ich dir jemanden«, rief Egil. Hilda steckte den Kopf durch die Zeltklappe und blickte fragend hinaus.

»Egil, ich bin …« Dann sah sie Ragnvald, und ihr Mund blieb offen stehen. Sie eilte aus dem Zelt auf Ragnvald zu und hielt dann plötzlich an sich. Ihre Hand berührte fast Ragnvalds Arm. Sie waren ja noch nicht offiziell verlobt, nur einander versprochen, und sollten sich daher nicht in der Öffentlichkeit umarmen, und doch wäre das vielleicht angebrachter als das hier. Ragnvalds Haut prickelte unter der Wärme ihrer Hand. Er wurde verlegen, weil er ihr direkt ins Gesicht sah, und errötete, wobei er versuchte, nicht wie ein Einfaltspinsel zu grinsen.

»Du bist …«, setzte sie an.

»Ich bin am Leben«, bestätigte er und erlaubte sich ein Lächeln, so breit er nur wagte.

Einen Augenblick lang zeigte ihr Gesicht dasselbe verlegene Lächeln, dann wandte sie sich irritiert an ihren Bruder. »Egil, du hast mir gesagt, er sei gestorben.«

Egil sah die beiden abwechselnd an. »Ich sollte … Sicher wollt ihr …« Er lächelte ein wenig und verschwand dann im Zelt.

Hilda war sehr attraktiv mit ihrem langen, rötlich braunen Haar, das sie offen herunterhängen ließ. Ihre Nase war ausgeprägt und gebogen, wie die ihres Vaters, der den Beinamen Hrolf Nefia – Hrolf die Nase – trug, und das stand ihr gut. Meist hatte sie ein ernstes Gesicht aufgesetzt, aber das machte ihr Lächeln umso kostbarer. Ragnvald zögerte einen Augenblick. Gemäß den Regeln des Anstands konnte ihr Vater etwas dagegen haben, dass sie sich alleine unterhielten, aber hier befanden sie sich unter den Augen aller Familien von Sogn, wer könnte da etwas dagegen einwenden? Als sie noch Kinder waren, hatte sich sowieso niemand darum geschert.

Während des Thingfestes herrschten überhaupt lockerere Sitten, es gab auch ungeplante Schwangerschaften und schnelle Eheschließungen danach. Das Blut stieg Ragnvald in die Wangen. Er wusste noch, dass Hilda groß war, doch nun merkte er, dass ihr Gesicht auf gleicher Höhe mit seinem war und dass ihre Augen leuchteten. Hier war er willkommen, so wie er es sich gewünscht hatte. Hilda freute sich, ihn zu sehen.

»Ich bin am Leben«, sagte er. Er zeichnete mit ihrer Hand an seiner Wange die Narbe von Solvis Messer nach. Auf der vom Wind rauen Haut fühlten sich ihre Finger warm an. Ihre Brauen zogen sich zusammen, als sie sein Gesicht berührte. Er hielt den Atem an – er hatte es ihr nur zeigen wollen, als Vorwand, damit sie ihn berührte, und nun war etwas daraus geworden, was ihn seltsam verletzlich machte.

»Ja«, sagte Hilda und brach den Zauber. Sie blickte zu Boden, als sie ihre Hand wegzog, doch ließ sie es zu, dass er sie weiterhin in seiner hielt, und schmiegte ihre Finger in seine Handfläche. »Egil sagte ... Er war sich nicht ganz sicher. So hatte ich immer noch Hoffnung.« Sie senkte den Blick. »Und ich habe Ran Opfer gebracht, damit sie dich nicht nimmt«, fügte sie leise hinzu.

Ragnvald war glücklich und verlegen zugleich, dass jemand so an ihn gedacht hatte. »Es hat funktioniert«, sagte er.

Hildas Mutter Bergdis steckte den Kopf aus der Hütte der Familie. Sie sah Ragnvald zweifelnd an und seufzte dann. »Hilda, komm herein. Alle können dich sehen.«

Hilda lächelte Ragnvald zu, bevor sie unter der Zeltklappe verschwand.

Einen Moment später kam Egil heraus. Er schwang die Arme hin und her. »Siehst du, sie war glücklich, dich zu sehen.«

»Ja«, erwiderte Ragnvald. »Nun lass uns mit deinem Vater reden, wenn es denn sein muss. Oder du kannst gleich zusagen. Sei mein Zeuge. Du hast gesehen, wie Solvi versucht hat, mich zu ermorden.«

»Ich glaube, er ist beschäftigt«, sagte Egil. »Lass uns mal sehen, wer sonst noch da ist.« Er ging auf eines der anderen Zelte zu und überließ es Ragnvald, ob er ihm folgte oder alleine herumstehen wollte.

KAPITEL 7

Ragnvald setzte sich an jenem Abend zum Essen zu Hrolfs Familie. Es war eine kleine Gruppe, nur ein paar weitere Familien neben Hrolfs eigener, die vorwiegend aus Töchtern bestand, die sich abseits von den feiernden Männern aufhielten. Bevor er das Zelt betrat, warf Ragnvald einen Blick auf Olafs Hütte. Die Unterkunft seiner Familie. Ihre Leere – immer noch dunkel im Licht der Dämmerung, wie die Hälfte der Hütten so früh bei der *Thing*-Zusammenkunft – hatte den ganzen Tag an ihm genagt wie ein Stein im Schuh.

»Ragnvald«, sagte Hrolf, als Ragnvald sein Zelt betrat. »Willkommen.« Er schloss die Entfernung zwischen ihnen mit einem großen Schritt. Er war groß, größer als Ragnvald, daher hatte er auch eine so hoch gewachsene Tochter. Doch nach einer Saison als Krieger zur See konnte Ragnvald den Unterschied zwischen einem Bauern und einem Krieger erkennen. Hrolf hatte die abfallenden Schultern eines Bauern, und er bewegte sich schwerfällig. Die Furchen in seinem Gesicht kamen von der Sorge um Ernten, nicht vom Einschüchtern von Feinden oder von den Wellen auf offener See. Ragnvald straffte seine Haltung, bevor er sich verbeugte, als angemessene Begrüßung für seinen künftigen Sippenangehörigen.

»Ich sehe, du bist nicht so eitel wie mein Sohn«, sagte Hrolf. »Du hast dein Haar ungebleicht gelassen.« Ragnvald berührte seinen dunklen Haarschopf. Viele Krieger bleichten ihr Haar mit Lauge, um ihren Gegnern größere Furcht einzujagen. Ragnvald hatte versucht, eine Strähne zu färben, hatte sie aber abgeschnitten, als sie eine helle, lächerlich rote Farbe annahm.

»Wie ist es dir gelungen, diesen Angriff zu überleben?«, fragte Hrolf.

Ragnvald warf Egil einen Blick zu.

»Egil hat uns nicht viel erzählt«, erklärte Hrolf.

Ragnvald berichtete erneut die Geschichte und beobachtete, wie Egil reagierte. Er hatte nicht daran gezweifelt, dass Egil für ihn als Zeuge auftreten würde, sobald er erfuhr, dass Ragnvald lebte, bis sie sich am Nachmittag auf dem Feld getroffen hatten. Nun kam es ihm lächerlich vor, dass er sich nicht mehr Gedanken gemacht hatte. Egil würde Solvi nicht verärgern wollen. Dennoch, Egil war sein Freund. Bestimmt trat er für Ragnvald als Zeuge auf. Er brauchte nur den Befehl seines Vaters dazu.

Hrolf hörte ihm zu und strich sich über den Bart. Ragnvald wartete ab, bis er zu Ende gesprochen hatte, denn er dachte, Hrolf hätte einen Ratschlag für ihn, vielleicht sogar ein Lob für seine Tapferkeit und Stärke, dass er den kalten Fjord überlebt hatte.

Doch Hrolf sagte nichts. Nach einer Weile brachte ihnen seine Frau Becher mit Bier. »Dann lasst uns auf deine sichere Wiederkehr trinken«, schlug Hrolf vor, »auf deine und die meines Sohnes.«

Ragnvald trank Hrolfs ausgezeichnetes Bier und freute sich darüber, dass Hilda sich zu ihm hinunterbeugte, um seinen Becher wieder zu füllen. Die Frauen brachten Platten mit Essen und servierten den Männern, bevor sie sich in ihr eigenes Zelt zurückzogen. Sie ließen zwei Fässer zurück, so dass die Männer ihre Becher selbst wieder nachfüllen konnten.

Nachdem sich alle satt gegessen hatten, stand Ragnvald auf und sprach Egil förmlich an.

»Egil Hrolfsson, du warst mein Bruder und hast an meiner Seite gestanden, als wir in Irland kämpften und zusammen Schätze gewannen. Wirst du auch bei der Gerichtsverhandlung an meiner Seite stehen, wenn ich darum kämpfe, das zu erhalten, was mir rechtmäßig zusteht?«

Egil trank hastig einen großen Schluck Bier und verschluckte sich prompt daran.

»Das ist eine schwierige Frage, die du mir da gestellt hast«, sagte Hrolf.

Ragnvald blickte zu ihm auf. »Ich habe Egil gefragt und nicht dich.«

»Er ist mein Sohn, und ich glaube, er wird mir gehorchen«, entgegnete Hrolf.

»Dir wobei gehorchen?«, fragte Ragnvald. »Er war dabei, und er schuldet es mir, mein Zeuge zu sein.«

»Er schuldet es dir?«, versetzte Hrolf. »Du hältst dich für sehr wichtig.«

»Ich glaube, dass ich die Treue eines Freundes und eine gerechte Verhandlung verdiene, wie alle Männer«, stieß Ragnvald erzürnt hervor. »Du bist ein Richter.«

»Und du warst als Junge bei vielen Gerichtsverhandlungen dabei«, sagte Hrolf. »Du weißt, dass Solvi sich jedes Zeugnis, das er braucht, erkauft, wenn er nicht drohen kann.«

»Ich weiß, dass Egil nicht der Einzige ist, der gesehen hat, wie Solvi mich angegriffen hat«, entgegnete Ragnvald. »Meine Wunden sprechen auch für sich, und mit ihnen und deinem Sohn müssen uns andere Zeugen folgen.«

»Müssen sie das?«, fragte Hrolf. »Welchen Grund hast du Solvi gegeben, dir Schaden zuzufügen?«

Ragnvald hörte eine Frau entsetzt aufstöhnen, und als er

sich umdrehte, sah er hinter sich Hilda, die sich in den Falten des Zelts versteckte.

»Er hat nichts …«, begann sie.

»Keinen«, unterbrach Ragnvald sie. Hilda sollte wissen, dass sie ihn nur schwächer aussehen lassen würde, wenn sie ihn verteidigte. »Ich habe ihm keinen Grund dazu gegeben.«

»Du bringst Unruhe in viele Kreise«, sagte Hrolf.

»Nein«, entgegnete Ragnvald, den Blick erneut fest auf Hilda gerichtet. Sie blickte besorgt drein. »Solvi schuldet mir meinen Anteil an der Beute und Entschädigung für diese zugefügte Wunde.«

Hrolf strich sich über seinen Schnurrbart. »Der Weg mancher Männer verläuft nicht gradlinig, das stimmt«, meinte er nach einer Weile. »Aber das spielt keine Rolle. Egil hat nichts gesehen, und er wird nichts bezeugen.«

»Wenn er nichts gesehen hat, dann rührt das daher, dass Solvis Männer ihn zurückgehalten haben – zumindest darüber könnte er Zeugnis ablegen«, wandte Ragnvald ein. Und mit mehr Bitterkeit in der Stimme fügte er hinzu: »Er schuldet mir die Wahrheit.«

»Sprich nicht darüber, was mein Sohn dir schuldet, du würdest ihn gern zu Solvis Feind machen. Aber es ist schon schlimm genug, dass du sein Feind bist.« Hrolf trat einen Schritt vor und blickte drohend auf Ragnvald herunter.

»Ich muss meine Beute einklagen, wenn ich dafür zahlen soll …«, Ragnvald blickte zu Hilda, »… dass ich um die Hand deiner Tochter anhalte.« Er wandte sich dem immer noch sitzenden Egil zu. »Egil, Bruder, wir haben zusammen gekämpft. Deine Ehre …«

»Könige und Fürsten müssen sich um ihre Ehre sorgen«, erklärte Hrolf. »Mein Sohn sollte dafür nicht sein Leben wegwerfen.«

»Deine Tochter wird die Mutter von Fürsten sein«, entgegnete Ragnvald.

»Dein Vater hat seine Ländereien und sein Leben verloren.« Hrolf trat einen Schritt zurück. »Du bist kein Fürst.«

Ragnvald biss die Zähne zusammen. Hrolf sagte die Wahrheit. Für den Moment konnte Ragnvald Hrolf nicht umstimmen, und jedes weitere Wort von ihm hätte geklungen wie von einem bettelnden Kind. Ragnvalds Vater hatte sein Königreich und danach sein Leben verloren. An seine Lebzeiten hatte Ragnvald nichts als gute Erinnerungen und empfand nur Scham über ihn die Zeit danach. Olaf hatte ihn vielleicht nicht gemocht, aber zumindest konnte er ihm keine Schande bereiten.

»Ich werde wieder ein Fürst sein, wenn ich mein Geburtsrecht wiedererringe«, entgegnete er.

»Du magst einen Bauernhof ein Königreich nennen, aber das macht ihn noch nicht dazu.« Hrolfs Augen blitzten. »Nein. Meine Tochter wird keinen Mann heiraten, der sich Hals über Kopf in Schwierigkeiten begibt, und mein Sohn wird kein Zeugnis für dich ablegen.«

»So wirst du nicht sprechen, wenn ich über Sogn herrsche.«

»Von mir aus kannst du König von ganz Sogn und Maer sein, trotzdem würde ich dir meine Tochter nicht geben«, erklärte Hrolf. »Du wirst Kummer und Blutvergießen über ihr Haus bringen.«

»Das werde ich nicht«, widersprach Ragnvald. Bei der Erinnerung an Adisas Hof, an die Stille der Toten fragte er sich, ob Hrolf recht hatte. Vielleicht hatte er den Tod aus den Wassern des Fjords mit sich gebracht, vielleicht eilte ihm der Tod voraus. »Aber ich will nicht weiter mit dir streiten.«

Er ging, sobald ihn Hrolf mit einer Geste entließ.

An Olafs Lagerplatz gegenüber war alles noch dunkel. Als

Ragnvald Schritte hinter sich hörte, drehte er sich um und sah, dass Hilda ihm nachrannte. Ihr Haar flatterte hinter ihr her, und ihre Wangen waren gerötet, als sie vor ihm stehen blieb.

»Warum folgst du mir?«, fragte er und trat einen Schritt zurück. »Hast du nicht genug gesehen?« Sie öffnete den Mund zum Widerspruch. »Es ist nicht meine Schuld, dass Solvi mich angegriffen hat, sag das deinem Vater. Und ich bin nicht mein Vater, ich lasse meine Familie nicht ohne Schutz zurück. Das kannst du ihm auch sagen.« Er wandte sich von ihr ab und ging weiter. Sie folgte ihm noch ein paar Schritte und legte ihre Hand auf seinen Arm.

»Richte deinen Zorn nicht auf mich«, bat sie. »Ich dachte auch, dass wir einander versprochen sind.«

Er blickte auf ihre Hand, dann in ihre Augen. Ja, sie waren einander versprochen. Er konnte sich an keine Zeit erinnern, in der er nicht gewusst hatte, dass sie seine Braut sein würde. Sie hatten ihre Kindheit miteinander verbracht, mit harmlosen Träumen, und jetzt war es seine Aufgabe, diese Träume wahr werden zu lassen, auch wenn der Weg dahin steinig war.

»Willst du das immer noch?«, fragte er.

Sie nickte errötend.

»Es tut mir leid«, erwiderte er. »Ich habe übereilt gesprochen.« Er zögerte einen Moment und nahm dann ihre Hand in seine. Er hatte sie mit seinem Zorn geängstigt. Sie war zwar ein großes Mädchen, aber immer noch ein Mädchen und nicht so stark oder tapfer wie Svanhild. Er durfte ihr keine Angst einjagen und streichelte ihre Hand, bis sie allmählich ruhiger wurde. Sie schenkte ihm ein zögerliches Lächeln.

»Wenn du willst, dann werde ich …«, begann er, nicht sicher, was er ihr anbieten wollte.

»Wenn du mich schwängerst, dann muss mein Vater es

erlauben«, platzte sie heraus. Ihr Gesicht errötete, und sie fuhr stirnrunzelnd fort: »Unsere Heirat.«

Ragnvald brach in Lachen aus, doch dann schloss er rasch den Mund. Das war das Letzte, was er von solch einem ernsten Mädchen erwartet hätte. Sie entzog ihm ihre Hand und richtete sich zu ihrer vollen Größe auf, die seiner in nichts nachstand.

»Es tut mir leid, wenn ich dich schockiert habe«, erklärte sie steif. »Vielleicht hatte mein Vater ja recht.«

Er wurde augenblicklich wieder ernst. »Hilda«, sagte er und griff wieder nach ihrer Hand. »Du hast mich überrascht. Ich wollte dich nicht auslachen. Ich war nur überrascht, dass du so viel für mich geben würdest.«

»Ich breche nicht gern meine Versprechen«, erklärte sie immer noch steif und förmlich.

»Ich auch nicht«, erwiderte er. »Ich meinte nur, ich würde wiederkommen und um dich ... Du brauchst dich nicht ...«, jetzt errötete auch er, und sein Lächeln von soeben drohte zurückzukommen, »an mich zu verschwenden. Ich würde dir keine Falle stellen.«

»Dann würdest du mich also gern los sein?«, fragte sie und fügte dann spöttisch hinzu: »War es nur dein Stolz, der verletzt wurde?«

Dann war sie also nicht mehr so jung, dass sie nicht wusste, wie man einen Mann mit Worten verletzen konnte. Dennoch wollte er nicht zulassen, dass Solvis Feindschaft sie ihm wegnahm. »Nein«, erwiderte Ragnvald kurz angebunden. »Ich will dich heiraten. Ganz gleich, worum du mich bittest.«

»Das will ich auch. Versprich mir, zu mir zurückzukehren, ganz gleich, was geschieht«, sagte sie, nun versöhnlicher. Sie streckte ihm die Hand hin, hielt aber, so wie vorhin, einen Augenblick inne, bevor sie seine Wange berührte.

»Ich verspreche es«, sagte er. »Ich bringe dir den Brautpreis, den du verdienst, und einen großen Haushalt, den du führen sollst.«

»Ich werde warten«, versprach sie im Gegenzug, und ein strahlendes Lächeln erhellte ihr Gesicht. »Vater wird mich nicht gegen meinen Willen mit jemand anderem verheiraten, nicht wenn alle meine Schwestern ebenfalls noch Ehemänner brauchen.«

Ragnvald zog sie an sich und küsste sie auf die Lippen, aber sie war zu überrascht oder zu unerfahren, um den Kuss zu erwidern. Als er sie losließ, lächelte sie zufrieden und wissend. Sie berührte ihre Lippen, als sie ihm gute Nacht wünschte.

*

Am Morgen war Olaf immer noch nicht eingetroffen, aber die Kunde von einem großen Zug mit Pferden und Wagen erreichte den Thingplatz und lenkte Ragnvald von seiner Wache ab. Goldglänzende Banner auf einem schwarzen Feld krönten den Berg vor den Männern, die sie trugen, und Ragnvald dachte plötzlich an seine Vision zurück. Vielleicht würde ihn sein goldener Wolf hier finden.

Er ließ sie nicht aus den Augen, bis sie näher kamen, und sah den goldenen Adler von König Hakon von Stjordal und Halogaland. Seine Diener bewegten sich effizient und trennten mit Seilen eine Koppel für die Pferde ab, dann stellten sie Zelte auf. Da der Wind heftig blies, konnte Ragnvald sie nicht hören, daher erschien es ihm wie eine gewaltige Pantomine, zu perfekt ausgeführt, um real zu sein. Hakons Ankunft würde hier um ihn herum Kreise der Macht erzeugen, wie ein Stein im Fluss.

Ragnvald beobachtete sie noch immer, als eine große Gestalt in Grün ihm über das Feld hinweg zuwinkte. Ragnvald erwiderte den Gruß, zunächst unsicher, doch als er näher kam, erkannte er Oddbjorn, König Hakons unehelichen Sohn von einer Bauersfrau, nicht von einer seiner angetrauten Gattinnen. Er war ein entfernter Cousin von Ragnvald, wie alle von Hakons Nachwuchs, doch nur Oddbjorn hatte je die Verwandtschaft reklamiert. Als Ragnvalds Vater noch gelebt hatte, waren Ragnvald und Oddbjorn Freunde gewesen, doch Ragnvald hatte ihn seit vielen Jahren nicht mehr gesehen.

»Cousin Oddbjorn«, sagte Ragnvald, als er in Hörweite kam. Oddbjorn trug sein dunkles Haar jetzt blond gesträhnt. Seine großen Augen und breiten Wangenknochen hatten sich zu etwas Hübscherem ausgewachsen als sein Jungengesicht mit dem breiten Mund, und er blickte auch misstrauischer drein. Seine Arme waren noch immer überlang, was ihn zu einem gefürchteten Ringkämpfer machte, und vermutlich auch zu einem gefährlichen Schwertkämpfer. Dann lächelte er, ein schelmisches Lächeln, das dieselben schiefen Zähne offenbarte, die er schon als Junge gehabt hatte.

»Für dich bin ich immer noch Oddi, Cousin«, erwiderte er lachend. Er zog Ragnvald in einer stürmischen Umarmung an sich, klopfte ihm auf den Rücken und hielt ihn dann auf Armeslänge von sich, um sein vernarbtes Gesicht zu betrachten. »Davon haben wir in Yrjar schon gehört«, sagte Oddi und bezog sich damit auf König Hakons berühmte Halle, die Halle der Kampfbereiten Krieger. Einst hatte Ragnvald davon geträumt, dorthin als einer von Hakons Männern geladen zu werden, doch als Hakon und Solvis Vater Hunthiof sich über einen Grenzkonflikt entzweiten, hatte Ragnvald seinen Ehrgeiz stattdessen auf Solvis Schiffe verlagert.

»Was hast du gehört?«, fragte Ragnvald etwas zu eifrig.

»Komm, wenn wir hier bleiben, wird man mich zur Arbeit

rufen«, erwiderte Oddi. »Oder schlimmer noch, ich werde von einem meiner Brüder in einen Streit verwickelt.«

Über der Ebene von Jostedal erstreckte sich ein Eisfeld, dessen Schmelzwasser die Flusssysteme des Sogn-Bezirks speiste. Sie stiegen über einen steilen Hang dort hinauf. Ein großer Gletscherschlund, dunkel und blau in seinen Spalten, öffnete sich dort, wo das Eisfeld begann. Es sah aus, als wäre dort ein Eisriese erfroren, der gerade ein Stück so groß wie eine Viehherde verschlang. Ragnvald marschierte hinter Oddi am Gletscherschlund entlang. Er wollte sich nicht von der großen Öffnung abwenden, daher warf er einen Stein in die Tiefe. Der Stein schlitterte eine Minute lang über die Eiswände, dann fiel er tief unten in einen Wasserteich. An Orten wie diesen lebten Geister. Vielleicht war es auch nicht der Schlund eines Riesen, sondern der Eingang von Niflheim, einem der Totenreiche. Oddi spähte in die gähnende Leere und wäre auch hineingeklettert, wenn Ragnvald ihn nicht zurückgehalten hätte.

»Ich mag das nicht«, sagte er.

»Du warst doch früher nicht so vorsichtig«, erwiderte Oddi.

Ragnvald zuckte mit den Schultern, ihm war unbehaglich zumute. Zweifellos hatte er sich verändert, seit Oddi ihn zuletzt gesehen hatte. In den Jahren dazwischen war sein Vater getötet worden, und Solvi hatte ihm gezeigt, wie wenig man anderen Menschen vertrauen konnte. Vielleicht hatte er sich in jemanden verändert, den Oddi nicht gern als Gefährten hatte. Daher willigte er ein, als Oddi vorschlug, stattdessen über das Dach der Höhle zu klettern. Ragnvald fand schmale Einkerbungen an Stellen, wo Felsen auf das Eis gestürzt waren und dort Löcher hineingeschmolzen hatten, wo Hände und Füße Halt fanden. Er kletterte mit Oddi hinauf, bis sie über der Höhle standen. Unter ihnen erstreckte sich das ganze Tal, und die Zelte waren nichts als braune Flecken auf dem grünen Feld.

»Was machst du hier?«, fragte Ragnvald. »Ich hätte nicht erwartet, dich beim Sogn-Thing wiederzutreffen, nicht solange dein Vater und Hunthiof beide noch am Leben sind und sich hassen.« Er schwieg und sah Oddi mit hochgezogener Augenbraue an. »Sie leben doch beide noch, oder?«

»Ja. Keines unserer Gebete wird so bereitwillig erhört wie dieses«, sagte Oddi.

»Und sie haben noch keinen Waffenstillstand vereinbart?«, fragte Ragnvald.

»Noch nie.« Sie gingen eine Weile schweigend nebeneinander her. »Komm, du grübelst«, sagte Oddi.

»Egil sagte, er wird nicht zu meinen Gunsten sprechen«, brach es aus Ragnvald hervor. Dann musste er Oddi die ganze Geschichte erzählen.

»Egil Hrolfsson ist klug«, sagte Oddi ernst.

»Klug«, schnaubte Ragnvald. Ihm war nicht klar, ob Oddi scherzte oder nicht, aber es war ihm auch gleichgültig. »Er ist ein Feigling. Wie konnte er sich je meinen Freund nennen?«

»Beruhige dich, Ragnvald«, sagte Oddi und sah ihn belustigt an. Dann scherzte er also. Zumindest Svanhild hätte seinen Zorn geteilt. »Dann hast du also erwartet, dass er über Solvis Klinge springt? Wenn Solvi vermutlich ein Dutzend Zeugen benennen kann, die euch beide Lügner schimpfen?«

»Bei diesen Narben?«, fragte Ragnvald und reckte sein Kinn empor. Seine Wunden brannten noch immer.

»Die hättest du dir bei jeder beliebigen anderen Gelegenheit einhandeln können.«

»Ich bin seiner Schwester versprochen.«

»Eine Vereinbarung zwischen Hrolf und Olaf«, sagte Oddi. »Und Olaf hat noch seinen anderen Sohn für eine von Hrolfs Töchtern.« Trotz Ragnvalds wütendem Blick fuhr er fort. »Du weißt, dass ich dir glaube. Aber du kannst sehen ...«

Ragnvald stieß Oddis Hand von seiner Schulter.

»Wie du willst«, meinte Oddi. »Am Tisch meines Vaters ist heute Abend ein Platz für dich frei, wenn du ihn willst.«

»Was gibt es Neues?«, fragte Ragnvald. »Warum hat dein Vater ein Treffen mit König Hunthiof riskiert, wenn doch das Gesetz des Thing besagt, dass er ihn da nicht töten kann?«

»Du hast nicht gehört, dass König Harald von Vestfold, wie prophezeit, an unseren Küsten gelandet ist?«, fragte Oddi.

»Wirklich? Ist er jetzt im Norden der König?«, fragte Ragnvald zum Scherz. Zumindest sprachen er und Oddi jetzt offen miteinander. Geschichten über den jungen Harald und seine Kunstfertigkeit in den Waffen waren von den Skalden die westlichen Fjorde auf und ab verbreitet worden.

»Vielleicht kehrt er zurück nach Vestfold und nennt sich selbst so«, meinte Oddi. »Aber nein«, fuhr er fort, »mein Vater hat kein Bündnis mit ihm geschmiedet und meine Schwester Asa mit ihm verheiratet. Mein Vater kommt zum Thing, um Krieger zu rekrutieren.«

»Ach, König Hakon glaubt also, dass Harald es schaffen kann?«, fragte Ragnvald, während er versuchte, diese Neuigkeit zu verdauen. »Er ist doch noch ein junger Kerl«, fügte er mit einem dummen Anflug von Eifersucht hinzu, dass dieser junge Harald ihn schon überflügeln sollte, doch auch ein anderes Gefühl, eine Spur von Anspannung regte sich in ihm. Durch Oddi könnte er vielleicht dennoch die Aufmerksamkeit großer Könige erlangen.

»Ja, er ist noch ein junger Kerl«, stimmte Oddi zu. »Aber ich halte viele der Geschichten nicht für übertrieben. Er ist groß und stark. Und ich habe gesehen, wie er unsere erfahrensten Krieger besiegt hat, zumindest bei den Turnieren. Seine Mutter ist eine Zauberin, und sein Onkel, der ihn erzogen hat, ist sowohl klug als auch reich. Wenn es jemand schaffen kann, dann er.« Daraufhin lächelte er Ragnvald aufmunternd zu. »Und wenn nicht, dann glaube ich, dass mein Vater gern Haralds Namen einsetzt, um den Wettbewerb zu befeuern. Meine Brüder werden nicht froh darüber sein, Halogaland und Stjordal unter sich aufzuteilen. Hunthiofs Herrschaft über Maer wird das Erste sein, das daran glauben muss.«

Hunthiofs Vorfahren waren Könige von Nord-Maer gewesen, während Ragnvalds über Süd-Maer und Sogn geherrscht hatten. Die Könige von Nord-Maer hatten ihre Macht über Generationen hinweg aufrechterhalten können, während Ragnvalds Großvater nur König des Sogn-Bezirks gewesen war, sein Sohn jedoch bloß noch ein unbedeutender Fürst und Ragnvald gar nichts mehr. Die Männer von Süd-Maer und Sogn legten ihren Eid nicht mehr auf Könige ab: Sie verteidigten sich so gut sie konnten selbst und bezahlten Steuern an Fürsten, wenn sie überhaupt Steuern zahlten. Ein König, ein wahrer König von ganz Norwegen ... Ragnvald konnte sich im Traum nicht vorstellen, was das bedeuten könnte. Harald von Vestfold könnte in Sogn nach Verbündeten suchen, oder er könnte es als verdienten Preis für die Gefolgsleute ansehen, die er bereits hatte.

»Sieh mal«, sagte Ragnvald und deutete auf das Feld unter ihnen. »Ich glaube, Olaf ist endlich eingetroffen. Ich muss unbedingt Svanhild sehen, wenn sie bei ihnen ist. Sie hält mich für tot.«

*

Als Ragnvald sich Olafs Lager näherte, schichtete Svanhild gerade Steine um das Fundament des Bratspießes auf, wo ihr Kessel hing. Sie konzentrierte sich ganz auf ihre Aufgabe und fügte die Steine mit schmutzigen Händen dicht zusammen, so dass Ragnvald sich ihr nähern konnte, bevor sie aufsah und ihn erblickte. Überrascht sprang sie auf. Ihr Schal löste sich, als sie auf ihn zurannte. Er hob sie hoch, als sie ihn mit den Armen umschlang, und hatte das Gefühl, gleich in Tränen auszubrechen über alles, was ihm zugestoßen war, seit er sie zum letzten Mal gesehen hatte.

Als er sie wieder absetzte, klammerte sie sich noch immer an ihn. »Ragnvald«, rief sie. »Egil hat gesagt, du wärst … und Ol… alle … sie …«

»Ich weiß«, erwiderte er. »Nicht hier.«

»Ragnvald«, rief Vigdis, die plötzlich hinter Svanhild auftauchte, und Olaf folgte nur einen Schritt hinter ihr. Es war auch viele Monate her, seit er sie zuletzt gesehen hatte, und seine Erinnerung an ihre Schönheit war nichts dagegen, sie jetzt von Angesicht zu Angesicht zu sehen. Sie warf ihm einen besorgten Blick zu, und wie immer fühlte es sich an, als stünden sie beide sich für einen Moment ganz allein auf der Welt gegenüber. Sein Gesicht begann zu glühen. Stattdessen gab er sich Mühe, den Blick auf Olaf zu richten.

»Wir sind so froh zu hören, dass Egils Nachricht falsch war. Natürlich wirst du bei uns bleiben«, sagte Olaf. Seine Augen waren grau und wie versteinert.

Ragnvald wappnete sich für weitere Erklärungen darüber, warum er versagt hatte, weil er mit leeren Händen und verwundet zurückgekehrt war. »Ich wohne im Moment woanders«, erklärte er und fühlte sich jetzt ebenso eiskalt, wie Olaf ihn ansah. »Aber ich freue mich über dein Willkommen.«

»Wir müssen unbedingt reden«, rief Svanhild.

»Svanhild, deine Hilfe wird beim Aufbau des Lagers benötigt«, rief Olaf.

»Ich dachte, er sei tot«, sagte Svanhild vorwurfsvoll. »Vigdis, du kannst mich doch sicher entbehren, oder?«

»Natürlich«, erwiderte Vigdis. »Lieber Gatte, ich komme

einen Nachmittag lang ohne das Mädchen zurecht.« Vigdis verschwand zurück ins Zelt. Olaf warf Ragnvald noch einen drohenden Blick zu, dann zuckte er mit den Schultern und stapfte über das Feld zum Lager eines Nachbarn hinüber.

»Olaf hat nicht damit gerechnet, dass du zurückkommen würdest«, meinte Svanhild, sobald sie allein waren. »Und es sieht so aus, als hätte er beinah recht behalten.« Sie streckte die Hand aus und berührte seine Wange. Doch er ergriff die Hand, bevor sie ihn dort berühren konnte, wo Hildas Finger gerade noch gelegen hatten.

»Er hat nicht damit gerechnet? Woher weißt du ... Bist du sicher?« Sie setzte zu einer Antwort an, doch Ragnvald schüttelte den Kopf. Er fühlte sich auf einmal schutzlos hier auf der freien Fläche. »Komm mit«, forderte er sie auf. »Lass uns ein Stück gehen.« Er führte Svanhild zum Opferhain. Gefällte Baumstämme, zu groben Bänken gehauen, säumten die Grube. Hier, zwischen den dunklen Tannenbäumen, war es kühler und roch nach fruchtbarem Erdboden. Olaf wünschte ihn also tot. Olaf, der mit König Hunthiof befreundet war, der vorgeschlagen hatte, dass Ragnvald auf Solvis Schiffen davonsegeln sollte. Das bot eine Erklärung für Solvis Angriff, für den Ragnvald bisher keinen Grund finden konnte. Es hatte immer Gerüchte gegeben, Olaf habe auch Ragnvalds Vater getötet. Seine Mutter hatte ihn gebeten, sie nicht zu beachten. Doch er hatte ihnen Glauben geschenkt, als ihm das als Junge gepasst hatte, immer dann, wenn er Olaf dafür gehasst hatte, dass er ihn züchtigte, dass er ihn unterdrückte, dass er nicht sein Vater war.

»Woher weißt du das?«, fragte er. »Bist du dir sicher?«

»Ja«, bekräftigte Svanhild. »Erzähl mir, was passiert ist.«

Sie setzten sich, und Ragnvald erzählte ihr von Solvis Angriff, ließ aber seine Vision vom goldenen Wolf weg. Svanhild würde diese Geschichte entweder überbewerten oder kleinreden. Er hatte sie in den vergangenen Tagen so oft erzählt, dass sie sich in seinem Kopf festgesetzt hatte. Er versuchte die richtigen Worte zu finden, um ihr seine Situation zu beschreiben.

Sie wiederum erzählte ihm, was sie vermutete – und dass Einar, Sigurd und selbst ihre Mutter das Gerücht bestätigt hätten. Er versuchte, sich die Reaktion seiner Mutter vorzustellen, wie sie reagieren würde, aber er sah nur den Zorn auf Svanhilds Gesicht.

»Was hat sie gesagt?«, fragte Ragnvald.

»Du kennst sie«, erwiderte Svanhild vielsagend. »Sie ist schwermütig und schwach, wie immer. Auf sie brauchst du nicht zu zählen. Sie ist nicht hier. Wirst du ihn anklagen?«

Olaf wollte seinen Tod und hatte einen Freund, König Hunthiof, bezahlt oder angestiftet, das Vorhaben umzusetzen. Sein Stiefvater, der ihn ebenso erzogen hatte wie sein leiblicher Vater.

»Ich weiß nicht«, erwiderte er. Zwischen den Zweigen der Bäume leuchtete immer noch das Sonnenlicht, aber es war zu weit weg, um Wärme auf den Haingrund dringen zu lassen.

»Ich werde für dich sprechen«, erklärte Svanhild.

»Das kannst du nicht.« Seine Stimme klang in seinen Ohren wie aus weiter Ferne, wie durch Wasser gefiltert. »›Eine Frau darf nur Zeugnis ablegen, wenn kein Mann dafür gefunden werden kann‹ – oder ›kann als Zeugin aufgerufen werden‹ – ich erinnere mich nicht genau an den Wortlaut. ›Kein Mann unter achtzehn darf …‹« Er hatte als Junge mit seinem Vater den Gerichtsverhandlungen beigewohnt und sich lange Passagen der Gesetze gemerkt, in der Hoffnung, dass er eines Tages seine eigene Gerechtigkeit ausüben könnte. Doch er erinnerte sich nur bruchstückhaft an den Wortlaut.

»Es gibt keinen Mann, der das bezeugen könnte«, sagte sie mit Nachdruck.

»Du hast gesagt, Sigurd weiß Bescheid, und er ist da.«

Sie schnaubte verächtlich. »Du weißt, dass er sich drücken wird.«

»Du hast keine glaubhaften Berichte, auf die du einen Eid ablegen kannst, nur Gerüchte. Und du bist eine Frau. Sie glauben dir nicht.«

»Du brauchst mich eigentlich gar nicht«, entgegnete Svanhild. »Zumindest nicht, um Solvi anzuklagen. Egil hat alles gesehen.«

Ragnvald sprang auf. »Das hat er dir gesagt?«

»Ja«, bestätigte Svanhild. Sie erhob sich ebenfalls und strich ihre Kleidung glatt.

»Er wird nicht für mich Zeugnis ablegen, und ich kann auch auf keinen von Solvis Männern zählen, dass sie für mich eintreten.«

»Was? Warum denn nicht?«, rief Svanhild. Dann musste ihr Ragnvald auch das noch erzählen.

»Was wirst du jetzt tun?«, fragte Svanhild.

»Du kannst nicht meine Zeugin sein, aber du kannst Egil daran erinnern, was er dir erzählt hat, und ihm ins Gewissen reden, als Zeuge aufzutreten. Komm mit mir zu Hrolfs Lager.«

*

»Ich habe das gesagt«, bekräftigte Egil. Er hatte einen Köcher mit Pfeilen auf den Boden geleert und prüfte von jedem die Befiederung, um sicherzustellen, dass die Pfeile morgen beim Bogenschützenwettbewerb treffsicher waren.

»Ja, das hast du gesagt.« Svanhild stand neben ihm, die Hände energisch in die Hüften gestemmt, und blickte auf ihn hinunter.

»Willst du mich jetzt wieder einen Feigling schimpfen?«,

wandte sich Egil ohne aufzublicken an Ragnvald und ignorierte sie völlig. »Ich hab versucht, dir zu helfen.«

»Du bist ein Feigling«, bekräftigte Svanhild.

Egil zuckte zusammen. »Ich will überleben«, sagte er. »Solvi vergibt keinen Verrat.«

»Aber er hat keine Probleme damit, sich damit die Hände schmutzig zu machen«, murmelte Ragnvald. Dann fügte er an Egil gewandt hinzu: »Wenn es dir schon gleichgültig ist, in deinem Umfeld ein Feigling genannt zu werden, dann ist es dir in aller Öffentlichkeit vielleicht nicht so egal.«

Egil biss die Zähne aufeinander. Er wich Ragnvalds Blick aus. Ragnvald wandte sich an Svanhild: »Wenn mein Freund Egil weiter lügt, dann werde ich dich als Zeugin aufrufen. Aber Solvi schimpft dich dann vielleicht eine Lügnerin, oder Olaf.«

Svanhild reckte stolz ihr Kinn. »Lass ihn doch. Ich habe keine Angst vor ihm.«

»Bitte«, bat Egil leise. Er beugte sich vor, um seine Pfeile aufzusammeln, damit er oder Svanhild sie nicht zertrampelten. »Ich werde mit meinem Vater sprechen. Ich werde als Zeuge aussagen, wenn mir das möglich ist.«

Ragnvald bückte sich und gab Egil die Hand. Es war kaum ein festes Versprechen, aber Ragnvald behandelte es so, und Egil könnte es ebenso halten.

»Deine Schwester ist mir immer noch versprochen, und du bist mein Schwurbruder. Ich würde für dich das Gleiche tun.«

Egil schenkte ihm ein Lächeln, doch vielleicht war es auch nur eine Grimasse. »Wir waren Kinder, als wir diesen Schwur leisteten.«

»Meinst du, für die Götter macht das einen Unterschied?« In Sagen galten Schwüre wie diese immer für die Ewigkeit, obgleich Ragnvald schon erfahren hatte, wie selten das im wahren Leben zutraf. Die meisten Schwüre, die eingehalten wurden, waren Todesandrohungen oder versprachen Gold. Oder sie verhießen Schande – mit Schlimmerem konnte Ragnvald Egil nicht drohen.

Egil gab keine Antwort, aber er nahm Ragnvalds Hand und deutete eine Umarmung an, bei der sich ihre Schultern berührten.

»Ich sehe dich heute Abend bei der Opferung«, sagte Ragnvald zu Egil. Vielleicht würde das Gefühl, dass dort die Augen der Götter auf ihm ruhten, Egil mehr Stärke verleihen.

*

Als Ragnvald langsam mit Svanhild zu Olafs Zelt zurückging, legte sie ihre Hand in seine, wie sie es als Kinder getan hatten. »Glaubst du, er wird als Zeuge für dich auftreten?«, fragte sie.

Ragnvald seufzte. »Ich weiß nicht. Ich habe den Eindruck, er will es.«

»Ich glaube nicht, dass Olaf das Land unseres Vaters aufgibt, ohne ihn zu töten«, erwiderte sie. Ihre Gedanken sprangen von einem Thema zum nächsten. Ragnvald war vertrauter mit dieser Eigenheit, als sie noch jeden Tag zusammen gewesen waren und er ihre Worte vorhersagen konnte, noch bevor sie sie ausgesprochen hatte. Er hatte noch nicht ausreichend darüber nachgedacht, was Olafs Einmischung bedeuten könnte, außer dass er keinen Beweis hatte, und das bewahrte ihn davor, Olaf vor allen anderen beschuldigen zu müssen.

»Ich könnte es«, überlegte Ragnvald, obgleich er nicht überzeugt war. »Er ist alt.« Nicht alt genug jedoch, dass er sichergehen könnte. Zweikämpfe waren eine Glückssache, und Olaf hatte schon unter Beweis gestellt, dass er zu Tricks bereit war.

»Wirklich?«, fragte Svanhild. »Immerhin hat er uns aufgezogen.«

»In Irland habe ich aus geringerem Anlass getötet«, erwiderte Ragnvald ruhig. So viel war zumindest sicher. »Ich glaube, dass ich das könnte.« Wenn Olaf ein anderer wäre. »Er ist allerdings ein starker Krieger. Ich hätte es lieber, wenn er mir nur das gäbe, was er versprochen hat.«

»Du könntest auf einem anderen Beuteschiff anheuern«, schlug Svanhild vor. »Oder auf einem der Siedlerschiffe, die nach Island aufbrechen wollen. Ich habe gehört, dass man dort Land einnehmen kann. Ein starker Mann kann dort ein Herr werden.«

»Eigentlich sollte ich hier ein Herr werden«, entgegnete Ragnvald. »Svanhild, wenn du nicht für mich als Zeugin auftreten willst, dann kann ich ...«

»Aber das will ich doch«, widersprach Svanhild. »Ich dachte nur, du wärest tot. Ich möchte nicht, dass es so weit kommt. Was gibt es hier noch für uns? Sogn ist voll von Bauern, alten Fehden, altem Blut, jeden Sommer kommen Plünderer. Ich habe von neuem Land gehört. Du könntest Hilda dorthin mitnehmen. Und mich auch.«

»Ardals Boden ist fruchtbarer als irgendein eisbedecktes Land«, wandte Ragnvald ein, obgleich er auch keine andere gute Idee hatte. Er hatte dieselben Geschichten gehört wie Svanhild, von diesem Island mit seinen feuerspuckenden Bergen und weiten Feldern, von Gletschern, die so hoch waren, dass die Wolken sie verschluckten, von Gefahr und günstigen Gelegenheiten. Aber er fühlte in sich auch seine Anhänglichkeit an Ardal, die Verbundenheit seiner Großväter, der Linie von Königen, die sich bis zu den Göttern zurückführen ließ. »Das hier ist Heimat, Svanhild. Es gehört mir, und ich will es mir zurückholen, für unsere Familie.«

»Du wurdest beinah getötet«, entgegnete Svanhild. »Du weißt ebenso wie ich, dass die Gerichtsverfahren meist zugunsten des Reichsten ausgehen, nicht zugunsten dessen, der im Recht ist. Und ich will neue Länder sehen. Wir haben einst einmal davon gesprochen.«

»Alles, was ich besitze, ist, was du an meinem Leib siehst«, sagte Ragnvald und wünschte, sie hätte ihn nicht dazu gezwungen, das auszusprechen. »Solvi hat sogar noch die Hälfte meiner Rüstung, die ich auf seinem Schiff zurückgelassen habe. Ich habe weniger als damals, als Olaf mich fortschickte. Daher nein, ich werde nicht auf einem neuen Schiff anheuern und dich auf ein Abenteuer mitnehmen. Meine einzige Chance besteht darin, das zu bekommen, was mir zusteht.«

Er versuchte, mit ihr über weniger belastende Themen zu sprechen, aber sie schien nicht in der Stimmung dafür, und er auch nicht, also ging er mit ihr zurück zu Olafs Lager. Unterwegs erzählte sie ihm, dass Thorkell eingetroffen war und um ihre Hand angehalten hatte, und dass sie deswegen hierhergekommen war. Thorkell war mit ihnen zu der Zusammenkunft gereist, allerdings mit seiner eigenen Familie, die ihn beschäftigte und von Svanhild fernhielt.

»Ich hatte überlegt, ob ich während des Thing davonlaufen soll«, verriet sie. »Aber jetzt bist du am Leben.«

*

Als die Sonne am Horizont versank, führte König Hakon eine Prozession zu den Opferungen im Pinienhain an. Zur Mittsommerzeit würde diese Dunkelheit nicht lange anhalten. Ragnvald fand einen Platz in der Nähe von Hilda und ihrer Familie. Hrolf gab vor, ihn nicht zu bemerken, aber Egil machte Platz, damit Ragnvald hinter Hilda stehen konnte. Ragnvald nahm ihre Hand, bevor die Opferrituale begannen, und fühlte sich dabei angenehm tollkühn, denn die Wärme und der Druck ihrer Hand waren für ihn viel realer als die Klänge der Zeremonie.

Auf der anderen Seite des Kreises stand Olaf mit Vigdis an seiner Seite, und der Schein des Feuers ließ ihr goldenes Haar rötlich erglühen. Ragnvald sah bewusst woanders hin, als sich ihr Blick gerade mit seinem kreuzen wollte. Er wollte nicht über Vigdis' Schönheit nachdenken, über ihr verheißungsvolles Lächeln, jetzt, wo er so nahe bei Hilda stand. Neben Olaf und Vigdis stand Sigurd und blickte auf das Opferblut, als würde ihm gleich übel. Svanhild hielt sich ein wenig abseits und stand mit verschränkten Armen da. Nicht einmal sie unterstützte ihn so, wie er es gern hätte.

Von einer Trommel ertönten langsame Schläge, von irgendwo außerhalb des Fackelkreises. König Hakon trat vor. Er trug ein grobes, handgesponnenes und ungefärbtes Gewand, auf dem man das Opferblut sehen würde, wenn es vergossen wurde. Er sprach die rituellen Dankgebete an die Götter anlässlich des Mittsommers, für gutes Wetter und für reiche Beute. Er bat um fruchtbare Ernten und erfolgreiche Raubzüge, und dann hob er die Axt über den Kopf und wartete. Seine Arme zitterten nicht, obgleich Ragnvald den Schmerz in seinen eigenen nachempfinden konnte, als die Leibeigenen die ersten Schafe an die richtige Stelle zerrten. Hakon war im selben Alter wie Olaf, breitschultrig und gut genährt, mit buschigen blonden Augenbrauen und Lachfalten um den Mund. Er hatte vermutlich einige Zeit keinen Grund zum Kämpfen gehabt, denn er trug seinen Bart lang und zu einem Zopf geflochten, und Goldringe blitzten in dem grau-blonden Haar auf. Hätte Hakon der Zeremonie nicht beigewohnt, hätten Olaf oder Hrolf die Opfergaben dargebracht und den Segen gesprochen. Oder Hunthiof, aber er war ebenfalls nicht gekommen. Hakons Demonstration von Stärke und Reichtum verschob hier das Gleichgewicht der Macht, wie ein Schiff, das vom Wind abgedrängt wurde.

Schließlich ließ Hakon die Axt auf den Hals des ersten Schafs niedersausen, das klaglos, aber mit einem großen Schwall Blut verendete. Eine Ziege und eine Kuh folgten, sie brüllten in Todesangst auf, als sie das Blut des ersten Opfertiers sahen. Hilda beobachtete das Ganze, ohne den Kopf abzuwenden oder sich zu rühren, aber der Griff ihrer Finger um Ragnvalds wurde fester.

Zwei Leibeigene zerrten einen widerstrebenden Ochsen in die Grube. Er stampfte und schnaubte, als er das Blut der anderen Opfertiere wahrnahm, und pflügte die Erde auf. Doch die Leibeigenen zogen ihn mit Tricks voran, abwechselnd lockten sie ihn, und dann schlugen sie ihn wieder mit Ruten. König Hakons Axt sauste erneut herab. Das Blut spritzte in sein Gesicht und auf die Arme und färbte sie rot. Es tropfte von seinem Bart und den Haarspitzen, und er sah aus wie einer von Odins wilden Kriegern aus einer alten Sage.

Als der Ochse schließlich auf die Erde stürzte, erhob Hakon die Hände zum Himmel, sprach die letzten rituellen Worte und beendete die Opferzeremonien für diesen Mittsommer. In diesem Jahr wurden keine Sklaven geopfert – die Gaben zur Jahreswende erforderten nur Schlachttiere. Die Göttinnen Frey und Freya forderten kein unnützes Blutvergießen. Leibeigene entfernten die Tiere aus der Opfergrube und brachten sie zu den großen Kochkesseln. Dort garten sie den ganzen nächsten Tag über glühenden Kohlen, und am nächsten Abend würde das große Opferfest sich über die gesamte Felsebene von Jostedal erstrecken.

Nach dem Ende der Opferungen sprach Hakon weitere Bittgebete an Thor und an die Geschwister Frey und Freya, die den Feldern Fruchtbarkeit brachten, sanften Regen, der das Keimen der im Frühjahr ausgesäten Saat beschleunigte. Seine Diener füllten riesige Hörner mit Bier, und Hakon segnete jedes, bevor er es im Kreis herumreichte. Während jeder Mann und jede Frau trank, flüsterten alle ihre Wünsche für das restliche Jahr, manche ganz für sich, andere wechselten leise Worte mit den Nebenstehenden.

Ragnvald schloss die Augen. Er wusste, er sollte einen Wunsch um Erfolg bei den Gerichtsverfahren und beim Antrag um Hildas Hand äußern, aber er konnte an nichts anderes denken als an Olafs Tod – ob er den Mord wirklich ausführen könnte, wenn es notwendig würde. Er trank, und der Geruch des Opferbluts verlieh dem Bier einen sauren Geschmack, und flüsterte dann »Sogn« nur für seine eigenen Ohren. Als die Trinkhörner wieder zu Hakon zurückkehrten, nahm er einen mächtigen Zug aus einem und stieß einen Triumphschrei aus. Der Feuerschein tauchte seine Mähne in Gold. Vielleicht war das Ragnvalds goldener Wolf.

Hakon rief den Göttervater Odin an, sprach von besiegten Männern und von Leichen, die noch getötet werden sollten. Ein Windstoß fuhr in das Eichenlaub über ihnen, und sein Blick schien sich mit Ragnvalds zu kreuzen. Blut bedeckte seine Hände, und eines seiner Augen lag im Schatten. In dieser Nacht, der Mittsommernacht, war der Schleier zwischen der Götterwelt und der Menschenwelt dünn. Einen Augenblick konnte Ragnvald Hildas Hand in seiner nicht spüren. Er erbebte innerlich – Odins Aufmerksamkeit war etwas Beängstigendes: Seine Helden starben jung und grausam. Doch Odin war der Gott der Schlacht und der Weisheit, des Verrats und der Herrscherkunst. Ragnvald bedurfte dieses Zaubers, ganz gleich zu welchen Kosten. Er hielt dem Blick von Hakon als Odins Stellvertreter stand, bis der König seinen Kopf abwandte und seine schreckliche Aufmerksamkeit weiterwanderte.

KAPITEL 8

Am nächsten Morgen wartete Svanhild vor Olafs Zelt, in der Hoffnung, Ragnvald würde sie wieder besuchen. Er könnte sie zu den Spielen und Wettkämpfen mitnehmen, so dass sie der Aufsicht von Vigdis eine Zeitlang entkommen und etwas von dem ganzen Trubel miterleben könnte. Oder sie unternahmen einen Spaziergang und unterhielten sich. Von seinen Reisen hatte sie bis jetzt ja nur das Ende gehört.

Aus der Entfernung sah sie zwei junge Männer, die mit hölzernen Übungsschwertern aufeinander einhieben, beide hoch und gut gewachsen und einander ähnlich. Sie sah ihnen zu, bis Vigdis sie unzüchtig schalt und sie herbeirief, um das Morgenmahl wegzuräumen.

Bei dem Geräusch von Pferdegetrappel blickte sie auf. Über die Ebene ritten vier Männer auf Pferden mit dem zottigen Fell der Fjord-Ponys heran, doch mit ihrer Größe und den längeren Mähnen ähnelten sie den Rassen weiter aus dem Süden. Jeder der Männer war ein Krieger, er trug einen abgetragenen Lederharnisch um die Brust und glänzende Goldbeschläge an Schultern, Handgelenken und am Gürtel, was von ihren Auszeichnungen für kämpferisches Geschick zeugte. Selbst am Zaumzeug und an den Steigbügeln blitzte es metallen auf. Die Pferde bissen beim Galoppieren nacheinander und tänzelten, wenn sie aneinandergerieten. Vielleicht waren sie für die Pferdekämpfe morgen gedacht, an denen Frauen nicht teilnehmen durften, die anzusehen sich Svanhild aber auf keinen Fall entgehen lassen wollte.

Die Männer sahen aus, als seien sie einer Sage entsprungen, bis sie näher herankamen und Svanhild feststellen konnte, dass einer von ihnen alt war und ein anderer ein Gesicht wie aus einem Alptraum hatte, mit zerschmettertem, schlecht verheiltem Mund, als hätte eine Axt hineingeschlagen. Der vorderste Reiter hatte jedoch ein klares und ebenmäßiges Gesicht – eben doch wie ein Sagenheld.

»Ist dein Vater drin, junge Maid?«, fragte der Anführer und hielt sein Pferd an. Von nahem erschien er Svanhild als der schönste Mann, den sie je gesehen hatte, mit kurz getrimmtem Bart im selben Goldton wie die Bernsteinfüllung seiner Mantelschnalle und mit einem blitzenden, messerscharfen Lächeln.

»Er liegt in einem Hünengrab«, erwiderte Svanhild und richtete sich auf, dabei warf sie ihr Haar zurück. Am Morgen hatte sie es gebürstet, bis es glänzte, und dann locker unter einem schmalen, weißen Band zusammengefasst. Nun war sie froh darüber, denn die Blicke des Mannes folgten ihrer Haarpracht, als ihre Mähne sich wiegte und ihre Hüften umspielte. »Wenn du meinen Stiefvater Olaf meinst, von dem weiß ich nicht, wo er gerade ist.«

»Wie heißt du?«, fragte der Mann.

»Svanhild Eysteinsdatter«, erwiderte sie. Eines der Pferde stampfte ungeduldig auf. Ein Schatten verdunkelte kurz das Gesicht des Mannes, bevor sein Lächeln wieder durchbrach.

»Ein schöner Name für eine schöne Frau«, sagte er.

Svanhild wischte das Kompliment beiseite. »Wenn du meinen Namen kennst, dann sollte ich wohl auch deinen wissen«, entgegnete sie.

»Kannst du ihn erraten?«, erwiderte er und zwinkerte lächelnd.

»Wie sollte ich?«, fragte sie und warf ihr Haar wieder zurück, froh über die Möglichkeit, ihn von Kopf bis Fuß mustern zu können. »Du warst nicht bei den Opferriten dabei, also hältst du wohl nicht viel von den Göttern, und du bist nicht aus Sogn. Du trägst ein schönes Schwert an deiner Seite und trimmst deine Haare kurz wie ein Krieger, aber es gibt viele reiche Krieger in Norwegen. Du hast nicht genügend Männer dabei, um ein König oder Fürst zu sein.«

»Meinst du?«, fragte er mit blitzenden Augen. »Komm, reite mit mir, dann erzähle ich dir mehr.«

Svanhild sah sich um. Vigdis war gerade nirgends zu sehen. Es gehörte sich nicht, die Leute würden über sie reden, wenn man sie sah, und das ließ sich nicht vermeiden. Aber wenn der junge Mann sie mochte, vielleicht würde er um ihre Hand anhalten, und wenn er neben seiner wertvollen Waffe noch andere Reichtümer besaß, könnte Ragnvald die Heirat für sie arrangieren. Sie stellte sich auf einen Stein, ergriff die Hand des Mannes und kletterte vor ihm aufs Pferd. Er hielt sie vertraulich um die Taille, ein fester Griff, der ihr Herz einen Schlag aussetzen ließ.

»Wie soll ich dich denn nennen, bis ich deinen Namen erraten habe?«, fragte Svanhild.

»Wie magst du mich denn nennen?«, fragte er zurück.

»Dein Haar ist feuerrot, deshalb nenne ich dich Loki. Wenn du darüber genug beleidigt bist, dann wirst du mir schon deinen echten Namen verraten.« Über die Schulter hinweg warf sie ihm ein Lächeln zu.

»Du könntest mich nie beleidigen, Svanhild«, schmeichelte er. Sie mochte die Art, wie er ihren Namen aussprach, als wäre er ein Geheimnis zwischen ihnen beiden. Er gab seinen Freunden mit einer Kopfbewegung zu verstehen, dass sie verschwinden sollten, und ritt von ihnen weg übers Feld.

»Warst du schon auf dem Gletscher oben?«, fragte er und deutete auf den Eiswall in der Höhe.

Svanhild schüttelte den Kopf. Des Nachts waren von dort grausige Geräusche zu hören, als wälzten sich Riesen im Schlaf. Ihre Angst musste sich in ihrer Körperhaltung gezeigt haben, denn er zog sie näher an sich heran und flüsterte ihr ins Ohr: »Keine Angst, ich passe schon auf, dass du nicht fällst.«

Sie krallte sich an der Mähne des Pferdes fest, das sich seinen Weg über den felsübersäten Hang oberhalb des Lagers suchte, und blickte geradeaus, um nicht sehen zu müssen, wie hoch sie schon geklettert waren.

»Dein Pferd ist wirklich trittsicher«, lobte sie. »Wirst du damit am Wettkampf teilnehmen?«

»Es ist eine Stute«, erklärte der Mann und beugte sich beim Aufstieg vor. Seine Brust presste sich warm gegen Svanhilds Rücken. »Und was weiß eine Maid wie du von Pferdekämpfen?«

»Nur so einiges vom Hörensagen«, erwiderte Svanhild und machte sich insgeheim Vorwürfe, das Gespräch in eine unziemliche Richtung gelenkt zu haben.

»Da habe ich einen guten Rat für dich, den du vielleicht noch nicht kennst: Setze niemals dein eigenes Pferd im Wettkampf ein, wette lieber auf andere.« Er lachte, und sie lächelte, obwohl er es nicht sehen konnte. »Aber diese Stute hier ist sowieso zu klug, um zu kämpfen. Nur Hengste können dazu aufgestachelt werden.«

»Dann sind sie ja gar nicht so anders als Menschen«, sagte sie, obwohl sie sich oft wünschte, kämpfen zu können. Als sie am Gipfel angekommen waren, stieg er zuerst ab und half ihr dann vom Pferd. In der kurzen Zeit, in der sie hochgeritten waren, waren Wolken aufgezogen. Wind kam auf, der die Kälte der Eishöhle mit sich brachte. Svanhild bedauerte, ihren Umhang nicht mitgenommen zu haben.

»Du bist nicht groß«, sagte sie, als er neben ihr stand. Er sah immer noch sehr gut aus und hatte ein verschmitztes Lächeln aufgesetzt, so dass sie sein Gesicht, nun auf derselben Höhe wie ihres, nur mit Blicken streifen konnte, bevor sie errötete und wegsehen musste. »Aber reich genug für ein gutes Pferd und eine goldene Mantelschnalle. Doch dein Harnisch sieht abgetragen aus, wenn du also ein König bist, dann höchstens über ein kleines Gebiet.« Bei diesen Worten lächelte sie ihn an und wurde zur Antwort mit einem Lächeln von ihm belohnt.

»Vielleicht hat der Harnisch mir so viele Male das Leben gerettet, dass ich ihn nicht gegen einen anderen, viel schöneren umtauschen würde«, meinte er.

Sie musste wieder den Blick von ihm abwenden und starrte stattdessen in die Eishöhle. Das Blau darin leuchtete klarer als jeder Edelstein.

»Erzähle mir mehr, damit ich erraten kann, wer du bist«, fuhr sie fort.

»Erzähle du mir erst mehr von dir, schöne Svanhild. Alles, was ich von dir weiß, ist dein Name.«

Es gab nicht viel zu erzählen. »Mein Vater war ein Angeber, mein Großvater ein König.« Es klang fast wie ein Reim. »Mein Stiefvater will meinen Bruder umbringen, und vielleicht schafft er es noch.« Es schnürte ihr die Kehle zu, also hörte sie auf zu sprechen. In der kalten Luft der Höhle fühlte sich ihr Gesicht noch heißer an. Sie versuchte sich an Vigdis' Ratschläge zu erinnern, wie man einen Mann auf sich aufmerksam machte. Tränen waren wohl nicht dabei gewesen, da war sie sich sicher.

»Er will deinen Bruder umbringen?«, fragte der Mann. »Woher weißt du das denn?«

»Er hat meinen Bruder Ragnvald auf Raubzug ausgeschickt, damit er von Solvi Klofe ermordet wird; der hat es versucht, aber Ragnvald hat überlebt.«

»Er hat überlebt«, wiederholte der Mann langsam. Svanhild drehte sich nach ihm um. »Das ist gut so«, fügte er hinzu, »aber ich habe dich nicht nach deiner Familie gefragt. Erzähl mir mehr über dich.«

»Ich bin auf einem Bauernhof aufgewachsen«, erklärte sie. Was hätte sie ihm sonst sagen sollen: dass sie schlecht Wolle spinnen konnte, dass sie ihren Stiefbruder mit seinem eigenen Schwert schlug? »Ich glaube, mein Bruder sollte irgendwohin übers Meer segeln und mich mitnehmen. Alles, was ich bis jetzt gesehen habe, sind die Berge hier.«

»Und wohin willst du gehen?«

»Irgendwohin – überallhin.« Sie hatte so oft darüber nachgedacht. Ragnvald sollte ihr einen Krieger zum Mann finden, einen, der nach Schottland und noch weiter in der Ferne auf Raubzüge ging und sie für die langen Winterbelagerungen mitnehmen würde. Oder der sich in Island oder auf den Orkneys niederlassen würde, wie sie es ihm schmackhaft machen wollte. »Warum darf nur er entscheiden? Warum darf immer nur er weggehen?«

»Ich könnte dich dorthin mitnehmen«, schlug er vor. Er stand dicht hinter ihr und blickte wie sie in die Höhle hinein. Sein Körper roch mehr nach See als nach Erde.

»Ich hätte dir wohl besser den Namen eines Meeresgottes gegeben statt den eines Spitzbuben, nicht? Aber nein, ich denke, du bist doch eher Loki, voll Feuer, List und Tücke.« Eigentlich hatte es kokett klingen sollen, aber sie konnte doch sehen und merkte an seiner Haltung, dass ihre Worte ihn getroffen hatten.

»Komm«, sagte er. »Lass uns ein Stück in den Höhleneingang hineingehen.« Sie blickte in den blauen Schlund des Gletschers, in die dunklen Ecken, wo es schwarz wurde. Selbst mit einem Vertrauten wie Ragnvald hätte Svanhild gezögert, dort hineinzugehen, und nun würde sie die Höhle gewiss nicht mit einem Fremden erkunden, dessen Namen sie noch nicht einmal kannte.

Er streckte ihr die Hand hin. »Hab keine Angst vor mir«, bat er. Fast schüchtern blickte er zur Seite, als sie seine Rechte ergriff. Eigentlich hätte sie nie so weit mit ihm gehen sollen, doch nun, wo sie schon einmal hier war, wollte sie auch nicht als Feigling gelten. Auf heiligem Thing-Grund würde er es nicht wagen, ihr Schaden zuzufügen, selbst wenn er mutig genug dazu wäre, und sein Blick hatte ihr mehr Vertrauen eingeflößt als alle Worte, die er hätte sagen können.

Es mussten schon früher einmal Menschen hier gewesen sein, denn sie hatten einen dunklen Trampelpfad geschaffen, auf dem es sich ganz gut gehen ließ. Sie konnten nicht Hand in Hand nebeneinander hergehen, also legte er ihre Hand auf seine Schulter und führte sie an den blauen Wänden entlang, bis der graue Himmel hinter ihnen nur noch ein kleiner Fleck war. Ein schmaler Sturzbach fiel in Kaskaden in einen Tümpel tief unten und leuchtete im Vorbeifließen in allen Blautönen von Weiß bis Mitternacht, bevor er in der Dunkelheit verschwand.

»Ist das eine andere Welt?«, flüsterte sie.

»Vielleicht. Siehst du, ich habe dich schon an einen anderen Ort mitgenommen«, flüsterte er zurück.

»Ja«, antwortete sie.

»Fürchtest du dich nicht vor den langen Überfahrten? Der Wind würde dein Haar zerzausen.« Er berührte ihr Haar, wo es über die Schultern fiel. Sie erbebte, mehr der Berührung als der Kälte wegen, doch er nahm die Gelegenheit wahr, ihr einen Teil seines Umhangs über die Schultern zu legen.

»In Ardal zerzaust mir der Wind auch die Frisur«, sagte sie, »und ich kriege nichts weiter zu sehen als Kühe und Schafe.« Das Verlangen drückte ihr fast das Herz ab, das nun hoffnungsvoll schneller schlug. Sollte es so leicht sein, einen Mann zu finden – einen Ehemann, der sie mit sich nähme? Sie würde Ragnvald verlassen müssen, aber das würde sowieso irgendwann einmal geschehen. Er wollte Ardal nach alter Väter Sitte behalten und würde niemals weggehen.

»Ich würde dich mit mir auf die Reise nehmen«, sagte er mit einer Heftigkeit, die sie überraschte. »Ich habe Schiffe, Männer, Reichtum. Ich bin zwar kein König, aber mein Vater.«

Einen verrückten Augenblick lang wollte sie ja sagen, sie wollte es, selbst als seine Konkubine. Wenn er solche Gefühle in ihr hervorrief, und sollte es nur gelegentlich sein, dann würde sie mit ihm durchbrennen.

»Ein Königssohn«, sagte sie und sah ihn wieder an. Etwas an ihm schien ihr bekannt: an diesem kleinwüchsigen Königssohn mit rotem Haar und Bart. »Du bist sehr klein.« Sie trat einen Schritt zurück. »Du bist Solvi Klofe, Solvi der Kurze, der versucht hat, meinen Bruder zu töten.« Ihre Stimme war schrill geworden. Sein Gesicht verriet ihr, dass sie richtig geraten hatte. »Und jetzt willst du dich an mir rächen? Oder mich zum Gespött machen?« Nein, es war ihre eigene Schuld gewesen. »Bring mich zu meinem Zelt zurück.«

Er sah sie schuldbewusst an und streckte die Hand nach ihr aus. »Ich würde dir nie weh tun.«

»Nein?« Sie zog sich schaudernd zurück. »Du hast schon versucht, mir mehr weh zu tun, als alles was man meinem Körper hätte antun können. Ragnvald ist mein Bruder. Ich hoffe, er bringt dich um.«

»Ich wollte doch nicht ...« Er brach ab. »Ich bin ja froh, dass er lebt. Ich verspreche dir …«, setzte er wieder an und streckte die Hände aus.

»Versprich mir nichts«, rief sie aus. »Deine Versprechen sind wertlos.«

»Kein Mann dürfte das zu mir sagen und weiterleben«, rief er plötzlich zornig. »Du weißt jetzt, wer ich bin, also hör mit dem Theater auf.«

»Ein Mann wird das zu dir sagen, bei den Gerichtsverhandlungen.«

»Du kannst wohl in die Zukunft blicken«, spottete er und ging auf sie zu, nicht weiter daran interessiert, sie zu beruhigen. Sein rascher Stimmungsumschwung jagte ihr Angst ein – dieser Mann konnte von einem Moment zum anderen von Spiel zu tödlichem Ernst wechseln. Kein Wunder, dass Ragnvald den Verrat nicht hatte kommen sehen.

Sie wich weiter zurück und bemühte sich, auf dem Trampelpfad zu bleiben, ohne den Blick von seiner Gestalt abzuwenden.

Doch dann rutschte sie ab, und er machte einen Satz nach vorn, um sie zu halten. Einen Moment lang hockte sie am Boden, bevor sie sich wieder aufrichtete und ihre Tränen hinunterschluckte. Ihr Fußgelenk schmerzte, aber sie schien nicht schwer verletzt. Also drehte sie sich um und kletterte zurück ans Tageslicht.

»Komm, ich bringe dich zurück«, schlug er vor, als sie die Höhlenmündung erreicht hatten. Sein Pferd stand noch immer unter dem Baum und knabberte an den Frühlingsknospen.

»Wenn Ragnvald dich mit mir sieht, bringt er dich um«, meinte Svanhild.

»Das glaube ich nicht«, erwiderte Solvi. »Bestimmt will er seine Familie nicht in eine Blutfehde stürzen.« Er sah sie betrübt an, und Svanhild gewann eine wichtige Einsicht: Solvis wahre Stärke lag darin, sich nie so zu verhalten, wie es von ihm erwartet wurde. Er hätte kein Problem mit einer Blutfehde. Er würde Unruhe stiften und lachend davongehen. Sie verdrängte ihre Gedanken – sie wollte nichts Bewundernswertes an Solvi finden. Sie hatte sich schon viel zu sehr in sein gutes Aussehen verguckt. »Meine Männer würden ihn vorher töten«, fügte er hinzu.

»Das hast du schon einmal versucht!«, schrie sie auf. »Vielleicht kann er gar nicht von dir getötet werden.«

Da lächelte er, ohne dass sie einen Grund dafür erkennen konnte. »Du willst doch gar nicht, dass ich tot bin, schöne Svanhild.«

»Ich weiß besser, was ich will«, versetzte sie.

»Ich will nicht, dass du mich hasst.«

Darauf wusste Svanhild nichts zu antworten. »Dann bring mich zurück«, forderte sie hochmütig. Der Schmerz pochte in ihrem Fußgelenk.

Er half ihr wieder aufs Pferd. Auf ihrem langsamen Rückweg den Berg hinunter gab sie acht, nicht nach vorne abzurutschen und trotzdem einen Abstand zwischen ihrem und seinem Körper zu wahren. Wie peinlich, dass sie ihm erlaubt hatte, sich an sie zu drücken.

Sie hielt sich sehr aufrecht, als sie in Olafs Lager einritten. Olaf und Vigdis standen beide da und erwarteten sie. »Ich hab was mit dir zu bereden«, sagte Olaf kalt, und es dauerte eine Sekunde, bis Svanhild klarwurde, dass er Solvi und nicht sie meinte.

Solvi beachtete ihn nicht und schwang sich vom Pferd, bevor er Svanhild beim Absteigen behilflich war. Ohne nachzudenken ergriff sie seine Hand, was er mit seinem unergründlichen Lächeln quittierte, das noch stärker wurde, als sie ihn missmutig ansah. Bildete er sich etwa ein, sie hätten sich auf dem Rückweg irgendwie versöhnt? So leicht sollte er ihre Gunst auf keinen Fall gewinnen.

»Wir hatten eine Abmachung, Solvi Hunthiofsson«, sagte Olaf.

»Willst du hier unsere Abmachung besprechen?«, fragte Solvi und sah sich um. Aus Olafs Haushalt waren Leute hinzugetreten, ebenso wie andere, die Solvi begrüßen wollten.

»Nein«, stieß Olaf zwischen den Zähnen hervor. »Komm in mein Zelt und trink mit mir.« Er sah Svanhild an, dann wieder Solvi. »Meine Tochter wird dich bedienen.«

»Sie hat mir versichert, dass sie nicht deine Tochter ist«, erklärte Solvi. Sein Blick ruhte einen Moment auf Svanhild, und sie konnte sich nicht dazu überwinden, wegzusehen oder den Blick zu senken. »Aber ja, wenn du sagst, sie wird uns bedienen, dann nehme ich deine Gastfreundschaft gerne an.«

Svanhild starrte die beiden an: Olaf, groß und unerbittlich, Solvi dagegen kleiner, jedoch aufgrund seiner Persönlichkeit und Abstammung mit den Zügeln der Macht ausgestattet: die Arroganz der Könige, die Stärke des Kriegers – wenn auch eines etwas klein geratenen – in seinen besten Mannesjahren.

Vigdis winkte sie herüber und zog Svanhild in den Kochbereich hinaus, wo sie zwei Zinnbecher und ein kleines Fass Bier herbeischaffte. »Hör zu, und sag jetzt nichts«, flüsterte sie eindringlich. Auf dem Boden hinter ihr patschte der kleine Hallbjorn mit den Händchen im Dreck. »Das hast du gut gemacht. Dieser Solvi hat sich in dich vernarrt, das sehe ich gleich. Wenn du Thorkell nicht heiraten willst, sieh zu, dass sich Solvi noch mehr in dich verliebt.«

»Solvi hat versucht ...«

»Ich hab dir gesagt, du sollst zuhören«, zischte Vigdis sie an. »Einen Groll können nur Männer hegen. Denk doch nur, was du für deinen Bruder erreichen kannst, wenn du Solvis Braut bist. Und jetzt bring ihnen das Bier. Lass dein Haar auf Solvis Schultern fallen. Trag nicht zu dick auf, aber geh dicht an ihn heran, wenn du ihn bedienst und ...«, sie hielt einen Moment inne und lächelte, »... geh jetzt. Du hast schon viel erreicht. Meinen Rat brauchst du gar nicht.«

Mit hölzernen Schritten ging sie das kurze Stück zu Olafs Zelt hinüber. Sie hatte nicht die geringste Lust, Solvi weiter zu umgarnen. Ihre Wangen glühten bei dem Gedanken, wie weit sie schon gegangen war. Und wenn Solvi sie begehrte – sie schüttelte sich bei dem Gedanken –, Ragnvald würde ihr nie verzeihen, wenn sie sich einverstanden erklärte.

»Deine Abmachung war mit meinem Vater, nicht mit mir«, hörte sie Solvi sagen, als sie mit dem Bier eintrat. Er hörte sich herablassend an, und Olafs Gesicht war düster wie Gewitterwolken, so dass sie sich am liebsten vor ihm weggeduckt hätte. Olafs Wutanfälle ließen ganz Ardal erzittern. Solvi schien das nicht weiter zu berühren.

»Weil du versagt hast, sind wir jetzt in dieser Situation«, schalt Olaf, ohne auf das Bier zu achten, das Svanhild ihm hingestellt hatte. »Wenn du deinen Auftrag erfüllt hättest, könnte dieser Emporkömmling uns nicht anklagen.«

Svanhilds Hand zitterte, als sie Solvis Becher vor ihn hinstellte. Er griff danach, bevor das Bier überschwappen konnte und legte seine Hand auf ihre. Sie zog sie zurück, als hätte sie sich verbrannt. Er blickte sie mit hochgezogenen Brauen und zusammengekniffenen Augen an, bevor er sich wieder Olaf zuwandte.

»Wie ich schon sagte, deine Abmachung bestand mit meinem Vater, nicht mit mir. Ragnvald war ein guter Krieger, aber wenn er Anklage erhebt, dann kann er nichts als Worte vorbringen. Keiner kommt mit Kriegern zu seiner Verteidigung, und Zeugen wird er auch nicht herschaffen können. Dann steht er da und hat falsches Zeugnis gegen einen Königssohn abgelegt.«

»Noch lebt er«, wandte Olaf ein.

Machte es Olaf wirklich nichts aus, dass Svanhild all dies mithörte? Hielt er sie für einen so großen Feigling? Oder dachte er etwa, seine Wutanfälle würden sie davon abhalten, Ragnvald alles zu erzählen? Sie stand ganz still da und hielt das Bierfass fest, falls die Männer noch zu trinken begehrten, doch die beiden hatten bis jetzt nur an ihren Bechern genippt.

»So habe ich mir das vorgestellt«, sagte Solvi und sah zu ihr hoch.

»So dumm kannst du gar nicht sein«, erwiderte Svanhild, »oder glauben, dass ich es bin.«

»Nimm einfach an, die Götter hätten verhindert, dass ich ihn töte«, erwiderte er, noch immer an sie gewandt. Das konnte sie durchaus glauben, aber es änderte nichts.

»Haben sie das?«, fragte Olaf besorgt. »Wie soll ich Ardal regieren, wenn dieser Hitzkopf noch herumläuft?«

»Das soll nicht meine Sorge sein. Was gehen mich die Belange deines kleinen Hofs an?«, meinte Solvi verächtlich. Dann blickte er zu Svanhild. »Außer der hier. Gib mir das Schwanenmädchen zum Kebsweib, dann leihe ich dir ein paar Männer, die dein Land verteidigen. Wie ich hörte, brauchst du welche.«

Svanhild sog scharf den Atem ein. Deshalb hatte Olaf gewollt, dass sie alles mithörte. Er würde wahrscheinlich darauf eingehen, selbst mit der Beleidigung, dass Solvi sie zur Konkubine nähme – Krieger könnten Olaf wieder zu einem wichtigen Mann machen, mächtiger als sein Vetter Thorkell. »Niemals!«, schrie sie. »Ich habe gehört, was ihr gesagt habt, und ich sage es Ragnvald. Ich sage gegen euch aus.«

Solvi lachte. »Das Zeugnis eines Mädchens? Was wäre das schon wert?« Ohne auf eine Antwort zu warten, stand er auf und sagte zu Olaf: »Sie ist ein Wildfang. Mein Angebot steht. Schick mir das Mädel, wenn du einverstanden bist.«

»Niemals«, wiederholte Svanhild.

Als er gegangen war, packte Olaf Svanhilds Arm mit hartem Griff. »Nutzloses Weibsbild«, schalt er und stieß sie voran. »Ich sollte dich grün und blau schlagen.«

»Du willst mich doch nicht verunstalten, bevor du mich an jemanden verkauft hast«, entgegnete sie mit zitternder Stimme.

»Wenn du gegen mich aussagst, dann mach ich dich so kaputt, dass du nicht einmal mehr als Kebsweib taugst. Kein Mann wird dich dann mehr ansehen.« Er zerrte sie aus dem Zelt hinüber zu Vigdis ins Kochzelt. Vigdis sah alarmiert aus, als sie die beiden so sah – Svanhild, die zappelte und um sich trat, und Olaf, der sie am Arm hochzog.

»Bind sie fest«, befahl er Vigdis. »Niemand außer dir soll sie zu sehen bekommen, bis die Gerichtsverhandlungen vorbei sind.« Er warf Svanhild auf einen Sack voll Gerste, so dass es ihr den Atem verschlug. Ihr Schrei wurde von den Getreidesäcken gedämpft, als Olaf sie umdrehte und Vigdis ihre Hände auf dem Rücken fesselte. Olaf zerrte ihr Kopftuch nach unten und band es ihr um den Mund, so dass sie nicht mehr schreien konnte. Dann drehte er sie wieder auf den Rücken. »Mach bloß keine Dummheiten«, warnte er sie. »Sonst geht es dir noch viel dreckiger.«

Der kleine Hallbjorn sah mit großen, runden Augen zu und fing dann an zu weinen. Vigdis nahm ihn hoch, setzte ihn sich auf die Hüfte und schaukelte ihn, bis er mit dem Schluchzen aufhörte, obwohl er Svanhild immer noch misstrauisch ansah.

»Es wird schwierig werden, sie zu bewachen«, sagte Vigdis zu Olaf, bevor er wegging.

»Du bekommst eine neue Brosche«, versprach ihr Olaf. Vigdis nickte. Als Olaf weg war, kniete sich Vigdis neben Svanhild nieder.

»Du bist wirklich eine Närrin«, schalt Vigdis sie fast freundlich. »Jetzt hast du alle Männer gegen dich aufgebracht, die dir helfen könnten.« Svanhild starrte sie wütend an. »Ragnvald – der würde wahrscheinlich schon was machen, aber er kann ja nicht. Und wenn er hört, dass du mit Solvi ausgeritten bist, dann fragt er sich wahrscheinlich sowieso, ob überhaupt noch jemand zu ihm steht.«

Damit trug sie Hallbjorn nach draußen und bat Sigurd, sich an diesen Nachmittag um ihn zu kümmern. Als sie zurückkam, trat Svanhild nach ihr und fluchte hinter ihrem Knebel, bis sie zu erschöpft war, um weiterzukämpfen.

Sie schlief ein, und als sie erwachte, war Vigdis gegangen. Svanhild versuchte vergeblich, die Handfesseln hinter ihrem Rücken zu lockern, aber ihre Handgelenke ließen sich nicht bewegen. Sie mühte sich noch eine Weile ab und ließ sich dann in die Getreidesäcke fallen, um ihre Kräfte zu schonen. Heute Abend beim großen Fest würden alle weg sein. Vielleicht konnte sie dann entkommen.

KAPITEL 9

Am Morgen nach den Opferungen verbreitete sich die Nachricht im Lager, dass Solvi gekommen war. Während des Bogenschützenwettkampfs mit Egil waren Ragnvalds Nerven zum Zerreißen gespannt. An den Seitenlinien hatte Solvi Wetten abgeschlossen und schwadronierte laut herum. Ragnvald konnte kaum an etwas anderes denken als an seine bevorstehende Gerichtsverhandlung, und seine Pfeile trafen häufiger den Boden als die Zielscheibe.

Zumindest spornte ihn sein Zorn über Solvis Anwesenheit später am Nachmittag dazu an, einen Laufwettbewerb zu gewinnen. Ragnvald blickte sich um, um zu sehen, ob Solvi seinen Triumph bemerkt hatte, der so sehr dem Lauf über die Ruder ähnelte, aber der war in der Menge von größeren Männern nicht auszumachen.

Ragnvald hatte gehört, dass Hunthiof seinen Sohn nicht begleitet hatte. Als er seinem Körper nach der Anstrengung des Rennens Auslauf gewährte, dachte er darüber nach, was die Abwesenheit des Königs für ihn bedeuten könnte – zumindest hätte Solvi weniger Männer an seiner Seite, die die Geschworenen bei der Verhandlung einschüchtern könnten.

Nach dem Wettlauf kämpften grauhaarige alte Recken im Streitaxtwerfen gegeneinander. König Hakon selbst holte darin den Preis. Eine Truppe wandernden Volks traf um die Mittagszeit mit einem zahmen Bären ein, der Kunststücke vollführte, Purzelbäume schlug und eine schlaffe Schweinsblase auf seiner Nase balancierte. Hakon belohnte jeden von ihnen mit einer Handvoll Hacksilber. Ragnvald fragte sich, warum Svanhild nicht gekommen war, um sich die Truppe anzusehen. Sie liebte Tanzbären.

An jenem Abend gab König Hakon für alle Männer von Sogn ein Festgelage. Hakons Vogt platzierte Ragnvald ganz weit unten an der Tafel, oberhalb von drei freien Bauern, aber unterhalb all seiner Krieger und der meisten der Händler. Ragnvald konnte Olaf und Vigdis nicht sehen, aber das war nicht so ungewöhnlich. Jeder Tisch befand sich in seinem eigenen Umkreis des Feuerscheins, und die Gesichter lagen im Schatten der Dunkelheit.

Hakon hatte zwei seiner Frauen als Gastgeberinnen mitgebracht und einige seiner Töchter, um mit den begünstigteren Gästen die Becher zu teilen. Hakons Frauen hatten eine üppige Tafel vorbereitet, als ersten Gang gab es riesige Käselaibe, Honig für das Brot, gefolgt von Salzfisch in Milch geköchelt und süßen Früchten, frisch und als Kompott. Als Nächstes folgte das Opferfleisch, das so lange in seinem eigenen Fett gegart worden war, dass es in Stücke zerfiel, als er es mit seinem Dolch auf das Brot schob. Da er so weit unten am Tisch saß, kam das Bier nicht, bis Ragnvald sein Mahl zur Hälfte beendet hatte, aber als er es dann trank, schmeckte es stark und süß nach den Äpfeln des vergangenen Sommers.

Hakons leibliche Söhne waren ebenfalls gekommen. Heming der Pfau schmückte in seiner blauen Seidentunika und dem breiten goldbeschlagenen Gürtel, den er bei seinem Abstecher ins Land der Rus und beim Handel mit dem schwedischen König in Kiew erworben hatte, den oberen Tisch. Er und seine jüngeren Brüder scherzten und schwadronierten auf dem Podium, und Oddi mit seinen dunklen Haaren stach zwischen den gebleichten Schöpfen hervor. Ihr lautes Palaver deutete Ragnvald als Ausdruck von schuldbewusster Befangenheit.

Hakon legte seinen Arm um Heming, der etwas zu ihm sagte, worauf Hakon lachend den Kopf in den Nacken warf. Ragnvald blieb auf einmal fast der Bissen im Halse stecken. Er würde nie solch ein Günstling sein wie diese Männer, nicht einmal, wenn sein Vater ihr Land nicht verloren hätte, aber er hätte damit einen besseren Start haben können als mit Olafs Feindschaft.

Er hätte darum bitten sollen, zu Adisas Familie gesetzt zu werden. Sie hießen ihn jeden Abend willkommen, als gehörte er zu ihnen, und hatten ihm bei seinem Wettlauf zugejubelt. Als er jedoch zu Hakons Festgelage gegangen war, wollte er sehen, wo Hakons Vogt ihn platzieren würde, um dadurch etwas über seinen Status in Erfahrung zu bringen.

Ragnvald wandte seine Aufmerksamkeit wieder den Händlern zu, die neben ihm saßen. Einige von ihnen kannte er von vorangegangenen Things, und er hörte ihnen zu, als sie von den Orten sprachen, die sie bereist hatten. Nachdem einer, der bis Konstantinopel gekommen war, seinen Bericht beendet hatte, kehrte das Gespräch wieder zurück zu Angelegenheiten, die die Heimat mehr betrafen.

»Ich kann kaum mehr die Küste Norwegens hinuntersegeln, ohne dass ich all meine Waren an Seekönige verliere«, murrte der Mann, der in Konstantinopel gewesen war.

»Warum zurückkehren?«, fragte ein anderer. »In England ist das Wetter viel besser.«

»Dort sind die Menschen vom Krieg ganz verarmt«, sagte ein dritter. »Aber Paris bietet immer noch gute nordische Felle und Sklaven.«

»Und Solvi ist der Schlimmste«, meldete sich wieder der

erste Händler zu Wort. »Nächsten Sommer werde ich meine Felle in Vestfold verkaufen, auch wenn es mich mehr kostet. König Harald verspricht Norwegen von diesen Seekönigen zu befreien, die den Handel kontrollieren.«

Das weckte Ragnvalds Aufmerksamkeit, und die anderen Händler zeigten auf einmal auch sehr großes Interesse. Als König plante Harald Handelszentren wie das dänische Hedeby einzurichten, und zwar an unterschiedlichen Orten entlang der norwegischen Küsten, und diese vor Plünderern zu schützen. Kein Wunder, dass König Hakon Haralds Verbündeter sein wollte. Welcher König auch immer ein solches Zentrum in seinem Land hätte, würde von der Steuer und dem Handel reich werden, und Harald konnte nicht darauf hoffen, all das allein zu schaffen. Ragnvald hörte zu, bis sich die Unterhaltung wieder in Prahlerei wandelte – die Händler verglichen nun ihre einträglichsten Verkäufe miteinander. Das Gerede ermüdete Ragnvald. Er maß seinen eigenen Reichtum nur in ein paar Unzen Silber und den Fundamenten der alten Halle seines Vaters, die ihm Olaf jetzt entreißen wollte.

Die Männer, die noch weiter unten am Tisch saßen, waren Bauern aus Sogn, Männer, die er bei jedem Thing gesehen hatte und die in seiner Erinnerung eine feste Gruppe bildeten. Sie sprachen über die Gerüchte des Tages: Solvi hatte eine unverheiratete Frau aus vornehmer Familie auf einen Ritt über die Ebene mitgenommen. Obwohl er sich Mühe gab, konnte Ragnvald den Namen der Frau, von der das Gerücht ging, nicht verstehen, und als er nachfragte, erzählten ihm die Bauern schon andere Geschichten. Nun ja, Hilda konnte es schließlich nicht sein – Solvi hätte sich nie eine so groß gewachsene Frau ausgesucht.

Neben Harald sank ein Mann auf die Knie und erbrach das fette Opferfleisch aufs Gras. Am Kopfende des Tischs gingen zwei Männer mit den Schwertern aufeinander los. Hakons Wachen rührten keinen Finger, um den Streit zu schlichten, sondern führten die Kontrahenten zum vorgesehenen Duellplatz. Die Bänke leerten sich, als die Männer, die sich dafür interessierten, aufstanden, um dem Kampf zuzusehen.

Die Gruppe riss Ragnvald mit sich und zog ihn in die Menge rund um den Duellplatz. Er sah zu, wie die beiden Männer – einer dunkelhaarig und einer blond, von gleicher Größe und in höchster Anspannung – einander mit gezogenen Schwertern und die Schilde an ihren linken Händen festgebunden umkreisten. Die Sonne war untergegangen, und es herrschte die lang währende Dämmerung, die den Himmel in ein Graurosa tauchte und die Kämpfer wie Schattenfiguren wirken ließ. Keine Fackeln beleuchteten den Kampf, daher konnte Ragnvald erst, als sie sich umdrehten, sehen, dass der hellhaarige Mann Heming der Pfau, Hakons ältester, gutaussehender und hochmütiger Sohn, war.

Er hielt seinen blonden Bart kurz gestutzt, um die gerade Linie seiner Kieferpartie besser zur Geltung kommen zu lassen. Das Haar trug er lang, mit einem Lederriemen zurückgebunden und glatt gebürstet, dass es wie Holz aussah. Während der dunkelhaarige Mann Kleidung aus handgesponnener Wolle und einen Kettenpanzer mit breiten Ringen trug, die ihn in seinen Bewegungen behinderten, bauschten sich Hemings Ärmel aus importierter Seide im Wind. Sein Kettenhemd war ebenfalls fein und leicht und silberfarben wie Birkenblätter.

Die ersten Gewaltausbrüche des Kampfes hatten nun einem gemäßigteren Ablauf Platz gemacht, als Heming und sein Gegner einander umkreisten und mit den Schilden ebenso wie mit den Schwertern Schläge vortäuschten. Der dunkelhaarige Mann bewegte sich langsam, bis er sich zur Attacke entschloss, doch dann schlug er blitzartig zu. Heming bewegte sich geschmeidig, verharrte nie lange in einer Stellung und bot so kein beständiges Angriffsziel.

Ragnvald hoffte, dass der dunkelhaarige Mann gewinnen würde. Er erinnerte ihn an sich selbst: mit ernstem Gesichtsausdruck und braunhaarig zwischen all diesen Blondschöpfen. Der Gang des Kampfes beschleunigte sich. Heming und sein Gegner hieben in grimmigem Schweigen auf ihre Schilde ein, und das Geplapper des Fests legte sich, so dass alle zusehen konnten. Eine Zeitlang sah der Kampf unentschieden aus, bis Hemings Schild sein letztes Stück Lindenholz verlor und er nur noch den eisernen Griff in seinem Kampfhandschuh hielt. Diesen schleuderte er auf seinen Gegner und stieß einen Schmähruf aus, den Ragnvald nicht verstand.

Der dunkelhaarige Mann warf ebenfalls die Überreste seines Schilds von sich – eine ehrenhafte, aber unkluge Geste. Nun hallte das Klirren der beiden Schwerter über die Ebene. Unbehagliches Raunen erhob sich in der Menge. Das war nicht die Art von Kampf, den die Männer am Thing zu sehen wünschten, ein Kampf auf Leben und Tod. Viel lieber sahen sie erst Blut fließen oder eine Verletzung, worauf der Unterlegene sich sein Leben zurückkaufte. Ragnvald bahnte sich den Weg durch die Menge, bis er neben Egil stand.

»Wer ist Hemings Gegner?«, fragte er.

»König Hakons Lieblingsfürst, Runolf«, erwiderte Egil aufgeregt. »Mein Vater meint, dieser Kampf habe schon eine Weile geschwelt.«

»Wie kann Runolf gewinnen? Selbst wenn er Heming tötet, wird Hakon gegen ihn sein.«

Egil trank einen Zug von seinem Bier. »Er kann nicht gewinnen«, pflichtete er ihm bei.

Ragnvald betrachtete Runolf genauer. Auf seinem Gesicht

zeichnete sich Erschöpfung ab. Ein Muskel zuckte an seinem Kiefer. Die Sehnen am Hals standen hervor wie Seile. Heming kämpfte ohne Mühe und mit Anmut, Runolf mit grimmiger Entschlossenheit. Er war gefangen in einer unmöglichen Lage, wo Tod oder Ächtung der einzige Ausweg war. Ragnvald warf Hakon einen verstohlenen Blick zu. Der König beobachtete den Kampf so aufmerksam wie ein Falke, und seine buschigen Augenbrauen verschatteten seinen Blick. Ragnvald fragte sich, welchen Ausgang Hakon erhofft hatte. Männer empfanden für ihre Söhne nicht immer die größte Liebe.

Runolf stolperte, und Heming sprang vor, dann zügelte er sich. »Sein Schicksal hat ihn in diese Lage gebracht«, meinte Egil. »Jetzt kann er nur noch darauf hoffen, mit dem Schwert in der Hand den Tod zu finden.«

Egil behielt recht. Runolf wehrte zwei weitere Hiebe von Heming ab, dann taumelte er erneut. Ragnvald trat unwillkürlich einen Schritt auf ihn zu, als wollte er zugunsten Runolfs eingreifen – aber was ging ihn Runolfs Schicksal an? Ein kluger Mann mischte sich nicht in so einen aussichtslosen Kampf ein.

Runolf schlug mit einem Knie auf dem Boden auf. Er rappelte sich wieder hoch und versuchte sein Schwert zu erheben, aber Heming kam ihm zuvor. Sein schwerer Hieb traf seitlich Runolfs Nacken und fuhr ihm tief in die Schulter. Heming zerrte sein Schwert frei, als Runolf zu Boden stürzte. Er hob ein letztes Mal seinen Schildarm, doch er war bereits des Todes. Das Blut an Hemings Händen glänzte schwarz in der fortschreitenden Dämmerung.

»Hat Runolf eine Familie, die seinen Tod rächen kann?« Ragnvald wandte sich mit bebender Stimme an Egil, der neben ihm stand und den Blick noch immer starr auf die dunkle Wunde gerichtet hielt. Eine Frau trat mit aschfahlem versteinertem Gesicht vor, das aussah wie ein zerbröckelter Felsblock, und breitete ihren Schleier über Runolfs Augen.

»Wer wagt es, den Sohn eines Königs herauszufordern? Sie werden stattdessen das Manngeld eintreiben«, mutmaßte Egil. Ragnvald beobachtete Runolfs Frau, deren langes Haar sich über den niedergestreckten Mann ergoss. Sie sah eher aus wie eine Frau, die von Hakon lieber Blut als Geld einfordern würde. Manngeld würde weder ihren Schmerz lindern noch den Geist ihres Mannes in Frieden ruhen lassen.

»Wir werden morgen weitersehen«, meinte Ragnvald. Morgen, wenn die Gerichtsverfahren begannen und Ragnvald auch sah, ob Egil als Zeuge für ihn auftrat. Ragnvald blickte an der Tafel hinauf zu jenem Teil, wo Hakons Söhne saßen. Sie scherzten und posierten voreinander, als sei nichts geschehen, sogar als Heming um einen Lappen bat, um sich das Blut von den Händen und dem Gesicht zu wischen. Allmählich kehrten die Männer an die Festtafeln zurück. Ragnvald beobachtete Hakons Söhne auf ihren geschnitzten Stühlen und versuchte aus ihrem Essverhalten Rückschlüsse auf ihre Persönlichkeit zu ziehen. Heming griff zu, wann immer es ihm gefiel, und dabei gestikulierte er öfter mit seinem Doch, als dass er ihn verwendete, um ein Stück Fleisch aufzuspießen – und er rühmte sich bereits seines Sieges vom Abend. Der mittlere Sohn, Geirbjorn, versuchte Hemings Gebaren nachzuahmen, aber er hatte den Trick noch nicht richtig raus, und die gierige Art, in der er seine Brüder und seinen Vater beobachtete, verriet seine Eifersucht. Der jüngste leibliche Sohn, Herlaug, hatte ein missmutiges Gesicht aufgesetzt und aß so wenig wie seine Brüder, aber ohne ihre Freude oder ihr angeberisches Gehabe. Vielleicht war Ragnvalds Eifersucht unbegründet gewesen – er mochte sich einen Vater wie Hakon wünschen, aber solche Brüder wie dessen Söhne zu haben, wäre viel aufreibender, als es mit Sigurd war. Nur Oddi aß mit großem Appetit, dabei achtete er mehr auf das Essen als auf das Palaver seiner Sippe. Dennoch lachte er, wenn es von ihm verlangt wurde. Ragnvald fragte sich, was er über die Tötung von Runolf dachte. Vor dem Duell hatte er ein Funkeln in seinen Augen gehabt, nun sprach Kummer aus seinem Blick.

Ragnvald schüttelte den Kopf. Es machte ihm nichts aus, dass Hakon ehrgeizige Söhne hatte – sie folgten nur dem Vorbild ihres Vaters. Hakons Vater Grjotgard hatte viel weniger Land sein Eigen genannt als sein Sohn. Und Hakon hatte in seiner Jugend immer mehr Land erobert, und nun erstreckte sich das Gebiet weit in den Norden, wo das Licht der Wintersonne die Erde berührte, wo die Elfen und *Hudda*-Leute lebten und das Land auf immer und ewig in Nebel getaucht war. Dennoch gelang es einigen Männern, ihre Väter in den Schatten zu stellen.

*

Ragnvalds Träume in jener Nacht waren von Blut geprägt. Er wachte auf in finsterer Mitternacht und fühlte sich hungrig und wild wie ein Wolf vor einer Halle voller Menschen. Am liebsten wäre er aufgestanden, über das Versammlungsgelände zu Olafs Zelt gegangen und hätte dort dem Ganzen ein Ende bereitet. Stattdessen setzte er sich an den Eingang des Zelts, das er von Adisas Familie geborgt hatte, und klaubte den schlimmsten Schmutz aus seiner Tunika. Seine raubtierhaften Gefühle machten einer Nervosität Platz, die sich in seinem Bauch zusammenballte. Solvi sollte ihm heute zumindest seinen Anteil an der Beute geben, umso mehr als Ragnvald mit Svanhilds Mitwisserschaft drohen und Egil damit zwingen konnte, als Zeuge für ihn auszusagen. Solvi könnte sogar die Anklage gegen Olaf wenden – das wäre das Beste, dann könnte

Ragnvald Druck ausüben und Olaf dazu bringen, ihm das Land zu geben, das er für Ragnvald als Treuhänder verwaltete. Vielleicht sogar sein eigenes Land.

Während er auf den Sonnenaufgang wartete, kam ein Hirsch auf ihn zu. Ragnvald hatte weder Speer noch Pfeil und Bogen, daher beobachtete er ihn nur, wie er mit bedachten, anmutigen und leisen Tritten nach saftigen Trieben suchte und den Kopf zum Fressen senkte. Es war ein junger Bock mit bastbedeckten Geweihspitzen auf seiner Stirn. Ob das Tier wohl allein war? Vielleicht war es vom Leithirsch vertrieben worden, obwohl noch keine Brunftzeit war. Der Hirsch verweilte, während das Grau der Dämmerung den Himmel erhellte, und fraß winzige Baumschösslinge kahl.

Ragnvald blieb bei seinem Zelt, bis er das Warten nicht mehr aushielt, dann machte er sich auf den Weg zum Gerichtsgelände. Dort hatte man Holzklötze als Zuschauersitze im Kreis aufgestellt. Auf ihnen saßen Männer mit ihren Söhnen und lehrten sie, wen sie bewundern, wem sie nacheifern sollten, und wem nicht. Einst hatte auch Ragnvald mit seinem Vater dort gesessen, der ihn gelehrt hatte, dass Männer ihre Probleme im Duell, nicht durch Gerichtsverfahren lösen sollten. Olaf hatte erklärt, Fehden zerstörten große Familien, und das Land erlebe während der Gerichtszusammenkünfte friedvollere Zeiten. Und überhaupt könne man immer noch ein Duell ausfechten, wenn die Gegner das Urteil nicht als gerecht empfänden.

Die Männer, die in diesem Jahr die Geschworenen bildeten, saßen auf echten Stühlen auf einer Seite. Zwanzig Männer hatte man dazu durch das Los bestimmt, und sie durften Fragen stellen und Zeugen aufrufen. Natürlich riefen auch die Zuschauer Fragen in die Versammlung, und die Geschworenen konnten sich Klarheit verschaffen, woher der Wind wehte, bevor sie ihr Urteil abgaben.

Solvi und seine Männer standen am Rand, hinter der Menge, die um den Kreis herumsaß. Sie schienen gefährlicher als die übrigen Männer dort, hielten sich abseits von den Gesprächen der Bauern, von den kleinen Streitigkeiten über Schafe und Weidegrenzen. Solvi trug ein spöttisches Lächeln zur Schau.

Ragnvald ging zu der Stelle, wo sich die übrigen Antragsteller versammelt hatten; sein Gesichtsausdruck hatte andere wohl davon abgehalten, sich ihm zu nähern, denn das wagten nur wenige. Schließlich hielt Hrolf Nefia den Redestab hoch und schlug ihn auf einen Felsen, damit Ruhe einkehrte. Hrolf hatte in diesem Jahr die Rolle des Recht-Sprechers übernommen. Jedes Jahr musste jemand ein Drittel der Gesetze rezitieren, daher kannte jeder, der seine Pflicht erfüllte und zu den Gerichtsversammlungen kam, den ganzen Text innerhalb von drei Jahren auswendig.

Hrolf rief Tyr, den Gesetz-Geber, auf und bat ihn, das gerechte Votum der Geschworenen zu bezeugen. Sobald er mit dem Aufsagen des Gesetzes fertig war, begannen die Verfahren. Die Familie von Fürst Runolf erhob Anklage gegen Hakons Sohn Heming wegen Runolfs Tod. Runolfs Onkel trug seine Klage vor, und jede Seite berief Zeugen für den Kampf zwischen dem Sohn des Königs und dem Fürsten. Runolf hatte, so schworen Hemings Männer, Hemings Männlichkeit beleidigt, was die Höhe des Manngeldes verringerte. Die Geschworenen billigten die Zahlung, obgleich sie mager und wenig großzügig für den Tod eines Fürsten ausfiel, doch Runolfs Familie akzeptierte sie lieber, als eine Blutfehde mit einer so mächtigen Familie wie Hakons fortzuführen. Ein Raunen ging durch die Versammlung. Manngeld statt einer Fehde anzunehmen, mochte zwar Frieden bringen, aber das war nicht der Stoff für Heldenepen. Die Menge wollte mehr Blut sehen.

Weitere Anklagen wegen Tötungen folgten, und erst am Nachmittag wurden weniger ernste Klagen zugelassen.

»Ich rufe Kläger für die Fälle von Beleidigungen, Entstellungen und Verstümmelungen auf, ihre Anliegen vorzubringen.«

Ragnvald trat in den Kreis der Zuschauer vor. Er hatte versucht, zum Mittagsmahl etwas Brot und Käse zu essen, aber die Bissen waren ihm im Hals stecken geblieben, und nun rebellierte sein Magen vor Hunger und Nervosität.

»Ist deine Anklage eine wegen Beleidigung oder wegen Entstellung?«, fragte Hrolf, noch bevor Ragnvald zu seiner Anklagerede ansetzte.

»Kann ich das nicht die Geschworenen entscheiden lassen?«, wollte Ragnvald wissen.

Hrolf nickte. »Gestattet.«

Solvi stand auf der anderen Seite des Kreises hinter einem leeren Sitzplatz. Er wirkte belustigt, als sei Ragnvalds Anklage ein Scherz. Ragnvald konnte Svanhild nirgends sehen.

Olaf saß ein Drittel der Kreisstrecke entfernt von Ragnvald. Bei ihm saß Vigdis mit bleichem Gesicht. Sie sah jetzt mit ihrem ruhelosen Blick ebenso schön aus wie damals, als ihre Lippen sinnlich geschwungen waren. Ob sie wohl um ihre Stellung oder um die ihres Sohnes Hallbjorn fürchtete, wenn Ragnvald Olaf anklagte? Ragnvald hatte nicht die Absicht, seinem jungen Stiefbruder Schaden zuzufügen.

Hrolf reichte ihm den Redestab.

»Ich klage Solvi an, mich im Gesicht verwundet zu haben. Ich verklage ihn auf Entschädigung dafür und für die Aneignung meines Beuteteils, den er mir verweigert.« Ragnvalds Stimme schallte über die Ebene, genauso wie er es sich vorgestellt hatte. Er stand zu den Geschworenen gewandt, obgleich er sich nicht dazu überwinden konnte, in ihre Gesichter zu sehen, denn während der übrigen Verhandlungen hatten sie strenge und unerbittliche Mienen gezeigt. Als er zu seiner Aussage ansetzte, blickte er daher eher auf ihre Bäuche, diese wohlgenährten Bäuche, die von den Bronzeschnallen ihrer Gürtel zusammengehalten wurden. Ragnvalds Schritte waren auf dem trockenen Gras zu hören, während er beim Sprechen auf und ab ging, von dem Raub erzählte und davon, wie Solvi ihn verletzt hatte.

»Hast du irgendwelche Zeugen, die für dich aussagen wollen?«, fragte Hrolf.

»Ja«, entgegnete Ragnvald und hielt Hrolfs Blick stand. Er würde Egil nicht verschonen – seine gewählten Zeugen aufzurufen war Ragnvalds gutes Recht, ob das Egils Vater nun passte oder nicht. Sollte Egil lügen, würde er vor allen Anwesenden die Unwahrheit sagen. Er wünschte nur, Svanhild wäre da, um ihn daran zu erinnern, dass sie jederzeit die Wahrheit sagen könnte, selbst wenn man sie nicht als Zeugin akzeptierte. Es brachte ihn aus dem Gleichgewicht, dass er sie am Versammlungsort nicht entdecken konnte. »Ich rufe Egil Hrolfsson als Zeuge auf.«

Egil trat mit gesenktem Blick vor und weigerte sich, Ragnvald anzusehen. »Du bist auch auf dieser Reise gewesen«, rief Ragnvald und trat nah vor Egil hin. »Anschließend bist du nach Ardal gegangen und hast meiner Familie, meiner Schwester – die das unter Eid beschwören wird – gesagt, du hättest gesehen, wie mich Solvi getötet und ins Wasser geworfen hat.«

»Du willst deine Schwester als Zeugin aufrufen?«, fragte Hrolf.

Ragnvald starrte ihn wütend an. »Nein. Ich werde deinen Sohn ausfragen.« Er hätte Svanhild nicht erwähnen sollen. Sie konnte bei diesem Verfahren nicht als Zeugin gehört werden, nicht wenn ein Mann – Olaf – ebenfalls als Zeuge darin ausgesagt hatte. Nur wenn Ragnvald auch Olaf anklagte – dann müsste Hrolf Svanhilds Zeugenaussage zulassen, um die Lügen ihres Stiefvaters auszugleichen. Doch Ragnvald befürchtete, nicht genug Beweise zu haben, um Olaf anzuklagen.

»Sie ist eine Frau«, erklärte Hrolf. »Sie darf nicht als Zeugin aussagen, es sei denn, niemand sonst wäre anwesend, um meinen Sohn anzuhören. Ist das der Fall?«

»Lasst uns zuerst anhören, was dein Sohn aussagt«, schlug einer der Geschworenen vor. Ragnvald blickte überrascht auf und erkannte Adisas Vater. Bisher hatte Ragnvald ihm nichts von seiner Anklage erzählt. Wie er jetzt allerdings einsah, war das ein Fehler gewesen. Er hätte sich diese Freundschaft besser zunutze machen sollen.

»Spreche ich die Wahrheit, Egil?«, fragte Ragnvald. »Hast du gesehen, was vorgefallen ist?«

Egil wandte sich an die Geschworenen. »Ich habe gesehen, wie Ragnvald auf den Rudern getanzt ist. Ich habe gesehen, wie er den ersten Wettlauf gewonnen hat. Ich habe mitbekommen, dass er stürzte. Weiter habe ich nichts gesehen.«

»Und wie bin ich zu dieser Wunde im Gesicht gekommen? Du siehst, dass sie nicht älter ist als eine Woche«, entgegnete Ragnvald.

Egil blickte erst zu seinem Vater, der unmerklich den Kopf schüttelte, dann zu Solvi. »Ich kann mich nicht erinnern«, erklärte er. Ragnvald verspürte einen kleinen Triumph. Keiner konnte dem Glauben schenken, nicht so, wie Egil das sagte.

»Warum hast du meiner Familie gesagt, dass Solvi mich mit dem Doch erstochen hat?«, fragte Ragnvald.

»Ich ... ich weiß nicht, was ich zu ihnen gesagt habe«, wandte Egil ein. »Ich kann mich nicht daran erinnern.«

»Svanhild erinnert sich schon daran«, entgegnete Ragnvald.

Ein Teil von ihm genoss die Situation: wie Egil sich wand und stotterte. Er hatte Egil für ebenbürtig gehalten, aber Ragnvald hätte vor den Göttern keine Lüge ausgesprochen.

Adisas Vater hob die Hand. Ragnvald deutete auf ihn. »Wo war Solvi Hunthiofsson, als Ragnvald auf den Rudern tanzte?«, fragte Adisas Vater. Es war das Recht eines Geschworenen, jede Einzelheit zu klären, zu der er Fragen hatte.

Egil sah zu Ragnvald hin, dann zu seinem Vater. »Ich weiß es nicht.«

»Warum haben sie auf den Rudern getanzt?«, fragte ein anderer der Geschworenen.

»Solvi sagte, er würde demjenigen, der über die Ruder hin und zurück laufen könnte, einen goldenen Ring schenken«, erklärte Egil.

»Und wer hat gewonnen? Wer hat es geschafft, hin und zurück zu laufen?«, fragte der Geschworene.

»Der Sohn des Lotsen. Und Ragnvald«, entgegnete Egil kleinlaut. »Bis er stürzte.«

»Er stürzte? Hast du das gesehen?«, bohrte der Geschworene nach.

Hrolf trat vor. Egil lief Gefahr, als Lügner dazustehen, und vor Geschworenen nicht die Wahrheit zu sagen, war ein schweres Vergehen, für das Egil später angeklagt werden könnte. »Er hat gesagt, er hätte es nicht gesehen«, erklärte Hrolf.

Adisas Vater hob erneut die Stimme. »Ragnvald Eysteinsson, glaubst du, dass Egil deinen Sturz gesehen hat?«

Ragnvald blickte zu Egil hinüber. Auch jetzt noch wäre es ihm lieber, er müsste Egil nicht vor den Männern von Sogn einen Lügner nennen, doch genau so würde sich diese Geschichte anhören. »Solvi hat seinen Dolch gezogen. Egil hat ... etwas gesehen. Ich glaube, er hat sich bewegt, um mir zu Hilfe zu kommen, aber es standen ihm zu viele Männer im Weg.«

»Ist das wahr?«, fragte der Geschworene. »Hast du den Dolch gesehen?«

Egil nickte, dann sprach er mit bebender Stimme. »Ich habe Solvis Dolch gesehen.«

»Hast du gesehen, dass er auf Ragnvald eingestochen hat?«, fragte Hrolf.

Egil schüttelte den Kopf.

Hrolf wandte sich an Ragnvald. »Hat mein Sohn heute gelogen? Beschuldigst du ihn, gelogen zu haben?«

»Nein«, erklärte Ragnvald. Würde er Egil beschuldigen, wäre Hrolf gegen ihn, und wenn er seine Anschuldigung nicht beweisen könnte, würde er Egil für die Beleidigung Wiedergutmachung schulden. Vorsichtig ermaß er seine Macht und sagte dann: »Ich beschuldige ihn nicht.«

Einer der anderen Geschworenen ergriff das Wort: »Egil Hrolfsson, ist es möglich, dass Ragnvald diese Wunde erhalten haben könnte, nachdem er aus dem Boot gestürzt ist?«

Egil nickte.

»Du musst die Antwort aussprechen«, forderte Hrolf.

»Das ist möglich«, erklärte Egil.

»Möchte jemand Egil weiter befragen?«, wollte Hrolf wissen. Die Geschworenen blieben ruhig. Ragnvald sah sich im Kreis um und suchte nach Anteilnahme in den Gesichtern; dabei vermied er Blickkontakt mit Leuten, die er kannte.

»Nein«, sagte Ragnvald schließlich.

»Möchtest du irgendeinen weiteren Zeugen aufrufen?«, fragte Hrolf nach.

Ragnvald ließ seinen Blick im Kreis von einem zum anderen schweifen. Svanhild konnte er nirgends entdecken, und er begann sich Sorgen zu machen. Sie hätte diesen Moment ganz sicher nicht verpasst und sich dringlich zu Wort gemeldet.

»Hast du irgendwelche weitere Zeugen?«, wiederholte Hrolf.

»Ich sehe ein paar andere Männer von meiner Reise neben Solvi Hunthiofsson stehen«, erklärte Ragnvald. »Will einer von ihnen für mich sprechen?«

Solvis Männer verrieten in ihren Mienen noch weniger als Solvi. Ragnvald überraschte das nicht; er hatte sie nur erwähnt, um den Geschworenen deutlich zu machen, dass alle weiteren Männer, die für ihn heute sprechen könnten, bei Solvi standen. Zwei von ihnen hatten tatsächlich sogar hinter Solvi gestanden, als er Ragnvald mit dem Doch verletzt hatte, und sie hatten andere Männer davon abgehalten, ihm zu Hilfe zu kommen. Auf ihre Unterstützung konnte er nicht zählen.

Ragnvald wartete und ließ sie nicht aus den Augen. Die Männer blickten auch auf Solvi. »Sie sagen nichts«, folgerte Ragnvald schließlich. Er reichte den Redestab an Hrolf zurück, der ihn auf einen Stein schlug, bis wieder Ruhe eingekehrt war.

»Solvi Hunthiofsson«, begann Hrolf. »Du bist beschuldigt worden, diesen Mann, Ragnvald, im Gesicht verletzt zu haben, mit der Absicht, ihn zu töten. Du kannst dich jetzt verteidigen.« Er hielt Solvi den Stab hin. Solvi sprang von einem der Holzblöcke auf und wehrte den Stab ab, als bräuchte er dessen Autorität gar nicht. Er grinste die versammelte Menge an, deren Liebling er seit jeher, schon als kleiner, wütender Junge gewesen war, und er war doppelt gestählt, seit er seine Verbrennung überlebt hatte. Er war immer einer der Ersten gewesen, wenn jemand in Schwierigkeiten geriet, und er hatte schon einiges ausgefressen. Ragnvald wusste, dass Solvi die Menge auch jetzt wieder mit einem Wimpernschlag auf seine Seite bringen konnte.

Solvi hatte gerade zum Sprechen angesetzt, als außerhalb

des Kreises Unruhe entstand und alle dorthin blickten. Ragnvald sah eine Frau auf die Versammlung zurennen, und einen Augenblick lang erkannte er Svanhild in ihrem unordentlichen Aufzug gar nicht. Svanhild beugte sich vor, um wieder zu Atem zu kommen, ihr Haar wurde kaum zurückgehalten von einer beschmutzten Haube, und ihr Mund war gerötet.

»Jetzt gerade spricht Solvi Hunthiofsson«, rief Hrolf laut.

Ragnvald wendete den Blick zurück zu Solvi und war von seinem Anblick überrascht. Solvi wirkte von Svanhilds Erscheinen völlig aus dem Konzept gebracht und entsetzt. Ragnvald hatte keine Ahnung, warum, doch er erkannte auf einmal, dass es sich bei Svanhild um die Frau handelte, mit der Solvi ausgeritten war. Deshalb hatte ihm keiner ihren Namen genannt. Solvi musste etwas zu ihr gesagt haben, von dem er auf keinen Fall wollte, dass es wiederholt würde – und deshalb wirkte er jetzt so schockiert. Er würde Svanhild später für ihre Unbesonnenheit schelten; im Moment hatte es jedoch den Anschein, als ob ihm das eher helfen würde.

Solvi ließ den Blick umherschweifen, und er wirkte besorgter, als Ragnvald ihn je gesehen hatte. Dann schien er sich zu einer Entscheidung durchzuringen. Sein Mund verzog sich wieder zu einem leicht verlegenen Lächeln.

»Ragnvald ist mit mir gesegelt«, erklärte er. Die Stimme, die sonst Kriegsschiffe befehligte, erschallte über die Ebene. »Und ja, ich habe ihm diese Wunde zugefügt.«

KAPITEL 10

Solvi lächelte, als ein schockiertes Raunen durch die Menge ging. Er blickte kurz zu Svanhild hinüber, die die Arme in die Seiten gestemmt hatte. Ragnvald stand da wie vom Donner gerührt.

»Ich wünschte jetzt, ich hätte es nicht getan«, fuhr Solvi fort. Er wandte sich den Geschworenen zu, denn wenn er Svanhild weiterhin ansähe, könnte er seinen unbekümmerten Ton nicht aufrechterhalten. Noch hatte er ihre Sympathie, konnte sie einwickeln und darauf hoffen, dass sie ihn weiterhin als Lausbub ansehen würden, der zwar immer wieder mal in die Bredouille geriet, doch seine Missetaten wenigstens immer offen zugab.

»Ragnvald verdient seinen Anteil an der Beute, die wir mitgebracht haben. Und ich zahle das Manngeld.« Von seinem erhöhten Standpunkt sah er auf Ragnvald herab. »Aber wenn du versuchst, gegen mich zu kämpfen ...« Er lächelte, diesmal war es ein wölfisches Lächeln. »Ich glaube nicht, dass deine Familie dafür zahlen will.«

Svanhilds Augen wurden schmal. »Er gibt es zu«, sagte sie gerade so laut, dass die Menschen um Solvi und Hrolf herum es hören konnten. »Aber das ist nicht alles. Ich habe gehört, wie er mit meinem Stiefvater geredet hat, mit Olaf Ottarsson. Olaf hat ihn dafür bezahlt, dass ...«

Ragnvald machte einen schnellen Schritt nach vorn.

»Sei still, Mädchen«, befahl ihr Hrolf. »Keiner hat dir das Wort erteilt.«

Ragnvald hob die Hand. »Ich muss mit meiner Schwester reden. Sie weiß mehr.« Er blickte sich um Unterstützung heischend um. »Sie wird gegen Olaf aussagen. Das alles war nicht Solvis Tun allein.«

»Nein«, entgegnete Hrolf. »Du hast Klage gegen Solvi geführt und hast gewonnen.«

Er schlug mit dem Stab auf den Fels und forderte Ruhe. »Da der Ablauf nicht strittig ist, setze ich nun mit Einverständnis der Geschworenen das Urteil fest.«

»Der Ablauf ist aber strittig«, warf Svanhild ein. »Ragnvald, das ist deine Chance!«

Ragnvald zögerte.

Sei klug, dachte Solvi, nimm, was man dir hier anbietet, und hol dir später mehr.

Hrolf benannte den Preis für die Verletzung, zwei Handvoll Silber, ein gut bemessener Preis. Solvi erklärte sein Einverständnis. Die Entschädigung konnte er aus dem Beutegut begleichen, das er mitgebracht hatte.

»Bist du damit zufrieden?«, fragte Hrolf. »Ist die Sache somit für dich abgeschlossen?«

Ragnvald holte tief Luft und straffte seine Schultern. Seine Miene machte Solvi nervös. Das sollte doch wohl genug sein. Ragnvald war ein umsichtiger Krieger gewesen, als er für Solvi gekämpft hatte. Er würde doch jetzt nicht zu weit gehen.

»Ragnvald«, sagte Svanhild wieder. »Ich kann dir helfen. Bitte. Du musst zustimmen!«

Ragnvalds Blick wanderte zu Solvi hinüber. Einen Moment lang wirkte er unsicher, dann wurde sein Blick finster und entschlossen. »Nein. Ich behaupte, Solvi hat nicht alleine gehandelt«, erklärte er. »Ich behaupte, mein Stiefvater Olaf hat ihn bedroht, bestochen oder hat sich anderweitig mit ihm zusammengetan, um mich zu töten. Ich behaupte, er tat das, um mir das Land meines Vaters vorzuenthalten, und jetzt, wo ich alt genug bin, um als Mann zu gelten, soll er mir mein Land zurückgeben. Ich behaupte, meine Schwester Svanhild wird bezeugen, was die beiden miteinander ausgeheckt haben.« Er sah Svanhild an, und sie nickte.

Solvi trat vor und raunte Ragnvald drohend zu: »Pass auf, was du sagst. Diese Beschuldigung lasse ich nicht auf mir sitzen.«

»Warum nicht?«, fragte Ragnvald zornig. Er trat einen Schritt zurück und sprach so laut, dass alle mithören konnten. »Ich dachte, du wärst gerade in der Stimmung, die Wahrheit zu sagen.«

»Lass gut sein«, drohte Solvi immer noch leise. »Die Konsequenzen werden dir nicht behagen.«

»Oh! Du bist also unter die Weissager gegangen«, höhnte Ragnvald.

»Eine Anklage wurde erhoben, es sei denn, du ziehst sie zurück«, verkündete Hrolf.

Ragnvald wandte sich der Menge zu. »Nein, das will ich nicht. Denn welchen Grund hätte er gehabt, mich zu verwunden und ins Wasser zu stoßen?«

Solvi nahm den Redestab, unsicher unter Svanhilds Blick. »Wer hat etwas von Töten gesagt?«, fragte er. »Ist es nicht die Pflicht eines Schiffsführers, seinen Männern eine Lektion zu erteilen?« Er unterstrich seine Worte mit dem Redestab. Einige der umstehenden Männer nickten zustimmend. »Dieser junge Bursche, Ragnvald, ist beim Wettkampf gestürzt, wurde verletzt und verlor seine Beute. Ich wollte alles wiedergutmachen, und nun erhebt er unbegründete Vorwürfe gegen mich und seinen ehrenhaften Stiefvater. Ich verlange Sühnegeld für diese Beleidigung.« Er reichte den Redestab an Hrolf zurück.

»Solvi Hunthiofsson ist nicht der Einzige, der heute hier beleidigt wurde«, rief Hrolf. »Will Olaf Ottarsson auf diese Anschuldigung antworten?«

»Es ist keine Beleidigung, wenn es die Wahrheit ist«, empörte sich Ragnvald.

»Du bist jetzt nicht an der Reihe«, sagte Hrolf drohend.

Olaf trat langsam und bedächtig über den Platz. Er nahm mit sorgenvoller Miene, jeder Zoll der enttäuschte Vater, den Redestab von Hrolf entgegen. Unter anderen Umständen hätte Solvi seine Schauspielkunst bewundert. »Ich würde mich für dies alles verantwortlich fühlen«, begann Olaf, »aber Ragnvald hat nun schon zwanzig Winter gesehen. Er muss sich selbst für sein Tun verantworten.«

»Dann bestreitest du die Anschuldigungen?«, fragte Hrolf.

»Ja natürlich«, erwiderte Olaf. »Und selbst wenn meine Ehre in Frage stünde, die des Sohnes von König Hunthiof wird sicher von niemandem angezweifelt.«

»Dann ist es entschieden«, sagte Hrolf.

»Ich habe eine neue Anschuldigung erhoben«, sagte Ragnvald. »Jetzt habe ich das Recht, meine Schwester als Zeugin aufzurufen und zu befragen.«

»Sie ist nur ein junges Mädchen«, erwiderte Olaf verächtlich. »Sie kann kein Zeugnis ablegen.«

»Eine Frau kann Zeugnis ablegen, wenn keine Männer bei den Geschehnissen, die sie bezeugt, anwesend waren«, entgegnete Ragnvald. »Waren Männer anwesend, um zu bezeugen, was du gesehen hast?«, fragte er Svanhild.

»Die einzigen anwesenden Männer waren die Beschuldigten.« Svanhilds Stimme klang piepsig und mädchenhaft. »Sie sprachen darüber, was Ragnvald behauptet hat. Das kann ich beschwören.« Ihre Augen funkelten Solvi böse an.

Solvi trat dicht an Ragnvald heran. »Und ich streite es ab. Und dein Stiefvater ebenso. Schande kommt über deine Schwester, und du schuldest mir dann mehr, als du je zurückzahlen kannst«, drohte er leise. »Halte sie davon ab.«

Ragnvald zog sich wieder von ihm zurück. »Dir wird sicher inzwischen klargeworden sein, dass niemand meine Schwester zu etwas zwingen kann.«

»Ja«, erwiderte Solvi. »Aber für den Bruder, den sie liebt ...« Er hätte Ragnvald am liebsten geschüttelt. Da hatte er eine Chance gesehen, erneut ihre Zuneigung zu gewinnen. Sie hatte ihn gestern richtig gemocht, ohne seine mickrige Statur oder die vernarbten Beine, die sein Wachstum verhindert hatten, zu verachten. Vielleicht könnte sie ihn wieder lieben, dieses mutige, hübsche Mädchen.

Das hier würde für Ragnvald schlecht ausgehen, und Svanhild würde ihm nie vergeben, wenn er sie vor all diesen Männern in ihrem Bezirk eine Lügnerin nannte. Ragnvald kam sich vor wie ein Lotse, der sein Schiff zwischen Klippen und rauer See navigieren musste. Seine Brauen waren zusammengezogen, und seine Augen blickten sorgenvoll. Er trat auf Hrolf zu, um den Redestab an sich zu nehmen, hielt dann aber inne. Sein Blick wanderte von Solvi zu Svanhild und wieder zurück zu Solvi. Svanhild wollte etwas sagen, doch Ragnvald trat einen Schritt vor.

»Ich ziehe meine Anklage zurück«, sagte er schließlich zu Solvi. »Ich akzeptiere die Zahlung, die Hrolf festgesetzt hat.« Er wandte sich an Olaf. »Aber mein Land will ich trotzdem zurückhaben. Oder willst du das Versprechen brechen, das du meinem Vater gegeben hast?«

Solvi atmete erleichtert auf.

»Ich bin nicht einverstanden«, entgegnete Olaf. »Dieses Lügenmädchen soll ihre Zeugenaussage machen, und alle Welt soll hören, was für ein undankbarer Sohn mir Ragnvald war. Ich will Sühnegeld für diese Beleidigung. Das Land werde ich dir niemals zurückgeben. Es wird meinen Söhnen Sigurd und Hallbjorn gehören. Ich war es, der das Land zusammengehalten hat, als dein Vater es nicht vermochte.«

»Die Gebeine meines Vaters ruhen in diesem Land. Es gehört mir«, rief Ragnvald wütend.

»Dann soll das Landrecht verwirkt sein«, erklärte Hrolf. Er war mit Olaf befreundet, erinnerte sich Solvi. Er und Olaf hatten die Verlobung zwischen Ragnvald und Hilda eingefädelt, und nun würden sie das Ganze abblasen wollen.

»Ich ziehe meine Anklage zurück«, rief Ragnvald erneut mit Entsetzen im Blick.

»Das Urteil ist gesprochen«, entgegnete Olaf. »Ich verlange Sühnegeld.«

»Das Urteil ist gesprochen«, wiederholte Hrolf. »Dann soll Ragnvalds Anteil an Solvis Beute an Olaf Ottarsson gehen, und Olaf soll das Land für seine Söhne behalten. Das hat er sich verdient.«

»Dem stimme ich nicht zu«, erklärte Solvi. Er war schon länger gegen den Pakt zwischen seinem Vater und Olaf, und das hier wäre einfach zu viel. Nun sollte Olaf auch noch dafür bezahlt werden, dass er zu feige gewesen war, Ragnvald selbst zu töten?

»Es ist wahr, dass eine Beleidigung weniger schwer wiegt als eine Verletzungswunde«, stimmte Hrolf zu. »Dann soll Olaf ein Drittel von Solvis Preis bekommen und Ragnvald nichts. Ist das in Ordnung?«

Olaf sah aus, als wüsste er nicht, wen er mehr hassen sollte, Ragnvald oder Solvi, und Ragnvald schien es ähnlich zu gehen.

Bis zu diesem Zeitpunkt hatte Solvi noch nie eine Ähnlichkeit zwischen ihnen beiden entdeckt, doch nun glichen sie sich in ihrem verletzten Stolz.

Solvi sah zu Svanhild hinüber. Hrolf war zu weit gegangen. Die Entscheidung war unnötig grausam gegenüber Ragnvald. »Ragnvald verdient eine Entschädigung für die Wunde«, sagte Solvi. »Was die Geschichte mit dem Land angeht, da halte ich mich heraus. Aber es erscheint mir nicht recht und billig, dass ein junger Bursche wegen einer übereilten Anklage die Gebeine seines Vaters aufgeben sollte.« Die Zeit für ein gewinnendes Lächeln war vorbei, selbst wenn er jederzeit eins aufsetzen könnte.

»Landstreitigkeiten werden doch morgen verhandelt, oder? Du bist doch der Rechtsprecher hier.« Ein zustimmendes Raunen ertönte aus der Versammlung. »Sind wir dann hier fertig?«, fragte er müde.

»Dann soll das der Richtspruch sein«, erklärte Hrolf. »Ragnvald muss ein Drittel der Entschädigung, die er von Solvi erhält, an Olaf abgeben. Den Rest kann er behalten.« Ragnvald biss die Kiefer so fest zusammen, dass Solvi fürchtete, er werde sich einen Zahn ausbrechen.

»Sind alle einverstanden?«, fragte Hrolf erneut.

Die Geschworenen hoben zum Einverständnis die Hand.

Ragnvald und Olaf nickten, beide mit demselben mürrischen Gesichtsausdruck.

»Bist du zufrieden?«, fragte Hrolf Ragnvald einmal mehr mit drohendem Unterton.

»Ja, das bin ich«, bestätigte Ragnvald. Er beugte den Kopf und sprach die offizielle Formel: »Ich schwöre, dieses Urteil anzuerkennen im Namen von Tyr, dem Geber der Gesetze. Ich verlange kein Blut noch weitere Bezahlung als Entschädigung für diese Untat.« Er wies auf die rote Narbe auf seiner Wange.

Einen Moment lang lagen Solvis Sympathien wieder bei Ragnvald. Ihm war ja tatsächlich Unrecht geschehen, und dennoch hatte dieser Bursche noch die Würde, die korrekte Formel auszusprechen, während Olaf noch immer so wütend dreinblickte, als könnte er Nägel spucken.

»Was ist mit dem Land meines Vaters?«, fragte Ragnvald Hrolf. »Du tust Unrecht, wenn du es weggibst.«

»Das regeln wir morgen, wenn Landstreitigkeiten verhandelt werden«, erwiderte Hrolf.

»Komm jetzt«, ermahnte Solvi Ragnvald. »Ich will meine Schuld begleichen.« Ragnvald folgte ihm aus dem Zuschauerring.

*

Während Solvi vor Ragnvald herging, fühlte er sich wegen seines Hinkens befangen, bis sich seine Männer um ihn scharten und einen Schutzwall um ihn bildeten. Sie konnten ihn zwar vor Angriffen schützen, doch sie konnten ihm nicht sagen, wie er in dieser Sache vorgehen sollte. Solvi bat die Männer, vor dem Zelt zu warten, um seine Privatsphäre zu wahren.

Das Zelt war klein. Es war dasselbe, das er auf dem Schiff am Mastbaum errichtete, wenn er sich vor einem Sturm schützen wollte. Es konnte auf ein einziges Pferd aufgeladen werden. Im Innern war es hoch genug, dass er aufrecht darin stehen konnte, während Ragnvald sich ducken musste. Wäre Solvi als Vertreter seines Vaters gekommen, hätte er vielleicht ein größeres Zelt mitgebracht, aber er war ganz aus eigenem Antrieb hergekommen, weil er gern die Gerichtsverhandlungen miterlebte. Vielleicht war es auch sein Schicksal gewesen, sein *wyrd*, das ihn hierhergelockt hatte, um auf Svanhild Eysteinsdatter zu treffen, oder auf Ragnvaldssoster, überlegte er lächelnd.

»Ich hab hier einen Ring, der sieht so aus wie der, den du beim Wettkampf gewonnen hättest«, meinte Solvi. »Er wiegt mehr als das Silber, das Hrolf im Richterspruch festgelegt hat.«

Ragnvald trat unruhig von einem Bein aufs andere. Schließlich brach es aus ihm hervor: »Ich versteh dich einfach nicht.«

Plötzlich hatte Solvi das Gefühl, als sei er viel älter als Ragnvald, obwohl sie nur fünf Jahre auseinander waren. Ragnvald hatte sich heute wie ein Narr aufgeführt. Solvi wünschte, er hätte nie etwas von Ragnvald oder seinem Stiefvater gehört.

»Verständnis war ja auch nicht Teil deiner Entschädigung«, gab er zu bedenken. Damit war ein Anfang gemacht. »Aber wenn du magst, kannst du meine … Freigiebigkeit als Versuch ansehen, dich günstig zu stimmen. Sag deiner Schwester, dass wir zwei uns geeinigt haben. Sag ihr, sie hat nichts von mir zu befürchten.«

»Glaubst du etwa, du könntest ihre gute Meinung über dich erkaufen?«, fragte Ragnvald.

Solvi zog sich den breiten Reif aus Gelbgold vom Arm und warf ihn Ragnvald zu. »Reicht das?«

»Mir schon. Ich hatte ja nicht allzu viel Schönheit zu verlieren.« Ragnvald ließ seinen Daumen über den Reif gleiten. »Ich werde meiner Schwester erklären, was du getan hast und warum«, meinte er und verzog den Mundwinkel auf der heilen Seite seines Gesichts. »Das ist aber auch alles, was ich versprechen kann.«

Solvi ärgerte sich über Ragnvalds Gesichtsausdruck. Er war Ragnvald gegenüber großzügig gewesen und hatte ihn bei der Verhandlung vor dem Ruin gerettet. Ragnvald war abgestürzt und in Ungnade gefallen, der Sohn einer heruntergekommenen Familie, und trotzdem hielt er seine Schwester von Solvi fern. Unter Solvis Kriegern hatten die meisten einen König über ein Stück Land im Stammbaum, doch Ragnvald meinte immer noch, sein Großvater mache ihn zu etwas Besonderem.

»Nach dem heutigen Tag hat niemand mehr Respekt vor dir«, sagte Solvi. »Meinst du denn wirklich, dass du morgen dein Land zurückgewinnen kannst? Mit Worten allein kriegst du es nicht wieder. Wenn du es wirklich haben willst, musst du ihn töten. Bring beim nächsten Mal dein Schwert mit.« Eigentlich wollte er Ragnvald, der sonst doch so wild darauf war, seine Ehre zu verteidigen, aufstacheln. Und Ragnvald sollte ihm jetzt eigentlich nicht so zulächeln, als wüsste er etwas, was Solvi nicht wusste.

Ragnvald brach in lautes Gelächter aus. Solvi hatte den Finger in die Wunde gelegt. »Mir hältst du vor, ich würde etwas Unmögliches verlangen, und du selbst willst, dass Svanhild dir ihre Huld schenkt«, spottete Ragnvald. »Es gibt absolut nichts, was ich tun könnte, damit sie eine bessere Meinung von dir bekommt. Svanhild hat ihren eigenen Kopf.«

»Sie würde dem eigenen Bruder die Stirn bieten?«

»Ohne zu zögern«, erwiderte Ragnvald, »selbst wenn ich ihr befehlen würde, mit dir ins Bett zu gehen.« Solvi musste seine Meinung von Ragnvald schon wieder revidieren. Der sonst so hochmütige und auf seine Ehre bedachte Ragnvald schien keinerlei Probleme mit dem offenen Ungehorsam seiner Schwester zu haben; er schien sogar stolz darauf zu sein. Als Solvi aufwuchs, hatte es in seinem Umfeld nur wenige Frauen gegeben, und keine von nobler Geburt, deshalb war ihm das alles unverständlich. Aber er fürchtete, sich noch lächerlicher zu machen, wenn er Ragnvald weiterhin bat, sich bei Svanhild für ihn einzusetzen.

»Was wirst du jetzt tun?«, wollte Solvi wissen.

»Ich habe immer noch die Absicht, mein Land zurückzugewinnen«, erwiderte Ragnvald.

»Du hast einen starken Arm und einen klaren Kopf, Ragnvald Eysteinsson«, sagte Solvi. »Wenn es nicht klappt mit dem Land, bist du immer auf einem meiner Schiffe willkommen.«

Ragnvald lachte wieder – und Solvi schwor sich, es sollte das letzte Mal sein. »Nein danke«, erwiderte er. »Ich hab meinen Kopf lieber auf meinen Schultern.«

»Es war nicht deine Zeit zu sterben, und wenn es einmal so weit ist, dann wird es nicht von meiner Hand sein.«

»Mach keine Versprechungen, die du nicht halten kannst.«

»Ich dachte, du hättest geschworen, keinen Groll gegen mich zu hegen«, meinte Solvi. Er legte die Hand an sein Schwert, und Ragnvald tat es ihm nach.

»Habe ich das?« Ragnvald zog seine Hände zurück und hielt sie hoch, leer. »Ich habe geschworen, keine Rache zu üben.« Er wartete einen Moment, dann berührte er wieder die Narbe in seinem Gesicht, als wäre sie ein Talisman. »Auf jeden Fall nicht dafür.«

KAPITEL 11

Als Ragnvald Solvis Zelt verließ, konnte er an nichts anderes denken als daran, wie dumm seine Entscheidungen bei dem Gerichtsverfahren gewesen waren. Er hatte gesehen, wie Svanhild über die Ebene geeilt war, hatte ihre unerschrockenen Worte gehört und die Hoffnung in ihren Augen gesehen, dass er ebenso mutig sein würde. Er dachte an die Geschichten, die sie einander als Kinder erzählt und auf den Knien seines Vaters gehört hatten. In keiner dieser Geschichten war ein Held vor einer Herausforderung zurückgeschreckt, hatte sich für Gold statt für eine Blutrache entschieden oder einen vorsichtigen Kurs eingeschlagen, wo ein unerschrockener gewunken hatte.

Ragnvald hatte sich in diesem Moment zu sehr wie ein Junge verhalten. Er hatte dem Weg folgen wollen, den Svanhilds Gewissheit ihm aufzeigte, selbst in die Zerstörung, und als Solvi einen fairen Handel angeboten hatte – Entschädigung und Rückgabe der Beute –, hatte Ragnvald sein Angebot ausgeschlagen. Solvi hatte sicher recht gehabt: Keiner würde jetzt wollen, dass Ragnvald Ardal beherrschte, nicht nachdem er sich wie ein junger Heißsporn verhalten hatte, mit dem Hrolf vor lauter Bedenken nicht einmal seine Tochter vermählen wollte.

»Er hat dich diesmal gehen lassen?«, fragte Oddi und holte

zu Ragnvald auf. Er wirkte erleichtert. Ragnvald war nicht so allein gewesen, wie er gedacht hatte. »Sei jetzt vorsichtig«, riet Oddi. »Du weißt ja … wer sich sofort rächt …« Das Sprichwort lautete: Nur ein Sklave rächt sich sofort.

»Ja, und ein Feigling rächt sich überhaupt nicht«, entgegnete Ragnvald gereizt und umschrieb damit die Redensart. Er bedachte Oddi mit einem wütenden Blick. Es passte ihm gar nicht, jetzt an seine Torheit erinnert zu werden. Er fasste an den Armreif, den Solvi ihm gegeben hatte – er hatte seine Hand erhoben, Solvi erzürnt, Olaf vor allen Männern von Sogn in Rage gebracht und obendrein auch noch seinen verdienten Lohn verloren.

»Hast du hier auf mich gewartet, um mir das zu sagen?«, fragte er.

»Ja«, erwiderte Oddi. »Und auch um dir zu sagen, dass wir zu der Versammlung hier einen Goldschmied mitgebracht haben, der den Reif für dich teilen wird. Du schuldest Olaf ein Drittel davon, nicht wahr?«

»Dann soll euer Goldschmied ihn zuerst wiegen«, sagte Ragnvald. Er betastete das samtige Gold. »Ich muss auch Svanhild sehen. Sie erschien mir nicht sehr …« Er schüttelte den Kopf.

»Deine Schwester ist sehr mutig«, meinte Oddi.

»Ja, das ist sie«, pflichtete ihm Ragnvald bei, und diese Feststellung machte ihn jetzt gar nicht glücklich. »Es wird gefährlich für sie, fortan in Olafs Haushalt zu leben.« Er sollte dafür sorgen, dass sie so bald wie möglich verheiratet würde, und das nicht an Thorkell. Solvi war eine furchtbare Wahl, auch wenn er Heirat und kein Konkubinat vorgeschlagen hatte – ein Mann ohne Ehre würde sich nicht gut als Verbündeter eignen.

Bei Hakons Zelten hielt Ragnvald den Kopf gesenkt. Es war schlimm genug, von Oddi gescholten zu werden, aber jetzt würde jeder eine Möglichkeit kennen, wie er sein Anliegen besser vortragen und wie er morgen weiter vorgehen sollte, wenn er vor Gericht um sein Geburtsrecht kämpfte.

Der Goldschmied wog das Armband und knipste mit einer großen Eisenzange ein Stück davon ab – größer, als Ragnvald gehofft hatte. Er bot an, das verbliebene Stück für Ragnvald zu einem schmaleren Armreif umzuschmieden, aber Ragnvald lehnte ab. Er wollte zuerst Svanhild und Hilda mit dem Gold schmücken, das Land seines Vaters zurückgewinnen und mit einem Schiff auf Beutezug gehen. Dann erst würde er mit seinem Reichtum protzen. Er schob beide Goldstücke in den Beutel an seinem Gürtel.

»Wohin gehst du?«, wollte Oddi wissen, als Ragnvald den Weg quer übers Feld zu Olafs Lager einschlug.

»Ich bringe Olaf seine ›Entschädigung‹«, erwiderte Ragnvald mit beißendem Spott, »und ich will Svanhild besuchen.«

»Ich würde dich gern begleiten«, sagte Oddi.

»Meinst du, Olaf würde mich am helllichten Tag angreifen, nach dieser Gerichtsentscheidung?«, fragte Ragnvald.

»Ich glaube, er wird damit warten, bis du ihm den Rücken zukehrst«, erwiderte Oddi. »Du warst zu sehr damit beschäftigt, dich im Gewirr deiner Anschuldigungen zu verheddern und mit Solvi zu flüstern, um zu sehen, wie er dich angesehen hat.«

»Wie?«, fragte Ragnvald.

»Als ob er dich töten wollte«, erklärte Oddi.

»Natürlich will er mich töten«, meinte Ragnvald.

»Mach es ihm nicht zu leicht«, riet Oddi, »auch wenn du jetzt wütend auf dich bist.«

»Warum kümmert dich das?«, wollte Ragnvald wissen. Oddis umsichtiger Ratschlag ärgerte ihn. Er hätte an all das selbst denken sollen.

»Ich will, dass mein Freund am Leben bleibt«, erklärte Oddi beschwichtigend.

»Tut mir leid«, entschuldigte sich Ragnvald.

»Ich bin der uneheliche Sohn eines Mannes, der bereits zu viele Söhne hat. Ich brauche ebenso sehr Freunde wie du«, fügte Oddi hinzu, als sie Olafs Lager erreichten, zu spät, als dass Ragnvald noch weiter nachfragen konnte. Er fragte sich, ob Heming Hakonsson mehr Skrupel haben würde, einen Halbbruder umzubringen, als den Lieblingsfürsten seines Vaters.

Im Lager herrschte irgendein Aufruhr, und es waren zu viele Leute involviert, als dass Ragnvald zunächst hätte erkennen können, worum es ging. Eine Gruppe von Gaffern hatte sich versammelt, als Olaf eine kleine Gestalt – Svanhild – über den Boden schleifte und sie anschrie. Er zerrte sie am Schopf hoch und schlug ihr ins Gesicht, als sie sich verzweifelt wehrte.

Ragnvald stürzte, mit der Hand am Schwert, herbei, dicht gefolgt von Oddi. Er stieß die Menge beiseite und trat vor Olaf, als der Svanhild erneut schlagen wollte. Ihre Wange war gerötet und angeschwollen, ihr Gesichtsausdruck wie betäubt von den Schlägen.

»Was ist los?«, schrie Ragnvald. »Dazu hast du kein Recht.«

»Sie ist meine Tochter, und ich habe sehr wohl das Recht dazu.«

»Stieftochter«, korrigierte ihn Ragnvald. »Sie ist meine Schwester. Bis sie verheiratet ist, darf keiner sie ohne meine Erlaubnis bestrafen, jetzt wo ich ein Mann bin.«

»Du bist kein Mann«, entgegnete Olaf und holte erneut zum Schlag aus.

Ragnvald stieß Olaf zur Seite, und er taumelte zurück. »Ich bin gekommen, um dir die Entschädigung für die Beleidigung zu bringen«, erklärte Ragnvald. »Aber da du mich nun wiederum beleidigt hast, glaube ich, wir sind quitt.« Tatsächlich waren Olafs Worte Grund genug für jedermann, sich zu duellieren.

»Willst du damit jetzt wieder vor Gericht gehen? Kannst du überhaupt irgendeinen Streit selbst schlichten?«, spottete Olaf.

Ragnvald war drauf und dran, das Schwert zu ziehen. »Ich kann das sehr wohl selbst schlichten«, entgegnete Ragnvald. Der Kreis der Zuschauer trat zurück und machte ihm Platz. Svanhild rappelte sich auf und packte Ragnvald am Ellbogen.

»Tu das nicht«, flehte sie. »Er ist unbewaffnet. Es wäre Mord.« Sie hatte recht, Olaf trug kein Schwert, nur ein Essmesser an seinem Gürtel.

»Würdest du dich denn mit mir duellieren, Stiefvater?«, rief Ragnvald. »Sollen wir die Sache so beilegen?«

»Du kannst dir ja nicht einmal Schilde für ein Duell leisten«, wandte Olaf ein.

»Mein Vater wird sie ihm geben«, erklärte Oddi mit tiefer und selbstbewusster Stimme hinter ihm. »Und ich werde ihm sekundieren.«

»Wir können uns sofort zum Duellplatz begeben«, schlug Ragnvald vor, ermutigt durch Oddis Unterstützung. »Hol dein Schwert.«

Olaf lächelte auf eine Weise, die Ragnvald eine Gänsehaut verursachte: abgefeimt und selbstzufrieden, für Ragnvald ohne ersichtlichen Grund. Er blickte zu Vigdis hinüber, die am Rand der Menge stand.

»Das Mädchen blutet«, sagte Olaf zu ihr. »Kümmere dich um sie.«

Vigdis ging auf sie zu und warf ihr Haar über die Schulter, damit der Wind es nicht durcheinanderbrachte. Sogar dabei fixierte sie ihn mit ihrem Blick. Sie schien in sein Inneres zu blicken und dabei all seine Zweifel zu erkennen, selbst jetzt, wo er so überstürzt vorpreschte.

»Nein«, murmelte Ragnvald und blickte hinüber zum Feld. Hier befand er sich auf unsicherem Grund. Er wusste kaum, was er mit sich selbst anfangen sollte, ganz zu schweigen von Svanhild. »Nein«, wiederholte er und hob seinen Blick zu Vigdis. Sie war schön, aber sie war Olafs Geschöpf. »Svanhild kommt mit mir.«

»Mit dir?«, höhnte Olaf. »Willst du, dass sie dir zu Hel folgt?«

»Das würde ich«, erklärte Svanhild, richtete sich energisch auf und ließ die Hand sinken. Ihre Kieferpartie war geschwollen und entstellt von Olafs Schlag, und ihre Augen waren gerötet. Ragnvald hätte sie nach dem Prozess nicht einen Moment bei Olaf lassen dürfen.

»Duellieren wir uns, Stiefvater?«, fragte Ragnvald nach.

Oddi räusperte sich. »Mein Vater wird den Duellplatz prüfen«, sagte Oddi. »Ich muss mit ihm darüber sprechen. »Er legte seine Hand auf Ragnvalds linken Arm, auf den, der nicht sein Schwert hielt. Der andere Arm wurde allmählich müde. »Ich kann auch nicht sofort Schilde bereitstellen, Cousin«, fügte er ruhig hinzu.

»Dann eben morgen«, sagte Olaf zu Ragnvald. »Morgen treffen wir uns zum Duell.«

»Um das Land meines Vaters«, erklärte Ragnvald. »Einverstanden?«

Olaf nickte. »Einverstanden.«

Als er mit Svanhild im Schlepptau von Olafs Zelt fortging, dämmerte Ragnvald die Bedeutung dessen, was er getan hatte. Er hatte Verantwortung für Svanhild übernommen, und nun ging sie mit ihm, ein halbwüchsiges Mädchen, das Schutz brauchte und einen Platz, den er ihr nicht bieten konnte. Sie war ein äußerst mutiges Mädchen, aber immer noch ein Mädchen, und er hatte keine Ahnung, was er mit ihr anstellen sollte.

»Für den Moment kannst du bei Hrolf Nefias Familie bleiben«, sagte er zu ihr. »Vielleicht wollen sie mich nicht mit Hilda verheiraten, aber sie müssen sich noch einen Rest an verwandtschaftlichem Gefühl bewahrt haben.«

»Ich muss dir etwas sagen«, erklärte Svanhild. Sie wiederholte, was zwischen Olaf und Solvi vorgefallen war, nichts, was Ragnvald nicht sowieso schon vermutet hatte, aber es machte ihn jetzt wütend, zu hören, dass sie die Angelegenheit und Solvis Lügen bei dem Gerichtsprozess so offen diskutiert hatten. »Du hättest zulassen sollen, dass ich als Zeugin aussage.«

»Nein«, sagte Ragnvald. »Ich hätte überhaupt nicht zulassen sollen, dass du dort sprichst. Sie hätten dich eine Lügnerin genannt. Keiner würde der Aussage einer Frau vor Olafs und Solvis Wort Glauben schenken.«

»Das ist nicht fair«, sagte sie leise.

Er blieb stehen, drehte sich um und sah sie an. »Ich hätte mit Solvis Entschädigung zufrieden sein sollen. Und du auch.«

»Es ist dein Geburtsrecht«, sagte sie laut. »Du kannst ihm nicht den Sieg lassen.«

»Man bekommt nicht immer alles, was man will.« Er wünschte, er wäre so überzeugt davon wie sie, dass sich die Sache zum Guten wenden würde, dass die ehrenhaftesten Männer stets gewinnen würden. »Ich werde Olaf morgen töten«, versprach er ihr, »und er wird dafür büßen, was er dir angetan hat.« Svanhild sah ihn auf eine Weise an, die ihm zeigte, dass sie für ihn tapfer sein und ihre Zweifel für sich behalten wollte. Er wünschte, er könnte etwas an Trost und Gewissheit bieten, aber da das nicht der Fall war, schwieg er.

Die Gerüchte beim Thing verbreiteten sich so schnell, dass die Nachricht über das Duell Hrolfs Lager noch vor Ragnvald erreichte. Er hatte Hilda selbst von dem Prozess und dem Duell berichten wollen, aber Hrolf versperrte ihm den Weg, und Egil starrte ihn drohend an.

»Ich hatte ja schon vermutet, dass du ein Narr bist«, sagte Hrolf. »Aber jetzt hast du es bewiesen.« Ragnvald konnte nicht viel zu seiner Verteidigung vorbringen, da er nicht an den Prozess zurückdenken konnte, ohne sich vor Scham zu winden. Hrolf hatte recht behalten; nur Olafs Zorn und das Duell, das Ragnvald provoziert hatte, gaben ihm jetzt noch irgendeine Hoffnung.

»Ich bin gekommen, um mit Hilda zu sprechen«, sagte er stattdessen.

»Du und meine Tochter haben sich nichts zu sagen«, erklärte Hrolf.

»Wir haben uns einander versprochen.«

»Sie kann sich niemandem versprechen.«

»Hör auf!«, schrie Svanhild. »Hör einmal auf zu streiten.« Hrolf und Ragnvald sahen sie beide erstaunt an. Einige Mädchen streckten neugierig die Köpfe hinter Hrolf aus dem Zelt, begierig auf jedes Anzeichen eines häuslichen Dramas. Hilda schob sich an ihnen allen vorbei und bedachte sie mit einem vernichtenden Blick. Ihr Blick traf sich mit Ragnvalds, bevor sie sich niederbeugte und das Blut auf Svanhilds Lippe mit ihrem Schürzenzipfel abwischte.

Ragnvald holte tief Luft. »Olaf hat sie geschlagen, weil sie versucht hat, gegen ihn als Zeugin aufzutreten«, sagte er.

»Und mich hat er die letzten zwei Tage festgebunden«, stieß Svanhild heftig aus.

»Sie braucht einen Ort, an dem sie für den Rest der Versammlung bleiben kann«, sagte Ragnvald. »Können wir auf eure Gastfreundschaft vertrauen?«

»Natürlich«, meinte Hilda.

Hrolfs Gesicht verdüsterte sich einen Moment, aber dann

willigte er seufzend ein: »Natürlich. Du und meine Tochter habt uns bereits in deinen Streit mit Olaf hineingezogen. Das Haus von Hrolf Nefia steht den Bedürftigen offen.«

Ragnvald senkte den Kopf. Es war seine Schuld, dass er Svanhild in seine Streitigkeiten hineingezogen hatte. Hrolf hatte sie widerwillig aufgenommen und Svanhild wie eine Bettlerin behandelt, aber zumindest wäre sie in dieser Nacht in Sicherheit.

*

Oddi bot an, Ragnvald in dieser Nacht in Hakons Lager schlafen zu lassen, im Kreise ihrer Wachen und ihres Reichtums, und nicht draußen im Wald. Ragnvald willigte ein, obgleich er darauf bestand, sein eigenes Zelt aufzuschlagen. Vielleicht konnte er nicht schlafen, und er wollte niemanden von Hakons Gefolge mit seiner Rastlosigkeit stören.

Er hatte keine Angst vor Olaf, obgleich die Nervosität ihn tatsächlich bis in die dunkelsten Stunden der Nacht wach hielt. Er hatte sich noch nie zuvor duelliert. Es wäre ein formellerer Kampf als Dolchstöße in der Dunkelheit und als die heimlichen Überfälle, die er für Solvi angeführt hatte. Natürlich hatte er den Zweikampf trainiert, aber mit scharfen Schwertern war das etwas anderes. Doch morgen würde alles beigelegt sein, und das abschließender als durch einen Gerichtsprozess.

Während er so in der Dunkelheit lag, strich er mit der Hand über sein Schwert. Seine Muskeln waren hart, wenn er sie anspannte. Er war kräftig – ein Jahr lang auf Beutezug hatte ihn dazu gemacht –, aber Olaf hatte ihm zwanzig Jahre Erfahrung voraus und war vermutlich nicht weniger trainiert und stark. Ragnvald hielt sich auch für klug genug; dennoch hatte er in vergangenen Kämpfen gesehen, wie auch Junge und Starke gegen die Alten und Ausgefuchsten unterliegen konnten. Er müsste morgen sowohl kühn als auch vorsichtig sein und ebenso behutsam tanzen wie auf Solvis Rudern. Auf jeden Fall müsste er vorsichtiger agieren.

Und er brauchte seinen Schlaf. Er atmete tief durch und versuchte, an angenehme Dinge zu denken. An Hilda in ihrem Zelt, die so geduldig und ausgeglichen war. Sie wäre sicher eine gute Frau, um mit ihr Söhne zu haben und einen Hof zu führen. Im Moment teilte sie sich das Zelt mit Svanhild. Nein, an Svanhild zu denken, brachte ihm keine Ruhe, sondern weitere Sorgen. Er dachte an Ardal, an die weiten Seen und hohen grünen Weiden, die im Sommer so grün waren wie die legendären grünen Wiesen Irlands. Wie der Sogn-Fjord, wo sich der Grabhügel seines Vaters erhob, und wo die Fundamente der Halle seines Vaters lagen, die jetzt verbrannt waren. Sein Urgroßvater hatte gegen Riesen gekämpft, die vom Keel heruntergestiegen waren, um ihr Land zu nehmen, und hatte sie mit einem Zauberbann zurückgetrieben – so ähnlich hatte es Ragnvald als Junge von seinem Vater erzählt bekommen. Selbst wenn man einige Übertreibungen von Eystein dem Schwätzer abstrich, hatte das Blut von Ragnvalds Vorfahren die Erde von Sogn und Ardal benetzt, wo sie zu Hause gewesen waren, seit die Götter die ersten Menschen erschaffen hatten. Er würde morgen beim Kampf daran denken. Er dachte auch an den goldenen Wolf, der auf ihn wartete, im Leben und im Tod. Die Schicksalsgöttinnen hatten schon entschieden, ob er morgen leben oder sterben würde. Sie warteten nur auf ihn, um zu bestimmen, wie ihn sein Schicksal ereilen sollte, ob als tapferen oder als schwachen Mann.

Er war beinah eingeschlummert, als ihn das Knacken eines Zweiges aufhorchen ließ. Er streckte den Kopf aus dem Zelt und sah dort Vigdis in ihrem Unterkleid stehen, sie hatte einen Schal gegen die Kälte um die Schultern geschlungen. Der

Schatten und die Falten des Stoffs um ihren Körper ließen sie im Mondschein aussehen wie einen verführerischen Geist.

Ragnvald starrte einen Moment zu ihr hoch, dann stand er auf und sagte mit trockenem Mund: »Stiefmutter.«

Sie verzog das Gesicht, wie er es von ihr erwartete. Es war ihr immer unangenehm, wenn er sie so nannte. In langen Nächten auf offener See hatte er sich den Kopf darüber zerbrochen und gedacht, er hätte sich jeden erzürnten Blick, den sie ihm zugeworfen hatte, nur eingebildet. Doch jetzt lag in ihrem Blick nichts davon. Sie sah angsterfüllt aus.

»Ragnvald, Olaf hat vor, dich zu töten«, sagte sie.

»Ja«, erwiderte er. »Morgen duellieren wir uns. Oder plant er einen Betrug?«

»Nein, er hat vor, dir heute Nacht das Leben zu nehmen«, warnte sie und packte ihn an der Schulter. »Du bist ihm hier schutzlos ausgeliefert.«

Sie sprachen leise. Jedes laute Wort würde Hakons Männer aufwecken, obgleich vielleicht nicht schnell genug.

»Warum sagst du mir das?« Er packte sie am Arm. Noch nie zuvor hatte er sie absichtlich berührt, nur das Brennen von ihren Fingern verspürte er seit dem Tag, an dem Olaf sie als Braut nach Hause gebracht hatte – sie, die nur ein paar Jahre älter war als er selbst, ihm an Erfahrung aber um vieles überlegen war. »Soll ich dir an einen Ort folgen, wo ich noch mehr der Gefahr ausgesetzt bin?«

»Warum meinst du, dass ich dir etwas Böses will?«

Er lachte bitter auf. »Aus vielerlei Gründen.« Nicht zuletzt, weil sie Svanhild gefangen gehalten hatte. »Du hast Olaf gegen mich aufgehetzt, seit du gekommen bist.«

»Er hat dich auch vorher schon gehasst«, entgegnete sie. Er bemerkte, dass sie sich nicht gegen den Vorwurf wehrte.

»Was soll ich tun?«

»Geh hinein zu Hakon, bevor sie kommen. Olaf ist ein Feigling. Wenn es ihm heute Nacht nicht gelingt, dich zu töten, dann wird er fortgehen, ohne sich mit dir zu duellieren.«

»Warum erzählst du mir das?«

»Weil du eines Tages kommen und mich zur Witwe machen wirst, und ich werde diesen Tag und dich willkommen heißen.« Sie stellte sich auf die Zehenspitzen und küsste leicht seine Lippen. Er stieß sie überrascht von sich, und sie wandte sich ab. Ihre Schritte waren kaum hörbar auf dem weichen Gras.

»Warte«, rief er ihr nach, aber sie blieb nicht stehen.

Er kroch zurück in sein Zelt, das nur ein paar Schritte von Hakons riesigem Festzelt entfernt stand. Es bauschte sich und wölbte sich dann nach innen. Ragnvald sah Olaf, das Schwert in der faltigen Zeltplane verborgen. Hinter ihm stand Sigurd, dessen Haar in der Dunkelheit ganz blau wirkte. Olaf stürmte auf Ragnvald zu und stolperte über das umgestürzte Zelt.

Ragnvald wich ihm aus, aber ein Seil, das Hakons Zelt sicherte, versperrte ihm den Weg, und Olafs Schwert durchborte die Muskeln seines Oberarms, des Schwertarms, und er verspürte eine seltsame heiß-kalte Berührung ohne Schmerz. Sigurd war nur einen halben Schritt hinter ihm, und seine Schwertspitze zitterte.

»Mach ihn fertig«, befahl Olaf seinem Sohn. »Dir bleibt nichts anderes übrig.«

Sigurd trat furchtsam einen Schritt vor, doch er zögerte vor dem Angriff, und Ragnvald parierte seinen Schlag und stieß ihn zurück. Als Ragnvald Sigurd angriff, holte Olaf erneut zum Schlag aus und versetzte Ragnvald einen oberflächlichen Hieb an der Flanke. Diese Wunde schmerzte sofort, und sie klaffte mit jedem Atemzug weiter auf.

»Du dachtest nicht, dass du ein Duell gewinnen könntest?«, fragte Ragnvald laut und drängte sich am Zelt entlang. Irgendjemand musste sie bald hören. Er richtete seine größte Aufmerksamkeit auf Olaf; Sigurd sah aus, als würde er nur auf Olafs Befehl angreifen.

»Du bist eines Duells nicht wert«, zischte Olaf.

»Trotzdem hast du gedacht, du würdest es nicht schaffen, mich allein zu töten?«

Olaf stürzte erneut auf ihn zu. Ragnvalds Ausweichen brachte ihn in Sigurds Reichweite. Er parierte mühelos einen unbeholfenen Schlag von Sigurd.

»Ich wollte nur, dass mein Sohn sieht, was für ein Feigling du bist«, verteidigte sich Olaf.

»Er kann hier schon heute Abend einen Feigling sehen.« Ragnvald richtete den Blick wieder auf Sigurd, dessen unsicheren Gesichtsausdruck man sogar im trüben Dämmerlicht des Mittsommers erkennen konnte. Am liebsten wäre er wohl ganz weit weg. Das könnte sich für Ragnvald als Vorteil erweisen, nur müsste er sich diesen jetzt unbedingt gleich zunutze machen. Seine Armmuskeln pochten von Olafs erstem Hieb, und er konnte sich nur mühsam bewegen. Bald wäre er nicht mehr in der Lage, das Schwert zu erheben, und Olaf könnte mit ihm machen, was er wollte.

Ein weiterer Schlag würde ihn jedoch retten. Den würde er vermutlich noch schaffen. Ragnvald machte ein paar Seitenschritte. Er zog eine Linie zwischen sich und Olaf, dann gelang ihm ein Täuschungsmanöver nach vorn, in der Hoffnung, damit eine Attacke von Olaf zu provozieren, während er selbst Sigurd aus dem Augenwinkel im Blick behielt. Olaf machte zwar tatsächlich einen Schritt auf ihn zu, aber nicht weit genug, um in Ragnvalds Reichweite zu kommen. Ragnvald bewegte sich daraufhin wieder seitwärts.

»Wer ist jetzt der Feigling?«, höhnte Olaf. »Komm her und kämpf!«

Ragnvald versuchte, nicht auf Olafs Worte zu reagieren. Zorn würde ihm jetzt wenig nutzen. Ein weiterer Schritt, und Olaf würde sich in den Remis-Linien verwirren, wenn er auf andere Art attackierte als mit einem geraden Hieb. Ragnvald trat über das Seil und schwang sein Schwert mit beiden Händen. Eine halbe Sekunde später, und er hätte Olaf den Kopf abgeschlagen, aber Olaf warf sich auf den Boden und verlor nur ein Stück seiner Kopfhaut, während Ragnvald von dem kräftigen Schwung das Gleichgewicht verlor.

Olaf stieß nach oben, durch Ragnvalds Hüfte. Ein Schrei entfuhr Ragnvald, und Blut benetzte seine Hose. Er wurde zu schwach, das Schwert zu halten, also ließ er es los und griff mit der linken Hand nach seinem Dolch. Wenn Olaf ihn tötete, dann würden sie zumindest zusammen sterben.

Auf dem Boden liegend kroch Olaf zurück, außer Reichweite. Ragnvald tat einen weiteren Schritt zurück und taumelte gegen das Zelt. Sein Blickfeld war jetzt ein schwarzer Tunnel, in dem er nur noch Olaf sah, der sich aufzurappeln versuchte, sowie ein paar bestickte Schuhe am Boden neben ihm. Er blickte auf und sah Oddi.

»Genug jetzt«, befahl Oddi und klang genau wie sein Vater. »Das Duell findet erst morgen statt.«

»Sie sind gekommen, um mich hinterrücks zu ermorden«, erklärte Ragnvald und sank gegen einen Baum. Andere Männer von Hakons Lager versammelten sich um sie herum.

»Dieser Mann ist verwundet«, sagte Oddi zu seinen Gefährten. »Jemand soll nach ihm schauen.«

Ein junger Mann trat hastig vor und bat Ragnvald, sich aufzusetzen. Er riss Streifen von Ragnvalds Hemd ab und wickelte sie, über der Kleidung, um seine Wunden. Ragnvald schrie von dem Druck vor Schmerz auf, und sein Blickfeld verengte sich weiter.

»Sie wollten mich meucheln«, wiederholte Ragnvald mit schwerer Zunge. Der Schmerz erreichte einen Höhepunkt, dann ließ er nach wie eine Welle, die sich mit seinem Blut bewegte. Jetzt könnte er mit dem Schlimmsten fertig werden, dachte er.

»Die Sache ist klar«, entgegnete König Hakon. Ragnvald blickte entgeistert zu ihm auf. Wann war König Hakon hinzugetreten?

»Ich wollte nur Genugtuung für die Beleidigung heute«, erklärte Olaf. »Dieser – Bursche hat mich verleumdet und mir meine Tochter gestohlen ...«

»Stieftochter«, korrigierte Sigurd mit unterdrückter Stimme. Olaf warf ihm einen wütenden Blick zu.

»Das Duell war für morgen angesetzt«, sagte Ragnvald. »Hattest du solche Angst vor mir?«

Olaf kämpfte sich auf die Füße. Er rang noch immer nach Atem. »Er verdient die Ehre eines Duells nicht.«

»Du hast versucht, ihn zu ermorden«, entgegnete König Hakon unbeeindruckt.

»Das war kein Mord, sondern mein gutes Recht«, stieß Olaf hervor. »Solvi Hunthiofsson wird für mich zeugen.«

»Ich kann mir nicht vorstellen, was er sagen könnte, um das zu verändern, was ich mit eigenen Augen gesehen habe«, beschied ihm König Hakon, »aber von mir aus soll ihn jemand herbeiholen.«

Zwischen Hakons Worten und der Rückkehr eines seiner Männer, der mit Solvi im Schlepptau wiederkam, schien nur wenig Zeit vergangen, aber es musste doch mehrere Minuten gedauert haben. Ragnvald verspürte großen Durst.

»Warum hast du nach mir gesandt?«, wollte Solvi von Olaf wissen, bevor jemand ihm eine Frage stellen konnte. »Ich will nichts mehr mit dir zu tun haben.«

»Ich beende nur, was du angefangen hast«, entgegnete Olaf. »Wozu du nicht imstande warst.«

»Das kannst du mir nicht anhängen.«

Wie durch einen Nebel spürte Ragnvald, dass ihm jemand das Gesicht tätschelte. Seine Verbände wurden strammer gezogen, was weitere Schmerzstöße von seiner Hüfte aufwärts in die Lenden sandte. »Du darfst dich morgen mit Olaf duellieren«, beschied ihm Hakon. Sein Gesicht tauchte direkt vor ihm auf. Stand Ragnvald jetzt etwa, oder hatte Hakon sich hingesetzt? Ragnvald hätte es nicht sagen können.

»Es geht ihm nicht gut genug für ein Duell«, meinte Oddi. »Ich werde für ihn kämpfen. Mit Freuden würde ich Olaf an seiner Stelle töten.«

»Nein«, entgegnete Ragvnald. Niemals könnte er Oddi das überlassen. Er nahm nicht viel wahr in diesem Moment, aber daran wollte er festhalten. Olaf war seine Sache. »Nein«, wiederholte er. »Vielleicht sterbe ich an meinen Wunden. Olaf ist ein Feigling, aber er beherrscht jetzt mein Land. Ich werde ihn töten, wenn ich überlebe. Und wenn nicht, dann mögen die Götter das an ihm vergelten, was er mir angetan hat.«

Hakons Gesicht zog sich von ihm zurück. »Ragnvald Eysteinsson hat gesprochen«, erklärte er, »und ich beurteile das positiv. Er soll seine eigene Rache üben.« Zu Olaf sagte er: »Ich erkläre dich als von meinem Land verbannt. Jeder Mann, der dir begegnet, darf dich töten und bei mir seine Belohnung dafür abholen.«

Olaf wurde blass und straffte seine Schultern. »Du bist nicht mein König«, entgegnete er und zeigte damit den ersten Anflug von Heldenmut, seit er zu der Versammlung gekommen war.

»Und der junge Ragnvald will, dass du am Leben bleibst, damit er dich selbst töten kann. Kehre heute Abend zurück nach Ardal, oder ich werde meine Söhne anweisen, mit dir zu verfahren, wie sie wollen.«

Vielleicht hatte er noch mehr gesagt, aber Ragnvald kippte nach vorn. Er atmete Staub vom Laub des vergangenen Jahres ein, und dann wusste er nichts mehr.

KAPITEL 12

Als Ragnvald erwachte, fühlte er sich wie betrunken. Im Mund spürte er den Geschmack von Branntwein, und sein Arm, die Hüfte und der Oberschenkel schmerzten und brannten. Als er sich aufsetzte, wurde ihm schwindlig. Offensichtlich befand er sich hoch gebettet in einem gut ausgestatteten Zelt, Svanhild war an seiner Seite.

»Ragnvald!« Sie klang erleichtert. »Warte, ich hole jemanden.«

Ragnvald legte sich wieder zurück, doch die Zeltwände drehten sich weiter um ihn, als würde er einen steilen Abhang hinunterrollen. Ihm war speiübel.

Dann erschienen Oddi und König Hakon. Ragnvald setzte sich wieder auf – er wollte nicht liegen bleiben, wenn ein König mit ihm sprach. »Ich weiß, dass es dir jetzt nicht gutgeht«, sagte Hakon, »aber meine Heilerin meint, du hast Glück gehabt. Es sind nur Fleischwunden. Die verheilen schnell.«

»Danke«, erwiderte Ragnvald. Seine Stimme krächzte, als hätte er sie seit langem nicht mehr benutzt.

»Olaf und die Seinen sind weg, wie mein Vater ihnen befohlen hat«, erklärte Oddi. »Auch ein paar andere Familien sind abgereist – vielleicht Leute aus seinem Clan?«

»Danke«, wiederholte Ragnvald. Ihm fiel sonst nichts ein.

»Ich kannte deinen Vater und deinen Großvater«, sagte Hakon. »Dein Großvater Ivar war ein mächtiger König in Sogn. Sein Bruder war der am meisten gefürchtete Seekönig der Nordküste. Weißt du, dass die Fischer immer noch auf den vorgelagerten Inseln nach seinen vergrabenen Schätzen suchen?«

»Ja, mein König«, entgegnete Ragnvald. Er hatte diese Legenden gehört und war stolz auf sie gewesen, stolz darauf, von Königen abzustammen, die ihr Land und ihre Leute beschützten, und auch wilde Seeräuber als Vorfahren zu haben, die Klippen und Wellen beherrschten und Seekönige genannt wurden, Könige ohne Land, die nur Raubgut anhäuften.

»Deinen Vater nannten wir Eystein Glumra«, erinnerte sich Hakon. »Eystein den Schwätzer, der groß daherredete und nichts zustande brachte.«

Ragnvald verspürte einen leisen Ärger, doch der Schmerz in seinem Körper war stärker. Und für Ärger hatte er gerade keine Verwendung, schließlich sagte Hakon ja nur die Wahrheit.

»Aber du bist nicht wie er, oder?« Hakon sah Ragnvald neugierig an, als erwartete er tatsächlich eine Antwort.

»Ich hoffe nicht«, erwiderte Ragnvald. Er wünschte, Hakon würde zur Sache kommen und ihn dann ausruhen lassen.

»Du bist schon ein seltsamer Vogel, dass du Olaf leben lässt«, fuhr Hakon fort. »Lieber bringst du ihn selbst um, als dass dir sein Land auf die leichte Art zufällt.«

Ragnvald erinnerte sich vage daran, dass Oddi angeboten hatte, Olaf für ihn zu töten, und dass er das abgelehnt hatte. Es war ihm nicht recht gewesen, dass ihm jemand seine Rache abnahm.

Hakon sah Ragnvald an und kraulte sich den Bart. Der war dicht und so lang, dass Ragnvald sich fragte, ob Hakon seine Tage als Kämpfer schon beendet sah. Ein paar graue Haare durchsetzten die hellblonden Strähnen, und unter den Augen erkannte er Tränensäcke. Fürst Runolf war Hakons Freund gewesen, erinnerte sich Ragnvald. Hakon würde wohl gerne um ihn trauern, konnte es aber nicht, weil sein eigener Sohn ihn erschlagen hatte.

»Was wirst du jetzt tun?«, fragte Hakon.

»Ich bin verwundet«, antwortete Ragnvald. Es war gut, dass Olaf lebte. Diese Entscheidung bereute er nicht, obwohl er sie halb ohnmächtig getroffen hatte. Sollte Olaf Ardal so lange beherrschen, bis Ragnvald wusste, ob er leben oder sterben würde, ob er als Krüppel oder als Gesunder genesen würde. Das schuldete er dem Land seiner Väter. Niemand würde ihn zum Jarl oder König ernennen, wenn er nicht kämpfen konnte. Lieber wollte er unbekannt sterben, als wie sein Vater in Erinnerungen weiterleben.

»Du wirst bald wieder auf den Beinen sein«, unterbrach Hakon Ragnvalds selbstmitleidige Betrachtungen. »Es gibt Leute hier, die dich liebend gern deines breiten Rückens und starken Schwerts wegen bei sich aufnehmen würden, wenn du dich wieder erholt hast.«

Ja, Männer wie Solvi oder noch schlimmere, die ihren Blutzoll fordern würden – schreckliche Eidschwüre und Rituale – für einen Platz auf einem ihrer Schiffe, solange er sich keinen erkaufen konnte. Ragnvald hatte die Narben gesehen, die Zeichen der Brüderschaft, die einige der Krieger an Solvi banden. Zwar empfand er Solvi gegenüber Respekt, gemischt mit einer gehörigen Portion Furcht, aber er wollte auf keinen Fall einer von Solvis eingeschworenen Kriegern werden. Sie mussten sich von Land und Familie lossagen und hatten keine Kinder außer jenen, die sie mit Hörigen und unwilligen Gefangenen zeugten, Kinder, die nie den Namen ihres Vaters trugen, es sei denn, ihre Mütter gaben sie ihnen aus reinem Hass.

Hakon musste Ragnvalds Gedanken an seiner Miene abgelesen haben, denn er legte ihm die Hand auf die Schulter und sagte: »Nein, nicht das, nicht die Seebrüder. Ich biete dir einen Platz auf einem meiner Schiffe.«

Ein Hoffnungsschimmer blitzte in Ragnvald auf, trotz seiner Benommenheit. »Meine Schwester Svanhild«, sagte er. »Ich kann sie nicht zu Olaf zurückschicken.«

»Bei wem ist sie jetzt untergebracht?«, fragte Hakon.

»Sie ist bei Hrolf Nefia und seiner Familie«, antwortete Ragnvald.

»Dem Vater deiner Verlobten«, sagte Hakon. »Ja, da ist sie gut aufgehoben. Ich werde mit ihm sprechen und dafür sorgen, dass er sie gut behandelt.«

»Ich will aber mit dir gehen«, rief Svanhild und sprang auf. »Ich könnte dich pflegen, bis es dir wieder gutgeht.«

»Das ist großzügig«, sagte Hakon, »aber mein gesamter Haushalt ist jetzt auf Reisen. Da wäre kein Platz für dich.«

»Lass mich auf dein Schiff gehen. Ich könnte kochen und Segel flicken.«

Hakon lachte. »Mut hat sie ja«, meinte er, und dann an Svanhild gewandt: »Wenn Ragnvald scheitert, dann wirst du dich wohl gar persönlich an Olaf rächen?«

»Natürlich.«

»Ich werde selbst mit Hrolf Nefia sprechen. Es wird dir an nichts fehlen, mein Kind.«

»Danke«, sagte Ragnvald, und Svanhild tat es ihm gleich.

»Soll ich Hakon bitten, dich bewachen zu lassen, damit Solvi dich nicht entführt?«, fragte Ragnvald, nachdem König Hakon gegangen war.

»Ich glaube nicht, dass er das versucht.« Sie sah einen Moment gedankenverloren ins Leere.

»Was glaubst du, werden die Leute darüber reden?«, fragte

er. Die Bauern, die über Solvis Ritt getuschelt hatten, hatten sich wohl ins Fäustchen gelacht, als sie ihm den Namen der Frau vorenthielten.

Sie erhob sich rasch. »Nicht viel, nehme ich an, jetzt, wo du ihnen so viel anderen Gesprächsstoff geliefert hast. Wenn dir dein Bein so weh tut, dass du jemanden piesacken musst, der immer nur zu dir gehalten hat, dann hole ich wohl besser die Heilerin.«

Das erschien ihm unfair. Wenn er zum Krüppel werden sollte, würde er, so wie jetzt, sein ganzes Leben lang von Frauen abhängig sein. Dann doch lieber sterben.

»Eigentlich wollte ich ja Hilda rufen, dass sie dich ein wenig aufmuntert, aber jetzt nicht mehr.« Svanhild genoss es, ein wenig Macht über ihn auszuüben.

»Warum also bist du mit ihm geritten?«, fragte Ragnvald und klopfte auf den Platz neben sich, damit sie sich wieder hinsetzte. Entschuldigen wollte er sich nicht, aber er könnte ja etwas netter zu ihr sein, sonst würde sie ihn allein lassen, und bald würden sie sowieso wieder monatelang voneinander getrennt sein.

»Ich wusste nicht, wer er war«, erklärte sie und wandte den Blick ab. »Und ich wollte noch eine andere Option neben Thorkell haben.«

»Ich finde dir einen Besseren, das verspreche ich dir. Wie wär's denn mit Oddi? Ein Königssohn wäre nicht das Schlechteste.«

Svanhild verzog das Gesicht. »Der sieht doch aus wie ein Frosch. Ein gutaussehender Frosch, zugegeben.« Sie sah nachdenklich vor sich hin. »Aber finde jemanden für mich. Ich glaube nicht, dass ich lange bei Hrolf willkommen bin.«

*

Als Svanhild das nächste Mal kam, brachte sie Hilda mit und ließ die beiden dann mit einem verschwörerischen Seitenblick auf Ragnvald allein. Hilda trug ein leichtes Festkleid – ihr bestes Kleid, meinte Ragnvald zu erkennen, in einem kräftigen, hellen Blau, auf dem ihr Haar wie poliertes Holz glänzte.

»Ich bin froh, dass es dir gutgeht«, sagte sie. »Ich habe uns ein Tafl-Brett mitgebracht, damit wir spielen können.« Sie klappte das Spiel auf dem kleinen Tisch neben seinem Lager auf. Ragnvald versuchte, sich aufzusetzen, was einen jähen Schmerz durch sein Bein jagte. Sie stellte die Figuren auf, den König und seine Verteidiger in der Mitte, die Angreifer an der Außenseite. »Welche Position spielst du?«

Die Angreifer waren leichter zu spielen – sie mussten nur zu viert den König irgendwo auf dem Spielbrett einkreisen – während der König versuchen musste, in eine der vier Ecken im Spielfeld zu entkommen.

»Den König«, sagte er, »Hakon hat mir schließlich einen Platz hier gegeben.«

»Dann spiele ich ja die Angreifer.« Sie lächelte ihn verlegen an. »Irgendwie kommt mir das nicht richtig vor.«

Das Spiel verlief, wie vorauszusehen war. Hilda war keine gewiefte Spielerin und kannte keinen der Tricks, die Olaf Ragnvald beigebracht hatte, damit die Königsfigur gewinnen konnte. Einmal war sie sogar im Vorteil, wusste dies aber nicht in einen Sieg zu verwandeln. Dann erreichte Ragnvald die Ecke des Spielfelds und beendete das Spiel.

»Wenn es dir bessergeht, können wir Würfel spielen«, schlug sie vor. Es war kein anstrengendes Spiel, aber im Moment wollte er schnelle Bewegungen vermeiden.

»Hilda, versprich mir – wenn ich zum Krüppel werde ...« Hakons Heilerin sagte nur Gutes über Ragnvalds Wunden, wenn sie kam, um nach ihm zu sehen. Aber ohne seine Kraft testen zu können, konnte er sich nicht sicher sein.

»Du wirst wieder gesund«, antwortete sie. »Alle glauben das.«

»Svanhild glaubt immer, dass alles so ausgeht, wie sie es sich wünscht.«

»Diesmal hat sie bestimmt recht. Oder versuchst du etwa schon wieder, dich aus deinen Verpflichtungen zu lösen?« Hilda stellte die Frage mit einem Lächeln, das aber nicht ganz verdecken konnte, wie verletzt sie war.

»Niemals«, antwortete Ragnvald. »Ich halte mein Wort, und dieses hier sogar ganz leicht. Wenn ich Ardal zurückbekomme, wirst du dort die Herrin sein.« Bei diesen Worten sah sie so zufrieden aus, dass er fortfuhr: »Und mein Großvater war König von Sogn. Das hole ich mir auch zurück, und dann bist du Königin.«

Ihr Lächeln verschwand. »Ich weiß gar nicht, was man als Königin tun muss.«

Mit diesen Worten drückte sie die angebrachte Bescheidenheit aus, die so oft in den Sprichwörtern beschworen wurde. Doch in Svanhilds Lieblingssagas legten die Frauenfiguren diese Tugend nur selten an den Tag. Hilda könnte er sich nie als Prinzessin Unna vorstellen, deren Gemahl einen ganzen Winter lang im Bett lag, wo er doch eigentlich eine Beleidigung ihrer Familie hätte rächen sollen. Unna hatte so lange auf ihren Mann eingeredet, bis dessen Blut endlich in Wallung kam und er seinen Gegner erschlug. Dass er dann selbst vom Sohn seines Feindes mit dem Schwert getötet wurde, tat Unna in Svanhilds Augen keinen Abbruch.

»Bis da ist es noch lange hin«, meinte Ragnvald. Zuerst musste er das Bett verlassen können, und zwar nicht nur, um zum Pisspott zu gehen. »Komm, spielen wir noch eine Runde.

Beim letzten Mal hättest du gewinnen können. Ich zeig dir wie.«

*

Eine Woche nach Ragnvalds Gerichtsverhandlung fing Hrolfs Lager an zu packen. Svanhild hatte sich dort nie willkommen gefühlt und so viel Zeit wie möglich mit Ragnvald verbracht. Sie und Hilda taten ihr Bestes, damit ihm nicht allzu langweilig wurde. Sie besuchten ihn abwechselnd, spielten Tafl mit ihm, und wenn das seinen Reiz verlor, sandten sie Oddi zu ihm, damit er ihn unterhielt. Hakons Frauen, die mehr von Heilkunst verstanden als Svanhild, sorgten dafür, dass er schnell von seinen Wunden genas. Ende der Woche konnte er schon wieder ohne Stütze gehen.

Am Tag des Abschieds begleitete er Svanhild zu Hrolf Nefias Lager hinüber und ließ sie dort zurück, zusammen mit einem Bündel von Kleidern, die Hakons Frauen gestiftet hatten. In Ardal hatte sie einige Dinge zurückgelassen – ihre Lieblingsspindel, die niemand sonst gerne verwendete, und ein paar ihrer abgetragenen Unterkleider –, aber sie hatte ihren ganzen Schmuck mitgebracht und tröstete sich auch mit dem Gedanken, dass sie all ihre Habe zurückbekommen würde, wenn Ragnvald Olaf erst einmal getötet hatte.

Sie hoffte nur, Vigdis und Olaf würden ihre Mutter nicht allzu sehr malträtieren, nun da ihre Kinder es nicht mehr bezeugen konnten. Svanhild ließ sich jedoch nicht zu sehr von dieser Sorge belasten. Ihre Mutter hatte schließlich Olaf geheiratet, statt mit ihren Kindern zu ihrer Familie zurückzugehen. Dass sie es getan hatte, um Ragnvalds Erbe zu sichern, schien ihr nur zweitrangig, insbesondere nun, wo Olaf nicht genug Ehrgefühl gezeigt hatte, Ragnvalds Recht auf sein Land anzuerkennen.

Ragnvald verabschiedete sich von Hilda unter Hrolfs finsteren Blicken, gab Svanhild einen Abschiedskuss auf die Wange und ging dann übers Feld zurück. Wegen seiner Wunde ging er langsam und steif, doch Svanhild war überzeugt, dass er bald wieder gesund würde. Er hielt sich gerade, und wenn es ihm großen Schmerz bereitet hatte, ihr Lebewohl zu sagen, war ihm nichts davon anzumerken gewesen. Sie spürte, dass er froh war, sie los zu sein, ganz gleich, wie sehr er sie mochte. Im Augenblick war sie ihm nur eine Last.

Nachdem sie ihm nachgesehen hatten, umarmte Hilda sie schwesterlich und wies sie dann gleich an, beim Packen der Zelte mitzuhelfen. Als Svanhild ein Lederzelt auf dem Boden zusammenrollte, fiel ein Schatten auf das wettergegerbte Leder. Sie sah hoch und erblickte Solvi, der vor ihr stand. Auch er war schon für die Reise gekleidet und trug Harnisch und Mantel wie beim ersten Mal, als sie ihm begegnet war.

»Du könntest stattdessen mit mir gehen«, sagte er ohne Einleitung.

Sicher hatte er alles über Olaf und ihre Aufnahme in Hrolfs Familie gehört. Klatsch machte in Norwegen schnell die Runde, und noch schneller unter den Zelten der Thingversammlung.

»Als dein Kebsweib?«, fragte Svanhild spitz.

Solvi zuckte mit den Achseln und grinste. »Dann eben als meine Frau, wenn du willst.«

Svanhild versuchte, sich nicht davon einwickeln zu lassen. In Hakons Zelt hatte sie sich als Ragnvalds Anhängsel unwohl gefühlt, und noch mehr hier als unwillkommene Bürde für Hrolf Nefias Familie.

»In Hakons Lager hat man offen darüber gesprochen, dass König Harald hierherkam, um deinem Vater den Untergang zu prophezeien«, sagte sie. »Warum sollte ich in eine Halle einziehen, in der der Wolf schon vor der Tür steht?« Das war eigentlich nicht der Grund, den sie hatte angeben wollen. Es gab noch viel gewichtigere Gründe, Solvi nicht zu folgen, angefangen von der Feindschaft zwischen ihm und Ragnvald. Sie zwang sich, den Blick von seinem attraktiven Gesicht nicht abzuwenden. Er sah gut aus, und sein Lächeln hätte sie am liebsten erwidert, doch wenn sie ihn lange genug ansah, konnte sie sich sicher dagegen wappnen.

Einen Moment lang trübte sich sein Blick, doch dann lächelte er wieder. »Wenn wir woanders hingingen, in ein anderes Land, würdest du dann ja sagen?«

»Ein anderes Land, ein anderes Leben, ein anderes Mädchen – eine Frau, deren Bruder noch ohne Narben wäre? Ja, dann vielleicht.«

»Kannst du mir das nicht verzeihen? Ich habe deinem Bruder seinen Anteil am Schatz gegeben. Das habe ich für dich getan.«

Sie lachte. »Aus lauter Angst, was ich sonst sagen würde?«, hänselte sie ihn. »So etwas kann ja wohl kaum das Herz eines Mädchens entflammen. Außerdem hast du nicht die ganze Wahrheit gesagt.«

Sie wandte sich wieder ihrer Packerei zu, obwohl sie lieber aufgestanden wäre, um ihn mit der Wahrheit zu konfrontieren. Es lag etwas Würdeloses darin, auf einem halb eingerollten Zelt zu knien, während sie sprachen.

»Ich habe für Ragnvald getan, was ich konnte. Ich konnte ihm nicht …«

»Du konntest nicht zugeben, ein gedungener Mörder zu sein? Ja, offensichtlich nicht.«

»Ich kann doch meinen Vater nicht einen gedungenen Mörder nennen«, entgegnete Solvi. Svanhild sah wieder hoch. Sie hatte das übliche entwaffnende, aber falsche Lächeln erwartet, doch stattdessen sah er betrübt aus. »Hättest du nicht auch alles für deinen Vater getan?«

Unwillkürlich fielen Svanhild die Worte ihrer Mutter wieder ein, über die Wahl, die sie getroffen hatte, um ihre Kinder zu schützen. Eine falsche Wahl vielleicht, da sie Olaf in ihr Leben gebracht hatte, aber eine Wahl aus den richtigen Motiven heraus, die nicht mehr ungeschehen gemacht werden konnte.

»Ich?«, antwortete Svanhild. »Ich bin nur eine Frau. Was wissen Frauen schon von Ehre?«

»Ich denke, du weißt eine ganze Menge darüber«, sagte Solvi. Jetzt hatte er wieder sein Lächeln aufgesetzt, und Svanhild ärgerte sich, dass sie einen Moment lang an seine Ernsthaftigkeit geglaubt hatte.

»Wenn Ragnvald zurückkommt, wird meine Stiefmutter Witwe. Sie könnte dich vielleicht mögen«, sagte sie spitz. »Sie würde sich ganz gerne nach oben verbessern, nach Olaf. Ein Königssohn wäre da nicht schlecht.«

»Ich kenne den Typ«, sagte Solvi. »Ich will aber dich. Und du magst mich, zumindest ein wenig, glaube ich. Wenigstens mochtest du mich, bevor du wusstest, wer ich bin.«

»Das stimmt«, antwortete Svanhild ehrlich und ärgerte sich gleich, dass sie es zugegeben hatte. Es war nicht gut für sie, dass er es wusste. »Aber jetzt habe ich erkannt, wer du bist. Und du weißt, was deine Taten ausgelöst haben.« Sie zeigte auf ihre Prellungen im Gesicht. Laut Hildas Schwestern war ihre Kinnbacke grün, wenn auch die Schwellung schon abgeklungen war.

»Tut mir leid, dass du verletzt wurdest«, entschuldigte sich Solvi. »Ehrlich.«

»Ich werde nicht deine Kebse, und auch nicht deine Frau«, sagte sie mit fester Stimme, »aber ich danke dir für das Angebot.« Irgendwie hatte sie das Gefühl, dass er zumindest das verdiente. »Nun lass mich allein.«

»Als Bauersfrau wirst du auch nicht glücklich«, sagte Solvi. »Das hast du selbst gesagt.«

»Ich würde auch nicht glücklich im Haushalt von Männern, die versucht haben, den Tod meines Bruders herbeizuführen. Du kennst mich nicht. Ich werde als Bauersfrau schon ganz zufrieden sein.«

»Vielleicht kenne ich dich nicht«, meinte er. »Vielleicht kennst du dich auch selbst nicht recht. Wenn du im Haus von Hrolf Nefia unglücklich wirst, schick mir eine Nachricht oder komm zu mir, Svanhild Eysteinsdatter. Sollte Tafjord fallen, finden wir eben eine Heimat in einem anderen Land, oder die See wird unsere Heimat.« Es schien, als hätte er ihre Einwände überhaupt nicht zur Kenntnis genommen oder scherte sich nicht darum, und nun verwendete er ihre eigenen Worte gegen sie und erinnerte sie an ihre Träume. Ach, wäre es doch nur ein anderer, der diese Worte sprach. Hätte er sich doch nur schon früher entschieden, seinem Vater nicht zu gehorchen.

»Lebe wohl, Solvi Hunthiofsson«, sagte Svanhild. Sie erhob sich und sah ihn mit verschränkten Armen so lange an, bis er sich endlich mit dem Anflug eines Lächelns umdrehte und davonging.

Svanhild fuhr ziemlich schlecht gelaunt mit ihrer Arbeit fort. Ihr war klar, dass sie bei der Unterredung den Kürzeren gezogen hatte. Was sie ihm eigentlich hätte klarmachen sollen, war, dass sie die Arbeit auf dem Hof in Ardal liebte, die Sennerei auf der Alm, die Bergwiesen, am Morgen die Tiere zum Grasen hinauszuführen und abends zurück in den Stall. Sie liebte die langen Tage bei Sonne und Wolken, die weite Schönheit des Landes von Ardal. Die Winter mochte sie weniger, wenn sie mit Vigdis und Ascrida im Haus zusammengepfercht war, aber wenn sie erst einmal ihren eigenen Hof hätte, würde sie sich mit den Töchtern anderer Bauern in der Nachbarschaft umgeben und sich in deren Gesellschaft vergnügen.

Und wenn ihr Mann eine Zweitfrau brächte – das konnte ja wohl auch nicht schlimmer sein, als die Konkubine eines Seekönigs zu werden. Und wann würde sie schon einen Typen wie Solvi zu Gesicht bekommen – alle halbe Jahre vielleicht, wenn er von seinen Raubzügen zurückkäme? Und den Rest des Jahres säße sie fest in seiner dumpfigen Halle und würde seine Bälger großziehen, während sie auf ihn wartete. Und selbst wenn sie so ein Leben wollte, selbst wenn sie ihn wollte, Solvi war ein Mann ohne Ehrgefühl, ein Mann unter ihrer Würde.

Sie sah sich nach Hilda und ihren Schwestern um, die sich alle auf ihre Arbeiten konzentrierten. Von keiner von ihnen, nicht einmal von der eigensinnigen Hilda, könnte sie sich vorstellen, dass sie ein Angebot wie das von Solvi verlockend finden würden. Ihr Gesicht wurde ganz heiß, also senkte sie den Kopf und arbeitete weiter, bis ihre Arme schmerzten.

*

Hrolfs Hof lag nur eine halbe Tagesreise vom Thingplatz entfernt, allerdings ging es fast ständig bergauf, also brachen sie erst nach dem Mittagsmahl auf. Egil führte den Maulesel, der immer wieder mal bockig wurde und mit viel Überredungskunst zum Weitergehen gebracht werden musste. Hilda und Svanhild gingen vorne bei den Frauen, gleich hinter Hildas Vater. Svanhild musste sich beeilen, um mit Hildas langen Beinen Schritt halten zu können. Hilda war so groß, dass das fast so schwer war wie früher mit Ragnvald.

Auch andere Eigenschaften von Hilda erinnerten sie an

Ragnvald: ihre stille Aufmerksamkeit, die Art, wie sie etwas für sich behielt. Svanhild hatte sich gefragt, ob Hilda Ragnvald wohl fallen lassen würde, als sich alles gegen ihn verschwor, aber sie hatte ihn am Krankenbett besucht, und die leisen Worte, die die beiden gewechselt hatten, schienen Zufriedenheit auszudrücken.

»Jetzt gehst du aber zu schnell«, rief Hilda Svanhild zu. Als Svanhild zurückblickte, sah sie, dass Hilda ihre jüngste Schwester Ingifrid trug. »Sie kann noch nicht mithalten.« Svanhild lächelte schuldbewusst und passte ihren Schritt an. Beim Gehen sah sie sich um, damit sie sich die Landschaft einprägen konnte, ebenso wie die Markierungen an den Cairns, den Steinhaufen am Wegrand. »Was suchst du?«, fragte Hilda. »Hast du Angst, du wirst verfolgt?«

»Nein«, antwortete sie. »Dazu ist mein Stiefvater zu feige.« Dann etwas verlegen: »Ich möchte nur sichergehen, dass ich auch wieder zurückfinde.«

»Glaubst du denn, dass du hier alleine zurückmusst?«

»Ich weiß ja nicht, was mich erwartet«, erwiderte Svanhild. Ragnvald hatte ihr beigebracht, allzeit bereit zu sein. In den Wäldern von Ardal, in denen er jeden Stumpf und Stein kannte, hatte er ihr verborgene Mulden und Haine gezeigt, in denen im schräg einfallenden Sonnenlicht des Frühjahrs schon Schneeglöckchen blühten, während ringsum noch alles zugefroren war. Sie konnte gut verstehen, warum er dort nicht weg wollte.

Am Nachmittag hielten sie an, um zu trinken und einen kleinen Imbiss einzunehmen. Svanhild konnte sich mit Hildas jüngeren Schwestern nicht anfreunden, deren ganze Konversation nur aus Sticheleien zu bestehen schien, von denen – ihr unverständlich – einige eisiges Schweigen und andere Gelächter auslösten. Auch Svanhild wurde bespöttelt, mit Bemerkungen darüber, wie klein sie war – kleiner als die drei Schwestern nach Hilda –, über Solvi, den sie einen Krüppel und ein Hinkebein nannten, und über Ragnvald, worüber Hilda sich ebenso ärgerte wie Svanhild.

»Da sind wir ja«, sagte Hilda, als Hrolfs Halle endlich vor ihnen auftauchte. Sie stand am Waldrand, einem Grenzland zu einer grauen, farblosen Geisterwelt, die schon halb dem Jenseits anzugehören schien. Der Gemüsegarten lag im Schatten; einzelne Stängel krümmten sich am Boden auf der Suche nach Licht. Die Holzbalken waren ausgebleicht; es fehlte der Glanz von Fett, das bei den Hallen der Wohlhabenderen ins Holz gearbeitet wurde. Auch Ardal sah heute nicht anders aus, wenn auch Ragnvald meinte, sich erinnern zu können, dass es in seiner Jugend noch geglänzt hatte. Nur die reichsten Bauern verbrauchten nicht ihr gesamtes Fett für Licht und zum Kochen.

In ihrer Schlafkammer räumte Hilda Platz für Svanhild frei. Svanhild war überhaupt noch nicht müde, trotz der langen Wanderung vom Thingplatz im Jostedal.

»Ich bin so froh, dass du da bist«, sagte Hilda. »Glaubst du, dass du hier schlafen kannst?«

»Es ist viel ruhiger hier als in Ardal. Olaf hält sich mehr Männer als dein Vater«, antwortete Svanhild. Hilda schwieg, und Svanhild fürchtete, etwas Falsches gesagt zu haben. So fügte sie schnell hinzu: »Hier muss ich mir wenigstens nicht das ganze Schnarchkonzert anhören.«

»Was meinst du, wo Ragnvald heute schläft?«, fragte Hilda.

Svanhild seufzte. Hilda hatte ihn im Lauf des Tages bei jeder Gelegenheit ins Gespräch gebracht und hielt an diesem Thema fest, dem einzigen gemeinsamen Interesse, das sie hatten.

»Irgendwo an einem Strand«, meinte Svanhild. »Wenn ich nur bei ihm sein könnte. Deine Familie ist zwar ... sehr nett, da sie mich aufnimmt, aber ...«

»Ich weiß schon«, sagte Hilda. »Ich wäre auch gerne, wo er ist. Aber da gehören wir nun mal nicht hin.«

Für Hilda war das eben so. Sie drehte sich zur Seite, schuf ein warmes Zelt aus Decken zwischen ihnen beiden und schlief ein, während Svanhild sich vorstellte, der Wind, den sie durch die Balken rauschen hörte, sei Wellenschlagen, und dass Hildas Schnarchen das eines Seemanns sei, und dass die solide Bank schaukelte, weil sie weit, weit weggetragen würde.

KAPITEL 13

Die große Schar derer, die Hakon folgten, bewegte sich langsam in weiten Kurven den Hang hinunter auf den Fjord zu. Auf dem unebenen Grund blieben die Pferdewagen oftmals stecken, was die Tiere immer wieder störrisch verharren ließ. Übel gelaunte Sklaven trugen schwere Lasten die steilen Abhänge hinab und hielten alle hundert Schritte an, um sich auszuruhen. Wäre Ragnvald im Vollbesitz seiner Kräfte gewesen, hätte es ihn weniger als einen Tagesmarsch gekostet, die Küste zu erreichen, wo Hakon seine Schiffe zurückgelassen hatte. Nun jedoch war er dankbar für das langsame Marschtempo.

In Hakons Reihen fanden sich zahllose Männer aus dem Thing, die gehofft hatten, zu Reichtum zu kommen, wenn sie an seiner Seite kämpften. Es waren die jüngeren Söhne von Bauern, kürzlich freigelassene Sklaven, lauter Männer, die Ragnvald, der bei jedem Schritt heftige Schmerzen verspürte, entweder zu jung oder zu alt erschienen und bis auf einfachste Techniken weitgehend unerfahren im Kampf waren.

Sie sprachen davon, in Yrjar auf den legendären Harald zu treffen und auch für ihn kämpfen zu wollen. Ragnvald wunderte sich darüber. Er vermochte sich nicht vorzustellen, dass ein sechzehnjähriger Junge, nicht älter als Svanhild, als König mehr sein konnte als eine bloße Galionsfigur. Hakon war ein wahrer König, dessen Macht auf Weisheit, Reichtum und Land gründete. Ragnvald wollte nur ihm dienen, er empfand Glück darüber, dass Hakon ihn auserwählt hatte.

Ihr Weg führte oberhalb des Flusses Moen entlang, der durch das Thing-Land strömte. Seine Wasser stürzten über die Felsen hinab und glitzerten hell im Sonnenlicht. Am Flussufer wuchsen vereinzelt Wildblumen. Das Rauschen des Wassers und des Windes, der von den Bergen herunterwehte, übertönte das Rumpeln und Murren von Hakons Schar.

»Wie geht es dir?«, fragte Oddi, als er zu Ragnvald aufschloss. Ragnvald unterdrückte den Drang, ihm eine barsche Antwort zu geben. Er war dankbar gewesen, einen Tag ohne die Fürsorglichkeit anderer zu verbringen, doch vermutlich war diese besser, als von gar niemandem beachtet zu werden.

»Geht schon«, erwiderte er.

»Heming bedrängt Vater, ihm eine Flotte zu geben, um gegen Solvi zu segeln. Jetzt, und nicht erst in einem Jahr, wie wir es beabsichtigt hatten.«

»Ich würde mit ihm gehen«, sagte Ragnvald und grinste angriffslustig.

»Natürlich wird Vater ihm keine geben. Er ist immer noch wütend auf Heming wegen des Duells.«

»Warum hat er das getan?«, wollte Ragnvald wissen.

»Es gab keine Kränkung, so viel kann ich dir sagen«, erwiderte Oddi. »Heming ist verwöhnt und eifersüchtig und – hallo Bruderherz.«

Hemings Pferd kam stampfend auf dem harten Boden des Pfades zum Stehen. »Bist du nun genug gelaufen, junger Ragnvald? Möchtest du nicht lieber reiten?«

Ragnvald wandte sich um, winkte Heming zur Begrüßung zu und verneigte sich. Hemings Pferd war groß und kräftig, sicherlich hatte es spanisches Blut in sich, welches seinem Fell diesen besonderen Glanz verlieh, wie Kohle in der Sonne. In der Hand hielt er die Zügel einer kleinen, zottigen Stute, die einen Sattel mit Steigbügeln trug.

»Macht Euch keine Sorgen wegen meiner Genesung, mein Herr«, sagte Ragnvald, obwohl er sich sicher war, dass seine Verletzung Heming nicht im Geringsten kümmerte.

»Lehnst du etwa das Angebot ab, diese schöne Stute zu reiten?«, fragte Heming.

Er schien guter Stimmung zu sein, und wenn Ragnvald nicht miterlebt hätte, wie er Runolf getötet hatte, wäre er vielleicht nicht so misstrauisch gewesen. Als Ragnvald nicht antwortete, fügte Heming hinzu: »Zwar war ihre Mutter ein Fjordpony, dennoch empfinde ich es nicht als unwürdig, sie zu reiten, und du solltest das auch nicht. Sie wird noch weiterlaufen, wenn dieser ausgelassene Junge hier schon lange eingeschlafen ist.«

Ragnvald wandte sich um und wartete, was Oddi sagen würde. Er verdiente kein Pferd, er hatte sich vielmehr entschieden, nicht zu reiten, aber er war zurückgefallen in den Strom aus Menschen und Karren.

»Danke, mein Herr«, sagte Ragnvald zu Heming. Das Aufsitzen auf den Rücken der Stute gestaltete sich mühevoller, als es ihm lieb war, und sobald er oben saß, begann sein Bein zu schmerzen, als hätte es gewartet, bis er anhielt.

»Danke, Herr«, wiederholte Ragnvald mit etwas mehr Gefühl. »Ich habe nichts gegen eine Ruhepause.«

»Das dachte ich mir. Dennoch werde ich das Tempo langsam halten – du siehst mir nicht aus wie jemand, der über lange Erfahrung im Sattel verfügt.«

»Nein«, gestand Ragnvald ein. Vor dem Tod seines Vaters war er auf einem Fjordpony mit ihm durch ganz Sogn geritten, doch seither hatte er nur noch selten auf dem Rücken eines der Bauernpferde gesessen.

»Das hat dein Stiefvater nicht gut gemacht«, bemerkte Heming. »Und es war nicht das Einzige, wie mir scheint.«

»Es gab eine Zeit, da hätte ich dir widersprochen«, antwortete Ragnvald. »Aber jetzt nicht mehr.« Olaf war der Ansicht gewesen, die Haltung mehrerer Pferde sei den Aufwand nicht wert. Ihm hatte eines für sein persönliches Vergnügen genügt. Das Pflugziehen sollte man den Ochsen überlassen, und wenn diese alt wurden, verarbeitete man sie zu Fleischeintopf.

Sie ritten einige Minuten schweigend weiter, die klare Luft war vom Lärm der Menschenschar erfüllt. Obgleich sie nicht schnell vorwärtszukommen schienen, überholten sie alle paar Minuten jemanden, der zu Fuß unterwegs war, bis sie die Spitze des Zuges erreichten, an der lediglich ein paar von Hakons Wachen in Rufweite voranritten.

»Mein Vater mag dich«, sagte Heming.

»Dafür bin ich dankbar«, erwiderte Ragnvald. »Es ist eine Ehre für mich.«

»Ja, das stimmt«, bemerkte Heming in einem Tonfall, der erkennen ließ, dass es seiner Ansicht nach zu viel der Ehre sein könnte. »Warum wolltest du nicht, dass mein unehelicher Bruder deinen Stiefvater tötet?« Damit wollte Heming Ragnvald ins Gedächtnis rufen, welchen Platz Oddi in Hakons Familie einnahm. Nach Hakons Tod würde Oddi nicht automatisch sein Erbe sein, da er unehelich war. Doch wenn es ihm gelang, Anerkennung zu gewinnen, könnte sein Vater ihm Land gewähren. Als Ragnvald nicht gleich antwortete, fügte Heming hinzu: »Ich habe Oddi schon lang nicht mehr so besorgt wegen etwas gesehen.«

»Es ist eine Ehre für mich, ihn zu meinen Freunden zählen

zu dürfen.« Ragnvald sah Heming an, dessen Mund ein spöttisches Grinsen umspielte.

»Du musst im Fieberwahn gewesen sein, als du seine Hilfe abgelehnt hast. Bist du so sehr auf Rache aus, dass du das Töten unbedingt selbst erledigen musst?«

Ragnvald zögerte. Hakon würde alles erfahren, was er sagte, in welcher Form auch immer. Der Hang, den die Pferde hinabliefen, wurde steiler und rutschiger.

»Rache ist ein Teil davon«, sagte Ragnvald. »Doch was wäre geschehen, nachdem Euer – nachdem Oddi meinen Stiefvater getötet hätte? Entweder hätte ich verwundet nach Ardal ziehen und mit Olafs Sohn Sigurd kämpfen müssen, oder aber Eurem Vater folgen und Ardal in Sigurds Hand lassen.« Ein König, ein Fürst, ja sogar ein einfacher Bauer musste sein Land bestmöglich schützen, auch wenn dieser Schutz von jemand anderem gewährt wurde.

Er spürte, wie ihm die Hitze ins Gesicht stieg, während er redete, doch er wollte nicht aufhören zu sprechen und dadurch möglicherweise Heming den Eindruck vermitteln, er sei einfältig. »Unser Nachbar, Thorkell, ist auch Olafs Cousin. Möglicherweise lässt sich der Frieden mit ihm durch Svanhilds Hand erkaufen – er ist schlau und faul, aber ich möchte es nicht riskieren.«

»Wenn deine Schwester einverstanden ist«, warf Heming ein. »Wild wie sie ist, ließe sich wohl jeder mit ihr erkaufen.« Ragnvald warf ihm einen scharfen Blick zu, um zu sehen, ob seine Worte beleidigend gemeint waren. Doch Heming sah nachdenklich aus.

»Ich würde sie nicht zu einer Heirat zwingen, selbst wenn ich in der Position dazu wäre«, erklärte Ragnvald, noch steifer als zuvor.

»Früher oder später wirst du ihr zeigen müssen, dass sie

dir zu gehorchen hat«, meinte Heming lachend. »Frauen brauchen eine starke Hand.«

Ragnvald lag eine ärgerliche Antwort auf der Zunge, doch er schluckte sie hinunter. »Nun«, meinte er nach einer kurzen Weile, »wie gelingt Euch das denn mit Euren Schwestern?«

Heming lachte wieder, und diesmal klang es gutmütiger. »Ich habe es noch nicht versucht«, erwiderte er. »Mein Vater kümmert sich um ihre Eheschließungen, und meine jüngere Schwester Asa war glücklich, als sie Harald heiratete.«

»König Harald?«, erkundigte sich Ragnvald.

»Ja«, sagte Heming. »Kennst du die Geschichte nicht?« Ohne Ragnvalds Antwort abzuwarten, fuhr er fort: »Bevor er geboren wurde, hatte seine Mutter, eine berühmte Zauberin, einen bedeutenden Traum. Darin sah sie ihn als Baum mit blutigen Wurzeln und grünen Blättern. Das bedeutet, dass er Norwegen mit Blut durchtränken wird, bevor er es zu Wohlstand führt.«

»Das machen vermutlich alle Eroberer so«, bemerkte Ragnvald.

»Er hat Norwegen noch nicht erobert«, fuhr Heming fort, »aber er wird es und im Zuge dessen jede Frau heiraten, die sein Herz begehrt und die ihm einen Verbündeten verschafft.«

»Nun, dann hat Eure Schwester Asa allen Grund, sich scheiden zu lassen«, meinte Ragnvald leichthin. »Als Prinzessin sollte man die erste Ehefrau sein.«

Heming brummte etwas. »Also würdest du deine Schwester nicht mit diesem Thorkell verheiraten?«

»Nein. Sie ist ein mutiges Mädchen und würde tun, was nötig ist, aber ich würde es nicht von ihr verlangen.«

Das düstere Bild der Zukunft, das er hatte vermeiden wollen, indem er sich Hakon anschloss, tauchte wieder vor seinem inneren Auge auf. »Thorkell könnte den Zeitpunkt nutzen und angreifen, sich Svanhild holen, wenn er wollte. Verwundet und immer noch im Kampf gegen Sigurd, wären wir leichte Beute. Im Moment kann Olaf mein Land für mich schützen, und welche Fehler auch immer er haben mag, dazu ist er imstande.« Sein Tonfall war hitzig und herausfordernd.

»Das scheint mir ein guter Grund zu sein«, erwiderte Heming. »Ich verstehe, warum mein Vater dich mag. Wenn er mir die Erlaubnis gibt, werde ich losziehen und dir helfen, diesen Olaf zu töten. Er gehört zu den Männern, die man nicht länger als nötig am Leben lassen sollte.«

Ragnvald bemerkte, wie er allmählich gegen seinen Willen Sympathie für Heming empfand. Womöglich war er doch nur ein gutaussehender, verwöhnter Königssohn, nicht grausamer und nicht schlechter als jeder andere reiche Mann von hoher Herkunft.

»Ich gedenke gegen Solvi zu segeln«, sagte Heming unvermittelt, als sie wieder gleichauf ritten. »Würdest du mich begleiten?«

»Mit Vergnügen«, entgegnete Ragnvald. »Wenn dein Vater mich dorthin schickt.«

»Ich werde gehen, ob er will oder nicht. Du kannst ihm das sagen, falls er fragt.«

»Willst du das?« Ragnvald hatte den Eindruck, dass Heming genau das von ihm erwartete: Wenn er die Zustimmung seines Vaters nicht bekommen konnte, dann wenigstens die von Ragnvald.

»Ist mir egal«, meinte Heming. Ragnvald antwortete nicht. »Er hat sich seinem eigenen Vater widersetzt, als er loszog, um Halogaland zu erobern«, fügte Heming hinzu. »Das scheint er manchmal zu vergessen.« Er wandte sich um und musterte Ragnvald, wieder das spöttische Grinsen im Gesicht. »Du darfst das Pferd für den Rest des Tages behalten«, erklärte er. »Bring es mir zurück, wenn wir das Nachtlager aufschlagen.«

*

An diesem Abend erreichten sie Hakons Schiffe, die dieser an der Küste des Lustra-Fjords auf dem Strand zurückgelassen hatte. Hakons Aufseher wiesen die Männer an, die Ladung zu verstauen, bis die Sonne um Mitternacht hinter dem Horizont abtauchte.

Am Morgen lud Oddi Ragnvald auf Hakons Flaggschiff ein, ebenso alle seine Brüder. Es war das schlankste Schiff und segelte stets an erster Stelle. Sie übernachteten auf den Höfen und in den Gutshäusern von Hakons Verbündeten, während die anderen auf kargen Inseln bleiben mussten oder auf unruhiger See umhergeworfen wurden.

Der Tag war kühl und feucht, und es wehte nur ein leichter Wind. Ragnvald wechselte sich mit den anderen Ruderern ab, bis seine verwundete Schulter zu schmerzen begann. Der Wind frischte auf, als der Lustra-Fjord in den weiten Sogn-Fjord überging. Die Gipfel der steil am Ufer aufragenden Berge verschwanden im Nebel. Er sah die Höfe hoch oberhalb der steilen Felswände vorbeiziehen. Gegen Mittag segelten sie an der Marktstadt Kaupanger vorbei, wo sich die Häuser rings um einen weitläufigen Strand scharten. Ragnvald war schon einmal mit seinem Vater hier gewesen, damals hatte er Sklaven unterschiedlichster Hautfarbe und Männer und Waren aus aller Welt dort gesehen. Die Stadt verfügte über genügend Reichtum, um Männer zu ihrer Verteidigung anzuheuern, anstatt irgendeinem König Steuern dafür zu entrichten, dass er ihr Schutz bot. Das würde dieser Harald möglicherweise ändern.

Während der Reise legte Heming die Gewänder ab, die ihm den Spitznamen Pfau eingebracht hatten, und trug einfache Kleider und Leder wie ein gewöhnlicher Seemann. Ragnvald entging nicht, dass diese dennoch aus edlem Material gefertigt waren und perfekt zu sitzen schienen. Zumindest war Heming klug genug, an Bord des Schiffes nicht seine Seidengewänder anzuziehen.

Hakons jüngere Söhne waren in etwa so alt wie Ragnvald. Der mittlere, Geirbjorn, kam Ragnvald wie eine etwas sympathischere Ausgabe seines eigenen Stiefbruders vor. Er war kräftig und dunkelhäutig, während der dürre Sigurd eher eine rosige Gesichtsfarbe aufwies. Doch beide hatten dieselbe schmeichlerische, zögerliche Art an sich. Geirbjorn scherzte mit seinem Vater, und nach jeder witzigen Bemerkung warf er einen Blick in die Runde, um zu sehen, welche Wirkung seine Worte erzielt hatten, wer darüber lächelte und wer ihn nicht beachtete. Der jüngste Bruder, Herlaug, wirkte ruhig und mürrisch, und sein Gesicht war vollkommen farblos: Augen, Lippen und Haare schienen in denselben Sandtönen ineinander überzugehen.

Bei gutem Wetter dauerte eine Reise nach Yrjar kaum mehr als zwei Tage, doch als sie den Sogn-Fjord verließen, wandte sich der Wind gegen sie. Je weiter sie nach Norden kamen, desto spärlicher und bleicher wurde das Licht, wie die Molke, die aus den fetten Käselaiben rann, die Vigdis im Sommer fertigte. Oddi erzählte Ragnvald, dass am Rande des Herrschaftsgebietes seines Vaters im Winter eine Nacht hereinbrach, die einen Monat lang anhielt, und dass sich dort die Sterne anders bewegten als im Süden. Er sagte, dass während dieser langen Nacht Geister und verlorene Seelen über die kalten, weiten Ebenen wandelten. Ragnvald war sich nicht sicher, ob Oddi sich einen Spaß mit ihm erlaubte oder nicht.

Hakon zeigte ihnen Fjorde und Inseln, auf denen er als junger Mann gekämpft hatte. Er erwartete, das Ragnvald und seine Söhne seinen Erzählungen lauschten und daraus lernten. An den Gesichtern seiner Söhne, und auch an Oddis, erkannte Ragnvald, dass diese die Geschichten bereits kannten, doch für ihn waren sie neu.

Ebenfalls neu für ihn war es, zu sehen, wie Oddi und seine Halbbrüder mit ihrem Vater scherzten. Sie beendeten seine Erzählungen für ihn und wiesen ihn darauf hin, dass er beim letzten Mal, als sie an einem bestimmten Felsstrand vorbeigesegelt waren, dort gegen hundert Männer gekämpft habe, während es nun fünfhundert geworden seien.

»Seht, wenigstens Ragnvald hat Respekt vor mir«, sagte Hakon lachend und gab Oddi einen freundschaftlichen Klaps.

Ragnvald lächelte und versuchte ein breites Grinsen, während er sich insgeheim wünschte dazuzugehören.

*

Zwei Tage nachdem sie den Versammlungsort in Jostedal verlassen hatten, machte Hakons Schiff bei der Mündung des Trond-Fjords in der Nähe eines Hofes auf der Insel Smøla halt.

»Als Junge habe ich hier mehrere Sommer verbracht«, erklärte Hakon, »und alles über die Seefahrt gelernt.«

Ragnvald stand neben ihm am Bug, während sie sich näherten. Die Insel war flach und grün, mit nur wenigen Bäumen. »Sieht wie ein guter Ort zum Reiten aus, Herr«, meinte er.

»Ja«, erwiderte Hakon. »Früher habe ich hier im Sommer einen Pferdemarkt abhalten lassen, da die Insel von friesischen Pferdehändlern gut erreicht werden kann. Vielleicht gibt es ihn eines Tages wieder.«

Das Gutshaus auf Smøla war im alten Stil erbaut mit niedriger Decke und Torfwänden, die den rauen Winden trotzten. Sie saßen den ganzen Abend um das große Feuer herum, während die Frau des Vogts ihnen Essen reichte. Sie tranken vergorene Stutenmilch statt Bier, denn Hakon sagte, das Korn gedeihe nicht gut im rauen Klima der ungeschützten Insel.

»Wie geht es meiner Stute Erna?«, erkundigte sich Hakon während des Abendessens bei seinem Vogt Rathi.

»Die Geburt ihres letzten Fohlens war schwierig für sie«, erwiderte Rathi. »Es wird wohl ihre letzte gewesen sein.« Er ging gebeugt, sein Kopf war kahl, und sein Kinn sprang hervor, was seinem Gesicht einen verdrießlichen Ausdruck verlieh.

»Könige aus ganz Norwegen reiten ihre Nachkommen«, erwiderte Hakon. »Einmal werden wir es noch versuchen.«

Sie unterhielten sich über weitere Belange der Landwirtschaft. Als die Frauen die Holzteller abräumten, um die Essensreste den Schweinen zu bringen, hörte Ragnvald Rathi sagen: »Es gibt noch eine dringende Angelegenheit, mit der ich Euch belästigen muss. Erinnert Ihr Euch an Helgunn, die weise Frau?«

Hakon nickte.

»Ihr Sohn wurde vor kurzem bei einem Überfall auf unsere Küste getötet.«

»Ein Überfall?«, fragte Hakon. »Davon wusste ich nichts ...«

»Ein paar von Hunthiofs Herumtreibern«, fuhr Rathi fort, »denen wohl langweilig war. Man sagt, jener König hält seine Männer diesen Sommer an der kurzen Leine, aus Angst vor einem Angriff von Harald, und darüber ärgern sie sich.«

»Hunthiof und sein Sohn müssen weg«, antwortete Hakon. »Der junge Ragnvald weiß, dass ich recht habe.«

»Wir haben sie erfolgreich in die Flucht geschlagen.« Rathi

warf Heming einen unheilvollen Blick zu. »Nur Helgunns Sohn wurde getötet.«

»Und?«, erkundigte sich Hakon.

»Und nun will er nicht bei den Toten ruhen«, erwiderte der Diener. Eiskalte Furcht überkam Ragnvald, und ein Schauer lief ihm über den Rücken, während er am Feuer saß und seine Stiefel wärmte. Die Erinnerung an den Mann auf Adisas Hof tauchte wieder auf, der mit durchschnittener Kehle weitergelebt hatte, und dessen Worte Ragnvald das Blut in den Adern gefrieren ließen.

»Helgunn wollte ihn nicht verbrennen lassen«, fuhr Rathi fort. »Stattdessen bettete sie ihn in einem Hügelgrab zur Ruhe, als sei er ein König. Nun geht er nachts um und erschreckt die Bauern.«

»Tötet die Zauberin, und die Sache ist erledigt«, meinte Hakon. Ragnvald zuckte zusammen. Seit Beginn der Reise hatte er schlecht geschlafen. Im Geiste sah er das Bild einer Frau vor sich, ihre Kehle von einem blutigen Schwert durchschnitten, mit schwarzem, von grauen Strähnen durchzogenem Haar, die lediglich versucht hatte, ihren Sohn zu retten. Als sie starb, stieß sie keinen sinnlosen Schrei aus, sondern sagte Ragnvalds Namen. Er schüttelte den Kopf, schwindelig von vergorener Stutenmilch und Erschöpfung.

»Das haben wir selbstverständlich getan«, erwiderte Rathi, und seine Stimme drang wie durch Meerwasser an Ragnvalds Ohr. »Aber der Tote geht nach wie vor um. Die Zauberin hat eine Tochter, die wir bislang nicht finden konnten.«

Die Meeresgöttin Ran zog Ragnvald hinab in ihre Finsternis, das Wasser des Fjords schlug über seinem Kopf zusammen, und sie flüsterte ihm Worte ins Ohr, die er nicht hören wollte. Sein Gefühl sagte ihm, er dürfe es nicht zulassen, dass man jene Tochter tötete, die Schwester des Untoten.

»Hat er jemanden umgebracht?«, erkundigte sich Ragnvald. Rathi sah ihn einen Augenblick lang an und wandte sich dann zu Hakon um. Dieser nickte.

»Nein«, erwiderte Rathi. »Aber er ist bewaffnet. Diese Kreaturen ernähren sich zuerst vom Blut der Tiere, dadurch werden sie zu riesigen Monstern. Dann wird er unsere Kinder und Frauen töten, und wenn er stark genug ist, um einen ausgewachsenen Mann umzubringen, kann ihn nichts mehr aufhalten außer einem Gott.«

Hakons Gesicht war besorgt. »Wie ist der Mann zu Tode gekommen?«, wollte Ragnvald wissen.

»Er hat eine Axt in den Schädel bekommen«, antwortete Rathi. »Die Zauberin Helgunn legte Moos und Spinnweben in die Wunde und sprach mächtige Zauber über ihn, doch obwohl er ruhen sollte, geht der Tote um. Als wir sie danach gefragt haben, behauptete sie, sie habe nur versuchen wollen, ihn zu heilen.«

Laut den alten Erzählungen geschah es auf diese Weise, doch Ragnvald hatte das Gefühl, dass dieser Wiedergänger nicht so mordlüstern war wie jene in den Geschichten. Zudem gefiel ihm die Vorstellung nicht, dass die beiden Frauen, deren Beschützer tot war, nun von Smølas Männern verdammt wurden.

Rathi ließ ein freudloses Lachen hören. »Als ob man einen toten Mann heilen könnte, wenn sein Lebensfaden einmal durchtrennt ist.«

»Jemand sollte den Wiedergänger vernichten«, sagte Ragnvald, ohne nachzudenken, »nicht die Schwester. Wenn der Zauber die Mutter überlebt hat, wird er durch den Mord an seiner Schwester nur noch bösartiger werden.«

»Wer denn, du etwa?«, fragte Rathi unfreundlich.

»Nicht ich«, hob Ragnvald an, doch sein Protest erwies sich als vergeblich, als Heming das Wort ergriff.

»Nicht Ragnvald allein«, erklärte Heming. »Ich werde das Ding töten, Vater, und wenn ich dabei umkomme, kann Ragnvald meinen Platz einnehmen.«

»Nein«, widersprach Ragnvald, doch so leise, dass es allen ein Leichtes war, ihn nicht zu beachten, und so geschah es auch. Es war ein großes Kompliment und eine Ehre für ihn, dass Heming ihn ausgewählt hatte.

Hakon schüttelte den Kopf. »Ich werde nicht dein Leben aufs Spiel setzen«, sagte er zu seinem Sohn. Einen Augenblick lang wirkte Heming verloren, und Ragnvald empfand Mitleid mit ihm.

Dann warf Hakon Ragnvald einen nachdenklichen Blick zu. »Dein Vorschlag zeugt von Tapferkeit. Du kannst losziehen und dich um den Untoten kümmern, wenn du meinen Sohn Oddi mitnimmst.«

»Es war nicht meine Absicht ...«, hob Ragnvald an und verstummte dann widerspruchslos. Je nachdem, wie er sich heute Abend entschied, würde er in Hakons Achtung steigen oder fallen. Er hätte vorhin schweigen sollen, nun hatte man ihn wegen Rathis schlechter Laune und Hemings Ehrgeiz als Freiwilligen für diese Aufgabe ausgewählt. Er gehörte zu Hakons Männern, und Hakon schützte Smøla. Oddis Gesichtsausdruck hätte Ragnvald unter anderen Umständen zum Lachen gebracht, denn jener schien unschlüssig zu sein, ob er sich über die Aufmerksamkeit seines Vaters freuen oder sie eher fürchten sollte angesichts dessen, was ihnen bevorstand.

»Der Wiedergänger erscheint in wolkenverhangenen Nächten«, erklärte Rathi. »Vielleicht werdet ihr ihm heute Nacht begegnen.«

*

Obgleich die Sonne im Hochsommer um Mitternacht kaum hinter dem Horizont verschwand, lag wegen eines aufkommenden Sturms eine unwirkliche Dunkelheit über der Heidelandschaft, wo sich das Grab des Untoten befand. Oddi ging einen halben Schritt hinter Ragnvald, während sie um den Hügel herumliefen und ihn untersuchten. Die Erde war aufgewühlt; ob dies das Wesen selbst getan hatte oder seine Verfolger, vermochte Ragnvald nicht zu sagen. Wolken verhüllten das Dämmerleuchten des Himmels, das Licht schien von überall und nirgends zu kommen.

»Da hast du dich ordentlich in Schwierigkeiten gebracht«, sagte Oddi. »Warum hast du dich nur dazu bereit erklärt?«

»Habe ich nicht«, gab Ragnvald zurück.

»Du hast aber auch nicht widersprochen. Und nun wird uns diese Bestie töten. Hoffentlich werden wenigstens ein paar von Rathis Sklavenmädchen über unser schreckliches Schicksal weinen.«

»Jetzt ist es zu spät für mich«, erwiderte Ragnvald. »Wenn ich zurückgehe, werde ich wie ein Feigling dastehen.« Seit dem Abendessen hatte er viel Zeit gehabt zu bereuen, dass er nicht den Mund gehalten hatte. »Du vielleicht nicht«, fügte er nüchtern hinzu.

»Du weißt, dass das nicht stimmt«, entgegnete Oddi. Bislang hatte Ragnvald Oddi für tapferer und klüger gehalten als sich, doch der Tonfall von Oddis Stimme, zittrig vor Angst, ließ Zweifel in ihm aufkommen. Oddi versuchte, Aufmerksamkeit zu vermeiden; dies mochte eine kluge Taktik sein, doch es war nicht der Stoff, der die Skalden zu ihren Heldenliedern inspirierte.

»Das ist wie eine Mutprobe«, beharrte Oddi, »und es ist nur dein Stolz, der dich so etwas Draufgängerisches wagen lässt.«

»Dein Vater glaubt, dass wir das schaffen können«, gab

Ragnvald zurück. Vermutlich kümmerte es Hakon nicht groß, ob Ragnvald am Leben blieb. Er diente womöglich lediglich als angenehme Ablenkung, um Rathi bei Laune zu halten. Dennoch töteten die Monster in den Erzählungen stets eine ganze Schar Männer, bevor sie durch die Klinge eines einzelnen Helden zur Strecke gebracht wurden. In Ragnvald regte sich die Hoffnung, dass die vielen Male, bei denen er dem Tod nur knapp entronnen war, ihm nun zum Vorteil gereichen könnten. Eine Brise wiegte die Köpfe der Wildblumen auf dem Feld, deren kleine weiße Blütenkelche sich in der Dunkelheit geschlossen hatten. Das seltsam gedämpfte Licht ließ die Umrisse der einzelnen Grashalme auf dem Grabhügel gestochen scharf erscheinen. Ragnvald griff nach seinem Schwert.

»Mir gefällt es hier nicht«, bemerkte Oddi.

»Du müsstest nicht hier sein«, versetzte Ragnvald gereizt. Er wusste, Oddis Angst würde sich auf ihn übertragen, wenn er ihm weiter zuhörte, anstatt sich auf die Aufgabe zu konzentrieren, die vor ihm lag. Oddi gab keine Antwort. »Vielleicht sollte ich das hier allein erledigen«, meinte Ragnvald.

»Was soll das heißen?«, fragte Oddi und hüpfte auf der Stelle auf und ab. Ragnvald spürte die Kälte ebenfalls, sie kroch durch sein ledernes Wams und ließ ihn erschauern. »Bist du jetzt zum Propheten geworden?«

Ragnvald antwortete nicht. Seine Vision, die Zauberin habe den Tod nicht verdient, nur weil sie versucht hatte, ihren Sohn zu heilen, erschien ihm hier draußen in der Kälte wie ein Hirngespinst. Er war kein Held, nur weil ihn einst ein Fischer vor dem Ertrinken gerettet hatte. Er hätte endlich einmal in einem Bett schlafen können, das nicht mit den Bewegungen der See hin und her schwankte. Obgleich er heute Nacht wohl in jedem Fall an den Wiedergänger hätte denken müssen. Aber jetzt war er hier draußen, um ihm entgegenzutreten.

»Was nun?«, fragte Oddi in Ragnvalds Schweigen hinein.

»Wir warten«, gab Ragnvald zurück. »Er wird kommen.«

Er vermochte die Zeit nicht zu messen, denn sie hatten keine Fackeln bei sich, doch es schien, als sei seit Mitternacht etwa eine Stunde verstrichen, vielleicht auch zwei, als Wind aufkam. Er peitschte Ragnvalds Haar in sein Gesicht und brachte eine salzig schmeckende Feuchtigkeit mit sich, die vom Meer herüberzuwehen schien und nicht vom Himmel. Ragnvald begann zu zittern und konnte nicht damit aufhören. Er wusste, dass Zauberinnen über das Meer gebieten konnten, möglicherweise war es voreilig von ihm gewesen, Mitleid mit der ermordeten Mutter des Wiedergängers zu haben.

Dann tauchte etwas aus dem Wind und dem peitschenden Regen auf. Seine Umrisse zeichneten sich vor dem dunkelgrauen Himmel ab, als es über den unebenen Boden taumelte. Bei jedem Schritt stolperte es und erlangte das Gleichgewicht wieder, kurz bevor es zu Boden fiel. Seine Unbeholfenheit ließ das Wesen umso unerbittlicher erscheinen, so als würde es alles und jeden umpflügen, der sich ihm in den Weg stellte. Es war zu Lebzeiten ein großer Mann gewesen, breitschultrig und bärtig. Nun erschien das Gesicht dunkel, der Bart verfilzt. Hinter ihm zuckten weit entfernte Blitze über den Himmel. Einen Augenblick lang starrte Ragnvald die Kreatur an, bevor er sich wieder fing und sein Schwert zog.

»Es ist echt«, sagte Oddi. Ragnvald glaubte durch das Heulen des Windes zu hören, wie Oddi nervös schluckte. »Ein Draugr.«

»Ja«, erwiderte Ragnvald mit einer Kühnheit, die er nicht empfand. »Und ich werde ihn töten.«

Ragnvald ging mit gezogenem Schwert auf den Draugr zu. Beim Näherkommen erkannte er, dass dieser ein Messer in der einen und eine Axt in der anderen Hand hielt. Das Wesen bewegte sich langsam und dennoch mit schauderhafter Zielstrebigkeit vorwärts. Es schien Ragnvald und Oddi nicht sehen zu können. Ragnvald war nun nahe genug, um es mit dem Schwert zu berühren. Er nahm einen abscheulichen Gestank wahr. Die Kreatur gab leise, schnüffelnde Geräusche von sich, wie ein Tier. Sie strahlte die Wärme eines Menschen aus. Immer noch schien der Wiedergänger Ragnvald nicht sehen zu können.

Ragnvald berührte mit dem Schwert den Hals des Draugrs. Würde irgendetwas geschehen, wenn er ihm die Kehle durchschnitt? Oder würde er einfach weiterlaufen? Seine Reise war durch sein erstes Sterben nicht beendet worden. Furcht lähmte Ragnvalds Hand.

Schließlich wandte das Wesen sich zu Ragnvald um und starrte ihn aus blutunterlaufenen Augen an. Es hob den Arm mit dem Messer und ließ ihn herabsausen. Ragnvald duckte sich. Die Klinge durchschnitt den Stoff seines Ärmels.

Ragnvald versuchte, seinen Kampfgeist heraufzubeschwören, jene Wut und Zielstrebigkeit, die jede Furcht aus seinen Gedanken verbannen und ihm die Kraft verleihen würde, dieses Wesen zu töten, doch in seinem Inneren fand er nur Kälte und Angst. Angst, dass dies nicht sein Kampf war, dass er nicht hier sein sollte, dass er nur ein Narr war und kein legendärer Held.

Er stand da und sah in die blicklosen Augen der Kreatur. Die Stirn des Draugrs war durch den Axthieb, der ihn getötet hatte, nahezu gespalten, schwarzes Blut klebte auf seinen Wangen. Er wischte ungeschickt über sein Gesicht, als versuchte er, die Flecken loszuwerden. Ragnvald spürte Übelkeit in sich aufsteigen, als er das Weiß des Schädelknochens zwischen Schichten aus Blättern und verklumptem Blut durchschimmern sah. Er wusste, er musste sich schneller bewegen, kämpfen, töten, irgendetwas tun, aber er hielt inne und musterte die Kreatur genauer. Seine Haut sah aus, als wäre sie hastig gewaschen worden – jemand Lebendiges hatte sich kürzlich um das Wesen gekümmert. Seine Schwester.

Das Wesen erhob die Axt mit derselben schwerfälligen Langsamkeit, mit der es sich fortbewegte. Ragnvald hätte dem Hieb leicht ausweichen können, doch Angst und eine sonderbare Faszination ließen ihn wie angewurzelt verharren, bis er die Klinge dicht neben sich herabsausen hörte. Die Axt prallte von einem Felsen ab. Das Wesen machte keinerlei Geräusch außer seinen Tritten auf dem Boden. Es holte wieder mit Arm und Axt aus, als seien beide aus Stein und unempfindlich gegen jeden Schmerz.

Ragnvald spürte einen Faustschlag auf seiner Schulter und taumelte zurück. Das Wesen holte wieder aus, und diesmal erhob Ragnvald sein Schwert, um den Schlag abzuwehren. Die Kreatur hielt nicht inne, sondern ließ die Klinge des Schwerts tief in seinen Unterarm eindringen. Hastig und voller Entsetzen wich Ragnvald zurück. Der Draugr empfand keinen Schmerz, er würde ihn packen und seinen schrecklichen Hunger an ihm stillen. Doch das Wesen hatte nicht zugepackt, als es ihn berührte. Es blickte auf ihn herunter und legte den Kopf schief, wie ein Rabe, kurz bevor er ein Stück Fleisch aus einem Kadaver reißt.

Ragnvald war starr vor Angst. Auch wenn das Wesen vielleicht nicht hungrig war, vermochte es ihn dennoch allein mit seiner furchtbaren Kraft zu töten. Es konnte Ragnvalds Schwerthiebe nicht spüren, wenn es die Arme herumschleuderte – wie sollte Ragnvald es zur Strecke bringen?

Das Gras hinter Ragnvald raschelte; Oddi kam ihm zu Hilfe, um seinen Platz im Kampf einzunehmen, wenn er fiel. Er konnte nicht zulassen, dass Oddi an seiner Stelle starb. In gebückter Haltung blieb er stehen. Er umklammerte das Schwert mit der Hand, ganz fest, obgleich Olaf ihn beim Training stets eindringlich davor gewarnt hatte. Hielt man das Schwert zu fest, konnte es einem aus der Hand geschlagen werden. Der Griff musste sanft und zugleich stark sein.

Das Wesen stand schwankend über ihm. Ragnvald erhob sein Schwert und stieß es der Kreatur in den Hals.

Diese stürzte zu Boden wie ein Mensch, seine Hände griffen nach der Waffe, doch anders als ein Mensch schloss die Kreatur ihre Hände um die Klinge, die tief in seine Handflächen schnitt. Blut regnete auf Ragnvald herab. Er versuchte auszuweichen, denn das Blut eines Draugrs war kalte Galle und verflucht. Das Blut spritzte überall hin, aus dem Mund des Untoten, aus der Wunde in seiner Kehle, aus seinen Händen. Es verschmierte Ragnvalds Gesicht und seine Hände, die starr vor Angst und Grausen den Griff des Schwerts umklammert hielten. Die Gliedmaßen des Draugrs zuckten ein letztes Mal, und Ragnvald kämpfte sich frei, damit er nicht auf ihn stürzte.

Keuchend und mit zitternden Händen kam er auf die Füße. Seine Beine wollten ihn kaum tragen. Er fühlte sich schwach, als würde er aus einer tiefen Wunde bluten. Er kannte dieses Gefühl: Es stellte sich ein, wenn Odins Atemhauch, jener Wahnsinn, von dem jeder Krieger in der Schlacht ergriffen wurde, wieder schwand und reine Menschennatur zurückließ. Ragnvald kauerte neben dem zusammengesunkenen Körper. Ein ruhmreicher Krieger hätte vermutlich weniger Zeit auf seinem Hinterteil verbracht, dachte er verdrießlich. Die kaum verheilte Wunde an seiner Hüfte schmerzte.

Nun fürchtete er keine Ansteckung mehr, all seine Furcht war verschwunden und einer großen Müdigkeit gewichen. Er machte sich an die blutige Arbeit, den Kopf vom Rumpf zu trennen, und durchschnitt Muskeln und Sehnen. Als er die Wirbelsäule zur Hälfte durchtrennt hatte, überkamen ihn Erschöpfung und Übelkeit angesichts des geronnenen Blutes. Er war zu schwach, um den Schnitt sauber zu führen, daher trat Oddi heran und half ihm bei den letzten Handgriffen.

»Ich werde meinem Vater berichten, wie tapfer du warst«, sagte Oddi mit Ehrfurcht in der Stimme.

»Du hättest es ebenso getan«, erwiderte Ragnvald. Das Blut des Untoten klebte auf seiner Haut. Vielleicht würden Rathis Dienerinnen etwas Wasser erwärmen, ihm gewürzten Wein einflößen und ihn sauberwaschen. Vielleicht würde eine hübsche Sklavin heute Nacht sein Bett wärmen. Ragnvald versuchte, angesichts dieser Vorstellung Erregung zu empfinden, doch er war so verschmiert vom Blut der Kreatur und seinem eigenen Angstschweiß, dass er sich im Augenblick nicht vorstellen konnte, eine Frau zu berühren.

»Nein«, gab Oddi zurück, »hätte ich nicht. Ich strebe nicht nach Ruhm.« Er sah Ragnvald an, als erwartete er eine Antwort, möglicherweise befürchtete er, Ragnvald würde angesichts seiner Unmännlichkeit entsetzt zurückweichen. Doch Ragnvald war heute Nacht nicht danach, irgendjemanden zu beurteilen. Er war nicht tapferer als Oddi. Als Solvi ihm den Schädel gespalten und ihn getötet hatte, war dieser Wiedergänger nicht wesentlich anders gewesen als er selbst. Der Fischer hatte ihn einen Draugr genannt.

*

Als Ragnvald und Oddi zum Gutshaus zurückkehrten, brannten im Gebäude so viele Lampen, dass es beinahe taghell war. Ragnvald legte Hakon den abgetrennten Kopf vor die Füße und unterdrückte das hysterische Lachen, das in ihm aufsteigen wollte. Er musste an die Katzen auf dem Hof in Ardal denken, wie sie Vigdis, ihrer Königin, in Form von Mäusen und Spatzen ihren Tribut zollten.

Während Oddi Hakon berichtete, was Ragnvald getan hatte, wusch eine von Rathis hübschesten Dienerinnen das Blut von seinen Händen. »Wir müssen den Leichnam am Morgen verbrennen«, erklärte Ragnvald, ohne den Blick vom Gesicht des Mädchens abzuwenden. Hakon reichte ihm und Oddi eine Kanne Wein und wies die Dienerin an, ihnen einzuschenken.

»Soll ich einen Trinkspruch auf dich ausbringen?«, erkundigte sich Oddi, während Ragnvald sein Glas in einem Zug leerte und es dem Mädchen zum Nachschenken hinhielt. Sie war hübsch und trug das braune Haar kurz geschnitten, wie es sich für eine Sklavin geziemte. Doch während Ragnvalds Blick auf ihr ruhte, musste er an die Schwester des Draugrs denken, die sich versteckt hielt, und an den Draugr selbst, wie sein schwarzes Blut seine Hände und sein Gesicht besudelte. Er spürte, wie ihm der Wein wieder hochkam, den er soeben getrunken hatte.

»Also nicht«, meinte Oddi, als Ragnvald nicht antwortete. Er leerte sein Glas ebenfalls. Der Wein schmeckte nicht besonders, säuerlich und erdig aufgrund der langen Lagerung, doch nach einigen Gläsern spürte Ragnvald, wie er ihm zu Kopf stieg, und der Schrecken jener Nacht verblasste ein wenig. Er hatte zuvor schon getötet, aber dieses Mal war es anders gewesen. Damals war es in der Stille der Nacht aus einem Hinterhalt heraus geschehen oder, noch besser, inmitten von Solvis Männern, als sie schreiend und johlend Mönche in die Flucht geschlagen hatten.

»Wie glaubst du, fühlt es sich an, halb tot zu sein?«, fragte Ragnvald.

»Du müsstest es wissen, Halb-Ertrunkener«, gab Oddi zurück. Ragnvald mochte diesen neuen Namen nicht.

»Denkst du das wirklich? Hältst du mich für halb tot?«, wollte er wissen. Vielleicht war er es tatsächlich, vielleicht konnte er deshalb keinen Stolz darüber empfinden, dass er den Wiedergänger getötet hatte, im Gegensatz zu damals, als er mit Solvi auf Raubzug gewesen war. Vielleicht hatte Solvi diesen Teil aus ihm herausgeschnitten, als er stürzte, oder Ran hatte ihn im Wasser gestohlen, und als er wieder aufgetaucht war, war er bereits ein halber Draugr gewesen.

»Nein«, entgegnete Oddi. »Das war ein Scherz, doch er war unangebracht. Du warst heute Nacht sehr tapfer.«

»Glaubst du, er wusste … Glaubst du, er hat irgendetwas gespürt? Glaubst du, er hat Angst oder Schmerz empfunden, als er starb?« Was redete er da, Oddi konnte die Antwort auf diese Fragen nicht kennen, niemand konnte das.

»Ich glaube nicht, dass er Angst oder Schmerz empfinden konnte«, antwortete Oddi. »Zumindest hatte es nicht den Anschein. Genau deshalb hatte ich … hatte ich Angst.«

»Glaubst du, er ist tagsüber zu seiner Schwester gegangen?«, bohrte Ragnvald weiter.

»Hör auf«, sagte Oddi. »Ich weiß nicht, warum du diese Fragen stellst, aber was könnte die Antwort darauf uns nützen? Es war eine bösartige Kreatur, und du hast sie getötet. Alles andere ist unwichtig.«

Ragnvald verstummte und trank einen weiteren Becher leer. Als die Dienerin ihm nachschenken wollte, ergriff er sie am Handgelenk und nahm sie mit in eine dunkle Ecke des Hauses. Unter den Decken spreizte sie ihre Schenkel für ihn und half ihm zu schlafen und zu vergessen.

KAPITEL 14

Nicht lange nach Hakon reiste auch Solvi vom Thingplatz ab. Mit Pferdekämpfen und anderen Rennen war es ihm gelungen, alles wieder einzuspielen, was er an Ragnvald hatte auszahlen müssen, und dennoch fühlte er sich als Verlierer.

Unter all den Männern, die vom Versammlungsplatz abreisten, war keiner, der nicht davon überzeugt war, dass Olaf Solvi dafür bezahlt hatte, Ragnvald zu töten. Das würde seinem Vater nicht schmecken. Sicher gab es auch welche, die die ganze Wahrheit erahnten – nämlich dass es Hunthiof selbst gewesen war, der den Mord eingefädelt hatte –, und das würde ihm noch weniger schmecken. Je länger Solvi seine Heimkehr hinauszögerte, umso größer war die Chance, dass ein anderer Hunthiof die Nachricht hinterbrachte, und dann wäre zumindest schon genug Zeit vergangen, in der Hunthiof seine Wut abreagieren konnte, bevor Solvi ihn wiedersah.

Die Männer, die er mitgenommen hatte – Snorri, Ulfarr und Tryggulf –, waren schon von Jugendtagen an seine Begleiter gewesen und folgten ihm überallhin. Hunthiof hatte sie damals angewiesen, Solvi zu schützen, als der Junge den Willen gezeigt hatte, nicht an seinen Wunden sterben oder gar in der Ecke sitzen und als Krüppel dahinvegetieren zu wollen. An das Feuer, das ihm seinen Wuchs zerstört und ihn fast umgebracht hatte, konnte er sich später nicht mehr erinnern.

Eine Kindsmagd hatte ihm erzählt, dass er ein Jahr lang zwischen Leben und Tod geschwebt habe. Er erinnerte sich nur an das Folgejahr, als er anderen Kindern beim Gehen zusah, wozu er selbst nicht in der Lage war, und dass er am Boden krabbelte und sich dann auf Stöcke gestützt vorwärtsbewegte, bis er endlich wieder gehen konnte. Er erinnerte sich an seine Mutter, die zunächst so entsetzt gewesen war über seine Wunden, dass sie kaum Zeit mit ihm verbringen wollte. Dann starb sie an einem Fieber, bevor er wieder auf den Beinen stand.

Hunthiof hatte den Männern den Auftrag gegeben, einen Mann aus Solvi zu machen und ihn bei Gefahr herauszuhauen. Als Solvi das Mannesalter erreichte, hatte er als Erstes seinen Vater gebeten, die Männer von ihrem Eid zu entbinden, und hatte sie dann auf sich persönlich eingeschworen, so dass sie nun ihm gegenüber zur Loyalität verpflichtet waren. Er behielt sie immer noch um sich, denn sie waren nicht nur loyal, sondern erinnerten ihn auch daran, dass er Männer für sich gewinnen konnte, selbst als Krüppel.

Sie verbrachten einige Wochen damit, Solvis Gefolgsleute zu besuchen, die ziemlich verstreut auf den vorgelagerten Inseln wohnten, die Norwegens Küste schützten. Auf der Insel, auf der sie sich im Moment aufhielten, gab es gerade mal eine Hütte und genug Gras für eine Herde struppiger, kleiner Ziegen. Als sie das Geschimpfe der Frau ihres Gastgebers über sich ergehen lassen mussten, weil Ulfarr im Ringkampf die Hütte halb zum Einsturz gebracht hatte, fragte Tryggulf: »Wann gehen wir endlich nach Tafjord zurück?«

»Ja«, stieß ihr Gastgeber Vathi hervor und sah missbilligend zu seiner Frau hinüber. »Geht nur und kommt mit mehr Schiffen und Männern zurück.« Solvi und sein Gefolge reisten nur in einem kleinen Ruderboot. Die Pferde hatten sie bei einem Freund auf dem Festland zurückgelassen. »Diesen Sommer will ich mit auf Raubzug gehen. Ihr seht ja selbst, wie armselig mein Willkommen hier ist.«

Solvi liebte es, mit den Männern hier Nachrichten und Klatsch auszutauschen. Sie lebten zum Teil auf See, zum Teil auf den Inseln, in einfachen Katen aus dicken Mauern, die so niedrig waren, dass selbst Solvi darin nicht aufrecht stehen konnte – außer Vathi, wie es schien. Ihre Tage verbrachten sie mit Fischen und Streitereien mit anderen Fischern; gelegentlich taten sie sich zusammen, um von vorbeifahrenden Handelsschiffen Wegzoll zu fordern, wenn Wind und Wetter es zuließen. Rasch wurden sie ungeduldig, stritten sich mit ihren Weibern oder untereinander, und alle fragten Solvi, wann er denn endlich wieder auf Raubzug gehen wolle. Sie hatten gehört, Vestfold werde durch Eroberung immer reicher und werde nicht einmal verteidigt, während es Harald in andere Gegenden verschlug, wo er Krieg führte.

»Ihr wärt vielleicht willkommener«, sagte Vathis Frau, »wenn ihr nächstes Mal was Hübsches für mich mitbringen würdet.«

»Willst du die Möwen damit beeindrucken, Weib?« Offensichtlich hatten sie diesen Streit schon öfter ausgetragen. »Ich horte das Zeug lieber.«

»Wofür denn? Wirst du vielleicht demnächst ein Prinz?«

»Ich spar's mir auf für 'ne neue Frau«, grummelte er.

»Ha! Wer würde dich denn schon nehmen!«

»Zumindest könnte ich eine finden, die mir Kinder schenkt.« Das brachte die Frau zum Schweigen, und sie zog sich in ihre halb zerfallene Hütte zurück. Von drinnen war zu hören, wie sie mit den schweren Töpfen hantierte.

»Ich weiß noch nicht, wann«, sagte Solvi teils amüsiert, teils unangenehm berührt von der Szene. Er hatte eine Frau zu Hause, die wohl fast genauso wenig erfreut sein würde, ihn zu sehen, wie sein Vater. Wenn Svanhild da wäre, die würde ihn vielleicht herzlicher willkommen heißen und ihn nach seinen Erlebnissen fragen, oder vielleicht sogar mitgehen. Andererseits konnte er sie sich nicht in Gesellschaft von Vathi und seiner Frau vorstellen, die nach Fisch und Schweiß stanken und sich ständig stritten.

Ach, könnte er sich doch nur nach Tafjord schleichen und mit ein paar Schiffen wieder abhauen, dann müsste er sich nicht mit den Leuten dort auseinandersetzen.

»Ist vielleicht klüger, vorerst zu Hause zu bleiben. Mir ist da einiges zu Ohren gekommen, was die Könige betrifft«, sagte Vathi und erzählte wieder, was Solvi ihm gerade geschildert hatte. Die meisten dieser Leute waren nicht gerade die hellsten. Solvi versuchte, geduldig zu bleiben und interessiert auszusehen, als Vathi fortfuhr: »Na, wenn du 'nen guten Mann brauchst, für 'nen kleinen Raubzug, da bin ich immer dabei. Du weißt ja, wo du mich findest.« Besonders glücklich sah Vathi dabei aber nicht aus, und das mit Recht, denn Solvi hatte ihm auch den Rest der Geschichte erzählt, nämlich dass er mit Hunthiof auf der Verliererseite stehen könnte. Solvi sah da keinen Ausweg. Wenn die vereinten Truppen von Vestfold zusammen mit Hakons Ländern Stjordal und Halogaland gegen sie waren, standen sie auf verlorenem Posten.

Vielleicht wollte Vathi auch einfach seine Frau nicht wieder alleine lassen. Vielleicht hasste er sie gar nicht so sehr, wie er vorgab.

Später an diesem Abend zog Snorri Solvi auf die Seite. Er sprach nicht viel, wegen seines zerschlagenen Mundes, und wie bei vielen wortkargen Männern lohnte es sich meist, dem wenigen, was er herausbrachte, zuzuhören.

»Ewig kannst du dich nicht drücken«, sagte Snorri. Da sie schon so lange miteinander durch die Welt fuhren, verstand

Solvi sofort, was gemeint war. Er seufzte. Snorri hatte ja recht. Er musste seinem Vater gegenübertreten und der von Harald und Hakon drohenden Gefahr begegnen.

»Oder ist es etwa das Mädchen?«, fragte Snorri, als Solvi nicht gleich antwortete.

»Was ist mit ihr? Sie ist doch gar nicht hier.« Manchmal schien ihm, als könne Snorri seine Gedanken lesen. Gestern Nacht hatte er von ihr geträumt und war glücklich aufgewacht, dann aber mürrisch geworden, als ihm klarwurde, dass es nur ein Traum gewesen war, dass sie weit weg war und sie an ihn, wenn überhaupt, wohl eher mit einer Mischung aus Abneigung und Belustigung dachte. Hätte er sie doch noch vor den Gerichtsverhandlungen entführt ... Aber es war, wie es war.

»Sie spielt keine Rolle«, sagte Solvi. Aber insgeheim war er sich sicher, dass sie ihn gemocht hatte.

*

An einem Tag mit absoluter Windstille fuhren sie in Tafjord ein und mussten die letzten Meilen sogar rudern. Dichter Nebel verbarg die Hallen. Noch bevor sie nahe genug herankamen, um etwas zu erkennen, hörten sie schon lautes Stimmengewirr. Es klang nicht nach Streit, sondern eher nach einer Menge versammelter Menschen. Solvi kümmerte sich um die Pferde und schickte Snorri vor.

Als Solvi die Pferde im Stall versorgt hatte, sah er eine Menge Bauern vor der Küchentür herumlaufen. Snorri stellte sich auf einen Baumstumpf und forderte mit seiner gebrochenen Stimme Ordnung. Niemand kümmerte sich um ihn. Solvi winkte ihm über die Köpfe hinweg zu, und Snorri sprang herab, kam herüber und übernahm die Zügel von Solvis Pferd.

»Das Frühlingsgemüse wird angeliefert«, sagte Snorri mit

leichter Panik in der Stimme. Er konnte ein Boot durch den schlimmsten Sturm lotsen, aber eine simple Haushaltsaufgabe brachte ihn vollkommen durcheinander.

»Wo ist Geirny?«, fragte Solvi. Seine Frau war die Haushälterin in Tafjord – sie sollte diese Anlieferung zusammen mit dem Vogt Hunvith betreuen und sicherstellen, dass jeder Bauer die jeweils geforderten Abgaben machte.

Snorri zuckte die Achseln. »Sie ist krank, habe ich gehört.«

Solvi war müde von der Fahrt, aber er kümmerte sich lieber um diese Anlieferung, als seinem Vater oder Geirny unter die Augen zu treten. Er nahm Snorris Platz auf dem Baumstumpf ein und rief: »Ruhe!« Wenn er sich anstrengte, konnte seine Stimme im Sturm von einem Schiff zum andern gehört werden, worauf er mächtig stolz war. Auf dem Baumstumpf war er nur eine Handbreit größer als die Bauern, dabei waren sie kleiner als Bauern, die sich gut ernähren konnten. Sie erkannten ihn als Hunthiofs Sohn, und das Durcheinanderreden erstarb.

In seiner Jugend war Solvi über die Felder dieser Bauern geritten. Nun fing er an, ihre Namen in der Reihenfolge aufzurufen, wie sie von Tafjord entfernt lebten, gemäß seinen Erinnerungen aus jenen vergangenen Tagen, als er hinter Barni, dem alten Verwalter seines Vaters, hergeritten war.

Heutzutage blieb Barni in der Halle, denn seine Gelenke schmerzten chronisch, und er spielte unaufhörlich Tafl mit Solvis Vater. Lerne ihre Namen auswendig, hatte Barni damals gesagt, zu einer Zeit als Solvi sich nichts mehr wünschte, als auf Abenteuerfahrt übers Meer zu segeln wie sein Vater. Wie langweilig schien da das Auswendiglernen von Namen.

»Humli, was bringst du dieses Jahr? Was machen deine gescheckten Kühe?« Humlis Hof lag an den oberen Hängen, und er züchtete Rinder mit dichtem Fell, das er dann zu Teppichen und Wandbehängen gerbte. Sein Haus war das am besten beheizte, wenn auch das seltsamste im Umkreis von Tafjord.

»Sind warm wie immer«, antwortete Humli und schleppte einen Sack Frühlingszwiebeln nach vorn, die durch das schmutzige Gewebe hindurch dufteten.

Von seinem erhöhten Stand aus rief Solvi noch einige andere Männer auf, dann stieg er herab und mischte sich unter sie, schüttelte Hände und gab jenen Silber, die dieses Jahr erfolgreich gewesen waren. Er sprach mit jedem über den Zustand der Felder und bei wem der Wolf Schafe gerissen hatte. Einem Bauern, der vom Wolf besonders geplagt worden war, schenkte Solvi einen Welpen seiner Jagdhunde.

Die Bauern stapelten ihre Abgaben entlang der Außenwand der Küche, außer dem Lebendvieh, darunter ein Kalb, das diesen Herbst einen königlichen Braten abgeben würde. Dann bat Solvi sie in den Stall hinüber, wo ein Höriger sich um ihre Verköstigung kümmern würde. Abgesehen von Pferden lebten Tiere in Tafjord nicht lange – es sollte also genug Platz für sie da sein.

Der letzte Bauer zeigte Solvi seine mitgebrachten Abgaben: ein paar Säcke voll Steckrüben vom letzten Jahr. Es war nicht viel, aber Solvi erinnerte sich daran, dass der Hof dieses Mannes ganz am Rand des urbaren Lands lag, wo der Boden anfing, zwischen den Bergpässen felsig zu werden. Also ließ er es durchgehen. Er gab dem Mann sein Kerbholz, auf dem markiert war, dass seine Abgaben erfüllt waren, und schickte ihn in die Küche für eine Mahlzeit.

Endlich hatte er alle Abgaben entgegengenommen: Käse, Kohlköpfe, Eier, tropfende, mit Leder ausgeschlagene Körbe voll Skyr, einer Art gestockter Milch, Lederflaschen voller Bier und andere Dinge zur Verköstigung von Hunthiofs Hof über den Sommer hinweg. Er lud die Bauern, die über Nacht bleiben wollten, auf ein Fest ein, obwohl er nicht wusste, ob für sie etwas vorgesehen war.

Zwei große Hallen standen etwas erhöht über den Ställen und Nebengebäuden von Tafjord: die Trinkhalle mit dem steilen Dach, in der Hunthiof die Feste für seine Krieger abhielt, wo Geschichten erzählt wurden und Fehden begannen, und das längere Wohnhaus mit dem niedrigeren Dach. Solvi betrat sein Haus von der Küche aus und stieß auf Geirny, die mit seinem Vater Knöchelchen spielte. Geirny kicherte, als der Alte sie am Handgelenk fasste und sie daran hinderte, die Würfelknochen zusammenzuschaufeln, bevor die Tonkugel wieder fiel.

»Die Bauern haben ihre Abgaben gebracht«, sagte Solvi. Geirny nahm wieder die Tonkugel. Solvi schmiss die Kerbhölzer auf den Tisch zwischen die Würfelknochen. »Das ist deine Aufgabe, Geirny.«

Geirny warf ihr Haar zurück. Er erinnerte sich daran, wie er sie zum ersten Mal gesehen und begehrt hatte. Sein Vater hatte König Nokkve damals einen stolzen Brautpreis entrichtet, um diese schöne Frau für seinen verkrüppelten Sohn zu erwerben.

»Ich dachte, meine Aufgabe sei es, dir einen Sohn zu schenken«, warf sie ein.

»Stimmt«, erwiderte Solvi, »aber das hast du ja auch nicht zustande gebracht.« Im selben Moment bedauerte er seine Worte, denn er wusste genau, was nun folgen und dem Dienstbotenklatsch neue Nahrung geben würde.

»Und wessen Schuld ist das?«, fragte Geirny schrill. Er hätte sich schon lange von ihr scheiden lassen sollen, bevor ihre Beziehung so zerrüttet war, dass sie nun sogar vor Zeugen seine Manneskraft in Frage stellte. Andererseits hatte ihre Heirat auch Frieden zwischen Hunthiof und König Nokkve gestiftet. Solvis Mutter war Nokkves Schwester gewesen; Geirny war also seine Cousine. Diese nahen Familienverhältnisse allein hätten schon für Frieden sorgen sollen, wären die beiden Könige nicht solche Streithähne gewesen.

So eine Auseinandersetzung hatten sie schon öfter geführt. Wenn er sie daran erinnerte, dass er sich wegen ihrer Unfruchtbarkeit von ihr scheiden lassen konnte, dann würde sie ihm vorwerfen, seine verkrüppelten Beine seien der Grund, dass keiner ihrer Söhne lange genug lebte, um den ersten Atemzug zu tun. Würde Svanhild ihn auch so angreifen? Wahrscheinlich, dachte er. Aber andererseits würde sie auch nicht ihre Pflicht gegenüber den Bauern vernachlässigen. Auf ihrer gemeinsamen Reise hatte Ragnvald sie als die geistreichste aller Frauen geschildert, und genauso war sie Solvi vorgekommen, geistreich und entzückend.

»Ruf deinen Vogt, dass die Abgaben in die Küche gebracht werden, und sorge dafür, dass die Bauern, die über Nacht bleiben, etwas zu essen bekommen«, befahl er ihr. Ihr Blick ging von ihm zu seinem Vater, dem sie frech in die Augen sah, bis er zustimmend nickte. Um einen Wutausbruch zu unterdrücken, dachte Solvi an Svanhild, an das offene Meer und an die Männer, die von ihm Anweisung, Führung, ihren Lebensunterhalt und alles andere erwarteten.

»Meiner Frau will ich schon selbst sagen, wo's langgeht«, sagte er, nachdem sie gegangen war. Sein Vater musterte ihn aus den Augenwinkeln, als sei er es nicht wert, dass er den Kopf wendete.

»Ja, wenigstens das solltest du können«, kam die Antwort von Hunthiof.

*

Solvi wusste, dass er mit Geirny erst sprechen konnte, wenn sie außerhalb des Dunstkreises seines Vaters war. Gleich nach ihrer Hochzeit hatte er ihr eine eigene Kammer gebaut – so viel Privatsphäre war außergewöhnlich, außer bei den reichsten Königen, und er hatte gewollt, dass sie sich geehrt fühlte und seine Großzügigkeit loben würde. Er fand sie dort, wenn jede halbwegs kompetente Hausfrau die Zubereitung des Abendessens überwacht hätte. Sie hatte eine Kerze angezündet, obwohl es noch nicht dunkel war, und kämmte ihr Haar langsam mit einem Kamm aus Walross-Elfenbein, den er ihr aus Dublin mitgebracht hatte.

»Geirny, warum hast du dich heute nicht um die Bauern gekümmert?« Er sprach leise, wie mit einem nervösen Pferd. Wenn Geirny verärgert war, brachte sie es fertig, tagelang nicht zu sprechen. »Du bist doch die Hausfrau hier, so wie deine Mutter es dich gelehrt hat. Bevor ich wegging, hast du gesagt, dir sei langweilig, also habe ich dir mehr Verantwortung übertragen.«

»Dein Vater hat mich gebeten, mit ihm zu würfeln«, sagte sie, ohne ihn anzusehen. »Ich habe ihm gesagt, ich hätte zu arbeiten, aber er hat darauf bestanden.«

»Hast du ihm widersprochen?«

»Er ist der König hier, nicht du.«

»Hat er das gesagt?« Solvis Stimme wurde lauter.

Sie wiegte sich leicht vor und zurück, kaum merklich und ihr wohl gar nicht bewusst. Er holte tief Luft, um sich abzureagieren. Geirny war schwierig, schon immer, seit sie hier angekommen war, aber für diese Situation hier konnte sie nichts. Hunthiof spielte Spielchen, und das nicht nur mit Würfelknochen, um Solvi klarzumachen, wer hier das Sagen hatte und wer nicht. Spielchen wie Solvi damit zu beauftragen, Ragnvald für Olaf zu töten.

»Geirny, wenn du die Scheidung willst, sag's mir. Du musst ja nicht hierbleiben, wenn du unglücklich bist.«

Sie sah zu ihm hinüber, aber knapp an seinem Gesicht vorbei. »Ich will einen Sohn, Solvi. Gib mir einen Sohn.«

In dieser Nacht ging er zu ihr; wenn das Licht aus war, fand er sie weniger irritierend; sie war einfach ein warmer Körper, der seinen Wünschen gehorchte. Zu hören war von ihr fast nichts – an ihrem ehelichen Verkehr empfand sie lange schon keine Lust mehr, und nach der ersten Zeit ihrer Ehe hatte Solvi mit den Versuchen aufgehört, sie ihr zu verschaffen. Als er seine Pflicht getan hatte, lag er einige Zeit neben ihr und lauschte ihrem ruhigen Atem. Einst hätte er sie lieben können. Vielleicht nicht mit der Leidenschaft, die sein Vater für seine Mutter empfunden hatte, von der Art, die alles verbrannte und nach ihrem Abklingen alle Liebesfähigkeit des Vaters aufgezehrt hatte, so dass er nun mit allen um ihn herum Spielchen spielen musste. Aber genug Liebe, die ein Mann für seine Frau, die Mutter seiner Kinder, empfinden konnte.

Auch heute Nacht würde sein Samen wohl keine Frucht tragen. Er wusste von keiner Frau, die ihm einen lebendigen Sohn geschenkt hatte. Ein paar Töchter, in Irland und anderen Königshöfen, die Töchter von Hörigen, die auch zu Hörigen heranwachsen würden. Vielleicht hatte Geirny recht – er war nicht fähig, Söhne zu zeugen. Sollte sein Vater doch einen anderen Erben bestimmen. Solvi hatte genug Männer um sich, die ihm ins Abenteuer folgen würden, und Schätze genug, die er in Inselhöhlen verborgen hatte. Er brauchte das Königreich seines Vaters nicht, aber er würde nicht weggehen, solange sein Vater ihn brauchte, und der brauchte ihn zur Verteidigung von Tafjord und seinem Anrecht auf die Grundsteuer von Maer gegen Hakons habgierige Söhne.

Er legte sich auf die Matratze zurück. Lieber wäre er jetzt im

Zelt an Bord seines Schiffs, von den Wellen unter ihm geschaukelt. In diesem Jahr war noch reichlich Zeit für Raubzüge übers offene Meer. Oder zurück nach Friesland. In den Jahren zuvor hatte er diese Küsten ziemlich geplündert, aber bis jetzt war noch keiner den Rhein hinauf weiter ins Landesinnere gefahren, jedenfalls nicht weiter als bis Dorestad, um zu sehen, was das Land zu bieten hatte: Frankenweine, fränkische Schwerter und fränkische Frauen, hübsche kleine Frauen, die nicht auf ihn herabschauen konnten. Oder zum Raubzug hinauf nach Halogaland. Die Saami handelten mit Rentierhäuten und Trockenfisch, die König Hakon im Süden verkaufte und die ihn reich machten. Von dem Geschäft könnte er etwas abzwacken. Wenn Hakon mit all seinen Kriegern nach Vestfold zöge, bliebe Halogaland schutzlos zurück.

*

Bis jetzt hatte er es vermieden, seinem Vater von der Thingverhandlung zu berichten, aber nun ging es nicht mehr anders. Er war es satt, diesem Gespräch auszuweichen, also blieb er am nächsten Morgen in der Küche, bis sein Vater zum Morgenmahl auftauchte.

»Die Bauern haben einiges erzählt«, begann Hunthiof. Die Hörige, die nach dem Feuer sah, schreckte auf bei seinem Tonfall.

»Olaf ist ein Narr«, sagte Solvi. »Er hat doch tatsächlich gleich nach der Verhandlung versucht, Ragnvald umzubringen.«

»Und du hast aller Welt erzählt, dass er dich beauftragt hat, Ragnvald zu töten. Schlimmer als ein Narr ist der Mann im Dienst eines Narren.«

»Ich habe mir das nicht ausgesucht«, antwortete Solvi. »Du hast auf den Falschen gesetzt.«

»Olaf und sein Vetter Thorkell sind alles, was Sogn als Herrscher anzubieten hat. Du weißt schon, dass wir auf sein Wohlwollen angewiesen sind.«

»Er ist ein schwacher, närrischer Mann. Das hat sich ja beim Thing gezeigt.« Ragnvald hatte sich zwar auch wie ein Narr benommen, aber Olaf hatte sich dann doch als der größere Narr von beiden erwiesen.

»Es steht dir nicht an, über mich zu urteilen«, sagte Hunthiof und stand auf. Er überragte Solvi, aber das traf auf die meisten Männer zu. Es war nicht die Statur seines Vaters, die ihn einschüchterte, sondern die ständigen Vorhaltungen über die Jahre hinweg, dass Hunthiof ihn jederzeit enterben und einen anderen, besseren Sohn – einen, der so groß an Gestalt würde wie er – einsetzen konnte. Er hatte es aber nie getan, denn Solvi war sein einziges überlebendes Kind von seiner geliebten Frau, und er hatte es ihr versprochen.

»Ragnvald wird mit Hakons Unterstützung Fürst in Ardal«, sagte Solvi leise. »Wenn wir mit ihm Frieden schließen können …«

»Wenn du so denkst, warum hast du dann Olaf nicht gleich für Ragnvald umgebracht?«

»Ich …«

»Weil du mal wieder nichts gedacht hast. Weil du wieder mal den Mittelweg gesucht hast. Du musst endlich deine Ziele verfolgen, sonst wirst du nie ein guter König.« Hunthiof klang nicht wütend, nur traurig und müde. Wann immer es ihm in den Kram passte, hatte er Solvi als Nachfolger für sich herangezogen, aber ständig etwas an ihm auszusetzen gehabt.

»Ich bin mir nicht sicher, dass er das gewollt hätte, er wollte sich seine Rache nicht nehmen lassen«, begann Solvi unsicher. »Außerdem ist er mit Hakon liiert.«

»Er hätte dir was geschuldet«, unterbrach ihn Hunthiof.

Solvi dachte, dass Ragnvald es auch anders hätte sehen können, ganz besonders wenn er darauf erpicht war, Solvi zu hassen. Er hätte es einfach als Vorwand nehmen können, den Tod eines Angehörigen zu rächen. Einem Toten konnte man leicht vergeben.

Als er Hunthiof das darlegen wollte, hielt dieser die Hand hoch. »Es ist nun, wie es ist. Lass uns über Geirny sprechen.«

»Ich will mich von ihr scheiden lassen und eine andere heiraten«, sagte Solvi. Sollte Hunthiof doch einen anderen Erben einsetzen, einen seiner nicht anerkannten Bastarde, die er bei anderen Königen und Fürsten aufwachsen ließ. Irgendwie schien er nie an diese Jungen zu denken, wenn sie einmal aus seinen Augen waren, denn er erkundigte sich nie nach ihnen. Deshalb musste Solvi, der die Züge seiner Mutter trug, als Hoffnungsträger für den Vater herhalten. Er hätte seinen Vater viel mehr enttäuschen sollen – dann könnte er jetzt Raubzüge unternehmen, solange es ihm passte, und vielleicht sogar mit ein paar Schiffen an England vorbei westlich entlang der Küste Frankreichs segeln, um zu sehen, was es dort gab; vielleicht sogar bis zum Mittelmeer, bis nach Konstantinopel und noch weiter. Einem Mann mit einem soliden Schiff waren keine Grenzen gesetzt.

»Nein«, sagte Hunthiof. »Das würde ihr Vater nicht hinnehmen.«

Solvi hatte das verdrängt. Die Scheidung von Geirny wäre wahrscheinlich ein solcher Affront, dass Nokkve die Streitigkeiten wieder aufflammen lassen würde. »Dann sollte ich wenigstens eine Zweitfrau nehmen«, sagte er.

»Hast du da schon eine im Sinn?«, fragte Hunthiof. »Sie darf im Rang nicht höher stehen als Nokkves Tochter, um sie nicht zu beleidigen.«

»Svanhild Eysteinsdatter – Ragnvalds Schwester«, antwortete Solvi. Er hatte sie seither niemandem gegenüber erwähnt, außer Snorri, Ulfarr und Tryggulf, und die waren ja praktisch eine Erweiterung von ihm. Er hoffte, sein Vater würde ihm nicht ansehen, wie sehr er sie sich wünschte.

Hunthiof lachte nur. »Auch eine Art, sich ihn zum Verbündeten zu machen. Wenn dir das gelingt, nur zu.«

»Meinst du?«, fragte Solvi.

»Du brauchst Söhne, und du brauchst eine gute Hausfrau. Ich denke immer noch, du hättest Olaf töten sollen, aber so könnten sich die Wogen auch glätten, ganz gleich, ob Olaf oder sein Stiefsohn die Schlacht gewinnt.«

»Dann gehe ich nach Sogn zurück«, sagte Solvi und fühlte sich leichter denn je, seit er den Thingplatz verlassen hatte. Wenn Svanhild ihn wieder abwies, dann hatte er wenigstens eine Ausrede, warum er einige Zeit nicht in Tafjord sein konnte. Vielleicht würde er vor dem Überlandtreck zu Hrolfs Hof einen kurzen Raubzug an der Küste hinauf machen. Mit der Zeit würde ihr vielleicht bei Hrolf langweilig, und ihr Ärger über ihn wäre verraucht. Svanhild hatte ihn schon mehrmals abgewiesen, Solvi war also nicht darauf erpicht, sich gleich wieder einen Korb zu holen.

KAPITEL 15

Ragnvald begleitete Hakon und seine Söhne, als sie den Leichnam des Wiedergängers am Grabhügel verbrannten und anschließend seine Gebeine neben denen seiner Mutter begruben.

Auch die Dorfbewohner kamen, um zu sehen, wie die Kreatur zu Grabe getragen wurde. Hakon sprach das Totengebet. Ragnvald fügte im Geiste ein paar Worte hinzu: für die weise Frau, die er niemals getroffen hatte und die ihn aus dem Jenseits gerufen und gebeten hatte, ihrem Sohn zu helfen, Ruhe zu finden. Ragnvald sah, wie die Haut des Toten im Feuer Blasen warf und sich schwarz färbte, und wehrte den Gedanken an gebratenes Opferfleisch auf dem Mittsommerfest ab, der sich ihm bei dem Geruch aufdrängte.

Am Rande der Menschenmenge sah er eine Frau, deren Gesicht größtenteils unter einem Kopftuch verborgen war. Sie stand aufrecht, starr vor Angst. Dann drehte sie sich um, und unter dem Tuch kam hüftlanges schwarzes Haar zum Vorschein. Als das Feuer heruntergebrannt war, löste sich das gebannte Schweigen, in dem die Zuschauer verharrt hatten. Die Dorfbewohner sprachen über dieses Unheil und über anderes, das sie zuvor ereilt hatte. Aus dem Nebel über dem Meer tauchte allerhand Seltsames auf, und diese Geschichte würde Teil all der anderen Erzählungen werden, bis niemand mehr sich daran erinnern konnte, ob sie wahr oder erfunden war.

Ragnvald stahl sich davon, um den Männern zu entgehen, die ihm zu seiner Tat gratulieren wollten, und verfolgte die Frau. »Die Tochter der Zauberin«, bemerkte er, als er sie einholte. Er ergriff sie am Arm und drehte sie zu sich herum.

Sie riss sich die Kapuze vom Kopf. »Wirst du mich nun töten, Ragnvald Eysteinsson, Mörder der Toten?«

»Bist du tot?«, fragte er. »Ich weiß, dass dieses ... Ding ... nicht von dir erschaffen wurde.«

»Er war kein Ding«, antwortete sie mit erhobenem Kinn. Ihre Augen loderten vor Wut, während die Augen ihrer Mutter in seiner Vision ihn flehend angesehen hatten. »Er war mein Bruder.«

»Nur du weißt, dass er das war«, gab Ragnvald zurück.

»Er war kein Draugr«, entgegnete sie mit zitternder Stimme. Sie war jung, jünger als Ragnvald gedacht hatte. Er hoffte, sie würde nicht wie ihre Mutter sterben.

»Was war er dann?«, fragte er, freundlicher als beabsichtigt.

»Er wurde von einer Axt getroffen, als er uns beschützen wollte. Eigentlich hätte er durch den Hieb sterben müssen, aber er lebte noch. Meine Mutter hat versucht, ihn zu heilen.« Ihre Blicke trafen sich, in ihren Augen lag ein Flehen. »Sie hat versucht, ihn zu heilen. Doch es gelang ihr nicht. Er wäre letztendlich gestorben. Er konnte sich nicht einmal allein ernähren. Aber er hat es versucht.«

»Also nur ein Mensch, gefangen zwischen Leben und Tod?«, fragte Ragnvald, erzürnt darüber, dass dieses Mädchen sowohl Mutter als auch Bruder verloren hatte durch nichts als Torheit. Durch Hakons und seine eigene Torheit, durch die Torheit Rathis und der Männer von Smøla, die zu blind gewesen waren zu erkennen, was der vermeintliche Draugr in

Wahrheit war. »Das ist ein schrecklicher Zauber. Deine Mutter ...« Er verstummte. Er konnte diesem wunderschönen, mutigen Mädchen nicht sagen, dass seine Mutter den Tod verdient hatte. »Sie hätte ihn sterben lassen sollen. Sie hätte Rathi erzählen sollen, was sie getan hat.«

»Sie hat es gesagt, aber niemand wollte ihr glauben«, versetzte das Mädchen zornig. »Und welche Mutter würde ihren Sohn sterben lassen? Sie dachte, er könnte vielleicht überleben.«

»Ich habe lediglich einen halbtoten Mann getötet. Es war so einfach«, sagte Ragnvald mehr zu sich selbst als zu dem Mädchen. Dieser Akt war keine Heldentat gewesen, das hatte er gestern unter dem Einfluss des Weins in Oddis Gesellschaft gespürt. Jedes Kind hätte das mit einem spitzen Stock geschafft.

»Ich werde es niemandem erzählen«, sagte sie, seine Worte falsch deutend. »Alle werden deine Heldentat besingen.«

Ragnvald stieß ein kurzes Lachen aus. »Zahlreiche weitere legendäre Helden wurden heute ihrer Lieder beraubt«, erwiderte er. »Ich werde Hakon die Wahrheit sagen.« Er sah sie an. Ihre Schönheit erschien ihm wie ein Fels, an dem ein Mann zerbrechen konnte. »Wirst du hier in Sicherheit sein?«, fragte er.

Sie zuckte mit den Schultern. »So sicher, wie ich immer gewesen bin.«

»Ich werde Hakon sagen, dass du nichts damit zu tun hattest«, erklärte er. »Und wenn du in Gefahr bist, kannst du zu mir nach Ardal kommen. Ich werde dich beschützen. Nenne mir deinen Namen, dann werde ich alle wissen lassen, dass du unter meinem Schutz stehst.«

»Meine Mutter nannte mich Alfrith«, erwiderte sie.

»Weise Schönheit«, sagte Ragnvald.

Alfrith nickte. »Die Männer nennen mich jedoch Groa.« Ragnvald wusste, dass sie eine Frau der Wärme und eine Zauberin war, die sich Liebhaber nahm, um ihren Lebensunterhalt zu bestreiten, und mit Hilfe ihrer Zauberkunst unfruchtbar blieb. Frauen ohne Schutz mussten jeden Weg wählen, der sich ihnen bot.

»Es bedeutet nur ›Ehefrau‹, und das nimmt den Männern die Furcht vor mir.«

Eine Ehefrau für viele, dachte Ragnvald. »Die Männer sollten dich fürchten«, antwortete er.

Wenn er reich wäre, könnte er sie sich als Nebenfrau nehmen, nur für sich allein.

»Du schmeichelst mir«, meinte Alfrith. »Aber du hast recht, das sollten sie.«

*

Ragnvald ging mit Hakon zurück zur Halle und zog ihn fort von seinen Söhnen und Bediensteten in Richtung Küste. Seevögel suchten im Sand nach Muscheln. Die Wellen rollten an dieser Stelle sanft an den Strand. Ragnvald holte tief Luft.

»Es war kein Draugr«, hob er an. »Es war ein Mann, der von einer Axt am Kopf getroffen wurde. Seine Mutter hat nur versucht, eine Wunde zu heilen, die sie nicht heilen hätte sollen.« Er runzelte die Stirn. »Ich sollte das Heming sagen und deinen anderen Söhnen.« Hemings kaum erkennbare, gleichgültige Freundlichkeit war in jener Nacht in Kälte umgeschlagen, und Ragnvald konnte ihm dafür keinen Vorwurf machen.

Hakon schwieg eine Weile. »Das ist ein Draugr«, sagte er dann. »Was soll der Unterschied sein? Er lief herum, obwohl er tot war. Er empfand keinen Schmerz. Hältst du dich nun für weniger wert, weil er durch dein Schwert starb?«

Ragnvald schwieg. Die Draugr in den Heldensagen waren

größer und stärker als gewöhnliche Sterbliche. Es bedurfte eines echten Helden, um einen von ihnen zu töten. Nicht nur die Bereitschaft, ihn zu verfolgen, und ein wenig Glück. Er wunderte sich, warum die Männer von Smøla bislang nicht fähig gewesen waren, ihn umzubringen, und stellte Hakon diese Frage.

»Weil sie nicht wie du hinausgegangen sind und es versucht haben. Sie hatten Angst, sie könnten dabei umkommen.«

»Ich wollte nicht gehen«, erwiderte Ragnvald. Er verspürte Widerwillen, dies zuzugeben, mehr als er über die Enthüllung der wahren Natur des Draugr empfunden hatte. »Nur ... als ich einmal etwas gesagt hatte, dachte ich, nun gäbe es kein Zurück mehr.«

»Das weiß ich«, entgegnete Hakon. »Aber du brauchst dir keine Sorgen zu machen. Du bist dennoch der Held, den meine Männer in dir sehen. Wenn du ihnen das erzählst, werden sie es für falsche Bescheidenheit halten. Dein Stiefvater hat nicht gut daran getan, dich dazu zu bringen, dass du jede deiner Handlungen in Frage stellst. Dadurch wirkst du schwach, obwohl du viel stärker bist, als du denkst.«

Ragnvald dankte ihm für seine Worte. Obgleich er nach wie vor nichts Heldenhaftes in seiner Tat erkennen konnte, mochte er Hakon, weil er das gesagt hatte, auch wenn er seinem Streben nach Ruhm misstraute. Es musste jene Begierde gewesen sein, die seinem Vater den Namen Schwätzer eingebracht und ihn aufgrund seiner Prahlerei zum Gespött der Leute gemacht hatte.

Obwohl Hakon ihm davon abgeraten hatte, erzählte Ragnvald Oddi die Wahrheit über den Draugr, denn er ertrug die seltsamen Blicke nicht, die Oddi ihm zuwarf, so als sei er mehr als ein gewöhnlicher Sterblicher. Oddi antwortete etwa dasselbe wie Hakon.

»Trotzdem hast du gegen die Kreatur gekämpft. Ich hatte Angst davor.« Er sah Ragnvald dabei nicht ins Gesicht. »Ich hatte Angst.«

»Dennoch hättest du es auch getan«, beharrte Ragnvald. Er bewunderte Oddi, seinen kratzbürstigen Humor, die kluge Art, wie er das Gleichgewicht zwischen seinen Brüdern fand. Er wollte Oddi als Freund, wie er es vor diesem Ereignis gewesen war.

»Du hast das meinem Vater erzählt?«, erkundigte sich Oddi. »Und der sagte ...«

»Er sagte dasselbe wie du«, gab Ragnvald schroff zurück. Er wollte nicht weiter darüber reden.

»Er schätzt dich. Jetzt ist der richtige Zeitpunkt. Bitte ihn um Männer, um das Land deines Vaters zurückzuerobern. Du brauchst nicht mit uns in den Krieg zu ziehen. Nicht, nachdem du ihm so einen großen Dienst erwiesen hast.«

»Ich habe ihm keinen Dienst erwiesen. Hätte ich das gewusst ... Es war nicht schwieriger, als ein Kind zu töten, und ebenso wenig ehrenhaft.«

»Du beleidigst meinen Vater«, entgegnete Oddi. »Du brauchst ihn nicht um ein Geschenk zu bitten, aber tritt seine Worte nicht mit Füßen.«

Überrascht hielt Ragnvald inne und senkte den Kopf. »Danke«, sagte er. »Ich schätze deinen Rat sehr.« In Oddis Blick lag ein eigenartiger Ausdruck. Ragnvald vermochte nicht zu sagen, was es war, doch wenigstens war jene seltsame Ehrfurcht nun verschwunden.

»Machst du es dir immer so schwer?«, erkundigte sich Oddi. Ragnvald hob die Schultern. Er mochte diese Art von Aufmerksamkeit nicht. »Nun«, sagte Oddi, »ein Teil von mir freut sich, dass du ihn nicht um Männer bittest, denn mir würde deine Gesellschaft auf der Reise fehlen.«

»Die wirst du haben«, entgegnete Ragnvald. »Ich würde mir dieses Abenteuer ungern entgehen lassen.«

An diesem Abend gab es ein Festmahl zur Feier von Ragnvalds Sieg. Mit der Flut am nächsten Morgen würden sie nach Yrjar auslaufen. Hakon lud Ragnvald ein, neben ihm zu sitzen und fränkischen Wein mit ihm zu trinken.

Bald hatte Ragnvald oft genug mit ihm angestoßen, um kein Unbehagen mehr zu empfinden angesichts von Rathis finsteren Blicken oder seiner eigenen fortdauernden Traurigkeit über den Tod der Zauberin, oder eher Heilerin, und ihres Sohnes. Der Dichter, der Hakon auf seiner Reise begleitete, setzte sich neben Ragnvald, um noch einmal seine Geschichte zu hören und sie in Verse zu fassen. Ragnvald erzählte, so gut er konnte, doch der Kopf schwirrte ihm wegen seiner Erschöpfung und des Weins, den er getrunken hatte. Er behielt für sich, was Alfrith ihm anvertraut hatte, dass es möglicherweise ein Zauber gewesen war, der den Mann am Leben erhalten hatte, dass er jedoch kein Draugr gewesen war, sondern ein Mensch, dessen Geist man ihm mit einer Axt abgetrennt hatte. Stattdessen erzählte er von seiner Furcht, vom Wind, der das Gras wogen ließ, wie der Draugr kam, dass er keinerlei Schmerz empfunden hatte, vom Gestank seines Atems und wie sein Blut auf der Haut gebrannt hatte. Der Dichter schien sehr zufrieden zu sein.

Als er endlich zu Bett ging, träumte er, dass er die Kreatur ein weiteres Mal erschlug, und sie sprach zu ihm, Worte, an die er sich beim Erwachen nicht mehr erinnern konnte. Er lag auf seiner Pritsche, sah hinauf zur irdenen Decke und fragte sich, ob Odin jene Erschlagenen um sich versammelte, wie der Draugr einer war, zweimal im Kampf getötet. Vielleicht war dies ein Rätsel, welches dem erhängten Gott gefallen würde.

*

Das Wetter klarte auf, als Hakons Schiff sich Yrjar näherte, wo sich Hakons Festung befand. Hakons jüngere Söhne Herlaug und Geirbjorn wählten Ragnvald aus, um mit ihnen Wache zu halten. Sie baten ihn zu beurteilen, wer von ihnen den Bug zuerst erreichte, wenn sie auf den Seitendecks um die Wette rannten. Die Flotille erreichte Yrjar am späten Nachmittag, fünf Tage nachdem sie von Smøla aufgebrochen waren. Der kleine Hafen war voller Schiffe.

»Sind das nicht zu viele Schiffe für einen Raubzug?«, fragte Geirbjorn seinen Vater.

»Mit wie vielen Schiffen bist du nach Irland gesegelt?«, wandte sich Hakon an Ragnvald.

»Zehn«, entgegnete Ragnvald kurz angebunden. Allmählich wurde ihm klar, wie Fürst Runolf mit Hakons Söhnen in Konflikt geraten war. Hakon gefiel es, sie im Gespräch gegen ihn aufzuhetzen, indem er Ragnvald als Beispiel hinstellte, dem sie folgen sollten. Kein Wunder, dass sie begonnen hatten, Runolf zu hassen, wenn er ihn ebenfalls in dieser Weise benutzt hatte.

»Und waren das zu viele?«, erkundigte sich Hakon.

»Teils ja, teils nein«, gab Ragnvald zurück. »Manche Häfen waren zu klein, und es war schwierig, so viele Männer mit Essen zu versorgen. Aber als wir das Kloster plünderten, konnten sie uns keinen Widerstand leisten.« Einige der Mönche hatten Äxte gehabt. Die meisten von ihnen waren gestorben, ohne die Hand zur Verteidigung erhoben zu haben. Die Berserker, die sie begleitet hatten, hatten Spiele mit jenen getrieben, die überlebt hatten – so grausam, dass Ragnvald sich nicht daran erinnern wollte.

»Wir werden unsere Streitkräfte aufteilen, wenn nötig«, sagte Hakon. »Du wirst sehen. Aber mehr ist …«, bei diesen Worten öffnete er seine Hände, »… mehr. Wir ziehen in den Krieg. Alles wird anders sein.«

Hakon zog Ragnvald in Richtung Bug, für eine Unterredung unter vier Augen. »Was du gesagt hast, hat mir gefallen«, sagte er.

Ragnvald senkte den Kopf und bedankte sich. Hakons Worte hatten ihm ebenfalls gefallen, obwohl Hakon das wohl weniger wichtig war.

»Ich wünschte, meine Söhne wären eher wie du. Und ich möchte dich in meiner Nähe haben, als Vorbild für sie.« Ragnvald hatte sich oft vorgestellt, wie es sich anfühlen mochte, einer von Hakons Söhnen zu sein. Vielleicht wäre er ebenso stolz und angeberisch wie sie, wenn er nicht die Erinnerung an seinen Vater hätte, an der er sich messen konnte, und einen lebenden Stiefvater, der stets streng und niemals zufrieden gewesen war.

»Ich denke, du wirst es einmal weit bringen«, fuhr Hakon fort. »Ich möchte, dass du mir auf dem Willkommensfest die Treue schwörst.« Ein Gefolgsmann des Königs – das war eine große Ehre, auch wenn Oddi mit seinen Worten recht gehabt hatte, dass Hakon ihm dies schuldete, nachdem er den Draugr getötet hatte. Ragnvald würde goldene Ringe und einen Anteil an der Beute ihrer Plünderungen erhalten, und im Gegenzug musste Ragnvald den Namen seines Königs in Ehren halten und für ihn kämpfen. Sollte er seinem Schwur jemals untreu werden, würde er als Eidbrecher gebrandmarkt sein und niemand würde ihm jemals wieder vertrauen.

»Danke«, erwiderte Ragnvald. »Ich werde schwören.«

*

Yrjar war ein meisterhaft gebautes Schanzwerk. Ein Graben zog sich um die steilen Torfwälle, welche die Halle und die Wirtschaftsgebäude umgaben, die genug Platz für viele Familien und deren Vieh boten. Vier Eingänge öffneten sich in den Wällen zu den vier Himmelsrichtungen hin, Nadelöhre für jeden, der das Fort angriff.

Nachdem sie die Schiffe auf den Strand gesetzt hatten, schloss Ragnvald sich Hakons Gefolge an. Unter dem wachsamen Blick von Hakons Wachposten betraten sie die Festung durch den westlichen Eingang. Innerhalb der Mauern zog sich ein weiterer, von spitzen Pfosten gesäumter Graben, der die Bewohner der Festung vor Angriffen, die über die Mauern erfolgten, schützte. Selbst mit der Hilfe von Zugtieren und eisernen Werkzeugen musste es Generationen gedauert haben, diese Festung zu errichten. Die Halle, zu deren Schutz sie diente, war ebenfalls ein beeindruckendes Gebäude, in neuer Bauweise, mit Stützbalken, die so nahe wie möglich an den Außenwänden angebracht waren. Ragnvald hatte solch eine Halle noch nie von innen gesehen, doch er hatte gehört, dass der Innenraum viel ansprechender war, viel angenehmer für einen Mann, um darin aufrecht zu stehen, als die altmodischen Hallen mit ihren niedrigen Balken. In Olafs Halle war der Raum so unterteilt, dass drei Männer an keiner Stelle nebeneinander zu stehen vermochten.

Die großen Tore der Halle öffneten sich, und das Licht Dutzender Fackeln und Öllampen ergoss sich auf den schattigen Boden. Drinnen saßen die Männer dicht an dicht auf den Bänken zwischen den Tischen. Dazwischen zankten sich Hunde, von den Männern durch Knochen und Klapse auf das krause Fell dazu angestachelt. Ragnvald folgte Hakon und seinen Söhnen in den vorderen Bereich der Halle. Auf dem Podium standen zwei stattliche Männer. Der eine war alt, mit blondem, bald grauem Haar, doch immer noch langgliedrig wie ein Krieger. Ein langer Schnauzbart hing zu beiden Seiten seines Mundes herab, den ein harter Zug umspielte. Den Kopf des anderen zierte wirres, goldblondes Haar. Ein goldener Bartflaum bedeckte fast sein ganzes Gesicht, jedoch nicht seine blauen Augen und sein strahlendes, zahnlückiges Lächeln. Seine Haltung war die eines Knaben, nicht die eines Kriegers, die schlaksigen Gliedmaßen baumelten herum, während er auf seinen Füßen wippte. Das mussten Guthorm und sein Neffe Harald sein, der wahrgesagte König und sein enger Berater.

Ragnvald dachte an seinen Traum. Das Haar dieses Jungen hatte den Glanz der Jugend, es schimmerte wie Gold in der Sonne, während das Gold in Hakons Haar mit den Jahren verblasst war. Doch auch Heming hatte goldblondes Haar, jeder von ihnen könnte sein goldener Wolf sein – oder keiner.

Eine Frau, welche die Zwillingsschwester der beiden hätte sein können, stand dicht hinter ihnen. Das musste Ronhild, die Zauberin, sein, gekleidet in Blau und Scharlachrot. Als sie jung war, hatten die Lieder sie als die schönste Frau in ganz Vestfold besungen, und auch jetzt noch konnte man die Wahrheit dieser Worte erahnen. Blondes Haar fiel von ihrer hohen Stirn nach hinten. Sie hatte fein geschwungene Wangenknochen und volle Lippen. Immer noch hätte sie jeden Mann als Liebhaber nehmen können, den sie wollte, auch wenn sie nun in jenem mittleren Alter war, in dem Eigenschaften wie Klugheit, Weitsicht und Verhandlungstalent an Bedeutung gewannen.

»Welch glücklicher Zufall«, sagte Guthorm. Hakon und er verneigten sich voreinander.

»Wie viele Männer hast du bekommen?«, erkundigte sich Harald eifrig.

»Weitere hundert im Sogn-Thing und den umliegenden Gebieten«, erwiderte Hakon.

»Unsere Streitkräfte übertreffen nun eure«, bemerkte Heming.

Harald machte eine ungehaltene Geste. Sein Onkel trat vor ihn. »Je größer die Streitmacht, desto schneller werden andere Könige vor uns in die Knie gehen«, sagte er.

»Ja«, sagte Harald. »Wie die sieben Könige von Hordaland.«

»Wir sprechen später darüber«, erklärte Hakon. »Heute Abend feiern wir, um die neuen Krieger willkommen zu heißen.«

Ragnvald erhielt einen Platz in der Nähe des Podiums, zwischen Hakons wohlhabenderen Kriegern, wo ihm das schäbige Aussehen seines geflickten Lederharnischs und seines gewöhnlichen Eisenschwerts deutlich bewusst wurde. Er hatte sich noch keine Gedanken darüber gemacht, wie viele mutige junge Männer Hakon bereits für die Kriegsführung gewonnen haben mochte, bis er nun diejenigen sah, die jener bereits um sich geschart hatte. Er würde tapfer kämpfen müssen, um unter ihnen herauszustechen.

Wie bunt zusammengewürfelt Solvis Truppe im Vergleich dazu gewesen war. Nun zog Ragnvald Hakons Macht nicht mehr in Zweifel, denn die Männer, die er bislang um sich versammelt hatte, sahen aus wie die Krieger der Heldensagen, breitschultrig und gut bewaffnet. Solvis Männer waren hart gewesen, gewiss, aber früh gealtert, mit vielen alten Verwundungen und stets in dem Bewusstsein, dass jeder Kampf ihr letzter sein könnte. Hakons Männer waren im besten Alter, kaum jemand unter ihnen war bislang durch den Kampf verstümmelt oder entstellt. Und alle Bauernsöhne, die sich ihren Reihen noch anschließen mochten, würden ebenfalls in Krieger verwandelt und von diesen Männern begleitet werden.

Ragnvald machte die Bekanntschaft der anderen an seinem Tisch. Es waren Dagvith, einer der jüngeren Söhne eines Fürsten aus dem Osten, Dreng, ein Abenteurer aus Dänemark, der so gebrochen Norwegisch sprach, dass Ragnvald ihn kaum verstehen konnte, und Galti, der älteste Sohn eines Fürsten von der Küste, der von Solvi Hunthiofsson getötet worden war. Nachdem Ragnvald seinen Namen und sein Heimatland einer ganzen Reihe neuer Gesichter genannt hatte, ging er dazu über zu erzählen, er sei aus Sogn. In der Nähe des Südlichen Maer, wenn jemand nachfragte. Niemand hier hatte jemals von Ardal gehört, ebenso wie auf Solvis Schiff. Die Männer hier kamen von weit her, aus Vestfold oder sogar von jenseits des Baltischen Meeres, aus den Siedlungen der Dänen und Schweden an diesen weit entfernten Küsten.

»Ich werde Solvi töten«, erklärte Galti, als er Ragnvalds Namen hörte. Er sagte es mit einem wütenden Unterton, und Ragnvald wusste, dass er erwartete, er würde widersprechen und darauf beharren, Solvi werde durch ihn sterben. Er war sich nicht sicher, ob er sich freuen sollte oder nicht, dass die Männer seine Geschichte kannten, wenn sie seinen Namen hörten.

»Ich wünsche dir Glück dafür«, erwiderte Ragnvald und griff nach dem Brot in der Mitte des Tisches, um sich ein Stück abzubrechen. »Im Sogn-Thing hättest du es tun können. Er war nur mit wenigen Männern unterwegs.« Galti machte ein finsteres Gesicht. Es schien, als habe er Ragnvald durch seine Bemerkung aus der Reserve locken wollen. Ragnvald ließ sich dadurch nicht beirren. Sein Magen forderte Aufmerksamkeit, er knurrte laut angesichts des intensiven Dufts von gebratenem Fleisch, der die Halle erfüllte. Der Dampf, der aus den großen Schüsseln auf den Tischen entwich, trug das Aroma fremder Gewürze in seine Nase. Hakon musste über reiche Vorräte verfügen, wenn er all diese Krieger Woche für Woche an seinem Tisch verköstigen konnte.

Galti pulte mit seinem Dolch etwas unter seinen Fingernägeln hervor, warf einen prüfenden Blick darauf und bearbeitete es dann mit seinen Zähnen. Ragnvald nahm den hölzernen Löffel und schaufelte sich eine großzügige Portion Fleisch und Kohleintopf auf sein Brot.

»Ich habe gehört, du hast allen Grund, dich an ihm zu rächen«, sagte Dagvith, der Sohn des Fürsten. Seine Augen waren groß und unschuldig. Er wirkte wie ein junger Riese mit einfachen, überdimensionierten Gesichtszügen, der sich noch nicht an seine Größe gewöhnt hatte. Sein Haar war von einem natürlichen sonnengebleichten Goldton, ebenso wie die gewellten Bartsträhnen auf seinem Kinn.

Ragnvald berührte die Narbe auf seiner Wange. Mittlerweile schmerzte sie kaum noch, doch er spürte sie bei jeder Bewegung seines Gesichts. Sie würde ihn immer an das kalte Ende des Lebens erinnern. »Wie«, fragte er, »du bist nicht der Ansicht, dass Solvi zur Verbesserung meines Aussehens beigetragen hat?«

Dagvith musste lachen. Ragnvald machte sich mit Genuss über sein Essen her. Es war Ziegenfleisch – weiter ging Hakons Großzügigkeit nicht. Auf der Brühe schwammen goldene Fettaugen, und das geschmorte Fleisch zerging förmlich auf der Zunge.

Galti sah Ragnvald misstrauisch an. »Nein, das hat er nicht«, entgegnete er. Ragnvald beschloss, ein wachsames Auge auf ihn zu haben. Ein Mann ohne Humor war ein gefährlicher Feind. Dies hatte ihn Olaf gelehrt.

»Solvi Hunthiofsson hat versucht, mich zu töten, doch es ist ihm nicht gelungen«, erklärte Ragnvald. »Und ich habe Grund zu der Annahme, dass er das Messer im Auftrag meines Stiefvaters führte. Dieser ist mein wahrer Feind.«

»Dieser Ragnvald hat Verstand«, meinte Dreng der Däne. »Er ist kein ungebildeter Haudrauf wie du, Galti.« Die beiden Männer sahen sich finster an, doch Ragnvald hatte das Gefühl, sie kannten einander zu gut, um diesen Worten große Bedeutung beizumessen.

Die Gespräche in der Halle verstummten, als Hakons erster Dichter nach vorn trat. Er war noch jung für diesen Beruf, gewöhnlich waren die Dichter alte und verkrüppelte Männer, die für die Feldarbeit und Kriegsführung nicht mehr zu gebrauchen waren. Dann nahm er die kleine Harfe an seiner Seite zur Hand. Ragnvald bemerkte die perfekte Sorgfalt seiner Bewegungen und die Art und Weise, wie seine Augen den Händen folgten. Er war blind, vermutlich von Geburt an oder durch eine Kinderkrankheit und nicht durch eine Verletzung. Er vermochte weder ein Mann noch ein Krieger zu sein, also hatte er diesen Beruf gewählt.

Auch die Harfe war von ungewöhnlichem Aussehen, nicht so, wie man sie in Norwegen fertigte. Solche Harfen hatte Ragnvald nur unter den Schätzen gesehen, die sie von ihren Raubzügen in Irland mitgebracht hatten. Der Dichter nannte seinen Namen und die seiner Vorfahren, dann begann er seine Erzählung. Er benutzte die bilderreiche Sprache der Dichtung, bei der sich hinter jedem Reim ein Rätsel verbarg, und begleitete sich selbst mit dem Zupfen seiner Harfe. Er erzählte von Hakons Vater, wie dieser sein Herrschaftsgebiet ausgeweitet und an seinen Sohn weitergegeben hatte, dann davon, wie Hakon es weiter vergrößert hatte.

Wenige unter den Männern kannten die Geschichte noch nicht, dennoch hörten alle aufmerksam zu. Zwischen den Alliterationen waren Weisheiten verborgen, Lektionen über Rache und Großmut, von Strafe für die Irrenden und Lohn für die Tapferen. Und Lektionen, die davon handelten, wie Hakon sich selbst wahrnahm und wie er von den anderen gesehen werden wollte. Der Hakon in den Erzählungen war weise und bedächtig. Der Hakon auf seinem Stuhl am Kopf der langen

Tafel nickte zustimmend, wenn ihm ein kluger Spruch in den Mund gelegt wurde, und runzelte die Stirn, wenn in der Geschichte seine Eilfertigkeit zutage trat.

Die Erzählung maß beidem dieselbe Bedeutung bei. Hakon war drei Jahre auf die Orkney-Inseln verbannt worden, weil er seinen Onkel getötet hatte, den Bruder seiner Mutter. Der Dichter berichtete ausführlich über die Beleidigungen, die dem vorausgegangen waren; hätte er dies nicht getan, so hätte Hakon wie ein Verwandtenmörder dagestanden. Drei Jahre Exil waren nicht genug, um für solch eine Sünde zu bezahlen. Hakons Gesicht entspannte sich wieder, als die Geschichte von dem Moment, als sein Onkel den Kränkungspfahl gegen ihn errichtet hatte, zu dem Zweikampf kam. Im Zuge dessen hatte er seinem Onkel die Beine abgeschnitten und ihn vom Duellplatz kriechen und sterben lassen. Schließlich berichtete die Geschichte über Hakons Exil. Hakon war auf den Orkney-Inseln zu Ruhm gelangt, indem er kühne Raubzüge gegen die schottischen Siedlungen auf den Hebriden geführt und Land für die norwegischen Siedler hinzugewonnen hatte.

Ragnvald beobachtete Guthorm und Harald, während der Dichter seine Erzählung vortrug. Zu Beginn hörte Harald einige Minuten lang aufmerksam zu, dann machte er ein gelangweiltes Gesicht und begann mit der Frau zu flirten, die mit ihm aus einem Becher trank. Etwas an ihrem Aussehen erinnerte ihn an Heming – sie musste Hakons Tochter Asa sein, die Harald vor kurzem geheiratet hatte.

Ohne es zu wollen, empfand Ragnvald ein wenig Mitleid mit Heming. Im Schatten eines so großen Vaters musste er förmlich nach Ruhm hungern, nach irgendeiner Möglichkeit, auch seinem Namen Bedeutung zu verleihen. Die mächtigen Männer des Königreichs steckten ihre Köpfe zusammen und unterhielten sich mit gedämpfter Stimme. Dagvith kannte ein paar von ihnen und nannte Ragnvald ihre Namen und Beziehungen. Als das Gedicht sich dem Ende näherte, trat Heming hinter sie und sagte dem einen oder anderen etwas ins Ohr. Einige wirkten erfreut über seine Worte, andere missmutig. Ragnvald vermutete, dass er vielleicht versuchte, ihre Unterstützung für seinen Angriff auf Solvi zu gewinnen. Hakon musste Bescheid wissen, wenn Heming so offen darüber sprach.

Die letzten Strophen des Gedichts waren die üblichen Lobesworte für Hakon, dann kam es zum Abschluss. Männer aus Hakons Gefolge erhoben sich und hielten Trinksprüche auf Hakons Großartigkeit. Hakon nahm einige von ihnen an und hob dann die Hand, um sie zu beenden. Auf ein unmerkliches Zeichen hin trugen Sklaven und Bedienstete kleine Fässer mit süßem Sommerbier in die Halle. Der Dichter sang mit seiner lauten klaren Stimme die ersten Worte eines Trinklieds, und die versammelten Krieger fielen ein.

Hakons Blick traf den Ragnvalds, und er bedeutete ihm, sich zu den wohlhabenden Herren am Kopf der Tafel zu setzen. »Trink mit uns, Ragnvald«, forderte Hakon ihn auf. Heming warf ihm einen Blick zu, den Ragnvald nicht zu deuten vermochte, und Ragnvald musste wieder daran denken, wie Runolf im Thing gefallen war, in jenem Wettstreit, den er niemals gewinnen hätte können.

Ein wenig verunsichert bedankte sich Ragnvald. Alle Männer in Hakons Halle waren von höherem Rang als er selbst. Sein Großvater war ein König gewesen, jedem Einzelnen von ihnen ebenbürtig, doch sein Vater Eystein hatte dies verwirkt.

»Such dir einen Platz aus, Ragnvald«, sagte Hakon aufmunternd, der die Unsicherheit in Ragnvalds Blick zu bemerken schien. Er legte eine Hand auf Ragnvalds Schulter und drehte ihn so, dass er die ganze Halle überblicken konnte. Die Specksteinlampe über ihnen schwang leicht an ihrer Kette hin und her, so dass sich die Schatten der Männer rhythmisch bewegten und einen Augenblick lang so aussahen, als befänden sie sich unter Wasser, in Rans eisigen Hallen. Ragnvald fröstelte in der Wärme des überfüllten Raumes. Er nahm neben Hakon Platz.

»Ich sehe, dass du jeden mit äußerster Vorsicht beobachtest«, sagte Hakon so leise, dass nur Ragnvald es hören konnte. »Und ich denke: Ich weiß nicht, ob man diesem Mann vertrauen kann.«

»Ich wollte nicht …«, hob Ragnvald an, und seine Stimme war zu laut.

»Es ist gut, genau zu schauen, sich einen Überblick über die Lage zu verschaffen, aber gib besser acht, was dein Gesicht über deine Gedanken verrät«, empfahl Hakon. Ragnvald nickte, dankbar für diesen Rat. Es war eine große Ehre für ihn, dass Hakon ihn an seiner Weisheit teilhaben lassen wollte. »Sage mir, was du in diesen Männern siehst.«

Ragnvald betrachtete die Köpfe, die sich über Trinkhörner und Teller voller Speisen beugten. Galti blickte eifersüchtig auf die anderen Krieger. Die Miene von Dagvith – dem Sohn aus wohlhabendem Adelsgeschlecht – zeigte nichts als Vergnügen über das gute Essen und das starke Bier. Dreng der Däne lächelte grausam über etwas, was Ragnvald nicht hören konnte. Er würde Zwietracht säen, wo immer ihm das gelang, und Galti die Schuld dafür geben, wenn er konnte, oder jedem anderen, der das Pech hatte, in seiner Nähe zu sein. Hinter ihnen kämpften zwei Hunde um einen Knochen, und ein dritter größerer lief knurrend und mit aufgestelltem Nackenfell um sie herum.

In der Nähe saßen Männer, die beim Trinken in ein Würfelspiel vertieft waren. Ein Krieger, der seine besten Zeiten hinter sich hatte, betrunken und wortgewandt, redete eindringlich auf seinen Begleiter ein, der ihm keine Beachtung schenkte.

»Ich sehe vieles«, meinte Ragnvald. »Was willst du von mir?«

»Du kannst das besser. Wer wird führen, wer wird folgen? Über wen werden die Dichter morgen Lieder singen?«

Ragnvald seufzte. »Dreng der Däne ist verschlagen wie Loki, er wird stets in Schwierigkeiten geraten, wie gerissen seine Pläne auch sein mögen. Galti beneidet jeden um alles, was dieser besitzt, und wird irgendwann durch das Schwert des einen oder anderen sterben.« Er blickte zu dem jungen Harald und seinem Onkel hinüber, und zu Hakons Fürsten, die ganz in der Nähe saßen. Er wagte es nicht, seine Meinung über sie zu äußern.

»Sprich weiter«, bat Hakon. »Ich werde nicht ärgerlich sein, was auch immer du sagst.«

»Fürst Ingimarr ist in Sorge, jedoch nicht wegen des bevorstehenden Krieges, sondern wegen etwas, was nichts Gutes für deinen Sohn Heming verheißt«, sagte Ragnvald bedächtig. Als hätte er Ragnvalds leise gesprochenen Worte gehört, warf Ingimarr Heming einen Blick zu und starrte dann wieder auf seine Hände, während er die Schwielen vom Führen des Schwertes mit den Fingern nachzog.

»Fürst Hafgrim giert nach Reichtum und möchte nicht mehr lange in deiner Halle verweilen.« Ragnvald neigte den Kopf. »Vielleicht giert er sogar noch mehr danach, Blut zu vergießen.«

»Und Fürst Vekel?«, wollte Hakon wissen. Ragnvald beobachtete den jungen Mann, kaum älter als er selbst, dessen Blicke unruhig umherschweiften, während er nervös die Finger tanzen ließ.

»Zwischen diesen beiden Wölfen wird Vekel sein Land nicht

lange halten können, oder?«, fragte Ragnvald. Diesmal war es lediglich eine Vermutung.

»Und was hältst du von dem jungen Harald und seinem Onkel?«, erkundigte sich Hakon beinahe im Flüsterton.

»Harald ist jung. Er wird von seinem Onkel gelenkt«, erwiderte Ragnvald. »Sein Onkel ist voller Ehrgeiz. Aber das ist nichts Neues, das kann jeder sehen.«

»Wem von diesen Männern würdest du folgen?«, fragte Hakon.

»Ich habe mich entschieden, wem ich folge«, erwiderte Ragnvald und neigte seinen Kopf leicht in Hakons Richtung.

Hakon nickte zurück, um die Huldigung anzunehmen. »Wäre ich nicht da, wem würdest du folgen?«

»Jedem, der mir einen Platz auf seinem Schiff anbieten würde«, entgegnete Ragnvald. »Ich bin arm.«

»Und ehrlich«, sagte Hakon.

»Schmeichelei wirkt am besten bei eitlen Männern«, erwiderte Ragnvald.

Hakon warf den Kopf in den Nacken und lachte. »Das war wohlüberlegt. Du schmeichelst mir, indem du mir sagst, dass du mir nicht schmeichelst. Hör zu, was ich dir sage: Viele Männer sind Mitläufer. Woher wusstest du das alles, was du mir heute Abend gesagt hast?«

Ragnvald räusperte sich. »Es waren nur Vermutungen.«

»Deine Vermutungen sind zutreffender als die der Männer, die seit zwanzig Jahren meine Berater sind. Ingimarr ist der Vater der Frau, die mein Sohn heiraten möchte. Er will diese Hochzeit nicht, obwohl er mein Freund und Verbündeter ist. Errätst du, warum?«

»Bist du sicher, dass du meine Antwort hören möchtest?«

»Ja«, antwortete Hakon ernst.

»Dein Sohn Heming ist hitzköpfig und ...« Ragnvald zögerte. Was er sagte, klang berechnend, als wolle er Hemings Platz einnehmen. Er wollte in der Tat Hemings Platz, dennoch machte dies seine Worte nicht weniger wahr. »Ich frage mich, ob er nicht zu stolz ist, um wirklich beliebt zu sein. Ich weiß, wovon ich spreche.« Hakon lächelte leicht angesichts Ragnvalds Einschätzung und widersprach ihm nicht. »Er hat einen Fürsten getötet, den du hoch geschätzt hast, aus reiner Eifersucht. Ingimarr fürchtet, dass ihm dasselbe Schicksal zuteilwird, wenn er sich weigert, doch er befürchtet dasselbe, wenn er zustimmt. Genau wie Runolf wird er in eine Lage geraten, in der er nicht gewinnen kann.«

»Was soll ich tun? Ich schätze beide.«

Ragnvald wusste, dass Hakon ihn prüfte, er hatte das mit jedem Wort getan, das er an diesem Abend mit Ragnvald wechselte. »Schicke Heming fort«, antwortete er. »Du besitzt Gebiete auf den Färöer-Inseln, nicht wahr?« Er hatte dies aus dem Lied über Hakon erfahren. »Er soll dafür sorgen, dass diese Gebiete nach wie vor die Loyalität empfinden, die sie dir schulden.«

»Du möchtest nicht an seiner Seite in den Krieg ziehen«, stellte Hakon fest.

Das hatte Ragnvald nicht zum Ausdruck bringen wollen. Er hielt Heming für einen tapferen Mann und ließ Hakon dies wissen.

»Tapfer und töricht«, entgegnete Hakon. »Ich weiß, er versucht Unterstützung für einen nicht genehmigten Raubzug zu bekommen.«

»Er möchte deine Anerkennung gewinnen.«

»Ich hindere ihn nicht daran. Er macht sich Sorgen und schmiedet Pläne wie jene alte Frau, die verhungern musste, weil sie sich nicht entscheiden konnte, welchen Honigkuchen sie zuerst essen sollte. Dennoch ist und bleibt er mein Sohn. Ich würde ihn nicht wegschicken.«

»Du hast noch andere Söhne«, bemerkte Ragnvald bedächtig.

»Er ist der einzige Sohn von meiner geliebten Frau Asa, möge sie in Frieden ruhen und ihr Grab warm sein«, erwiderte Hakon. »Ich wünschte ... Ich werde über deine Worte nachdenken. Ich fürchte, Heming ist wie ein Schwert hinter meinem Rücken, solange er in meiner Nähe ist.« Ragnvald hätte ihm auch hier beinahe widersprochen: So wie er Heming Hakonsson einschätzte, würde dieser zwar vermutlich jeden töten, der ihm die Aufmerksamkeit seines Vaters wegnahm, jedoch lieber selbst sterben, als seinem Vater Schaden zuzufügen. Doch wenn Hakon ihn fortschickte, wäre das Ragnvalds eigener Sicherheit zuträglich, daher behielt er diesen Gedanken für sich.

»Es ehrt mich, dass Ihr meinen Ratschlag anhört«, sagte er stattdessen.

»Verrate mir, wo war deine Weisheit, als du auf dem Kampfplatz standst?«, fragte Hakon lachend.

»Olaf hat mich erzürnt«, gab Ragnvald zurück. »Ich war töricht.«

»Zorn ist ein Lotse, der das Schiff stets gegen die Felsen lenkt. Er ist ein schlechter Ratgeber.«

Das mochte stimmen, dennoch war Ragnvald auch jetzt noch zornig auf Olaf. »Wenn er nur ... Wenn er nur das getan hätte, was er geschworen hatte. Ich hätte ihn nicht ausgestoßen. Ich habe ihn als Vater respektiert.«

»Er hat bereits einen Sohn«, erwiderte Hakon. »Zwei.«

Natürlich hätte Ragnvald das sehen müssen. Seine Hoffnung hatte ihn glauben lassen, Olaf würde zu seinem Versprechen stehen, seine Hoffnung und seine Torheit.

»Er hat einen Sohn, den er so verhätschelt hat, dass aus ihm kein Mann geworden ist. Und Hallbjorn ist noch ein Baby. Ich hätte nicht gedacht ...« Ragnvald holte tief Luft. »Er hat sich nicht so verhalten, als wollte er, dass Sigurd sein Erbe wird. Er war ein Freund meines Vaters.«

»Vielleicht dachte er, es wäre das Beste für Sigurd, wenn er ihn mit Nachsicht behandelte«, meinte Hakon. »Wenn es um ihre Söhne geht, handeln Männer oft unklug.« Er runzelte die Stirn, und Ragnvalds Zorn legte sich ein wenig. Er fragte sich, ob Hakon dabei an sich und seine eigenen Söhne dachte, oder an seinen Vater.

»Trinke heute Nacht nichts mehr, Ragnvald Eysteinsson«, sagte Hakon. »Ich möchte, dass du morgen der erste Mann bist, der mir die Treue schwört, und ich möchte, dass deine Worte klar und deutlich sind.« Als er Ragnvalds überraschten Gesichtsausdruck sah, lächelte er, und die Enden seines langen Schnauzbarts hoben sich. »Setz dich. Iss dein Fleisch. Und sei bereit.«

KAPITEL 16

Die Tage vergingen langsam auf Hrolfs Farm. Svanhild bat bei jeder Gelegenheit um Arbeit draußen bei den Schafen und Ziegen. Hrolf besaß nur wenige Kühe, denn auf dem kargen Boden fanden sie nicht genug zu fressen. Den lieben langen Tag verbrachte sie im Freien, und ihre Hände wurden ganz braun von der Sonne. Nur wenn es unumgänglich war, kam sie ins Haus, wo sie den Sticheleien und Gehässigkeiten von Hildas Schwestern ausgesetzt war.

Das Hüten brachte es mit sich, dass sie sich oft in Gesellschaft von Egil befand, Hildas Bruder. Wegen seines Verrats bei der Verhandlung war sie so kurz angebunden wie möglich, ohne unhöflich zu sein, wenn er das Gespräch mit ihr suchte.

»Warum bist du immer so ruppig?«, fragte er sie eines Abends, als er sie zum Abendessen vom Feld holte. Sie stopfte ihre Spindel in den Gürtel, nahm das gewickelte Garn vom Handgelenk und verstaute auch das, bevor sie ihm antwortete. Er hatte einen streitsüchtigen Ton angeschlagen und stieß den Kopf auf seinem langen Hals nach vorn wie ein Ganter.

»Wie kannst du da noch fragen? Du hättest für meinen Bruder aussagen können, mit der ganzen Wahrheit, ohne diese ganzen Halbwahrheiten, aber du hast es nicht getan.«

»Ich habe doch die Wahrheit gesagt«, erwiderte Egil gekränkt.

»Und hast du auch die Wahrheit gesagt, als du damals in Ardal warst?«

Er zog die Stirn in Falten. »Ich mag dich«, sagte er schließlich. »Ragnvald hat mir erzählt, wie zauberhaft du bist. Er meinte, wir würden gut zusammenpassen.«

»Mein Großvater war ein König«, brauste Svanhild auf, die nun auch auf Ragnvald wütend war. Er hatte ihr einen besseren Mann als diesen Feigling hier in Aussicht gestellt. Es war einfach unvorstellbar, dass außer Egil noch jemand diese Verbindung gut finden könnte. Hrolf ganz sicher nicht. »Warum sollte ich mich mit dir zusammentun?«

»Meine Schwester ist Ragnvald jedenfalls gut genug«, erwiderte Egil aufgebracht.

»Er ist eben dickköpfig und will die Versprechen einlösen, die sie sich als Kinder gegeben haben«, sagte Svanhild. »Jetzt ist er mit Hakon und dessen Söhnen zusammen. Er kommt wieder zurück und heiratet deine Schwester, und das ist dann eine große Ehre für eure Familie.«

»Du bist ganz schön eingebildet«, sagte Egil. »Fast jeder Mann kann auf einen König unter seinen Vorfahren verweisen. Dein Vater hat sein Land verloren und dazu noch sein Leben.«

»Und mein Bruder gewinnt alles wieder zurück und noch mehr, während du dich hier vor Angst verkriechst.« Sie hatte kaum Erinnerungen an ihren Vater, außer einem allgemeinen Eindruck von Leichtigkeit und Glück, den er immer verbreitet hatte. Sie verband das mit den Geschichten, die Ragnvald ihr erzählt hatte – wie er ihre Mutter Ascrida im Würfelspiel mit deren Vater gewann, und wie sie ein Pferd vor den Schlitten schirrte, als er seinen Gewinn einforderte, und in die Berge hinauffuhr. Dort fand er sie später, als sie in Pelze gehüllt auf ihn wartete. Sie soll gesagt haben, er komme zwar spät, aber einem Mann, der einer Frau wegen in der dunkelsten Nacht des Jahres mit Skiern in den Wald hinein nachfuhr, dem könne man das verzeihen. Dieses Bild der Frau konnte Svanhild nie mit ihrer stillen Mutter in Einklang bringen. All das war Olafs Schuld.

Egil ballte seine Hände zu Fäusten, und einen Augenblick lang dachte Svanhild, er würde sie schlagen. Wütend wie sie war, hätte sie es sogar fast begrüßt. Dann hätte sie zurückschlagen und ihn dazu noch kratzen und beißen können. Er würde dann schon merken, dass er so mit ihr nicht sprechen konnte. Doch stattdessen drehte er sich um und ging über die Felder in Richtung Hof davon.

Einige Minuten später kam Hrolf aus dem Haus und zerrte sie am Arm nach drinnen. »Solange du deine Füße unter meinen Tisch steckst, behandelst du meinen Sohn mit Respekt«, sagte er und schob sie am Ellbogen in den Hauptraum.

»Dir war ich ja nie willkommen«, sagte Svanhild. Hilda zog hörbar den Atem ein. Die Frauen hier im Haus kuschten vor Hrolfs Launen, aber Svanhild war mit dem viel furchterregenderen Olaf aufgewachsen und hatte keine Angst vor ihm.

»Das stimmt. Da hast du ganz recht«, antwortete er. »Du verleitest meine Tochter dazu, sich ungebührlich zu benehmen, und machst es ihr unmöglich, deinen blöden Bruder zu vergessen.«

»Mein Bruder ist zehnmal so viel wert wie du oder dein feiger Sohn.«

»Wenn du ein Mann wärst, würde ich dich dafür umbringen.« Egil legte seine Hand auf den Knauf, als wäre er tatsächlich dazu bereit. Svanhild spürte die Augen aller Schwestern auf sich gerichtet.

»Vater, du weißt ...«, setzte Hilda an.

»Wie die Dinge stehen«, übertönte Hrolf Hilda, »wird dein Beschützer den Preis für die Beleidigung zahlen.«

»Aber Vater, bist denn nicht du ihr Beschützer?«, fragte Hilda. Svanhild sah sie dankbar an.

»Nein. Ja. Ich bin mir nicht sicher.« Hrolf kraulte sich den Bart, nun ganz nachdenklich, da er sich mit einer Rechtsfrage auseinandersetzen musste. »Die Lage hier ist ungewöhnlich. Ihr Bruder ist ihr Beschützer, nehme ich an. Wenn er noch lebt.«

»Er lebt«, sagte Svanhild.

»Wenn nicht, dann ist es wohl dein Stiefvater. Oder vielleicht bin ich es sogar.« Er richtete seine Aufmerksamkeit wieder auf sie und sagte: »Svanhild, von nun an wirst du mit Egil ausschließlich so sprechen, wie es sich für einen Gast geziemt. Du bist kein Kind mehr und solltest dich deshalb auch nicht so benehmen. Hier in diesem Distrikt bin ich eigentlich noch am ehesten dein Beschützer, es sei denn, du willst zu deinem Stiefvater zurück. Und da dein Stiefvater schon mal begonnen hat, dir einen Mann zu suchen, werde ich das nun weiterbetreiben.«

*

Svanhild lag in dem Bett, das sie mit Hilda und Ingifrid teilte, lauschte ihrem Atem und überlegte sich, was sie nun unternehmen sollte. Hrolf würde ihr unmöglich einen Mann ihres Standes beschaffen können, einen, den sie nicht verachtete und der sie nicht misshandelte – einen Mann, der Ragnvald möglicherweise behilflich sein konnte, einen Verbündeten, keinen Vasallen. Solvi kam ihr sofort in den Sinn. Beim Thing hatten alle geglaubt, er spiele nur mit ihr, um Ragnvald seine Verachtung zu zeigen und später auch Olaf. Aber Svanhild glaubte nicht, dass das der wahre Grund war, oder wenigstens nicht ausschließlich. Er war immerhin ein Königssohn und hatte ihr am Ende sogar die Heirat angeboten. Sie wäre zwar seine Zweitfrau, obwohl ihr Großvater ein König gewesen war, aber dann war sie ja auch nur als Stieftochter eines freien Bauern aufgewachsen, der nicht höher stand als seine nächsten Nachbarn. Sie hatte keine große Mitgift, mit der sie Solvi locken könnte, also musste er sie so nehmen, wie sie war. Obendrein sah er noch gut aus, auch wenn er zu klein für einen Krieger war, und unter seinen Hosen waren die Beine wohl vollkommen vernarbt. Vielleicht lehnten Frauen ihn deshalb ab. Beim Gedanken an ihren gemeinsamen Ritt, bevor sie wusste, wer er war, schoss ihr das Blut in den Kopf. Gegen ihren Körper gedrückt, hatte er sich ganz als Mann angefühlt.

Sie verdrängte rasch alle Gedanken in diese Richtung. Solvi war ein Mann ohne Ehre, der sich schneller Feinde als Verbündete machte, und auf dem Thing waren alle der Meinung gewesen, bei einem eventuellen Krieg wäre er auf der Verliererseite. Sein Schwert für eine gerechte Sache zu verdingen, war keine Schande, aber ein heimtückischer Mord – nein, ihn konnte sie unmöglich als Mann in Betracht ziehen. Solvi hatte ganz unbekümmert zugegeben, dass er Ragnvald hatte töten wollen. Als wäre Ragnvald zu töten nur ein Dummejungenstreich für ihn. Und mit ihr spielte er nun auf dieselbe Weise. Sicher würde er kaum an sie denken, höchstens als Preis, der ihm durch die Lappen gegangen war, nicht mehr und nicht weniger wichtig als ein silberner Armreif.

Sie drehte sich schnaubend um. Hilda murmelte etwas im Schlaf und zog die Decken zurück, die Svanhild mitgezerrt hatte. Sollte doch Hrolf einen Mann für sie finden. Ohne Ragnvalds Einwilligung und Mitgift könnte er höchstens eine Verlobung zustande bringen. Nach dem Gesetz hatte sie das Recht, eine Heirat auszuschlagen, aber wenn ein Mann sie entführte und vergewaltigte und ihrem Beschützer dann einen angemessenen Preis bezahlte, dann wäre sie auch gegen ihren

Willen verheiratet. Könnte Hrolf etwas in dieser Art beabsichtigen? Glaubte er so wenig an Ragnvalds Rückkehr?

Hrolf hatte bestimmt nicht die Absicht, sie mit einer Mitgift auszustatten. Er würde wahrscheinlich einen der Bauern im Süden aussuchen, mit Land in der Nähe von Ardal, weit weg von seinem Hof. Vielleicht wäre ihr Mann oft auf Reisen. Vielleicht würde er sterben und sie als unabhängige Witwe zurücklassen. Dann könnte sie sich nach eigenem Gusto Liebhaber nehmen, solange sie darauf achtete, nicht schwanger zu werden. Es war schon ein Wunder, dass nicht mehr Frauen ihre Männer ermordeten. Vielleicht hatten sie Angst vor dem Alleinsein.

Hilda konnte sie von ihren Überlegungen nichts anvertrauen, denn Hilda fürchtete sich sogar, über die Dinge nachzudenken, die einer Frau eigentlich Lust verschafften. Sie war erstaunt, dass Hilda den Mut gefunden hatte, ihren Anspruch auf Ragnvald so öffentlich zu bekunden. Die Hilda, die sie hier auf Hrolfs Hof kennenlernte, war lange nicht so wagemutig. Vorsichtig, um Hilda und Ingifrid nicht zu stören, drehte sie sich wieder um und betete den Morgen herbei. Einen Augenblick lang fehlte ihr Vigdis, denn Vigdis kannte alle Tricks einer Frau in einer Männerwelt. Sie wusste, wie man Einfluss gewann und all das bekam, das man haben wollte. Was Vigdis wollte, war zwar etwas anderes als das, was Svanhild wollte, aber wenigstens war sie nicht so passiv wie alle anderen Frauen, die Svanhild kannte.

*

»Svanhild, deine Stiefmutter ist bekannt für ihre guten Getreidekuchen. Weißt du, wie man die macht?«, fragte Bergdis eines Morgens. Es war am ersten Tag der Dreschzeit, die von den Göttern Frey und Freya festgelegt war, also gab das Haus ein Fest.

Svanhild bejahte und zeigte ihr, wie es gemacht wurde. Seit dem Tag, an dem sie Egil beleidigt hatte, hatte sie mit Hrolf und seiner Frau kaum ein Wort gewechselt.

Nach dem Backen schickte Bergdis Svanhild ins Bad, da die Gäste nach und nach eintrafen. Das Bad war ein Festtagsgeschenk. Hörige hatten Wasser angeheizt, und Svanhild genoss es, einmal nicht als Letzte in die Wanne zu sinken, nachdem alle Schwestern schon darin gewesen waren. Sie bürstete ihr Haar an der Feuerstelle im Bad und sah, wie die Funken aufsprühten, wenn Wassertröpfchen auf das brennende Holz fielen.

Als sie in die Halle zurückging, trafen Gäste von Westen her ein. Sie erkannte einige wieder, die beim Thing gewesen waren oder in umliegenden Höfen wohnten. Als sie sich anschickte, in die Küche zu gehen, um zu sehen, wo sie helfen konnte, sah sie eine Person vom Pferd steigen, die ihr bekannt vorkam. Einen Augenblick lang fürchtete sie, es sei Olaf, und der Kamm rutschte ihr aus den feuchten Händen. Doch als sie näher hinsah, wurde ihr klar, dass es Thorkell war, groß und schmal wie Olaf, und mit einem Schimmer von Goldbronze im Haar und auf der Haut. Er trug einen dunkelroten Mantel. Deshalb also hatte Bergdis ihr ein erstes Bad gespendet.

Hrolf würde sie zwar nicht zu Olaf zurückschicken, aber er würde das Naheliegende beschließen. Sie rannte in die Küche hinaus.

»Thorkell ist da«, sagte sie zu Bergdis und Hilda, die Fleisch auf Platten anrichteten. »Meint ihr, Olaf hat ihn geschickt?«

»Nein«, antwortete Bergdis und strich Svanhild eine Strähne aus dem Gesicht. »Mein Mann hat ihn eingeladen. Er dachte, du würdest dich freuen.«

Svanhild wich vor Bergdis' Berührung zurück. »Nein, so etwas könnte er niemals denken. Olaf wollte doch, dass ich Thorkell heirate.«

Auf Bergdis schien das nicht die Wirkung zu haben, die Svanhild sich erhofft hatte. »Und wolltest du das nicht?«, fragte sie.

»Nein«, rief Svanhild wütend.

»Warum eigentlich nicht?«, fragte Bergdis. »Du hättest doch sicher gerne, dass zwischen deinem Bruder und deinem Stiefvater wieder Frieden einkehrt. Das ist doch die vornehmste Aufgabe einer Frau.«

Einige Sagas erzählten möglicherweise von friedensstiftenden Frauen, doch Svanhild fühlte sich eher zu jenen hingezogen, die ihre unentschlossenen Männer zu Krieg und Rache anstachelten. »Ragnvald würde das nicht wollen. Warum will Hrolf das?«

»Hast du denn solche Angst vor ihm, Svanhild?«

Svanhild schüttelte den Kopf. Sie hatte keine Angst vor ihm, sondern weil sie so hilflos war.

»Dann denke daran, dass du unser Gast bist, ebenso wie er«, sagte Bergdis mit Nachdruck. »Ihr werdet beide höflich miteinander umgehen.«

»Das musst du *ihm* sagen«, erwiderte Svanhild. Schließlich wäre es unhöflich, wenn er sie entführte.

*

Auf Hrolfs Hof lebten genug Frauen, die beim Fest Essen und Trinken auftragen konnten, also schickte Bergdis Svanhild an Thorkells Seite. Sie saß hölzern neben ihm und versuchte, ihren Körper von seinem fernzuhalten, doch gelang ihr das nicht immer, wenn er ihr näher rückte.

»An wen muss ich denn jetzt den Brautpreis zahlen?«, fragte Thorkell bei einem Versuch, mit ihr zu scherzen. »Du hast so viele Beschützer.«

»Und doch zu wenige«, murmelte Svanhild.

»Ach, das werde ich schon richten.«

»Du zahlst überhaupt keinen Brautpreis«, erwiderte sie steif. »Ohne Einverständnis meines Bruders habe ich das Recht, diese Partie auszuschlagen, und das werde ich auch.«

Sein Lächeln erstarb, und sie bekam wieder Angst. »Hrolf hat mir die Nachricht geschickt, dass du gerne von hier weg willst«, sagte er.

»Das stimmt. Aber nicht mit dir. Mein Stiefvater hat weder mit mir noch mit meinem Bruder etwas Gutes im Sinn. Nimm dir eine von Hrolfs Töchtern, nicht mich.«

»Ich will keine von Hrolfs Töchtern. Du bist anmutiger als jede von denen.«

Svanhild nahm an, dass das als Kompliment gemeint war. Thorkell war galanter, als sie es normalerweise von einem Mann seiner Generation erwarten konnte, aber sie fühlte sich nur noch mehr in die Enge getrieben.

»Du willst mich nur, weil du denkst, dass du dann meinen Bruder in der Hand hast«, sagte Svanhild. »Ich bin deine Geisel, wenn er Olaf an den Kragen will.«

»Was für ein misstrauisches Köpfchen! Sicher wirst du vor deiner Zeit alt.« Thorkell lachte, aber es klang hohl. »Du kneifst beim Kükenzählen gewiss die Augen zusammen und beschuldigst die Hörigen, ein paar geklaut zu haben.«

»Sicher nicht auf deinem Hof«, sagte Svanhild mit Kopfschütteln. Ein paar Tränen konnte sie nicht unterdrücken und wischte sie sich mit der Hand weg. »Bitte, verlange das nicht von mir. Blamiere nicht dich und unseren Gastgeber.«

Sein Griff auf ihrem Arm wurde hart. »Du wurdest mir versprochen, Svanhild Eysteinsdatter, und ich krieg dich so oder so. Wer könnte mich hier daran hindern, wenn das mein Wille ist?«

Svanhild schluckte trocken und sah sich um. Wer auf diesem Fest bemerkte, was ihr geschah? Hildas Schwester Malma sah nachdenklich zu ihnen herüber, aber ansonsten unterhielten sich alle; die Männer schlossen Wetten auf die Würfel ab, leerten sich gegenseitig die Weingläser oder schäkerten mit Hrolfs Frauen. Svanhild war ganz allein unter ihnen. Thorkell hatte ihren Arm immer noch im Griff.

»Niemand hier wird dich daran hindern«, sagte sie mit gesenktem Kopf. Das war nun mal so. Ragnvald könnte niemals rechtzeitig hier sein. Hilda würde wegen ihr weinen, aber nicht dazwischentreten. Eine Frau musste nun mal verheiratet werden, würde Hilda denken, so oder so.

»Dass wir uns da verstehen«, sagte Thorkell, »ich wäre kein übler Ehemann. Was dir fehlt, ist eine feste Hand.«

»Ja«, erwiderte Svanhild, noch immer mit gesenktem Kopf. Er musste den Eindruck gewinnen, dass sie sich unterordnete. »Das habe ich verstanden.«

*

Sobald sie konnte, entschuldigte sich Svanhild vom Fest, um die abendlichen Aufgaben draußen zu übernehmen: Wasser holen und den Schweinen die Essensreste bringen. Nachdem sie zugestimmt hatte, dass Thorkell mit ihr verfahren konnte, wie er wollte, war er wieder freundlicher geworden. Er sollte Hilda heiraten, dachte Svanhild. Sie wäre wenigstens groß genug, seine monströsen Kinder auszutragen. Bei dem Gedanken, mit ihm zusammen im Bett zu liegen, wo er sie noch mehr begrapschen würde als heute, stieg in ihr dieselbe Panik auf wie damals, als Olaf und Vigdis sie gefesselt hatten. Sie wollte niemals und niemandem so ausgeliefert sein.

Die Schweine waren in einem ummauerten Pferch neben

der Küche untergebracht. Svanhild warf ihnen die aufgeweichten Brotscheiben hin und sah dem Gerangel zu. Die Schweine in Ardal konnten frei herumlaufen, aber hier musste man sie vor dem Wolf schützen, der aus den Wäldern kam. Wenn sie schon überall Angst haben musste und selbst hier nicht geschützt war, dann könnte sie ebenso gut auch zu Ragnvald gehen. Zumindest würde er sie nicht gegen ihren Willen verheiraten.

Bergdis rief von der Küchentür aus nach ihr. Svanhild biss die Zähne zusammen und ging über die Wiese hinüber. Sie durfte sich nichts anmerken lassen, aber heute Nacht musste sie fliehen, bevor Thorkell etwas spitzbekam und seine Androhung wahr machte.

»Du warst ein braves Mädchen heute Abend«, sagte Bergdis und belohnte sie mit einer kleinen Umarmung und einem Kuss auf die Stirn. Bergdis pries sie nur, weil sie sich untergeordnet hatte, trotzdem schossen Svanhild Tränen in die Augen. Unter diesen Frauen könnte sie sich geliebt und vertraut fühlen, wenn sie nur den Weg einschlug, den man ihr gewiesen hatte. Bergdis wollte für sie dieselbe Abhängigkeit, der sie selbst ihr Leben gewidmet hatte; sie wollte, dass die Gefahr gebannt würde und Svanhild in die Verantwortung anderer überginge. Svanhild senkte den Kopf und musste Verlegenheit nicht vortäuschen. Sollte Bergdis doch denken, sie sei wegen ihrer bevorstehenden Hochzeit scheu.

In dieser Nacht suchte Hilda das Gespräch mit Svanhild, um sich zu überzeugen, dass sie weder ihr noch ihrem Vater die Schuld an Thorkells Kommen gab. Svanhild antwortete nur kurz und gab vor, müde zu sein; bald darauf hörte sie Hildas Schnarchen. Sie wartete noch, bis alle im Haus, einschließlich der besuchenden Bauern, in den vom Alkohol schweren Schlaf sanken, der den Festen zu folgen pflegte. Als sie sich aufrichtete, hörte sie Laute der Lust von irgendwo auf dem Hof. Ein Bauer mit seiner Frau vielleicht, oder zwei Hörige, die sich liebten, was sie nicht durften, wenn ihre Herren wach waren.

Vorsichtig stieg sie aus dem Bett und ging auf Zehenspitzen zum Vorhang, der ihren Schlafbereich vom übrigen Hof trennte. Sie umging die Bediensteten, die in der Küche schliefen, und schlich sich in eine seitliche Vorratskammer, wo sie so lautlos wie möglich einen Stapel harter Roggenlaibe von einem Regal nahm und in einem Sack verschwinden ließ.

Leise öffnete sie die Tür der Vorratskammer und trat in die Nacht hinaus. Am Horizont kündigte sich schon die Morgendämmerung an, doch über ihr blinkten die Sterne. Sie fröstelte, zog ihren Reiseumhang über und band ihren Dolch an den Gurt um die Taille. Ihr Haar ließ sie unter dem Kragen verschwinden und zog sich den Hut tief ins Gesicht. Wenn sie Glück hatte, würde niemand sie so genau ansehen. Frauen reisten in der Regel nicht länger als einen Tag allein. Im Umkreis von Hrolfs Hof war sie zwar bekannt und deshalb noch sicher, allerdings nicht vor einer Auslieferung.

Sie musste ihren Weg zurück zum Thingplatz finden, und dort würde hoffentlich ein Trampelpfad zum Lustra-Fjord zurückgeblieben sein. Falls sie kein Fischerboot fand, das sie nach Yrjar zu Ragnvald brachte, könnte sie vielleicht über Land zum Marktflecken Kaupanger dort in der Gegend gehen. Von da aus könnte sie auf jeden Fall ein Schiff finden oder vielleicht Neuigkeiten erfahren. Sie könnte ihren Schmuck versilbern, um Geld für eine Überfahrt zu bekommen.

Nachts sah das Land um Hrolfs Hof ganz anders aus. Sie hatte versucht, sich auf dem Weg vom Thingplatz im Jostetal hierher Orientierungspunkte einzuprägen, so wie Ragnvald es ihr beigebracht hatte, und hatte sich auch umgedreht, um sich den Anblick der Landschaft hinter sich zu merken, doch was im Tageslicht ein Orientierungspunkt gewesen war, erschien nun wie eine Silhouette oder war ganz im Dunkeln verloren.

Sie folgte dem ausgewiesenen Weg von Hrolfs Hof den Berg hinunter, bog an einem schiefen Cairn ab und ging querfeldein über freies Gelände. Bis zum Morgen würde niemand ihre Flucht bemerken. Hilda würde keinen Alarm schlagen, dachte Svanhild, nicht solange sie die Sache geheimhalten konnte. Ob Thorkell sie dann verfolgen würde, wusste sie natürlich nicht.

Sie sah einen Cairn, aber es war der falsche, zu viele Steine aufeinander, von orangefarbenen Flechten überzogen. Sie erinnerte sich daran, dass einem ein Weg ins Unbekannte immer länger erschien. Hinter ihr war das Grau von Hrolfs Hof vor dem Schwarz der Bergsilhouetten verschwunden. Die Steinwälle, die Hrolfs Felder von denen der Nachbarn trennten, erschienen ihr wie lauernde schwarze Ungeheuer. In ihrem Schatten konnte sich alles Mögliche verbergen.

Eigentlich hätte sie nun schon den Cairn erreicht haben müssen, aber zurück würde sie auf keinen Fall gehen. Sie stapfte durch einen Bach, an den sie sich nicht erinnern konnte. Hatte es denn seit letzter Woche so viel geregnet, dass ein neuer Bach entstehen konnte? Sie war zu nervös, um sich zu erinnern. Es begann ein wenig zu regnen.

Der Pfad führte durch ein dunkles Gehölz, und Svanhild entschied sich, hier auf den Morgen zu warten. Panik überkam sie, ganz gleich, in welche Richtung sie sich wandte, die grundlose Panik, die sie Energie kosten und genau in jene Richtung lenken würde, die sie am meisten fürchtete. Panik konnte töten, hatte Ragnvald sie gelehrt; sie verbrauchte Energie und trieb Menschen in die Fallen ihrer Feinde oder im Dunkeln über Felsklippen. Sie setzte sich hin, um auszuruhen.

Plötzlich schlug ein Blitz ein – keine zwanzig Fuß vor ihr

in den Boden. Sie schrie auf und stolperte zurück. Das Bild einer Eiche hatte sich ihr ins Hirn gebrannt. Ein weiterer Schlag war von hinten zu hören. Sie fing an zu rennen, ohne auf Zweige zu achten, die ihre Füße peitschten und an ihrer Kleidung zerrten. Einmal verfing sie sich in einem Dornenbusch und riss sich los, wobei sie sich den ganzen Arm zerkratzte. Ihr Bündel mit Brot und Kleidung wurde immer schwerer.

Ihr war kalt, und sie war den Tränen nahe. Sie musste unbedingt anhalten, oder sie würde sich verletzen. Es war Loki, erzählten sich die Leute, der die Menschen im Wald verrückt machte und sie orientierungslos werden ließ, so dass sie Norden nicht mehr von Süden unterscheiden konnten, selbst wenn die Sonne hell am Himmel stand.

Sie kroch unter den Schutz eines umgefallenen Baums, legte den Sack auf den Boden, wo er am trockensten schien, und verstreute Blätter darüber. Ihr Kleiderbündel benutzte sie als Kissen. Hier konnte sie ruhen, bis der Sturm vorbei war, und dann nach Kaupanger weitergehen.

KAPITEL 17

Während die Männer ihr Mahl beendeten, stand Hakon auf und hob an zu sprechen. Wie durch Zauberhand brachte seine Anwesenheit jedes Gespräch zum Verstummen. Selbst Harald unterbrach seinen Flirt mit – nein, das war schon nicht mehr Asa Hakonsdatter, sondern eine brünette Sklavin mit üppigen Brüsten, die sich sogar durch das grobe selbstgesponnene Tuch ihres Kleides abzeichneten.

Hakons Stimme zog Ragnvalds Aufmerksamkeit wieder auf sich. Das königliche Blut verlieh ihm jene Macht. Ragnvald fragte sich, ob er diese Fähigkeit auch besaß. Es schien, als hätte er in letzter Zeit nur dann Aufmerksamkeit erregt, wenn er in Schwierigkeiten geriet oder sich bei den Gerichtsverfahren demütigen ließ.

»Ich heiße unsere neuen Schwertkämpfer willkommen«, sagte Hakon. »Ihr müsst heute Nacht eifrig dem Bier zusprechen, damit eure Schwerter einen tiefen Schluck vom Blut eurer Feinde nehmen können.« In diesem Ton sprach er weiter, hieß die Männer im Allgemeinen willkommen und hob dann einige von ihnen besonders heraus, Söhne wohlhabender Bauern und Fürsten von Süd-Maer. Ragnvald sah zu, wie die Männer aufstanden, um vorgestellt zu werden und ihren Trinkspruch entgegenzunehmen, und versuchte sich ihre Namen und Gesichter einzuprägen.

»Und wir sind besonders geehrt, dass Ragnvald Eysteinsson sich uns angeschlossen hat«, sagte Hakon schließlich. »Ragnvald, komm und leiste deinen Eid, danach werdet ihr euren Schwur ablegen.«

Ragnvald stand auf.

»Gib mir dein Schwert«, sagte Hakon, als Ragnvald auf ihn zutrat. Ragnvald spürte die Blicke aller auf sich, und die eine Seite seines Gesichts lief rot an. Er zog sein Schwert halb aus der Scheide und richtete das Heft auf Hakon, der das Schwert ganz herauszog.

»Ich gebe meinen Stammbaum bekannt«, sagte Ragnvald, dann nannte er Vater, Großvater, Urgroßvater, fasste weitere Generationen zusammen, indem er nur herausragende Vorfahren namentlich erwähnte, bis er auf Fornjót den Riesen zu sprechen kam, der fast fünfzig Generationen zurücklag, und davor auf Odin selbst.

»Ich habe überlebt ...«, schloss Ragnvald, und seine Lippen kräuselten sich spöttisch. An dieser Stelle des Schwures sollte er seine Heldentaten aufzählen, die Hakon dazu bringen sollten, ihn zum Fürsten zu erheben, als unter Eid stehenden Krieger in seinem Heer. »Ich habe den Mordversuch von Solvi und meinem Stiefvater überlebt.« Und auch sein eigenes unbesonnenes Verhalten bei der Gerichtsverhandlung. Er richtete den Blick weiter fest auf das Schwert in seinen und Hakons Händen. »Ich hoffe, dass ich größere Schlachten gewinne als die in seinen Diensten.«

Hakon ließ das Schwert los. »Ragnvald ist viel zu bescheiden«, sagte er zu der Menge, und dann, an Ragnvald gewandt: »Das verschafft ihm keine Anerkennung.«

Ragnvalds hochrotes Gesicht erglühte nur noch stärker. Er hatte nicht erwartet, dass er durch die Weigerung, sich seiner Taten zu rühmen, seinen Gastgeber beleidigen könnte, der ihn auserwählt hatte. Hakon fuhr fort: »Ihr alle, bittet ihn, euch von dem Draugr zu berichten, den er vor gerade mal zwei Tagen getötet hat. Oder besser noch, Skalde«, er deutete auf den Mann, der sie von der Thing-Versammlung zurückbegleitet hatte, »lehr deine Gefährten Ragnvalds Lied. Sorge dafür, dass es landauf, landab gesungen wird, damit alle Menschen seinen Namen kennen und den Namen seines Königs.« Er wandte sich wieder an Ragnvald. »Ergreife jetzt dieses Schwert.« Er reichte es mit beiden Händen zurück an Ragnvald, und dieser nahm es auch mit beiden Händen entgegen.

»Ich nehme dieses Schwert an«, fuhr Ragnvald fort, »und den Herrn, der es mir übergibt. Bis ans Ende meiner Tage oder bis du mich von meinem Eid entbindest, wird mein Tod zwischen dir und der Gefahr stehen. Wenn du fällst, werde ich dich rächen.«

Er richtete den Blick auf Harald, der ihn mit undurchdringlicher Miene erwiderte.

»Sollten nicht einige dieser Männer ihren Eid auf uns ablegen?«, fragte Harald seinen Onkel, ohne seine Stimme zu senken. »Ich will, dass Norwegens Helden auf mich vereidigt werden.« Ragnvald senkte den Blick, besorgt darüber, dass andere sehen könnten, wie sehr es ihn freute, sich so beschrieben zu hören, obgleich er nicht viel von Haralds rücksichtsloser Offenheit hielt.

»Still«, sagte Guthorm. »Wenn Hakon dir seine Gefolgschaft schwört, dann gilt das auch für alle diese Männer.«

»Ich bete darum, dass du Norwegens König zu einem Mann machst, der es wert ist, dass man ihm gegenüber den Eid ablegt, aber für den Moment bin ich der stärkste König im Norden«, erklärte Hakon. Harald nahm eine drohende Haltung ein, doch Hakon fuhr fort: »Bleib ruhig. Ich für meinen Teil muss den Eid ablegen, daher strafen mich die Götter nicht.«

Hakon verkündete seine Version des Schwurs, indem er seine Vorfahren ebenfalls zurück bis Odin aufzählte. Er bezog sich wörtlich auf Ragnvald, indem er ihren gemeinsamen Vorfahren Sveidi erwähnte, der nur fünf Generationen zurücklag. Ragnvald wusste, wo Sveidis Grabstätte lag. Hakon bezeichnete ihn als Verwandten. »Ich werde euer Herr sein, bis du mir einen Dienst erwiesen hast, und ich dir geholfen habe, dein Land von deinem Stiefvater zurückzugewinnen. Dann wirst du von deinem Eid entbunden sein.«

Ragnvald blickte überrascht zu ihm auf. Er hatte erwartet, dass Hakon vielleicht einen lebenslangen Schwur von ihm fordern würde, dass er niemals Waffen gegen ihn erheben werde.

Hakon zuckte mit den Schultern. »Es gibt kein Schwert, das so gut ist, dass es dein ganzes Leben bestimmt, Ragnvald.« Er lächelte und formte mit seinen Fingern das Zeichen gegen Unglück. »Nur die Schicksalsgöttinnen können das.«

Ragnvald neigte erneut den Kopf und ging wie benommen zu seinem Platz zurück. Hakon rief weitere Krieger auf, ihren Eid für ihn abzulegen, ein paar einzelne, dann die übrigen als Gruppe. Ragnvald leerte sein Bier, das ihm noch stärker zu Kopf zu steigen schien als sonst. Ihm unbekannte Männer gratulierten ihm und brachten ihm mehr zu trinken. Ein Skalde sang von seinem Kampf mit dem Draugr, und Ragnvald stillte seinen Durst, bis er nicht mehr verstand, was gesagt wurde.

*

Als sein Kopf am nächsten Morgen wieder halbwegs klar war, ging Ragnvald hinunter zu den Schiffen, die auf dem breiten Sandstrand lagen, um zu sehen, ob er helfen konnte. Er brannte darauf, zu kämpfen und sich zu beweisen. Hakons Oberster Lotse, Grim, war ein kleiner, schweigsamer Mann mit einem

Gesicht, das von einem Leben auf hoher See tief gefurcht und wie Leder gegerbt war. Er schien niemanden zu mögen, am wenigsten jedoch Ragnvald, der einen schmerzhaften Hieb auf die Hände erhielt, als er beim Entladen des Schiffs zu helfen versuchte.

»Weißt du, wo die Wassertanks hingehören, damit das Schiff bei hoher See nicht kentert?«, herrschte ihn Grim an, und anschließend, noch bevor er den Mund zu einer Antwort öffnen konnte, knurrte er: »Das glaub ich nicht. Überlass diese Arbeit den echten Seeleuten.«

Es gab noch eine Menge andere Aufgaben für die wartenden Krieger. Ragnvald half Oddi und Davith beim Aufrollen eines zweiten Segels für jedes Schiff, für den Fall, dass das erste fortgerissen wurde. Ein Mast konnte ersetzt werden, aber jedes Segel umfasste genug Tuch, um ganze Kleidungssets für jeden Mann an Bord zu fertigen, und wurde in einem Karomuster aus Blau und Weiß eingefärbt – Hakons Farben. Die Wolle war grob; sie machte seine Hände fettig und trieb winzige, harte Fasern in seine Fingerspitzen. Segelwolle war ungewaschen, denn die natürlichen Wachse verhinderten, dass der Regen sie durchtränkte und das Segel so schwer wurde, dass die Spiere brachen.

Ragnvald dachte an Svanhilds Hände, nachdem sie einen Winter lang die groben Fasern gesponnen hatten. Seine Schwertschwielen wurden im langen Winter, den er drinnen verbrachte, weicher, während ihre Hände dann rauer wurden, rissig von der Kälte und der schweren Arbeit. Ragnvald flüsterte ein Gebet an die Meeresgöttin Ran, in dem er ihr für das Segel dankte, das sie davor bewahrte, jede lange Meile zwischen hier und wo immer Hakon seinen Angriff plante, rudern zu müssen. In dem Gebet drückte er seine Hoffnung aus, dass die Göttin ihnen sichere Wiederkehr gewährte und ihr Netz nicht über ihnen auswarf. Er bat auch darum, wenn sie über ihn wachte, dass sie auch ihren Schutz auf Svanhild erstreckte, ganz gleich, wie weit sie vom Meer entfernt war.

Oddi hatte früher gerne Svanhilds Geschichten gelauscht, wie oft sie in Schwierigkeiten geriet, und Ragnvald nährte Hoffnungen, dass Oddi sie vielleicht zur Frau nehmen würde, wenn sie zurückkehrten.

»Gibt es in deinem Haushalt keine Sklaven für diese Arbeit?«, fragte Oddi.

»Svanhild hat so schlecht gesponnen, dass man ihr nur gestattete, Segelwolle zu spinnen«, erwiderte Ragnvald, zunächst lachend, dann besorgt. Ein Mann brauchte eine Frau, die spinnen konnte, und gut spinnen konnte. »Ehrlich gesagt, ich glaube, sie mochte das Spinnen, wenn sie es im Freien verrichten konnte.«

»Meine Mutter hat es mich gelehrt, als ich ein Kind war«, sagte Oddi. In ärmeren Familien ohne genug Sklavinnen spann im Winter jeder, wie Ragnvald wusste, nicht nur die Frauen. Ragnvald lächelte und versuchte sich seinen Stiefbruder Sigurd mit einer Spindel vorzustellen. Er würde damit noch mehr kämpfen als Svanhild.

»Und warst du gut darin?«, wollte Ragnvald wissen.

»Es gab Schlechtere«, erwiderte Oddi. »Aber dann starb sie, und mein Vater hat mich mit sich genommen. Vermutlich wäre ich sonst auf ein Schiff nach Island verkauft worden, hätte mich als Leibeigener verdungen, bis ich meine Überfahrt abbezahlt hätte und erwachsen geworden wäre.«

Ragnvald brummte zustimmend. Er hatte nicht gewusst, dass Oddi solch ärmlicher Herkunft war. Als sie sich kennengelernt hatten, war Oddi schon ein ungestümer Jungspund gewesen, der von seinem Vater verwöhnt war und ein Schwert hielt und keine Spindel. Ragnvald hatte sich ausgemalt, dass

Oddi – wie Abschaum behandelt – am Hof Hakons aufgewachsen und dort abgebrüht und bitter geworden war, von allem, was er dort gesehen hatte.

»Ich bin froh, dass es anders für dich gekommen ist«, sagte Ragnvald schließlich, da Oddi anscheinend eine Antwort von ihm erwartete.

»Manchmal bin ich mir da nicht so sicher«, sinnierte Oddi. »Ich bin am Hof meines Vaters nichts weiter als ein Parasit. Ich werde dort nur durchgefüttert. Mein Vater wird mich nicht zum Erben machen, wenn er so viele leibliche Söhne hat.«

»Ein anderer Mann könnte seine leiblichen Brüder töten und sich selbst zum König ausrufen«, entgegnete Ragnvald zum Spaß, obgleich er sich das ernsthaft fragte. Wenn Oddi mehr Ehrgeiz hätte, wäre er vielleicht schon höher aufgestiegen.

»Oje, ich bin wirklich nicht der Typ eines Brudermörders«, meinte Oddi. »Weder einer, der mordet, noch einer, der ermordet wird.« Und so hatte er lieber versucht, sich unbemerkt durchzumogeln und weder Ehrgeiz an den Tag zu legen noch Vetternwirtschaft zu betreiben.

»Ich hoffe, es kommt gut heraus für dich«, meinte Ragnvald. »Ich werde mich auf deine Seite stellen, wenn es einmal nötig wird.«

»Auf meine Seite? Nicht dazwischen?«, spottete Oddi. Er griff zwischen seine Beine. »Dazwischen gehört alles mir – und ich will nicht, dass du dort eingreifst.« Ragnvald fiel in sein Lachen ein, beschloss aber, Heming besser im Auge zu behalten, nicht nur um seiner selbst willen.

*

Dennoch dauerte es mehrere Tage, bevor die Schiffe und Männer bereit zum Aufbruch waren. Hakon und Guthorm verbrachten lange Stunden in vertraulicher Unterredung, bei der sie entweder am Strand entlanggingen oder abends vor dem Feuer saßen und sich mit gedämpfter Stimme unterhielten, während die Wachen um sie herum einen Abstand von zehn Schritten sicherten. Harald und Heming gesellten sich von Zeit zu Zeit zu ihnen, doch jeder von ihnen langweilte sich bald, und sie suchten einen angenehmeren Zeitvertreib – Harald trainierte mit den Kriegern oder allein mit seiner neuen Frau, und Heming wettete bei Hundekämpfen.

Die Essenz ihrer Meinungsverschiedenheit ließ sich leicht heraushören, ganz gleich wie viel Mühe Hakon und Guthorm sich auch gaben, ihren Disput leise zu führen. Hakon wollte Haralds Unterstützung dabei, Solvi und Hunthiof in Tafjord anzugreifen, besonders nach der Erkenntnis von Smola, dass die Vagabunden von Tafjord bei ihren Raubzügen in diesem Sommer nicht weit von der Heimat übers Meer segeln wollten. Guthorm brauchte Hakons Hilfe, um Hordaland im Süden zu unterwerfen. Harald und Guthorm hatten den Großteil des Landes rund um Vestfold unter ihre Herrschaft gebracht, und Hordaland war der nächste Schritt in ihren Expansionsbestrebungen. Die Spannungen zwischen ihren Reichen fachten Kämpfe zwischen Haralds und Hakons Männern an.

Zwei Männer kämpften eines Morgens am Strand, und Ragnvald wurde aus dem Schlaf geweckt, um den Streit zu schlichten. Als er dort ankam, fielen sie auf das Boot eines kleinen Schiffes und zerbrachen das Seitendeck. Ragnvald sprang vor, um Hakons Mann wegzuzerren, während Haralds Freund Thorbrand den anderen heraufzog. Thorbrand war ein kleiner, bulliger Mann mit sandfarbenen Locken. Schöne Haare rund um ein wenig schönes Gesicht. Ragnvald hielt ihn für dumm, bis er in Thorbrands Lächeln Intelligenz und einen unbefangenen Humor ausmachen konnte.

»Was sollen wir deiner Meinung nach machen?«, fragte Thorbrand, nachdem die beiden raufenden Krieger sich in ihre Lager zurückgezogen hatten.

»Brecht so bald wie möglich auf«, sagte Ragnvald. »Dieses Warten fördert nur Unzufriedenheit.«

»Nein, wo sollen wir denn zuerst angreifen?«

»Ich sehe beide Seiten«, erwiderte Ragnvald.

»Das hab ich schon über dich gehört, aber sag mir, wenn du entscheiden könntest, in welcher Reihenfolge würdest du deine Angriffe planen?«

»Ich diene Hakon«, erklärte Ragnvald, »und Solvi Hunthiofsson hat mir übel mitgespielt.« Er wollte Thorbrand etwas anvertrauen. »Ich stamme aus Sgon, und Hakon will Heming in Maer als Herrscher einsetzen. Es wäre nur eine Frage der Zeit, bevor er wieder nach Süden blickt. Ohne einen mächtigen König wäre Sogn leicht zu erobern. Daher kann ich wirklich beide Seiten sehen.«

»Du bist der Sohn von Eystein, und der wiederum war Sohn König Ivars, der über ganz Sogn herrschte«, sagte Thorbrand. »Dein Großvater war ein großer Mann.«

»Ja«, bestätigte Ragnvald und versuchte, seine Bitterkeit zu verbergen. »Das Schicksal kann sich in kurzer Zeit wenden.«

*

Ragnvald ging mit Oddi über das Gelände und sah den Männern bei ihren Trainingskämpfen zu, zunächst waren es Paare, dann kämpften Gruppen gegeneinander. Immer wenn Harald die Diskussionen zwischen seinem Onkel und seinem Schwiegervater leid war, exerzierte er mit seinen Männern, und zwar in Kampftaktik, bei denen sich ein einzelner Krieger gegen eine Gruppe verteidigen musste. Ragnvald bat Haralds Waffenmeister, ihm Übungsschwerter zu leihen, und Oddi und Dagvith, mit ihm zu trainieren. Er versuchte die Übungen von Haralds Kriegern zu wiederholen und landete dabei rücklings im Dreck. Oddi reichte ihm den Arm, um ihm aufzuhelfen, und sie versuchten es aufs Neue.

Der Trick bei dieser Kampftechnik schien darin zu bestehen, mit Hilfe eines der Gegner die anderen abzulenken. Ragnvald erzielte größere Erfolge, als eine Gruppe Männer sich zum Zentrum des Lagers hin bewegte.

Ragnvald und Oddi folgten ihnen und fanden einen Kreis, der sich um die Stelle bildete, wo Harald Gruppen von Kriegern, bewaffnet mit Holzäxten, Knüppeln und Holzschwertern, abwehrte. Sie rannten zu viert und fünft gegen ihn an. An Ragnvalds Seite hörte man Oddi kaum atmen, und er wartete darauf, dass Harald unter dem Ansturm fiel. Er trat heraus, sein goldblonder Kopf ragte zwischen den dunkleren Kerlen heraus, und bewegte sich behände und mit wirbelnden Beinen, wehrte Angreifer ab und schleuderte den einen oder anderen von ihnen mit ungebändigter Kraft weit von sich.

Ragnvald hatte noch nie einen Mann sich so bewegen sehen wie Harald, zu schnell, als dass ihm jemand hätte folgen können, aber doch mit einer Anmut und Sicherheit, die seinen Bewegungen den Anschein gaben, als seien sie perfekt durchdacht, ohne einen einzelnen Atemzug zu verschwenden. Von Oddis Gesichtsausdruck zu schließen, hatte der ebenfalls noch nie so etwas gesehen. Harald hielt sich nicht stolz und misstrauisch wie ein Krieger. Seine mühelose Wendigkeit und Wildheit brauchten keine Körperhaltung. Schließlich hob Harald die Hand und bat um eine Pause, während ihm der Schweiß von seinem wirren Haarschopf troff. Die Männer um ihn herum klatschten Beifall. Harald brachte sie mit einer Geste zum Schweigen, bedeutete einem Diener, ihm einen Krug Bier zu bringen, dabei hob und senkte sich sein Brustkorb wie bei einem Hund nach einem Rennen.

»Es braucht mehr als einen Mann, um so viele Distrikte zu unterwerfen«, sagte Ragnvald zweifelnd.

»Sieh dich um«, sagte Oddi. »Wenn jemand das schafft, dann er.«

Sobald Harald seine Angreifer besiegt hatte, sprang er auf einen Stein und rief aus: »Hört mir zu, Männer. Morgen werden wir nach Hordaland marschieren. Jetzt, wo Vestfold unter unserer Herrschaft ist, werden diese die ersten neuen Distrikte meines Norwegens sein, eines Königreichs, das sich gegen Dänemark, England und sogar gegen das Frankenreich erheben wird. Ein Königreich, das seine Bürger vor Angreifern, sei es von unseren eigenen oder anderen Küsten, beschützen wird. Mein Königreich wird euch verbünden, so wie ihr euch mit mir verbündet.«

Die Männer jubelten, und auch Ragnvald applaudierte. Seit Jahrhunderten hatten dänische Könige ihr Herrschaftsgebiet ausgedehnt, und England war unter seinem König Alfred zusammengekommen, um eine Armee dänischer Eindringlinge abzuwehren. Ragnvald zweifelte jedoch daran, dass Harald selbst die nordischen Königreiche der Täler und Fjorde mit waldbedeckten Bergen und flachen Weisen vereinen könnte, doch mit jemandem wie Hakon könnte er vielleicht einen starken Bund schließen. Eine Allianz mächtiger Könige und eine starke Vision könnten zu einem Rudel Wölfe führen, die eine Halle eher schützten, als sie zu gefährden. Zumindest konnte er nun erkennen, was Hakon dazu veranlasst hatte, sich mit Harald zu verbünden.

*

Nach dem Austausch persönlicher Versprechen verkündete Hakon schließlich, sie würden tatsächlich in Hordaland einfallen, denn es sei reich, und jene, die es wünschten, könnten lieber den Winter in Vestfold verbringen, Haralds Bier trinken und für den Krieg im nächsten Jahr trainieren. Aus seinem Mund klang es wie eine erste Wahl, aber Hemings düstere Miene sprach Bände. Harald und Guthorm waren mit leeren Worten – Drohungen an Hunthiof, Versprechen gegenüber Hakon – nach Norden gekommen, und nun wollten sie abreisen, ohne irgendetwas davon erfüllt zu haben.

Nachdem sie die Segel gesetzt hatten und auf hoher See waren, wurde der Lotse Grim gesprächiger. Er setzte sich an das Steuerruder und deutete auf Berge, die als Orientierungspunkte dienen konnten: Bett des Riesen, Thors Hammer, Tyrs Hand. Heming versuchte die ganze Reise über, mit Ragnvald und Oddi um alles Mögliche zu wetten, wie viele Sprünge die Delphine schafften, bevor ihre Schiffe sie einholten, ob Grim sie an die Ruder rufen würde, wenn sie strandeten, oder ob er sein Können unter Beweis stellen würde, indem er das Schiff auch allein freibekam – und Tausende andere Dinge.

Ragnvald nahm nur selten an diesen Wetten teil; wenn er gewann, würde das Heming ärgern, und er hatte weder das Geld dafür noch Verlangen danach, zu verlieren. Oddi wettete jedoch, und seine Maulwurfsfell-Handschuhe wechselten ein Dutzend Mal den Besitzer, bevor das Schiff auf dem Weg nach Süden am Sogn-Fjord vorbeisegelte.

Harald und Guthorm segelten auf ihrem eigenen Schiff und führten einen separaten Konvoi an.

Ragnvald spähte bisweilen durch die Nebelschwaden zu den feinen Umrissen des königlichen Schiffs jenseits des Bugs hinüber. Es glitt dahin wie eine Seeschlange, wie es durch die Wellen schnitt, ohne je ins Schlingern zu geraten, und dann verschwand es, als ob es von seinem eigenen Wind davongejagt wurde.

Nach zwei Tagen auf See fanden alle Schiffe Platz an einem Strand, ein Stück nördlich der Mündung des Hardaner-Fjords, der Hauptader von Hordaland.

»Hier wäre ein guter Platz für eine Stadt«, sagte Harald zu Hakon, als sie sich am Abend um das Feuer niederließen. »Ein geschützter Hafen, Land für den Ackerbau und Berge als Schutzwälle.«

All dies lag auf einem schmalen Streifen vor ihnen. Höfe teilten bereits die flacheren Gebiete. Hoch oben ragte ein Felsen über die Felder heraus und diente als Ausguck. Feuer, die Männer auf den anderen Schiffen entzündet hatten, leuchteten über den Strand. Der Himmel bildete ein unergründliches blaues Zelt über ihnen, und orange- und pinkfarbene Streifen zogen sich über den Horizont.

Hakons und Haralds Günstlinge hatten sich um dieses Feuer versammelt, ebenso wie Söhne und Freunde und deren Gefolge. Ragnvald fand sich neben Thorbrand wieder, nicht zu seinem Schaden. Thorbrand war Haralds enger Freund, aber er hatte auch seinen eigenen Kopf.

Guthorm bat um Ruhe. »Morgen werden wir den Hardanger-Fjord hinauf in das Herz von Hordaland segeln«, rief er. Dort findet eine Zusammenkunft der Könige dieses Distrikts statt. Wir werden unsere Krieger dorthin mitnehmen und ihnen unsere Stärke vorführen. Sie werden alle ihren Treueeid gegenüber Harald ableisten. Sagt euren Männern Bescheid, sie sollen sich bereitmachen und heute Abend gut essen.«

*

Nach einer Tagesreise den Hardanger-Fjord hinauf versteckten sie die Schiffe unter einem Felsüberhang und warteten auf den Einbruch der Nacht. Guthorms Kundschafter berichteten, die sieben Küstenkönige von Hordaland hielten eine Zusammenkunft ab, um Grenzstreitigkeiten beizulegen und sich zu beraten, wie sie Angreifer von ihren Küsten fernhalten könnten. Sie wollten Wachen aufstellen, aber keine Heere dorthin bringen. Guthorms Streitmacht wäre im Vorteil.

Guthorm sandte Späher in verschiedene Richtungen aus, junge, schnelle Läufer, um die neuesten Nachrichten zu erfahren und sicherzustellen, dass die Zusammenkunft noch immer andauerte. Nach einem Vormittag des Wartens bei den Schiffen wurde Ragnvald unruhig. Er und Oddi baten Hakon um Erlaubnis, auf die Jagd zu gehen und alles an Wissenswertem zu erkunden, was sie herausfinden könnten. Sie kletterten in die bewaldete Anhöhe, wo die Felsen sich über die Baumwipfel erhoben, bis sie auf dem Gipfel zu einem Hain gelangten. Die Bäume dort waren klein und buschartig und nur locker in dem kargen Boden verankert. Unter so spärlichem Blätterdach war die Luft warm und trocken. Fliegen summten über den feuchten Stellen, die aus den Baumstümpfen herausdrangen.

Sie folgten eine Zeitlang einem Wildwechsel auf weichem Waldboden. Die angespannte Stille und das Jagdfieber besänftigten Ragnvalds Unrast. Dann kreuzte wie ein Geschenk der Götter ein Hirsch vor ihnen, ein junger Bock, um dessen Geweih sich noch der Bast wand. Ragnvalds Pfeil fand sein Ziel in seiner Kehle, als er sich auf einer sonnenbeschienenen Lichtung zum Trinken niederbückte. Er und Oddi weideten das Tier unter den Bäumen aus. Sie konnten es nicht riskieren, ein Feuer anzuzünden, daher setzten sie sich neben das Wildbret und aßen das getrocknete Fleisch, das sie als Proviant dabeihatten, und tranken aus einem Bierschlauch, den Oddi seit dem Festgelage in Yrjar als Vorrat bei sich trug.

»Du weißt, manchmal bin ich mir nicht sicher, ob ich dich sonderlich mag«, begann Oddi grinsend. »Du hast so viel Glück, und wenn nicht, dann bekommst du so viel Aufmerksamkeit.« Ragnvald war sprachlos. Er schätzte Oddi dafür, dass er immer aussprach, was andere dachten, aber es war bisweilen recht unbequem. Er nahm den Bierschlauch von ihm entgegen und drückte sich die Öffnung vorsichtig an die Lippen, damit auch ja nichts danebenlief. Das Bier war warm und bitter. Auch beruhigte es ihn noch mehr, und er freute sich nun auf den bevorstehenden Abend – auf eine Nacht des Kampfes und des Blutvergießens. Er fuhr mit der Zunge über seine Lippen.

»Oder vielmehr, ich dachte, ich könnte dich als einen Verbündeten an den Hof meines Vaters bringen, aber jetzt mache ich mir Sorgen, dass ich neben dir stehe, wenn jemand eine Axt auf dich schleudert«, fuhr Oddi fort.

»Hast du Angst, dass ich mich bücke?«, fragte Ragnvald belustigt.

»Du bist flink«, erwiderte Oddi grinsend.

»Ich bin dein Verbündeter«, entgegnete Ragnvald mit gebührendem Ernst. »Ich hoffe, eines Tages bedeutet das mehr als jetzt.«

»Stimmt«, meinte Oddi. »Sieh dich jedoch vor. Ich rechne auch Jarl Runolf zu meinen Freunden.« Jarl Runolf, dessen Blut den Duellplatz beim *Thing* benetzt hatte.

»Vielleicht ist es gefährlich, dein Freund zu sein«, meinte Ragnvald. Er meinte das als Scherz, bis er die Worte ausgesprochen hatte.

»Ich kann nicht am Hof meines Vaters bleiben«, sagte Oddi und nickte. »Das wird mir jetzt klar. Er hat bereits zu viele Söhne.«

»Wohin willst du gehen?«

»Ich habe einen Freund, der ein Jarl in Ardal sein wird und eines Tages König von Sogn. Er könnte einen Mann als Anführer für seine Krieger brauchen, oder einen, der seine Söhne das Kämpfen lehrt.«

»Sicher kann der Sohn eines Königs etwas Besseres finden als das«, wandte Ragnvald ein, und seine Zuneigung verlieh seinem Ton etwas Schroffes. Er und Oddi waren als Jungen Freunde gewesen, als Ragnvalds Vater noch gelebt und er an der ganzen Nordküste noch Verbündete gehabt hatte. Ständig waren Besucher nach Ardal gekommen, oder Eystein hatte seinen Sohn sowie seine Lieblingskrieger und -frauen mitgenommen, um die anderen Hallen auf kurzen Sommerreisen zu besuchen. Ragnvald hatte damals ebenfalls leichter Freundschaften geschlossen, denn er war noch zu jung, um misstrauisch zu sein. Und Olaf war nicht mehr für ihn gewesen als einer von Eysteins weniger gesprächigen Kriegern.

Ragnvald reichte den Bierschlauch an Oddi zurück, dessen Hände sich darum schlossen, als er plötzlich erstarrte. Ragnvald blickte auf und sah nun auch, was Oddi erspäht hatte: einen kleinen Jungen, mit dunklem zerzaustem Haar und verschmiertem Gesicht und Augen, die zu groß waren für sein Gesicht. Angst sprach aus dem Blick des Jungen, aber seine Kühnheit gewann die Oberhand.

»Das ist meines Vaters Land«, erklärte er.

»Und wer ist dein Vater?«, fragte Oddi.

»Jarl Lingorm«, erwiderte der Junge. »Er ist die rechte Hand des Königs.« Oddi blickte Ragnvald forschend an. Welcher König? Ragnvald wollte fragen, ließ es aber bleiben. Das hätte zu viel verraten.

»Ist er zu Hause?«, fragte Ragnvald. »Wir möchten ihn gerne treffen.« Er lächelte. »Und für den erlegten Hirsch bezahlen.« Ragnvalds Miene schien den Verdacht des Jungen zu bestärken; er zuckte zurück und verbarg seinen Körper hinter dem Baum vor ihm. Schlaues Kerlchen.

»Er ist zu Hause«, erklärte der Junge und reckte das Kinn, viel zu mutig, als dass es seine Worte unterstrich. Ragnvald schüttelte leicht den Kopf und hoffte, Oddi würde das Zeichen verstehen.

Ob Oddi es verstand oder nicht, spielte keine Rolle, denn der Junge sah es, sprang aus seinem Schutz hinter dem Baum hervor und entwischte blitzschnell in den Wald. Ragnvald nahm die Verfolgung auf. Der Junge war leichtfüßig und kleiner, und ein Dutzend Schritte lang dachte Ragnvald, er könnte ihn verlieren. Doch dann ermüdete der Junge, und Ragnvalds Finger bekamen den Stoff seiner Tunika zu fassen. Ragnvald setzte zu einem Spurt an, und als er neben dem Jungen gleichzog, hob er ihn hoch und nahm ihn unter den Arm. Der Junge stieß einen gellenden Schrei aus. Ragnvald bedeckte mit seiner anderen Hand den Mund und die Nase des Jungen. Besser der Junge verlor das Bewusstsein, als dass er weiterhin Lärm machte.

Daraufhin leckte er Ragnvalds Hand, und als Ragnvald seine Nase zudrückte, biss er ihn so, dass es blutete. Ragnvald verfluchte ihn leise und schwang den Kopf des Jungen gegen einen Baum, fest genug, um ihm das Bewusstsein zu rauben. Dann kehrte er zu Oddi zurück, der immer noch neben dem Wildbret saß, und schleuderte den Jungen zu Boden.

»Wenn du schreist, schneide ich dir die Kehle durch«, warnte er. Der Junge sah ihn nur an. Widerstand leuchtete noch aus seinen Augen, aber er war vorsichtig genug, um nicht erneut um Hilfe zu rufen.

»Ich habe keine Lust, ihn zu töten. Aber ich will auch nicht, dass er zurückläuft und seine Familie warnt«, sagte Ragnvald leise und ohne den Blick von dem Jungen zu wenden. Oddi knurrte zustimmend. »Wenn es schlecht läuft, könnte eine Geisel nützlich sein.« Er nahm etwas von dem Lederseil von dem Hirschen und fesselte damit die Handgelenke des Jungen. Den Lumpen, den er sonst als Schweißtuch benutzte, verwendete er jetzt als Knebel. Dann hievte er etwas Hirschfleisch über seine Schulter und nahm den Arm des Jungen in seine andere Hand. »Lauf«, befahl er.

Er musste dem Jungen die Hände losmachen, um ihn den Felsen hinunter und zu den Schiffen zu bekommen. Zwischen ihnen stolperte der Junge störrisch, und mehr als einmal musste Ragnvald ihn packen, damit er nicht über den Abgrund stürzte. Er könnte ihn auch hinabfallen lassen, flüsterte ihm ein wenig edlerer Teil in ihm zu.

Ragnvald und Oddi brachten das Hirschfleisch zu dem Schiff zurück, um es einzusalzen, damit es nicht verdarb. Ragnvald fand ein dickeres Seil, mit dem er den Jungen fesselte. Er band ihn an einem Spanten des Schiffs fest und umwickelte seine Hände und Füße. Doch das sah ihm immer noch nicht sicher genug aus; er konnte sich gut vorstellen, dass sich der Junge von seinen Fesseln befreite und über die Reling wälzte – Ragnvald erinnerte sich daran, dass er in diesem Alter durch Zwischenräume entkommen war, durch die kein Erwachsener passte –, aber er fand keine andere Möglichkeit, ihn festzubinden. Er konnte den Jungen ja schließlich nicht in ein Fass stecken, auch wenn er das gern getan hätte.

Die Dunkelheit wanderte früh über den Schatten des Felsens. Die Insekten und Vögel verstummten, als die Finsternis sich ausbreitete. Während Ragnvald sich über die Reling des Schiffs beugte, um sich im Fjordwasser das Blut von den Händen zu waschen, ging Oddi neben ihm in die Hocke.

»Lass das«, sagte er. Ragnvald sah auf seine Hände. Das Blut war in Streifen getrocknet, und seine Finger klebten aneinander, wenn er sie zur Faust ballte. »Blut wird jetzt vergossen, und Blut wird auch später vergossen werden. Es wird dir nützen, wenn sie dich fürchten.«

Das Hirschblut roch anders als Menschenblut, weniger metallisch. Er hatte schon oft Wildblut vergossen, aber Menschenblut nur ein paar Mal. Als sie das Kloster auf den Hebriden angegriffen hatten, hatten Solvis wilde Kämpfer ihre Gesichter mit Blut verschmiert und es sich in die Haare gestrichen, damit sie nach allen Seiten abstanden. Und die Mönche waren entsetzt geflohen.

Als Guthorm sich näherte, sah Ragnvald auf. »Wie ist es dir gelungen, einen Gefangenen zu machen?«, fragte er Ragnvald. Der beeilte sich, so schnell wie möglich zu antworten.

»Ich nehme an, wir haben genug Männer, um sowohl den Jungen als auch die Schiffe zu bewachen«, erklärte Guthorm schließlich. »Die Sache gefällt mir jedoch nicht. Was, wenn dieser Junge Aufpasser hat, die sich wundern, wo er bleibt.«

»Es ist besser, wenn sie sich wundern, als wenn sie wissen, was er gesehen hat.«

»Du hättest ihn töten und im Wald lassen können. Du hättest es aussehen lassen können, als hätten ihn Tiere getötet.« Rangvald zuckte zurück; der Junge war noch nicht einmal so alt wie die Novizen, die Ragnvald mit Solvis Kriegern getötet hatte, er war noch ein Kind. Guthorm schüttelte den Kopf. »Ich hab größere Stücke von dir gehalten, nach all dem, was ich von dir gehört habe«, fügte er hinzu.

»Ich könnte ihn zurückbringen und ihn dort töten«, entgegnete Ragnvald.

»Nein, dazu ist es jetzt zu spät. Wir brechen bei Einbruch der Dunkelheit auf. Vielleicht ist er uns ja als Geisel von Nutzen.« Guthorm drehte sich um und ging von Hakons Schiff zu seinem eigenen zurück. Das Knarren der vielen zusammengebundenen Schiffe und die gedämpften Stimmen der Männer, die wussten, dass die Schlacht herannahte, erfüllten die stehende Luft.

»Ich kannte deinen Vater«, sagte Guthorm. »Ich hoffe, du hast nicht dieselben Fehler wie er.«

»Das hoffe ich auch«, rief ihm Ragnvald hinterher. Zornig sprach er mit dem Lotsen eines der Schiffe, der zurückbleiben würde, um sie loszumachen, wenn sie entdeckt würden. Er versprach dem Mann Silber, wenn er auf den Jungen aufpasste und ihn einen Tag nach dem Aufbruch der Krieger losbinden würde. Das sollte ihnen genug Zeit gewähren.

KAPITEL 18

Als es Morgen wurde, kroch Svanhild aus ihrem Unterschlupf und sah, dass über Nacht Frost den Boden bedeckt hatte. In der Mulde einer Baumrinde hatte sich etwas Wasser angesammelt, mit dem sie ihr Gesicht befeuchtete. Dann zog sie alle Kleidungsstücke aus ihrem Bündel heraus und rollte sie ordentlicher zusammen, als es ihr im Dunkeln auf Hrolfs Hof möglich gewesen war. Vielleicht sollte sie hier ausharren, bis Thorkell es leid wurde, nach ihr zu suchen.

Nein. Das war die Stimme der Feigheit. Er hatte Jagdhunde, die er auf sie ansetzen konnte. Sie musste unbedingt weiter, sich unter Fremde mischen, die ihren Namen nicht kannten und die nie von ihrer Familie gehört hatten; Männer, die sie ... würden Männer sie denn überhaupt dorthin bringen wollen, wo sie hinwollte? Würde die Tochter der Könige von Sogn, deren Größe und Ruf schon verblasst war, genug Respekt einflößen oder auch nur mit ihrem Silberschmuck dafür zahlen können? Was nützten all ihre Träumereien, eine neue Brunhilda zu sein, die auf Rache sann für die Beleidigung ihres Mannes, wenn sie noch nicht einmal den Mumm hatte, aufzustehen und weiterzugehen.

Sie überlegte noch eine Weile hin und her und war fast geneigt, sich einen Tag länger auszuruhen, als sie in der Ferne Hundegebell vernahm. Das erfüllte sie so sehr mit Angst, dass sie zitterte und sich sofort auf die Beine machte. Sie warf die Bündel über den Rücken und lief den Abhang weiter hinunter. Dabei zwang sie sich zur Besonnenheit, denn ihre Beine wollten immer schneller und schneller durchs Gestrüpp eilen, das ihr die Haut zerkratzte und an ihren Kleidern zerrte, so dass sie schnell wieder vollkommen abgerissen aussah.

Nach einer weiteren Nacht im Freien erreichte sie Kaupanger. Es war die einzige Stadt an der Westküste, und die Gebäude standen hier dicht an dicht, mehr als Svanhild je zuvor gesehen hatte. Sie hatte Geschichten von Städten in fernen Ländern gehört, in denen Zehntausende an einem Ort zusammenlebten. Solche Städte konnten nur dort existieren, wo das Land flach und fruchtbar war. Selbst die reichsten Norwegerhöfe konnten nicht mehr als hundert Menschen ernähren. Alle darüber hinaus würden verhungern.

Bevor Svanhild ihren Lagerplatz verließ, bürstete sie sich das Haar und zog ihr Festtagskleid an. Sie befestigte es mit zinnernen Schnallen und legte sich eine einfache Zinnkette um. Ihren kostbareren Silberschmuck verbarg sie in ihrem Bündel. Es waren Schätze ihrer Mutter, die sie ihr nur für das *Thing* geborgt hatte. Svanhild konnte nur hoffen, dass ihre Mutter ihr sie nicht missgönnte. Sorgfältig band sie ihr Haar unter einem grünen Kopftuch zusammen, von dem Vigdis behauptet hatte, es brächte ihre Augen zum Leuchten.

Um zum Ufer mit den Schiffen zu gelangen, musste sie einen Bach überqueren. Sie trat auf einen moosbewachsenen Stein und verlor das Gleichgewicht, als Gemüsereste aus einer offenen Tür herausgeworfen wurden. Zwei Sekunden später stürzten zwei riesige Schweine herüber, um die Reste schmatzend zu vertilgen. Svanhild streckte die Hand aus und stützte sich in dem verdreckten Wasser ab, das über den matschigen Grund floss.

Von oben aus gesehen und noch zu weit entfernt, um etwas zu hören, hatten die Gebäude und Menschen einen ordentlichen Eindruck gemacht. Nun musste sie über Straßenkot steigen, den Mensch und Tier hinterlassen hatten, und fühlte sich von den Leuten bedrängt. Wenn sie am Ufer entlangging, musste sie verrottendem Seetang ausweichen, über dem Stechmücken schwirrten, und den Arbeitern der Handelsschiffe aus dem Weg gehen, die sich ihre Waren zuwarfen. Doch wenn sie die Straßen abseits vom Strand nahm, dann würde sie sich in der Stadt verlaufen.

Wenigstens war sie nicht die einzige Frau, die hier ohne männlichen Schutz herumlief. Sie sah einige Frauen, die in Hauseingängen herumstanden oder Kühe durch die Straßen trieben. Einige Leute nickten einander im Vorübergehen zu, doch mehr wurde nicht gegrüßt. Das kam ihr schrecklich unhöflich vor. Svanhild hatte noch keinen Fremden in Ardal gesehen, der nicht gegrüßt wurde oder dem man nicht etwas zu essen angeboten hätte, doch hier war sie nun die Fremde. Dann erinnerte sie sich, wie ihr Vater ihr erzählt hatte, die Leute würden nicht gemeinsam miteinander leben wie auf einem Hof, sondern in kleinen, separaten Haushalten, und in der Öffentlichkeit aneinander vorbeigehen.

Sie folgte einer fein gekleideten Dame zu einem etwas reinlicheren Teil der Stadt. Hier waren Gräben ausgehoben worden, um das Schmutzwasser abzuleiten. Vorbeigehende Männer kickten Tierkot in den Graben, während Frauen ihre Röcke schürzten, wenn sie darüberstiegen.

Svanhild verlor die fein gekleidete Frau aus den Augen und beeilte sich stattdessen, eine Frau einzuholen, die eher wie eine reiche Bäuerin aussah, praktisch und warm gekleidet. An beiden Armen hatte sie einen Korb voll Gemüse hängen und führte eine Kuh hinter sich.

»Entschuldigung, könnt Ihr mir sagen, wo man hier Gold oder Silber verkaufen kann?«, fragte Svanhild, doch die Frau sah sie nur unfreundlich an, ohne zu antworten. Das verunsicherte Svanhild. »Oder wisst Ihr vielleicht, an wen ich mich wenden könnte?«

»Ich habe zu tun«, kam die Antwort. »Gleich da drüben.« Die Frau wies vage in eine Richtung, die irgendwo im Süden der Stadt liegen mochte, und eilte dann weiter. Svanhild ging ein paar Schritte in die angegebene Richtung. Alle Häuser sahen gleich aus und hatten die ledernen Fensterläden fest geschlossen.

Ein älterer Mann kam auf sie zu, gebeugt und kaum größer als Svanhild. »Was suchst du denn, mein Kind? Kann ich dir vielleicht helfen?«

Er sah recht freundlich drein, mit blauen Augen und Lachfalten im Gesicht. Er ging am Stock, aber schnell genug, um mit ihr Schritt halten zu können. »Ich suche jemanden, dem ich Silber verkaufen kann«, vertraute sie ihm an. »Könnt Ihr mir helfen?«

»Oh, da gibt es einige, überall am Stadtrand«, sagte er und wies auf die Hänge, an denen die Besiedlung spärlicher wurde und der Grund zu den Felsklippen über dem Fjord anstieg. Als er Svanhilds zweifelnden Blick auffing, fügte er hinzu: »Etwas weg vom Ufergestank. Du wirst schon sehen. Ich zeig dir den Weg.«

Er drehte sich rasch um und ging vor ihr her, als bräuchte er überhaupt keinen Stock. Stattdessen verbesserte er seine Fußarbeit damit und wies die steilen Gassen hinauf, die aus dem Straßenschlamm herausführten. Sie folgte ihm an verwitterten Gebäuden vorbei. Während sie so gingen, erzählte er ihr, er sei an diesem Ort geboren, an dem die ungewöhnliche Ansiedlung Kaupanger entstanden sei, die einzige Stadt an der Westküste, und dass er sie besser kannte als jeder andere. Wenn sie sich umdrehte, um sich den Weg zu merken, lenkte er ihre Aufmerksamkeit mit einem Scherz oder dem Schwung seines Stöckchens wieder auf sich.

Die Häuser hier sahen wie kleine Hallen aus, verkürzt, so dass sie genauso lang wie breit waren. Sie unterschieden sich nur durch ein paar Verzierungen. Wenigstens führte der Mann sie immer bergan, so dass sie sicher war, den Weg nach unten immer wieder zu finden.

Er ging um eine Ecke und war plötzlich verschwunden. Als sie nach ihm rief, bekam sie einen Schlag ins Kreuz und stolperte vorwärts. Sie versuchte zu schreien, doch ein weiterer Schlag drückte ihr Gesicht in den Schmutz. Sie stemmte sich hoch und fühlte, wie eine Hand sich an dem Bündel über ihrer Schulter zu schaffen machte. Das Geräusch eines Dolchs war zu hören, der aus der Scheide gezogen und nahe an ihrem Ohr vorbeigeführt wurde, dann fing der Wicht auf ihrem Rücken an, ihre Packriemen zu durchsägen.

»Was willst du denn von mir?«, schrie Svanhild verzweifelt auf.

»Dein Silber natürlich«, antwortete der Mann, der sie hergeführt hatte. Jetzt, wo sie am Boden festgehalten wurde, bewegte er sich nicht mehr so flink. »Komm schon, gib uns dein Bündel. Der Dolch hier kann auch noch ganz anderes zerschneiden als nur Stoff.«

»Das brauche ich doch«, flehte sie. »Bitte, ich muss wegkommen. Es ist alles, was ich habe.«

»Du kannst es dir ja zurückverdienen mit Arbeit«, sagte die Person auf ihrem Rücken mit dem Messer. »Sie ist bestimmt eine kräftige Arbeiterin.« Das war die Stimme eines jungen Mannes, dessen Knie sich in ihre Rippen bohrte.

»Nein«, sagte der Mann. »Im Hafen liegt ein Schiff. Los

jetzt, fessle sie schon. Männer haben sie genug, aber für Frauen zahlen sie doppelt.«

Wut zuckte wie ein Blitz in ihr auf. Ein freier Norweger würde sich niemals lebendig ergeben und zum Sklaven machen lassen. Lieber würde er sterben, und das galt auch für sie. Die Angst verlieh ihr Kräfte, stärker als die des Jungen. Sie rollte sich auf den Rücken, ohne sich um den Dolch zu kümmern, und warf ihn von sich herunter auf den Boden. Sie war gerade aufgestanden, als er sie am Bein auf sich herabzog. Sie bohrte ihm ihr Knie in die Magengrube. Er fuchtelte mit dem Dolch herum, und sie wich zurück und schützte ihr Gesicht. Doch das Messer traf sie am Unterarm, so dass sie ihn nicht länger festhalten konnte.

»Aufhören!«, ertönte die gebieterische Stimme einer Frau, »oder ich hetze euch die Wachmänner auf den Hals.«

Der Junge hielt inne, und Svanhild nutzte diesen Vorteil und kickte ihn hart in die Magengrube. Er würgte und krümmte sich zusammen wie eine Made unterm Sonnenlicht. Sie wollte ihm noch einen Tritt versetzen. Sein Meister war inzwischen verschwunden.

»Du da, was hast du dir dabei gedacht, diesen Halunken zu folgen?«, fragte sie Svanhild. Es war die Frau vom Markt, deren vage Richtungsangabe sie in dieses Schlamassel gebracht hatte.

»Du wolltest mir ja nicht helfen«, sagte Svanhild. »Wen hätte ich denn sonst fragen sollen? Kein Wunder, wollen alle Könige die Stadt unter ihre Kontrolle kriegen.«

»Tut mir leid«, kam es barsch von der Frau. »Ich hätte dir helfen sollen. Dann hätte ich jetzt nicht hier heraufsteigen müssen und meine Kuh unten lassen. Sicher hat sie schon was angestellt. Komm mit, ich verbinde dir den Arm.«

»Und was ist mit ihm?«, fragte Svanhild und sah sich zu

der Stelle um, wo der Junge gelegen hatte. Er war weg. Sie hätte ihn härter treten sollen.

»Du bist keine Kaupangerin«, stellte die Frau fest.

»Was meinst du damit?«

»Dass du dem Wachmann nichts zahlst, damit er dich beschützt. Wer ist denn dein Beschützer?« Die Frage war nicht leicht zu beantworten, das konnte ihr die Frau an den Augen ablesen. »Na, dann komm mal mit.«

Svanhild folgte ihr dankbar den Abhang hinunter zu der Stelle, an der ein Korb voll Gemüse auf einer Fensterbank stand. »Du kannst den da tragen.« Eine Kuh wühlte mit dem Maul in einem Haufen von verrottetem Gemüse herum. Die Frau zerrte am Kopf der Kuh, die sich jedoch nicht beirren ließ. Die Frau seufzte und wartete, bis die Kuh fertig war, bevor sie weitergingen.

Sie durchquerten die Stadt und blieben hinter einer der Ladenfronten stehen. Das Geschäft war noch nicht geöffnet, sondern mit Holzläden verrammelt, die mit kompliziert verknoteten Lederriemen festgezurrt waren. In dem armseligen Hinterhof des Hauses band sie die Kuh an. Merkwürdigerweise machte es ihr nichts aus, wenn die Kuh verrottetes Gemüse fraß. Svanhild wollte sich gar nicht vorstellen, wie die Milch von der Kuh schmecken mochte.

»Erzähl doch nicht jedem auf der Straße, dass du reich bist, Mädel. Bist du denn dumm?«, fragte die Frau, als sie von der Hauptstraße weg waren. Sie hieß Gerta, führte Svanhild ins Haus und hieß sie in der Küche, sich zu setzen. Dann gab sie ihr einen Becher Bier und ein Tuch, um sich das Gesicht damit abzuwischen.

»Tut mir leid«, sagte Svanhild und konnte die Tränen kaum mehr zurückhalten. »Ich war noch nie zuvor hier. Ich habe ein paar Broschen, die ich verkaufen will, damit ich mir eine Überfahrt zu meinem Bruder kaufen kann. Ich muss zu ihm, weil ich sonst nirgendwo hinkann.«

»Wo sind denn deine Eltern?«, fragte Gerta unwillkürlich interessiert. Svanhild erzählte ihr die ganze Geschichte, so weit es ging, aber da gab es zu viel zu erzählen, und mittendrin begann sie zu weinen.

»Ich weiß einfach nicht, was ich machen soll – vielleicht hätte ich doch Thorkell heiraten sollen, auch wenn seine riesigen, dummen Söhne all seine anderen Frauen bei der Geburt umgebracht haben. Hrolf hätte mich eigentlich nicht verheiraten dürfen, aber er wollte nicht, dass ich bei ihnen bleibe. Ich will doch nicht irgendwo leben, wo man mich nicht will, aber jetzt will mich überhaupt niemand mehr.«

»So ganz verstehe ich deine Geschichte nicht – aber du wirst schon wissen, wovon du redest«, sagte Gerta. »Es ist wohl das Richtige, wenn du zu deinem Bruder gehst. Er sollte doch wohl dein Beschützer sein.«

Svanhild, der wieder einfiel, wie erleichtert Ragnvald gewesen war, sie loszuwerden, verkniff sich eine Antwort.

»Ich kann dir vielleicht raten, wie du von hier aus weiterkommst«, fuhr Gerta fort. »Hakons Schiffe sind vor etwa sechs Wochen oder so hier vorbeigekommen, also nach Mittsommer – oder dem *Thing*, nehme ich an –, und bis jetzt hat sie noch niemand wieder zurückfahren sehen. Das kann zwar alles Mögliche heißen, aber ich gehe jetzt einfach mal davon aus, dass er noch in Yrjar ist.«

»Warum gehen die Leute von Kaupanger nicht zum *Thing*?«, erkundigte sich Svanhild.

Gerta zog sich ihren Zopf über die Schulter. Das Grau in ihren Haaren bedeutete wohl, dass sie älter war, als Svanhild ursprünglich angenommen hatte – mindestens zehn Jahre älter als Ascrida. Aber sie hatte sich gut gehalten. Das Netz feiner

Fältchen um die Augen ließ sie weise erscheinen. Sie war groß, mit voller Brust und breiten Schultern, gebaut wie ein starker Mann. Und so bewegte sie sich auch.

»Die meisten von uns bleiben hier nicht so lange, und wir, die bleiben, wir konzentrieren uns eher aufs Meer, nicht aufs Ackerland. In diesem Jahr haben wir uns dazu entschieden, unsere eigene Versammlung abzuhalten, um Fragen zu klären, die uns alle angehen. Manchmal kommen König Hakon oder König Hunthiof vorbei, oder der eine oder andere kleinere König, und dann treiben sie von uns Steuern ein und versuchen sich hier als Herrscher aufzuspielen. Aber nicht mehr, seit wir ein paar Schiffe angeheuert haben, die im Hafen patrouillieren, und ein paar Krieger zur Abschreckung. Wir kümmern uns hier selbst um unsere Angelegenheiten.«

Als sie merkte, dass Svanhild sie verwirrt ansah, lächelte sie ein wenig. »Aber deshalb bist du ja nicht hier.«

Svanhild nickte. Sie schämte sich, dass sie in Tränen ausgebrochen war. Wie sollte sie der See trotzen, um Ragnvald zu finden, wenn sie nicht einmal ohne Angst durch eine Stadt gehen konnte? Die Schnitte an ihren Armen brannten.

»Du setzt dich der Gefahr aus«, sagte Gerta, »das ist es.«

»Was soll ich denn sonst tun? Zurückgehen kann ich nicht. Ich muss meine Broschen verkaufen und meinen Bruder finden.«

»Ich kam auch einst von so einem Hof«, sagte Gerta. »Zu viele Töchter.« Sie hielt einen Moment inne, als wollte sie noch mehr erzählen. »Hör zu. In ein paar Stunden ist ein Bekannter von mir bereit, Schmuck zu kaufen. Ich begleite dich auf dem Weg dorthin. Lass für mich eine Kleinigkeit abfallen, dann sorge ich dafür, dass er dich nicht übers Ohr haut.«

Svanhild wusste nicht, was Gerta unter einer Kleinigkeit verstand, aber sie hoffte, dass es nur ein wenig vom Verkaufspreis war, nicht ein großer Anteil. Sie fühlte sich wohler in dem Wissen, dass Gerta ihr nicht nur aus Freundlichkeit half. Freundlichkeit bedeutete Verbindlichkeit, oder aber einen Beweggrund, den Svanhild nicht ausloten konnte. Solange sie sich unter Gertas Dach befand, schuldete diese ihr nach den Gesetzen der Gastfreundschaft Schutz und Nahrung, aber das verpflichtete sie zu nichts, wenn sie Gertas Tür hinter sich zugemacht hatte. »Gelten bei euch eigentlich die Gesetze der Gastfreundschaft?«, fragte sie plötzlich beunruhigt.

»Ja«, erwiderte Gerta. »Zumindest für einige. Sie denken im Sinne der Stadt und nicht nur für sich selbst. Wir wollen ja keine Blutfehde mit deiner Familie. Aber Gastfreundschaft bedeutet nicht, dass ich nicht meinen Anteil an deinem Silber will.«

»Hast du einen Mann oder …«, Svanhild überlegte, wie sie sich ausdrücken sollte, »… einen Gefährten?« Oder sonst irgendjemanden, der etwas dagegen haben könnte, Svanhild hier vorzufinden?

»Früher mal«, antwortete Gerta. »Aber ich bin mir nicht sicher, ob sich der Aufwand lohnt. Vielleicht heirate ich mal wieder, wenn ich einen anständigen Kerl finde. Die Ehe ist gar nicht so schlecht in meinem Alter, wenn man weiß, was man will. Ein Küken wie du sollte solche Entscheidungen aber nicht alleine treffen müssen. Jetzt hilf mir mal beim Gemüse kleinschneiden, damit die Zeit schneller vergeht.«

Svanhild zog ihr Messer aus der Scheide an ihrem Gürtel und putzte und zerkleinerte damit einen riesigen Kohlkopf, während Gerta über ihre Arbeit grummelte und die Teile in den Specksteintopf über dem Feuer einlegte.

»Nicht schlecht«, sagte Gerta. »Was kannst du sonst noch?«

»Ich kann Kühe und Schafe hüten und Käse und so was machen.«

»Kannst du spinnen oder bandweben?«

Svanhild schüttelte den Kopf. »Nein, beim Spinnen bin ich schrecklich.« Sie lachte und versuchte dann schnell, den Laut zu unterdrücken, als ihr klarwurde, dass es mehr wie ein Schluchzen klang. »Ich weiß wirklich nicht, warum Thorkell mich heiraten wollte.«

»Jetzt aber Schluss damit«, sagte Gerta streng. »Je älter Männer werden, desto närrischer werden sie. Frauen dagegen werden klüger. Aber wie es scheint, ist dieser Bruder von dir jetzt schon nicht besonders klug. Na ja, so sind die meisten. Wir bringen dich nach Yrjar, wenn du das willst. Wenn du in Handarbeiten gut wärst, könnte ich dich anlernen, aber da du nicht spinnen kannst, kann ich dich nicht gebrauchen. Da bist du besser dran als Frau eines Bauern, aber des richtigen diesmal, einen, den dein Bruder dir aussucht.«

»Mein Großvater war ein König«, sagte Svanhild leise und richtete sich auf.

»Meiner auch, anscheinend«, erwiderte Gerta. »Hier in der Gegend kannst du keinen Stein werfen, ohne einen König zu treffen, oder einen, der es sein will.«

Dazu konnte Svanhild nichts sagen, also fuhr sie fort, Gemüse zu zerkleinern. Gerta sagte, die Läden würden keine Geschäfte machen wollen vor dem Morgenmahl, und das fand zu einer Zeit statt, die Svanhild eher als Mittag bezeichnen würde. Als sie mit dem Zerkleinern fertig waren, wies Gerta Svanhild an, aus dem Gemüse und ein paar Stücken kaltem, faserigem Rindfleisch einen Eintopf zu kochen.

»Wir kriegen nicht so viel Fleisch hier«, sagte Gerta. »Höchstens an Festtagen. Auch keine Milch. Ich kaufe nicht gerne, wenn ich mich selbst versorgen kann. Meine Kuh gibt gerade genug für mich ab.«

Wieder fiel Svanhild dazu nichts ein. Diese Frau lebte nur wenige Tagesreisen von Ardal entfernt, aber ihr Leben verlief so vollkommen anders als jenes, das Svanhild kannte, dass sie keine Worte für sie fand.

»Vielleicht gehe ich mit nach Yrjar rauf«, sagte Gerta. »Da sind eine Menge Männer, die sich langweilen und darauf warten, endlich kämpfen zu können, wette ich. Aber sie haben sicher noch keine Raubzüge unternommen, und dann haben sie auch kein Silber zum Ausgeben. Trotzdem, sicher haben viele ein Liebchen, dem sie imponieren wollen.« Gerta befestigte den Kettfaden ihrer Bandweberei am Gürtel. Sie drehte die Kärtchen und warf das Weberschiffchen so flink, dass Svanhild ihren Bewegungen kaum folgen konnte. Gelegentlich sah Gerta nach unten, doch erledigte sie die Arbeit fast automatisch, so dass sie Svanhild ansehen und erinnern konnte: »Lass bloß die Suppe nicht überkochen. Ich will keinen Tropfen davon verlieren.«

Nachdem das Gemüse weich war, sagte Gerta: »Zeig mir mal, was du anzubieten hast.« Svanhild zögerte einen Moment. Gerta war auf ihre brüske, herrische Art gut zu ihr gewesen, aber Svanhild wusste nichts von ihr. »Wenn ich sie nicht sehen kann, wie soll ich da wissen, was ein guter Preis ist?«, fügte Gerta hinzu. Svanhild öffnete ihr Bündel und löste den Knoten in der Socke, in der sie die Broschen versteckt hatte. Sie waren aus Silber, mit feinem Flechtmuster um zwei fast identische Bernsteintropfen von der Größe einer Eichel.

»Nicht schlecht«, meinte Gerta. »Sie müssen aufpoliert werden.« Von irgendwo her zog sie einen Lappen hervor. »Hier, polier die mal.« Während Svanhild sich daranmachte, legte Gerta Holz ins Feuer, damit es nicht ausging, während sie weg waren. Sie musterte Svanhild kritisch von Kopf bis Fuß.

»Du musst wohlhabender aussehen, dann kannst du mehr verlangen. Das Kleid ist ja nicht schlecht.« Svanhild hatte ihr zweites gutes Kleid angelegt, das in Stoff eingeschlagen und trotz ihres Sturzes nicht verschmutzt war. »Aber dein Kopftuch geht gar nicht.« Unter einem Stapel Kleider zog sie ein schneeweißes Kopftuch heraus, das mit Blau an den Kanten eingefasst war. »Das steht dir besser«, sagte sie. Svanhild band sich das Tuch so um den Kopf, dass ihr das Haar über den Rücken fiel. »Sieht gut aus«, sagte Gerta. »Stell dich jetzt mal grade hin, und tu so, als ob das alles ganz normal für dich wäre. Und dass du mir die Röcke anhebst, wenn du durch die Straßen gehst. Glaub mir, den Dreck willst du nicht darin mitschleifen.«

Svanhild folgte Gerta auf die Straße hinaus und zwischen den Häusern hindurch. Nun da die Sonne über den Klippen am Fjord aufgegangen war, stank die Stadt noch erbärmlicher als am Morgen – nach einer Mischung aus Fleisch- und Gemüseabfällen, Fäkalien, Seetang und Schweiß. Svanhild musste sich fast übergeben. Greta ging mit langen Schritten voraus, und so musste Svanhild sich sputen, hinter ihr herzukommen.

Im Zentrum der Stadt wurde das Gedränge groß. Gerta ging nun etwas langsamer neben Svanhild. Arbeiter mit Lasten auf den Schultern überholten sie rechts und links, und einige Männer und Frauen riefen Grüße zu Gerta herüber, die diese mit einem Kopfnicken beantwortete. Svanhild versuchte, den Kopf gerade zu halten, aber sie musste immer wieder aufpassen, wohin sie ihre Füße setzte, um nicht in den Straßenkot zu treten.

»Wie kommt es, dass du so viele Leute kennst?«, fragte sie.

Gerta nickte einem weiteren Ladenbesitzer zu. »Seit mein Mann tot ist, wurde mir zugestanden, bei der örtlichen Versammlung mitzureden. Da sind wir ja schon.« Sie trat auf eine hölzerne Tür zu, die genauso aussah wie alle anderen.

»Ist das – werden sie uns einlassen?«

»Mich schon«, sagte Gerta. Sie klopfte laut an die Tür.

Ein kleiner, schielender Mann öffnete. »Eh, Gerta, es ist noch früh.«

»Ja«, sagte Gerta und trat ein, gefolgt von Svanhild. »Fasti, meine Nichte Thorfrida ist auf Besuch. Sie will sich von ein paar Broschen trennen, an denen sie sich sattgesehen hat, und will sie dir verkaufen.« Svanhild nahm sich zusammen, um ihre Überraschung über Gertas Lügengeschichte nicht zu zeigen. Gerta wusste bestimmt, was sie tat.

»Ach ja?«, sagte Fasti. »Meine Frau, Gott hab sie selig, hieß auch Thorfrida. Das ist ein glücksbringender Name. Sie war auch eine Schönheit. Hat mir zwar keine Kinder geschenkt, aber eine gute Frau war sie. Ah, nehmt doch Platz.«

Svanhild fragte sich insgeheim, wie glücksbringend der Name Thorfrida sein konnte, wenn die Frau unfruchtbar und tot war, aber sie dankte ihm für das Kompliment. Das Zimmer war ordentlich und gemütlich. An den Wänden brannten Wandleuchter mit Öl, die den Raum in orangefarbenes Licht tauchten.

»Ich habe noch nicht geöffnet«, sagte er. An einer Wand des Ladens befand sich ein Loch, wie ein Türchen mit Läden, die er nun aufstieß und so mehr Licht hereinließ. »Eine Nichte von Gerta ist bestimmt ein Glückskind«, sagte er, kniff die Augen zusammen und fügte hinzu: »Und reich.«

Svanhild hatte noch nichts von Gertas Reichtum bemerkt. Vielleicht war er nicht offensichtlich, und sie gab ihr Geld für andere Sachen als für Essen aus.

»Warum schaust du dir nicht erst mal an, was ich hier so verkaufe?«, sagte Fasti. Er brachte ein Tablett herüber mit Broschen, die zum Teil aus Gold geschmiedet waren, andere in Silber, alles so wunderbar und gut gepflegt, dass man es fast berühren musste. Svanhild sah zu Gerta hinüber. Sie war hier, um zu verkaufen, nicht um zu kaufen.

»Vielleicht schaut sie sich dein Zeug an, wenn sie sieht, was du ihr für ihre Broschen bieten kannst«, sagte Gerta abfällig. Sie nickte zu Svanhild hinüber, die nun ihre Broschen hervorzog. Sie erschienen nun so einfach neben dem Gold, das Fasti ihr gezeigt hatte.

Fasti nahm sie in die Hand und drehte sie herum. »Bernstein«, sagte er ausdruckslos.

»Schau dir nur an, wie schön die Stücke sind«, sagte Gerta. »Sie sehen fast gleich aus und sind vollkommen klar.«

Fasti hielt die Broschen ins Licht.

»Sie sind aus Dublin«, sagte Svanhild, »vom Königshof.«

»Die sind ja bekannt für ihre schöne Silberarbeit«, fügte Gerta hinzu.

»Streck deine Hand aus«, sagte Fasti. Er nahm einen kleinen Beutel voll Silbermünzen und zählte sie Svanhild in die Hand.

Ihr wurde klar, dass sie keine Ahnung hatte, was ein vernünftiger Preis war und wie viel Silber sie für Tafjord und weiter weg benötigte. In Ardal und selbst beim *Thing* wurden meist Tauschgeschäfte abgewickelt. Da sie vor kurzem erst beim Zitieren des Gesetzestextes zugehört hatte, wusste sie, was das Leben eines freien Mannes wert war, was ihr Schmuck wert war, konnte sie aber nicht sagen. Sie wog die Münzen in ihrer Handfläche. »Meine Broschen sind aber wertvoller als das«, sagte sie zögernd.

»Tatsächlich?«, fragte Gerta. »Fasti, komm schon, du weißt doch, dass ich kein Dummkopf bin. Meinst du denn, meine Nichte ist einer?« Svanhild öffnete die Hand wieder und streckte sie vor. Rasch verdoppelte Fasti die Menge an Münzen auf ihrer Handfläche.

»Das ist schon besser«, sagte Svanhild und warf einen raschen Blick zu Gerta hinüber. Gerta würde kein Blatt vor den

Mund nehmen, also schien der Preis mehr oder weniger in Ordnung zu sein. »Na, ich weiß nicht so recht«, sagte sie zu Gerta. »Gab's da nicht noch einen anderen Schmuckhändler, bei dem wir es auch noch versuchen könnten?«

Fasti spuckte auf den Boden. »Haki? Sag bloß, du traust dem mehr als mir!«

Svanhild sah Gerta an, die den Kopf auf die Seite neigte, als würde sie überlegen. »Sicher bietest du, so gut du kannst«, sagte Gerta. »Aber die Zeiten sind hart.« Sie fing Svanhilds Blick auf, und Svanhild bemerkte den Ansatz eines Schmunzelns auf ihren Lippen.

»Leg das Silber mal für uns beiseite«, sagte Svanhild. »Wir kommen zurück, nachdem wir mit Haki gesprochen haben.«

»Ich geb dir fünf Silberlinge mehr, wenn du gleich zuschlägst«, sagte Fasti. »Und komm zurück, dir meine Waren anzusehen.« Svanhild sah Gerta an und gab vor, sich die Sache zu überlegen. Das Ganze schien ein Spiel, und zwar eins, das Svanhild liebte und meinte, recht gut darin zu sein.

»Gut, ja natürlich«, sagte Svanhild. »Du bist ein anständiger Händler.« Gerta zog ein Ledersäckchen hervor, damit Svanhild die Münzen hineingeben konnte, und befestigte es an ihrem Gürtel. »Vielleicht sollte ich ...«, begann Svanhild, der das nicht so recht gefiel.

Gerta sah sie warnend an. »Danke, Fasti, wir kommen sicher zurück.«

»Ja«, fügte Svanhild hinzu und machte einen Knicks. »Deine Waren sind zauberhaft.«

Sie folgte Gerta auf die Straße hinaus und hängte sich an sie wie eine Klette. Wenn Gerta mit dem Geld verschwände, könnte Svanhild so gut wie nichts dagegen tun. Gerta war größer und stärker als sie, und darüber hinaus genoss sie überall in der Stadt Respekt, während Svanhild hier eine Fremde war.

Sie gingen auf demselben Weg wieder zurück zu Gertas Haus. Svanhild bemerkte nun, dass sich die Häuser, die vorher alle gleich ausgesehen hatten, durch bauliche Variationen, verschiedenfarbige Flaggen, offene Türen und Fenster unterschieden.

Sobald sie angekommen waren, löste Gerta den Beutel vom Gürtel und gab ihn Svanhild. »Du bist ja vielleicht ein misstrauisches Ding«, sagte sie. »Dachtest du vielleicht, ich will dich bescheißen?«

»Na ja«, sagte Svanhild, die sich nun ein wenig schämte. »Immerhin hast du Fasti belogen.«

»Eine Hand wäscht hier die andere«, antwortete Gerta. »Es muss ja nicht alles immer mit Schwertern und Schwüren ablaufen, wie die Geschichte mit deinem Bruder, die du mir da erzählt hast. Hier wird stattdessen Handel getrieben. Und außerdem habe ich schon früher Nichten zu Fasti gebracht – er weiß, dass das ein Spiel zwischen uns ist.«

»Heißen alle deine Nichten Thorfrida?«, wollte Svanhild wissen, die Arme in die Seiten gestemmt.

Darüber musste Gerta lächeln. »Nein, das habe ich noch nie probiert. Das funktioniert auch nur einmal, also schätze dich glücklich. Du bist beim Handeln gar nicht so schlecht, aber trotzdem hättest du ohne mich keinen so guten Schnitt gemacht, also gib mir einen fairen Anteil.«

Svanhild fühlte sich schuldbewusst, weil sie Gerta misstraut hatte, und zog ein paar Münzen mehr heraus, als sie ursprünglich vorgehabt hatte. Von der Art, wie Gerta lächelte, als sie die Münzen entgegennahm, schloss Svanhild, dass das ein abgekartetes Spiel von ihr gewesen war – sie hatte Svanhild dazu gebracht, ihr zu misstrauen und sich dann dafür schuldig zu fühlen. Svanhild schüttete die restlichen Silberlinge in die Socke, in der sie schon die Broschen aufbewahrt hatte, und verknotete sie fest. Dann gab sie Gerta die Lederbörse zurück.

»Spielen alle hier solche Spielchen?«, fragte sie und wies auf Gertas Hand, die sich immer noch um die empfangenen Münzen ballte.

»Ja«, erwiderte Gerta, »und du hast mehr Talent dazu, als ich angenommen hatte. Aber du darfst dich nicht so schnell beeinflussen lassen, wenn dein Gegenspieler Entrüstung zeigt.«

»Danke für die Lektion«, sagte Svanhild trocken, aber ohne großen Groll. Sie brauchte Gerta noch, um ein Schiff zu finden.

»Meinst du nicht, dass du doch noch Talent zum Bandweben entwickeln könntest?«, fragte Gerta. »Es ist nicht viel anders als normale Webarbeit. Ich könnte hier ein Mädchen gebrauchen, das meine Arbeit übernimmt. Wenn du hierbleibst, brauchst du deinen Bruder nicht um Schutz zu bitten.«

Obwohl Gerta sie irritiert hatte, wünschte sich Svanhild nun, sie könnte ja sagen. Gerta hatte sich die größtmögliche Freiheit erkauft und eingehandelt. Sie genoss Respekt in Kaupanger und schien sich nicht um den Rest der Welt zu kümmern, es sei denn, es brachte ihr Geld ein. Aber Svanhild konnte hier nichts Wertvolles einbringen. Sie war dazu erzogen worden, einen Haushalt zu führen, einem Krieger die Wunden zu nähen und den Räubern im Sommer die Stirn zu bieten. Von diesen kleinen Handelsgeschäften am Rande der Gesellschaft verstand sie nichts.

Sie schüttelte den Kopf. »Das ist hoffnungslos bei mir.«

Gerta nickte und schien nicht besonders überrascht. »Hab ich mir schon gedacht. Außerdem hast du Familie und Abstammung«, fügte sie nachdenklich hinzu.

»Hilfst du mir, ein Schiff nach Yrjar zu finden?«

»Ja«, erwiderte Gerta. »Und dann denkst du auch mal an mich, wenn du eine feine Dame und mit einem König verheiratet bist. Aber jetzt kannst du mir vielleicht wenigstens helfen, Flachs aufzubereiten. Oder ist Hoheit darin auch nicht gut?«

»Das kann ich gerade noch«, antwortete Svanhild, die Gertas Sarkasmus traf.

Den Rest des Tages saß sie mit Gerta zusammen und sortierte Hechelwerg aus den langen, feinen Fasern. Im Lauf des Nachmittags kamen Männer und Frauen vorbei, um sich mit Gerta über Belange der Stadt zu unterhalten, und Gerta äußerte frei ihre Meinung. Am Abend aßen sie den Eintopf, den Svanhild zubereitet hatte. Gerta trank Bier. Anfangs versuchte Svanhild, mit ihr mitzuhalten, doch Gerta leerte einen Becher nach dem anderen und schlief dann mit dem Kopf auf dem Küchentisch ein. Svanhild legte ihr eine Decke um und fand für sich selbst einen Strohsack, auf dem sie sich zusammenrollte.

Draußen waren die Stimmen der Stadt und Geräusche von Lasttieren noch lange zu hören. Gerta schnarchte. Svanhild versuchte, sich auszumalen, was der nächste Tag wohl bringen mochte, bis auch sie dann einschlief.

KAPITEL 19

Vor der Dämmerung kehrten Guthorms Kundschafter mit der Nachricht zurück, dass das Treffen der Könige in König Gudbrands Halle abgehalten werden sollte. Bereits vor einigen Tagen hatten die Könige sich zusammengefunden, und am nächsten Tag sollte das große Fest stattfinden. Guthorms Männer würden sie überraschen, wenn sie gerade ihren Rausch ausschliefen. Alles musste im Verborgenen und rasch ablaufen, ansonsten würden die sieben Könige sie bemerken, sich trennen, zu ihren Hallen zurückkehren und Männer für den Kampf zusammenziehen. Guthorm hatte sogar Haralds Mutter Ronhild mitgenommen, damit sie ihre Zauber aussprechen und so dafür sorgen konnte, dass sie unentdeckt blieben. Ragnvald hatte auf der Reise bislang nur einen kurzen Blick auf sie erhaschen können, als sie mit überkreuzten Beinen am Fuße des Flaggschiffmasts saß, das lange helle Haar zu einem Zopf geflochten, der auf ihren Rücken fiel.

Ragnvald kam als Letzter ins Boot. Er stieß es vom sandigen Grund ab und schwang sich hinein, wobei er darauf achtete, dass ihm kein Keuchen oder ein anderer Laut entfleuchte, der Anstrengung verriet. Dann bahnte er sich seinen Weg durch die schweigende, angespannte Menge an die Spitze des Schiffes.

Haralds Schiff *Drachenzunge* segelte den Fluss hinauf, gefolgt von Oddis *Bärenbeißer*. Sie hielten die Drachen-Galionsfiguren verborgen und hatten ihre Schilde nicht an die Seiten des Schiffes gehängt.

Das Land erschien Ragnvald seltsam. Sie waren an steilen Küsten vorbeigekommen, während sie über den mittleren Teil des Fjords segelten, doch nun wichen die Wände des Zuflusses rasch zurück und machten niedrigen, geneigten Uferlandschaften Platz, die immer breiter wurden, je weiter sie ins Landesinnere segelten. An einem der Ufer schwang ein Junge die Gerte auf das Hinterteil eines wohlgenährten Schafes. Mit offenem Mund sah er den vorbeisegelnden Schiffen nach.

Ragnvald bewegte seine Hände. Er hatte das Blut vom Vortag auf den Handrücken trocknen lassen, und nun kribbelte es auf der Haut. Er besah sich die Stelle am Daumen, wo der Junge ihn gebissen hatte. Die Bissspuren waren blutunterlaufen. Er musste die Wunde mit Sorgfalt behandeln. Er hatte Bisswunden gesehen, die innerhalb weniger Tage faulig geworden waren. Einer von Solvis Männern war im Kampf von einer Frau gebissen worden, später hatten ihm die Heilkundigen die Hand abgehackt, doch nicht einmal das hatte ihn vor dem Tod durch Wundfieber retten können. Ragnvald wickelte ein Tuch um die Wunde und verknotete die Enden.

Auf der Weiterfahrt sahen sie am Ufer ein hübsches Mädchen Holz hacken. Sie hielt inne und beobachtete, wie die Schiffe vorbeisegelten. Die Strahlen der Sonne fielen von hinten auf ihr langes, offenes Haar, so dass sie aussah, als trüge sie eine flammende Krone. Neben ihm atmete Oddi tief ein. In Ragnvalds Brust regte sich Sehnsucht. Er fragte sich, was Vigdis gerade mit dem goldenen Haar machte. Ob sie seine Mutter drangsalierte? Wie kam Svanhild mit Hilda und all ihren Schwestern zurecht? Er hob die Hand und winkte dem Mädchen zu. Sie winkte zurück und beschattete dann mit der Hand die Augen, um dem Schiff nachzuschauen.

Sie kamen an weiteren Höfen vorbei und gelangten dann in einen dichten Wald, in dem es von Insekten nur so wimmelte. Bäume hingen über den Fluss und warfen fleckige Schatten auf das Wasser. Die Schiffe wurden langsamer und kamen zum Stillstand. Ragnvald sprang in das hüfthohe Wasser und zog das Schiff zusammen mit Heming und Oddi an Seilen in Richtung Flussufer, bis der flache Kiel den sandigen Grund berührte. Sie würden im Wald bis zur Dämmerung warten und dann weiter flussaufwärts angreifen. Ronhild hatte die Wolken beobachtet und ihre Runenstöcke geworfen, bevor sie Hakon ihren Rat mitteilte. Sie hatte festgestellt, dass der Wind sie in dieser Nacht flussabwärts bringen und somit ihre Flucht nicht behindern würde.

Schließlich verkündete Hakon: »Es ist so weit.«

Hakon hatte Ragnvald und Oddi für den Angriff ein eigenes Schiff zugewiesen und Oddi das Kommando übertragen. Alle, die nicht im Schiff gewartet hatten, krochen vom Flussufer herüber und kletterten an Bord. Ragnvald überprüfte zum wiederholten Mal seine Waffen: das Schwert an der rechten Hüfte, in der Scheide an seinem Oberschenkel, der Dolch an der linken Hüfte, die Streitaxt am Rücken.

Kein Lüftchen regte sich. Ragnvald spürte, wie ihm der Schweiß vom Kopf in den Nacken tropfte und die Tunika befeuchtete, die er unter seinem Lederharnisch trug. Er fühlte eine Hand auf seinem Arm. Als er sich umdrehte, sah er Heming neben sich stehen. Ragnvald hob fragend die Augenbrauen. Heming lächelte leicht und zuckte mit den Schultern, während er mit dem Kopf in Richtung Hakons Boot nickte, als wollte er sagen, sein Vater habe ihn hierher geschickt.

In dieser Nacht saßen die erfahrensten Männer an den Rudern. Sie ließen die Ruderblätter lautlos in das ruhige Wasser des Flusses gleiten und hoben sie wieder, wobei lediglich ein leichtes Kräuseln des Wassers neben dem Bug die Anwesenheit der Schiffe verriet. Sie ruderten hundert Atemzüge lang, dann weitere hundert. Das Ufer glitt vorbei, die Silhouetten der Bäume hoben sich schwarz vom violetten Himmel ab.

Dann erreichten sie Gudbrands Halle und die umliegenden Felder. Außer einem Lichtkreis war von den Nebengebäuden im Schatten des dunklen Berges hinter ihnen nichts zu erkennen. Der Bug des Schiffes berührte mit einem knirschenden Geräusch das Ufer. In Ragnvalds Ohren, die angestrengt auf jeden Laut achteten, klang es erschreckend laut. Heming sprang vorn aus dem Boot, Ragnvald folgte ihm und landete lautlos im Gras, Oddi neben ihm. Ragnvald richtete sein Schwert nach vorn, mit der Spitze nach oben, jedoch niedrig, damit sein Arm nicht ermüdete, bevor er die Gelegenheit hatte, es jemandem in den Leib zu stoßen. Er spürte die angespannte Wachsamkeit der Männer um ihn herum. Heming atmete ruhig und gleichmäßig, als wäre die Situation alltäglich für ihn. Oddi auf der anderen Seite wirkte stramm wie ein neu bespannter Bogen. Ragnvald zwang sich, seinen Griff zu lockern. Seine Hand kribbelte, als das Blut wieder floss.

Irgendwo vor ihm war Harald und führte den Stoßtrupp an. Ragnvald konzentrierte sich auf Oddis Ledergürtel, der frisch poliert war, so dass er in der Dunkelheit hellgrau glänzte. Er bewegte sich schleichend voran und achtete darauf, einen gewissen Abstand zu Oddi zu halten.

Hakon und seine jüngeren Söhne gingen mit der Haupttruppe quer über den Hang, der zu Gudbrands Halle führte. Ragnvald und seine älteren Söhne würden sich durch das Wäldchen anschleichen und von der anderen Seite aus angreifen. Falls es ihnen gelang, wollten sie die Könige in der Halle festhalten und damit drohen, sie niederzubrennen, falls sie nicht Harald die Treue schworen.

Ragnvalds Truppe hatte den weiteren Weg; am Rand des Wassers tasteten sie sich durch die Dunkelheit. Er hörte Kampfgeschrei, Schwerter, die aufeinanderprallten, das Krachen der Schilde, dann Siegesschreie. Haralds Stimme übertönte alle anderen, als er die Zahl der von ihm Getöteten verkündete.

Er sah, wie Oddi vor ihm erleichtert die Schultern sinken ließ. Ragnvald wusste später nicht mehr, warum er sich umgedreht hatte. Vielleicht erregte das Knacken eines Zweiges seine Aufmerksamkeit. Ragnvald berührte Oddis Rücken. Als dieser sich umwandte, nickte Ragnvald mit dem Kopf in die Richtung, aus der er das Geräusch vernommen hatte, und legte den Finger auf die Lippen. Er machte einen Schritt auf die dunklen Schatten einer kleinen Baumgruppe zu. Das musste das Opferwäldchen für die Bewohner der Halle sein, fruchtbar und getränkt vom Blut von Tieren und Männern. Ein günstiger Ort, um sich zur Verteidigung der Halle zu verstecken und den Göttern weitere Opfer zu verschaffen.

Ragnvald berührte das Amulett um seinen Hals und betete um Tapferkeit. Wenn die Götter ihm wohlgesonnen waren, würden sie ihm zur Seite stehen, wenn er auf ihrem Boden kämpfte.

»Männer«, flüsterte er seinen Begleitern zu. »In den Bäumen.«

Heming nickte, eine Bewegung, die Ragnvald mehr spürte, als dass er sie sah. Sie konnten es nicht riskieren, mehr zu sprechen. Sie gelangten in den Schatten einer Senke am Rand des Berges. Ragnvald deutete mit dem Kopf nach rechts und folgte der Dunkelheit des flachen Bodens, in der Hoffnung, dass Oddi und Heming dicht hinter ihm blieben.

Eine Silhouette löste sich aus dem Dunkel und bewegte sich verstohlen am Waldrand entlang. Ragnvald fragte sich, ob sie planten, Haralds Männern den Hof zu überlassen und sie dann während der Siegesfeier aus dem Hinterhalt zu töten. Ragnvald hätte an ihrer Stelle so gehandelt, auch wenn sie damit ihren Besitz riskierten. Das Wäldchen war nicht groß, möglicherweise hatten sie nur ein paar Männer. Die verbleibenden versteckten sich hier, um die Halle so gut sie konnten zu verteidigen. Ragnvald umkreiste den Feind von hinten. Eine Wolke schob sich vor den Mond und tauchte das Feld in Dunkelheit. Ragnvald zog mit der anderen Hand seinen Dolch. Wenn nötig, konnte er auch mit der linken Hand töten.

Oddi und Heming waren noch ein paar Schritte weiter hinten. Haralds und Hakons Männer kamen über die Anhöhe, ihre dick gepanzerten Umrisse hoben sich dunkel gegen den Himmel ab. Ragnvald konnte sie immer noch hören, ihr aufgeregtes, sorgloses Rufen. Sie glaubten, sie hätten den Sieg sicher.

Das Sirren abgeschossener Pfeile erfüllte die Nacht. Männer schrien. Ragnvald gefror das Blut in den Adern. Hakons Männer hatten keine Bogen dabei. Saßen sie nun alle in der Falle? Für einen Augenblick verlor Ragnvald die Umrisse des Mannes aus den Augen, den er beobachtet hatte, bis seine Silhouette vor den schlankeren Bäumen wieder zu erkennen war. Ragnvald bewegte sich weiter voran, als hätte er die Gestalt nicht gesehen, die ihn verfolgte.

Der Mann kam näher, nun war er dicht hinter Ragnvald, so nah, dass er das Fleisch riechen konnte, das er zu Abend gegessen hatte. Er wartete, bis er das rasche Einatmen hörte, das den Angriff des Mannes ankündigte, dann drehte er sich um und rammte ihm den Dolch in die Kehle. Der Mann starb ohne einen Laut, er erstickte am Stahl. Ragnvald ließ ihn zu Boden sinken und wischte seine blutverschmierten Hände an der Tunika des Mannes ab.

Er spähte durch die Bäume zur Halle hinauf. Die Wolken hatten sich verzogen, und im Mondlicht erkannte er Gestalten mit Bogen, die sich oben auf dem strohgedeckten Dach festhielten. Wie lange warteten sie bereits dort? Hatte der Junge, den Ragnvald erwischt hatte, einen Freund, der entkommen war und ihre Ankunft verraten konnte?

Bislang waren keine weiteren Männer aus dem Wäldchen aufgetaucht. Ragnvald vermutete, dass sie warteten, bis das Sperrfeuer der Bogenschützen aufhörte. Ragnvald bedeutete Heming und Oddi, ihm zu folgen. Eine Lücke zwischen zwei Felsblöcken bildete den Eingang zu dem kleinen Wald – ein perfektes Nadelöhr. Ragnvald tat so, als würde er klettern, und Oddi begriff und erklomm einen der Felsen. Das Geräusch seiner Finger, die tastend über den Fels glitten, kam Ragnvald laut vor, trotz der Schreie der Männer, die von den Pfeilen durchbohrt wurden, doch es erfolgte kein Angriff.

Im Wald kauerten Gestalten im Halbkreis, bewegungslos wie Baumstümpfe, den Blick auf die Felsblöcke gerichtet. Ragnvalds Trupp befand sich im Schatten der Felsen, die Dunkelheit verschaffte ihnen einen Vorteil gegenüber den anderen. Ein Vogel flatterte aufgescheucht aus seinem Nest auf und stieß einen leisen Ruf aus. Einer der wartenden Männer hob den Kopf, doch ein scharfes Zischen signalisierte ihm, sitzen zu bleiben.

Ein Zeichen. Sie warteten auf ein Zeichen. Ragnvald steckte den Dolch in die Scheide zurück, legte die Hände an den Mund und ahmte den Schrei einer Eule nach. Sein Herz hämmerte in seiner Brust. Langsam zog er die Klinge wieder heraus.

»Das ist es«, hörte er eine Stimme.

»Floki sollte den Ruf eines Raben nachmachen«, ließ sich eine weitere Stimme vernehmen, jünger und unsicher.

»Floki ist ein Idiot.« Diesmal sprach ein älterer Mann.

»Glaubst du, sie haben alle erwischt?«, wisperte der Jüngere, während sie auf die Schatten zukrochen, in denen Ragnvald sich versteckte.

»Nein«, sagte Ragnvald in demselben tiefen und barschen Tonfall wie die Stimme des älteren Kriegers. Dieser wirbelte zu ihm herum. Ragnvald sah das Aufblitzen des blanken Stahls, kurz bevor das Schwert krachend gegen den Fels prallte, wo er eben noch gestanden hatte.

Dann ging alles durcheinander. Ragnvald wusste nicht mehr, ob er Freund oder Feind traf, er schlug mit Schwert und Dolch um sich und traf Bäume ebenso oft wie menschliche Körper. Er hörte ein Krachen und Heulen und hoffte, dass es Heming war, der einen der Männer aus dem Hinterhalt von oben angriff. Es war nicht Oddis oder Hemings Schreien, also war an angemessener Stelle Schaden zugefügt worden. Er versuchte, hinter den Männern zu bleiben, die aus dem Wäldchen kamen, damit seine Klinge nur seine Feinde verletzte, doch während er seine Schläge führte, hoffte er, nicht seine Verwandten oder Freunde zu verwunden.

Er geriet in einen Nahkampf mit einem kräftigen Mann, der ihm ein paar Schnittwunden zufügte, bevor er ihm das Schwert in den Bauch rammte. Stöhnend stürzte der andere zu Boden, und nachdem er verstummt war, war alles ruhig. Es war jene Ruhe nach dem Kampf, die Ragnvald bereits zuvor vernommen hatte, jener Augenblick, wenn die Erde stillzustehen schien. Ragnvald starrte in die Dunkelheit. Niemand bewegte sich, außer seinen Freunden.

»Wie viele hast du erwischt, Bruder?«, fragte Heming Oddi.

»Ich bin nicht sicher«, erwiderte Oddi. Seine Stimme klang atemlos. »Ich hatte Angst, einen von euch zu verletzen.«

»Ich auch«, entgegnete Ragnvald, froh, dass Oddi es zuerst gesagt hatte.

Ein paar Männer auf dem Boden um sie herum stöhnten. Der Lärm der Schlacht auf dem Hügel war wieder zu vernehmen. Das Sirren der Pfeile war verstummt, und nun hörte man lautes Geschrei. Oddi ging los, auf den Hügel zu, und Ragnvald wollte ihm folgen, als Hemings Hand auf seinem Arm ihn zurückhielt.

»Wir werden heute Nacht nach Tafjord aufbrechen«, erklärte Heming. »Das ist das Land, das ich haben will, nicht dieses hier. Mein Vater streut seine Streitkräfte zu weit, um diesen Traum von Harald zu verfolgen. Maer wird mein Königreich sein. Alle Fürsten meines Vaters werden mich dann respektieren.« Es dauerte einen Augenblick, bis Ragnvald klarwurde, was Heming da sagte. Er plante einen neuen Angriff, noch während er sich im Kampf mit diesen Männern befand. Ragnvald wäre niemals fähig gewesen, seine Aufmerksamkeit so zu teilen.

»Du meinst, dein Vater wird dich respektieren?«, sagte Ragnvald. Das Geschrei auf dem Hügel wurde lauter. Er musste dort hinauf, zu Hakon, dem er die Treue geschworen hatte. »Lass mich gehen.«

»Nur wenn du mit uns kommst«, entgegnete Heming. »Andernfalls wirst du hier sterben. Mein Schwert dürstet stets nach Blut. Du solltest mir die Treue schwören, nicht meinem Vater.«

Ragnvald schwieg. Er konnte seine Gedanken nicht von dem gegenwärtigen Kampf lösen, um darüber nachzudenken, er wusste nur, dass seine Träume soeben einen Schlag versetzt bekommen hatten. Fürst Runolf hatte zwischen Hakon und seinem Sohn den Tod gefunden.

Heming fuhr fort, ihn zu bedrängen, indem er vermeintliche Vorteile aufzählte. »Mein Vater denkt, er wird wieder jung, indem er sich mit jungen Männern umgibt.« Sein Tonfall war hastig und ärgerlich, die Worte wohl überlegt. »Du kannst einer meiner Fürsten sein, wenn Maer mir gehört.«

»Müssen wir auf der Stelle aufbrechen?«, fragte Ragnvald. Die Kampfgeräusche, die von der Halle herüberkamen, zerrten an ihm. Dort war sein Platz, an Hakons Seite. Er hatte es geschworen.

Heming schien seinen Sarkasmus nicht zu bemerken. »Nein. Trinke nur nicht zu viel, wenn wir heute Nacht feiern. Wir brechen auf, wenn alle schlafen.«

»Wir müssen ihnen helfen«, drängte Ragnvald und entzog sich Hemings Griff, in der Hoffnung, Heming würde nicht bemerken, dass er nicht zugestimmt hatte.

Er fühlte sich schwach auf den Beinen, als er den Hügel hinaufrannte, bis er Hemings Schritte hinter sich vernahm und die Furcht ihm neue Kräfte verlieh. Heming würde ihn nicht auf freiem Feld töten, nicht wenn er dachte, er hätte seine Zustimmung, dennoch erreichte Ragnvald die Halle ein halbes Dutzend Schritte vor ihm.

Kerzen erleuchteten den Schauplatz. Einige Männer hatten Frauen in schattige Ecken gezerrt und vergewaltigten sie. Eine von ihnen schrie, die anderen wimmerten nur noch. Ein Mädchen kauerte mit blutverschmiertem Kleid an einem Baum, die Hände um ein Küchenmesser gekrampft. Sie fauchte, als Ragnvald vorüberging, was ihn an Svanhilds wildeste Wut erinnerte. Er ging an ihr vorbei und versuchte, sie nicht wahrzunehmen. Er würde ihr nicht noch mehr weh tun.

Mit einem Seufzer der Erleichterung erkannte er, dass er nur den Lärm der plündernden Männer gehört hatte, nicht das Abschlachten von Hakons und Haralds Männern. Einige Bogenschützen hatten vom Dach aus angegriffen, aber die Pfeile waren ihnen schneller ausgegangen als Harald und Hakon die Kämpfer. Nachdem die Männer gefallen waren, verteidigten sich die Frauen, so gut sie konnten. Einige hatten sich mit Dolchen und Küchenmessern bewaffnet, dennoch hatten sie Hakons Kriegern nichts entgegenzusetzen.

»Wo warst du?«, wollte Hakon wissen, als er Ragnvald auf sich zukommen sah. »Ich dachte, du seist direkt hinter mir.«

»Im Wald waren Männer«, sagte Ragnvald. Er lächelte und spürte dabei, wie die Haut auf seinen Wangen spannte vom Blut des Hirsches und dem angetrockneten Blut der Männer. »Jetzt sind sie weg.«

»Männer auf dem Dach, Männer im Wald. Sie wollten uns einkesseln«, stellte Guthorm fest. »Wussten sie, dass wir kamen? Hat uns jemand verraten?«

Ragnvald zuckte die Schultern. »Vielleicht hatten sie Wachen, die wir nicht bemerkt haben und die Guthorms Späher gesehen haben.« Er hoffte, dass es so gewesen war, und nicht ein Kamerad des Jungen, den er erwischt hatte. Heming zumindest hatte Guthorm in dieser Hinsicht nicht verraten, doch er plante in der kommenden Nacht einen Verrat.

Guthorm klopfte Ragnvald auf die Schulter. »Du hast recht. Ich fürchte mich schon vor Schatten in diesen aufrührerischen Zeiten.«

»Wir haben nur wenige Verluste erlitten«, stellte Hakon fest. »Vielleicht hatten sie gehofft, uns vom Wald und der Halle aus hinterrücks zu überfallen, aber wir waren in der Überzahl. Es war klug von dir und Harald, sich mit mir zu verbünden. Wo ist Heming?«

»Heming?«, fragte Ragnvald. »Mein Herr, ich muss mit dir über …«

»Später«, erwiderte Guthorm. »Wir haben noch zu arbeiten.«

Guthorms Männer hatten rund um die Halle große Ballen Zunder gelegt, bereit, sie mit der Fackel anzuzünden. Die

Schützen auf dem Dach, deren Köcher nun leer waren, versuchten hinunterzuklettern, wurden jedoch von den Kriegern, die die Halle umzingelten, wieder zurück auf den Torf gestoßen. Guthorms Männer schlugen rhythmisch auf ihre Schilde.

»Könige von Hordaland«, rief Harald, als der Lärm verebbte, »wir werden euch in eurer Halle verbrennen, ebenso wie eure Krähen auf dem Dach, wenn ihr nicht herauskommt und mir die Treue schwört.«

Die großen Türen der Halle öffneten sich einen Spaltbreit.

»Ich bin König Harald von Vestfold«, verkündete Harald machtvoll, im Tonfall tief genug, um das jungenhafte Wegbrechen der Stimme zu vermeiden, das ihm bei gewöhnlichen Gesprächen oft Probleme bereitete. »Ich bin der Bezwinger von König Gandalf von Akershus. Mir wurde vorhergesagt, König von ganz Norwegen zu werden.« Zumindest präsentierte er sich mit Autorität. Guthorm hatte seine Galionsfigur gut gewählt. »Wenn ihr mir die Treue schwört, werde ich euch mächtiger machen, als ihr es euch jemals erträumt habt. Eure Feinde werden vor euch erzittern, und eure Söhne werden großen Wohlstand erben. Tut ihr es nicht, ist euer Leben verwirkt.«

Die Türen der Halle öffneten sich langsam. Zwei Könige traten heraus, von einer Gruppe Wachen umgeben: Hogne und Frode Karusson, Brüder und Könige zweier nebeneinanderliegender Königreiche von Hordaland. Sie waren klein und korpulent, jene Art von Korpulenz, die Stärke verlieh. Beide sahen so aus, als könnten sie den Kampf gegen einen Bären jederzeit gewinnen.

»Aber ... du bist bloß ein Junge«, meinte König Hogne. Ragnvald hatte bislang nicht viel von den Karusson-Königen gehört, außer dass Hogne oft herumschrie und Frode häufig Wutanfälle hatte.

»Ich bin, was ich bin«, entgegnete Harald. »Ich werde älter werden, und Norwegen wird mir gehören. Ihr werdet nicht älter werden, als ihr jetzt seid, wenn ihr mir nicht die Treue schwört.«

Sie schworen nicht, denn wer hatte jemals von so einem König gehört? Ragnvald nahm ihre Gedanken wahr, als hätten sie sie laut herausgeschrien. Harald, oder eher Guthorm, der ihn lenkte, war ein Wahnsinniger oder ein Fantast. Norwegische Könige brachten einander um oder verbündeten sich mit ihresgleichen. Männer gingen auf Raubzüge oder gründeten gelegentlich neue Siedlungen, aber diese Worte über Eroberungen waren wie eine neue Sprache für sie, aus einem anderen Land. Sie stürzten sich nach vorn, ihre kleine Schar Wachen gegen Haralds Hundertschaften.

Harald gab seinen Männern das Zeichen, die Halle niederzubrennen. Einige Männer von Hordaland stürmten vorwärts und starben durch die Schwerter von Haralds Armee. Ragnvald tötete ein paar von ihnen, denn er stand in der Nähe von Harald, wo der Kampf am wildesten tobte, doch sie wären ohnehin gestorben, wer auch immer das Schwert führte, gefangen zwischen Feuer und Klinge. Die Halle brannte, während die Männer des Königs fielen. Später würden die Dichter singen, dass Harald an jenem Tag sieben Könige getötet habe.

Als der kurze, heftige Kampf vorüber war, stand die Halle immer noch in Flammen. Ragnvald taumelte davon, auf der Suche nach etwas verdünntem Bier, um seinen Durst zu stillen. Oddi hielt ihn zurück und teilte ihm mit, dass Hakon ihn zu sprechen wünschte.

»Wir haben Gefangene gemacht«, erklärte Hakon und wies auf ein paar gefesselte und geknebelte Männer auf dem Boden. Einer von ihnen krümmte sich stöhnend, den Bauch voller Blut. »Ein paar von ihnen wissen vielleicht, wo die anderen

Könige von Hordaland sind. Ich habe gehört, dass Gudbrand nicht hier ist. Er muss jedoch da gewesen sein, denn dies ist seine Halle.«

Ragnvalds Beine waren müde und zittrig, die Nachwirkungen des Kampfes. Manche Männer wurden dadurch trunken, begierig auf Alkohol und Frauen. Ragnvald hingegen war nach dem Kampf erschöpft, er sehnte sich nach Ruhe und Vergessen.

»Wir waren erfolgreich«, sagte Hakon. »Diese Könige haben bei ihren Plünderungen große Reichtümer erbeutet.« Er bedeutete Oddi, zur Seite zu treten. Dann bückte er sich und hob eine kleine Truhe auf. Sie hatte metallene Beschläge anstatt der üblichen ledernen. Hakon hielt sie Ragnvald entgegen. »Öffne sie.«

Ragnvald tat wie ihm geheißen. Die Truhe war voller Silber und zahlreicher Münzen, die ein schlankes, bärtiges Gesicht zeigten, das Ragnvald als das von Alfred, dem englischen König, erkannte.

»Das ist Teil des Danegelds«, stellte Ragnvald fest.

»Der große englische Tribut«, wiederholte Oddi. »Feiglinge«, fügte er dann hinzu, jedoch ohne große Leidenschaft. Wenn die Engländer bereit waren, eine dänische Armee dafür zu bezahlen, sich von ihren Küsten fernzuhalten, bedeutete dies, dass für den Osten weitere Schätze aus England zu erwarten waren. Hakons Schätze.

»Sind diese Könige Verbündete der Dänen?«, wollte Ragnvald wissen.

»Vielleicht«, entgegnete Hakon ohne großes Interesse. Er war sich seiner Macht sicher. »Ich wollte dir einen Ring für deine Dienste im Wald heute Nacht geben«, sagte er, an Ragnvald gewandt. »Aber jetzt, wo wir dies hier gefunden haben, gebe ich dir zwei Handvoll Silber obendrauf.« Er lächelte, als er Ragnvalds besorgtes Stirnrunzeln sah. »Nimm eine Handvoll, als Brautgeld. Und eine weitere, um dir Sklaven zu kaufen, die dein Land bewirtschaften.«

Ragnvald schaute auf das Silber, begierig auf seinen Anteil. Er nahm ihn und füllte die Tasche an seinem Gürtel damit. Nicht alle Münzen zeigten Alfreds Gesicht. Einige wiesen die verwinkelten Buchstaben des griechischen Alphabets auf, andere die anmutig verschlungenen Zeichen arabischer Schrift. Sie waren bereits lange vor dieser Nacht in den Norden gekommen und hatten Blut gesehen.

»Meine Männer haben ein paar unberührte Frauen aufgehoben«, sagte Hakon. »Nimm dir eine und betrinke dich ordentlich. Morgen ist noch genug Zeit für Geschenke und große Reden.«

»Einige Männer sollten den Schatz bewachen«, entgegnete Ragnvald, der kein Interesse an Frauen oder großen Festen empfand. Er wusste nicht, ob der Grund dafür jenes Mädchen war, das ihn an Svanhild erinnert hatte, oder Hemings Drohungen. Nun, für eines von beiden gab es eine Lösung. »Wenn du es mir erlaubst, werde ich mich darum kümmern. Doch zunächst muss ich mit dir sprechen.« Er senkte die Stimme. Hakon würde nicht wollen, dass Harald und Guthorm von Hemings Plänen erfuhren. »Jemand in deiner Nähe plant Verrat.«

Ragnvald sah sich nach Heming um, doch er war nicht in der Nähe. Vielleicht vergnügte er sich gerade mit einer der unberührten Frauen. Noch ein Grund für Ragnvald, sich von ihm fernzuhalten.

Hakon bedeutete den umstehenden Männern, sich zu entfernen. »Sprich«, forderte er Ragnvald auf.

»Heming plant heute Nacht, wenn alle Männer betrunken sind, aufzubrechen, um zurück nach Tafjord zu segeln und Hunthiof und Solvi anzugreifen.«

»Woher weißt du das?«

»Er befahl ... er bat mich, ihn zu begleiten«, erwiderte Ragnvald. Er würde rachsüchtig wirken, wenn er Hemings Drohungen erwähnte, und Hakon würde weniger geneigt sein, ihm zu glauben.

»Und das möchtest du nicht?«

»Solvi wird siegen.« In Wahrheit wollte er an Solvi keine Rache üben, nicht auf jene Weise wie an Olaf. »Ich stehe hier vor dir.«

»Danke, dass du mir das gesagt hast«, entgegnete Hakon mit düsterem Blick. »Komm mit mir. Wenn das stimmt, wird Heming dafür geradestehen.«

Sie fanden Heming unter dem Dachvorsprung eines der Nebengebäude, offensichtlich zusammen mit den Schiffsführern, die entschieden hatten, sich ihm anzuschließen. Als Hakon und Ragnvald sich näherten, wirkte er so schuldbewusst, dass Ragnvald keine Sorge hatte, man würde ihm nicht glauben.

»Ist das, was ich dir geben wollte, nicht genug?«, dröhnte Hakon, als er ihn sah. Die Schiffsführer sahen sich an und schlichen wortlos in unterschiedliche Richtungen davon. Hakon kniff die Augen zusammen, als er sie weggehen sah, doch er hielt sie nicht auf. »Ich hätte dich zum König von Maer gemacht, wenn du nur noch eine Jahreszeit gewartet hättest. Ragnvald wäre dein Ratgeber und Begleiter gewesen.«

Ragnvald versuchte, sein Gesicht so gleichgültig wie möglich aussehen zu lassen, damit niemand bemerkte, wie unrecht ihm dies gewesen wäre.

»Erkläre dich«, forderte Hakon seinen Sohn auf.

»Ich bin jetzt ein Mann, seit fünf Jahren bereits«, erwiderte Heming, die Hand am Schwert. Ragnvald legte seine ebenfalls dorthin. Er hatte geschworen, Hakon zu verteidigen. »Doch du behandelst mich wie einen Jungen.«

»Weil du wie ein Junge handelst.«

»König Hunthiof ist dein Erzfeind. Ich möchte ihn für dich töten. Du hast dich deinem Vater widersetzt und Halogaland erobert«, versetzte Heming. In seinen zornigen Tonfall mischte sich Traurigkeit.

»Weil ich ein jüngerer Sohn war und mein Vater niemals vorhatte, mir irgendetwas zu geben, was ich mir nicht mit meinen eigenen Händen nehmen hätte können. Ich habe Halogaland erobert, bevor es mein älterer Bruder tat.«

»Die Lieder erzählen etwas anderes«, widersprach Heming.

»Nennst du mich etwa einen Lügner?«, dröhnte Hakon. »Die Lieder erzählen das, was ich sie erzählen lasse.«

»Ich bin sicher, deine Puppe Ragnvald hat ebenfalls das gesagt, was du wolltest.«

Ragnvald schloss die Hand fester um sein Schwert, falls Hakon ihn nun angreifen würde.

»Ragnvald hat mir die Treue geschworen, du nicht. Er hat sich wie ein Mann verhalten«, entgegnete Hakon.

Ragnvald wünschte, er wäre weit weg. Wenn er sich entfernte, würden sie dann aufhören, über ihn zu reden? Er ging rückwärts, langsam, falls Hakon ihn bat zu bleiben, doch er tat es nicht. Ragnvald hatte sich freiwillig gemeldet, sich um die Bewachung von Hakons Schatz zu kümmern; dies würde ihn bis zum Morgen beschäftigen und von Heming fernhalten.

*

Später kam Oddi und gesellte sich zu ihm. Ragnvald ging im Dunkeln vor dem Schatz, den Hakon erbeutet hatte, auf und ab. Nach dem Feuer glomm und rauchte die Halle noch an einigen Stellen. Ragnvald begrüßte Oddi, der sich auf einen

Felsen gesetzt hatte und hinunter auf den Fluss schaute, auf den Wald, wo sie die Männer getötet hatten.

»Mein Vater hat die halbe Nacht damit verbracht, Heming und die anderen zurechtzuweisen, während sie die Gefangenen gefoltert haben. Er ist verärgert.« Oddi besah seine Hände. Sie waren immer noch rot vom Blut, mit dunkleren Flecken von einer dickeren Flüssigkeit – vielleicht vom Kampf, oder aber er war aufgefordert worden, bei der Folter zu helfen. Als Ragnvald mit ihm gesegelt war, hatte Solvi gesagt, manche Männer hätten das Zeug zum Foltern, andere nicht. Solvi selbst hatte es nicht, wie er sagte, und so ließ er Ulfarr die Arbeit für ihn erledigen. Er hatte gesagt, dies sei nicht unmännlich, denn wahre Männer hätten tiefe Empfindungen. Ragnvald hatte sich damals gefragt, was Ulfarr davon halten mochte, doch Ulfarr schien stolz auf seine blutige Arbeit zu sein, die es ihm erlaubte, sich von den anderen Männern abzuheben. Ragnvald hätte nicht gedacht, dass Oddi das Zeug zum Foltern hatte, zumindest nicht zu dessen Ausführung.

»Hast du es gemacht? Die ... Befragung?«, wollte Ragnvald wissen.

»Nein«, erwiderte Oddi. »Es ist schon schlimm genug, dabei zuzusehen. Er hat dem ersten Mann die Eingeweide herausgeschnitten, während der andere zusah. Ich denke, er wollte Guthorm und Harald Angst einjagen.« Er schüttelte den Kopf, als wollte er die Bilder loswerden. »Aber wenigstens habe ich mich nicht übergeben. Wir haben lediglich erfahren, dass König Gudbrand mit seinen Männern unterwegs ist. Er hat von unserem oder von Haralds Kommen erfahren. Wir werden ihn nicht erwischen, nicht ohne mehr Informationen oder mehr Männer.«

Seine Worte überraschten Ragnvald. Sie hatten beinahe vierhundert Männer, und Harald mindestens ebenso viele, sicherlich mehr als ein unbedeutender Hordaland-König aufzubringen vermochte, zumindest so kurzfristig. Er teilte Oddi seine Gedanken mit.

»Gudbrand hat bereits Truppen gegen Harald aufgestellt«, entgegnete Oddi.

»Dann sollte er leicht zu finden sein. So viele Männer bleiben nicht unbemerkt. Werden wir noch weitere Hallen niederbrennen?«, fragte er, benommen vom Schlafmangel.

»Ich weiß es nicht«, erwiderte Oddi und sah ihn neugierig an. »Du klingst besorgt. Tötest du nicht gern?«, fragte er, diesmal mit Bitterkeit in der Stimme. Er hielt seine Hände merkwürdig, mit Abstand zueinander, nicht entspannt.

»Ich tue es gern genug«, sagte Ragnvald. »Bis Mitternacht, wenn es erledigt ist.« Er lächelte Oddi an und fühlte sich seltsam dabei. Er befand sich in einer jener merkwürdigen Stimmungen, die ihn nach dem Kampf überkamen, seit Solvi ihn im Gesicht verwundet hatte. Seitdem hatte jeder Kampf für ihn ein falsches Ende gefunden: Solvis Dolch, ein falscher Draugr und nun Hemings Verrat. »Was will dieser König Harald von uns? Was bietet er dafür?«

»Das kannst du leicht erraten«, gab Oddi zurück.

»Ja«, meinte Ragnvald. »Wir werden König Gudbrand finden und erschlagen. Wir werden all die anderen Männer erschlagen, die sich uns entgegenstellen. Wir werden weitere Bäuche aufschlitzen. Wir werden die Sklaven von seinem Land verkaufen und seine Frauen von ihren Verwandten auslösen, genau wie wir jetzt. Wir werden ein paar Menschen foltern, wenn wir Lust darauf haben.«

»Du bist müde und betrunken«, erwiderte Oddi. »Geh, such dir eine Frau, und schlaf ein wenig. Ich werde hier Wache halten.« Oddi sah wieder auf seine blutigen Hände und wischte sie am Gras ab.

»Nein, ich habe diese Aufgabe übernommen«, widersprach Ragnvald. »Ich bewache dieses Gold. Wie viel Gold braucht ein König?«

»Was willst du, Ragnvald?«, fragte Oddi. »Wenn du etwas über das Schicksal von Menschen und Ländern herausfinden willst, geh und sprich mit einem Dichter oder Priester, oder mit der Zauberin Ronhild. Wenn du nicht schlafen gehst, werde ich schlafen, und ich will nicht, dass du mir böse Träume schickst.«

Er stand auf und entfernte sich. Ragnvald bedauerte seine Worte augenblicklich, seine Fragen, die niemand beantworten konnte: Warum manche Männer Könige waren und andere Soldaten, warum ein Mann wie Olaf ihn wie seinen eigenen Sohn aufzog und dann verriet. Warum Hakon seine Söhne gegeneinander aufhetzte, warum ihm das Gold zufloss, während Ragnvald dankbar sein musste für eine Handvoll Silber. Er würde mehr als das brauchen, um Ardal wieder zu dem Hof zu machen, der es sein sollte, reich wie in seinen Kindheitserinnerungen, mit Kühen, die nach dem Winter ebenso wohlgenährt waren wie zuvor. Und hundertmal so viel, um ein Herr zu werden, der fein genug war, dass die Männer von Sogn ihn als König begrüßen würden. Er sollte Hakon dankbar sein, doch durch diese Verpflichtung fühlte er sich lediglich klein.

KAPITEL 20

Als Gerta am nächsten Morgen erwachte, schien sie vom vielen Trinken am Abend zuvor in keiner Weise beeinträchtigt. Wahrscheinlich war sie daran gewöhnt. Mit ihrem Bündel über der Schulter folgte Svanhild ihr den Weg zum Ufer hinunter. Sie hatte ein wenig Kopfweh von den beiden Bechern, die sie selbst geleert hatte.

Gerta hielt sich gerade wie ein Stock. Sie nahm keinen Proviant mit, hatte Svanhild aber ein paar Scheiben Brot und ein Stückchen Käse aufgenötigt. Das nahm Svanhild als Zeichen, dass Gerta nicht die Absicht hatte mitzureisen. Sie dachte an Gertas Wunsch, nach Yrjar zu gehen, und daran, dass sie ihr, Svanhild, einen Platz bei sich angeboten hatte. Gerta hatte sich zwar ein unabhängiges Leben und Respekt in Kaupanger erarbeitet, aber sie schien einsam.

Sie gingen zwischen den am Strand hochgezogenen Schiffen umher. Gerta schürzte ihre Röcke, wenn sie über glitschige Anhäufungen von Seetang stieg. Sie sah sich jedes Schiff genau an, bevor sie zum nächsten ging. Für Svanhild sahen sie alle gleich aus – die meisten waren breit und tief, ohne Rudergelenke – Knorr-Handelsschiffe. Einem Feind könnten sie nicht entkommen oder etwa den Hafen schnell verlassen, aber sie konnten weit mehr Ladung tragen als Drachenschiffe, erkannte Svanhild. Ragnvald hatte einmal gesagt, dass sie leichter in der Handhabung waren und weniger Besatzung brauchten als schmale Kriegsschiffe.

Schließlich hielt Gerta vor einer gut in Schuss gehaltenen Knorr an. An Deck gab ein kräftig gebauter Mann in Gertas Alter zwei jungen Männern Anweisungen beim Aufladen schwerer Kisten. Sein Haar war weiß, kurz geschnitten und sauber gekämmt. Er hatte einen kurzen Bart, kleine, dunkle Augen und trotz allem eine jugendliche Ausstrahlung und rastlose Energie, die sich in seinen Bewegungen zeigte. Gerta winkte den Mann herüber und unterhielt sich leise mit ihm. Dann bat sie Svanhild zu sich.

»Das hier ist mein Freund Solmund«, sagte Gerta.

Svanhild grüßte mit einem Knicks und stellte sich – nach einem kurzen Blick auf Gerta – mit ihrem richtigen Namen vor.

»Wie laufen die Geschäfte mit der Stickerei?«, fragte Solmund. »Meine Frau ist ganz entzückt von der Tagesdecke, die sie von dir hat.«

Gerta nickte bei dem Kompliment. »Es läuft so«, sagte sie. »Wenn du nächstes Mal nach Birka fährst, gehe ich vielleicht mit.«

Solmund lächelte. »Das sagst du immer, Gerta.«

Gerta nickte wieder. An diesem Morgen schien sie überhaupt nicht lächeln zu wollen – vielleicht hatte sie das Trinken doch nicht so gut verkraftet. »Ich wünsch dir eine gute Reise«, sagte sie zu Svanhild.

»Danke für deine Hilfe«, erwiderte Svanhild. »Mögen die Götter dich für deine Gastfreundschaft belohnen.« Svanhild hätte Gerta gerne umarmt, doch deren stocksteife Haltung schien das zu verbieten. Sie sah Gerta nach, als diese davonging, und fühlte sich verlassen. Wieder einmal hatte man sie einfach abgegeben.

Svanhild verneigte sich vor Solmund, als Gerta außer Sicht geriet. »Kann ich bei irgendetwas helfen?«, fragte sie.

»Du könntest mal nachsehen, ob meine Frau was braucht«, erwiderte Solmund geistesabwesend und wies in Richtung Schiff. Svanhild freute sich zu hören, dass noch eine Frau an Bord war, obwohl sie sich entschieden hatte, Gertas Vertrauen in Solmund zu teilen. Als sie die Stufen in den Laderaum des Schiffs hinunterstieg, dankte sie Freya mit einem Gebet, dass alles so gut lief. Die Götter mussten ihr auf diesem Weg geneigt sein.

Soweit Svanhild das in dem dunklen Raum im Schiffsbauch erkennen konnte, hatte Solmunds Frau ein freundlicheres Gesicht als Gerta. Wenn sie noch etwas mehr Fleisch auf den Knochen hätte, wäre sie sogar hübsch zu nennen. Sie war schmal gebaut in Schultern und Hüften, und das Leben an Bord hatte alles Überflüssige von ihr wegschmelzen lassen, so dass ihre Augen und Wangen nun in bläulichen Mulden lagen.

»Ich hab gerne Gesellschaft«, sagte sie, als Svanhild sie grüßte und sagte, wo sie hinwollte. »Aber ich bin trotzdem froh, dass ich Söhne und keine Töchter geboren habe. Bei einer Tochter müsste ich zu Hause bleiben, aber wohl nicht bei einer wie dir, wie es scheint.«

Svanhild schien das als Aufforderung, ihre Geschichte zu erzählen, also begann sie und erzählte bis hin zu ihrer Flucht von Hrolfs Hof.

»Das ist eine mutige Geschichte«, sagte Solmunds Frau. »Fürchtest du nicht, dass dir was passiert?«

»Auf jeder Seereise kann einem etwas passieren«, konterte Svanhild. »Hier fühle ich mich sicherer, als wenn ich dort geblieben wäre.«

Solmunds Schiff transportierte Gold und fränkische Schwerter für König Hakon, sowie Stoffballen aus Konstantinopel. Svanhild und die Frau, die sich Haldora nannte, wickelten den reich gewirkten Stoff ab, um ihn zu lüften, damit er bei der Seereise nicht verdarb, und wickelten ihn später wieder zu Ballen auf. So verbrachten sie die Zeit, bis die Flut hoch genug war. Solmund sandte ein Gebet an die Meeresgötter Njord und Ran und verbeugte sich vor ihnen über den Schiffsbug, dann stachen sie in See. Svanhild saß bei Haldora neben einem kleinen Zelt an Deck, in dem die ganze Familie schlief, wenn sie die Nacht an Bord verbrachten.

Haldora gab Svanhild etwas unversponnene Wolle und eine leere Spindel in die Hand. »An Bord spinnen ist nicht so einfach«, sagte sie, »aber man bekommt recht schnell heraus, wie es gemacht wird.« Svanhild war so damit beschäftigt gewesen, Solmund beim Ablegen zu beobachten, dass sie nicht daran gedacht hatte zuzugeben, dass sie selbst unter günstigsten Bedingungen eine miese Spinnerin war.

Solmunds Söhne waren hübsche, flinke Burschen, größer als ihr Vater, aber mit Aussicht auf dieselbe Statur in ihrem späteren Leben. Sie kletterten über Masten und Dollborde wie Bergziegen an einem Steilhang. Doch keiner von beiden hatte Ragnvalds Format.

In den vergangenen Tagen war Svanhild zu aufgewühlt oder beschäftigt gewesen, um viel an ihren Bruder zu denken. Bald würde sie dieselben Seewege befahren, die auch er auf dem Weg nach Yrjar gekreuzt hatte. Sie würde sehen, was auch er gesehen und ihr erzählt hatte: das Eintauchen der Seevögel, den Nebel über dem Wasser, auf den Felsen ruhende Seehunde, die sich spielenden Kindern gleich Laute zuriefen. Der Wind über dem Fjord roch wie frisch gewaschen.

Nachdem sie das Boot in die Mitte des Fjords manövriert hatten, griff Svanhild Wolle und Spindel auf. »Hast du nichts

Gröberes?«, fragte sie. »Ich kann eigentlich nur Segelwolle spinnen.«

Haldora schnappte sich Spindel und Wolle von Svanhilds Schoß. »Du brauchst doch nicht zu spinnen, Liebes. Ich dachte nur, dass dich das vielleicht beruhigt, wenn deine Hände beschäftigt sind.«

Darüber musste Svanhild lächeln. »Ich kann gerne für dich Wolle kämmen oder noch einfachere Arbeiten verrichten.«

Haldora warf ihr einen verwunderten Blick zu, denn wie die meisten Frauen verabscheute sie die nervtötende Aufgabe, Spreißel und Schmutz aus der Wolle herauszupicken, gefolgt vom endlosen Kämmen mit dem eisernen Kamm, bis alle Fasern gleich ausgerichtet waren. Wenn sie solche Aufgaben übernahm, konnte Svanhild sich jederzeit Freunde machen.

*

An diesem Abend hielten sie an einem schmalen Strand unterhalb der hohen Klippen des Fjords. Solmunds Söhne errichteten ein Zelt auf dem Sand, während Svanhild und Haldora das Essen zubereiteten. Svanhild gab ein wenig von Gertas Brot zur Abendmahlzeit hinzu. Sie und Haldora bedienten die Männer, bis Haldora sich schließlich auf einem Stück Treibholz neben ihrem Mann niederließ und ihre Mahlzeit aus Salzfisch mit etwas Lauch einnahm. Also setzte auch Svanhild sich ans Feuer und wartete nicht, bis die Männer fertig waren.

»Wie kommt es, dass du so ganz alleine hier bist?«, fragte Solmund.

Svanhild versuchte, eine Kurzversion der Geschichte ihrer Flucht von Hrolfs Hof zu erzählen. Ein Blick auf Haldoras lächelndes Gesicht beruhigte sie, dass diese sich gerne alles noch einmal anhörte. Also fügte sie mehr von Ragnvalds Geschichte hinzu, als sie eigentlich beabsichtigte, und erzählte von Solvi und wie er versucht hatte, auf Olafs Wunsch ihren Bruder zu töten.

»Das hört sich ja an wie aus einem alten Lied«, sagte einer der Söhne und versprach sich vor lauter Eifer.

»Solvi hat mir sogar einen Antrag gemacht«, sagte Svanhild lachend und errötend zugleich. »Die Geschichte ist zu närrisch, um heroisch zu sein, und ich will doch nicht in einer närrischen Geschichte vorkommen.«

»Dieser Thorkell hört sich eigentlich gar nicht so schlecht an«, sagte Haldora sanft.

Dachten alle Frauen dasselbe? Svanhild sah zu Solmund hinüber. »Handelst du mit Solvi Hunthiofsson«, fragte sie, »oder mit seinem Vater?«

Solmund schien ziemlich überrascht, vielleicht weil er so direkt von einer Frau angesprochen wurde. Svanhild biss sich auf die Lippen. Sie sollte sich mehr an Haldora orientieren. Haldora war kompetent und mutig genug, dieses Leben hier zu führen, aber sie war auch sanft.

Solmund kaute sein Brot zu Ende, bevor er sprach. »Früher einmal, bevor ich verheiratet war. Solvi war noch ein kleiner Junge damals. In Tafjord ging es in jener Zeit rau zu, immer zu viele Krieger, die unterbeschäftigt waren. Wenn ich Knechte zum Helfen mitbrachte, haben Hunthiofs Männer ihren Spaß mit ihnen getrieben und sie gezwungen, gegeneinander zu kämpfen, damit sie Wetten abschließen konnten. Solche Sachen eben.« Krieger spielten grausame Spiele, und meist waren Knechte und Hörige Zielscheibe ihres Spotts. Svanhild wusste das. Ein guter König würde seine Männer davon abhalten, zu viel Unheil anzurichten, aber sie mussten sie die Zeit auch irgendwie totschlagen lassen.

»Das war, bevor Hunthiofs Frau starb. Danach ging ich nur

noch einmal hin und war gottfroh, dass ich Haldora und meine Söhne zu Hause gelassen hatte. Damals herrschte ein böser Geist dort. Der Junge war total verrückt. Männer hatten sich in Zweikämpfen getötet – oder einfach bei Streitereien –, und ihre Leichen lagen in der Halle herum. In dem Jahr hatte es früh angefangen zu schneien, so war wenigstens der Gestank nicht allzu schlimm, bis ich dann die Halle betrat.

›Ich würde dich ja willkommen heißen‹, sagte König Hunthiof, als ich mit meinen üblichen Waren ankam. ›Aber wir sind hier alle tot, und es gibt kein Willkommen von den Toten für die Toten.‹ Das ist mir in Mark und Bein gefahren. Mir wurde klar, dass er den Verstand verloren hatte, und die Männer, die bei ihm geblieben waren, hatten es ihm nachgetan. Sein Sohn Solvi hatte sich von seinen Verbrennungswunden so weit erholt, dass er schon wieder herumlaufen konnte, aber sprechen konnte er nicht. Er lief einfach zwischen den gefallenen Männern herum – und niemand konnte sagen, ob sie nur sturzbetrunken oder schon tot waren. Er aß und trank von den Überresten auf den Tischen. Als ich wegging, sah ich, wie er sich in einer Ecke erbrach, und keine Frau weit und breit, die sich um ihn gekümmert oder ihm das Gesicht abgewischt hätte. Ich weiß nicht, was aus den Frauen geworden ist, die früher einmal in der Halle bedient hatten, aber ich habe manchmal böse Träume, wenn ich daran denke. Wenn der Junge nicht verkrüppelt gewesen wäre, wenn sein Vater nicht der König gewesen wäre, bei Thor, ich hätte ihn mitgenommen. Hätte ich es nur getan.«

Er schauderte. Wahrscheinlich hatte er gar nicht so viel erzählen wollen, dachte Svanhild, doch nun war er in diese Erinnerung, in diese Welt eingetaucht. Er ergriff die Hand seiner Frau und drückte sie, bis ihre sonnengebräunte Haut weiß wurde.

»Er nahm mir all meine Ware als Beute ab – für Hel, sagten sie – denn niemand kann Waren aus dem Reich der Toten zurückbringen. Und dann nahm er meine Knechte, einen von ihnen, Sverri, der schon seit vielen Jahren bei mir war. Er war mein Gefährte gewesen, seit ich mein erstes Schiff von meinem Vater erbte – ruhe er in Frieden. Er sagte, wer das Totenreich verlässt, muss für das Privileg zahlen. Ich habe mich natürlich dagegen aufgelehnt und gesagt, er solle mich nehmen statt Sverri, aber er sagte nein, Sverri würde genügen. Der Mord an einem freien Mann würde sie nur in Schuld bringen – ich weiß nicht, was sie damit meinten. Von solchen Ritualen hatte ich noch nie gehört. Ob ein furchtbarer Gott sie verlangte oder Hunthiofs Wahnsinn, kann ich nicht sagen. Ich will gar nicht erzählen, wie sie Sverri getötet haben, obwohl sie mich gezwungen haben zuzusehen. Dann haben sie mich mit Sverris Blut beschmiert, mich auf mein Schiff gebracht und mit leerem Laderaum auf den stürmischen Fjord hinausgejagt.«

Solmund ließ die Hand seiner Frau los und schüttelte sich. »Ich habe dann bei all meinen Freunden Geld aufgenommen, damit ich weiter handeln konnte, denn das einzig Wertvolle, das ich noch hatte, war mein Schiff. Ich habe mir sagen lassen, dass Hunthiofs Wahnsinn heute nicht mehr so ausgeprägt ist, dass er wieder ein schlauer Herrscher ist. Es gibt noch einige Händler, die seine Halle aufsuchen, aber ich gehe da nie wieder hin. Wie ich gehört habe, war ich auch nicht der Einzige, dem sie das angetan haben. Es ist also kein Wunder, dass sein Sohn grausam und unberechenbar geworden ist. Ich bin froh, dass du zu deinem Bruder gehst. Der kann dich sicher davor bewahren, Solvi in die Hände zu fallen.«

Svanhild fühlte sich schuldbewusst, dass sie Solmund an diese alten Geschichten erinnert hatte, und sie dachte voller

Mitleid an den kleinen Solvi, der durch diese Hölle gestolpert war, wo niemand ihm den Unterschied zwischen Gut und Böse beibrachte.

*

Haldora lud Svanhild ein, ihren Schlafpelz mit ihr zu teilen, als sie sich zur Nacht richteten, damit sie sich gegenseitig wärmen konnten. Es war recht windig, denn die Steilküsten wirkten wie ein Trichter für die Stürme draußen auf dem Meer, und die Zeltplanen klatschten im Wind. Am Morgen, wenige Stunden nach Sonnenaufgang, fuhren sie weiter. Haldora verbrachte viel Zeit in dem Zelt auf dem Vorderdeck, wo sie Kleidung für die Familie nähte, aber Svanhild wollte draußen sein und alles sehen. Schon bald würde sie sich wieder hinter Mauern befinden, mit anderen Frauen. Oder vielleicht auch nicht – vielleicht würde Ragnvald sie mit auf seine Schiffe nehmen. Für diesen Fall sollte sie schnell lernen, wie es sich auf einem Schiff lebte.

Sie verbrachte die Zeit am Bug, wo sie aus dem Weg war, wenn Solmunds Söhne die Segel wendeten, um sie nach dem Wind auszurichten. Wenn sie nach vorne sah, schien ihr Fortkommen gemächlich, und doch glitten sie an Wasserfällen vorbei, und der Fjord wurde immer breiter. Von oben stürzten Möwen ins Wasser, und die Raben machten ihnen den Fang streitig. Sie sehnte sich danach, eines Tages auf einem schlanken Drachenschiff zu segeln, einem Kriegsschiff, unter dessen Kiel das Wasser nur so vorbeischoss.

Nahe an der Mündung des Fjords hielt sie zwei Tage lang eine seltsame Windstille an einem ungeschützten Strand fest. Solmunds Söhne fingen im seichten Wasser kleine Fische als Köder; Svanhild und Haldora schmorten Trockenfleisch und legten den Fang der Jungen in Salz ein. Svanhild fürchtete,

Solmund würde ihr die Schuld geben an ihrem Pech, aber er erzählte nur Geschichten, wie er manchmal tagelang so festgesessen hatte. An Grenzgebieten wie diesem, zwischen Fjord und offener See, und am Strand, der weder Land noch See war, konnte man sich nie auf Wind und Gezeiten verlassen, sagte er, wegen der Geister, die hier wohnten.

Als es hell wurde am Tag darauf, war der Himmel grau und die See unruhig, und so fuhren sie weiter nach Norden. Festland und vorgelagerte Inseln lagen im Nebel verborgen und tauchten nur hin und wieder schemenhaft auf, gleichsam als Beweis dafür, dass das Schiff sich nicht in die Geisterwelt verirrt hatte.

Svanhild spähte angestrengt in den Nebel auf der Suche nach Land, als plötzlich der wabernde Geist eines Drachenschiffs durch die Wellen auf sie zuschoss. Es erschien so unvermittelt, als sei es ein Produkt ihrer Fantasie, und ebenso schnell verschwand es hinter der Masse einer nebelumwobenen Insel. Der Nebel verdichtete sich zu Regen. Das Schiff tauchte auf der anderen Seite der Insel wieder auf.

Der Wind kam in harten Böen und stieß die Knorr vorwärts, um dann abzuflauen und die Segel schlaff herabhängen zu lassen. Das Drachenschiff schnitt durch die Wellen, angetrieben von Rudern. Einen Moment lang dachte Svanhild nicht an die Gefahr und staunte nur über seine Schnelligkeit und Eleganz, bis es schon so nahe heran war, dass sie die Schilde entlang der Seitendecks erkennen konnte. Von Ragnvald wusste sie, dass das Angriff bedeutete.

Solmunds Söhne rannten hektisch durchs Schiff, ihre Schwerter zu holen. »Rein mit dir!«, rief Solmund verzweifelt, als er sie vor dem Zelt stehen sah.

Sie ging hinein und ließ die Zeltklappe herabfallen. Alles, was sie hören konnte, war das Rauschen des Regens auf dem geölten Leder und ihr heftig schlagendes Herz. Haldora legte die Hand auf Svanhilds Schulter. Svanhild zuckte zusammen.

»Was ... war da?«, fragte Haldora.

»Ein Drachenschiff«, flüsterte Svanhild. Sie ließ es zu, dass Haldora sie an sich zog. Das Schiff war so schnell gewesen, sicher hatte es sie schon erreicht. Sollte da nicht etwas zu hören sein? Vielleicht dachten sie, es sei nicht viel zu holen auf der Knorr, oder sie waren heute nicht in der Laune, Händler zu schikanieren. Aber nein, sie würden nicht abdrehen, ohne Solmund wenigstens zu grüßen. Und sie hatten ihre Schilde ausgestellt.

Nach einer Ewigkeit des Wartens im Zelt, in der Svanhild angestrengt lauschte, ob etwas außer dem Flattern der Segel zu hören war, drehte der Wind, ließ die Zeltwände erzittern und Tröpfchen von Kondenswasser auf ihr Gesicht fallen. Schließlich hörte sie Rufe und spürte den Aufprall der Seitendecks aneinander. Vom Drachenschiff würde jemand ein Tau herüberwerfen und die Schiffe aneinanderbinden, so dass die Knorr nicht entkommen konnte. Der Kapitän würde an Bord kommen und alles durchsuchen. Vielleicht würde er die Männer töten und Svanhild und Haldora als Sklavinnen mitnehmen. In Friesland gab es Märkte, auf denen Seeräuber ihre Sklaven an Händler aus dem Süden verkaufen konnten. Die endeten dann in Bagdad oder Konstantinopel, ihrer Sprache und Familie beraubt, weit weg von ihren Göttern vergraben oder verbrannt. Kaum einer war je zurückgekommen, um von seinem Schicksal zu berichten.

»Seid gegrüßt«, war die heitere Stimme eines Mannes zu vernehmen. Das musste einer der Seeräuber sein. Sie erkannte die Stimme. Es war Solvis Stimme. Ihr *wyrd*, gekommen, sie zu finden.

»Seid gegrüßt«, entgegnete Solmund eher misstrauisch.

»Diese Gewässer unterliegen meiner Herrschaft, und wer sie durchkreuzt, muss einen Wegzoll entrichten.«

»Dies sind freie Gewässer«, sagte Solmund. »Und ich erkenne in dir einen Ehrenmann, einen Krieger mit viel erprobtem Schwert. Du bist kein Mann, der Unbewaffnete bestiehlt.«

»Deine Söhne tragen Schwerter.«

»Meine Söhne fürchten um meine Sicherheit«, antwortete Solmund.

Svanhild versuchte, zum Zelteingang zu kriechen, doch Haldora hielt sie zurück und bohrte ihr die Finger ins Handgelenk.

Draußen tauschten die Männer noch weitere Worte aus, die Svanhild nicht ausmachen konnte, dann war Solvis Stimme zu hören, gellend wie der Hammerschlag eines Schmieds auf einer Klinge. »Dann zeig uns, was du hast, damit wir unseren Zoll erheben können. Hättest du gesagt, du verkaufst an meinen Vater, nicht an König Hakon, dann hätte ich dich vielleicht verschont.«

»Warum raubt ihr nicht in reicheren Ländern, mein Herr?«, fragte Solmund.

»Ich suche etwas, das näher an meiner Heimat liegt«, sagte Solvi. »Nun hör schon auf, die Sache hinauszuziehen. Meine Männer holen sich jetzt ihre Beute, auf friedliche Weise oder anders.«

»Er sucht mich«, flüsterte Svanhild Haldora zu, in der Hoffnung, ihr die Angst zu nehmen. »Vielleicht lässt er euch in Frieden, wenn er mich bekommt.«

Sie stieß die Zeltklappe auf und stellte sich vor den Mast. Der Regen hatte aufgehört, und der Wind peitschte die Haarsträhnen, die sich von ihrem Zopf gelöst hatten. »Solvi Hunthiofsson«, sagte sie und hielt sich so aufrecht wie möglich. »Bin ich es, die du suchst?«

Niemand sprach. Ihre Worte schienen selbst das Flattern der Segel ruhiggestellt zu haben. Svanhild sah sich an Deck um. Solmunds Söhne waren schon entwaffnet worden. Einer von Solvis Männern hielt den älteren Sohn in einer Position fest, dass dessen Arm schier aus der Kugel springen wollte. Solvi starrte sie mit offenem Mund an und wechselte dann schnell zum Lächeln über.

»Svanhild«, sagte er. »Was bringt dich hierher?«

Sie stieg von der Plattform des Vorderdecks herab. Ihr Herz hämmerte in ihren Ohren. Vorsichtig, einen Fuß vor dem anderen, um bei dem unruhigen Seegang nicht das Gleichgewicht zu verlieren, ging sie auf Solvi zu.

In den Sagen erreichten Frauen ihr Ziel, wenn sie mutiger als die Männer um sie herum waren. Was sie mit Waffen nicht erreichen konnten, erzielten sie mit Willenskraft. Es musste einen Weg geben, Solmund und seine Familie, die so freundlich zu ihr gewesen waren, zu retten. Sie nahm die Schultern zurück.

»Bist du denn ein Dieb, mein Herr?«, fragte sie mit einer Stimme so leise, dass sie nicht zittern und ihre Angst verraten würde. »Du würdest doch auch nicht zum nächsten Bauernhof reiten und dort ein Schaf stehlen, warum also meinem Freund Solmund seine Waren? Sie sind ihm genauso wichtig wie dem Bauern seine Schafe.« Falls das überhaupt zutraf, dann wohl nur, weil Solvi seine Raubzüge eben immer auf See unternahm. Aber Männer hörten gerne Gutes über sich. Hatte Vigdis jedenfalls gesagt.

Solvi benetzte seine Lippen. Sie wartete auf seine Antwort, aber da kam nichts. Svanhild fühlte die Last der Aufmerksamkeit all dieser Männer, deren Blicke auf sie gerichtet waren. Es war wohl ungewöhnlich, Solvi so sprachlos zu sehen. Svanhild ging die wenigen Schritte zu ihm hinüber und legte ihm die

Hand auf den Arm. Sein Ärmel war am Morgen nicht zusammengenäht worden und stand am Gelenk weit offen. Der unsinnige Gedanke schoss ihr durch den Kopf, ob wohl seine Frau dies für ihn tat, wenn er zu Hause war. Svanhilds Daumen berührte seine Haut, die sich heiß gegen ihre kalten Finger anfühlte. Schnell ließ sie sie nach oben gleiten, so dass Stoff zwischen ihrer Berührung lag.

»Ich dachte, mein Verlobter sei ein Ehrenmann«, fügte sie desperat hinzu.

Solvi brach in Lachen aus. »Dein Verlobter? Das ist reichlich verwegen. Aber du hast recht, dich suche ich, und nun hast du diese Leute hier in Gefahr gebracht.«

Sie holte vorsichtig Atem. Es war also, wie sie gehofft und befürchtet hatte, und jetzt, da sie es wusste, stieg ihre Angst umso mehr.

»Nein, du hast sie in Gefahr gebracht, mein Herr«, sagte sie. Bis jetzt hatte sie schon viel gewagt, und sie hatte mehr oder weniger zugestimmt, Solvi zu heiraten. »Und da dies hier nicht ehrenhaft ist, bist du wohl auch nicht mein Verlobter, denn ich bin mir sicher, meine Familie würde mich nicht an einen unehrenhaften Mann verheiraten.« Sie riskierte einen Blick auf Solvis Männer. Ein paar der älteren Seeleute grinsten breit über Svanhilds Logik, während die anderen mit weit aufgerissenen Augen zuhörten.

»Was weiß eine Frau schon von Ehre?«, erinnerte sie Solvi, und sein Lächeln wurde zynischer. Svanhild erschrak innerlich – war sie zu weit gegangen? Sie nahm ihre Hand von Solvis Arm und wandte sich von ihm ab, ganz Inbegriff weiblicher Verachtung. Die Geste war kalkuliert, und Solvi wusste das genau, aber sie schauspielerte hier für mehr als nur für ihn.

»Eine Frau weiß sehr wohl, was Ehre ist«, sagte sie. Ihre

Lieblingsgeschichten hatten ihr bis dahin gut geholfen, und sie betete inbrünstig, dass sie sie weiter tragen würden. »Eine Frau wie Schwedens Gudrun, die ihre eigenen Söhne tötete, weil sie Söhne des Mannes waren, der sie betrogen hatte; eine Frau wie Unna, die ihren Faulpelz von Mann dazu anstachelte, endlich Rache zu üben. Ich glaube, eine Frau weiß mehr von Ehre als ein Mann.« Sie sah Solvis Männer der Reihe nach an. Selbst die älteren hatten nun nachdenkliche Gesichter, als hörten sie wahrhaft auf ihre Worte. Noch nie zuvor hatten so viele Menschen auf sie gehört. Es war berauschend – eine verwirrende Mischung aus Angst und Macht.

Sie wandte sich Solmund zu. »Mein Freund«, sagte sie, »hast du die Güte, meinen Verlobten mit einem passenden Geschenk zu beehren, um unsere Vereinigung zu zelebrieren?« Solmund blickte auf Solvi, der mit den Schultern zuckte und nickte. Solmund wies seine Söhne an, die Deckplanken hochzuziehen, die seine Waren schützten.

Svanhild legte ihre Hand wieder auf Solvis Arm und lächelte ihn höflich an.

»Was soll das Theater, Svanhild?«, fragte er leise.

»Lass diese Leute hier ziehen, dann komme ich freiwillig mit dir mit«, antwortete sie ebenso leise.

»Du kommst mit, ob du willst oder nicht.«

»Wenn du nicht machst, was ich sage, dann können mich deine Leute bald aus dem Meer fischen und kriegen vorher noch einiges an Kratzern und Bissen ab«, sagte sie. Noch nie war ihr Kopf so klar gewesen. Wenn es darauf ankäme, könnte sie jetzt sogar über Wasser gehen.

Solmund erschien wieder an Deck mit einer wunderschönen Halskette und einem Armreif, die er Svanhild und Solvi präsentierte.

»Dann können wir jetzt gehen?«, fragte Solvi laut genug,

dass alle es hören konnten. »Dich zu finden, ist alle Schätze wert, auf die wir hier verzichten.«

Svanhild grinste innerlich über seinen sarkastischen Ton. Er machte sich über sie lustig, aber er spielte immerhin ihr Spiel mit. »Solmund und seine Familie haben deine Braut gerettet und sie hier zu dir gebracht«, fuhr sie fort. »Ist dies nicht eine Belohnung wert?«

Solvi beugte sich zu ihr und flüsterte ihr ins Ohr, als seien sie Liebende: »Treib es nicht zu weit, Svanhild. Deine Spielchen sind entzückend, aber meine Geduld ist nicht unendlich.«

Svanhilds Wangen röteten sich vor Zorn, aber sie lächelte weiter, als hätten Neckereien sie erröten lassen. Einige der Männer fingen an, sich zu langweilen, denn das Spiel neigte sich nun seinem Ende zu. Sie legten die Hand an den Schwertknauf; um das Gleichgewicht zu halten, wippten ihre Knie im Rhythmus der Wellen, so natürlich wie ihre Atembewegungen. Doch die jüngeren unter ihnen sahen Solvi immer noch hoffnungsfroh an. Vor ihren glänzenden Augen spielte sich der Stoff von Sagen ab, und sie wollten ein gerechtes Ende sehen, die Guten belohnt, die Bösen bestraft. Svanhild blickte zu Solvi auf.

»Deine Männer lieben einen großzügigen Herrn, nicht wahr? Rühmen sie dich nicht vor ihren Freunden für die wertvollen Ringe, die du ihnen gibst?«

»Englische Münzen«, rief Solvi so laut, dass alle an Bord ihn hören konnten. »Eure Waren und Dienste sollen bezahlt werden.« Mit dem Kopf nickte er einem der Männer zu, der die Münzen holen ging.

»Darf ich nun Abschied nehmen, mein Herr?«, fragte Svanhild mit normaler Stimme. Das Schauspiel war vorbei. Sie hatte gewonnen, aber was genau? Freiheit für Solmunds Familie und Gefangenschaft für sich selbst. Ihre Glieder fühlten sich bleiern an. Regen rauschte herunter und klatschte ihr das Haar ans Gesicht. In dem tropfnassen Mädchen war nun wohl keine Heldin mehr zu erkennen.

»Willst du mich austricksen?«, fragte er.

»Nein«, erwiderte sie unwillig. »Jetzt gehöre ich dir.«

Er griff sie fest am Arm. »Wirklich, Svanhild?«

Erschrocken von seiner Härte, entzog sie ihm den Arm. »Ja doch, soweit man das kann.« Hinter ihr blies der Wind und trug ihre Worte nur zu ihm. »Wenn du mich schlecht behandelst, wird mein Bruder mich rächen. Es ist dir einmal misslungen, ihn zu töten. Denk daran.« Sie wandte sich von ihm ab.

Sie umarmte Solmund und Haldora zum Abschied. Solmund hatte keine Worte für sie. Es schien Svanhild, als sehe sie Hunthiofs alte Halle in seinen Augen, die Halle der Toten. Vieles dort musste sich seither geändert haben, sonst hätte Solvi seine Kindheit nicht überlebt. Haldora neigte sich ihr beim Abschied zu und flüsterte ein zittriges Danke in Svanhilds Ohr, das Svanhild die Tränen in die Augen trieb. Sie drängte sie zurück, bevor sie Haldora losließ, und ging dann hocherhobenen Hauptes zu Solvi hinüber, der ihren Arm nahm und ihr über das Seitendeck auf sein Schiff half.

KAPITEL 21

Am nächsten Tag, nach der Schlacht, erhoben sich die Männer langsam. Ragnvald sah zu, wie einige todmüde und mit schweren Augenlidern Feuer anfachten.

»Du bist keine gute Gesellschaft nach einer Schlacht, Ragnvald Eysteinsson«, klagte Oddi und riss Ragnvald aus seinen Gedanken. Er berührte ihn an der Schulter, eine freundschaftliche Geste, und Ragnvald lächelte matt.

»Ich bin vermutlich bessere Gesellschaft als dein Bruder gestern Abend«, erwiderte er. »Aber verzeih mir – es spielt dabei noch nicht einmal eine Rolle, ob ich trinke oder nicht. Es tut mir leid, wenn ich dir Alpträume verursacht habe.«

»Nein«, entgegnete Oddi. Seine Hände waren sauber an diesem Morgen. Ragnvald fragte sich, ob er mehr davon erzählen wollte – was sein Vater ihn mit ansehen ließ. Aber er wollte nicht fragen. »Nein«, wiederholte Oddi. »Ich fand einen Bierschlauch und ein Mädchen, das ihn mit mir teilen wollte.«

Ragnvald hob fragend eine Braue. »Wirklich?«

»Nun, sie wollte ein warmes Plätzchen für die Nacht, und ich wärmte sie gut.« Er seufzte schulterzuckend. »Mein Bruder ist heute zornig.«

»Weißt du, was dein Vater vorhat?«, fragte Ragnvald.

»Er hat Hemings Anführer abgesetzt, und andere befehligen jetzt ihre Männer«, erwiderte Oddi. Er sah Ragnvald spöttisch an. »Mein Bruder schwört seinem Verräter Rache.«

Ragnvald sah ihn wütend an. »Ich habe seinem Vater einen Treueeid geschworen, nicht ihm. Deinem Vater. Ich schätze keinen Mann, der mir droht, mich zum Eidbruch zu bewegen.«

»Heming wird dich töten«, warnte Oddi. Er sagte das mit solcher Emotionslosigkeit, dass Ragnvald das Blut in den Adern gefror. Oddi war auch mit Jarl Runolf befreundet gewesen.

»Er kann es ja versuchen«, entgegnete Ragnvald und versuchte, unbesorgt zu klingen. Er sollte das Thema lieber fallenlassen. Seit er Solvi kannte, wusste er, dass er sich nicht in Sicherheit wiegen konnte. »Was wünschst du von mir?«

»Ich weiß nicht«, erwiderte Oddi und ließ die Schultern sinken. »Aber ich hatte gehofft, du hättest ein paar bessere Ideen als ich.«

»Es ist nicht meine Schuld, dass dein Bruder sich wie ein Idiot verhält«, entgegnete Ragnvald. »Ich habe nicht darum gebeten, da mit hineingezogen zu werden.«

»Doch, das hast du.« Oddi lächelte Ragnvald kleinlaut an. »Ich weiß, es ist nicht deine Schuld, dass Heming ein Schwachkopf ist, aber du hast mich sehr wohl darum gebeten, hier mit dabei zu sein.«

»Das stimmt.«

»Ich werde meinen Bruder nicht für dich töten, aber ich werde dich warnen, wenn ich einen Dolch auf dich zuschießen sehe.«

»Ich werde mich nicht ducken und dafür sorgen, dass er dann dich trifft.«

»Mein Vater möchte dich gern sprechen«, sagte Oddi.

Hakon frühstückte, umgeben von seinen Männern, auf einer kleinen Anhöhe. Im Windschatten einer der Scheunen saß eine Gruppe Sklaven mit gefesselten Händen, bewacht von Kriegern. Als Hakon Ragnvald erblickte, stand er auf und ging mit Ragnvald außer Hörweite der versammelten Menge.

»Du hast gut daran getan, mir Hemings Pläne zu überbringen«, erklärte Hakon. »Zumal er das nicht vermuten wird. Ich weiß nicht, wie ich ihn wieder zur Vernunft bringen soll. Vermutlich kann ich ihn nur besser überwachen lassen.«

»Nein.« Ragnvald blickte Hakon eher auf den Mund, der sorgenvoll verzogen war, als in die Augen. »Er bockt unter deinem Zügel. Schick ihn zu Haralds Anführern.«

»Er könnte denken, das sei eine Belohnung. Aber seit ich dich kenne, hast du nur einmal falschgelegen. Und das war bei deiner Gerichtsverhandlung. Ich glaube«, Hakon sah Ragnvald durchdringend an, »ich glaube, dein Urteil ist gerecht, außer in deinem eigenen Fall. Ich hoffe, dass ich recht behalte. Ich werde dich, Oddi und Heming zu Haralds Anführern schicken, um Harald daran zu erinnern, dass er mir Treue schuldet. Wenn unsere Heere sich auf der Suche nach weiteren Königen, die wir töten können, trennen, dann wirst du bei ihnen bleiben.« Er sah Ragnvald fragend an. »Ich hoffe, dass mein Sohn dich nicht tötet.«

Ragnvald stockte der Atem. »Das hoffe ich auch. Wenn du das befürchtest, dann lass mich hier bei dir bleiben.«

»Nein«, urteilte Hakon. »Er mag dich nicht mögen, aber er könnte von deiner Klugheit lernen, wenn er nicht in meinem Einflussbereich weilt. Er kann sich gegenüber Harald beweisen, wenn du an seiner Seite bist. Aber wenn er dich tatsächlich angreifen sollte, dann gib dir keine Mühe, ihn zu töten, denn dann werde ich dich töten müssen.« Er lachte. Etwas von Ragnvalds Panik musste sich in seiner Miene gespiegelt haben, denn er fügte hinzu: »Ich werde ihm auch etwas Furcht einjagen, und alles wird gut enden.«

»Was mich selbst betrifft, da habe ich ganz sicher kein besonders gutes Urteilsvermögen«, sagte Ragnvald wütend. »Ich hätte den Mund halten sollen. Kannst du uns nicht trennen?«

»Du wirst das schon schaffen.« Das war ein Befehl. »Ich möchte, dass du Heming unter deine Fittiche nimmst und dafür Sorge trägst, dass Harald auf ihn aufmerksam wird. Tue das, und ich werde dich belohnen – einer meiner Söhne wird sicher in Sogn herrschen, und du wirst der erste seiner Jarls sein, mit einer schönen Festhalle.«

Ragnvald wusste, dass es nur eine ferne Hoffnung für ihn gab, König in Sogn zu werden, aber zu hören, dass Hakon unbekümmert plante, das Land seinen Söhnen zu übergeben, die noch niemals einen Fuß darauf gesetzt hatten, außer bei der *Thing*-Versammlung, wurmte ihn gewaltig. »Ich danke dir«, erwiderte er steif.

»Ich stelle dir schwierige Aufgaben, denn ich weiß, dass du sie bewältigen kannst«, erklärte Hakon. »Schließ Frieden mit meinem Sohn, und mache ihn zu Haralds Freund.«

*

Hakon und Guthorm teilten die Sklaven gerecht unter sich auf und schickten sie nach Süden, damit sie in Dorestad verkauft wurden. Das vergewaltigte Mädchen, das ihr Messer umklammert hatte und Ragnvald an Svanhild erinnerte, war unter ihnen, und es tat ihm immer noch in der Seele weh, zu sehen, wie sie misshandelt wurde. Daher sah er nicht hin, als ihr Schiff ablegte.

Ragnvald, Oddi und Heming nahmen ihre Plätze unter Haralds Anführern ein, als sie Reihen bildeten, um ins Hochland zu marschieren. Sie folgten dabei der Strecke, die König Gudbrand eingeschlagen haben sollte. Ragnvald fiel jeder Unterschied an Truppenstärke zwischen ihnen und Hakon auf, aber sie war ziemlich ausgeglichen und bestand aus rotwangigen Bauernjungen und graubärtigen alten Trappen unter den erfahreneren Kriegern.

Ragnvald wusste nicht, wie er mit Heming umgehen sollte, er wäre ihm lieber aus dem Weg gegangen, wenn es ihm möglich gewesen wäre, aber wenn er sich nahe bei ihm hielt, würde er vielleicht kein Schwert in der Dunkelheit fürchten müssen. Heming war ein ehrbarer Mann; Ragnvald glaubte nicht, dass er sich in die Niederungen eines klaren Mordes hinabbegeben würde.

»Mein Bruder sagt mir, dass ich mich bei dir dafür bedanken muss.« Heming deutete auf Haralds Platz, innerhalb von Sicht-, aber außer Hörweite, und lachte mit seinem Freund Thorbrand und einer der gefangenen Frauen. Oddi war damit beschäftigt, die Männer, die Guthorm ihm zugeteilt hatte, zu überwachen.

»Ja«, bestätigte Ragnvald knapp.

Heming wandte ihm das Gesicht zu. Er sah aus wie ein Krieger aus der Sage, gutaussehend und stark, auf eine Art, die Ragnvald deutlich in Erinnerung rief, wie Solvis Messer sein Gesicht entstellt hatte, wie schmal und gelenkig er war verglichen mit Hemings muskulöser Gestalt. Jetzt sah Heming nicht mehr so hochmütig aus, wirkte aber ein wenig verloren.

»Ich dachte, das zwischen dir und deinem Vater verlangt nach etwas Distanz«, erklärte Ragnvald vorsichtig. »Lag ich damit falsch?«

»Ich weiß nicht.« Heming schüttelte den Kopf. »Ich will, dass er einen Mann aus mir macht, kein Kind.«

Ragnvald zuckte zurück, überrascht über diese plötzliche

Vertrautheit, und dann fürchtete er, dass Heming ihm das nur anvertraute, weil er seine Tötung plante und es daher nicht darauf ankam, was er ihm erzählte. »Er will, dass du ...«

»Ich weiß«, schnitt ihm Heming das Wort ab. »Er will, dass ich Haralds Freund werde. Was für einen Sinn hat das? Mein Vater ist der mächtigste König im Westen. Die ganze Freundschaft beruht darauf. Was habe ich da noch zu schaffen?«

»Nun«, erwiderte Ragnvald, »es wird die Möglichkeit geben, tapfer an Haralds Seite zu kämpfen, und die Skalden werden ein Lied davon singen.« Er blickte über den Fluss und fügte hinzu: »Ist das nicht der Grund, warum du in Tafjord gegen Hunthiof segeln wolltest?«

»Für diesen Verrat sollte ich dich töten«, entgegnete Heming, und seine Stimme klang plötzlich giftig. Ragnvald stand auf und legte die Hand an sein Schwert. Er hatte gehofft, den Konflikt anzusprechen, würde ihm seine Schärfe nehmen, aber er hatte sich geirrt – Heming hätte ihn lieber nicht angesprochen. Heming wandte ihm das Gesicht zu und fingerte ebenfalls am Griff seines Schwertes herum. Feuerbeschienene Gesichter wandten sich ihnen zu.

»Mein Vater ist Hunthiofs alter Feind und würde mir dafür danken, dass ich Hunthiofs Tod plane«, fügte Heming hinzu. »Jedenfalls sollte er das.«

Einiges an Anspannung fiel von Ragnvald ab, es schien, dass Heming noch immer reden und nicht angreifen wollte. »Oder vielleicht möchte er trauern«, sagte er, »wie der Mann in der Sage, der seinen Feind tötete und dann einen Monat krank das Bett hüten musste, weil er nie mehr eine Herausforderung wie diese haben würde. Vielleicht ist dein Vater klug genug, sich nicht in solche Verzweiflung zu stürzen.« Ragnvald legte absichtlich Spott in seine Worte und suchte in Hemings Miene nach irgendeinem Anzeichen, dass sein Zorn nachließ.

»Was weißt du schon davon? Du hast deinen Feind, diesen Olaf, nicht getötet. Wenn ein Mann seinen Feind tötet, sollte er nicht trauern, er sollte gehen und einen neuen finden.«

Ragnvald spürte den Zorn, den Heming versucht hatte, anzufachen. Er wollte nachfragen, ob er Heming einen Gefallen damit getan hatte, sein Feind zu werden, aber er wollte Heming nicht daran erinnern, nicht wenn sie beide bereit zum Kampf waren.

»Ich bin nicht dein Feind, außer du wünschst das«, sagte er stattdessen. Heming ließ ihn die Kampfmüdigkeit spüren, die seine angespannten Nerven bisher im Zaum gehalten hatte. In den vergangenen paar Tagen hatte er nur wenig geschlafen.

»Nein, du bist mein Kindermädchen und der Spion meines Vaters«, entgegnete Heming bitter.

Ragnvald senkte den Kopf. »Wie du meinst. Ich würde jetzt gern schlafen.«

Heming blieb ihm eine Antwort schuldig, er sah Ragnvald nur wütend an, als der sich umwandte, um ein Zelt zu finden, das er aufgestellt hatte und mit Oddi teilte. Ragnvald wachte auf, als Oddi später in der Nacht hereinkam. Danach konnte er nicht wieder einschlafen und verbrachte die Nacht stattdessen damit, über seine Worte zu Heming nachzudenken. Er war mittlerweile stolz auf seine Fähigkeit, Hakon mit Rat und kluger Beobachtung zu beeinflussen, aber Heming konnte er nichts Gleichwertiges bieten. Wenn Heming nur erkennen könnte, dass eine gute Führung in Haralds Krieg ihm ein gewisses Maß an Vertrauen und Bewunderung einbringen würde, damit er Ragnvald etwas weniger Hass entgegenbrächte.

*

Am nächsten Morgen marschierten die vereinten Heere weiter. Guthorms Ziel war das große Fort von König Eirik im Hochland von Hordaland, doch während sie über das Land und hinauf in die Hügel marschierten, vernahmen die Kundschafter Nachrichten von Gudbrand.

Ein paar Tage lang jagten die Armeen Gerüchten über die Felder und durch die Wälder nach. Sie zogen nach Süden, dann hörten sie, dass König Gudbrands Armee landeinwärts marschierte. Die gewaltige Truppe konnte nicht genug Nahrung auftreiben. Hirsche und anderes Wild fürchteten eine solch große Ansammlung von Menschen und flohen lange, bevor sie sich näherten. Die Männer hatten die ersten Höfe geplündert, zu großem Gezetere der Frauen und Gejammer der Gutsbesitzer, bis Guthorm dem Plündern Einhalt gebot. Nun litten sie Hunger, außer den Männern, die über Nacht Fallen aufgestellt hatten.

Hakon und Guthorm kamen zusammen, und Hakon entschied, seine Truppe zurück zum Fjordgebiet zu führen, um das Land zu beschützen, das sie bereits erobert hatten. Ragnvald sah, dass dies Guthorm nicht gefiel, aber Hakon hatte gute Gründe dafür und diesmal eine hungrige Armee auf seiner Seite.

Schließlich entschied Guthorm, dass es eine Verschwendung ihrer Ressourcen war, dieses Ziel zu verfolgen, und sie schlugen ebenfalls den Weg nach Osten ein, zu König Eiriks Fort. Ragnvald hatte Lobgesänge über diese Festung gehört – der Sage nach, bevor die Götter die Eisriesen in die Berge getrieben hätten, war sie von den Riesen selbst mit ihren mächtigen Händen erbaut worden. Sie sei so hart wie Stein, mit vielen tiefen Gräben und hohen Erdwällen und beherrsche eine breite Hochebene nahe den Vorbergen des Keel-Gebirges. Als er die hochaufgetürmten Erdwälle und tiefen, mit Stacheln versehenen Gräben erblickte, glaubte Ragnvald nur zu gern, dass Riesen beim Bau ihre Hand im Spiel gehabt hatten. Wenn die Bewohner ausreichend Vorräte und genügend Männer hätten, um die Mauer zu bewachen, dann könnte die Festung einer langen Belagerung standhalten.

Er war froh, dass sich Guthorm für irgendein Ziel entschieden hatte, ganz gleich, für welches, denn es bedeutete ein paar Tage ohne Marschieren. Die Bisswunde, die der Junge seiner Hand verpasst hatte, heilte nicht gut. Er untersuchte sie jeden Morgen und fand, dass die Ränder heiß und eitrig waren und nicht heilen wollten. Er wusch die Wunde aus und bedeckte sie mit Spinnweben, bevor er ein sauberes Tuch darum wickelte, wie man es ihn gelehrt hatte. Dennoch schmerzte sie jeden Tag stärker.

Haralds Armee lagerte in einem Hain in Bogenschussweite des Forts, und Harald nahm Thorbrand, Ragnvald, Heming und Oddi ebenso wie ein paar weitere Anführer mit, um die Gegend rund um die Festung auszukundschaften und Schwachstellen zu entdecken. Ihre Ankunft war nicht unbemerkt geblieben. Schwere Holztore versperrten die vier Eingänge. Wachen patrouillierten auf den Kämmen der Erdwälle.

»Mein Onkel sagt, es sei eine Doppelwallanlage. Wenn eine Armee den ersten Wall überwindet, können die Männer im Graben dazwischen abgeschlachtet werden«, erklärte Harald. Die Vorstellung, vom Tod auf allen Seiten umzingelt zu sein, ließ Ragnvald das Blut in den Adern gefrieren. »Ich muss ihn fragen, wie er sich vorstellt, dass wir sie einnehmen wollen.«

Auf dem Rückweg zum Lager fiel Ragnvald mit Oddi zurück, außerhalb der Hörweite von Harald.

»Es ginge schneller, wenn sein Onkel nur diese Männer anführen würde«, meinte Ragnvald. »Es ist töricht, so zu tun, als könnte dieser Junge mehr als aufstehen und schöne Reden halten.« Er war erschöpft vom Marschieren, von den Schmerzen in seiner Wunde und von der Eile, mit der die Truppe sich bewegte.

»Er ist jung«, entgegnete Oddi. »Aber ich habe das Gefühl, dass aus ihm einmal ein großer König wird. Seine Mutter ist eine mächtige Zauberin, und sie hat es prophezeit. Hättest du es lieber, wenn er selbst törichte Entscheidungen fällen würde, als dem Rat seines Onkels zu folgen?«

»Ich hätte lieber, wenn ich ihn für einen sehr gut trainierten Tanzbären halten könnte«, spottete Ragnvald. Er wusste nicht, warum ihn Harald so sehr verärgerte, außer dass er so eine strahlende Erscheinung war und alle Vorteile an Kraft und edler Abstammung auf seiner Seite hatte. Dennoch erschienen ihm diese Vorzüge hohl. Andererseits war auch seine Fertigkeit bei den Waffen, selbst bei seinem jugendlichen Alter, ohnegleichen. Er könnte ein würdiger Held sein, aber ein Held brauchte andere Fertigkeiten als ein König. Einiges von Ragnvalds Groll musste aus dem Neid geboren sein, er kannte sich gut genug, um sich das eingestehen zu können. Harald hatte seinen Vater verloren und hatte jetzt einen Onkel, der sich ihm gegenüber wie ein Vater gebärdete – mehr noch als wie ein Vater. Hakon gefiel es, für seine Söhne und für Männer wie Ragnvald den Vater zu spielen, aber nur solange sie ihm von Nutzen waren und ihn nicht übertreffen konnten. Harald hatte keine Brüder, mit denen er sich messen konnte, und auch keine Schwestern, die er beschützen musste.

»Für einen Tanzbären möchtest du ihn halten?«, fragte Oddi und riss Ragnvald damit aus seinen Gedanken. »Er wirkt auf mich eher wie ein gut genährter Wolf. Sieh dich vor, Ragnvald.«

Ragnvald beeilte sich, um mit Haralds langen, ausschreitenden Schritten mithalten zu können. Sobald sie zu Guthorms Zelt zurückkehrten, sagte Harald zu seinem Onkel: »Das ist in der Tat ein mächtiges Fort. Wie können wir es einnehmen?«

»Wir haben gehört, dass sie keine ausreichenden Vorräte haben«, erwiderte Guthorm. »Wir werden sie ein paar Tage belagern und dann nach ihren Bedingungen fragen. Wenn das nicht funktioniert, werden wir einen Abschnitt des Grabens auffüllen, bei Nacht, damit wir ihren Bogenschützen nicht zum Opfer fallen. Dann werden wir an dieser Stelle gegen die Mauer anrennen. Manche werden dabei zu Tode kommen, aber die meisten werden überleben, und Eirik wird nicht in der Lage sein, uns zu stoppen.«

»Ich werde es auf die andere Seite schaffen«, erklärte Thorbrand. »Was ist mit dem inneren Wall?« Ragnvald war froh, dass Thorbrand die Frage stellte, dann blieb es ihm erspart.

»Wir müssen Bretter mitnehmen, um den inneren Wall zu überbrücken«, erklärte Guthorm. »Und sicherstellen, dass wir uns den Rückzug nicht selbst verbarrikadieren. Vielleicht mit einigen Blitzattacken am Anfang, um festzustellen, wie die Lage aussieht. Wir wissen nicht genug darüber, wie ihre Wachen aufgestellt sind.«

Es hörte sich wie ein guter Plan an, doch Ragnvald wusste nicht, wie sicher Guthorm davon ausgehen konnte, dass die Vorräte der Eingeschlossenen nicht ausreichten. Er würde gern versuchen, eine der Wachen von ihrem Posten wegzulocken und den Mann verhören, aber er glaubte nicht, dass sein Vorschlag auf Begeisterung stieße, nicht nach Guthorms Zorn über ihn anlässlich der Sache mit dem Jungen – mit dem Jungen, der ihn auch jetzt noch mit seiner Bisswunde so schwer bestrafte.

Ragnvald saß an jenem Abend mit Heming beim Mahl. Heming war ohne Gesellschaft nie glücklich, daher hatte er Freundschaft mit einigen von Haralds besseren Kriegern geschlossen, den Söhnen von reichen Plünderern, Männern, die Hemings Vorzüge zu schätzen wussten, die er aber nicht übertreffen konnte.

»Wie kommst du mit König Harald aus?«, fragte ihn Ragnvald. Sie verzehrten Wildbret, das Dagvith, einer von Ragnvalds Tischgenossen aus Yrjar, am Nachmittag erlegt hatte.

»Er ist, wie du sagst, noch ein Junge«, erklärte Heming. Ragnvald drängte es sofort, Harald zu verteidigen, obgleich er mit Heming übereinstimmte. Heming brachte in Ragnvald auch nicht die besten Charakterzüge hervor. Er musste die Verärgerung bezwingen, die von seiner Hand bis hinauf in sein Herz weiterschwelte, oder er würde an jeder Feuerstelle unwillkommen sein.

»Und?«, fragte Ragnvald weiter. »Dein Vater wünscht sich, dass du sein Gefährte wirst.« Er hoffte darauf, dass sich Hakon ihnen bald anschließen würde.

»Er hat doch schon genügend Gefährten. Vielleicht, wenn dieser Thorbrand die nächste Schlacht nicht überlebt ...« Heming sah Ragnvald forschend an. »Mein Vater wollte unbedingt, dass du mir hilfst.«

»Nicht bei Mord«, erklärte Ragnvald mit fester Stimme. Er hatte nicht viel Zeit mit Thorbrand verbracht, aber er glaubte ihn zu mögen, diesen kleinen, stürmischen Mann. Die Chance, Heming in Haralds Gefährten zu verwandeln, würde bei Thorbrand liegen, nicht bei ihm. »Warum meldest du dich nicht freiwillig, stattdessen die Rampe auf den Wall zu bauen?«, schlug er vor. »Harald wird dich dafür bewundern.«

»Das wird gefährlich«, meinte Heming zweifelnd.

Ragnvald seufzte. »Ich werde auch mit anpacken«, erklärte er. Jetzt könnte ihm Hemings Ehrgeiz gelegen kommen.

*

Nachdem sie zwei Nächte mit dem Bau der Rampe verbracht hatten, konnte Ragnvald mit seiner Hand kaum mehr einen Schaufelstiel halten. Wenn seine Schicht beendet war und die anderen Männer an ihre Schlafstellen krochen, ging Ragnvald ein Stück in den Wald hinein. Er setzte sich mit dem Rücken gegen einen Baum, versorgte seine Hand und versuchte, gegen die Verzweiflung anzukämpfen, was ihm wohl als Nächstes drohte.

Die Dämmerung brach grau und regnerisch herein. Er würde das volle Tageslicht abwarten, um die Wunde neu zu verbinden, wenn er sie am besten betrachten konnte. Aber er fürchtete sich davor, sie genauer als nötig zu untersuchen und dass ihn jemand dabei beobachten könnte. Er wickelte den Verband ab und sah bloß einen kleinen Doppelbogen und Zahnabdrücke, dennoch war sie gerötet und stärker entzündet als am Tag zuvor. Wenn er mit dem Finger über das Fleisch strich, spürte er einen brennenden Schmerz bis zum Ellbogen hinaufjagen.

Nun, da es so weit gekommen war, musste er die Wunde aufschneiden, um das Gift abfließen zu lassen. Am besten wäre es, sie mit einem Brandeisen auszubrennen, aber Ragnvald bezweifelte, dass er das selbst schaffen würde, und er wollte nicht, dass jemand von seiner Verwundung erfuhr. Ein Heiler würde, wenn er den gefährlichen Glanz der Wunde sähe, ihm sicher die Hand amputieren.

Besser sterben, als ohne eine Schwerthand weiterzuleben. Oddi würde ihm helfen, sich ins Schwert zu stürzen, wenn es zum Äußersten käme. Damit er als Krieger in das Land jenseits des Todes eingehen könnte. Ragnvald konnte es ertragen, so an diese letzten Dinge zu denken, als ob sie jemand anderem zustoßen würden. Auch was seine Hand anging – er würde das Gift aus der Hand eines Freundes herausschneiden können, also konnte er doch wohl auch sich selbst helfen.

Er zog seinen Dolch und prüfte die Klinge, indem er mit dem Daumen darüberfuhr. Sie war scharf genug gewesen, um beim Essen das Fleisch zu schneiden, und was war er selbst anderes als Fleisch?

Er wischte die Klinge an seiner Tunika ab. Es wäre besser, wenn er sie mit Sand säubern könnte, aber sie waren zu weit von einem Sandstrand entfernt. Er durfte es nicht länger hinauszögern. Also sah er sich um, ob ihn jemand stören könnte, während er damit beschäftigt war.

Zu dieser Stunde schliefen alle bereits, keiner würde ihn daran hindern. Er fand einen flachen Stein, den er als Stütze benutzen konnte, und presste den Handrücken dagegen. Der Stein war kühl – selbst sein Handrücken war jetzt heiß von der Entzündung. Er musste die Hand aufschneiden, damit die Flüssigkeit herauslaufen konnte.

Er presste seine Klinge gegen die Wundränder und öffnete sie dort, wo sie versucht hatten, zusammenzuwachsen. Der Schmerz traf ihn in den Magen wie ein Messer, viel schlimmer als Olafs Schwertwunde in seiner Hüfte oder Solvis Dolch an seiner Wange. Beinahe wurde ihm schwarz vor Augen. Er wartete auf das Nachlassen des Schmerzes und schluckte die Galle in seiner Kehle hinunter. Es musste sein. Dann drückte er noch kräftiger.

Seine Hand blutete jetzt stark, rotes Blut floss, das in der grauen Dämmerung schwarz aussah. Er ließ die Wunde ein Dutzend Atemzüge lang ausbluten. Es brachte ihm eine gewisse Erleichterung, der Druck ließ ein wenig nach, und es war mehr als die Erleichterung, dass er nicht länger ein Messer in sein eigenes Fleisch drückte. Er holte noch einmal tief Luft und schnitt die andere Hälfte der Wunde auf. Auf dieser Seite war es leichter. Der Schmerz kam in regelmäßigen Wellen, und dazwischen fühlte es sich fast angenehm an. Er hatte das Gefühl, als gehörte seine Hand in Wahrheit jemand anderem. Sie brannte, als hätte er sie in Eiswasser getaucht.

Sein Magen rebellierte. Er wandte den Blick von seiner verstümmelten Hand ab und richtete ihn auf das ruhige Lager, die grauen Hügel der ledernen Zelte, dann wieder auf die Wunde. Blut und Eiter liefen heraus, weiß, nicht klar. Das war nicht gut. Dennoch roch es noch nicht nach Eiter, nur nach Blut, wie es immer roch, nach Metall und Meer.

Es war fast unmöglich, dass niemand sein Tun bemerkt hatte, denn er hatte vor Schmerz laut aufgestöhnt. Er nahm einen kleinen Bierschlauch mit seiner linken Hand und schüttete die Flüssigkeit über die Wunde, was er kaum spürte. Dann nahm er einen sauberen Tuchstreifen, den er zu diesem Zweck gestohlen hatte, und wickelte ihn um seine Hand. Er verband sie fest und biss den Knoten mit den Zähnen ab. Er erhob sich. Die Zelte von Haralds Männern schwankten vor seinen Augen, als sähe er sie durch einen Nebel. Er leerte den Bierschlauch in seine Kehle.

Am Nachmittag erkannte er, dass seine Operation missglückt war. Es schien ihm, als schwebe er über dem Lager, während er Harald dabei beobachtete, wie er zwischen den Zelten hin und her ging und dabei wie eine Fackel leuchtete, Wärme abgab, wo immer er vorbeiging und sich alle Köpfe ihm zuwandten. Diese Vorstellung kam vom Fieber, das wusste Ragnvald, einem Fieber, das ihn von seinem Körper und seinen Sorgen erlöste. Es berührte ihn jetzt kaum mehr, obwohl er seine schwarzen Schatten am Horizont spüren konnte.

Gegen Nachmittag rannte ein Kundschafter ins Lager, ganz atemlos vor Erschöpfung. Er musste ein paar Minuten auf dem Boden liegen, bevor er deutlich genug sprechen konnte, um verstanden zu werden. Ragnvald hatte den Großteil des Tages damit verbracht, in der Nähe der Zelte der Anführer zu sitzen, während sein Fieber abebbte und wieder anschwoll. Er wusste, er würde sich besser fühlen, wenn er sich in seinem Zelt hinlegte, aber er fürchtete, sich dann nie wieder zu erheben.

»Gudbrands Armee sammelt sich in den südlichen Vorbergen«, stieß der Kundschafter schließlich hervor. Er nannte Zahlen von Kriegern und Zelten, die er gesehen hatte, und zeichnete die Form des Geländes in die Asche des Lagerfeuers.

»Wir sollten aufbrechen und dort zu ihnen stoßen«, schlug Guthorm vor.

»Sie haben eine gute Stellung auf einer Anhöhe«, sagte Ragnvald halb zu sich selbst. »Aber wenn wir sie abziehen, dann könnten wir zwischen ihnen und Eiriks Fort zerrieben werden.«

»Wir sind beinah doppelt so viele wie sie«, meinte Guthorm. Ragnvald hatte nicht gemerkt, dass seine Stimme bis zu Guthorm hinüberklang, aber er nahm an, Guthorm könnte sich rasch seinen Plan zu eigen machen. »Wir können von unten angreifen und uns gegenseitig stärken, wenn es erforderlich ist.«

Ragnvald runzelte die Stirn. Sein Fieber hatte ihn anscheinend jeglicher Selbstkontrolle beraubt. Harald sah ihn forschend an, und das brachte Ragnvald dazu, unsicher aufzustehen und sich am Feuer neben ihn zu stellen. Seltsamerweise ließ ihn die Wärme der Flammen erschauern, und er musste die Zähne zusammenbeißen, damit sie nicht aufeinanderschlugen.

»Was würdest du tun, Ragnvald?«, fragte Harald.

»Wenn ihr oben auf der Anhöhe angreift, stellt euch im Halbkreis auf.« Er beugte sich vor und skizzierte mit seiner linken Hand eine Linie in die Erde. Die rechte presste er an seine Hüfte, damit sie ihn nicht so sehr schmerzte. Die Linie war zum Zentrum der Anhöhe hin geschwungen. »Sie werden glauben, sie drängen euch zurück. Dann brecht in der Mitte auf, und ihre Männer laufen den Hang hinunter, durch die Reihen. Ihr müsst euch anschließend sofort umdrehen, um sie aufzuhalten, wenn sie sich den Hügel wieder hochkämpfen wollen. Aber dann seid ihr im Vorteil.«

»Und du?«, fragte Guthorm. »Und wo bist du in dieser Fantasievorstellung?«

Tot, dachte Ragnvald. »Ich bin ganz in der Mitte, bereit zu fallen und mich umzudrehen«, sagte er. »Das ist die Stelle, an der sich die Tapfersten aufhalten.« Er blickte Guthorm gleichmütig an und hoffte, er erkannte Ragnvalds Schmerz und seine Sehnsucht danach, sich hinzulegen und wegzudämmern, nicht.

»Als du diesen Plan aufgestellt hast, woher wusstest du, dass Gudbrand ihn nicht durchschauen würde?«, wollte Guthorm wissen.

»Mein Vater vertraut Ragnvald«, erklärte Heming.

Ragnvald hatte nicht einmal mehr die Kraft, Heming einen dankbaren Blick zuzuwerfen. Er stützte seinen Kopf in die Hand. »Was machen wir, wenn er das durchschaut? Er könnte mehr Krieger im Wald versteckt haben – das würde ich tun – und von oben angreifen, sobald wir unseren Blick nach unten wenden. Wir können dagegen Vorsorge treffen – wir haben genügend Leute, eine Abteilung in den Wald zu schicken, um jeden, der sich dort versteckt, aufzuspüren. Lasst die äußeren Ränder der Schildmauer diese Aufgabe übernehmen, nachdem wir uns umwenden.«

Guthorm und die Anführer erörterten den Plan, und Ragnvald zog sich an den Rand zurück. Er zog den Mantel um seine Schultern fester zusammen. Ihm war es egal, ob ihnen sein

Plan gefiel oder nicht. Vielleicht würden sie eines Tages, wenn es ihn nicht mehr berührte, erkennen, dass es ein guter Plan gewesen war. Er hörte nur noch mit halbem Ohr zu und döste ein. Oddi weckte ihn kurz darauf und legte ihm die Hand auf den Arm.

»Ich glaube, sie werden deinem Plan folgen«, sagte er und verzog dabei den Mund. »Ragnvald der Weise.«

»Ich habe ihn nur als Erster erwähnt«, erwiderte Ragnvald schulterzuckend. »Wenn es so ein guter Plan ist, dann hätte ihn auch ein anderer aufstellen können.«

»Du treibst es mit deiner Bescheidenheit manchmal zu weit«, seufzte Oddi. »Kluge Angeberei ist auch eine Tugend.«

»Ich kann heute Abend weder schlau sein noch meinen Mund halten. Das ist nicht so klug.« Er schwieg jedoch aus Furcht, Oddi den Grund dafür zu offenbaren.

»Dann lasse ich dich jetzt am besten schlafen.«

KAPITEL 22

Solvis Schiff war bedeutend schlanker und schnittiger als Solmunds Knorr, mit perfekt übereinanderliegenden Kieferplanken, die noch immer den Harzgeruch des Waldes verströmten. Das Segel war doppelt so groß wie auf der Knorr, und als es gesetzt war, fürchtete Svanhild, ein starker Wind könne den Mast umknicken.

Doch Gedanken dieser Art waren unnütz, denn Solvi und sein Steuermann kannten Wind und Wasser in diesen Regionen viel zu gut, um sich solch einen Fehler zu leisten, und Svanhild konnte sich auch keine Katastrophe herbeiwünschen, solange sie selbst mit an Bord war. Schließlich hatte sie das hier gewollt, rief sie sich in Erinnerung. Sie hatte gewusst, dass Solvi für Ragnvald eine Gefahr darstellte – auch, dass er sie schlecht behandeln könnte –, und trotzdem hatte sie sich so entschieden.

»Wo halte ich mich auf, mein Herr?«, fragte sie.

»Auf das ›mein Herr‹ kannst du jetzt verzichten«, entgegnete Solvi. »Jetzt ist Schluss mit dem Theater.«

»Wie soll ich dich dann nennen?«

»Wenn wir etwas Privatsphäre haben, kannst du mich Gemahl nennen.« Er warf ihr einen nervösen Blick zu und schien noch etwas sagen zu wollen, fügte dann aber nur hinzu: »Und bis dahin sprich nicht, bis du angesprochen wirst.«

Svanhild warf ihr Bündel über die Schulter und suchte sich einen Weg zum Schiffsheck, wo es etwas mehr Platz zu geben schien. Solvi sagte: »Ist das alles, was du mitgebracht hast? Ich hatte auf eine größere Mitgift gehofft.« Seine Mundwinkel zuckten, als wolle er sie necken.

»Tatsächlich?« Sie war schrecklich müde. Dann sah sie Solvi an und erwiderte: »Und ich hatte mir einen besseren Brautpreis erhofft als das Blut meines Bruders. Aber ich halte meine Enttäuschung unter Verschluss und hoffe, du kannst das auch.« Aus seinem Lächeln verschwand der vergnügliche Ausdruck, und er wandte sich ab.

Die Nacht verbrachten sie an einem Steinstrand. Einer von Solvis Männern reichte ihr eine Felldecke, damit sie sich vor dem Wind, der über die baumlose Insel fegte, schützen konnte. Die Angst, Solvi könnte herüberkommen und noch in dieser Nacht seine ehelichen Rechte einfordern, hielt sie wach. Sie fürchtete sich davor, ihm so nahe zu sein, obwohl ihr seine Berührung gefallen hatte, als sie über den Thingplatz geritten waren. Solvi war ganz Feuer und Energie, und irgendwann würden diese voll auf sie gerichtet sein, ohne Ablenkung durch die Männer um ihn herum – die Intensität dieser Vorstellung jagte ihr Schockwellen durch die Adern, und keine der angenehmen Art wie beim *Thing*, als ihr Körper zum ersten Mal erwacht war.

Sie konnte nicht schlafen und spürte jeden Stein, der sich in ihren Rücken bohrte. Um sie herum schnarchten die Männer. Die See wiegte das Schiff, wo es am Strand heraufgezogen war und auf dem Sand knirschte. Sie lauschte auf den Wellenschlag gegen die Bohlen und hoffte, er würde ihr Schlaf bringen, doch jedes Geräusch schreckte sie wieder auf.

Am nächsten Tag musste sich Solvis Schiff den Weg zu seiner Halle in Tafjord zurückkämpfen. Der Regen rauschte in schweren Strömen herab. Svanhild setzte sich wieder ans Heck und wickelte sich in ihre Felldecke. Solvi gab Befehle und hielt Ausschau am Bug. Den Tag über hatte er keine zwei Worte an sie gerichtet. Wahrscheinlich sah sie verboten aus – kein Bad, seit sie Hrolfs Hof verlassen hatte, und nun fünf Tage in der Wildnis, ohne sich wenigstens die Haare gekämmt zu haben.

Der Regen folgte ihnen ins Landesinnere, ein Nieselregen, der ihr vom Kinn tropfte, in ihren Kragen und den Rücken hinunterlief, und der sie sich noch elender fühlen ließ.

Einer der Krieger half ihr vom Schiff, als sie eingelaufen waren, und stützte sie auf den rutschigen Felsen. »Solvi hat Anweisung gegeben, du mögest dich präsentabel herrichten, um seinem Vater vorgestellt zu werden«, sagte er. Es war ein junger Kerl, mit einem Busch roter Haare auf dem Kopf und den blassen, fischähnlichen Gesichtszügen, die mit dieser Haarfarbe oft einhergingen. Sein Gesicht war mager, die Hände, die sie am Arm griffen, schwielig, und sie schloss daraus, dass er zumindest ein guter Kämpfer war, wenn auch noch kein ausgewachsener Krieger. Er sah sie neugierig an. Sie alle hatten beobachtet, wie sie sich mit Solvi gemessen und gewonnen hatte. Doch im Augenblick fühlte sich Svanhild meilenweit entfernt von jenem Mädchen – wer immer sie auch gewesen sein mochte.

Tafjord sah aus wie jede andere Ansammlung von Hallen und Schuppen, und es gab keine Anzeichen, dass es noch immer von Hel regiert wurde, wie Solmund es beschrieben hatte. Die Gebäude waren grau und verschlammt vom Regen, das Gras niedergetrampelt von vielen Füßen. Es gab zwei Hallen, die Trinkhalle mit dem hohen Giebel und den gekreuzten Balken an der Front, deren Enden die Form von Hundeköpfen hatten, die in den Himmel schnappten, und die normale Wohnhalle, niedriger und doppelt so lang. Ein paar Hörige liefen geduckt zwischen den Speichern und Ställen hin und her.

Eine Frau stand gebeugt im Eingang des nächsten Gebäudes, einem reetgedeckten Schuppen. In den Armen hielt sie einige Käselaibe. Svanhild schürzte ihre Röcke – obwohl das keinen Unterschied mehr machte, denn sie waren schlammverspritzt bis zum Knie – und ging zu der Frau hinüber, um ihr zu helfen. »Bist du Solvis Frau?«, fragte sie.

»Ich heiße Geirny Nokkvesdatter«, sagte die Frau. Sie musterte Svanhild von Kopf bis Fuß. Sie war größer als Svanhild, bestimmt auch größer als Solvi, und ihre Augen hatten die Farbe einer unruhigen See auf dem Fjord. Das Haar hatte sie unter dem Kopftuch streng nach hinten gebunden, keine Strähne hing lose heraus. Etwas an ihrem Gesichtsausdruck erinnerte Svanhild an ihre Mutter, so als fehle etwas in ihr. »Ich bin Solvis Frau«, sagte Geirny. »Du bist keine neue Hörige. Wer bist du?«

»Svanhild Eysteinsdatter.« Svanhilds Stimme bebte, und sie biss die Zähne zusammen.

Geirnys Augen füllten sich mit Tränen; sie schien den Namen zu kennen. Svanhild wollte sich dafür entschuldigen, dass sie hier war. Die Käselaibe rutschten Geirny aus der Hand. Svanhild sprang vor und fing zwei davon auf, bevor sie in den Schmutz fallen konnten.

»Komm«, sagte Svanhild in dem Ton, in dem sie mit Hildas jüngster Schwester Ingifrid geredet hatte, freundlich und bestimmt. »Wir bringen die jetzt besser in die Küche.« Sie ging den Weg zur Halle hinüber, und Geirny folgte ihr. Svanhild stieß die Küchentür mit der Hüfte auf und hielt sie für Geirny offen. Dann nahm sie Geirny die restlichen Käselaibe ab und legte sie auf den Tisch.

Sie sah hinunter auf ihre Hände, die auf den in Tuch eingeschlagenen Käselaiben ruhten. Sie waren rot und rau von der Reise, und dazu noch schmutzig. Da versteckte sie sie in ihrer Tasche und sagte: »Solvi bat mich, mich zurechtzumachen, damit er mich seinem Vater vorstellen kann. Gibt es hier eine Waschschüssel?«

Geirny machte ein störrisches Gesicht. »Heute ist kein Badetag«, sagte sie, und die Tränen fingen wieder an zu fließen. Svanhild schoss durch den Kopf, Geirny wolle vielleicht, dass sie verlottert aussah, wenn sie ihrem Schwiegervater zum ersten Mal gegenübertrat, aber die Tränen schienen dann doch ein Zeichen dafür, dass Geirny viel zu aufgewühlt war, um so etwas zu planen.

»Es tut mir leid«, sagte sie. »Ich hatte keine Ahnung ...«

Geirny unterbrach sie mit einem Ausbruch von Schluchzern und Tränen. Sie setzte sich auf einen Schemel und vergrub ihr Gesicht in den Händen. Ihr Kopftuch rutschte nach vorn und gab ihr aschblondes Haar frei, das in Zöpfen festgezurrt um ihren Kopf lag. Svanhild setzte sich neben sie und tätschelte ihren Rücken, bis das Schluchzen abebbte.

»Bist du ... krank?«, fragte Svanhild und kam sich dumm vor.

Geirny hörte auf zu schluchzen und setzte sich zitternd aufrecht hin. »Du kannst dir nicht vorstellen, wie das hier ist«, brachte sie undeutlich zwischen unterdrückten Schluchzern vor. »Es gibt nur ein paar weibliche Hörige, und ich soll von einem Moment zum anderen ein Fest auf den Tisch zaubern, und er hat mir keinen Sohn geschenkt, er hat nur meine Töchter ausgesetzt in der Hoffnung, dass ich ihm dann schneller einen Sohn gebäre, und ich ... Es tut mir leid, dass du gegen deinen Willen hier bist, aber ...« Geirny richtete ihre rot unterlaufenen Augen auf Svanhild.

Svanhild hielt sie fest im Arm. »Schschsch. Von jetzt an

helfe ich dir. Versprochen.« Geirnys Worte hatten sie ins Mark getroffen. Ihre Töchter würde Solvi jedenfalls nicht nach der Geburt aussetzen, damit sie umkämen; das musste er ihr vor der Hochzeit schwören.

Sie zwang Geirny, ihr wieder ins Gesicht zu sehen. »Ich muss mich waschen und für das Treffen mit König Hunthiof vorbereiten«, erklärte sie. »Kannst du mir helfen?«

Geirny sagte ihr, wo das Badehaus zu finden war, und borgte Svanhild einen Kamm. Das Badehaus stand am Ufer eines vorbeifließenden Bergbachs. Die Hütte war natürlich kalt, aber es war alles vorhanden, um Feuer zu machen. Vielleicht war Geirny doch keine so schlechte Hausfrau. Aus der Küche holte Svanhild glühende Kohlen in einem kleinen Tiegel, um das Feuer anzufachen, und binnen einer Stunde loderte es warm und hell.

Sie zog ein sauberes Hemd an und ließ sich wärmen, bevor sie sich ins eisige Wasser des Flüsschens wagte. Es schoss hier flink vorbei. Sie krallte ihre tauben Zehen in die Steine des Flussbetts. Hier war kein Platz zum Weinen. Sie musste Hunthiof entgegentreten, der sie wahrscheinlich auf der Stelle verheiraten würde. Svanhild sollte Frauen um sich haben, die ihr bei der Ankleide halfen und den Schleier umlegten, und eigentlich sollte der Vater die Braut an den Bräutigam übergeben, doch für den rechtlichen Vollzug genügte es, wenn sie mit ihrem Gemahl einen Becher Bier teilte und ein Mann den Segen Friggas, der Göttin des häuslichen Herds, für sie erbat. Hunthiof konnte das erledigen, bevor sie sich zweimal umgeschaut hatte.

Nachdem sie sich nass gemacht und den Schlamm von ihren Füßen abgekratzt hatte, stieg sie aus dem Wasser und beugte sich vor, um ihr Haar zu waschen. Entwirren könnte sie es später im warmen Badehaus. Sie stand auf und warf ihr nasses Haar über die Schulter, bevor sie sich dem Ufer zuwandte. Keine zehn Fuß von ihr entfernt, unter der Traufe einer der Scheunen, stand Solvi, umgeben von den drei Kriegern, die er zum *Thing* mitgebracht hatte.

Das nasse Hemd klebte Svanhild am Körper, so dass sie fast nackt wirkte. Verlegen bemerkte sie, wie sich ihre Brustwarzen in der kalten Luft verhärteten, und versuchte sich zu bedecken. Solvis Krieger wandten sich ab, zwei rasch, der dritte zögerlich, aber Solvi hielt seinen Blick weiterhin auf ihren Körper gerichtet, ohne zu grinsen, aber mit einer Konzentration, die sie wütend machte.

»Hat dir niemand verraten, dass ich nach einer Reise immer hierherkomme, um zu baden?«, fragte er.

Svanhild schüttelte den Kopf. Man hatte sie geheißen, sich präsentabel zu machen – hatte Solvi das vergessen? Er räusperte sich. »Kommt später wieder her«, sagte er zu seinen Männern. Er hielt Svanhild die Hand hin, aber sie nahm sie nicht, denn ihre ausgestreckte Hand hätte ihre Brüste unter dem dünnen Stoff sichtbar gemacht, und sie ertrug es einfach nicht, wenn Solvi sie so ansah. Er zuckte mit den Achseln.

»Gib mir deinen Mantel«, sagte Svanhild.

»Nein, Herrin.« In seiner Stimme war wieder ein Anflug von Neckerei. »Ich will mit dir sprechen. Gehen wir ins Badehaus.«

Sie wäre lieber hinter ihm hergegangen, aber er bat sie mit einer Geste vorauszugehen, und so musste sie mit dem am Körper klebenden Hemd vor ihm hergehen. Sie fühlte sich seinen Blicken hilflos ausgeliefert. Sobald sie das Badehaus betreten hatten, begann Svanhilds Hemd zu dampfen. Solvi legte den Mantel ab.

Sie zog sich ihr verschmutztes Kleid über, um sich vor seinen Blicken zu schützen, unter denen sie errötete. Solvi sah sie lange an und senkte dann den Blick. Schließlich holte er tief Luft und presste die Lippen aufeinander. Er war kleiner als die meisten Männer, nur eine Handbreit größer als sie. Ob das an den Verbrennungen lag? Und verdammt gutaussehend war er auch, mit seinem kräftigen, ebenmäßigen Gesicht und den leuchtend blau-grauen Augen. Sein Bart war so kurz getrimmt, dass er kaum einen Anflug von Haar zeigte. Sicher reine Angeberei, dachte Svanhild, um seine elegante Kieferpartie und sein markantes Kinn zur Geltung zu bringen.

»Ich hatte mich eigentlich darauf eingestellt, dich heftiger zu umwerben«, sagte er. »Schließlich hast du mehr als einmal nein gesagt.«

Svanhild erstarrte. »Du hattest gesagt ... dass du mich willst«, erwiderte sie. Und dann verärgert: »Ich hatte Angst, du würdest dem Händler alles wegnehmen, wenn ich nicht ... oder hattest du etwas anderes vor?«

Solvi zuckte mit den Achseln. Er schien amüsiert. Sie war in der denkbar schlechtesten Position, mal heiß, mal kalt, halb angezogen und ungepflegt, während Solvi in voller Montur war und sie angrinste. »Natürlich hätte ich ihm einen Wegzoll abgeknöpft. Vielleicht hätte ich sie auch gezwungen, mit nach Tafjord zu kommen.«

»Wo dein Vater sie dann zu Tode foltern würde.«

»Man hat dir wohl alte Geschichten erzählt«, sagte Solvi.

Svanhild rümpfte die Nase und versuchte, noch aufrechter zu sitzen. Ihr verschmutztes Gewand hielt sie immer noch vor der Brust zusammen. »So etwas habe ich jedenfalls gehört.«

»Nun ja, ich schaue nicht immer so genau hin, wenn meine Männer sich ein wenig amüsieren, aber nicht hier, und nicht bei einem Händler, der im nächsten Jahr vielleicht wieder hier durchsegelt und mir wieder Wegzoll zahlt. Ihn zu ruinieren oder gar zu töten, hätte keinen Sinn. Du solltest wissen, dass man nicht allen Gerüchten glauben kann. Die Leute erzählen sich ja auch, dein Bruder hätte einen Draugr getötet.«

»Tatsächlich?«, fragte Svanhild begierig. »Vielleicht stimmt es ja.«

»Draugrs sind Fabeln für Kinder.«

Svanhild kreuzte die Arme noch fester. Sie glaubte alles Gute, das von Ragnvald erzählt wurde.

»Dann bist du also nur hier, um deinen Freund, den Händler, vor meinen schrecklichen Foltern zu bewahren«, sagte Solvi. »Womöglich hast du gar nicht die Absicht, mich zu heiraten. Oder wirst du dein Wort halten?«

»Was würdest du tun, wenn ich nein sagen würde?«

Sein Ausdruck veränderte sich, sie konnte sich keinen Reim darauf machen, aber er sagte nur leichthin: »Von mir wirst du nie etwas zu befürchten haben.«

»Was ist mit meinem Bruder? Wirst du ihm helfen, wenn ich ...«, Svanhild schluckte, »... dich heirate?«

»Ich habe nicht die Absicht, ihm zu schaden. Aber wenn es das Schicksal will, bin ich machtlos. Schließlich hasst er mich noch immer.«

»Du bist schrecklich ehrlich«, sagte Svanhild. »Warum? Du könntest doch einfach lügen.«

Solvi sah sie erstaunt an. »Das weiß ich auch nicht. Aber du hast recht, es ist keine Lüge.« Er sah sie auf eine Weise an, dass Svanhild seine Reaktion halb fürchtete, halb erhoffte. Doch er stand abrupt auf und ging zur Tür. »Dann gib mir Bescheid, wenn du dich entschieden hast.«

»Warte«, rief sie. Das wollte sie ihn schon lange fragen. »Was ist mit Ragnvald? Warum hast du versucht, ihn zu töten?« Als er sich umdrehte, verließ sie der Mut, und sie fügte kleinlaut hinzu: »Wo du doch gerade ehrlich bist.«

»Mein Vater und dein Stiefvater haben sich das ausgedacht.

Aber sie sind wohl beide keine großen Denker.« Er lachte rau über seinen eigenen Witz und zuckte die Achseln. »Mein Vater wollte Verbündete in Sogn gegen den Ansturm von Harald. Ich hatte die Absicht, Ragnvald schon früh auf der Reise loszuwerden, aber er war einfach ... so nützlich.«

»Ah«, erwiderte Svanhild.

»Ich hätte mich ja nicht so entschieden. Mein Vater hat sich da auf etwas Dummes eingelassen.«

»Und du warst bereit, einen Mord für ihn zu begehen?«

»Mein Vater ...«, begann Solvi. Er zog die Schultern hoch, als er tief Luft holte. »Mein Vater dachte eben, es sei das Beste.«

»Dann hast du gegen deine eigene Überzeugung gehandelt?«

»Ja, das habe ich, und es tut mir leid.« Er sah wieder auf sie herab und rutschte auf die Bank neben sie. »Kannst du mir das verzeihen? Ich habe dafür bezahlt. Die Sache ist doch damit erledigt.«

»Aber es ist alles, was ich von dir weiß«, sagte sie, und ihre Stimme erhob sich zu einem Wehklagen. Die Tränen, die sie schon den ganzen Nachmittag zurückgehalten hatte, brannten ihr in den Augen, und einige davon konnte sie nicht zurückhalten.

Er nahm ihre Hand. »Das kann sich ändern.« Sie entriss ihm die Hand. Solvis Mund wurde hart. Er stand auf. »Wenn das deine Antwort ist, dann frage Geirny nach einem Schlafplatz. Du musst meinen Vater nicht treffen.« Sie hatte ihn verletzt, und ein Teil von ihr litt mit ihm, während der andere Teil sich über ihre Macht freute.

»Ich halte mein Wort«, sagte sie, bevor ihr Mut sie ganz verließ. Solvi war ein Königssohn, und er war ihr gegenüber großzügig gewesen. Als sie dies aussprach, löste sich der schmerzhafte Krampf in ihrer Kehle.

Er nickte ernst. »Mein Vater wird uns noch heute Abend verheiraten.«

*

»Hast du nicht gesagt, sie sei schön?«, sagte Hunthiof. Er saß auf einem Stuhl, der aus dem Hauptbalken der Halle geschnitzt war, einer vom Blitz getroffenen Eiche, von Odin gesegnet. Svanhild spürte eine instinktive Abneigung gegen diesen Mann, der versucht hatte, den Mord an ihrem Bruder herbeizuführen, und der Solmunds Freund und Bediensteten getötet hatte. Sein Bart war lang und verwachsen, denn er war kein Krieger mehr, die Brauen buschig, die Augen klein und tiefliegend. Eines davon, wie sie beim Näherkommen bemerkte, war von einer Narbe durchzogen und milchig weiß. Das andere blitzte wie das Auge eines Raubvogels.

Svanhild hob ihren Kopf hoch. »Ich musste ohne Bedienstete zurechtkommen, mein Herr.« Sie hatte ihr Haar so gut wie möglich ausgekämmt und es in zwei Zöpfe geflochten, aber es war noch immer nass, und sicher war ihr Scheitel nicht gerade. Sie wandte sich Solvi zu. »Versprich mir, dass du mir von deinem nächsten Wikingerzug weibliche Hörige herbringst.«

»Oho.« Hunthiof verzog den Mund zu einem Lächeln, und Solvi schmunzelte. »Ich glaube, die wird dir eine bessere Frau als Geirny. Feuer statt Tränen. Heute Nacht noch sollt ihr beide aus dem Becher trinken und verheiratet werden.« Hunthiof sah sie drohend an. »Ich hoffe, da gibt es kein Jammern und Wehklagen.«

»Nicht von mir«, erwiderte Svanhild und stellte sich aufrecht hin. »Für deine Männer kann ich nicht bürgen.« Hunthiof furchte die Stirn, und Solvi lachte laut heraus.

Solvi nahm ihren Arm und führte sie dorthin, wo das Essen

serviert wurde, während Hunthiof Becher und Zeugen versammelte.

»Ich habe keinen Schleier«, sagte sie, nun wieder scheu, da sie alleine waren. Aber sie weinte nicht, obwohl Solvi sie mit einem liebevollen Blick bedachte, der ihre Entschlossenheit, mutig zu sein, aufzuweichen drohte. Seine Mannschaft und Hunthiofs Männer warteten schon in der Halle, um dieser demütigenden Veranstaltung beizuwohnen. Wenn Ragnvald sie das nächste Mal sah, würde sie Solvis Frau sein. Seine Zweitfrau. Wie viel mehr wert war das in Ragnvalds Augen als ein Kebsweib?

»War das Blut meines Bruders wirklich mein Brautpreis?«, fragte Svanhild und versuchte, weder weinerlich noch zornig zu klingen.

»Nein«, antwortete Solvi. »Ich habe ein Stück Land für dich ausgesucht. Das gehört dann dir, und du kannst es an deine Töchter vererben, wenn du welche hast.«

»Dann würdest du mich also nicht zwingen, sie auszusetzen, so wie Geirnys Töchter? Versprichst du mir das?«

Solvi sah sie wieder ernst an. »Das schwöre ich dir: Mit Kindsmord will ich nichts zu tun haben.« Sein Blick flatterte, und er sah weg. »Selbst dann nicht, wenn du ein Kind hättest, das nicht von mir ist.«

Svanhild schüttelte den Kopf. Was das bedeutete, was es über Solvi aussagte, darüber konnte sie jetzt nicht nachdenken. »Aber wer hat dann Geirnys Kinder getötet?«

Solvi schien sehr ungern darüber zu sprechen, doch schließlich drückte er ihre Hand. »Sie hat gesagt, es müsse so sein. Sie will, dass ein Sohn in Tafjord herrscht.«

»Und du hast sie nicht davon abgehalten?«

»Ich war nicht hier. Sie sagte, sie würde schneller einen Sohn gebären, wenn ... und dann beim nächsten Mal sagte sie, das Kind sei kränklich gewesen. Ich war nicht hier, und sie ist ja selbst nicht sehr stark. Vielleicht stimmt es sogar.« Die Erinnerung schien schmerzhaft zu sein: Diese Kinder waren tot gewesen, bevor er sie willkommen heißen konnte.

»Ich habe noch immer keinen Schleier«, sagte Svanhild leise, und diesmal lag Liebenswürdigkeit in ihrer Stimme.

Solvi stand auf und öffnete die Schränke. Er zog ein Stück Leinen heraus, das so fein gewoben war, dass Svanhild die Fäden kaum ausmachen konnte. Entlang der Kanten war es mit blauer Stickerei verziert, und mit Kreuzen aus Goldfäden.

»Das sind seltsame Hämmer von Thor«, sagte Svanhild.

»Es sind die Kreuze des Opfergotts der Engländer. Das hier war ein Altartuch in einer Kirche. Die Fäden sind reines Gold.«

»Ein Altartuch?«, fragte Svanhild. Sie sah sich das feine weiße Gewebe an. Wie konnte es so weiß sein und keine Flecken von Opferblut haben?

»Die Engländer opfern keine Menschen, deshalb ist ihr Gott schwach und kann sie nicht schützen.« Solvi grinste kriegslüstern. »Auf jeden Fall nicht vor mir.«

Svanhild strich sich übers Haar. »Könntest du …?«

Seine Mundwinkel hoben sich ein wenig. Er sah nicht so aus, als schäme er sich, diese Frauenaufgabe für sie zu übernehmen. Er faltete das Tuch und zog es ihr über den Kopf, so dass sie es sich bei der Hochzeitszeremonie vor das Gesicht ziehen konnte. Sie befühlte das Tuch, das dicht und fest war. »Ich werde nicht durchsehen können«, sagte sie.

Solvi nahm sie am Ellbogen. »Ich passe auf dich auf.«

*

Von der Hochzeitszeremonie danach bekam Svanhild nicht viel mit. Der dichte Schleier verbarg ihr die Sicht auf das Geschehen. Als Hunthiof eine Ziege opferte, zuckte sie bei dem jämmerlichen Meckern und dem nachfolgenden Gurgeln des Bluts zusammen. Das Blut rann über den Opfertisch und floss unweit ihrer Füße auf den Boden, ein roter Strom, der beinahe auf ihre Schuhe lief, bevor er in einem Spalt im Boden versickerte. Hunthiof beschwor den Segen der Frigga über sie, bat um Kindersegen und eine glückliche Heimstatt.

Solvi hob den Schleier. Der Widerschein des Lampenlichts auf dem hellen Holz ließ sie blinzeln. Von ein paar Schluck Honigwein war ihr schwindelig im Kopf. Solvi setzte sie neben sich. Bei diesem Fest, und nur bei diesem, musste sie niemandem aufwarten. Sklaven, meist männliche, schleppten nicht besonders schmackhaft gekochtes Lammfleisch heran, das so trocken war, dass nicht einmal die alten Brotfladen, auf denen es serviert wurde, davon genießbar wurden. Die Männer griffen zu, als sei die Mahlzeit etwas Besonderes. Svanhild brachte kaum einen Bissen hinunter. In Ardal hätte sie sich geschämt, so etwas auf den Tisch zu bringen, dabei war es in ihrer Familie schon zwei Generationen her, dass sie sich eines Königs rühmen konnte.

Ein Skalde sang eine Geschichte, begleitet von seiner Harfe. Er erzählte von Hunthiofs Urgroßvater, einem großen Jäger, und dem Ungeheuer, halb Mensch, halb Bär, das er erlegt und auf seinen Schultern zur Halle zurückgeschleppt hatte. Eine legendäre Heldentat, denn in jenen Zeiten, als Helden nur in Geschichten vorkamen, war kaum je ein Mann so stark gewesen. Als das Lied endete, stimmten Hunthiofs oder Solvis Männer die traditionellen Hochzeitslieder an. Es fehlten Frauenstimmen, die süßen Laute von Kindern und die Liebe unter diesen rauen Männerstimmen. Krieger brachten Toasts aus und wagten sich an derbe Anspielungen auf das, was die Nacht bringen würde. Sie war ein Feld, das Solvi pflügen würde, sie war die Scheide für sein Schwert, sie war der Baum, den seine Axt zerspringen lassen würde.

Sie trank ihren Wein und versuchte, sich innerlich von allem zurückzuziehen. Wenn sie lange genug ihr Essen und den mit Kleinodien besetzten Becher vor sich ansah, brauchte sie die anderen weder zu hören noch zu sehen. Sie hatte überstürzt gehandelt und hätte Solvi noch länger beobachten sollen. Er war immer wieder anders, ein Trickbetrüger wie Loki, in einem Moment jagte er Furcht ein, im anderen war er freundlich.

Sie hatte es für Solmund getan, um seine Familie zu retten. Sie hatte es für Ragnvald getan; das Letzte, was er brauchte, war einen Feind wie Solvi. Sie hatte es für sich selbst getan, um ihrem Bruder nicht wieder zur Last zu fallen. Sie hatte diesen Weg gewählt. Ragnvald würde kaum darüber erfreut sein. Er war in Hakons Dienste getreten, der mit Hunthiof schon früher verfeindet gewesen war. Sie könnte bestimmt keinen Frieder zwischen den beiden Königen stiften.

Solvi, der neben ihr saß, versuchte, sie von ihren Grübeleien abzulenken, und bot ihr zartere Fleischstücke an, fragte, welche Süßspeisen sie mochte, war galant und brachte sie vollkommen durcheinander. Seine Fürsorglichkeit konnte sie noch weniger ertragen als die Scherze der anderen.

Neben Solvi saß Ulfarr, sein treuester Gefährte, der sich eine junge Hörige auf den Schoß gezerrt hatte. Seine Hand lag über ihrem Handgelenk auf dem Tisch, so dass sie sich nicht entziehen konnte. Wann immer sie aufstehen wollte, um Bier auszuschenken, hielt er sie zurück. Ihre Augen hatten den Blick eines gefangenen Tieres. Ulfarr sah gut aus, mit einem dunklen Bart, der mit seinem hellen Haar kontrastierte, aber seine Augen verunsicherten sie. Sein Blick glitt ständig über die Tafelgesellschaft hinweg, nie zufrieden, selbst mit den kleinen Grausamkeiten, mit denen er die kleine Dienerin traktierte.

Er bemerkte ihren Blick und starrte zurück, während er die Hörige auf seinem Schoß befummelte. Das Essen in Svanhilds Mund nahm einen schalen Geschmack an. Heute Nacht würde Solvi sie ebenso betatschen, zum Glück hielten ihn ihr Stand oder sein eigenes Ehrgefühl davon ab, sie schon jetzt in aller Öffentlichkeit zu berühren. Doch heute Nacht, und jede weitere Nacht, wenn ihm danach war, würde er seiner Lust nachgeben. Sie war zu stolz gewesen, als sie zugesagt hatte, stolz auf den Wert ihres Worts, auf ihren Wagemut. Nun war es geschehen; nun war sie eine verheiratete Frau. Ganz gleich, was passierte und ob es Gründe für eine Scheidung geben würde, diese Nacht musste sie in seinem Bett durchstehen.

Gegen ihren Willen wurden ihr die Augen schwer. Wenn sie nur wach bleiben und sich stählen könnte. Dieses lange Stillsitzen und Trinken war sie nicht gewohnt. Ausgerechnet Ulfarr bemerkte, dass sie einnickte, und hob wieder das Glas zu einem Toast auf die Hochzeit. Den ganzen Abend lang hatte man Svanhilds Becher nachgefüllt, und sie hatte mit Absicht viel getrunken. Betrunkene Frauen brachten ihren Ehemännern oft Schande, aber das war ihr egal ... Hauptsache sie war benebelt.

Sein Trinkspruch war eigentlich recht gutmütig: »Auf Solvis neue Braut, möge sie über die Jahre immer noch schöner werden.« Svanhild antwortete mit einem matten Lächeln und nippte am Glas. Nun, da sie so viel getrunken hatte, schmeckte der Wein sauer.

»Meine Braut ist müde«, sagte Solvi und stand auf. Gewagte Scherze spielten nun darauf an, wie müde sie wohl erst am nächsten Morgen sein würde.

Solvi hob sie aus dem Stuhl und trug sie unter den Hochrufen seiner Männer aus der Halle. Als sie draußen waren, stellte er sie wieder auf die Beine. Er sah sie an. Svanhild blickte starr nach vorn. Ihre dünnen Schuhe rutschten auf dem Frühjahrsschlamm aus, doch Solvi stützte sie mit festem Griff am Ellbogen. Hinter ihm trampelten die Männer der Hochzeitsgesellschaft heraus. Lauter Männer. Es würde keine Mutter geben, oder Vigdis, die Svanhild ins Bett legte, ihr Haar hübsch um sie drapierte und ihr letzte Anweisungen zuflüsterte, dass Hunderte von Frauen vor ihr schon die Hochzeitsnacht überstanden hatten und auch noch nach ihr überstehen würden, dass es mit der Zeit besser ginge, dass es nicht lange dauerte. Aber Hunderte von Frauen hatten sich nicht in eine Ehe mit dem Mann gestürzt, der versucht hatte, ihren Bruder zu töten. Das musste Svanhild alleine ertragen.

Die Prozession hinter ihnen stimmte ein weiteres anzügliches Trinklied an, vom scharfen Kiel eines Schiffs, das die schlüpfrigen Wellen durchpflügte. Solvi hatte weder gelacht, noch hatte er sich umgedreht, seit sie die Halle verlassen hatten, und Svanhild wusste nicht, was er davon hielt. Vigdis hatte ihr erklärt, wie sich das mit Mann und Frau verhielt, und sie hatte die Tiere auf dem Hof oft genug dabei beobachten können. Auf Kühe und Schafe schien es jedenfalls keine negativen Auswirkungen zu haben. Auf Vigdis wohl. Aus einigen Nächten mit Olaf ging sie mit blauen Flecken um ihre Handgelenke hervor. Bei Festen hatte Svanhild beobachten können, dass sich einige Frauen ganz gern von den Männern begrapschen ließen, deren Finger sich mit zunehmender Betrunkenheit in intime Bereiche vortasteten. Früher hatte sie auch gedacht, dass ihr das gefallen würde, doch nun erschauderte sie bei dem Gedanken, Solvi könne sie an intimeren Stellen als am Ellbogen berühren.

Der Begleitzug verfolgte sie bis in ihr Schlafgemach. Ulfarr ging sogar so weit, die Broschen von Svanhilds Überkleid zu lösen. Gemäß mancher Traditionen durfte die Hochzeitsgesellschaft die Braut entkleiden und dabei mit Scherzen und Trinken so lange fortfahren, bis der neue Ehemann sie verjagte. Sie ekelte sich vor Ulfarrs grausamen Händen. Solvi packte Ulfarr am Handgelenk, um ihm Einhalt zu gebieten. Ruppig, aber mit einem Lächeln im Gesicht schob er Ulfarr beiseite und beugte sich zu Svanhilds Ohr herab, um ihr zuzuflüstern: »Schaffst du es, dich ohne Hilfe zu entkleiden?«

Sie nickte und warf ihm kurz einen Blick zu, bevor sie die Augen senkte. Mit zitternden Fingern löste sie die Broschen. Musste sie sich nun etwa vor all diesen Männern entkleiden? Das war ja noch schlimmer, als wenn man ihr die Gewänder vom Leib gerissen hätte. Sie legte die Broschen auf die Ablage. Ihr Überkleid fiel zu Boden. Solvi hob den Schleier von ihrer Stirn und faltete ihn zusammen, während Svanhild ihre Zöpfe entflocht.

»Zu Bett, zu Bett«, drängte Ulfarr. Er war zu nahe, seine Berührung unsauber, Svanhild schrak wieder zusammen.

»Meine Frau und ich wollen jetzt alleine sein«, sagte Solvi.

»Wir müssen euch doch ins Bett bringen.« Ulfarr legte den Arm um sie beide. Er roch nach Essen und Blut. »Wir müssen es selbst sehen.«

»Ihr habt schon genug gesehen«, erwiderte Solvi. »Geht jetzt.«

Noch einmal zerrte Ulfarr an ihrem Hemd, doch ein warnender Blick von Solvi ließ ihn innehalten. Er zog seine Hand zurück. Er folgte den anderen Männern, war als Letzter aus dem Zimmer und schloss die Tür hinter sich.

Svanhild atmete auf. Sie waren alleine. Solvi hatte ihr nie absichtlich weh getan. Sie verschränkte die Arme vor der Brust, mit zitterndem Körper, obwohl es warm war im Raum. Solvi legte ihr seine Hand auf die Schulter; die Wärme war durch das dünne Leinenhemd zu spüren. Sie verkrampfte sich und sah geradeaus auf sein Kinn, statt den Kopf auch nur ein wenig zu heben, um ihm direkt ins Gesicht sehen zu können. Dass er so klein war, beruhigte sie irgendwie. Sonst war sie immer von Männern und Frauen umgeben, die viel größer waren als sie, in deren Umarmungen sie versank. Solvi dagegen war auf ihrer Höhe.

»Glaubst du, dass du mich eines Tages weniger hassen wirst?«, fragte Solvi mit dem harten, gefährlichen Lächeln im Gesicht. Svanhild erschrak bis ins Mark.

»Wer sagt, dass ich dich ...«

»Lüg mich nicht an.« Das Lächeln war nun aus seinem Gesicht verschwunden, und er sah noch furchterregender aus. Dann seufzte er. »Es war ein harter Tag für dich. Wir können es auf morgen verschieben.«

Svanhild runzelte die Stirn. Sie wollte keine Freundlichkeit von ihm, und überhaupt brachten sie diese ständigen Wechsel seiner Laune durcheinander. Sie wusste nie, woran sie war.

»Wenn du es heute nicht machst, dann fürchte ich mich morgen den ganzen Tag davor«, sagte sie ausdruckslos. Sie wandte den Blick ab, als sie den schmerzhaften Ausdruck in seinem Gesicht sah. Morgen wäre sie vielleicht klarer im Kopf, weniger betrunken vom Fest. Und weniger aufgewühlt. Vielleicht würden dann auch ihre Hände nicht zittern. Sie fuhr mit den Fingern durch ihr Haar. Noch immer war es feucht vom Fluss und hing nun sicher in unansehnlichen Strähnen herab. Sie lagen kalt auf der Haut, und nun konnte sie ihr Zittern nicht mehr verbergen.

»Dir ist kalt«, sagte Solvi. »Komm ins Bett.«

Svanhild wandte sich von ihm ab und ließ ihr Überkleid zu Boden gleiten, wo es sich um ihre Füße drapierte. Sie hob es hoch und hängte es an einen Kleiderhaken. »Welche Bettseite magst du lieber?«, fragte sie. »Es ist ja dein Bett.«

»Deines doch auch.«

»Und was ist mit Geirny?«

»Darüber möchte ich heute nicht sprechen. Komm unter die Decke, und hör auf zu zittern.«

Es war das luxuriöseste Bett, in dem Svanhild je gelegen hatte. Die Matratze war mit Eiderdaunen gestopft, dicht und weich, als sänke man in eine Wolke. Sie schloss die Augen, um das Gefühl mehr genießen zu können, öffnete sie aber gleich wieder, als sie Solvis Blick auf sich spürte.

»Was ist?«, fragte sie.

Solvi antwortete nicht. Er zog Gürtel und Schmuck ab, die Arm- und den Halsreifen, die ihn als Königssohn auszeichneten, die erbeuteten Fingerringe. Noch mit Hose und Hemd bekleidet, kroch er unter die Decke und legte seine Arme um sie.

Mit den Fingern berührte er ihre Wangen. Sie biss die Zähne zusammen. Seine Hand glitt an ihrer Wange herunter und hob ihr Kinn, so dass sie ihm in die Augen sehen musste. »Svanhild«, sagte er, »ich liebe dich seit unserer ersten Begegnung beim *Thing.*«

Sie blickte zur Seite. Wenn Solvi roh mit ihr umgegangen wäre, hätte sie es ertragen, aber diese Zärtlichkeit beschämte sie. Er neigte den Kopf ein wenig, um sie zu küssen, und sie hielt still bei seinem Kuss. Es fühlte sich nicht unangenehm an, nur ungewohnt. Sie gehörte nicht mehr zu diesem Körper; es war der Körper einer anderen, den Solvi berührte.

»Ah, dann hasst du mich also doch nicht«, sagte Solvi nach dem Kuss. Ihr Stillhalten hatte er wohl für Zustimmung gehalten.

Svanhild hatte sich geschworen, nur im Geheimen zu weinen, doch nun konnten die Tränen nicht länger warten. Betrunken sein brachte keine Entspannung, sondern nur einen Mangel an Selbstkontrolle. »Ich wollte eine Hochzeit, bei der mich meine Mutter ankleidet und meine Leute mir zuprosten, und nicht diese ... widerwärtige Veranstaltung.«

»Wir können sie doch besuchen«, sagte Solvi. Er ließ ihren Arm los und sah einen Moment so niedergeschlagen aus, dass Svanhild fast dahinschmolz. »Du hasst mich also doch. Und ich dachte ...«

»Nein«, sagte Svanhild schnell. Sie hatte Angst vor ihm, aber sie war auch wütend, und an diese Wut klammerte sie sich. »Ich hasse dich nicht.«

Sie lag still wie eine Puppe, als er ihr Hemd von den Beinen nach oben schob. »Am liebsten würde ich dich ansehen«, sagte er, »aber vielleicht ist es im Dunkeln leichter für dich.« Mit den Fingern schnipste er die Kerzenflamme aus, so dass der Geruch des Rauches sich im Zimmer verbreitete.

Von der Außenbeleuchtung drang schwaches Licht durch die Ritzen zwischen den Holzplanken, und Solvis Silhouette erschien wie ein unförmiger Schatten über ihr. Er ließ seine Hand über ihre Brust gleiten und fummelte unter ihrem Unterkleid, bis er seine Hand zwischen ihre Schenkel drücken konnte. Sie unterdrückte einen überraschten Aufschrei.

Tränen brannten ihr in den Augen, als er einen Finger in sie hineinschob, und als er versuchte, Raum für den zweiten Finger zu machen, rief sie aus: »Nein. Du tust mir weh!«

Zu ihrer Überraschung zog er die Hand zurück. »Ich habe gehört, dass es beim ersten Mal weh tut«, sagte er.

»Nicht so«, schluchzte Svanhild, obwohl sie eigentlich nicht wusste, was sie sagen wollte. Nur ein einziger Gedanke war klar: Wenn Solvi sie weiter da berühren würde, dann könnte sie das nicht ertragen. Sie würde verrückt werden und sich in ein hilflos schreiendes, weinendes Häufchen Unglück verwandeln.

Seine Hände legten sich nun sanft, aber bestimmt auf ihre Schultern. Wenn es nicht er wäre, würde sie die Berührung vielleicht sogar als beruhigend empfinden. Seine Beine, immer noch in Hosen, waren an ihre gepresst. Sie entzog sich. »Ich will nicht, dass du mich berührst, nicht jetzt und überhaupt nie«, rief sie mit schriller Stimme.

Er zog sich zurück von ihr. »Wie du willst, Herrin«, sagte er. Er atmete heftig neben ihr, voller Anstrengung. »Eine Scheidung ist leicht zu haben. Und vielleicht habe ich so noch etwas mehr Gesicht gewahrt, als wenn du dich offen geweigert hättest, mich zu heiraten.« Seine Stimme klang so bitter, dass Svanhild ihn fast trösten wollte. »Es wird etwas Zeit in Anspruch nehmen. Wenn du bis zum nächsten *Thing* bleibst, können wir sie dort aussprechen.«

Svanhild drehte sich von ihm weg und weinte haltlos weiter, bis ihr Hals schmerzte und die Augen anschwollen.

KAPITEL 23

Harald war die ganze Nacht wach geblieben. Jetzt stand er in vollem Harnisch da und wartete, bis seine Männer sich versammelt hatten. Sie bewegten sich leise, und wer seine Stimme erhob, wurde von den Anführern mit einer Geste zum Schweigen gebracht. Ragnvald hingegen war trotz seiner Angst irgendwann doch eingeschlafen, das schwere Fieber hatte ihn niedergestreckt. Seine Hand bereitete ihm an diesem Morgen weniger Sorgen, aber der Kopf schmerzte schlimmer als zuvor, fühlte sich heiß an und fast so, als wäre er nicht ganz angewachsen, als könnte er sich jeden Moment von seinem Körper lösen und über das Schlachtfeld schweben. Ragnvald umwickelte seine Hand straff mit einem Stoffstreifen. Dann zog er seinen ledernen Harnisch an sowie den Helm, den Hakon ihm gegeben hatte, nachdem sie die Halle eingenommen hatten. Er musste es irgendwie schaffen, sein Schwert festzuhalten, zumindest so lange, bis Haralds Streitkräfte die Oberhand gewonnen hätten. Weiter wollte er im Augenblick lieber nicht denken.

Er blieb immer in Haralds Nähe, während sie die Männer in Stellung brachten. In langen Reihen standen sie am unteren Ende des Hügels, nur einen einstündigen Fußmarsch von Eiriks Fort entfernt. Der Hügel sah genau so aus, wie der Späher es ihnen beschrieben hatte: die untere Hälfte seiner Flanke unbewachsen, die obere von Buschwerk bedeckt, das zum Gipfel hin in einen dichten Wald überging. Die Männer, die schon öfters in einem Schildwall gekämpft hatten, positionierten sich ganz vorne. Ragnvald hievte seinen Schild mit der linken Hand hoch; er würde sich auf die Männer stützen, die neben ihm standen, und die ihn vielleicht auch auf den Beinen halten konnten, falls er fiel. Er trug seine Streitaxt auf dem Rücken, sein Schwert an der einen Seite, den Dolch an der anderen.

Harald zog Ragnvald näher zu sich heran. »Wir werden deinem Plan folgen«, erklärte er. »Er ist gut.« Ragnvald hatte das Gefühl, Harald schon ein wenig besser leiden zu können, und sei es nur deshalb, weil er sah, wie Ragnvald ihm nützen konnte. Oder weil es ohnehin keine Rolle mehr spielte. Ragnvald würde hier sterben, sobald seine Hand ihm den Dienst verweigerte oder das Blatt sich wendete und er mit Harald das Feld räumen musste.

»Dann lass mich weiter in die Mitte«, bat Ragnvald ihn.

Harald sah ihn mit einem sonderbaren Blick an. »Es geht dir nicht gut. Ich möchte, dass du heil aus dieser Sache rauskommst. Heute brauchst du deine Tapferkeit nicht unter Beweis zu stellen. Immerhin hast du einen Draugr besiegt.«

»Ich möchte aber sichergehen, dass mein Plan auch funktioniert«, erklärte Ragnvald, obwohl ihm klar war, dass Harald letztendlich recht hatte. Jetzt würde er sich nur noch gegenüber Odin beweisen müssen.

Ragnvald nahm seine Position im Schildwall ein; zwischen ihm und Harald stand lediglich Thorbrand. Während sie den Hügel hinaufmarschierten, verschmolzen die Männer von Gudbrands Streitmacht zu einer Mauer. Sie legten ihre Schilde ziegelartig übereinander, so dass es aussah, als würden sie ein Kriegsschiff aus Menschen bauen.

Die Männer rund um Ragnvald rückten dichter zusammen

und schritten weiter voran, bis sie schließlich gegen den gegnerischen Schilderwall drängten. Rechts von ihm grub sich Thorbrands Schulter in seine, links von ihm war ein anderer Mann eingekeilt, dessen Namen er vergessen hatte. Als Ragnvalds Füße gerade die Böschung hinunterrutschen wollten, stützte ein anderer ihn von hinten, damit er nicht den Halt verlor. Vor ihm hörte er einen der Krieger von Hordaland knurren, dessen Gesicht hinter dem Schild und Helm kaum zu sehen war.

Ragnvald kannte den Kampf im Schildwall bislang nur aus Liedern. Die Männer aus den Ländern des Nordens bevorzugten sonst eher Überraschungsangriffe, nach denen sie sich mit ihrer Beute schnell und heimlich wieder davonmachten; nur selten wurden genügend Krieger zusammengezogen, um einen Schildwall bilden zu können. Ragnvald hatte die Geschichten von Ragnar Lothbrok und seinen Schildwall-Schlachten in England gehört, doch dieser hatte in solchen Schlachten ebenso oft den Rückzug antreten müssen, wie er gesiegt hatte.

Ragnvald hatte genügend Zeit für all diese Gedanken, denn in einem Schildwall wurde zwar geschoben und gedrängt, bis einem die Muskeln brannten, aber sonst bewegte sich nicht viel. Es war heiß, abgesehen von einer leichten Morgenbrise, die bis zu seinem Gesicht durchdrang, und die Luft um ihn herum stank nach Angstschweiß und feuchtem Leder. Gelegentlich stieß der Mann, der ihm gegenüber in der Reihe der Gegner stand, ein Krieger mit einem geflochtenen roten Bart, sein Schwert über den oberen oder unteren Rand ihrer Schilde, doch abgesehen davon und von dem Geschiebe der Männer geschah nichts. Wieder verloren Ragnvalds Füße den Halt, und der Mann hinter ihm schob ihn zurück an seinen Platz. Als Ragnvald nach links und rechts schaute, bemerkte er, dass sich die Männer in der Mitte der Reihe etwas hatten zurückfallen lassen, während die anderen, am Ende der Reihe, weiter hügelaufwärts gestiegen waren, ganz so, wie er es vorgeschlagen hatte.

Vielleicht hätte er ja irgendeine Art von Signal geben sollen, aber er hielt sich zurück, denn das hier war Haralds Schlacht. Ragnvald war nur da, um zu bluten und zu sterben. Seine Beine brannten, da er sich so heftig gegen den Mann vor ihm stemmen musste, doch das lenkte ihn wenigstens von den Schmerzen in seiner Hand ab. Er blickte zu Harald hinüber, der aussah, als wollte er jeden Moment den Mann an die Seite drängen, der ihm gegenüberstand. Vielleicht würde er es sogar schaffen, stark genug wäre er, doch Ragnvald schüttelte kaum merklich den Kopf. Es wäre nicht ratsam, den Schildwall nach oben hin aufbrechen zu lassen. Harald würde auf diese Weise mehr Männer verlieren, als wenn sie Ragnvalds Plan folgten.

Harald warf ihm einen fragenden Blick zu, und Ragnvald nickte. Über Haralds Gesicht zog der Anflug eines Lächelns. Im nächsten Moment warf er sich nach vorne, landete auf dem Mann vor ihm und schlug ihm dabei das Schwert aus der Hand. Wie eine gewaltige Welle drangen die Männer von Hordaland durch die Lücke im Schilderwall, nur um nach einigen Schritten feststellen zu müssen, dass sich vor ihnen nichts befand als der blanke Hügelrücken und der Feind ihnen bereits in den Rücken gefallen war. Die Lücke in Haralds Reihe öffnete sich noch weiter, so dass immer mehr Kämpfer aus Hordaland hindurchdrängten.

»Umdrehen, umdrehen, umdrehen!«, stieß Ragnvald gellend hervor, und Harald griff das Kommando auf. Ragnvald erspähte Oddi und Heming inmitten jener Trupps von Männern, die Harald den beiden unterstellt hatte. Sie wandten sich um, so dass sie sich dem Feind weiter unten am Hügel entgegenstellen konnten.

Mit einem einzigen gewaltigen Schwung stemmte Harald sich hoch, stand auf und warf sich den Männern entgegen, die leichtsinnig genug waren, sich auf ihn zu stürzen. Jetzt, wo der Schildwall aufgebrochen war, würden sie ihn nicht wieder schließen können. Von jetzt an kämpften sie Mann gegen Mann. Von allen Seiten hörte man das dumpfe Geräusch von Schwertern, die auf Schilde oder Harnische krachten, und Schreie, wenn die Klingen bis zum Fleisch durchdrangen. Über Ragnvalds Kopf segelte eine kleine Streitaxt, doch er hätte nicht sagen können, welche Seite sie geworfen hatte.

Er umklammerte den Griff seines Schwertes so fest er konnte. Wenn er es losließ, würde er es nie wieder halten können. Er stürmte auf einen Bären von einem Mann zu, der weder Waffen noch Schild trug, aber dennoch verbissen kämpfte. Er starb schnell und spuckte Blut, als Ragnvald ihm die Klinge ihn den Hals stieß. Selbst all sein Mut hatte ihn nicht vor Ragnvalds wilder, von Odin verliehener Entschlossenheit bewahren können.

Der nächste Mann, dem Ragnvald sich zuwandte, war besser bewaffnet und kleiner. Er hielt Ragnvald tapfer mehrere Minuten lang stand, doch dieser hatte nichts zu verlieren, nicht heute, nicht jetzt. So spürte Ragnvald es kaum, als der Mann ihn an der linken Schulter traf. Die Wunde war nicht besonders tief und schmerzte längst nicht so wie seine Hand, die pausenlos danach schrie, er möge doch endlich aufhören. Doch wenn ihn das nicht vom Kämpfen abhielt, dann ein so harmloser Schmerz wie der an seiner Schulter erst recht nicht.

Dann begann die Streitmacht von Hordaland mit dem Rückzug, zumindest an einer Seite des Schlachtfelds, schmolz zusammen wie Schnee in der Sonne und verschwand in Richtung See. Einige von Haralds Männern nahmen die Verfolgung auf, was Ragnvald jedoch für unklug hielt, da es ihre Kampfkraft minderte. Irgendetwas stimmte hier nicht. Warum hatte sich nur ein Teil von Gudbrands Truppen zurückgezogen?

Ragnvald erledigte den Mann, mit dem er gerade kämpfte, mit einem Schwerthieb. Die Klinge trennte seinen Kopf vom Rumpf und blieb im Schulterknochen stecken. Ragnvald hatte seine Waffe beidhändig geführt, doch die Wucht des Hiebes war so gewaltig gewesen, dass er ihm das Schwert aus den Händen gerissen hatte. Er versuchte, es aus dem Knochen des Mannes zu lösen, jedoch ohne Erfolg. Er hatte sein Schwert nicht festhalten können. Jetzt würde seine Hand nicht mehr die Kraft haben, den Griff zu umschließen. Noch einmal versuchte er es mit der Linken, doch dann gab er auf. Er durfte keine Zeit mehr verlieren. Es war ohnehin nur ein Schwert aus minderwertigem Metall. Dort, wo er hinging, würde er es nicht mehr brauchen. Und um Odins Wohlwollen zu erlangen, konnte er ebenso gut mit einer Streitaxt in der Hand sterben.

Ragnvald löste die Axt aus den Gurten an seinem Rücken. Mit beiden Händen würde er sie schon halten können, denn seine Linke war noch kräftig genug. Er schaute sich nach Harald um und entdeckte ihn inmitten von erschlagenen Männern. Haut und Haare waren blutverschmiert, und in seinem Gesicht stand ein furchterregendes Grinsen. Er sah aus wie ein Berserker, auch wenn er zweifellos noch im Besitz seiner geistigen Kräfte war, denn er rief Ragnvald zu: »War nicht schlecht, dein Plan.« Er warf sein Haar in den Nacken. »Das war die beste Schlacht, die ich je erlebt habe. Du bist doch nicht etwa müde?«

»Wir haben gesiegt«, rief Ragnvald, während er auf Harald zuging. Er fragte sich, ob Odin ihn auch mit einer Streitaxt zu sich nehmen würde, die noch kein Blut gekostet hatte. »Sollten wir uns nicht lieber zurückziehen?«

»Ich will, dass sie sich bedingungslos ergeben«, entgegnete

Harald. »Wo ist der falsche König Gudbrand?« Aus der Masse der Toten und Verwundeten erhob sich ein Mann. Er stieß einen Schlachtruf aus und stürzte sich auf Harald, der ihn auf der Stelle tötete.

»Gudbrand, König von Hordaland! Komm hervor, dann werde ich dich verschonen. Wenn ich dich aber suchen muss, dann wirst du sterben!«, brüllte Harald.

Ragnvald spürte, wie sich die Haare in seinem Nacken aufstellten. Irgendetwas stimmte hier nicht. Warum war Gudbrand nicht hier? Er spähte hinauf in die Wälder, die den Hügelrücken überzogen.

Gerade noch rechtzeitig sah er den Pfeilhagel kommen, bevor er auf sie niederging. Er kauerte sich hinter einen zu Boden gefallenen Schild und konnte sich so schützen, doch Harald wurde von einem der Pfeile getroffen. Er durchbohrte ihm das Schultergelenk und setzte so seinen Schwertarm außer Gefecht. Ein Trupp von Männern stürzte aus dem Wald hervor und rannte auf sie zu. Keiner hatte auf ihn gehört und die Kämpfer im Wald liquidiert, nachdem der Verlauf der Schlacht sich zu ihren Gunsten gewendet hatte, schoss es Ragnvald durch den Kopf.

Er versuchte seine Axt mit beiden Händen zu fassen, doch seine Rechte wollte ihm nicht gehorchen. Der Anführer der Männer musste Gudbrand sein. Um seine Stirn wand sich ein goldenes Band, sein Bart war lang und grau. Die Männer, die ihm folgten, sahen grimmiger aus als sämtliche Krieger, die Ragnvald in den feindlichen Schildwällen gesehen hatte. Sie waren größer, ihre Schilde tiefer von Schwerthieben eingekerbt, ihre Schwerter schmal und blank poliert, offenbar fränkischer Stahl. Für einen quälend langen Augenblick starrte Ragnvald sie an. Sie waren unglaublich schnell, während er wie angewurzelt dastand.

Sie hatten es auf Harald abgesehen. Ragnvald befahl seinen Beinen, sich zu bewegen, und seiner Hand, die Axt zu ergreifen. Er brauchte sie, um Harald schützen zu können. Das war der Grund, weshalb die Götter ihn hierher geführt hatten, ihm jenen Traum gesandt hatten, ihn davor bewahrt hatten, im Fjord zu ertrinken. Solvis Dolch, Olafs Verrat ... all das war nur geschehen, damit er jetzt hier stand. Und dann wollte ihm sein Körper nicht gehorchen.

Nur dieses eine Mal noch, sagte er sich, dann kann ich ausruhen. Er hob seine Axt auf und rannte zu Harald hinüber, der immer noch lag, wo der Pfeil ihn am Boden festgenagelt hatte. Als Harald die Männer auf sich zustürmen sah, rappelte er sich auf, doch sein Arm hing schlaff und nutzlos an der Seite herunter. Er wirkte apathisch, wie unter Schock; das Feuer, das noch kurz zuvor in ihm gelodert hatte, war erloschen.

»Stell dich hinter mich«, wies Ragnvald ihn an. »Steh auf, wenn du kannst. Einen Arm zum Kämpfen hast du ja noch.«

An seiner linken Seite verspürte Ragnvald eine sonderbare Kälte, doch es war nur das Blut, das aus der Wunde an seinem Arm drang und sein Hemd durchnässt hatte. Seine rechte Hand fühlte sich nun nicht mehr heiß an, sondern so, als hätte er darin keine Knochen mehr, als wäre sie bereits tot. Er ergriff die Axt daher mit der Linken und ließ sie auf den ersten Angreifer niederfahren, dann auf den zweiten. Er kümmerte sich nicht darum, ob er sie tatsächlich erledigt hatte oder nicht; es ging ihm einzig und allein darum, sie von Harald fernzuhalten. Wie durch einen Schleier nahm er wahr, dass andere sich ihnen angeschlossen hatten und Harald wieder neben ihm stand, das Schwert unbeholfen in der linken Hand schwingend.

Plötzlich traf ihn etwas am Kopf. Er spürte etwas Feuchtes, dann ging er zu Boden.

*

Über Ragnvald kreisten die Krähen, so wie im Reich der Toten, nur konnte er sich nicht vorstellen, dass man in einem von Hels nebligen Gefilden tatsächlich einen derartigen Durst oder Schmerz empfinden konnte. Eine Frau beugte sich über ihn: Es war gewiss Urd mit ihrem dunklen Haar und dem Raben auf der Schulter. Sie war keine Walküre, sondern eine der Schicksalsschwestern, die gekommen waren, um ihm zu erklären, was ihn als Nächstes erwartete ... oder um seinen Lebensfaden hier zu durchtrennen.

»Ja«, flüsterte er. »Komm nur und töte mich.«

Sie schien ihn jedoch gar nicht zu sehen. Ihr Haar wehte hinter ihr wie eine Flagge. Sie beugte sich über einen der Männer und gab ihm zu trinken. Wasser! Ragnvald sehnte sich nach nichts mehr als nach Wasser. Er versuchte, den rechten Arm zu heben, doch er bewegte sich nicht. Irgendetwas schien ihn zu Boden zu drücken, doch endlich gelang es ihm, sich darunter hervorzuwinden und den linken Arm zu heben.

»Wasser!«, krächzte er. »Wasser!«

Die Frau ging weiter, als hätte sie ihn nicht bemerkt. Um Ragnvald herum roch alles nach Blut und Tod, nach Gedärmen, die von Schwertern aufgeschlitzt worden waren. Und nach Schmutz. Er lag im Schmutz, im Schlamm, den Dutzende von Füßen aufgewühlt hatten.

»Wasser«, stieß er noch einmal hervor. »Wasser.« Er würde es immer wieder sagen, würde es skandieren, bis er starb. Sie drehte sich um und wischte die Haare zur Seite, die der Wind ihr ins Gesicht geblasen hatte. Ihr Blick suchte den Boden ab.

»Ich glaube, ich habe einen gefunden, der noch lebt«, rief sie. »Einer von der edlen Sorte ... Er trägt einen Helm.«

»Einer von uns oder einer von ihnen?«, rief jemand zurück. Es war die Stimme eines Mannes.

»Kann ich nicht sagen«, antwortete sie.

»Sie haben eine Belohnung ausgesetzt für den, der den Cousin von diesem jungen Lord Heming findet ... Ragnvald. Das ist der, den sie suchen. Sie wollen ihn anständig bestatten.« Ragnvald freute sich zu hören, dass man ihn bald in einer sauberen, gut geschützten Grabstätte beisetzen würde. Dort könnte er endlich ruhen.

»Ich bin Ragnvald«, sagte er, als die Frau neben ihm niederkniete, die Hand am Dolch. Eine ihrer Haarsträhnen berührte seine Wange. Sie sah aus wie Alfrith, die Inselhexe. »Jetzt könnt ihr mich begraben«, flüsterte er ihr zu.

»Er sagt, er ist Ragnvald«, rief die Frau ihrem Begleiter zu. Sie roch nach sauberem Wasser.

»Wasser«, wiederholte er. Er wollte Wasser ... und eine Grabstätte. Eine Grabstätte mit Wasser oder mit Bier. Sonst nichts. Er sagte es ihr.

»Du bist Ragnvald?«, fragte sie ungläubig.

»Ja«, antwortete er. »Hilf mir.«

Dann spürte er, wie Hände ihn berührten und schließlich hochhoben. Er konnte sich nicht mehr bewegen; jeder Zentimeter seines Körpers fühlte sich taub an oder schmerzte so, dass er hätte brüllen können. War er überhaupt noch vollständig? Hatte er eine offene Wunde abbekommen, einen gespaltenen Schädel, so wie der Draugr?

Sie brachten ihn in ein Zelt voller Toter und Sterbender und legten ihn dort nieder. Dann spürte er, wie ihn irgendjemand an der Hand berührte, und er begann zu weinen und zu flehen. Jemand anderes legte ihm eine Hand auf den Mund.

»Das ist deiner nicht würdig«, wies ihn eine Stimme zurecht. War es Svanhild? Sie sagte ihm immer, was für ihn gut und richtig war. Er verstummte.

Wieder berührte jemand seine Hand, doch diesmal war der

Schmerz so immens, dass er das Bewusstsein verlor. Die Göttin Ran und ihre dunklen Gewässer warteten auf ihn, die Tiefen des Vergessens, ihre Halle voller ertrunkener Seefahrer. Dort gehörte er hin.

*

Als er das nächste Mal erwachte, war es dunkel im Zelt. Er drehte den Kopf zur Seite und sah zum Eingang hinüber, wo sich der Schein einer Fackel näherte. Ihr Licht ließ ihn die Silhouette eines Mannes erkennen. Es war Harald; kein anderer Krieger war so groß wie er. Das Licht verlieh den Spitzen seiner Haare einen goldenen Schimmer und tauchte sein Gesicht in völlige Finsternis. Ein goldener Wolf. In seinem Fieber hatte Ragnvald diesen goldenen Knaben erwählt, diesen zukünftigen König.

»Was ist mit mir geschehen?«, fragte Ragnvald.

Harald fuhr zusammen, so als wäre er überrascht, Ragnvald sprechen zu hören. Mit gedämpfter Stimme sagte er etwas zu den Wachen, die sich daraufhin umwandten und davongingen. Die Fackel nahmen sie mit. »Du bist verletzt«, antwortete er.

»Wo?« Ragnvald versuchte sich aufzusetzen. Um ihn herum drehte sich alles. Haralds Gesicht bebte. »Hast du es zugelassen, dass sie mir die Hand abnehmen?«

»Nein«, beruhigte Harald ihn. »Sie wollten es, während du nicht bei uns warst, aber ich wollte dich zuvor lieber fragen. Ein Mann sollte sich entscheiden dürfen.«

Er wich vor Ragnvald zurück, als könnte dieser ihn mit seinen Verletzungen anstecken. Im Zelt blieb er jedoch. Ragnvald fragte sich, was dahintersteckte.

»Nein, wenn es nicht anders geht, dann lasst mich daran sterben. Ich möchte nicht ohne meine Schwerthand leben.« Ragnvald ließ den Kopf wieder auf das Kissen sinken. Die Deckenbalken über ihm drehten sich, auch dann noch, als er die Augen längst geschlossen hatte.

»Ich würde mich genauso entscheiden«, sagte Harald. »Ein Mann, der kein Schwert mehr führen kann, kann auch nicht König werden.« Er verstummte.

»Was ist passiert? Wie lange ...?«, begann Ragnvald.

»Dein letzter Kampf liegt eine Woche zurück. Du hast mein Leben gerettet und meine Mutter deines.«

»Falls ich sterben muss, dann leg mir mein Schwert in die Hände.«

»Es ist auf dem Schlachtfeld zurückgeblieben«, sagte Harald. »Aber man wird es sicher finden und dir bringen. Falls nicht, kannst du mein Schwert halten, bis ich dir ein eigenes geben kann. Das verspreche ich dir.«

»Glaubst du, dass ich nach Walhalla komme?«, wollte Ragnvald wissen. Er selbst bezweifelte es. Immerhin war er Ragnvald der Halb-Ertrunkene; er musste die Hälfte finden, die er zurückgelassen hatte. Vielleicht war sie ja noch draußen im Wasser ... im kühlen Wasser. Er war schon wieder durstig. Die Behutsamkeit, mit der Harald ihm den Becher an die Lippen hielt, rührte ihn fast zu Tränen. Es fiel ihm schwer, seine Liebenswürdigkeit zu ertragen, doch er wollte auch nicht, dass Harald ihn jetzt alleine ließ. Schließlich sollte ein Krieger nicht sterben, ohne dass ein anderer für ihn Wache hielt.

»Eines Tages wirst du König sein«, sagte Ragnvald. »Du bist mächtig.«

»Ich wäre beinahe gefallen.« Harald klang unsicher.

»Das Glück war auf deiner Seite.«

»Du warst an meiner Seite.«

»Glück.« Ragnvald schlug wieder die Augen auf. Er glaubte wieder an Bord eines Schiffes zu sein, nur dass er keine Ahnung hatte, wie man es steuern sollte, denn es besaß keinerlei

Reling, nichts, über das man hinunter ins Wasser stürzen konnte. »Hast du noch Schmerzen in der Schulter?«, erkundigte er sich. Harald hielt seinen Arm an den Oberkörper gepresst, und Ragnvald hatte den Eindruck, als sei ihm die Frage irgendwie unangenehm. Vermutlich war dieser junge Gott noch nie zuvor verwundet worden.

»Ein wenig«, gab Harald zurück. »Es wird ein paar Wochen dauern, bis ich mich wieder normal bewegen kann. In der Zwischenzeit werde ich einfach üben, mit der linken Hand zu kämpfen.«

»Eines Tages wirst du König sein«, sagte Ragnvald noch einmal. »Du hast Glück, bist begabt und stark. Du wirst noch öfter verwundet werden, so wie alle Krieger, aber davon wirst du dich nicht aufhalten lassen.«

Harald sah ihn verwundert an, so als habe Ragnvald eben eine Art Weissagung ausgesprochen.

»Was könnte dich auch aufhalten?«, fragte Ragnvald. Er fühlte Verbitterung in sich aufsteigen. Harald würde am Leben bleiben. »Du hast Männer und Glück und Gold, und du kannst nicht besiegt werden. Was sollte dich da bei deinen Eroberungen aufhalten? Was hält dich davon ab, selbst zu einem solchen Mann zu werden, wie du ihn aufhalten würdest, einem, der seinen Nachbarn tötet und dessen Land stiehlt?«

»Die Ehre«, sagte Harald. »Ein König ist nicht mehr als sein Land und seine Leute. So empfindest doch auch du es, wenn du an dein Land denkst, dein Ardal, dein Sogn. Die Leute, die das Land bewirtschaften, die ihre Gebeine darin bestatten … Das ist etwas, was ein König spürt, in seinen eigenen Knochen. Er verteidigt das Land und bewirtschaftet das Land und sorgt dafür, dass das Land etwas Schönes hervorbringt. Ich erobere es doch nicht für mich selbst, ich tue es auch für die Menschen, die dort leben.«

»Doch, natürlich«, gab Ragnvald zurück. »Aber es freut mich, dass du es nicht nur für dich selbst tust.«

»Wenn ich König bin, werde ich alle unsere besten Künstler in einer neuen Stadt zusammenführen, und aus dem hässlichen Hacksilber, das wir uns erbeuten, werden sie Schmuck für schöne Frauen machen. Ich werde fränkische Schwertschmiede holen, und sie werden unsere Schmiede ihr Handwerk lehren. Es wird keine Blutfehden mehr geben, nur noch meine Gerechtigkeit, mein Gesetz.«

»Ist das der Grund, warum du König werden willst?«

»Ja«, antwortete Harald. Das Licht hinter ihm ließ sein Haar wie eine Krone leuchten, so wie es sich für einen König auch ziemte.

»Dann bin ich froh, dass ich dir das Leben gerettet habe. Sorge dafür, dass ich mit einem Schwert in der Hand sterbe. Und dass sie sie mir nicht abschneiden.« Ragnvald gähnte.

»Das werde ich«, versprach ihm Harald. »Ruh dich jetzt aus, mein Freund. Wir werden noch viele Male nebeneinander in der Schlacht stehen, das verspreche ich dir.« Er rüttelte Ragnvald, bis dieser noch einmal die Augen öffnete. »Versprich es mir. Ich möchte, dass du einer meiner Krieger wirst, einer meiner eingeschworenen Gefährten. Du sollst an meiner Seite kämpfen.«

»Ich muss mir mein Land zurückholen«, sagte Ragnvald. Sogn. Dort würde er Ruhe finden, wenn er konnte, nicht in diesem fremden Land im Süden.

Harald sah ihn an, ohne zu blinzeln. »Du wirst einmal einer meiner Anführer, meiner Fürsten sein. Ich werde dir ein Land geben, und du wirst es für mich verwalten.«

»Ich würde für dich kämpfen«, sagte Ragnvald. »Falls ich am Leben bleibe.«

In Walhalla würde seine Schwerthand nicht mehr so

schrecklich brennen. In Walhalla würde er Harald ein treuerer Gefährte sein. Als er irgendwann einschlief, spürte er, dass etwas Kaltes auf dem Verband an seiner Hand ruhte. Sein Schwert.

KAPITEL 24

Als Svanhild erwachte, war das Bett neben ihr noch warm von Solvis Körper, aber er war schon aufgestanden und gegangen. Sie war ausgelaugt vom Weinen, kraftlos auf eine fast angenehme Weise, bis sie sich daran erinnerte, wie sie sich am Abend zuvor aufgeführt hatte, betrunken und abweisend, wo sie hätte einladend sein müssen. Sie hatte Solvi ihr Jawort gegeben und ihn geheiratet. Jetzt war es zu spät für eine Flucht.

Sie befestigte ihr Überkleid mit den beinernen Broschen, die sie als Brautgeschenke erhalten hatte. Solvi hatte gestern goldenes Geschmeide getragen, kunstvoll geschmiedete ineinander verschlungene Tiere, die sich in die Schwänze bissen. Hätte sie sich letzte Nacht als bessere Ehefrau gezeigt, dann hätte er sie heute mit Schmuck beschenkt. Aber jetzt wohl eher nicht. Sicher hatte er genug von weinenden Weibern wie Geirny und ihr.

Sie hatte kein Kopftuch, also zog sie den Schleier um, den Solvi ihr gestern aufs Haar gelegt hatte. In der Küche fand sie Solvi am Tisch sitzend über einer Schale Gerstenbrei. Der Topf hing über dem Feuer, und als Svanhild darin herumrührte, roch es angebrannt.

»Ich hoffe, meine Herrin hat gut geruht«, sagte er mit übertriebener Höflichkeit und neigte den Kopf.

Svanhild hob den Kopf hoch. »Das habe ich. Danke der Nachfrage.« Sie wollte etwas Verbindliches sagen, um die Kluft zwischen ihnen zu überbrücken, wusste aber nicht, wie sie ihn erreichen konnte. Sie hoffte, dass er sich wieder um sie bemühen würde, aber vielleicht hatte sie auch ihre letzte Chance vertan.

»Wer führt hier eigentlich den Haushalt?«, fragte sie. Solvi zuckte mit der Schulter. »Dein Vater hat doch keine Ehefrau mehr«, fuhr sie fort. »Vielleicht eines seiner Kebsweiber?«

»Ich hab keine Ahnung, wie die Frauen hier ihre Arbeit aufteilen«, sagte er brüsk. »Frag Geirny, wenn du es unbedingt wissen musst.«

»Kann ich etwas für dich tun?«, fragte sie. In Ardal hatte sich Olaf aus der Verwaltung des Haushalts herausgehalten, aber hin und wieder hatte er Vigdis doch mit etwas beauftragt.

»Nein«, antwortete er kurz angebunden und ging hinaus. Sie fiel in sich zusammen, als er ging. Hörige waren während ihres Gesprächs in der Küche ein und aus gegangen und würden auf jeden Fall Klatsch verbreiten, und nun erst recht, da sie etwas von ihm erbeten und er es ihr verweigert hatte.

Sie fügte noch etwas Wasser zum Gerstenbrei hinzu und kratzte den Topf, bis die angebrannten Stücke sich lösten. Einige von Solvis Männern kamen zum Morgenmahl herein. Svanhild bediente sie und unterhielt sich mit denen, die dazu geneigt waren. So erfuhr sie, dass Solvi einige Tage auf See verbringen würde, wohl um weitere Händler zu triezen. Sie hoffte nur, dass Ragnvald ihm nicht in die Quere kam.

Geirny trottete herein, gähnend, nachdem alle Männer sich satt gegessen hatten. Sie hatte sich kein Überkleid angezogen, und das Hemd hing ihr lose über die magere Figur.

»Ich hoffe, mein Mann hat dich nicht allzu sehr hergenommen«, sagte sie spitz und schöpfte sich eine Schale voll Gerstenbrei.

»Magst du auch davon?«, fragte Svanhild und zog einen Honigtopf aus dem Regal, den sie erspäht hatte. »Wer ist hier eigentlich für den Haushalt zuständig?«

Geirny gähnte. »Ich habe den Schlüssel zur Vorratskammer«, sagte sie. Das war das Vorrecht der Haushälterin. Aber wenn sie es war, hätte sie doch vor Tagesanbruch schon auf den Beinen sein sollen.

»Welche Aufgaben hast du heute für mich?« Svanhild nahm einen Stapel schmutziger Schalen und begann, sie abzuwaschen.

Mit gerunzelter Stirn musterte Geirny sie von Kopf bis Fuß. »Mach dir mal ein neues Kleid.«

Svanhild sah an sich herab. Der Gang gestern Abend über den Hof hatte den Saum ihres Kleides mit Schlamm beschmutzt. Es bestand aus selbstgesponnenem Leinen, dem feinsten, das Ardal herstellen konnte, und dessen blassbraune Farbe Svanhild sehr gut stand. Vigdis hatte gemeint, es bringe ihre Augenfarbe besonders lebhaft zur Geltung. Geirny war am Vortag in roter Seide erschienen, einer viel zu kräftigen Farbe für ihren hellen Typ, die aber Svanhild gut gestanden hätte.

Als sie den Speicher fand, den Geirny ihr angewiesen hatte, war er verschlossen. Sie würde nicht zurückgehen und Geirny um den Schlüssel bitten. Dieser Ort war unerträglich, und das schon nach einem Tag. Es war einfach unmöglich, bis zum nächsten *Thing* ein ganzes Jahr lang hier auszuharren. Solvi sollte sie zu Ragnvald nach Yrjar bringen, wenn er sie nicht mehr wollte, oder zumindest so nahe wie möglich dorthin. Es war ihr gelungen, den Weg hierher zu finden, also könnte sie sich dem Schicksal noch einmal anvertrauen.

Oder vielleicht könnte sie ihn überreden, jetzt nicht auf See zu gehen. Sie hatte sich entschlossen, seine Frau zu werden, und ihm ihr Wort gegeben, aber dann hatte sie einen Rückzieher gemacht, als es zu schwer wurde. Dabei hatte sie sich ausgerechnet den Augenblick ausgesucht, an dem es ihn am empfindlichsten traf. Wenn sie bis ins Frühjahr hinein hier zurückblieb, würde sie monatelang über ihre Fehler grübeln, ohne eine Gelegenheit, sie wiedergutzumachen.

Wenn er sich von ihr scheiden lassen wollte und sie ihn nicht umstimmen konnte, dann zog sie es vor, das Jahr mit Fremden in Yrjar zu verbringen.

Sie fand Solvi in seinem Schiff, wo er die Erneuerung der Ruderdollen beaufsichtigte.

»Mein Gemahl«, rief sie zu ihm hinüber, wobei ihre Stimme schrill wurde. Er wandte sich ihr mit einem sauertöpfischen Gesicht zu, so dass sie unwillkürlich einen Schritt zurückwich. Ohne den Schutz seiner Zuneigung fürchtete sie sich vor ihm.

»Was ist?«, fragte er ungeduldig.

»Kann ich mit dir sprechen?«, fragte sie. Er kam auf sie zu. An Land kam er unbeholfen daher, doch an Bord bewegte er sich mit einer Grazie, als verwandle das leichte Schaukeln des Schiffs am Fjordausgang seine Schritte in einen Tanz.

»Ja?«, sagte er, als er nahe genug war, dass niemand sonst ihre Worte hören konnte. Sie sah zu ihm hinauf in der Hoffnung, in seinem Gesicht Freundlichkeit oder Bereitschaft zu erkennen, vielleicht sogar einen Anflug von Neckerei wie gestern im Badehaus, aber da war nichts von alledem.

»Nimm mich mit zu meinem Bruder nach Yrjar. Du willst mich ja nicht hier haben, und ich will auch nicht hier sein.«

»Und dann kommst du zum *Thing* nach Sogn für eine Scheidung?«

»Warum können wir es nicht schon früher machen?«, fragte Svanhild. Solvi biss die Zähne zusammen.

»Wenn wir etwas Gras über die Sache wachsen lassen, gibt es weniger Anlass zu Gerüchten«, sagte er. »Das ist dann für uns beide weniger schmerzhaft.« Selbst das gab Svanhild etwas Hoffnung; noch waren sie beide in dieser Geschichte zusammen, und vielleicht könnte sie dieses Zusammensein ein wenig ausbauen.

»Dann bring mich nach Yrjar. Dort wird die Zeit leichter vergehen.«

»Für dich vielleicht, liebste Svanhild. Für mich macht es keinen Unterschied. Außerdem habe ich mein Vertrauen in dich verloren.«

Svanhild hob kämpferisch den Kopf und wollte schon scharf darauf antworten, wie er sich als Ehemann aufgeführt hatte, wie ungeschickt er um sie geworben hatte, aber das hätte zu nichts geführt.

»Ich habe dir schon genug nachgegeben«, sagte Solvi. »Du wartest jetzt bis zum Frühjahr, dann können wir die Scheidung durchziehen. Bis dahin bin ich auf See, und wir sehen uns überhaupt nicht. Das ist das Einzige, was du noch von mir erwarten kannst.«

Svanhild brach in Tränen aus, ohne sich einen Deut darum zu kümmern, wer sie sah. Als ihr Schluchzen abebbte, überlegte sie, ob Solvi sich wohl durch den Gefühlsausbruch bewegen ließ oder ob sie allen guten Willen seinerseits zunichtegemacht hatte. Sie hatte ihn verletzt, und das machte sie wütend auf sich selbst.

»Ich habe dich um Verzeihung gebeten«, brachte sie mit belegter Stimme hervor. Sie verbarg ihr Gesicht, als ihre Stimme ganz aufgab. Sicher sah sie verheult und unattraktiv aus. »Wenn ich darum betteln würde, würdest du mir dann verzeihen? Was willst du von mir? Soll ich mich hier auf die Knie werfen? Vor all deinen Männern?«

Er nahm sie am Arm und führte sie vom Schiff herunter. »Meine Männer müssen nicht wissen, wie es um uns steht.«

»Wie steht es denn um uns? Du bist mein Mann, und ich will, dass du mein Mann bist.«

»Bis du deine Meinung wieder änderst. Das hab ich schon zur Genüge gehabt.« Solvi sah sie traurig an. »Ich war ehrlich mit dir, Svanhild. Aber du nicht mit mir.«

»Ich habe es versucht, mein Herr«, sagte sie. Sie hätte ihm am liebsten seine Unehrlichkeit über Ragnvald um die Ohren gehauen, aber das wäre im Moment wohl nicht dienlich.

»Nein. Du hast ständig etwas anderes gesagt, und du hast gelogen. Im Namen der Götter hast du geschworen. Geh doch, und bitte sie um Vergebung.«

»Bitte«, sagte Svanhild. Sie hatte diesen Weg beschritten. Wenn sie eine Zeitlang seine Frau war und sie kämen nicht miteinander aus, könnten sie sich immer noch scheiden lassen. Aber sich jetzt scheiden zu lassen, würde alles, was sie seit dem *Thing* getan hatte, zu einer Fehlentscheidung machen. Sie wollte nicht so einfach aufgeben.

»Ich will ganz offen zu dir sein. Ich wollte dich von Anfang an«, sagte sie. »Aber dann habe ich erfahren, wer du bist, und habe mich selbst dafür gehasst. Mein Bruder wird es hassen, dass ich mit dir verheiratet bin, er ist doch jetzt alles, was ich noch an Familie habe und ...« Die Worte blieben ihr im Hals stecken. Es war einfach unerträglich, dass Ragnvald sich für sie schämen würde. »Kannst du nicht sehen, wie schwer das für mich ist?«

Sie konnte Solvis Miene nicht deuten, sein Gesichtsausdruck änderte sich in rascher Folge. »Ich glaube ...«, er schüttelte den Kopf, »... du bist einfach unfassbar, Svanhild. Ich dachte ... Aber nein. Wie du willst. Ich bringe dich jetzt fort und warte nicht auf nächstes Jahr.«

»Ja«, stimmte sie zu. »Nimm mich mit auf dein Schiff. Ich habe noch lange nicht genug von der Seefahrt.«

Er packte sie an der Schulter. »Wir fahren nicht zu deinem Vergnügen, Weib. Pack deine Sachen. Du musst vor Mittag fertig sein. Wenn nicht, fahre ich gern ohne dich.«

*

Mit Einsetzen der Ebbe stachen sie am Nachmittag in See. Svanhild hatte keine Ahnung, was Solvi seinem Vater oder Geirny erzählt hatte. Wie der Wind schien er hin und her getrieben.

Er wies Svanhild einen Platz in einem Zelt auf dem kleinen, erhöhten Deck oberhalb der Ruderplätze an. Dort sollte sie sich während der Reise alleine aufhalten. Den ersten Tag verbrachte sie im Zelt, steckte ihren Kopf aber heraus und bestaunte die Schönheit des Geiranger-Fjords, den sie entlangsegelten. Es gab unendlich viel zu sehen. Auf dem Hinweg war sie für alles blind gewesen, und außerdem hatte es damals ständig geregnet. Nun spielte die Sonne Verstecken mit den Wolken und ließ die graubraunen Felsen golden aufleuchten, wenn sie darauf schien. An jeder Biegung stürzten neue Wasserfälle über die Klippen herab.

In der ersten Nacht machten sie an einer kleinen Anlegestelle fest. Die Hälfte der Männer schlief auf dem Schiff, und die anderen beiden Schiffe, deren Kapitäne Snorri und Trygggulf waren, suchten sich andere Schlafplätze. Snorri, Tryggulf und Ulfarr waren Solvis engste Freunde, und nun, da Svanhild sich für Solvi entschieden hatte, versuchte sie herauszufinden, was die vier miteinander verband.

Tryggulf war hager und schmallippig, mit blasser Haut und fahlem Haar. Er sah wie ein Eiswicht aus, war aber ein begnadeter Erzähler, und wenn er anfing, Seemannsgarn zu spinnen, wurde sein sonst so abweisendes Gesicht warm und lebendig. Seinen Geschichten konnte sie entnehmen, dass er sehr viel älter war als Solvi und schon an Schlachten vor dessen Geburt teilgenommen hatte.

Snorri sah noch verstörender aus. Vor vielen Jahren war sein Gesicht mit einer Axt gespalten worden, so dass Mund und Nase zerstört waren. Er konnte nicht klar sprechen, denn sein Kiefer war nicht richtig verheilt, und beim Essen musste er das Fleisch in kleine Stücke schneiden und unzerkaut schlucken. Wenn er tatsächlich einmal sprach, hörte jeder zu wie ein Luchs.

Ulfarr war ihr schon beim Hochzeitsfest aufgefallen. Er war gutaussehend und grausam, und an Bord bekam sie ihn viel zu oft zu sehen, denn er war Solvis Mann auf dem Vorderdeck, sein wagemutigster, der Erste beim Sturmangriff. Wenn er sie ansah, zog sie sich in ihr Zelt zurück.

In dieser Nacht errichtete Solvi auf den harten Kieseln ein Zelt für sie. Dort schlief sie eingelullt von dem Schlagen des Wassers an den Steg. Am nächsten Tag zog sie sich an Bord nicht mehr ins Zelt zurück, sondern suchte sich einen Platz im Heck, wie sie es auf Solmunds Schiff getan hatte. Gegen Mittag passierten sie eine tiefe Schlucht zwischen den Fjordklippen. Die meisten Wasserfälle fielen irgendwo an den Felswänden herab und änderten täglich ihren Lauf, je nachdem, wie viel Regen gefallen war. Doch diese Schlucht schnitt so tief ein, dass man das Wasser nur hie und da aufblitzen sah. Die Seeleute segneten sich und berührten den Göttern heilige Talismane.

»Was ist das für ein Ort?«, fragte sie die Seeleute, als sie vorbeigingen. Sie sahen sich an und dann zu Solvi. »Bekomme ich denn keine Antwort?«

Solvi kam zu ihr herüber. »Sie haben die Anweisung, nicht

mit dir zu sprechen«, sagte er leise. »Und dir gab ich die Anweisung, im Zelt zu bleiben. Wie kommt es, dass meine Männer mir gehorchen, du aber nicht?«

Sie sah zu ihm hoch. »Was ist das für ein Ort? Es sieht aus wie ein Spalt, der bis ins Reich der Hel reicht.«

»Das habe ich sagen hören«, sagte Solvi. »Man sagt aber auch, dass die Schlucht bis nach Svartheim hinunterreicht, wo Zwerge ihre magischen Waffen schmieden.«

»Der Ort ist zu schön, um ins Reich der Hel zu führen«, sagte Svanhild. Durch Zufall oder die Hand der Götter führte ihre Route sie näher heran. »Können wir ganz nahe herangehen?«

»Das hier ist keine Vergnügungsfahrt«, sagte Solvi gereizt.

»Nein«, gab Svanhild zu. »Aber es ist mein letztes Stück Freiheit, für längere Zeit zumindest. Es sei denn, du fährst nicht nach Yrjar, sondern nimmst mich stattdessen mit auf deinen Raubzug.«

Solvi schüttelte den Kopf. »Das geht einfach nicht.«

»Fährst du mit mir in diese Schlucht? Wenn du mir die Schande antust, mich loszuwerden, kann ich vielleicht nie mehr hierherkommen.« Sie seufzte und spähte tief in die Schlucht hinein. Natürlich konnte sie das nicht von ihm erwarten. Sie war ja schon froh, dass er sie nicht schlug und zwang, im Zelt zu bleiben. Wenn sie etwas von ihm wollte, wenn er wahrhaft ihr Mann werden sollte, müsste sie ihm mehr bieten, als ihn nur um Gefälligkeiten zu bitten.

Er sah sie noch einen Augenblick länger an und gab dann das Wendekommando. Das Schiff fuhr direkt in die Schlucht hinein. Je näher sie kamen, desto mehr schien dieser Felsriss sie zu verschlingen. Auf Höhe des Wassers war die Schlucht breiter als gedacht, tief und dunkel. Zumindest streckenweise konnte ein Schiff dort hineinfahren.

»Das wäre ein prächtiger Platz für einen Hinterhalt«, sagte sie zu Solvi, der wieder neben ihr stand.

Er sprach nicht, machte aber Handzeichen, die seine Männer befolgten. Einer sprang auf das Ufer hinunter und befestigte ein Tau um einen Baum, der fast waagrecht aus dem Fels wuchs.

Ein schmaler Steinstrand führte sie in die Tiefen der Schlucht. Svanhild hatte keine Vorstellung, was sie dort drinnen erwartete. Vielleicht hatte ein guter Geist sie hierhergeführt. Solvi folgte ihr. Sie wandte sich um und sah ihn über die Schulter an.

»Ich könnte dich einfach hier lassen«, sagte er, »und behaupten, die Zwerge hätten dich entführt. Du könntest einem von ihnen eine gute Frau abgeben.«

Svanhild lächelte nur zu ihm hoch und verkniff sich jede Anspielung auf seine eigene kurze Statur. Sie ging langsam, damit sich ihre Augen an die Dunkelheit gewöhnen konnten. Das Ende des Wasserfalls war verborgen im Dunkel, und nur ein schmaler Streifen Licht zeigte an, woher sie gekommen waren. Sie hielt abrupt an, so dass Solvi sie anrempelte, seine Brust gegen ihren Rücken. So hatte sie ihn bei dem Ritt am *Thing* gespürt, als sein Körper und seine Wärme eine gleiche Wärme in ihr hervorgerufen hatten. Die Dunkelheit befreite sie von letzten Hemmungen.

»Nimm mich«, sagte sie. »Sei mein Gatte, wenigstens einmal.«

»Woher der Sinneswandel?«, fragte er. Unweit war der im Dunkel verborgene Wasserfall zu hören. Ihr Gesicht wurde kühl und nass davon, so dass er sich umso wärmer anfühlte. »Warum hast du mir so weh getan, Svanhild?«

Sie wollte schon zurückschnappen, dass sie ihm noch viel zu wenig weh getan hätte, schließlich hatte er versucht, Ragnvald umzubringen, und er sei zwar ein Königssohn, aber ein großartiger Fang sei er deshalb noch lange nicht. Doch sie wandte sich ihm zu und zog seinen Kopf wortlos zu ihrem herunter. Erst als ihre Lippen sich fast berührten, sagte sie: »Ich glaube, wir haben uns gegenseitig weh getan.« Ihre Hände zitterten. Sie legte sie an seine Taille und zog seine Tunika hoch. Er versuchte nicht, sie davon abzuhalten. Als ihre kalten Hände die warme Haut auf seinem Bauch fanden, zuckte er zusammen, aber er zog sich immer noch nicht zurück.

»Hilf mir, bitte«, sagte sie mit unsicherer Stimme. Sie wusste nicht, wie sie ihn berühren sollte. Es war wie damals, als sie mit Solvi aushandelte, dem Händler Solmund seine Waren zu lassen: wenn sie auch nur einen Moment zögerte, dann würde sie straucheln. Hier nun schauspielerte sie nur für Solvi, doch er war sehr viel kritischer, als seine Männer damals waren.

»Vorsicht«, sagte er. »Wir landen noch im Wasser.« Er drängte sie zurück, bis sie mit dem Rücken gegen die kalte Felswand stand. »Dann passt es dir hier also besser als in einem Bett?« Seine Stimme klang gleichzeitig amüsiert und resigniert.

»Das ist eben jetzt unser Bett«, sagte sie.

Er gab ihr einen echten Kuss, öffnete ihren Mund mit seiner Zunge. Sie versuchte, nicht zu denken, nur zu fühlen und nachzugeben.

»Hilf mir«, sagte sie noch einmal. Früher oder später musste er einfach die Führung übernehmen. Es ging nicht anders.

»Du kannst das ganz gut«, murmelte er in ihre Halsgrube.

»Ah, jetzt bestrafst du mich wohl«, lockte sie ihn. Ihre Hände glitten nach unten und drückten da, wo er für sie hart wurde. Wenigstens fand er sie noch begehrenswert.

Schließlich erbarmte er sich ihrer Unsicherheit und schob ihr Kleid hoch. Er drückte sie gegen die Felsenwand, wo sie sich an einem Vorsprung abstützen konnte. Als er seine Finger in sie drückte, schmerzte es wie beim Hochzeitstag, doch sie verbiss sich einen Schmerzensschrei. Diesmal schien es ihm egal, ob sie es mochte oder nicht. Sie spürte eine latente Wut in seinen Bewegungen, als er in sie eindrang, aber vielleicht war es ja auch immer so, scharf und brutal.

Es war aber auch ein Anklang von Lust zu spüren, als er in sie eingedrungen war, und sie fühlte seinen Atem an ihrer Wange, das Pochen seines Herzens, eine Lust so erschreckend wie ihre eigene Kühnheit. Sie wollte ihn wieder wegstoßen, weg von ihrem Körper, weg von dieser Nähe, doch den Weg war sie schon einmal gegangen, und dort war auch keine Freiheit zu haben, nur eine andere Art einsamer Unfreiheit.

Er hielt sie nicht im Arm, als es vorbei war, aber flüsterte ihr ins Haar: »Nun, Svanhild, jetzt hast du bekommen, was du wolltest. Gefällt es dir?«

»Nein«, antwortete sie. Sie wollte etwas Neckisches sagen wie: Ich hab's ja nur einmal bekommen. Oder etwas Wahres wie: Ich habe gehört, dass es mit der Zeit besser wird, und hoffentlich stimmt das auch. Aber es gab da noch eine andere Wahrheit: »Ich lerne erst zu erfahren, was ich will«, sagte sie nach einem Zögern. »Willst du mich immer noch zurückschicken?«

»Das hier hat meine Meinung in keiner Weise geändert«, sagte er. »Es genügt nicht, einfach nur die Beine breit zu machen.«

Die Worte trafen sie wie ein Schlag. Svanhild nickte im Dunkeln. Ihre Augen waren voll Tränen, und auf ihre Stimme konnte sie sich nicht verlassen. Sie wischte sich die Tränen ab. Er würde sie nicht zu sehen bekommen. Sie hatte triumphiert, auf ihre Weise, ganz gleich wie hauchdünn der Sieg war. Vielleicht hatte Vigdis ja recht, und es würde besser mit der Zeit. Einiges an seiner Berührung hatte ihr gefallen, vielleicht gab es da noch mehr zu holen.

KAPITEL 25

Der Tod will dich nicht, Ragnvald Halb-Ertrunkener«, hörte er eine Frau sagen. Sie drückte ihm die Hand auf die Stirn. Es war Ronhild, Haralds Mutter. Ihre Stimme war ebenso kühl wie ihre Finger.

Es dauerte eine Weile, bis Ragnvald merkte, dass seine Hand nicht mehr brannte. Ein Gefühl von Panik ergriff ihn und schnürte ihm die Brust zu. Sie hatten sie ihm abgenommen; Ronhild hatte ihm mit ihren Zauberkräften die Hand entfernt. Jetzt würde er den Rest seiner Tage als nutzloser Krüppel fristen müssen.

Dann wackelte er zaghaft mit den Fingern und stellte fest, dass sie ihm sehr wohl noch gehorchten; die Bewegung schmerzte sogar. Er zog die Hand unter den Decken hervor. Sie war bandagiert.

»Das kann nicht so bleiben«, sagte Ronhild. Sie entfernte den Verband und legte die Wunde offen. Ragnvald glaubte das Blut fast schmecken zu können, spürte die Hitze der Heilung und nahm einen abstoßenden Geruch wahr, doch es war nicht der Gestank der Verwesung. Ronhild legte seine Hand vorsichtig auf seinem Bauch ab, die Handfläche nach oben gewandt. Ragnvald stützte sich auf die Ellbogen, um einen Blick darauf werfen zu können, ohne sich allzu viel bewegen zu müssen. Über seine Handfläche zog sich ein glänzender Wulst aus brauner, blasiger Haut. Offenbar hatte ihm jemand die Wunde ausgebrannt, um sie zu versiegeln und das Böse daraus zu vertreiben. Er sank zurück auf sein Kissen und seufzte erleichtert.

Es schmerzte nur leicht, als Ronhild die Hand neu bandagierte. Ragnvald verspürte im Kopf eine vertraute Benommenheit, die jedoch nicht vom Fieber herrührte, sondern den Medikamenten geschuldet war, die seine Schmerzen dämpfen sollten.

»Mein Lebensfaden ...«, krächzte Ragnvald. Seine Stimme war kaum vernehmbar. Ronhild hielt ihm einen Becher mit Wasser an die Lippen, und er musste daran denken, wie ihr Sohn Harald dasselbe getan hatte. Es war eine Geste der Liebenswürdigkeit gewesen, gefolgt von einem Moment der Verunsicherung, als Ragnvald ihn mit seinen Fragen und düsteren Gedanken konfrontiert hatte. »Mein Lebensfaden muss wohl doch länger bemessen sein. Sie haben mich verschont, um deines Sohnes willen.«

»Ja, es sieht ganz so aus«, pflichtete sie ihm bei.

»Hast du irgendetwas gesehen? Kannst du mir etwas über meine Zukunft sagen?«

»Ich habe deine Hand gesehen, zerfetzt, blutig und voller Unheil«, antwortete sie. »Niemand wusste, dass du schon vor dem Kampf verletzt warst. Ich brauche keine magischen Kräfte, um zu sehen, dass du dich eines Tages umbringen wirst, weil du dir selbst zu sehr vertraust und deinen Freunden zu wenig.«

Etwas Ähnliches hatte auch Hakon ihm gesagt. Ragnvald schüttelte den Kopf. »Aber du bist doch eine Zauberin«, drängte er sie. »Kannst du denn keine Prophezeiung für mich sprechen? Haben die Götter mich verschont, damit ich deinen Sohn beschützen kann?«

»Wenn du dir dessen so sicher bist, brauchst du ja keine Prophezeiung mehr. Folge einfach deinem Willen. Für die meisten Menschen wäre es ohnehin besser, ihr *wyrd* nicht zu kennen, denn wenn sie wüssten, was für ein Schicksal sie erwartet, bekämen sie Angst.«

»Ich habe keine Angst.«

»Dann werde ich es dir sagen: Du wirst für meinen Sohn alles aufgeben, und wenn du nichts mehr besitzt, das du geben könntest, wirst du schließlich dein Leben geben.« Sie steckte das Ende des Verbands fest, schob seine Hand wieder unter die Decken und atmete tief durch, was sie zum ersten Mal etwas menschlicher erscheinen ließ. »Das ist es, was ich für dich vorhersehe«, schloss sie.

»Ich habe schon einmal versucht, auf dich zu hören. Und es erstaunt mich auch nicht, dass ich es wieder tun soll.«

»Ich weiß. Du brauchst den Tod nicht zu suchen, denn er wird von selbst zu dir kommen.«

»Aber es gibt einiges, das ich vorher noch erledigen muss«, erklärte Ragnvald. Ihre Unterhaltung kam ihm fast wie ein Traum vor, seine eigenen Worte waren ebenso schicksalsschwer wie das, was ihnen vorausgegangen war.

»Ja«, sagte Ronhild. »Dein Land. Deine Rache. Dein Weib.« Sie sah traurig aus, als sie diese Worte sprach, und Ragnvald glaubte zu wissen, warum, mit einer Klarheit, die ihn erfasst hatte, seit das Fieber abgeklungen war: Es waren jene Dinge, die er einst an Harald verlieren würde, bevor er sein Leben verlor.

»Trink das hier und schlafe.« Ronhild hielt ihm einen Becher an die Lippen. Ihr Trank nahm ihn mit sich, hinaus aufs Meer, nur dass das Meer diesmal so ruhig war, so friedlich und angenehm warm, wie es in den Ländern des Nordens nie zuvor existiert hatte.

*

Als Ragnvald wieder erwachte, war er hungrig, und sobald er etwas gegessen hatte, fühlte er sich schon etwas gestärkt. Zusammen mit Oddi drehte er eine Runde über den Lagerplatz und ließ sich von ihm berichten, was im Lauf der vergangenen Woche alles geschehen war. Harald, oder genau genommen Guthorm, hatte die Schlacht gewonnen, doch Gudbrand war mit etlichen seiner Männer entkommen.

König Eirik, der sich in seiner Festung verschanzt hielt, weigerte sich immer noch, mit ihnen zu verhandeln, weshalb Haralds Männer den Bau der Rampe über den Schutzwall vorangetrieben hatten. Eiriks Wachen hatten sie während dieser Zeit nie ernsthaft angegriffen. Nach Fertigstellung der Rampe hatte Thorbrand einen Angriff über den äußeren Wall angeführt. Seinen Schilderungen zufolge entpuppte sich die innere Mauer als nicht weniger furchteinflößend: Sie war von einem noch tieferen Wassergraben umgeben, mit Eisenspitzen besetzt und von Wachen gesichert, die Thorbrands Trupps mit Pfeilen attackierten. Die Wachen auf der äußeren Mauer hatten sich jedoch unterdessen zurückgezogen, eine weise Entscheidung, wie Ragnvald befand, konnten doch die Bogenschützen ihre Aufgabe mit übernehmen. Daraufhin hatte Thorbrand den raschen Rückzug seiner Männer über den äußeren Verteidigungsring angeordnet.

»Sie mögen genügend Vorräte haben, um unserer Belagerung standhalten zu können, aber vermutlich verfügen sie nicht über genügend Kämpfer«, grübelte Ragnvald. »Sie haben nicht einmal versucht, die Situation für sich zu nutzen, als unsere Männer denen von Gudbrand gegenüberstanden.«

»Das solltest du unbedingt Guthorm sagen«, meinte Oddi.

»Das weiß er doch sicher selbst«, gab Ragnvald zurück.

»Kann sein«, räumte Oddi ein. »Aber eine weitere Stimme, eine, die auch zuvor schon einmal recht behalten hat, wäre ihm sicher willkommen.«

So ließ sich Ragnvald also von Oddi zu Guthorm begleiten, der mit Harald dasaß und das Lagerleben beobachtete: Männer, die ihre Dolche wetzten oder das Feuer unter großen Kesseln schürten, aus denen es herausdampfte. Nachdem die üblichen Grußworte ausgetauscht worden waren und Ragnvald ihre Genesungswünsche entgegengenommen hatte, teilte er Guthorm seine Einschätzung der Lage mit.

»Das klingt überzeugend«, sagte Guthorm, als Ragnvald ihm seine Überlegungen auseinandergesetzt hatte. »Wie sollten wir deiner Meinung nach weiter vorgehen?« Ragnvald war erstaunt, in Guthorms Blick einen gewissen Respekt zu erkennen, während er sich nur einen Tag zuvor, so erschien es Ragnvald zumindest, noch so abweisend verhalten hatte.

»Zeigen wir ihm, dass wir nicht davor zurückscheuen, unser Leben zu riskieren, um das seiner Krieger zu beenden. Lasst keine Gnade walten. Lasst uns kämpfen und sterben.«

Guthorm spielte mit einem der goldenen Ringe in seinem Bart. Seine Augen verengten sich zu Schlitzen. »Ja«, sagte er, »aber wir sollten unser Leben nicht unbedacht aufs Spiel setzen, auch wenn König Eirik erkennen soll, dass wir ihn nicht verschonen werden.« Dann wich der ernste Ausdruck plötzlich aus seinem Gesicht, und er warf Ragnvald ein breites, zufriedenes Grinsen zu. »Er glaubt bestimmt, wir schrecken nicht davor zurück, unsere ganze Streitmacht aufzubieten, um diese Festung einzunehmen.«

»Und genau so soll es auch sein«, sagte Harald. »Ich scheue den Kampf gewiss nicht, vor allem nicht jetzt, wo er gerade erst begonnen hat. Wenn es mir jemals gelingen soll, dass sich andere Könige mir kampflos unterwerfen, dann müssen sie mich für unbesiegbar halten.«

*

Bei ihrem nächsten Gefecht schickte Thorbrand einen Trupp von Männern über die erste Mauer. Harald selbst war noch zu verletzt, um kämpfen zu können. Er versprach jedoch jedem einen goldenen Armreif, der ihm den Kopf von einem von Eiriks Männern bringen würde. Sobald der Kampf vorüber war, brach deshalb unter seinen Kriegern ein wildes Gerangel um die zwanzig Männer aus, die auf Eiriks Seite ums Leben gekommen waren und nun tot am Boden lagen. Von Haralds Kriegern waren nur wenige gefallen, denn er hatte für den Ausfall die besten seiner Männer ausgewählt.

Am nächsten Morgen erschien am Eingang der Festung König Eirik, begleitet von zehn Wachen, die weiße Fahne in der Hand. Neben ihm ging eine Frau, die so reich gewandet war und ein so hochmütiges Gebaren an den Tag legte, dass es sich dabei um seine Tochter handeln musste, die vielgerühmte Prinzessin Gyda. Sie traten Haralds Gefolge auf offenem Terrain entgegen, jedoch in Reichweite ihrer Bogenschützen ebenso wie in der von Haralds Männern. Eirik war ein stolzer Mann, schlank und gut gebaut, dessen ebenmäßige Gesichtszüge sich in denen seiner Tochter wiederfanden. In ganz Hordaland rühmte man die Schönheit der jungen Frau, und selbst jenseits der Grenzen wurde sie von den Skalden besungen. Ihr rot-goldenes Haar wurde von einem schmalen Band zusammengehalten und fiel ihr in Locken über die Schultern. Das leuchtende Blau ihres Kleides ließ ihre schräg stehenden, elfengleichen Augen wie ein unendlich tiefes Wasser erscheinen.

»Ich werde einen Treueschwur in Erwägung ziehen«, sagte König Eirik. »Du hast viele Könige in Hordaland besiegt, sagst du, und da sie mir trotz der Signalfeuer, die ich entzünden ließ, nicht zu Hilfe gekommen sind, gehe ich davon aus, dass du die Wahrheit sprichst.«

»Wir haben die Männer an deinen Signalstationen getötet«, erklärte Harald. »Aber ja, es stimmt. Ich lüge nie.«

»Was kannst du mir im Gegenzug anbieten, sollte ich mich dir mitsamt der mächtigsten Festung von ganz Hordaland unterwerfen?«, wollte König Eirik wissen. Er trug das kostbarste Gewand, das Ragnvald jemals gesehen hatte, kunstvoll gefärbt mit Streifen in leuchtendem Orange und reinstem Weiß, sowie Gold an den Schultern und an den Handgelenken. Offenbar wollte er bei Harald Eindruck schinden. Ragnvald hatte also recht behalten: Eirik besaß zwar Reichtümer, aber keine Männer.

»Was kannst du uns anbieten«, fragte Guthorm zurück, »abgesehen von einer Festung, die weit entfernt von den Küsten steht, die sie eigentlich sichern soll, und für deren Verteidigung viele Männer benötigt werden, Männer, die du nicht hast?«

»Wir bieten dir den Schutz des Königs von ganz Norwegen«, erklärte Harald. »Das ist mein Angebot an alle Könige, und sie haben erkannt, welche Vorteile es ihnen bringt.« Er sprach, als hätte er schon etliche Länder erobert.

»Das ist eine wunderbare Vorstellung.« Prinzessin Gyda sprach mit einer klaren, glockenhellen Stimme. »Ein Mann, der die Macht über ganz Norwegen für sich beansprucht. Ich würde mich glücklich schätzen, das erleben zu dürfen.«

Harald lächelte. »Willst du die Königin von Norwegen werden?«

Sie sah ihm unverwandt in die Augen. Andere Männer wären einem so forschen, direkten Blick vermutlich ausgewichen oder hätten eine solche Ungeheuerlichkeit mit der Bestrafung der Frau geahndet. Doch Harald wirkte wie verzaubert.

»Das will ich«, antwortete sie.

»Ausgezeichnet!«, rief Guthorm. »Die beiden sollen noch heute Abend miteinander vermählt werden. Von da an unterstehst du Harald als sein Vasallenkönig, erhebst für ihn die Landabgaben, sorgst für die Einhaltung seiner Gesetze und erwirbst dir dadurch die Vorzüge seiner Freundschaft.«

»Ich sagte, ich will gerne die Königin von Norwegen werden«, ergriff Gyda wieder das Wort. »Aber das kann ich nur, wenn es auch einen König von Norwegen gibt, den ich heiraten kann.« Sie wandte sich an ihren Vater. »Kannst du nicht einen wahren König für mich finden, Vater?«

Eirik lächelte süffisant. »Da habt ihr eure Antwort, meine Herren. Sie wird niemand anderen heiraten als den König von Norwegen, und ich sehe vor mir nichts als einen verwundeten, ehrgeizigen Knaben.«

»Du schenkst den törichten Worten eines Mädchens Gehör?«, fragte Guthorm. »Und das, wo wir sämtliche Männer, Frauen und Kinder innerhalb deiner Festung ebenso mühelos töten könnten, wie wir über den Acker hier laufen? Was für eine Schande, dass ein solcher Mann über diese Festung herrscht.«

»Weisen Ratschlägen gehorche ich immer«, erwiderte Eirik, »selbst wenn ein Mädchen sie an mich heranträgt oder sogar der Wind. Komm wieder, wenn du König von Norwegen bist.« Mit diesen Worten drehten er und seine Tochter sich um, und während sie gemessenen Schrittes zurück zu ihrer Festung gingen, blickten sie kein einziges Mal zurück.

»Was für eine Dreistigkeit«, schnaubte Guthorm, sobald sie außer Hörweite waren.

»Sie hat recht«, sagte Harald. »Noch bin ich nicht König von Norwegen.« Ragnvald sah zu ihm hinüber. Haralds Augen tanzten vor Entzücken. Es war, als hielte er das Ganze für ein Spiel. Ragnvald ließ müde die Schultern sinken. Er war heute schon viel zu lange auf den Beinen, und das, obwohl das Fieber ihn immer noch schwächte.

»Warum nehmen wir uns das Land nicht einfach mit Gewalt und machen das Mädchen zu deiner Konkubine?«, schlug Guthorm vor. »Dieses Land, dieser König ... Sie bringen uns ohnehin kaum Nutzen; nur unwegsames Gelände und Bauern, keine strategische Bedeutung, eine riesige Festung, zum Schutz von Nichts und Niemand.«

»Bauern als ›Nichts und Niemand‹ zu bezeichnen, ist nicht richtig«, widersprach Ragnvald.

»Viel mehr sind sie nicht«, winkte Guthorm ab.

Ragnvald wurde rot vor Zorn. »Eine Streitmacht marschiert nicht mit leerem Magen.« Er versuchte, seinen Worten etwas anderes zugrunde zu legen als die üble Laune, in die ihn seine eigene Ohnmacht versetzte. »Von Hordaland ist es nicht weit bis nach Vestfold, und dort ist das Land fruchtbarer. Wenn die Felder dort erst dir gehören und ein williger König sie für dich verwaltet, wird deine Streitmacht niemals Hunger leiden.«

Harald sah erst Ragnvald an, dann seinen Onkel. Guthorm nickte bedächtig. »Das stimmt«, sagte er nach einer Weile. »Das heißt also, wir müssen diesen Eirik unterwerfen.«

»Oder aber ihn und seine Tochter so zufriedenstellen, dass er uns nichts verweigern kann«, erklärte Ragnvald. Dann fiel ihm wieder ein, was Guthorm zuvor über Eiriks Festung gesagt hatte. »Diese Festung war in früheren Zeiten doch einmal das Zentrum der Macht hier in Hordaland, oder? Dann schulden dem alten Gesetz zufolge sämtliche Könige von Hordaland Eirik Gehorsam, zumindest, wenn er ihn einfordern würde.«

»Das mag vor Hunderten von Jahren so gewesen sein«, gab Guthorm zu bedenken. »Du weißt doch auch, dass inzwischen alles zerfallen und durcheinandergeraten ist, dass alles nach einem König schreit, der das Land wieder vereint: Harald.«

»Mach diesen Eirik zum König von Hordaland«, sagte Ragnvald. »Wenn die anderen Könige damit nicht einverstanden sind, sollen sie sterben. Sie haben sich ohnehin nur widerwillig unterworfen. Eirik hingegen wird dir viel zu verdanken haben, und er wird viel für dich tun können.«

»Und was ist mit seiner hochmütigen Tochter?«, wollte Thorbrand wissen.

»Sie wird dann ja wohl nichts mehr dagegen haben, meinen Neffen zu heiraten.« Guthorm warf Harald einen Blick zu und lächelte.

»Nein«, widersprach dieser. »Gyda möchte den König von Norwegen heiraten, keinen anderen, und so soll es sein. Ich werde vor ihr schwören, mein Haar und meinen Bart wachsen zu lassen und erst dann wieder zu schneiden, wenn ich König von ganz Norwegen bin und sie in eine Heirat mit mir einwilligt.«

»Sie ist zu hochmütig«, sagte Guthorm. »Du musst sie demütigen.«

»Nein«, widersprach Harald. »Meine Frauen müssen Wölfinnen sein, wenn sie Mütter von Wölfen werden wollen. So wie meine Mutter es war, und jetzt auch diese Gyda. Sie soll nicht gedemütigt, sondern gepriesen werden. Meine Skalden sollen ihre Schönheit besingen und ebenso meinen Schwur.«

So kann nur ein junger Mann denken, ging es Ragnvald durch den Kopf. Er fühlte sich in diesem Moment Jahrzehnte älter als Harald. Er hätte fast selbst Gefallen an dieser Idee finden können, wenn er nicht schon so oft miterlebt hätte, wie Verrat und Treuebruch die alten Lieder Lügen straften.

»Dann soll es so sein«, sagte Guthorm. »Wir werden König Eirik morgen früh einen Gesandten schicken. Mein Junge, ich fürchte, mit Ragnvalds List und deinem Talent zur Selbstdarstellung werde ich bald überflüssig sein.«

*

Am nächsten Tag suchten Harald und Guthorm König Eirik auf, um mit ihm zu verhandeln. Er ging sofort auf ihr Angebot ein. Ragnvald war überzeugt davon, dass der König auf lange Sicht Haralds Verbündeter bleiben würde, sofern er nicht zu jenen gehörte, der den Verrat als Spiel betrachtete und Gefallen daran fand. Guthorm und Harald brachten ihm große Gunst entgegen, die er einzig und allein seiner verwegenen Tochter, seiner stattlichen Festung und der Tatsache zu verdanken hatte, dass Harald allen anderen Königen von Hordaland noch mehr Anlass geboten hatte, ihn nicht leiden zu können.

König Eirik lud Harald mit allen seinen Männern zur Verlobungsfeier in die Festung ein, was Ragnvald in seiner Überzeugung bestärkte, dass man ihm vertrauen konnte. Er hatte offenbar eher vor, sie mit seinem Wohlstand zu beeindrucken, als sie alle zu ermorden. Tatsächlich hatte Eirik so wenige Männer, dass er nicht einmal eine Gesellschaft hätte ermorden können, die ein Viertel so groß war wie die von Harald, zumindest nicht ohne die Hilfe irgendeines einschläfernden Zaubertranks.

Während an allen Tischen ein Becher nach dem anderen mit Bier gefüllt wurde, sprach Eirik die Worte der Verlobungszeremonie und gab die Schwüre vor, die Harald und Gyda leisten sollten. So musste Harald geloben, weder sein Haar zu schneiden noch wiederzukehren und Gyda zur Braut zu nehmen, bevor er nicht die Herrschaft über ganz Norwegen erlangt hätte. Bei diesen Worten lächelte sie und sah so zufrieden aus wie ein Kätzchen in der Milchkammer. Die Skalden würden ihre Schönheit nun auch jenseits der Grenzen von Norwegen besingen. Sie und Harald wechselten nur wenige Worte, während sie nebeneinander auf dem Podium saßen, um sich den Anwesenden zu präsentieren. Heute Nacht würde Harald sie nicht beschlafen, und auch kein anderer Mann. Ragnvald fragte sich, ob sie nicht sogar eine jener Frauen war, die aus Angst vor dem Ehebett eine Möglichkeit gefunden hatten, es ganz zu umgehen, vielleicht sogar für immer.

Dafür machte Gydas jüngere Schwester Harald schöne Augen. Sie war etwas mollig, hatte lange Wimpern und dunkleres Haar als ihre Schwester, was ihr im Vergleich zu Gydas kühler Schönheit eine gewisse Warmherzigkeit verlieh. Ihrem Schmollmund konnte kein Mann widerstehen. Wären nicht all ihre Verführungskünste auf Harald ausgerichtet gewesen, dann hätte vielleicht sogar Ragnvald versucht, mit ihr zu flirten. Irgendetwas an ihr erinnerte ihn an Vigdis, obwohl dieses Mädchen offensichtlich mehr darauf aus war, einen Mann zu beglücken, als ihn zu quälen.

Sie verbrachten mehrere Tage in Eiriks Festung im Hochland von Hordaland. Eirik versprach, Harald als Beweis seiner guten Absichten einige seiner Männer zur Unterstützung mitzugeben. Er hatte keine Söhne, nur die beiden Töchter, doch ein paar seiner Neffen würden Harald als Leibbürgen und zugleich als Gehilfen dienen. Harald wiederum beauftragte Eirik damit, König Gudbrand und dessen wenige verbliebene Krieger entweder durch einen Treueschwur gefügig zu machen oder zu töten. Ragnvald bezweifelte zwar, dass Eirik seine Festung überhaupt verlassen würde, um einen solchen Vorstoß zu wagen, doch zumindest konnten Harald und seine Männer nun nach Vestfold zurückkehren.

Ragnvald beobachtete Harald in jenen Tagen genau. Für ihn stand fest, dass dieser Eiriks andere Tochter beschlafen hatte, doch offensichtlich hatte dies keine Auswirkungen auf ihr Bündnis oder auf die bevorstehende Heirat mit Gyda gehabt. An einem Tag war Harald zusammen mit Gyda, Ragnvald und einigen anderen Männern, die nur wenige Schritte hinter ihnen als Wachen folgten, den Wehrgang abgeschritten. Gyda hatte ihnen die Verteidigungsanlagen der Festung vorgeführt, mit denen Guthorms Männer bei ihren Angriffen nicht konfrontiert gewesen waren. So befanden sich beispielsweise zwischen den beiden Schutzwällen unzählige Fallgruben, die so gut abgedeckt waren, dass man sie kaum sah. Haralds Kämpfer hatten Glück gehabt, nicht in eine davon zu stürzen, für Ragnvald ein weiterer Beweis dafür, dass die Götter ihm gewogen waren.

Gyda war eine unnahbare Frau mit einem Sinn für Kampfstrategien, zumindest was ihre eigene Festung betraf. Später, am Nachmittag, als sie und Harald Tafl spielten, um sich die Zeit zu vertreiben, schlug sie ihn, obwohl sie die Verteidigungsposition gewählt hatte, aus der das Spiel wesentlich schwerer zu gewinnen war.

Es war ein wolkenloser Morgen, als Haralds Truppen schließlich von Eiriks Festung aufbrachen. Die Luft war bereits herbstlich frisch. Harald und Ragnvald gingen voraus, die anderen Männer, gut genährt und ausgeruht, folgten ihnen in einem langen Zug.

Nach einer Weile sagte Harald zu Ragnvald: »Weißt du, ich glaube, ich sollte dem Rat meines Onkels folgen und sie hier in Hordaland lassen, auch dann, wenn sie einmal meine Frau ist. Sie sollte diese Ländereien für uns verteidigen.«

Ragnvald hoffte unterdessen inständig, dass Harald noch einmal auf den Treueschwur zu sprechen käme, den er von Ragnvald eingefordert hatte, als er fiebernd daniedergelegen hatte. Aber vielleicht war das ja auch nichts weiter als eine Art Ehrenbezeugung für einen sterbenden Krieger gewesen. »Meinst du?«

»Du vielleicht nicht? Mein Onkel glaubt, sie ist eher auf Macht aus als auf eine Heirat. Wahrscheinlich würde sie meine anderen Frauen nur tyrannisieren. Lassen wir sie stattdessen doch lieber die Männer tyrannisieren, da haben wir mehr davon.«

Harald hatte Ragnvald damit einen Einblick in sein Denken gegeben, der ihn wieder einmal überraschte. Guthorm hatte Harald gewiss so manches beigebracht, doch dieser plapperte es nicht nur nach, sondern machte auch Gebrauch von seiner eigenen Klugheit. Wenn die Götter jemanden mit einer derartigen Trefflichkeit ausgestattet hatten, dann konnte man sich entweder vor Neid verzehren oder aber dieser Trefflichkeit nachstreben.

»Womit quälen sich mein Heming und dein Thorbrand eigentlich herum?«, wechselte Harald das Thema.

Diese Frage sprach allerdings weniger für Haralds Trefflichkeit. Er musste doch selbst sehen, was für ein Unruhestifter Heming war, wie sehr er von Neid getrieben war. Doch das Schicksal meinte es in vielerlei Hinsicht gut mit Harald; vielleicht hatte er ja selbst noch niemals Neid gegenüber jemandem empfunden und konnte ihn daher auch in anderen nicht erkennen.

»Heming will …« Er will es seinem Vater recht machen, und er will Haralds Freund sein. Ragnvald unterbrach sich. Er war sich nicht sicher, ob es eine gute Idee war, Harald das zu sagen. »Heming … lechzt danach, sich zu beweisen«, versuchte er es. »Er ist der Sohn des mächtigsten Königs des Westens und hofft, es unter deiner Führung so weit zu bringen, dass ihn die Skalden von Halogaland in ihren Liedern ebenso rühmen wie seinen Vater.« Ragnvald blickte sich nach Heming um und sah ihn neben seinen neuen Freunden herlaufen. Thorbrand, der als Wache für Harald und Ragnvald diente, ging hinter den beiden, jedoch außer Hörweite.

»Alle Männer, die in meinen Diensten stehen, wären gerne Sagenhelden.« Harald warf Ragnvald einen prüfenden Blick zu. »Erhoffst du dir nicht auch insgeheim einen solchen Ruhm?«

»Ich erhoffe mir genügend Reichtümer und Männer, um mir mein Land zurückholen zu können und es zu dem zu machen, was es sein soll, und den Namen meiner Familie wieder groß zu machen.«

»Ist das alles?«, fragte Harald. »Ist das nicht ein arg bescheidener Traum?«

Ragnvald hätte ihm gerne von dem goldenen Wolf erzählt, von dem Traum, den er gehabt hatte, dem Anführer, dem er so gerne folgen wollte, der Ragnvald Glanz verleihen und von ihm wiederum Glanz verliehen bekommen würde. Das war Ragnvalds wahrer Traum, und wenn es irgendjemanden gab, der ihn verstehen würde, dann bestimmt Harald. Was aber, wenn er Ragnvald dafür auslachen würde? Das hätte er auf keinen Fall ertragen. Solange er den Traum mit niemandem teilte, konnte sich auch niemand darüber lustig machen.

»Wenn mein Land wieder mir gehört und Olaf tot ist, werden auch meine Träume weiter reichen«, sagte Ragnvald stattdessen.

»Wenn du willst, kann ich dir noch heute Männer geben«, bot Harald ihm an. »Du brauchst mir nur deinen Gehorsam zu schwören.«

»Vergiss nicht, dass ich König Hakon die Treue geschworen habe, zumindest für diese Saison.« Dem Gelübde zufolge musste Ragnvald König Hakon so lange dienen, bis er ihm einen Dienst erwiesen hatte und Hakon ihm als Entlohnung genügend Männer zur Verfügung gestellt hatte, um Ardal einzunehmen und Olaf zu töten. Eine Abmachung, deren Einlösung Hakon hinauszögern konnte, so lange er wollte; doch letztendlich würde er damit nur Gefahr laufen, sich einen Ruf als armseliger, knauseriger König zu erwerben. »Bis ich ihm einen Dienst erwiesen habe, beispielsweise seinem Sohn Heming zu einem gewissen Ansehen zu verhelfen, und er mir geholfen hat, meinen Stiefvater zu töten.«

»Ich nehme keine Schwüre von Männern an, die bei einem anderen in der Pflicht stehen«, erklärte Harald. »Jemanden, der seinen Schwur gebrochen hat, werde ich niemals in meine Dienste nehmen. Sollte Hakon dich aber freigeben, will ich, dass du mir die Gefolgschaft schwörst. Werde einer meiner Anführer, mein Ratgeber und eines Tages einer meiner Könige. Ein ganzer Bezirk wird dir gehören, Ragnvald Eysteinsson, wenn du mir die Treue schwörst. Das verspreche ich dir.«

Im Geiste erschien Ragnvald die Vision von einer prächtigen Halle, von der aus sich der gesamte Fjord von Sogn überblicken ließ. Er sah Hilda, goldbekrönt, in farbenprächtigen Gewändern und mit einem schweren Schlüsselbund am Gürtel. Er sah eine Schar von Kindern, die sich um sie drängten: seine Söhne, allesamt kräftige kleine Kerlchen.

»Ich werde ihn fragen«, antwortete Ragnvald. »Ich will es auch.«

KAPITEL 26

In dieser Nacht kam Solvi in Svanhilds Zelt und nahm sie wieder, ohne sie groß darauf einzustimmen. Sie war vom ersten Mal noch so geschwollen, dass sie es nur still ertragen, dem Glucksen des Wassers zuhören und inständig hoffen konnte, er würde bald fertig sein. Sie hatte ihn angelockt, dann weggestoßen und schließlich wieder angelockt. Nun würde sie ihn nicht wegstoßen, obwohl es sich anfühlte, als habe sie den seltsamen Krieg zwischen ihnen beiden verloren. Sie hatte etwas aufgegeben, ihre Jungfernhaut, ihren Stolz, und er hatte nichts aufgegeben. Vielleicht hätte sie ihn doch bitten sollen, sie zu Ragnvald zu bringen.

Mit der Zeit gewöhnte sie sich an das Leben auf See, und mit der Zeit tat es auch weniger weh, wenn Solvi nachts zu ihr ins Zelt kam. Sie verspürte aber immer noch kein Vergnügen dabei, und das schien auch nicht in seiner Absicht zu liegen, aber wenn sie nachts aufwachte und er neben ihr schlief, mochte sie seine Wärme.

Als sich der Fjord zum Meer hin öffnete, steuerte Solvi südwärts, weg von Yrjar. Also sollte sie ihm auf dieser Reise wohl wenigstens das Bett wärmen. Er sprach immer noch kaum mit ihr, und sie versuchte, sich nicht anmerken zu lassen, dass ihr das fehlte.

Seine Männer sprachen mit ihr, wenn sie Fragen stellte.

Tryggulf, der Mann mit dem eisig-blassen Gesicht, war sanfter ihr gegenüber, als sie von seinem Aussehen her angenommen hätte. Am Tag führte er ein anderes Schiff, und wenn sie nachts an Land gingen, stellte er sicher, dass sie die besten Stücke aus dem Proviant aller drei Schiffe erhielt. Er zeigte ihr die Strandvögel und krabbelndes Getier, das aus dem Sand kroch, so wie einst Ragnvald ihr die Tierwelt in den Wäldern von Sogn erklärt hatte. Tryggulf hatte beobachtet, wie Vögel im seichten Wasser herumliefen, was sie gerne fraßen und die Tricks, die sie anwendeten, um ihre Beute zu erjagen. Davon war ihm einiges nützlich, um sich selbst eine Mahlzeit zu ergattern, aber er empfand auch eine tiefe Sympathie für die kleinen Dramen ihrer Welt.

Vielleicht mit Ausnahme der Kapitäne schien keiner von Solvis Männern zu wissen, welche Pläne er verfolgte, und es schien sie auch nicht zu kümmern. Dieses Vertrauen seiner Männer sagte wohl etwas über Solvi aus, doch was genau, konnte sie nicht benennen. Einige fürchteten ihn, andere liebten ihn, und wieder andere schienen ihn einfach zu tolerieren, aber sie gehorchten ihm.

Zumindest tagsüber empfand sie Lebensfreude auf dem Meer. Jungen von kaum zehn Jahren waren mit auf die Fahrt gekommen. Sie verwendeten kleine Handbeile als Axt und kletterten bei jedem Wetter wie Eichhörnchen an die Spitze der Masten. Die Männer amüsierten sich über sie, schulten oder hänselten sie und stachelten sie zu spielerischen Kämpfen an. An Bord machten sich die Jungen auf vielerlei Arten nützlich. Sie alle liebten Svanhild, erzählten ihr Geschichten von Kampf und Siegen und manchmal auch, am Abend, ihre kleinen Ängste.

»Du verwöhnst und verweichlichst sie nur«, sagte Ulfarr eines Abends, als einer der Jungen, Vigulf, sich bei ihr ausgeweint hatte. Er hatte sich das Handgelenk gebrochen und befürchtete nun, die anderen Jungen würden ihn an Stärke überflügeln, solange er auf Heilung warten musste.

»Die Jungs sind richtig mutig«, sagte Svanhild. Sie mochte Ulfarr nicht, obwohl er sich seit jenen Anzüglichkeiten in der Hochzeitsnacht ganz ordentlich aufführte. Wenn er sie überhaupt zur Kenntnis nahm, dann nur unpersönlich, fast so wie Solvi, zumindest tagsüber.

»Wer ist mutiger: der Junge, der keine Angst zugibt, oder der, der sie erkennt und überwindet?«, fragte Svanhild Ulfarr. Sie sah ihn an, bis er den Blick abwandte.

»Ich habe jedenfalls keine Angst«, brummelte er.

Svanhild überlegte, ob das wohl wahr sein konnte. Die Götter verachteten Lügner, und sie konnte nicht glauben, die Götter hätten einen Mann ohne Furcht erschaffen. Ulfarr hatte wohl Angst vor allem, was er nicht beherrschen konnte, deshalb blieb er ihr von da an fern.

Die Schiffe fuhren zwar nach Süden, doch die Tage wurden kürzer, je näher sich das Jahr dem Ende zuneigte. Nachts kuschelte sich Svanhild an Solvi, um sich zu wärmen. Mehr als einmal sprach er im Traum, Worte der Angst, unterdrückte Schmerzensschreie. Im Schlaf schien er gelegentlich wieder das Kind zu werden, das ins Feuer gestürzt war, das Kind, das tagelang mit dem Tod gerungen hatte. Auch davon hatte Tryggulf erzählt, wie er sich geweigert hatte zu sterben und wie er sich später dagegen gewehrt hatte, ein Krüppel zu sein.

Wann immer er des Nachts zu ihr kam, fielen ihr Vigdis' Kokettierkünste ein, aber wenn er sich von ihr herunterrollte, brachte sie es nicht über sich, zu flirten und zu scherzen, aus Angst, er könne sie zurückweisen. Er küsste sie niemals, nicht seit jenem ersten Mal. Wenn sie merkte, dass er sie beobachtete, sah er weg. Sie pflegte ihre Freundschaft mit Tryggulf in der Hoffnung, Solvi würde eifersüchtig und würde sie dann besser behandeln oder wenigstens ein paar Worte mit ihr wechseln. Aber das geschah nie.

Nach zehn Tagen auf Reisen hielt Solvi ein Handelsschiff an, das erste, das sie kreuzten. Svanhild saß in ihrem Zelt und sah nur hinaus, während die Schiffe in der Brise manövrierten, um das Handelsschiff zu stoppen. Solvis drei Schiffe bewegten sich wie ein Wolfsrudel, treibend, spielend und auf den Wellen hüpfend, mit engen Wendemanövern, so dass der Knorr kein Ausweg blieb.

Anders als auf Solmunds Schiff, bestand die Besatzung hier nicht aus einer Familie, sondern einer Gesellschaft dunkelhäutiger Händler, die zu unterschiedlich aussahen, um Brüder zu sein. Als sie sich längsseits gebracht hatten, warf Ulfarr einen Enterhaken hinüber und vertäute die beiden Schiffe aneinander, dann sprang er leichtfüßig hinüber. Der Wind trug ihre Stimmen weg, aber sie konnte alles beobachten und sich Solvis Anteil am Austausch vorstellen. Seine Männer kamen mit einem Sack voll Haferkuchen und einigen Stoffballen zurück.

»Herrin«, sagte Solvi gut gelaunt zu Svanhild, »welchen Stoff hättest du gerne für ein Kleid?«

Svanhild sah auf ihr Kleid herab, das von den Tagen auf See beschmutzt und befleckt war. Seit der Hochzeit hatte sie noch keine Zeit gehabt, sich ein neues zu nähen, und sah bestimmt vollkommen verschmutzt aus. Das neue Tuch war ganz fein, und ihre Finger sehnten sich geradezu danach, es zu berühren.

»Den roten«, antwortete sie. »Und ich brauche Nadel und Faden, wenn sie das auch haben.«

Er nickte und ging wieder hinüber aufs andere Schiff. Als er zurückkam mit Nähmaterial, Seidenfaden und einer kleinen metallenen Nadel, nicht der üblichen Knochennadel, etwas, das Svanhild noch nie gesehen hatte, legte er ihr alles zu Füßen mit einer triumphierenden Verbeugung.

»Ich danke dir, mein Herr«, sagte Svanhild. »Dieser Stoff ist wunderschön, viel zu schön, um ihn an Bord zu tragen. Ich möchte mir am liebsten Hosen und eine Lederjacke machen, wie sie deine Seeleute tragen, das wäre für mich viel praktischer. Ich habe immer Angst, über mein Kleid zu stolpern.«

Sie saß am Boden, und er stand über ihr. Beim Sprechen musste sie nach oben sehen, und obwohl sie nicht die Absicht hatte, besonders hilfeheischend auszusehen, wurde ihr klar, dass es scheinen könnte, als würde sie eine von Vigdis' Strategien anwenden, also senkte sie den Blick.

Als er nicht antwortete, sagte sie einfach: »Aber ganz wie du willst.« Nach so vielen Tagen wortlosen Kampfes und nächtlicher Unterwerfung hatte sie keine Lust, ihm etwas abzuschmeicheln.

»Du bekommst, was du brauchst«, sagte er. »Wir sehen, was wir unterwegs aufgabeln können. Vigulfs Mutter hat ihn überreichlich mit Kleidung ausgestattet, in die er noch hineinwachsen muss. Meine Männer hätten sie ihm schon lange gestohlen, aber für sie sind die Sachen nicht groß genug.« Er lachte, und Svanhild lächelte zögerlich mit ihm. »Mir würden sie vielleicht schon passen. Ich bring dir die Kleidung, die du brauchst.«

Vigulf schien kein Problem damit zu haben, ein paar seiner Sachen an sie abzugeben. Seinen verstohlenen Blicken nach zu schließen, schien er sogar richtig stolz und glücklich, etwas für Svanhild tun zu können. Als sie am nächsten Tag am Strand übernachteten, wusch Svanhild ihr verschmutztes Kleid in kochendem Meerwasser und breitete es auf dem Strandgras zum Trocknen aus. Ränder von Meersalz bildeten sich beim Trocknen darauf, die Svanhild am nächsten Tag mit einem Stein herauskratzte, während die Schiffe wieder ihre Fahrt nach Süden aufnahmen.

*

»Morgen kreuzen wir nach Friesland hinüber«, erzählte ihr Solvi am nächsten Abend, als sie an einem Steinstrand kampierten. Sie aßen Stockfisch-und-Lauch-Eintopf und tranken Regenwasser aus einer Mulde, die Svanhild auf der Insel entdeckt hatte.

»Friesland«, sagte Svanhild. Ragnvald hatte davon erzählt, und andere Reisende, die nach Ardal gekommen waren. »Wie lange fährt man dahin?«

»Ein oder zwei Tage«, antwortete Solvi. »Kann sein, dass wir auf dem Meer übernachten müssen.« In seiner Stimme schwang Anspannung mit. Selbst die besten Seeleute verbrachten nicht gerne allzu viel Zeit ohne Land in Sicht. »Wenn der Wind günstig ist, geht die Überfahrt bis zum Rheindelta recht schnell. Aber bei Windstille oder Sturm ...«

Svanhild flüsterte eine Beschwörung an die Göttin Ran und fragte dann: »Was gibt es in Friesland zu sehen?«

Solvi lächelte und warf ihr einen kurzen Blick zu. »Das ist das Land nördlich der Germanen. Unser Freund Rorik herrscht in Dorestad. Freunde können wir jetzt gut brauchen.«

»Wegen Harald«, sagte Svanhild ausdruckslos.

»Mein Vater glaubt nicht, dass er seine Drohung wahrmacht«, erwiderte er. Mit der Spitze seines Dolchs zog er Muster durch den Sand, kleine Furchen, die ein Bild zu ergeben schienen, bis allzu viele Übermalungen alles wieder zu Chaos werden ließen. »Er denkt, dass sich nichts ändert, dass unser Land immer aus sich bekriegenden Räubern und kleinen Regionalkönigen bestehen wird. Aber du, du bist anderer

Meinung, nicht wahr? Glaubst du, dass dieser Harald es schafft?«

»Ich weiß ja auch nur, was ich so höre«, erwiderte Svanhild. Aus der norwegischen Halbinsel ein einiges Land zu schaffen, bei all den untereinander zerstrittenen Regionen, das schien ihr eine übermenschliche Aufgabe. Ein König musste doch nah genug leben, um Räuber wie Solvi vom Hof ihrer Familie fernzuhalten, so wie die Leute von Kaupanger sich zusammengetan hatten. Das war doch die eigentliche Aufgabe eines Königs, und Sogn hatte schon seit zwei Generationen keinen König mehr gehabt. »Glaubst du es denn?«

»Ich glaube, dass er für Tafjord und meinen Vater eine Gefahr darstellt. Wahrscheinlich wird dann alles durch Regeln festgelegt und eingeschränkt, so dass ein Mann nicht mehr frei walten kann.«

»Bist du denn jetzt so besonders frei?«, murmelte Svanhild halb zu sich selbst.

»Wenn wir in Dorestad sind, kaufen wir Schwerter und fränkischen Stahl«, sagte Solvi.

»Du hast mir noch kein Schwert gegeben«, sagte Svanhild und versuchte, ihrer Stimme einen hoffnungsfrohen Ton zu geben, um nicht nachtragend zu klingen. Sie hatte das selbst ganz vergessen, es war eigentlich ein Teil der Hochzeitszeremonie. Der Mann legt der Frau ein Schwert in den Schoß, das sie später dem erstgeborenen Sohn übergeben würde, als Symbol dafür, dass die Familienehre nicht nur durch den Mann, sondern auch durch die Frau weitervererbt wird.

»Gib mir einen Sohn, dann gebe ich dir ein Schwert«, sagte Solvi abrupt, stand auf und ging weg. Wenigstens sprach er jetzt mit ihr.

*

Sie erreichten Dorestad nach ein paar Tagen auf dem Rhein. Je weiter sie ins Landesinnere vordrangen, desto wärmer wurde es, so als wären sie dem bevorstehenden Herbst entflohen. Als sie die Stadt erreichten, schien ihr Kaupanger nur ein Klacks dagegen. Dorestads schlammige Straßen stanken noch schlimmer, und der Fluss, der sich träge und braun über Wasserräder wälzte, stank ebenfalls. Trotzdem wuschen die Frauen ihre Wäsche darin. Ein altes Steingebäude, in dem der große Wikingerfürst Rorik herrschte, überragte die Stadt. Rorik habe mit dem fränkischen König ein Abkommen getroffen, hatte Solvi ihr erzählt, die friesische Küste vor Seeräubern zu schützen. Er war ein Christ geworden und diente dem fränkischen König auch, Plünderungen durch seine Freunde, wie Solvi es einer war, ließ er aber trotzdem durchgehen, er brachte ihm Neuigkeiten und Waren.

Ein Ring zugespitzter Pfähle steckte die Außengrenze des Forts ab und umfasste ein Gewirr von Gebäuden im Innern. Streifen von Baumrinde hingen vom Pfahlwall herab, der frisch errichtet war. Sein scharfer, frischer Geruch kämpfte gegen den Gestank der Stadt an. Für Svanhild war es eine seltsame Erfahrung, sich unter der Stadtbevölkerung zu bewegen und nicht kleiner zu sein als die Frauen hier, ja sogar größer als die kleinsten Männer. Solvi sollte sich hier eigentlich wohl fühlen, aber er betrachtete die Landratten mit Argwohn. Einmal, als sie durch den Torgang in die Festung gingen, zog er Svanhild an der Hand zur Seite, um einem Leiterwagen Platz zu machen.

Rorik erwartete sie im Eingang seiner Halle. Er war ein Bär von einem Mann, hochgewachsen und norwegisch gekleidet, was ihn von seinen friesischen Wächtern absetzte.

»Solvi Klofe«, rief er, kam schnell über den schlammverschmutzten Platz herüber und ließ Solvi in einer Bärenumarmung verschwinden, die ihn vom Boden hob.

»Das ist meine Frau Svanhild«, sagte Solvi. Svanhild machte einen tiefen Knicks. Sie war sich noch nicht klar, ob sie Rorik mochte oder nicht, etwas an ihm stieß sie ab, eine latente Aggressivität in seinem Gepolter, und sie konnte nicht erkennen, was Solvi von ihm dachte. Solvi hielt sich immer sehr bedeckt. Kein Wunder, hatte er mit Ragnvald übers Meer und zurück fahren und ihn doch am Ende abstechen können.

»Nokkves Tochter?«, fragte Rorik. »Sie sieht ganz anders aus, als man sie mir beschrieben hat.«

»Nein«, erwiderte Solvi. »Das ist Eystein von Sogns Tochter. Sie gefällt mir besser als Nokkves Tochter, obwohl mein Vater diese Verbindung wohl weniger schätzt.«

»Ich habe Eystein kennengelernt«, wandte sich Rorik überraschend direkt an Svanhild. »Ich mochte ihn. Er hat zu viel geredet, aber solche Leute sind unterhaltsamer als die Stillen. Wie schade, dass er niemanden hatte, um den Verrat an ihm zu rächen.«

Nun mochte Svanhild Rorik schon mehr. Sie richtete sich auf. »Es gibt jemanden, der ihn rächen wird, mein Bruder Ragnvald.«

»So etwas ist mir zu Ohren gekommen. Er kämpft doch nun an der Seite von König Harald, mit Hakons Söhnen«, sagte Rorik.

»Tatsächlich?« Svanhild war begierig, mehr zu hören.

Solvi räusperte sich, und Rorik trat einen Schritt zurück. »Willkommen in Dorestad, Solvi Hunthiofsson und junge Eysteinsdatter.« Er breitete die Arme aus, um Solvis Gefolge mit einzuschließen. »Du und deine Leute, ihr genießt meine Gastfreundschaft, solange ihr sie benötigt.« Er lächelte über das ganze Gesicht.

»Wir nehmen deine Gastfreundschaft gerne an«, erwiderte Solvi. »Es gibt viel zu besprechen.«

Svanhild warf einen Blick zu ihm hinüber. Er hörte sich angespannter an, als für freundschaftliche Verhandlungen um ein paar Schwerter erforderlich schien.

»Über Geschäfte reden wir morgen«, sagte Rorik. »Aber jetzt gehört zu meiner Gastfreundschaft auch das Angebot eines Bads.« Er schnupperte zum Schein an Solvi. »Sicher hätte deine Frau auch nichts dagegen, wenn du weniger streng riechen würdest.«

»Ich wäre jedenfalls sehr dankbar für ein Bad«, sagte Svanhild erleichtert. »Mein Mann kann es halten, wie er will.«

Eine von Roriks Frauen führte Svanhild zum Badehaus, das an einem klaren Zufluss zum Rhein stand. Hörige hatten schon eiserne Kessel voll Wasser erhitzt. Nach dem Planschen in der Wanne und anschließendem Dampfbad fühlte Svanhild sich zum ersten Mal seit Beginn ihrer Reise sauber und warm. Sie bürstete ihr Haar aus und ließ es zum Trocknen offen herabhängen, wobei es sich leicht wellte. Dabei unterhielt sie sich mit Roriks Frauen, die zu ihr ins Dampfbad gekommen waren, nachdem sie sich gewaschen hatte.

»Bist du wirklich mit all den Männern auf einem Schiff hergekommen?«, fragte Lena mit dem hübschen Schmollgesicht und dem hauchenden Stimmchen, das sie fast einfältig erscheinen ließ. Sie war im Moment Roriks Favoritin, hatte Svanhild erfahren. Die anderen Frauen verdrehten die Augen.

»Ja«, sagte Svanhild. Ihr schien, als spiele Lena ihre Einfältigkeit zum Teil nur vor. »Mir hat das eigentlich nichts ausgemacht. Solvi wollte mich zu meinem Bruder zurückschicken, aber ...« Ihr fiel plötzlich ein, dass es wohl besser war, diese Geschichten für sich zu behalten. Das war etwas zwischen Solvi und ihr. Doch diese Frauen waren nett zu ihr, und sie schienen ihr ein wenig einsam zu sein. Ihrem Gespräch entnahm Svanhild, dass Rorik seiner Frauen sehr schnell überdrüssig wurde, und danach war ihr Leben nicht mehr so komfortabel. Mit einigen von ihnen musste Svanhild sehr langsam sprechen, denn sie sprachen Norwegisch nur schlecht und gespickt mit friesischen Wörtern, die sie nicht kannte.

»Hat er sich keine Sorgen um deine Sicherheit gemacht?«, fragte Lena.

»Nein«, erwiderte Svanhild nachdenklich. »Ich war keine besonders gute Braut für ihn, anfangs. Vielleicht bin ich das immer noch nicht.«

Das stimmte. Sie war eine Närrin und ein Kind gewesen in jener Hochzeitsnacht. Statt die demütigende Erfahrung in der Erinnerung wiederaufleben zu lassen, erzählte sie Roriks Frauen lieber, wie Solvi versucht hatte, ihren Bruder zu töten, sich von seiner Schuld aber losgekauft und stattdessen sie eingefangen hatte. Die Frauen zeigten ihr Erschrecken und Erstaunen genau an den Stellen, an denen Svanhild es sich gewünscht hatte. Sie hatten recht, es klang tatsächlich wie ein Heldenlied. Lena setzte sich erwartungsvoll vor sie hin.

»Ist Solvi ein ... ganzer Mann?«, fragte Lena. Eine der anderen Frauen schalt Lena, aber Svanhild lächelte verschmitzt.

»Oh ja.« Svanhild wusste diese Rolle gut zu spielen, wenn sie auch nicht verstand, warum Lena sich so dafür interessierte. Wenn Solvi kein »ganzer Mann« in ihrem Sinne war, dann wusste Svanhild nicht, was ihm dazu fehlen sollte. Er hatte sich in ihrer Hand richtig angefühlt im Vergleich zu anderen Männern, die sie gesehen hatte.

»Stimmt es, dass seine Beine verdreht und vernarbt sind von ... von dem, was ihm damals passiert ist?«, fragte Kolla, eine ältere Frau mit hochmütigem Auftreten. Svanhild mochte sie trotzdem, sie musste klug sein, wenn sie ihren Platz hier behalten konnte, obwohl ihre Schönheit dahin war.

»Er will nicht, dass ich sie sehe.«

»Glaubst du denn, dass er dich deshalb nicht richtig liebt?«, fragte Lena. »Ich denke schon, dass er dich richtig liebt. Als ihr hergekommen seid, hat er dich angesehen, als ginge er jedem an den Kragen, der dir was antut, und als würde er dich am liebsten gleich vernaschen. Dabei hast du ausgesehen wie ein Junge, und dein Haar war ganz verzottelt.«

»Lena«, kam es scharf von Kolla.

Svanhild lachte. »Sie hat ja recht. Ich war wirklich schrecklich angezogen. Vielleicht liebt er das ja.«

»Er liebt dich«, sagte Lena. »Du musst ihn nur dazu bringen, es dir zu zeigen. Sag ihm, er soll dir Geschmeide schenken.«

»Hör nicht auf sie«, sagte Kolla. »Er hat nur Angst, dass du ihn abstoßend findest, deshalb kriegst du seine Beine nicht zu sehen. Wenn du seine Narben siehst und ihm zeigst, dass du ihn trotzdem liebst, dann hast du ihn für immer gewonnen.«

Darüber wollte Svanhild nicht nachdenken. Bis jetzt hatte es ihr noch nie viel Glück gebracht, Solvi zu nahe zu kommen. Gerade erst waren sie etwas vertrauter miteinander geworden, das würde ihn vielleicht dann nur wieder entfremden. Und seine Narben, ganz gleich welcher Art sie auch sein mochten, fand sie tatsächlich abstoßend. Snorri trug seine schlimmsten Entstellungen im Gesicht, doch Solvis waren verborgen. Obwohl sie eigentlich gar nicht so schlimm sein konnten. Schließlich konnte er gehen und sogar kämpfen.

»Ich denke darüber nach«, gab sie schließlich zur Antwort.

An diesem Abend gab Rorik ein Fest für alle. Svanhild trug das Kleid, das sie aus dem neuen Stoff genäht hatte. Es lag ihr enger um die Brust als erwartet, dabei hatte sie als Schnittmuster ihr verschmutztes, altes Kleid hergenommen. Die weich fließende Seide fühlte sich luxuriös an über dem sauberen Hemd, das Lena ihr gegeben hatte. Lena meinte, sie hätten viele davon, aus einer Art glattem, importiertem Leinen, das fast durchscheinend war. Rorik und Solvi sprachen über Bewegungen von Armeen und Männern, und Svanhild versuchte Nachrichten über Ragnvald herauszuhören, der ja nun anscheinend mit Harald zog.

»Harald ist nicht hierhergekommen, um Verbündete zu suchen, obwohl wir über drei Generationen zurück blutsverwandt sind«, sagte Rorik.

»Ich glaube, im Moment ist er voll und ganz damit beschäftigt, das Land um ihn herum zu befrieden. Er braucht eine starke Basis im Rücken, wenn er auf weitere Eroberungszüge aus ist. Aber er wird hierherkommen, um Waffen zu kaufen.« Solvi sah nachdenklich aus. »Er hat sich gegen meinen Vater gestellt.«

»Hunthiof hatte noch nie die Gabe, sich Freunde zu machen«, sagte Rorik. »Er denkt, wenn er in seiner Halle sitzt und nichts tut, dann wird ihm schon nichts passieren.«

Solvi reagierte gereizt. Rorik hob abwiegelnd die Hand. »Er war mal ein wilder Kämpfer«, sagte er, »aber vom Tod deiner Mutter hat er sich nie ganz erholt, das weißt du selbst. Lass uns jetzt nicht darüber streiten. Das hier ist doch euer Willkommensfest.«

Solvi sah frustriert aus. Ja, dies war offensichtlich mehr als nur ein Kauf von Schwertern. Er wollte Rorik als Verbündeten gewinnen. Svanhild rückte näher an ihn heran und presste ihren Körper gegen seinen, bis er sich ein wenig entspannte. Das Fest ging nun über in einen Wettkampf von Schmähreden unter Betrunkenen und sogar in ein paar Rangeleien. Roriks Frau Kolla zog Svanhild vom Sitz.

»Komm. Du schläfst ja schon halb«, sagte sie. Svanhild folgte ihr aus der Halle. Roriks Bedienstete hatten für sie und Solvi eine Kammer mit einer Daunenmatratze hergerichtet, die komfortabler war als alles, worin sie seit Tafjord gelegen hatte. Aus der Halle drangen die Stimmen der Männer herüber, die sich unterhielten und miteinander scherzten. Als der Rhythmus ihrer Stimmen dem von Trinksprüchen folgte, einer Rede gefolgt von Hochrufen gefolgt von Stille, schlief Svanhild ein. Heute Nacht würde Solvi zu betrunken sein, um zu ihr zu kommen, also brauchte sie sich keine Gedanken machen, wie sie Kollas Vorschläge umsetzen könnte. Nicht heute Nacht.

KAPITEL 27

Vestfold wirkte auf Ragnvald wie ein Land, in dem Krieg herrschte. Auf ihrem Weg von Hordaland aus um die Südspitze Norwegens waren die Temperaturen immer weiter gesunken; oft regnete es in Strömen, und der Wind brachte sie ebenso häufig vom Kurs ab, wie er sie auf das Ziel ihrer Reise zutrieb. Als Haralds Schiffe zwischen den flachen Inseln des Oslofjords hindurchsteuerten, unterbrachen die Bauern an den Ufern ihre Arbeit und sahen ihnen nach, bis sie vorübergefahren waren. Sie starrten herüber, und Ragnvald schaute zurück. Einmal winkte er einem Bauern, doch der erwiderte seinen Gruß nicht, sondern lief stattdessen neben dem Schiff her, bis zur Grenze seines Ackers. Dort blieb er stehen, bis sie um eine Kurve gefahren waren und Ragnvald ihn nicht mehr sehen konnte. Ein Stück weiter den Fjord aufwärts zeugten verbrannte Felder und die verkohlten Ruinen von Hallen und kleineren Gebäuden vom Krieg, der über das Land hereingebrochen war. Ganz gleich, ob die Menschen hier Harald gefolgt waren oder sich ihm widersetzt hatten: Sie waren alle dafür bestraft worden, wenn nicht von der einen, dann von der anderen Seite.

Als der Fjord sich verjüngte, traten anstelle der kahlen Felder allmählich Kiefernwälder. Die Schiffe folgten einer letzten Biegung, dann öffnete sich die Landschaft aufs Neue, und weite Felder zogen sich vom Ufer empor. Im Vergleich zu Sogn mit seinen hohen Gebirgen und tiefen Fjorden wirkte die östliche Seite der nordischen Halbinsel eher flach. Die Kiefern hier waren höher als alle, die Ragnvald an den steilen Hängen rund um Ardal je gesehen hatte. In seiner Heimat musste man die Kühe anpflocken, damit sie von ihren abschüssigen Weiden nicht in den Fjord stürzten; hier hingegen grasten sie an flachen Hängen. Erstaunlich, wie eine so liebliche Landschaft einen so starken Krieger wie Harald hatte hervorbringen können.

Es dämmerte schon, als sie Alt-Halfdan erreichten, die legendäre Festung von Haralds Vater. Heming befahl den Männern, die Segel festzumachen, und sie ruderten in den natürlichen Hafen am Ende des Fjords. Da die steinernen Docks, die für Kriegsschiffe vorgesehen waren, bereits belegt waren, mussten Haralds Schiffe mit denjenigen vertäut werden, die vor ihnen angelegt hatten. Als Ragnvald Hakons Flaggschiff entdeckte, wurde er nervös. Solange er mit Harald unterwegs gewesen war, hatte er den Gedanken an die bevorstehende Begegnung einfach verdrängen können, doch jetzt konnte er ihr nicht länger ausweichen: Er musste Hakon bitten, ihn aus seinen Diensten zu entlassen.

Am Abend fand das Festmahl statt. Die Tische bogen sich unter dem Gewicht der Speisen, die man ihnen auftischte: Wildschwein am Spieß, geschmortes Rindfleisch, ja sogar einen halben Hirschen. Ronhild ließ ihre Dienerinnen fränkischen Wein ausschenken und hatte dafür gesorgt, dass jeder der anwesenden Krieger ein Mädchen bekam, das den Becher mit ihm teilte. Ragnvald war mehr denn je davon überzeugt, dass sie Zauberkräfte besaß. Wie sonst sollte sich ein Land, das vom Krieg so ausgelaugt worden war wie das, das sie eben durchquert hatten, einen derartigen Luxus leisten können?

Hakon schilderte, was er unternommen hatte, seit er sich

von Harald und dessen Streitmacht getrennt hatte: Er hatte die Fürsten von Hordaland quer durchs Land gejagt, bis zu den Inseln, wo sich jene, die ihm nicht die Treue schwören wollten, schließlich aufs offene Meer hinausgeflüchtet hatten.

»Jetzt werden sie sich neues Land suchen müssen«, erklärte Hakon. »Norwegen ist kein Land für Männer, die nicht bereit sind, sich ihrem König zu beugen.«

»Das ist ein großartiger Erfolg«, sagte Guthorm. »Aber auch wir haben Siege errungen, seit wir das letzte Mal miteinander gesprochen haben. Deine Söhne haben dir alle Ehre gemacht – Ragnvald, Oddbjorn und Heming.« Er und Harald wechselten einen flüchtigen Blick. »Ich weiß, dass Ragnvald nicht dein Sohn ist, aber auch er hat sich mit seiner Tapferkeit als würdig erwiesen.«

Einer der Skalden in Haralds Halle gab seine Darstellung ihres Angriffs auf Hordaland zum Besten, wobei er betonte, wie mächtig König Eiriks Festung doch gewesen war, wie schön und hochmütig seine Tochter und wie galant Haralds Schwur. Auch Ragnvald wurde erwähnt und dass er fast umgekommen wäre, als er seinem König das Leben rettete. Ragnvald wurde nervös, als er hörte, wie der Skalde Harald als seinen König bezeichnete, und versuchte, jeden Augenkontakt mit Hakon oder einem seiner Männer, inmitten derer er saß, zu vermeiden. Noch kurze Zeit zuvor hätte es ihn mit Stolz und größter Zufriedenheit erfüllt, unter ihnen weilen zu dürfen, doch jetzt fühlte er sich schuldig.

»Ich hatte immer geglaubt, die Frauen aus Vestfold seien die schönsten im ganzen Land, doch ich habe festgestellt, dass sich die aus Hordaland durchaus mit ihnen messen können«, sagte Harald, als das Lied verklungen war. Er hob sein Glas.

Die Krieger erwiderten den Trinkspruch, dann wurde es für

einen Moment ruhig in der Halle, während die Männer ihre Becher mit Bier leerten. Als das Klappern von Zinn auf Holz vernehmbar war und erkennen ließ, dass sie ausgetrunken hatten, wandte Heming sich an Thorbrand, der ihm gegenübersaß: »Dieser Harald ist auch mit meiner Schwester vermählt. Er sollte nicht sagen, dass die Frauen aus Vestfold die hübschesten sind. Oder die aus Hordaland. Meine Schwester ist aus Halogaland, und sie ist hübscher als alle diese Schlampen zusammen.«

»Meine Frau ist aus Vestfold«, entgegnete Thorbrand gelassen. »Daher gebe ich Harald recht. Die Männer mögen doch immer die Frauen am liebsten, die aus derselben Gegend stammen wie sie selbst.«

»Dann ist deine Frau also schöner als Gyda?«, fragte Ragnvald ihn, denn er wusste, dass Thorbrand es liebte, über seine Frau zu sprechen.

»Erindis ist für mich die Schönere von beiden, denn sie ist mein Weib«, sagte Thorbrand. Er winkte sie zu sich heran. »Ich habe den anderen Gutes über dich erzählt.« Erindis errötete. Sie war äußerst zierlich und so klein, dass sie unter Ragnvalds ausgestrecktem Arm hätte hindurchgehen können. Dennoch stellte in Ragnvalds Augen Gyda alle Frauen in den Schatten, die er jemals gesehen hatte, mit Ausnahme vielleicht von Vigdis. Falls Ragnvald Olaf tötete, hätte Vigdis als Witwe das Recht, sich einen Mann auszusuchen, ganz wie sie es wollte. Ragnvald rutschte unruhig auf seinem Platz hin und her und wandte seine Gedanken Hilda zu – Hilda mit ihrem ernsten Blick und ihrer unerschütterlichen Treue. Sie war es, der er sich versprochen hatte, als sie noch Kinder gewesen waren, und die ihm selbst dann treu geblieben war, als er nichts mehr besaß, was er ihr hätte geben können. Er hielt mehr auf sie als auf all jene Frauen, die sich hergaben, um

Macht zu gewinnen, denen es nichts ausmachte, nur eine unter vielen zu sein, solange es ein König war, mit dem sie sich verbinden konnten.

Ragnvalds Gedanken waren abgeschweift, und daher bekam er nicht mit, was Heming so plötzlich aufspringen ließ, dass die Bank, auf der er saß, mit einem lauten Krachen umkippte. Thorbrand fletschte die Zähne wie ein wütender Bär. Die beiden waren von johlenden Männern umringt, von denen keiner etwas gegen eine Keilerei gehabt hätte. Sogar diejenigen, die kurz davor gewesen waren, selbst einen Streit vom Zaun zu brechen, hielten inne, um ja nichts von dem zu versäumen, was hier geschah. Ragnvald hingegen hatte schon einmal miterlebt, wie Heming bei einem Festgelage in eine Auseinandersetzung verwickelt gewesen war, und wollte nicht, dass es diesmal genauso endete wie damals.

»Heming, mein Herr«, sagte er, »du bist betrunken und suchst nach einem Grund, um dich mit jemandem zu schlagen.« Er starrte Heming an, bis dieser zu Boden sah.

»Ja«, gab Heming zu. »Ich muss nach draußen, damit ich wieder einen klaren Kopf bekomme.« Er stand auf und taumelte aus der Halle.

Ragnvald ging zu Harald hinüber. »Wie wäre es mit ein paar Spielen«, schlug er ihm vor. »Dort drüben, wo ich sitze, geht es gerade hoch her.«

»Gute Idee«, sagte Harald. Er sah Guthorm an, der aufstand, um eine Reihe von Wettbewerben anzukündigen und ein weiteres Fass Bier anzapfen ließ. Er teilte einige der Männer für eine Runde Tafl mit echten Menschen ein, in der er gegen Hakon antrat. Bis zum Ende des Spiels kamen sie nicht, weil die Männer schon zu betrunken waren, um dort stehen zu bleiben, wo man sie hingestellt hatte. Guthorm befand das Spiel dennoch als grandioses Vergnügen, das vielleicht ja auch gerade deshalb so unterhaltsam gewesen war, weil sie es nicht zu Ende gespielt hatten.

»Und was jetzt?«, fragte Harald. Sein Gesicht leuchtete, denn auch er hatte ausgiebig getrunken.

»Armdrücken!«, rief Heming. »Lasst uns sehen, wer der Stärkste ist, die Krieger meines Vaters oder die von Harald.«

Eine Ankündigung wie diese stieß bei jedem Festgelage auf Begeisterung. Rasch hatten sich genügend Männer gefunden, die sich miteinander messen wollten. Im Handumdrehen hatte Heming das Turnier organisiert und die Männer in zwei Gruppen eingeteilt, die, immer zu zweit, gegeneinander antreten würden. Ragnvald fragte sich, wie betrunken Heming tatsächlich war. Ein Rausch war eine gute Ausrede, wenn man einen Streit vom Zaun brechen wollte, so wie Heming es offenbar mit Thorbrand vorhatte, aber ein klarer Kopf war ratsam, wenn man den Streit für sich entscheiden wollte.

»Willst du, Guthorm, als unser Gastgeber, die Rolle des Schiedsrichters übernehmen?«, fragte Heming. »Oder willst du selbst am Wettkampf teilnehmen?« Guthorm erklärte sich bereit, das Armdrücken zu überwachen, vorausgesetzt, dass Harald nicht antrat. Auch Ragnvald wollte nicht mitmachen, da seine Hand immer noch schmerzte.

Der Wettkampf begann, und je zwei Männer setzten sich am Ende des Tisches einander gegenüber, einfache Krieger ebenso wie Anführer, obwohl die einfachen Männer meist kleiner und nicht so stark waren wie die Söhne vornehmer Familien, die ihr ganzes Leben lang gut genährt worden waren. Die Reihen lichteten sich allmählich, als ein Mann nach dem anderen mit schmerzenden Armen vom Tisch aufstand, bis nur noch einige wenige übriggeblieben waren. Ragnvald feuerte Thorbrand, Oddi und Heming an, als sie an der Reihe waren. Immer wenn er seinen Becher geleert hatte, füllte eine bezaubernde junge Dienerin mit einem kurzen schwarzen Haarschopf ihn wieder, wobei sie ihre Finger jedes Mal für einen Moment auf seinen ruhen ließ. Heute Nacht würde er es mit ihr treiben, später, wenn dieser Wettbewerb vorbei war.

Heming besiegte alle seine Herausforderer mühelos. Er hatte lange Arme, war aber auch ungeheuer stark. Außerdem ging er immer sofort zum Angriff über, noch bevor der Gegner seine Kräfte eingeschätzt hatte.

In der dritten Runde schließlich, als nur noch rund zehn Männer übrig waren, traf Heming auf Thorbrand. Einer von Haralds Männern wickelte den Lederriemen um ihre Hände und band ihn fest, jedoch nicht allzu eng. Heming bog Thorbrand das Handgelenk nach hinten und drückte gegen seinen Arm. Thorbrand zuckte vor Schmerz zusammen, zum ersten Mal, seit der Wettbewerb begonnen hatte. Heming musste wahrhaftig einen stählernen Griff haben.

Es gelang Thorbrand zwar, Hemings Arm zurückzudrücken, bis es in der Mitte des Tisches zu einem kurzen Stillstand kam, doch Heming grinste nur und packte noch fester zu, bis seine Finger ganz weiß wurden. An Thorbrands Kiefer traten die Muskeln hervor, doch er hielt verbissen dagegen. Dann begann sein Arm plötzlich zu zittern, zunächst nur am Handgelenk, kurz darauf aber komplett, bis hinauf zur Schulter. Thorbrand drang der Schweiß aus allen Poren, während sich über Hemings Gesicht ein Lächeln zog, das strahlender war als sein goldblonder Bart, es war ein wildes, rücksichtsloses Grinsen.

Thorbrand kämpfte bis zum Schluss. Sein Gesicht war rot, und in seinen Augen standen Tränen, so sehr strengte er sich an. Schließlich aber presste Heming Thorbrands Handrücken auf den Tisch, und dieser hob den anderen Arm, um anzuzeigen, dass er sich geschlagen gab. Haralds Helfer trat wieder hinzu und löste den Riemen, der die Hände der beiden zusammengehalten hatte.

»Lass mich mal sehen«, forderte Thorbrand ihn auf. Der Mann warf Heming einen zögerlichen Blick zu, doch dieser nickte.

»Ja, zeig ihm den Riemen nur«, sagte Heming überheblich. »Er soll sehen, dass ich ihn auf anständige und ehrliche Art besiegt habe.«

Thorbrand fuhr mit den Fingern über den Riemen und sah dann seine Hand an. Ragnvald kam näher, um besser erkennen zu können, was Thorbrand gesehen hatte. Quer über seine Handfläche zog sich eine rote Linie, die aussah, als hätte ihm irgendetwas Scharfes an dem Lederriemen die Haut fast bis zum Blut aufgeritzt.

»Was ist los?«, sagte Heming. »Kannst du dich nicht damit abfinden, dass ich gewonnen habe?«

Thorbrand warf den Lederriemen auf den Boden und packte Heming am Kragen seiner seidenen Tunika. »Du hast irgendetwas mit dem Riemen gemacht«, sagte er leise. »Das würde ich sogar beschwören. Es hat sich angefühlt, als würde mir jemand mit einer Klinge in die Hand schneiden.«

»Dann würdest du es also bei deiner eigenen Schwäche beschwören?«, fragte Heming und stand auf, so dass Thorbrand ihn nicht weiter zu sich herunterziehen konnte. »Ich kann Schmerzen aushalten, ohne zu jammern, aber du offenbar nicht!«

»Du treibst ein falsches Spiel«, sagte Thorbrand. »Ich habe keine Ahnung, wie du es gemacht hast, aber ich weiß es.«

»Willst du mich herausfordern?«, fragte Heming ihn. »Ich habe mich schon sieben Mal duelliert und meinen Gegner immer getötet. Ich hätte nichts gegen ein achtes Mal.«

Thorbrand ballte seine Hände zu Fäusten. Sein Unterkiefer

mahlte, sein Gesicht war immer noch rot vor Anstrengung. »Nein«, erwiderte er schließlich. »Dein Vater ist ein wichtiger Verbündeter für Harald, und es gibt bessere Gelegenheiten, meine Treue zu ihm unter Beweis zu stellen.« Er sprang mit einem Satz auf, packte Heming wieder am Kragen und zog ihn dicht zu sich heran, bis dessen Gesicht knapp vor dem seinen war. »Aber verlass dich drauf: Wenn du mir noch einmal so kommst, dann wird dein Vater dir ein Königreich suchen müssen, das sich mit einem verstümmelten Herrscher zufriedengibt. Ich habe auch noch kein Duell verloren, aber wenn ich dich töten würde, wäre es fast schade um dich. Vielleicht sollte ich dir lieber dein hübsches Gesicht zerschneiden, damit die Frauen schreiend vor dir davonlaufen.«

Ragnvald blickte sich nach Hakon um. Dieser war an einer ruhigen Feuerstelle, ein Stück weit von dem Wettkampf entfernt, in ein Gespräch mit Guthorm vertieft gewesen, doch nun stand er auf und kam mit großen Schritten auf sie zu.

»Jetzt könnte ich dich herausfordern«, sagte Heming. »Du hast mich bedroht und beleidigt. Es wäre also ein rechtmäßiges Duell.«

»Dann tu es doch!«, sagte Thorbrand.

»Mein Sohn!«, sagte Hakon. »Tu es nicht.«

Heming löste sich aus Thorbrands Griff, schüttelte den Kopf und rief mit klarer Stimme: »Thorbrand Magnusson hat mich beleidigt, hat mir gedroht, mich zu verstümmeln, und hat mich als Betrüger beschimpft. Ich verlange ein Duell, um meine Ehre zu verteidigen.«

Harald schaute auf. »Vielleicht hast du es ja noch nicht gehört, Heming Hakonsson«, erklärte er, »aber ich werde Duelle unter Strafe stellen, wenn ich König bin. Sie sind sinnlos und führen nur zu Blutfehden, die ganze Landstriche ihrer besten Krieger berauben. Nein, wenn es einen Streit zwischen dir und

Thorbrand gibt, dann sagt mir, worum es geht, und ich werde eine Strafe festsetzen.«

»Er hat recht«, pflichtete Thorbrand ihm bei. »Lasst uns eine Verhandlung abhalten. Heming hat mich beim Armdrücken betrogen. Ich rufe deinen Helfer dort drüben.« Bei diesen Worten deutete er zu dem Mann hinüber, dessen Aufgabe es gewesen war, den Riemen um ihre Handgelenke zu schlingen. »Er soll vor den Göttern, seinem Goden und seinem König schwören, dass er an dem Lederriemen nichts verändert hat, was mir beim Wettkampf mehr Schmerzen bereiten würde, so dass ich verliere.«

»Lassen wir Heming entscheiden, ob wir weitermachen sollen«, wandte Harald ein. »Er wusste bis zu diesem Moment ja noch nichts davon, wie ich Gericht halte.«

Heming sah Ragnvald, Hakon und dann auch Thorbrand wütend an. Ragnvald schüttelte den Kopf. »Ich nehme meine Herausforderung zurück«, sagte Heming schließlich.

»Gut so«, kommentierte Thorbrand seine Entscheidung. Heming machte einen Satz auf ihn zu, den Dolch in der Hand, bremste sich dann aber und stieß ein hämisches Lachen aus, als Thorbrand zusammenzuckte.

»Ja, versteck dich nur hinter deinem König«, sagte Heming, so leise, dass Harald ihn nicht hören konnte, wohl aber Ragnvald und die anderen, die in seiner Nähe standen. »Nur ein Feigling verweigert ein Duell. Wir werden schon noch den richtigen Moment und Ort dafür finden, das schwöre ich.«

»Und ich ebenso«, erwiderte Thorbrand.

Hakon hieß Heming neben sich auf der Bank Platz zu nehmen und winkte einen der Mundschenke zu sich. Wenn Heming bis zum Umfallen trank, hätte sich die Sache zumindest für heute Nacht erledigt.

»Erzählt uns mehr!«, rief Harald. »Wer von euch kennt

noch nicht die Geschichte, wie Ragnvald der Halb-Ertrunkene den Draugr von Smøla erschlug?«

Die Männer begannen zu jubeln, nur Ragnvald schauderte. Doch Hakons und Haralds Männer brauchten jetzt dringend irgendetwas, das sie auf andere Gedanken bringen und die Kluft überbrücken würde, die sich durch Hemings Streitsucht zwischen ihnen aufgetan hatte.

»Ich habe gehört, dass sie dich Ragnvald den Draugr-Töter nennen«, sagte Thorbrand. »Erzähl uns die Geschichte!«

Ragnvald blickte zu Heming hinüber, der seinen Kopf inzwischen müde in die Hand gestützt hatte. »Eigentlich hätte Heming ihn erschlagen sollen, aber sein Vater wollte lieber mein Leben aufs Spiel setzen als das seines Sohnes. Wäre es tatsächlich eine Sage, dann wäre es wohl besser, wenn ich umgekommen wäre, damit Heming sich als Held feiern lassen kann.«

Heming grinste; er war längst nicht mehr nüchtern. »Ragnvald macht nur selten das, was man von ihm erwartet. Vor allem will er nicht dann sterben, wenn andere das gerne hätten.« Die Anwesenden lachten, und Ragnvald fühlte sich schon etwas wohler.

»Ich bin noch nie einem Draugr begegnet«, sagte Harald. »Ich wusste nicht einmal, ob es sie wirklich gibt.«

Oddi warf Ragnvald einen warnenden Blick zu, den dieser wohl zu deuten wusste. Die Wahrheit über den Draugr erzählen, oder zumindest das, was er dafür hielt, konnte er Harald immer noch unter vier Augen, falls das überhaupt eine Rolle spielte. Vielleicht hatte Oddi ja recht, und die Geschichte zählte mehr als die Wahrheit. »Auch ich kann immer noch nicht sagen, ob es sie wirklich gibt«, fuhr Ragnvald fort. »Alles, was ich weiß, ist, dass es ein starker Mann war« – solange er noch lebte, wollte Ragnvald hinzufügen, verkniff es sich jedoch im letzten Moment ..., »und auch dann noch, als er starb. Er spürte keinen Schmerz.«

Er erzählte die Geschichte, so gut er konnte, wobei er sich ausführlich über die magischen Kräfte der Zauberin und die Schönheit ihrer Tochter ausließ. Als er jedoch endlich bei seinem Kampf mit dem Draugr angelangt war, fand er einfach nicht die richtigen Worte, um seine Tat heldenhaft klingen zu lassen. Er hatte Angst gehabt, war gestolpert und hatte am Ende nicht einmal mehr die Kraft besessen, dem Wesen den Kopf abzutrennen. Oddi verdrehte die Augen.

»Er erzählt es nicht richtig«, unterbrach er ihn. »Ein Krieger sollte seine Kühnheit nicht nur mit seinem Schwert unter Beweis stellen, sondern auch mit seiner Zunge.«

»Na dann? Wie sieht es mit deiner Zunge aus?«, forderte Harald ihn auf. Oddi ergriff die Gelegenheit beim Schopfe und gab eine frei erfundene Geschichte über eine Riesin zum Besten, der er einst den Hof gemacht hatte. Es schien, als würde er sie sich im selben Moment ausdenken, in dem er sie erzählte. Ragnvald glaubte einzelne Details aus jenen alten Geschichten wiederzuerkennen, die man sich bei den Julzeitfesten erzählte. Oddi drückte dem Ganzen jedoch durchaus seinen eigenen Stempel auf, und Ragnvald musste aus ganzem Herzen über die Grimassen lachen, die Oddi schnitt, als er schilderte, wie er es mit der unersättlichen Riesin getrieben hatte. Harald brüllte vor Lachen, als Oddi geendet hatte.

»Wenn aber einer zu sehr prahlt, wird er nicht lange willkommen sein«, meldete Heming sich zu Wort. »Ragnvald tut gut daran, den Mund nicht zu voll zu nehmen.« Einen Moment lang war Ragnvald überrascht, von Hemings Seite Rückendeckung zu bekommen, bis dieser hinzufügte: »Sein Vater war unter dem Namen Eystein der Schwätzer bekannt ... Ragnvald dagegen hat seine Schwächen offenbar gut im Griff.«

»Ja, das hat er«, sagte Harald. »Seine Familie kann sich vieler Tugenden rühmen. Ich werde euch jetzt eine Geschichte erzählen, von der ich selbst eben erst erfahren habe und die Eysteins Kindern die Gerechtigkeit widerfahren lässt, die sie verdient haben.« Ragnvald und die übrigen von Hakons Männern beugten sich vor und lauschten ihm gespannt.

»Ihr kennt doch alle diesen Solvi Hunthiofsson – wahrscheinlich sogar besser als ich – und wisst, dass er hinkt. Er war mit König Nokkves Tochter vermählt, aber sie grauste sich vor ihm, so dass er sie in seinem Stolz beiseiteschob und sich mit einem anderen Mädchen einließ.«

»Man sagt, sie habe ihn verzaubert«, fuhr Harald fort. »Er fuhr gerade über die Meere, als er zufällig das Schiff enterte, auf dem sie sich befand. Da stellte sie sich an den Bug und bot sich ihm an, weil sie es nicht ertragen hätte, dass er dem Kaufmann, in dessen Obhut sie sich befand, irgendein Leid zufügte. Solvi war von ihrer Kühnheit so angetan, dass er sie heiratete. Sie habe ihn so betört, sagt man, dass er nicht einen Augenblick lang von ihr getrennt sein wollte. Sie brachte ihn sogar dazu, seinen Vater zurückzulassen, und nun segeln sie gemeinsam über die Meere, als Piraten, er und sie.«

»Das klingt ja gerade so, als würdest du ihn bewundern«, sagte Heming. »Ich dachte, Solvi wäre dein Feind.«

»Das ist er auch«, erklärte Harald. »Aber dem Mädchen würde ich doch gerne einmal begegnen, und dann würde ich sie Solvi wegnehmen. Es gibt ganz sicher keine Frau, von der ich mich verzaubern lassen würde, aber die Frau, die Solvi verzaubert hat, würde ich nur allzu gerne kennen.« Er lächelte Ragnvald an. »Es wird viele Frauen geben, denen ich die Ehe versprochen habe, um Verbündete zu gewinnen, aber diese eine würde ich um ihrer selbst willen heiraten.«

»Wer ist sie?«, fragte Ragnvald ihn. Mit einem Mal fröstelte ihn. »Und was hat das alles mit meinem Vater zu tun?«

»Ich dachte, das wüsstest du selbst am besten«, sagte Harald mit gerunzelter Stirn.

»Wer ist sie?«, wiederholte Ragnald seine Frage.

»Svanhild Eysteinsdatter.« Harald sah Ragnvald in die Augen. »Deine Schwester. Ich dachte, das wüsstest du längst und das sei auch der Grund dafür, dass Solvi dein Feind ist.«

»Solvi ist mein Feind, weil er mir das hier angetan hat«, sagte Ragnvald und deutete auf die Narbe, die ihm den Mundwinkel verzog, ganz gleich, welche Miene er aufsetzte.

»Es ging dabei gar nicht um deine Schwester?«

»Nein«, sagte Ragnvald.

Harald lachte laut auf, doch sein Blick verriet seine Verunsicherung. »Dann trägt sie ihren Namen also zu Recht: Svanhild – Schwanenkampf, denn es war auf dem Seeweg des Schwans, wo sie ihren eigenen Kampf geführt und ihn auch gewonnen hat. Ich werde meinen Skalden bitten, ein Lied über sie zu ersinnen.«

»Und so zu ihrer Schmach beitragen?« Ragnvalds Wut war so abgrundtief, dass sie sich wie eine vollkommene, wenn auch höchst gefährliche innere Ruhe anfühlte. »Tu es nicht, ich bitte dich.« Er stand auf und stolperte aus der Halle, ohne um Erlaubnis zu bitten.

*

Draußen im Halbdunkel musste Ragnvald sich erst einmal übergeben. Er erbrach das ganze fette Fleisch, das ihm beim Gelage aufgetischt worden war, und würgte, bis nichts mehr in seinem Magen war. Dennoch ärgerte es ihn, als er sah, was für eine Sauerei er angerichtet hatte. Es schien sich jedoch niemand darum zu scheren, obwohl es eher ungewöhnlich war, dass jemand bei einem Festgelage schon so früh derart betrunken war, dass er das Essen nicht bei sich behalten konnte.

Ragnvald schleppte sich zum hinteren Ende der Halle, wobei er sich immer wieder mit der Hand an den hohen Pfosten abstützen musste. Von drinnen hörte er Gelächter und Gesang. Es kam ihm vor, als würden sie über ihn lachen und bereits ein Lied singen, in dem Svanhild verunglimpft wurde.

Über dem Horizont war der Mond aufgegangen, ein bleicher Geist am dunkelblauen Himmel. Dann bemerkte Ragnvald, wie Oddi kam und neben ihm herging.

»Wie kann der Skalde es überhaupt wissen? Wie hat er es erfahren?«, fragte Ragnvald, obwohl ihm insgeheim längst klar war, dass Harald die Wahrheit gesprochen hatte. »Es ist Monate her, seit wir von Sogn aufgebrochen sind. Bei Hildas Familie war sie doch in Sicherheit, weit weg von Solvis Seewegen.«

Oddi kickte mit dem Fuß gegen einen Stein, der davonsprang und in der Dunkelheit verschwand. »Du weißt, wie schnell Worte fliegen können; es sind so viele Schiffe unterwegs.« Er sah Ragnvald aus zusammengekniffenen Augen an. »Aber ich habe für dich nachgefragt. Ich habe so getan, als könnte ich es nicht glauben.«

»Und?«

»Der Skalde hat mir erzählt, wie er Kunde davon erhalten hat. Ein Fischer auf einer Insel, wo Solvi sein Lager aufgeschlagen hatte, hat es von einem von dessen Männern erfahren, einem jungen Burschen, dem die Geschichte gefallen hatte. Und der Fischer erzählte sie dem nächsten Kaufmann, der vorbeikam. Ich glaube, Harald wollte dir damit ein Kompliment machen. Er hatte keine Ahnung, dass du noch nichts davon wusstest.«

»Ja«, entgegnete Ragnvald knapp.

»Ich werde mit dir kommen, um sie zu rächen«, versprach Oddi. »Heming würde sich auch anschließen, auch wenn er andere Gründe dafür hat.«

»Ich hätte besser mit Heming gehen und Tafjord überfallen sollen«, sagte Ragnvald. »Wenn es uns gelungen wäre, hätte dein Vater uns vielleicht verziehen und Solvi wäre jetzt vielleicht schon tot. Und meiner ... meiner Svanhild wäre das hier erspart geblieben.«

»Vielleicht hättest du ihn dort aber auch gar nicht gefunden, und dann hättest du den Zorn meines Vaters ganz umsonst auf dich gezogen«, gab Oddi zu bedenken. »Komm schon, das hättest du doch niemals getan.«

»Weil ich nicht kühn genug dafür bin, meinst du.« Ragnvald trat gegen einen Steinbrocken, so wie Oddi es zuvor getan hatte, und kickte ihn dann mit Schwung in eines der Zelte, das in der Nähe stand. Der Eigentümer des Zeltes stieß einen Schrei aus und streckte den Kopf heraus. Ragnvald zog die Schultern hoch und ging schnell weiter.

»Nein«, widersprach Oddi. »Weil du kein Narr bist.«

»Ich habe mich aber wie einer benommen«, sagte Ragnvald. »Sogar schon oft.«

»Warum dann nicht auch diesmal? Bitte Harald, dir Männer zu überlassen, um Solvi zur Strecke zu bringen. Bitte meinen Bruder, mit dir zu kommen, worauf wartest du?« Die Vorstellung war verlockend, doch Ragnvald kannte Solvi besser als alle anderen hier, die in ihm einen Feind sahen. Solvis Schiffe segelten so schnell, als würden sie von magischen Kräften geleitet. Er war nahezu überall ein willkommener Gast, in den Hallen Islands ebenso wie in jenen Britanniens. Er hatte sogar Freunde in den baltischen Wikingerstaaten und konnte sich überall verstecken, wohin seine Schiffe ihn trugen.

»Falls sie mit Solvi unterwegs ist, können sie überall sein«, erklärte er Oddi. »Und dein Vater wäre kaum erfreut, wenn ich jetzt genau das mache, wovon er Heming abzuhalten versuchte.«

»Immerhin hast du dir die Sache schon durch den Kopf gehen lassen«, sagte Oddi. »Aber wenn es meine Schwester wäre, dann würde ich das nächstbeste Schiff nehmen.«

»Und dann? Du würdest also kreuz und quer über das Nordmeer fahren, bis du eines Tages ertrinkst? Und was sind das für Schwestern, für die du losziehen würdest, um sie zu retten? Du würdest das also für Hakons Töchter tun, sagst du? Du hast mir noch nie von diesen Schwestern erzählt.«

»Du hast ja recht«, sagte Oddi. »Ich habe keine echten Schwestern. Ich wollte dir ja nur mein Mitgefühl ausdrücken. Du sprichst über Svanhild, wie die meisten Männer sonst nur über ihre Allerliebste sprechen oder über einen Herzensfreund. Ich habe das Gefühl oder vielmehr die Befürchtung, du würdest alles für sie tun.« Er hielt einen Augenblick inne. »Und ich werde dir dabei helfen.«

»Ich danke dir«, sagte Ragnvald. »Ja, das stimmt: Ich würde alles tun, auch wenn ich jetzt, in diesem Moment, nur abwarten kann. Ich habe deinem Vater die Treue geschworen, und außerdem bin ich diesem närrischen Knaben so gut wie verpflichtet, und ich habe Svanhild verloren.«

»Du hast recht, wenn du mich einen Narren nennst«, hörten sie jemanden hinter sich sagen. Es war Harald. »Ich bin gekommen, um mich zu entschuldigen. Wie ich schon sagte: Solvi und sein Vater sind unsere Feinde. Du kannst dich also darauf verlassen, dass deine Schwester gerächt werden wird. Und ich habe es ernst gemeint: Ich würde sie zu einer meiner Frauen oder Konkubinen machen.«

»Meine Schwester hat mehr verdient, als nur eine unter vielen Frauen zu sein.« Ragnvald wollte Haralds Mitgefühl nicht; er wollte, dass Harald diese ganze Geschichte ungeschehen machte, dass er Svanhild wieder dorthin versetzte, wo Ragnvald sie zurückgelassen hatte: in die Obhut seiner Verlobten. Oddi legte seine Hand auf Ragnvalds Schulter.

Harald richtete sich auf. Der junge Hüne überragte Ragnvald deutlich. »Keine meiner Frauen wird nur eine unter vielen sein«, erklärte er. »Pass auf, was du sagst! Eines Tages werde ich der wichtigste Mann Norwegens sein und meine Gemahlinnen die wichtigsten Frauen Norwegens.«

»Eines Tages, eines Tages …«, ahmte Ragnvald ihn spöttisch nach.

Harald legte die Hand auf sein Schwert. »Du wirst meine Entschuldigung annehmen. Ich habe einen Fehler begangen. Ich wollte niemanden beleidigen, aber wenn du mich herausforderst, werde ich dich töten.« Ragnvald wich einen Schritt zurück. »Es gibt niemanden, der es wagt, mich herauszufordern, und am Leben bleibt.«

»Ja«, antwortete Ragnvald widerwillig. »Dann nehme ich deine Entschuldigung an und …« Er biss die Zähne zusammen und fuhr fort: »… und danke dir, dass du mir diese Neuigkeiten überbracht hast. Ich hoffe, wir sind trotzdem noch Freunde. Meine Worte waren voreilig gesprochen. Doch jetzt bitte ich dich darum, dass es mir erlaubt sei, heute Nacht nicht mehr in deine Halle zurückzukehren.«

»Natürlich«, erwiderte Harald. In dem Gesicht des freundlichen Knaben war nichts mehr von dem furchteinflößenden Krieger zu erkennen. »Es war wirklich ein schwerer Schlag für dich. Du kannst auf meine Gastfreundschaft zählen, so lange du sie in Anspruch nehmen willst. Wenn du dich beruhigt hast, sollten wir darüber sprechen, wie wir deine Schwester aus der Gewalt von Solvi dem Kurzen befreien können. Er hat sie nicht verdient.«

Ragnvald dankte Harald noch einmal, der daraufhin zu seiner Halle zurückkehrte. Ragnvald ging hinunter zu seinem Schiff, um den Fellschlafsack und das Zelt zu holen, das er mit Oddi immer geteilt hatte, wenn sie an Bord genächtigt hatten. Es war eine angenehme Spätsommernacht. Über ihnen leuchteten schimmernde Nordlichter. Vom seichten Ufer des Fjords wehte eine warme Brise herauf.

»Ich werde bei dir bleiben«, sagte Oddi. »Heute Nacht lässt es sich ganz gut im Freien schlafen. In der Halle wird ohnehin ein ziemlicher Gestank sein, nach der ganzen Fresserei und Sauferei.«

Bei diesen Worten begann Ragnvald wieder zu würgen. Oddi lachte, tat aber schnell so, als müsste er husten.

Ragnvald warf ihm ein gequältes Lächeln zu. »Bitte, sprich nicht mehr über Essen.« Dann begann er das Zelt aufzubauen. »Wenigstens hat Solvi sie zur Frau genommen.«

»Und er hat eine Heldin aus ihr gemacht«, sagte Oddi. »Ich wünschte, ich hätte ihr beim *Thing* mehr Beachtung geschenkt. Svanhild, Geliebte der Könige, du solltest Harald erlauben, dieses Lied zu machen.«

»Svanhild würde es gefallen«, gab Ragnvald zu. Er setzte sich auf den Boden und stützte den Kopf in seine Hände. Er hatte das Gefühl, als würde der Boden unter ihm nachgeben. Als er tief Luft holte und sich aufrichtete, stieg ihm sein eigener Geruch in die Nase. Seit er sich übergeben hatte, stank er am gesamten Körper nach saurem Schweiß; dazu kam der Schmutz einer ganzen Woche auf See. »Schauen wir nach, wo hier das Badehaus ist«, schlug er vor. »Jetzt, während des Festgelages, wird es niemand benutzen.«

KAPITEL 28

Am nächsten Morgen döste Svanhild zwischen Schlafen und Wachen, bis Solvi sie in die Arme nahm. Seine Bewegungen waren langsam und verschlafen, daher wusste sie nicht, ob er schon richtig wach war.

Schließlich stand sie auf und sah auf ihn herab. Ein Sonnenstrahl fiel durch eine Ritze im Dach und ließ sein Haar und den kurzen Bart golden aufleuchten. Der Anflug eines Lächelns spielte auf seinem schlafenden Gesicht. Er war ein schöner Mann, das war schon ihr erster Eindruck von ihm gewesen, mit breiten Schultern. Vielleicht sollte sie ihn als eine Art Seekreatur ansehen, einen Wassermann, oberhalb der Gürtellinie Mensch und absonderlich darunter.

Er öffnete die Augen, und das Lächeln verschwand aus seinem Gesicht. »Warum siehst du mich so an?«, fragte er.

»Ich dachte an unsere erste Begegnung.« Sie senkte den Blick.

»Damals hast du mich gemocht«, sagte Solvi.

Svanhild nickte lächelnd, sagte aber nichts, um nicht lügen zu müssen. Sie würde ihn auch jetzt mögen, wenn er sie nur ließe.

Er stützte sich auf die Ellbogen und verzog das Gesicht. »Rorik hat Feuerwasser aus Irland ausgegeben«, sagte er. Er ließ den Kopf wieder zurückfallen und runzelte die Stirn.

»Agh, auch nicht besser. Schick mal nach Bier und einem Kübel.«

Svanhild erfüllte seine Bitte, und obwohl Solvi noch eine Stunde lang grün im Gesicht war, als er im Bett saß, musste er sich nicht übergeben. Er bat Svanhild, sich im Bett neben ihn zu setzen. Plötzlich war sie wieder befangen. Sie sprachen nicht viel, wenn sie alleine zusammen waren. Privat gab sie Solvi das Recht an ihrem Körper, in der Öffentlichkeit spielte sie die Rolle seiner Abenteurerfrau, was ihr sehr gefiel.

»Ich weiß, ein Teil von dir ist mir immer noch feindlich gesinnt«, sagte er und spielte mit ihren Haarspitzen. Wie sie so dasaßen, berührten sich ihre Körper, und Svanhild musste ihn nicht ansehen. Sie wehrte sich sofort gegen seinen Vorwurf. »Ich weiß nicht, was für ein Spiel du treibst«, fuhr er fort. »Du weißt es wohl selbst nicht so recht. Aber Rorik mag dich, und du musst jetzt zu mir halten.«

Svanhild knabberte an ihrer Unterlippe. Zu ihm halten? Sicherlich meinte er nicht so wie hier, privat; er musste ein politisches Ziel im Auge haben. Ragnvald zog mit Harald, und Solvi war gegen Harald. Vielleicht bedeuteten die Gerüchte nichts, die ihnen zu Ohren gekommen waren, und Ragnvald folgte Harald nur, weil Hakon ihm folgte. Ragnvald würde nach Ardal zurückkehren, dann wäre Hunthiof, oder später Solvi, sein Nachbarkönig. Sicher würde er Solvi eines Tages als Verbündeten schätzen.

»Ich halte zu dir«, sagte sie. »Wenn du mir mehr erzählst, kann ich dir vielleicht sogar helfen.«

Seine Finger verfingen sich in ihrem Haar und zerrten ein wenig daran. »Nein, du wirst gegen mich kämpfen.«

»Bestimmt nicht«, protestierte sie. Während der wochenlangen Reise hatte sie sich so oft den Mund verboten und scharfe Antworten verkniffen, aber sie fragte sich, ob er überhaupt merkte, wie hart sie an sich arbeitete.

»Doch, oder du möchtest es vielleicht. Aber ich will jetzt nicht mit dir streiten. Tu einfach weiter so, als seist du mein treues Weib. Das gefällt mir.«

Svanhild nahm seine Hand und löste die darin verwickelten Haarsträhnen. »Ich verhalte mich nicht anders als bisher«, sagte sie. »Nun trink dein Bier.«

*

An diesem Abend sprach Rorik wieder über Harald, und zwar voll Bewunderung. Svanhild beobachtete Solvis Reaktion, als Rorik erzählte, Haralds Mutter hätte die Vision, ganz Norwegen unter seine Herrschaft zu bringen.

»Und jetzt hören wir, dass er versprochen hat, weder sein Haupthaar noch seinen Bart zu kürzen, bis er sein Ziel erreicht hat«, fügte Rorik hinzu.

»Dann muss er ja schrecklich aussehen«, sagte Svanhild. »Du kämmst deinen Bart zumindest.« Sie lachte und fing Solvis Blick auf. Der nickte kurz, als billige er diese Art von Schmeichelei.

»Das mache ich, weil ich weiß, dass junge Frauen eine gepflegte Erscheinung lieben.« Rorik grinste sie anzüglich an. »Aber man sagt, Harald sieht trotzdem aus wie ein Gott, ganz gleich, ob er sich kämmt oder nicht. Er ist größer als ich, und alle Frauen würden ihm gern in die Arme sinken.«

»Ich sicher nicht«, erwiderte Svanhild von oben herab. »Ich mag keine großen Männer.« Das war für Solvi bestimmt, der über das Kompliment schmunzelte. Und als Rorik sich gespielt entrüstet zeigte, berührte sie ihn an der Schulter und fügte hinzu: »Außer dir natürlich.«

»Wenn er Harald so sehr bewundert«, sagte Solvi später im Bett, als sie warm Seite an Seite lagen, »warum hat er sich ihm dann noch nicht angeschlossen?«

»Muss er sich jemandem anschließen? Hier in Dorestad ist er doch sein freier Herr. Warum sich einem König anschließen, wenn man selbst einer sein kann?« Doch all jene Könige, die sich Harald angeschlossen hatten, schienen anderer Meinung zu sein. Ragnvald hatte Hakon den Gefolgseid geschworen, und nun folgte er Harald und verpflichtete sich so einer Gehorsamshierarchie, in die Solvi und Rorik nicht eingebunden waren.

»Ja, warum sollte er?«, sagte Solvi. »Ich würde es nicht tun und werde es auch nicht.«

»Aber Harald kommt und will dir dein Land wegnehmen, hast du mir gesagt. Und was Hakon betrifft, er will ja auch Harald folgen.«

»Hakon folgt immer nur sich selbst«, sagte Solvi verächtlich. Er streichelte Svanhilds Schulter. »Glaubst du, Rorik würde mich unterstützen und mir vielleicht Schiffe leihen, damit ich Tafjord verteidigen kann?«

Svanhild spürte seine Anspannung. Das hatte er also gemeint, als er sie bat, zu ihm zu halten. »Glaubst du, Harald kommt nach Tafjord zurück, oder war das nur leeres Geschwätz?«, fragte sie. »Laut Rorik hat er bis jetzt ja lediglich Vestfold und Ringerike erobert.«

»Zumindest sagt er das«, erwiderte Solvi, »aber ich glaube nicht daran, es sei denn, der Halunke Hakon ist zu ihm übergelaufen. Hakon wird ihm dann einflüstern, Tafjord würde ihm kampflos in die Hände fallen.«

Svanhild antwortete nicht, denn dasselbe hatte sie beim *Thing* gehört. In dieser Hinsicht konnte sie ihm keinen Trost spenden. Aber es gab vielleicht doch noch Hoffnung. Auf seinen Raubzügen konnte Solvi immer viele Männer um sich scharen. Hunthiof war vielleicht genauso reich wie Hakon, wenn er es auch nur dadurch zeigte, indem er im Stillen Schätze anhäufte. Hakon hingegen hatte seinen Reichtum beim *Thing* offen zur Schau gestellt, hatte mit Geld um sich geworfen und durch sein Auftreten und seine Person Wohlstand und Eleganz demonstriert. Das war jedoch nicht die Art der Seekönige von Tafjord, die Gold und eine kleine, loyale Anhängerschaft von Seeräubern mehr liebten als einen großen Hof.

»Mein Vater war einst ein großer König«, sagte Solvi. »Das hat man sich immer erzählt, und ich habe es von Tryggulf und von den Skalden gehört. Aber er hat nicht viel unternommen, um die Bauern von Maer zufriedenzustellen. Wenn Harald nach Maer kommt, weiß ich nicht, wer zu meinem Vater hält und wer zu Harald überläuft.« Mit seiner Hand, deren Haut von den Jahren auf See rau und vernarbt war, streichelte er über Svanhilds Haut. Sie erschauerte.

»Was würdest du tun, wenn es nicht darum ginge, deinen Vater oder irgendjemand anderen zufriedenzustellen, nur dich selbst?«, fragte sie leise.

»Ich würde mir drei Schiffe nehmen«, erwiderte er, »würde auf Raubzüge gehen und im Winter alles verprassen und dann im nächsten Jahr wieder losziehen. Ich würde bei einem Seegefecht sterben, und die Fische würden meine Knochen fressen. Ich bin kein Bauer, ich will kein Land, um darin begraben zu werden. Ich bin bloß …«, er brach plötzlich ab. Svanhild musste nicht erst fragen, was er als Nächstes hätte sagen wollen. Auf See war er ein König, doch an Land war er nur der hoffnungslose Sprössling seines Vaters. An Land ging er mühsam und verkrüppelt einher und konnte nicht an einem Mast emporklettern, um größer zu sein als die Leute um ihn herum. An Land konnte er nicht entkommen.

»Aber so ist die Lage nun einmal nicht«, fuhr er mit rauer

Stimme fort. »Harald und sein Onkel kamen, um meinen Vater zu beleidigen. Sie haben ihm gesagt, er könnte genauso gut kampflos aufgeben. Das können wir nicht auf uns sitzen lassen.«

»Das ist eine Frage der Ehre.« Svanhild konnte das verstehen, auch wenn ihn das zu Ragnvalds Feind machte.

»Es ist meine Pflicht gegenüber meinem Vater und dessen Vater und dessen Vaters Vater, Tafjord zu verteidigen.« Svanhild hörte den unausgesprochenen Wunsch: den Wunsch nach einem Sohn, der nach ihm in Tafjord und über Maer herrschen würde, der Wunsch, die Verpflichtung weiterzutragen. Svanhild legte ihre Hand an den Bauch, der straff und fest war von den Härten der letzten Monate. Ihre Regel war einmal ausgeblieben, zu früh, um laut darüber zu spekulieren. Sollte sie es sein, die Solvi das gab, was er sich so sehr wünschte, dass er es nicht einmal zu benennen wagte?

*

Am nächsten Tag war ein Sturm aufgezogen, der die Männer im Haus festhielt. Einige dösten und tranken, andere spielten oder waren hinter Roriks Hörigen her. Solvi würfelte mit Rorik und ließ ihn ein paar Mal gewinnen, wobei Svanhild wusste, dass die Würfel gezinkt waren.

»Ich habe gehört, Harald plant, die norwegischen Küsten von Seeräubern frei zu halten und Steuern auf alle Güter zu erheben, die exportiert werden«, sagte er zu Rorik ohne Einleitung. Svanhild wurde aufmerksam. Sicher wusste Rorik sofort, dass Solvi ein Ziel verfolgte.

»Woher weißt du das?«, fragte Rorik.

»Er hat es uns selbst erzählt, als er mit seinem Onkel nach Tafjord kam.«

»Damit kommen sie nie durch«, sagte Rorik verunsichert.

»Nicht wenn die Könige, die sie unterwerfen wollen, sich gegen sie erheben. Dein Handel würde auf jeden Fall darunter leiden. Gib mir Männer auf den Weg oder komm selbst mit. Meine Kapitäne kennen die Westküste besser als jeder andere. Wir segeln immer dahin, wo er gerade angreifen will.« Solvi stellte sich vor Roriks Stuhl auf. Hätte sie sich nicht so viele Sorgen gemacht, hätte Svanhild sicher gegrinst. Ihr Mann wusste sich immer in Szene zu setzen.

»Wozu soll das gut sein? Wie ich höre, ziehen fünftausend Mann mit ihm«, sagte Rorik.

»Und zehntausend Mann ziehen gegen ihn, wenn sie einen Anführer finden.«

»Und du bist dieser Mann? Wie viele Männer hast du denn mitgebracht? Wenn es hoch kommt, gerade mal an die hundert. Was verstehst du schon von Schlachten, wie Harald sie schlägt: Tausende Männer auf festem Land, ein Schilderwall bis zum Horizont!«

»So sollte man das auch nicht angehen. Ich brauche flinke Seeräuber, Männer, die sich zwischen Felsen verbergen und schnell davonsegeln können. Haralds Armee frontal anzugreifen wäre Unsinn.«

»Und Männer aus den Bergen«, sagte Svanhild. »Jäger und Fallensteller. Die haben auch kein Interesse an einer Oberhoheit Haralds. An Land könnten sie dasselbe machen wie die Seeräuber im Meer.«

Solvi und Rorik wandten sich beide ihr zu und sahen sie an. »Meine Frau hat recht«, sagte Solvi. »Wenn ich deine Unterstützung habe, hören andere Könige auch auf mich. Du musst uns anführen. Ich würde dir folgen.«

»Du bist mein Freund, Solvi«, sagte Rorik und lachte verlegen, »aber trotzdem nein.«

»Männer, Schwerter, was immer du dann entbehren kannst.« Solvi richtete sich auf.

»Ich kann mich nicht auf eine Seite schlagen.«

»Was ist, wenn ich andere Verbündete aufbringe? Wenn Harald mächtig wird, üben alle anderen Könige ebenfalls mehr Macht aus. Wenn er die Seeräuberei in Norwegen verbietet, was meinst du, wie viele dann noch die Küsten heimsuchen, die du ja bekanntlich schützen sollst?«

»So lange ich den fränkischen Kaiser nicht zu sehr verärgere, kann ich tun und lassen, was ich will. Ich zahle ihm einiges an Steuern und leihe ihm Männer und Schiffe zu seinem Schutz, wenn er meint, jemanden beeindrucken zu müssen. Harald hat uns nicht im Visier, höchstens um Ulfberhts Schwerter von mir zu kaufen.«

»Und wie lange willst du noch darauf vertrauen?«, fragte Solvi. »Jetzt ist der richtige Moment, Harald zu schlagen, bevor er zu viele Verbündete gewinnt.«

»Du kannst Schwerter von mir haben.«

»Die landen nur in Haralds Händen, wenn ich keine Männer dazu habe, die sie schwingen.«

Rorik hielt beschwichtigend die Hand hoch. »Du hast ja recht, Solvi. Ein zersplittertes Norwegen ist besser für mich. Wenn du mehr Verbündete auftreiben kannst, dann gebe ich dir auch Männer.«

»Und du? Kommst du auch?«

»Meine Kämpferjahre sind vorbei. Aber ich habe ein schönes Schwert für dich, und eins für den ersten Sohn deiner Frau.«

»Darauf lasst uns anstoßen«, sagte Solvi. »Wenn ich einen weiteren Verbündeten finde, gibst du mir Männer. Bist du damit einverstanden?«

»Einen starken Verbündeten«, sagte Rorik. »Einen König.«

Sie tranken und prosteten sich zu, und sowohl Solvis Männer wie auch Roriks hörten sie.

*

»Er könnte tausend Mann von der friesischen Küste zusammentrommeln«, sagte Solvi an diesem Abend, als sie sich fürs Bett zurechtmachten. »Harald wird sich hier umsehen, oder die dänischen Jarls sehen sich hier um, wenn Harald sie aus ihren norwegischen Ländereien vertreibt.«

»Und das sind deine Männer, wenn du einen weiteren Verbündeten gewinnst«, sagte Svanhild.

»Und was, wenn der Nächste, den ich frage, dasselbe sagt? Wenn jeder drauf wartet, dass ein anderer den ersten Schritt tut?« Solvi setzte sich aufs Bett und stand dann wieder auf.

»Was ist mit deinem Vater? Hat der keine Verbündeten, die er ins Spiel bringen kann?« Svanhild hatte von Hunthiofs Freundschaft mit König Nokkve gehört, die durch Solvis Heirat mit Geirny zementiert worden war. Doch wie viel davon übrigblieb, nun da Svanhild Solvis Bett teilte, wollte sie gar nicht wissen.

»Mein Vater wird ... Er hätte es lieber, ich würde mit meinen Männern in Tafjord bleiben und ihn dort verteidigen. Er wütet über Haralds Beleidigung, aber im Endeffekt wird er nichts unternehmen.«

Na, dann lass ihn doch, hätte Svanhild am liebsten gesagt, doch sie wollte Solvi nicht zureden, das, was an Ehrgefühl in ihm steckte, einfach aufzugeben. »Die Könige von Hordaland, alle anderen norwegischen Könige, würden sie sich nicht auf deine Seite schlagen?«

»Vielleicht«, sagte Solvi, »wenn sie ihre Streitereien untereinander beilegen könnten. Aber ich fürchte, dieser Onkel von Harald hetzt sie gegeneinander auf.«

»Fragen kann man immer.«

»Und mich wieder erniedrigen?«, sagte Solvi.

Svanhild fühlte Scham, dasselbe könnte er genauso gut über ihre persönlichen statt seiner politischen Beziehungen sagen. Da er nicht so aussah, als erwarte er eine Antwort, streckte sie ihm die Hand entgegen. »Komm zu Bett«, sagte sie.

Er sah sie kurz an und hielt in seinem Auf-und-ab-Gehen inne. Als er sich umdrehte, um das Binsenlicht auszublasen, richtete sich Svanhild auf den Knien auf und hielt ihn am Handgelenk fest. »Nein, ich will dich sehen.«

Solvi biss die Zähne zusammen und ballte die Hände zu Fäusten. Vielleicht würde er sie schlagen. Fast hoffte sie es, dann müsste sie das hier nicht durchziehen.

»Du bist schön«, sagte er, vorwurfsvoll diesmal, nicht erstaunt wie damals in ihrer Hochzeitsnacht. Als wäre ihre Schönheit eine Kränkung.

»Du bist stark«, erwiderte Svanhild, »mutig und ein geborener Anführer. Ehrenhaft.« Auf seine Art war er das; er stellte Familie und Land über alles andere, genauso wie Ragnvald dies getan hatte, und dabei verstand er vielleicht mehr von der Welt als Ragnvald. »Ich will den Mann sehen, mit dem ich mich vereinige.« Sie sprach die Worte, um an das Gesetz zu erinnern, nachdem kein Mann eine Frau unter Vortäuschung einer falschen Identität beischlafen durfte. »Das ist mein Recht.«

Solvi sah verwirrt aus. Sie hatte gefürchtet, er würde sie schelten, vergewaltigen oder strafen, doch nun sah es nicht so aus, als hätte er etwas Derartiges im Sinn. Svanhild schob sich auf den Knien zu ihm hin und zog an Solvis Hemd. Sie nahm die Schere vom Nachttisch und durchtrennte die Fäden, mit denen sie am Morgen seine Ärmel zusammengenäht hatte, um ihn vor Kälte zu schützen. Sie schob ihre Hände unter die Tunika, ließ sie bis zur Taille hochgleiten und hob ihm das

Gewand über die Schultern. Sie berührte seine nackte Haut – so weit, so gut. Bis jetzt war er noch immer schön.

Dann holte sie tief Luft, löste die Bändel seiner Hose und schob sie nach unten, wobei sie ihm immer ins Gesicht sah. Er senkte den Blick auf seine Hände, die ihre Brüste liebkosten. Sie küsste ihn auf die Brust und setzte sich dann auf die Fersen zurück, direkt vor ihm, um sich das anzusehen, was sie fürchtete. Seine Beine waren schrecklich vernarbt und verkürzt. Glänzend weiße Narben zogen sich wild über die gesunde Haut seiner Schenkel. An diesem Fuß fehlte ein Zeh, und der andere hatte auch nur drei davon. Deshalb lief er so unbeholfen an Land, selbst mit hohen Stützstiefeln.

Ihr Magen rebellierte, wie immer, wenn sie eine Verletzung sah. Fast instinktiv wollte sie ihre eigenen Beine berühren, um sich zu vergewissern, dass sie noch intakt waren. Tränen brannten in ihren Augen. Wie schwer musste es für ihn gewesen sein, wieder gehen zu lernen, zu kämpfen, immer zu klein, immer verkrüppelt. Was für ein Mann konnte darüber hinauswachsen? Sie kannte niemanden sonst, außer vielleicht Ragnvald, doch selbst der war zu sehr in festen Vorstellungen verhaftet, um gegen das Schicksal so anzukämpfen, wie Solvi es getan hatte.

Solvis Beine waren durch die Vernarbung verkürzt, er war im Verhältnis kleiner als die meisten Männer, als hätten die Brandwunden ein normales Wachstum verhindert. Er war auf ihrer Höhe, ihr Loki, ihr schlauer Gatte, aus dem Feuer geboren. Sie ließ die Hände über die Narben seiner Oberschenkel gleiten und spürte die starken Muskeln darunter. Dann sah sie zu ihm hoch. Er sah aufgewühlt aus.

»Was tust du denn, Svanhild?«, flüsterte er.

»Ich will mit dir vertraut sein«, sagte sie, »und dir zeigen, dass du mir nicht misstrauen solltest.«

»Du willst mich schwach machen.«

Sie zog die Hand zurück. Wenn er sie jetzt immer noch hasste, würde sie einen Weinkrampf bekommen. Kolla hatte ihr falsch geraten, oder sie hatte es falsch angestellt.

»Für mich gäbe es keinen passenderen Mann als dich«, sagte sie, »wenn du nicht der Feind meines Bruders wärst.« Sie blinzelte, und Tränen liefen ihr über die Wangen. Wütend wischte sie sie weg. »Du hast mir viel gegeben, die See, Freiheit, Abenteuer ... Du hast mich mit auf deine Reise genommen. Er hat mich weggesperrt. Ich will nicht, dass du gegen meinen Bruder kämpfst, aber ich bin auf alle Fälle dein.«

Sie senkte den Kopf. Er löschte das Licht und schob sie zurück. Diesmal berührte er sie langsam, ohne etwas zu sagen, zärtlicher als je zuvor, bis sie ihn in sich hineinführte, ihre Beine auf seinem Rücken.

Danach hielt er sie im Arm und küsste ihren Hals, drückte die ganze Länge seines Körpers gegen ihren, schweißverklebt.

»Lässt du nächstes Mal das Licht an?«

»Schamlose«, sagte Solvi grinsend. »So etwas darf nur ich fragen.«

»Ich frage trotzdem«, sagte sie und drehte sich zu ihm hin. Er küsste sie wieder und zog sie ganz nah heran, so dass sie wieder ein Bein über seine Seite legen musste.

»Was ist, wenn ich dir keinen Sohn geben kann?«, fragte er undeutlich, denn sein Gesicht war in ihrem Haar vergraben.

»Dann eben eine Tochter«, sagte Svanhild. »Bei zwei so gut aussehenden Eltern müsste sie doch schön werden, oder? Vielleicht nicht besonders groß.« Aber in ihrer Vorstellung sah sie nur einen Sohn. Ihr Sohn hätte Solvis schönes Gesicht. Ihr Sohn würde Tafjord erben und würde vielleicht der König, der in Maer fehlte, seit Hunthiof aufgehört hatte, seine Pflicht zu erfüllen.

»Svanhild …« Seine Stimme klang gebrochen. Sie wusste um seine Angst, dass sein Same nicht für Söhne geeignet war, oder starke Töchter.

»Sprich heute Nacht nicht von bösen Omen«, sagte sie. »Diese Nacht hier ist voll guter Magie.«

Solvi war so lange still, dass sie dachte, er sei eingeschlafen. Doch schließlich küsste er sie und sagte: »Ja, du hast recht.« Dann nahm er sie in die Arme und legte ein nacktes Bein über ihre. Im Dunkeln fühlte es sich gesund an, Haut an Haut.

Sie schlief mit Gedanken über ihren Sohn ein, dass er ein Seekönig würde wie sein Vater und ein Bauer wie sein Onkel, das Beste, was Maer und Sogn zu bieten hatten. Sie träumte auch von ihm, doch statt einen goldblonden Jungen zu sehen, der über die Hügel von Tafjord lief, schien sie ihn auf einer baumlosen Ebene zu suchen, die in Nebelschwaden getaucht war. Im Hintergrund spie ein Berg Feuer aus, während Eis unter ihren Füßen lag. Beunruhigt wachte sie auf, und selbst Solvis schlaftrunkene Berührung vermochte nicht, sie wieder in den Schlaf zu lullen.

*

»Du bist gefährlich für mich, Svanhild.« Solvi zog mit dem Finger die Kurve ihrer Brust nach, die sich unter dem Hemd abzeichnete, das sie sich mitten in der Nacht übergezogen hatte. Eigentlich sollte sie sich zudecken, dachte Svanhild, doch dann gefiel ihr diese Schamlosigkeit auch wieder, dieser Luxus, morgens lange im Bett liegen zu bleiben. Kolla hatte doch recht gehabt, dass sie Solvi auf diese Weise an sich binden würde, aber sie hatte nicht verraten, dass die Magie umgekehrt auch auf sie ausstrahlen würde. Svanhild wollte von Solvi immer wieder berührt werden.

»Meinst du?«, fragte sie und stützte sich auf den Ellbogen.

Das Haar fiel ihr über das Gesicht. Sie lachte und drapierte es auch über ihn und zog es dann zurück, so dass es ihm über die Haut glitt. Das gefiel ihm. Sie konnte es an der Art erkennen, wie er die Augen halb schloss.

»Ja«, sagte er. Sie strich mit der Hand über ihren Bauch, der immer noch flach war. Wenn sie Solvi einen Sohn schenkte, würde er ihr jeden Wunsch erfüllen. Er würde Ragnvald jeden Wunsch erfüllen.

»Immer denkst du an etwas anderes«, sagte sie. »Ich beobachte dich und kann das deutlich sehen.«

»Ich beobachte dich auch«, sagte er. »Und wenn ich dich beobachte, dann sehe ich nichts anderes mehr.«

Sie rollte auf den Rücken zurück. »Dann bin ich tatsächlich gefährlich«, sagte sie, diesmal im Ernst. Sie freute sich und war doch auch traurig. Würde er ihr Vorwürfe machen wegen ihrer Anziehungskraft? »Solltest du mich dann nicht wegsperren?«

»Wenn ich dich in Tafjord ließe, wärst du sicherer«, sagte er. »Würdest du in Tafjord bleiben und unsere Kinder großziehen, während ich auf Raubzug gehe?«

Aus seiner Stimme konnte sie nicht erraten, was er hören wollte. Die letzten paar Wochen waren für sie wundervoll gewesen, die schönsten ihres Lebens, trotz Solvis anfänglicher Grausamkeit und Gleichgültigkeit. Die ständige Bewegung und jede Nacht an einem anderen Strand schlafen, machte ihr nichts aus. Vigdis würde sie warnen, dass ihr Haar und ihre Haut rau würden und kein Mann sie wieder lieben würde, doch im Augenblick beunruhigte sie das nicht, nicht wenn jeder Tag neue Horizonte und neue Abenteuer brachte.

»Würdest du deinen Vater verlassen, ihn in seiner Halle sterben lassen, Harald seinen Eroberungen überlassen und mit mir übers Meer segeln?«, fragte Svanhild. »Könntest du meinen Bruder ohne deine Einmischung seinen Königen und seinem Schicksal folgen lassen?«

»Svanhild«, sagte Solvi mit bittendem Unterton. »Du weißt, dass ich das nicht kann.«

»Ich würde nicht in einer traurigen Halle wohnen und auf ein trauriges Schicksal warten wollen. Selbst dann nicht, wenn du es mir befiehlst.« Sie sah ihm direkt in die Augen, was sie nicht mehr getan hatte, seit er ihr im Bett Lust gegeben hatte und sie sich danach fühlte wie ein Tier, das sich in der Sonne räkelte, vollkommen und ohne Scham. »Wenn der Krieg nach Tafjord kommt, bin ich dort auch nicht sicher.«

»Und der Krieg wird nach Tafjord kommen.« Er sah wieder auf die Finger auf ihrer Brust, statt in ihr Gesicht zu sehen. »Nirgendwo ist es jetzt sicher. Mir ist lieber, du bleibst an meiner Seite.«

Svanhild antwortete nicht. Sie hatte erreicht, was sie sich vorgenommen hatte, solange sie dieses hier, Solvis Liebe zu ihr, wie ein Vögelchen sanft in den Händen halten konnte. Es war stark und doch zerbrechlich im Moment. Dieses neu entdeckte Vertrauen wollte sie nicht zerstören.

KAPITEL 29

Ragnvald schlief tief und erwachte guter Dinge, sauber und ausgeruht, bis ihm wieder einfiel, was er erfahren hatte … dass Svanhild bei Solvi war und alle Männer darüber Bescheid wussten. Aus der Geschichte war nicht deutlich geworden, wie sie von Hrolfs Hof in Solvis Bett gelangt war. Ein eisiger Schauer lief ihm über den Rücken, wenn er darüber nachdachte, was mit Hrolfs Farm geschehen sein mochte, das sie zur Flucht getrieben hatte. Wenn Svanhild dort nicht in Sicherheit gewesen war, was war mit Hilda? Sie war für ihn bestimmt, es wäre eine doppelte Schande für ihn, wenn ihr etwas zugestoßen war.

Er fühlte sich hilflos bei dem Gedanken. Dies war Solvis Rache an ihm, weil er nicht gestorben war. Er fragte sich, ob es Svanhild gefallen mochte, seine Geliebte oder seine Frau zu sein, wenigstens ein wenig. Ragnvald vermochte ihr nicht das aufregende Leben zu bieten, nach dem sie sich sehnte.

Während er an diesem Tag in einer Ecke der Halle mit Thorbrand und seiner Frau Erindis zu Abend aß, kam Oddi zu ihm und teilte ihm mit, dass Hakon ihn am nächsten Tag zu sprechen wünschte.

»Er glaubt, dass du ihm aus dem Weg gehst«, erklärte Oddi. Der Fleischeintopf in Ragnvalds Mund bekam plötzlich einen faulen Beigeschmack, obwohl in Haralds Küchen ausschließlich reichhaltige, wohlschmeckende Gerichte zubereitet wurden.

»Das habe ich selbstverständlich nicht getan«, entgegnete Ragnvald, nachdem er gekaut und geschluckt hatte. »Ich werde mir gern anhören, was er mir mitteilen möchte.« Er wünschte Thorbrand und seiner Frau eine gute Nacht und folgte Oddi nach draußen.

Die Nacht war kalt. Ein leichter Wind kräuselte die Wasseroberfläche des Fjords und ließ die Schiffe, die nicht auf Strand gesetzt waren, gegeneinanderschaukeln.

»Du hast Angst, meinem Vater zu sagen, dass Harald dich will«, stellte Oddi fest. »Du hast wirklich ein schlimmes Problem. Zu viele Könige wollen, dass du ihnen die Treue schwörst. Jeder Mann in dieser Halle wünschte, er hätte dieselben Sorgen wie du.«

»Du nicht«, erwiderte Ragnvald.

»Ich bin ein Bastard ohne Ehrgeiz, außer meinen Vater zufriedenzustellen«, meinte Oddi. »Das macht das Leben leichter.«

»Ich möchte ebenfalls meinen Vater zufriedenstellen«, entgegnete Ragnvald.

»Sprechen die Toten mit dir, Ragnvald, Halb-Ertrunkener?«

Ragnvald schüttelte den Kopf. Wenn er Hakons Dienste verließ, musste er vielleicht auch Oddi zurücklassen. Er würde ihn vermissen. Oddi verstand es wie kein anderer, Ragnvald abzulenken, wenn er in eine seiner trüben Stimmungen verfiel.

»Was glaubst du, wird dein Vater sagen?«, wollte Ragnvald wissen.

»Es wird nichts Angenehmes sein«, antwortete Oddi. »Er ist eifersüchtig. Auf Haralds Macht, auf die Bedeutung, die seinem Namen zufließt, auf so vieles. Mein Bruder Heming hat seine Schwächen redlich erworben.«

Ragnvald hatte diese Schwächen gesehen, sogar während er nach Hakons Tugenden gesucht hatte. »Dieses Wissen wird mir nicht helfen zu schlafen«, meinte er mit einem trockenen Lachen.

»Ich weiß«, entgegnete Oddi. »Aber versuch es trotzdem. Wenigstens mir zuliebe.«

*

Am nächsten Morgen hatte Ragnvald die Gelegenheit, mit Hakon zu sprechen. Haralds Halle und die umliegende Gegend erschienen ihm überlaufen, eingeengt von Ländereien, die ihm nicht vertraut waren, und von Verpflichtungen, die ihn daran hinderten, sie zu erforschen. Er bemerkte, dass Hakon dasselbe empfand. In Yrjar gab es eine lange Küste, an der man entlanglaufen konnte, man sah dort die Festung und die Schiffe auf dem Strand, wie Hunde, die nebeneinander vor einem warmen Feuer schliefen. Hier drängten sich die Schiffe in dem kleinen Hafen, nahezu aufeinandergestapelt.

»Harald wird eine neue Hauptstadt brauchen«, meinte Ragnvald. »Falls er König werden möchte. Hier kann er leicht eingekesselt werden.«

»Falls er König werden möchte«, wiederholte Hakon. »Siehst du das immer noch so klar wie damals, als ich dich mit meinem Sohn fortgeschickt habe? Kannst du mir sagen, was ich über Harald wissen muss?«

Ragnvald zögerte, obgleich er nun Hakon die Treue geschworen hatte und Harald erwarten würde, dass er seinen ersten Eid erfüllte. Haralds Worte bereiteten ihm Sorgen. Idealismus war etwas Gutes, doch ein junger König, der erst noch in seine Macht hineinwachsen musste, konnte es sich nicht leisten, so anspruchsvoll bei der Wahl seiner Verbündeten zu sein. Eines Tages würde er vielleicht die Dienste eines Eidbrechers brauchen.

»Er ist jung«, sagte Ragnvald zögerlich. »Ich muss dir etwas sagen ... er hat mich gebeten, ihm die Treue zu schwören und auf Lebenszeit sein Schiffsführer zu werden.«

»Und er schmeichelt dir mit Heldenliedern«, erwiderte Hakon. »Dir, der du gesagt hast, dass du Schmeichelei hasst.«

»Die Dichter singen nichts als die Wahrheit über diese Schlacht«, entgegnete Ragnvald zurückhaltend. Es stimmte nicht, dass er Schmeichelei hasste. Nein, er sehnte sich so sehr danach, dass er dieser Sehnsucht misstraute. Er ging einen halben Schritt hinter Hakon, während sie den Strand entlangliefen.

»Also sollte ich deinen Rat fürchten?«, erkundigte sich Hakon.

»Nein«, antwortete Ragnvald. »Ich würde dich nicht anlügen, nicht einmal die Wahrheit verdrehen. Ich sehe die Lage so: Du möchtest die Regionen Norwegens für deine Söhne. Harald möchte die Regionen Norwegens für seine Verbündeten, und sich selbst als ihrer aller König. Das bedeutet nicht notwendigerweise einen Konflikt.«

»Ja, das weiß ich«, meinte Hakon ungehalten. Ragnvald spürte, wie ihm Ärger und Scham die Hitze ins Gesicht trieben. Er hatte Hakon lediglich wissen lassen wollen, dass er dies auch sah. »Hast du dich bereits entschieden, oder möchtest du, dass ich mir deine Gunst zurückkaufe?«

»Er hat allerdings noch andere Verbündete, außer deinen Söhnen«, entgegnete Ragnvald, um das Gespräch wieder auf seinen Treueschwur zu lenken.

»Aber er will dich. Du bringst ihm allerdings nichts, außer vielleicht ...« Hakon kniff die Lippen zusammen. Ragnvald wusste, was er nicht aussprechen wollte: Er hatte Ragnvald sehr gern gehabt, als er ihn aufzog, doch nun, da er seine eigenen Söhne übertraf, schwand seine Zuneigung. »Nun, was wolltest du mir über Harald sagen?«

»Er ist jung und unerfahren. Er hat mehr Idealismus, als ihm guttut«, erklärte Ragnvald. Hakon nickte. »Aber er ist von den Göttern gesegnet. Er kann kämpfen. Es ist wahr, was die Geschichten darüber erzählen. Das allein würde ihn zu einem respekteinflößenden Anführer machen. Guthorm verfolgt seine Pläne, aber Harald ist mehr als eine Galionsfigur. Er hat eine eigene Weitsicht und Weisheit. Er vermag die Fantasie der Männer zu beflügeln und verfügt über genug Vermögen, um sie an seiner Seite zu halten. Er ist von den Göttern und vom Schicksal gesegnet.«

»Ich hätte mehr von dir erwartet«, gab Hakon verärgert zurück. »Du bist jung, aber nicht leichtgläubig. Wo ist denn dein scharfer Verstand geblieben? Ich hatte gehofft, du würdest mir berichten, dass er lediglich eine Marionette in Guthorms Händen ist.«

»Ich sehe, was ich sehe«, entgegnete Ragnvald.

Hakon starrte ihn an, als könnte er so seine Gedanken lesen. »Du glaubst wirklich, er wäre dazu fähig? Ganz Norwegen unter seine Herrschaft bringen?«

»Ja, das glaube ich.« Rangvald atmete tief aus. »Es wird schwieriger sein, wenn er dich nicht an seiner Seite hat. Vielleicht sogar unmöglich. Wenn du dich gegen ihn stellst, zerstört ihr euch gegenseitig. Miteinander wärt ihr machtvolle Verbündete.«

Aber Harald würde Hakons König sein, und Hakons Söhne seine Untertanen. Das würde Hakon vermutlich nicht akzeptieren können.

Hakon schritt weiter die felsige Küste entlang. Der Grund war sumpfig von abgestorbenem Schilfrohr. »Was ist mit meinen Söhnen?«, wollte er wissen. »Wie kann ich ihn mit ihrer Hilfe aufhalten?«

»Ich habe für Heming getan, was ich konnte.« Ragnvald betastete den Rand seiner Tunika, ließ den Daumen am Saum entlanggleiten, der vom vielen Tragen abgewetzt war. Ein königlicher Ratgeber in abgetragener Leinenkleidung. Er sollte etwas von dem Silber, das er im Kampf gewonnen hatte, für ein neues Gewand ausgeben, damit sein Aussehen besser zu der Rolle passte, die er spielen wollte.

»Hättest du mich nicht in deine Dienste genommen, hätte ich ...« Ragnvald hatte versucht, nicht darüber nachzudenken. Wäre er mit Svanhild zu Hrolfs Hof gegangen? Würde er jetzt mit Solvi umherziehen und Raubzüge auf offener See verüben, dazu verdammt, stets auf der Hut zu sein, für den Fall, dass Solvi wieder auf den Gedanken kam, ihn umzubringen? Er hätte Harald nicht getroffen. »Ich wäre nicht hier. Ich wäre ein ärmerer Mann. Ich schulde dir meine Dienste bis ans Ende meiner Tage, und du kannst dich immer auf mich als deinen Verbündeten verlassen.«

Hakon winkte ab. »Sprich ehrlich, Ragnvald. Diese Schmeichelei steht dir nicht.«

»Es ist Dankbarkeit.«

»Ja, mit deinem Ehrgeiz und deinem Stolz trägst du deine Dankbarkeit wie ein zu kleines Gewand.« Er warf einen Blick auf Ragnvalds Kleidung, und Ragnvald wurde rot. »In deinem Herzen bist du nun Haralds Mann.«

Ragnvald nickte.

»Aber dein Harald mag keine Eidbrecher.«

»Ich habe keinen Eid gebrochen. Ich bin dein Mann. Ich habe getan, was du gesagt hast.«

»Und jetzt möchtest du frei sein.« Hakons Blick verriet nicht, welche Antwort er sich von Ragnvald erwartete. Wo die

Interessen von Königen im Spiel waren, gab es keine Freiheit. Nur Macht und Gunst.

»Ich möchte zu vieles«, erwiderte Ragnvald. »Solvi Hunthiofsson ist dein und mein Feind. Und auch Haralds. Nun, da du Harald in Hordaland geholfen hast, wirst du Heming und mir gestatten, ihn zu verfolgen und Svanhild zurückzuholen?«

»Was ist mit dem Land deines Vaters, Ragnvald Eysteinsson? Möchtest du das nicht wiedergewinnen?«

»Doch, das möchte ich«, gab Ragnvald zurück. »Aber die Ehre meiner Schwester ist wichtiger.«

»Hättest du mich um Männer gebeten, um gegen deinen Stiefvater zu segeln, ich hätte sie dir gegeben. Das war der Eid, den du mir geschworen hast. Nein, ich bedaure, dass Solvi deine Schwester geraubt hat, aber ich kann nicht erlauben, dass mein Sohn und meine Schiffe ihn über den gesamten Nordatlantik jagen, nicht so kurz vor dem Winter.«

»Dann höre meine Antwort«, versetzte Ragnvald ärgerlich. »Ich glaube, ich kann Harald davon überzeugen, Heming zu einem seiner Schiffsführer zu machen, zu seinem Begleiter, wenn du mich von meinem Eid entbindest und mir gestattest, ihm die Treue zu schwören.«

»Du würdest dich so verkaufen?«, fragte Hakon. »Weil ich keine Männer auf See schicken möchte, um für deine Schwester zu sterben? Warum sollte Harald dich so viel höher schätzen als meinen Sohn? Ich komme zu ihm mit unzähligen Schiffen und Reichtümern, und du bist mittellos und hast nichts als deine Hartnäckigkeit. Was besitzt du schon, außer deinem Talent, immer recht zu behalten? Könige mögen Männer nicht, die immer recht haben.«

»Das weiß ich sehr wohl«, erwiderte Ragnvald erregt. »Das ist einer der Flüche, die auf mir lasten. Aber Harald schätzt es.

Genau wie du einst. Was deine Söhne betrifft ...« Er verstummte. Er hatte zu Hakon bereits öfters über seine Söhne gesprochen, aber stets vorsichtig, niemals, wenn er in Wut war.

»Was ist mit meinen Söhnen?« Hakons Tonfall klang bedrohlich.

»Ich kenne nur Heming. Er ist tapfer, aber eifersüchtig und töricht. Er wünscht sich nichts mehr als deine Anerkennung, aber du lässt ihm zu wenig Freiheit, um sie sich zu verdienen. Er möchte sich wie ein Mann fühlen. Du bindest ihn so fest an dich, dass er kaum Luft bekommt. Harald weiß, dass Heming nichts als das hat, was du ihm gibst, denn er hat sich selbst nichts verdient.«

Hakons Gesicht lief rot an vor Zorn. Er machte einen Schritt nach vorn und schlug Ragnvald ins Gesicht, als sei er ein kleiner Junge. »Ich habe Männer dafür getötet, dass sie so mit mir gesprochen haben.«

Ragnvald hätte nach diesem Schlag allen Grund für ein Duell gehabt. Er war froh, dass niemand es gesehen hatte, so musste er nicht einem König entgegentreten. »Töte einen Mann, der die Wahrheit spricht, und du wirst irgendwann nur noch von Lügnern umgeben sein. Ich habe dir die Treue geschworen, bis du mich von dem Schwur entbindest. Ich bin kein Eidbrecher. Tu, was immer du möchtest.« Er wandte sich um und ging.

*

»Ich habe gehört, du möchtest diesen Ragnvald für dich selbst?«, wandte sich Hakon beim Abendessen an Harald, während sie darauf warteten, dass die Bediensteten die Holzteller brachten. »Ist meine Tochter nicht genug für dich?«

Ragnvald schoss die Zornesröte ins Gesicht, als einige Männer lachten. Dieser Scherz kam einer Beleidigung sehr nahe.

»Ja«, antwortete Harald.

Hakon schwieg und wartete auf eine Erklärung oder Rechtfertigung. Als keine erfolgte, lächelte er. »Meine Krieger sind auch deine. Ragnvald entstammt einem alten Herrschergeschlecht, meinem oder deinem ebenbürtig.« Überrascht richtete Ragnvald sich auf. Er hatte nicht damit gerechnet, nun lobende Worte von Hakon zu erhalten. »Es liegt nicht in meiner Macht, ihn dir zu übergeben. Sein Treueschwur für mich wird enden, wenn ich ihn mit meinen Männern losgesandt habe, um seinen unrechtmäßig an die Macht gekommenen Stiefvater zu töten.«

»Das ist gut«, entgegnete Harald. »Dann kann er mir die Treue schwören, bevor wir im Frühjahr in den Krieg ziehen.«

»Doch sage mir, wirst du ihm helfen, seine Schwester zurückzuholen?« Um Hakons Mund spielte ein unschönes Grinsen. »Ich habe ihm das verweigert, und nun ist er auf der Suche nach einem anderen Herrn. Ich habe ihm gesagt, er soll sich nicht so billig verkaufen.« Ragnvald erhob sich kampfbereit. Es war das Mindeste, was er für Svanhild tun musste, doch nun ließ Hakon ihn wie eine Hure aussehen.

»Stimmt das?«, wollte Harald wissen.

Ragnvalds Blick wanderte von Hakon zu Harald. Hakon sah belustigt drein, er wartete darauf, wie sich das Drama entwickeln würde, das er soeben in Gang gesetzt hatte. Harald schien geneigt, das Gehörte als Kränkung aufzufassen.

»Solvi hat viele Feinde«, erklärte Ragnvald, immer noch aufrecht stehend. Wenn Hakon ein Drama haben wollte, sollte er es bekommen. Er lächelte leicht. »Und viele von ihnen sind heute Abend hier. Ich weiß, dass jeder von euch mir früher oder später helfen wird, meine Schwester zurückzubringen.«

»Ja«, erwiderte Harald. »Solvi wird irgendwo den Winter verbringen, und wir werden davon erfahren. Dann werden wir

Schiffe und Männer dorthin schicken und gegen ihn kämpfen. Aber ich werde deine Loyalität nicht für die Ehre deiner Schwester erkaufen. Ich möchte lebenslange Treue. Auf etwas Geringerem kann man eine neue Nation nicht aufbauen.«

Ragnvald nickte. Harald hatte dieselben Worte gewählt, als er ihm von seinen Plänen und seiner Vision erzählt hatte. »Das ist auch nicht der Grund, warum ich dir die Treue schwören möchte«, entgegnete er. Überall in der Halle hatten sich Männer umgedreht und sahen ihn an. Er blickte über das Feuer in die Gesichter der Krieger. Das hatte es schon einmal gegeben: Ein Mann stand auf, um seinen Herrn zu rühmen und ein Vorbild zu sein, dem alle folgen würden.

»Seht ihr alle die Narbe an meinem Hals?«, fragte Ragnvald. Harald nickte. »Ich habe sie Solvi Hunthiofsson zu verdanken. Und er hat mir noch etwas gegeben.« Er sah Oddi an. »Nein, Oddi, keinen Neffen. Hör auf, so zu grinsen.« Es schmerzte ihn, einen Scherz auf Svanhilds Kosten zu machen, doch Haralds und Hakons Männer lachten anerkennend. Hakon wirkte verwirrt. Er hatte wohl nicht erwartet, dass Ragnvald eine Rede halten und seine Worte in eine Waffe verwandeln würde. Dies gehörte nicht zu Ragnvalds ausgeprägtesten Fähigkeiten, doch er hatte oftmals Dichter sprechen hören, und er hatte diese eine Geschichte für den Zeitpunkt aufbewahrt, an dem sie ihm am meisten von Nutzen sein könnte.

»Als Solvi mich ins Wasser stieß, begann ich zu sinken. Die kalten Arme von Rans Meeresjungfern zogen mich hinab, und während ich unterging, hatte ich eine Vision.« Dann beschrieb er jenes Bild, die Halle, mit Gold behängt, das unter Wasser grün schimmerte, das Feuer, von dem keine Wärme ausging. »Und dann kam ein Wolf in die Halle, mit goldenem Fell, das teilweise glänzte, teilweise verfilzt war. Einige der Männer, die ihn berührten, verbrannten, wie König Gandalf, König Frode,

König Hogne. Andere wurden selbst strahlender, wie König Eirik.« Ragnvald schluckte. »Und König Hakon Grjotgardsson.«

Ragnvald ging ein paar Schritte auf und ab und fuhr mit seiner Erzählung fort. »Dann berührte ich das Fell. Ich konnte nicht anders, ob ich nun verbrennen würde oder nicht.« Er schwieg einen Augenblick. »Wo ich es berührte, glättete sich das verfilzte Fell, und die schmutzigen Stellen wurden rein. Und ich verbrannte nicht. Seit jenem Traum suche ich diesen goldenen Wolf. Ich dachte …« Er stockte. Er konnte nicht sagen, dass Hakon und seine Söhne ihn enttäuscht hatten. »Ich dachte, es könnte eine lebenslange Suche für mich werden, aber dann habe ich rasch erkannt, dass König Harald der goldene Wolf ist, den ich gesehen habe. Mit ihm werden die Völker Norwegens glänzen, oder aber verbrennen, sie werden ihm jedoch nicht widerstehen können. Ich werde König Harald die Treue schwören, wie es sich für jeden Mann auf dieser Halbinsel gehört. Er ist mein König.«

»Das gefällt mir sehr«, erwiderte Harald. »Ragnvald ist nicht nur ein Krieger, sondern auch ein Zauberer.« Er sprach mit leiser Stimme, doch durch das Schweigen drangen seine Worte bis in den letzten Winkel der Halle. »Du hast sogar vorhergesagt, dass ich mein Haar nicht schneiden oder kämmen würde. Es wird in der Tat verfilzen!«

Ragnvald atmete tief aus. Leises Gemurmel kam auf, bis Harald die Hand hob. Die Stimme seiner Mutter durchbrach das Schweigen, Ronhild, die Zauberin, erfahren in Prophezeiungen.

»Ragnvalds Träume sind wahr«, sagte sie. »Ich hatte bei Haralds Geburt einen Traum, den ihr alle kennt, und ich habe von einem Bruder an seiner Seite geträumt.«

»Ich habe viele Brüder«, sagte Harald. »Die Götter bringen sie zu mir.«

»Und sie alle werden dich zum Leuchten bringen, mein Sohn«, fügte sie hinzu. »Weil du sie mit Bedacht auswählst.«

Harald stand auf und umarmte Ragnvald kräftig. »Ragnvald wird im Frühjahr der erste meiner Schiffsführer sein. Wir werden den Winter nutzen, um uns auf den Krieg vorzubereiten.«

Verwirrt setzte sich Ragnvald wieder. Dann erhob sich lautes Jubeln, Sprechchöre riefen Haralds Namen, auch vereinzelt den Ragnvalds, andere priesen ihre eigenen Schiffsführer, Männer, die Harald bereits die Treue geschworen hatten. Alle erhoben ihre Gläser, um anzustoßen, außer Hakon und seinem Sohn.

*

Die ersten Winterstürme brachten Schnee und Eis mit sich, und Schiffe mit Hakons verbliebenem Hausrat aus Yrjar. Seine Ehefrauen, seine Tochter Asa, die mit Harald verheiratet war, und seine jüngeren Söhne Geirbjorn und Herlaug zogen ebenfalls nach Süden. Es überraschte Ragnvald, dass Hakon den ganzen Winter auf Kosten von Haralds Großzügigkeit verbringen wollte. Obgleich Harald dies möglicherweise nicht störte. Winter waren lang und eintönig, wenn man gezwungen war, seine Zeit stets mit denselben Menschen zu verbringen.

Harald hatte viele Pläne, die seine Männer beschäftigt hielten, während die Tage kürzer wurden. An schönen Tagen exerzierte Ragnvald mit Harald und seinen Schiffsführern. Er bemühte sich sehr, damit seine Hand nicht steif wurde. Die Narbe zog sich als dicker Wulst quer über seine Handfläche und sah auch jetzt, nach der Heilung, noch wie eine Bisswunde aus. Jeden Morgen und Abend rieb er sie mit Talg ein und dehnte das Narbengewebe, bis es schmerzte. Manchmal stellte er sich vor, den Jungen zu finden, der ihm die Wunde beigebracht hatte, und den Burschen in Haralds Dienste zu bringen. Das wäre eine hübsche Geschichte.

Er dachte an Svanhild und hoffte, dass sie diesen Winter wenigstens in Sicherheit war, wenn auch in Solvis Bett. Man hörte Geschichten, dass Solvi umherzog und versuchte, Verbündete gegen Harald zu gewinnen. Guthorm war der Meinung, Solvi sei kein Mann, der andere hinter sich einen könne, aber Ragnvald war sich nicht sicher. Solvi tat, was er wollte, und er hatte Männer, die ihm überallhin folgten. Wenn er seine Talente dafür verwendete, mehr Krieger um sich zu versammeln, als man für Raubzüge brauchte, konnte er einen ernsthaften Aufstand gegen Harald anzetteln. Dabei mochte er nur der Bote sein, indem er seinen Wagemut gegen die rauen Winterstürme richtig einsetzte.

Der Tag vor dem Julfest war grau und stürmisch. Der Wind trieb den Schnee wie Gischt vor sich her, so dass er durch die Ritzen ins Innere der Halle drang. Haralds Verbündete, die weniger als einen Tag brauchten, um Haralds Halle in Vestfold zu erreichen, drängelten sich in den Gebäuden. Sie brachten ihre Ehefrauen und Töchter mit, so dass die Halle von deren Geplapper erfüllt war, was man dort zuvor selten gehört hatte. Dadurch vermisste Ragnvald sein Zuhause und Svanhild umso mehr. Er nahm sich fest vor, mit Hilda ein großes Julfest auszurichten, sobald sie verheiratet waren.

Guthorm und Harald veranstalteten eine Reihe von Wettbewerben, das übliche Messen von Schnelligkeit und Zielsicherheit: ein Skirennen, ein Schneeschuhrennen, Zielübungen mit Pfeil und Axt. Einige Männer fochten einen großen Scheinkampf mit hölzernen Klingen um den Preis einer Schweinsblase aus. Haralds Männer, darunter alle seine Schiffsführer, besiegten Hakons Schiffsführer und jüngere

Söhne mit Leichtigkeit. Ragnvald wünschte, es wäre eine ebenbürtigere Schlacht gewesen, doch vielleicht würde dieses Ergebnis endgültig die Frage beantworten, wer einen echten Kampf gewinnen könnte.

Als Guthorm das letzte Spiel ankündigte, erklärte er, dieser Wettkampf sei eine alte Tradition in Vestfold und fordere jedes Mal Menschenleben. Mittlerweile war die Dunkelheit hereingebrochen, obwohl das Mittagsmahl erst wenige Stunden zurücklag. Die Männer waren bereits müde von den Anstrengungen des Tages, und viele waren betrunken, da sie ihren Durst den ganzen Tag über mit Ronhilds starkem Fruchtbier gestillt hatten.

»Das letzte Ereignis ist ein Rennen«, verkündete Harald, der auf einem der steinernen Kais stand. Einige der Männer murrten. Ein Rennen erschien ihnen nicht aufregend genug. »Das Eis im Hafen muss aufgebrochen werden, bevor es zu dick wird. Und diesmal nicht mit Äxten. Wir werden quer darüber laufen. Ich werde oft gefragt, warum ich so geschickt bin, und dies ist der Grund dafür: Ich laufe den ganzen Winter über brechendes Eis, zum Zeitvertreib und um meine Schnelligkeit zu verbessern. Und ihr werdet das nun ebenfalls machen.«

»Wie lauten die Regeln?«, rief jemand.

»Es gibt nur eine Regel: Keine Waffen, außer dem, was ihr unterwegs findet.«

Harald grinste, als die Männer aufgeregt miteinander zu reden begannen.

Guthorm hob die Stimme. »Es werden Boote bereitstehen, die Männer aus dem Wasser holen oder euch retten, wenn euch der Rückweg abgeschnitten wird.«

»Ein Boot fischt mich also raus«, sagte Oddi. »Aber was ist mit meinen armen abgefrorenen Eiern?«

Ragnvald lachte, obwohl ihn der Gedanke an das bevorstehende Rennen erschauern ließ. Dieses Wasser war viel kälter als das des Geiranger-Fjords, in dem er im Frühjahr beinahe ertrunken war. Diesmal würden ihn keine Visionen erwarten, nur der Tod.

»Der Preis ist ein fränkisches Schwert für alle, die mich schlagen«, verkündete Harald. »Und das hier für denjenigen, der als Erster das gegenüberliegende Ufer erreicht.« Guthorm reichte ihm ein Schwert in der Scheide, und Harald zog es heraus. Es glänzte im Kerzenschein. Runen schmückten die Klinge auf ganzer Länge, und am Knauf funkelten rundgeschliffene Rubine, doch seine Form und seine Einfachheit zogen die Blicke auf sich, nicht die Verzierungen. Fränkische Schmiede kannten Geheimnisse, ihre Schwerter waren leicht und zerbrachen niemals. Dieses Schwert mochte die Brautgabe einer Prinzessin sein oder Svanhild von einem Königssohn zurückkaufen.

Männer drängten sich an der Küste. Ragnvald schob sich nach vorn zu Harald.

»Wenn du gewinnst, musst du mir versprechen, dass du den ganzen Winter über mit deinem Sieg prahlst«, wandte sich Harald mit einem breiten Grinsen an ihn.

Ragnvald lächelte kläglich. »Das ist grausam. Jetzt will ich nicht mehr gewinnen.«

Über dem Fjord lag eine Masse aus verwirbeltem Eis, das im Augenblick unbeweglich wirkte, jedoch brechen würde, sobald das Gewicht eines Mannes auf ihm lastete. Ragnvald war nicht schneller als die schnellsten Männer, doch er war immer noch ein wenig leichter als die erwachsenen Krieger. Er hatte beim Wettlauf über die Ruderriemen Solvis Armreif gewonnen, und dieser Wettkampf würde dieselbe Geschicklichkeit und genauso schnelle Sprünge erfordern.

Das Rennen startete mit einem Hornsignal, zuerst die höher gestellten Männer, gefolgt von Wogen von Kriegern. Ragnvald sprang mit Leichtigkeit über die aufgeworfenen, schneebedeckten Eisplatten. Innerhalb kurzer Zeit lagen Harald und er in Führung. Harald bleckte die Zähne in einem wilden Grinsen. Seine Haare standen wie ein Strahlenkranz um seinen Kopf.

Ragnvald verdoppelte seine Anstrengung. Er vermochte Harald in keinem anderen Wettkampf zu schlagen, aber mit etwas Glück würde es ihm hier gelingen. Das Eis begann unter dem Gewicht der Männer hinter ihnen zu erzittern, und Risse öffneten sich vor Ragnvald. Auch hier schien das Schicksal Harald gewogen zu sein, denn die Risse entstanden schneller auf der Strecke, die Ragnvald gewählt hatte, einige Armlängen weiter von der Küste entfernt. Oder hatte Harald klugerweise absichtlich den inneren Weg gewählt? Ragnvald hatte sich für den äußeren entschieden, um dem Schein der Fackeln zu entgehen, der ihn den Wurfwaffen der Männer hinter ihm aussetzte.

Er stolperte, und sein Fuß geriet in einen der Risse vor ihm, worauf sich dieser sofort vergrößerte. Er hatte noch genug Halt, um diesen Fehltritt auszugleichen, und das Wasser drang nicht sofort durch das Leder. Als er es dann spürte, stach die Kälte wie tausend Messer in seine Haut.

Ragnvalds Atem strömte rau durch seine Kehle. Natürlich gefiel Harald dieser Wettkampf: Man konnte sich nicht einfach mit aller Kraft hineinstürzen und jeden Gedanken um sich vergessen. Man musste ständig nachdenken, Entscheidungen treffen. Auf der anderen Seite des Fjords standen Guthorm und Hakon. Sie hatten sich selbst zu Schiedsrichtern dieses wichtigsten Rennens ernannt.

Ragnvald war eine Körperlänge vor Harald, als er seinen

letzten Sprung machte. Er glitt auf dem Ufer aus und tauchte bis zu den Oberschenkeln ins Wasser. Harald landete auf festem Boden, bevor Ragnvald sich wieder auf das Ufer hochkämpfen konnte, fluchend angesichts der Eiseskälte, die seine Beine umklammerte.

Zähneklappernd vernahm er, wie Guthorm und Hakon darüber stritten, ob nun er oder Harald das Rennen gewonnen hatte.

»Ragnvald hat das Ufer zuerst erreicht«, sagte Guthorm.

Ragnvald atmete schwer. Er schlug gegen seine Schenkel und Füße, um die Kälte daraus zu vertreiben.

»Ich denke, die Regel besagt, dass ich am Ufer stehen muss«, meinte Ragnvald verzagt. »Nicht dagegen schlagen.«

»Ein eleganter Verlierer«, stellte Harald fest.

Ragnvald verzog das Gesicht. »Ich war schneller«, sagte er, »aber du hast das Glück der Götter.«

»Es ist besser, vom Glück gesegnet zu sein, als geschickt«, meinte Harald ungerührt. Er würde niemals an den Gaben der Götter zweifeln.

»Und noch besser ist beides«, erwiderte Ragnvald.

Die größer werdenden Risse in der Eisdecke hatten die anderen Kämpfer zurückfallen lassen. Thorbrand und Heming hatten die Führung übernommen. Sie kamen langsamer voran als Harald und Ragnvald, zum einen, weil sie sich gegenseitig wegzudrängen versuchten, zum anderen, weil sie weniger geschickt waren.

Thorbrand war nicht für diese Art Rennen gemacht, er war zu klobig und zu leicht aus dem Gleichgewicht zu bringen. Heming schien bei diesem Wettkampf einen Vorteil zu haben, aber er war vorsichtiger. Vermutlich war es das erste Mal, dass er überhaupt Vorsicht walten ließ.

Heming zog an den anderen vorbei, er hatte einen Weg über

die Eisschollen gefunden, der ihn in Richtung Küste brachte. Er erreichte ein größeres Stück, das von schwarzen Rissen und Schrammen durchzogen war. Thorbrand machte einen Satz auf die Stelle zu, wo Heming stand, stieß gegen Heming, und dieser rutschte ins Wasser. Thorbrand ruderte vor Anstrengung mit den Armen und kippte auf der Eisscholle rückwärts. Das vordere Ende der Eisplatte hob sich in die Luft, und eisiges Wasser ergoss sich wie ein Wasserfall über ihn. Thorbrand warf sich wieder nach vorn, wodurch die Platte beinahe in die andere Richtung gekippt wäre, bevor das Schaukeln nachließ und Thorbrand sein Gleichgewicht wiederfand. Ragnvald starrte auf das dunkle Wasser und hielt nach Hemings hellen Haaren Ausschau. Mitgefühl überkam ihn, als er das Stechen der Kälte in seinen eigenen Gliedern spürte.

»Komm hoch«, murmelte Hakon hinter ihm. Heming warf die Arme in die Luft, dann verschwand sein Kopf hinter den schwimmenden Eisblöcken. Ein Boot kam zu Hilfe. Als es Heming erreichte, hatte dieser die Kraft gefunden, sich auf eine stabile Eisscholle in der Größe von Hakons Festtafel zu ziehen. Er bedeutete dem Boot wegzufahren, seine Lippen glänzten schwarz im Mondlicht.

»Thorbrand, du Feigling«, rief er über das Eis. Thorbrand machte die letzten Schritte auf die Küste zu und beugte sich keuchend vor, die Hände auf die Knie gestemmt. Heming lief weiter, doch seine Bewegungen waren ruckartig, wie die einer schlecht geführten Marionette. Die Kälte begann ihm zuzusetzen.

In der Zwischenzeit erreichte Thorbrand die Küste und wurde von Harald herzlich beglückwünscht. »Wer von euch hat gewonnen?«, fragte er. »Ich konnte es nicht sehen.«

»Harald«, entgegnete Ragnvald abwesend. Ebenso wie Hakon beobachtete er nach wie vor Heming.

»Feigling«, rief Heming wieder. Er kam näher, das Gesicht sah aus wie eine Maske durch das Eis und den gefrorenen Bart. Er sah in diesem Augenblick ganz und gar nicht wie ein Held aus.

»Das war erlaubt«, gab Thorbrand zurück. »Du hättest besser auf dein Gleichgewicht achten sollen, wenn du kein Tauchbad wolltest.«

Heming, der nun beinahe die Küste erreicht hatte, brüllte wortlos seine Wut heraus, warf sich auf Thorbrand und zog ihn zurück ins Wasser.

Thorbrand kreischte, als das Wasser seine Weichteile umspülte, es hörte sich an wie eine Frau, und Ragnvald musste ein Lachen unterdrücken.

»Kommt heraus, ihr beiden«, forderte Harald sie auf. »Ihr holt euch sonst den Tod, und ich brauche euch.« Ragnvald half Heming aus dem Wasser, während Harald Thorbrand half. Mittlerweile war das Eis so aufgebrochen, dass die übrigen Männer das Rennen nicht fortsetzen konnten. Die im Hafenbecken Verbliebenen suchten sich in einer Reihe hintereinander einen Weg zurück über die weiter außerhalb liegenden Eisränder, während Boote die auf den Schollen Treibenden retteten.

»Er ist ein Feigling«, murmelte Heming, während Ragnvald ihn auf dem Weg zurück zur Halle unterstützte.

»Sei nicht töricht«, entgegnete Ragnvald. »Nach den Regeln war es erlaubt. Du hättest dasselbe getan.«

Sobald sie in der Halle waren, begannen ihre Kleider zu dampfen. Heming suchte sein Zimmer auf. Als er zurückkehrte, trug er ein paar dicke Wollhosen und eine kräftige seidene Tunika.

Sobald Thorbrand zurückkam, ebenfalls mit trockener Kleidung, richtete Heming sich auf und schritt zu ihm hinüber.

»Du bist ein Feigling«, sagte er. »Ich fordere dich heute Nacht zum Duell auf.«

»Das war Teil des Wettkampfs«, erklärte Harald. »Und ich habe Duelle verboten.«

»Wir brauchen eine Möglichkeit, das beizulegen«, entgegnete Thorbrand. Das überraschte Ragnvald. Thorbrand schien Harald und seinem Streben nach einem friedlicheren Norwegen gegenüber höchst loyal zu sein, doch er war offensichtlich an einem Punkt angelangt, wo er bereit war, mit Heming zu brechen.

»Keine Duelle«, sagte Harald. »Ich brauche euch beide als meine Schiffsführer.« Er sprach die Worte so bestimmt, als hätte Guthorm sie ihn auswendig lernen lassen.

»Es war regelkonform«, sagte Thorbrand. »Aber wenn du möchtest, betrachte es als Vergeltung für das, was du mir beim Wettbewerb im Armdrücken verpasst hast.«

Heming kochte vor Wut. »Nein«, sagte er zu Harald. »Ich will Genugtuung. Mein Vater ist dein wichtigster Verbündeter, und dieser Emporkömmling von einem Bauern ist nicht von meinem Stand. Ich werde nicht dein Schiffsführer mit diesem Feigling an meiner Seite.«

Harald rollte die Augen. »Schön, schön. Dann werde nicht mein Schiffsführer. Lauf zurück zu deinem Vater.«

»Du solltest ihn mehr wertschätzen«, erwiderte Heming. Ragnvald trat einen Schritt vor. Heute Abend schien Heming zornig genug zu sein, um jeden herauszufordern, sogar Harald, und das wäre sein sicherer Tod.

»Wenn ich ihn weniger schätzte«, entgegnete Harald, »wäre das viel schlimmer für dich.«

»Komm, Heming«, forderte Ragnvald ihn auf, »ich bin sicher, eine der Damen hier möchte dafür sorgen, dass du es heute Nacht schön warm hast.« Er zog Heming fort von Harald und Thorbrand und besorgte warme Getränke für sie beide, um die Kälte des Fjordwassers aus ihren Gliedern zu vertreiben. Zumindest in dieser Nacht würde Heming niemandem Gewalt antun.

KAPITEL 30

Es war an der Zeit, Dorestad zu verlassen, denn Rorik würde sich keine weiteren Zugeständnisse von Solvi abhandeln lassen. Doch die Tage vergingen, und Solvi fand immer neue Vorwände, warum seine Männer die Schiffe noch nicht reisefertig machen sollten.

»Scheint so, als hätte sie jetzt Gefallen daran gefunden, von dem, was man so zu hören kriegt«, sagte Tryggulf. Er hatte sich zu Solvi gesetzt, der ganz vernarrt dasaß und Svanhild zusah, die mit Roriks Frauen Hof hielt. Ihr Charisma und ihre Führungsqualität hätte Solvi bei jedem seiner zukünftigen Söhne begrüßt.

Solvi lächelte und senkte den Blick zu den Binsen am Boden. Er war nicht der Typ, sich seiner Eroberungen zu rühmen, genauso wenig wie Tryggulf, das war eher Ulfarrs Stil. Svanhild hatte tatsächlich Gefallen daran gefunden und war nicht nur still dabei. In einer Halle, deren Kammern nur durch Wandbehänge abgetrennt waren, konnten das alle hören.

»Es wird kälter«, sagte Tryggulf.

»Ja«, erwiderte Solvi. Er musste dafür sorgen, dass sie weiterkamen, Vorbereitungen für den Winter treffen und einen sicheren Ort für Svanhild finden. Reisen bedeutete Nächte auf dem offenen Meer ohne jede Privatsphäre, nicht einmal Wandbehänge, in unberechenbaren Gewässern, wo sie sich einst feindlich gegenübergestanden hatten. Reisen bedeutete auch, alle Könige aufzusuchen, die er zu Verbündeten machen musste, damit er gegen Harald segeln konnte. Hätte Rorik ihm Krieger mitgegeben oder wäre selbst mitgezogen, könnte Solvi diese Könige aufsuchen und ihnen ins Gesicht lachen, wenn sie sein Ansinnen ablehnten. Den Träumereien von einem vollkommen freien Leben, die Svanhild in ihm geweckt hatte, konnte er nicht weiter nachgehen, aber wenn er noch länger hier verweilte, bliebe ihm nur noch dies.

Er musste ja keine Kampfkraft in gleicher Stärke aufbringen. Solvi und die Könige, an die er dachte, hatten Gefolgsleute, die ihr halbes Leben auf Schiffen verbrachten. Bei Seegefechten konnten sie Harald leicht schlagen. Alle Lieder erzählten von offenen Feldschlachten, von Männern hinter Schilderwällen und dem Nahkampf auf blutigem Feld. Sie würden weit weniger gut kämpfen, wenn jeder Fehltritt bedeutete, dass man ins Wasser stürzte. Doch die Götter waren Harald zugetan, während er, Solvi, schon seit frühester Kindheit den Schicksalsgöttinnen sein Leben abtrotzen musste. Seegefechte hingen viel mehr vom Zufall ab als Landgefechte.

Solvi wies seine Männer an, die Schiffe für die Rückfahrt den Fluss hinauf fertig zu machen, verweilte aber noch tagelang, nachdem die Arbeit getan war. Des Morgens lag er lang im Bett mit Svanhild, und abends suchte er sie früh auf, noch bevor seine Männer Roriks Bier aufgetrunken hatten.

»Meinst du nicht, Rorik hat die Nase voll von deinen Männern, die in seiner Halle krakeelen?«, fragte Svanhild, als sie nachts zusammenlagen. Ihr Haar floss über seine Haut wie ein dunkler Strom.

»Tryggulf meint auch, wir sollten gehen, bevor sich das Wetter zu sehr gegen uns wendet.«

»Und, hat er recht?«

»Ich glaube schon. Andererseits glaube ich aber auch, dass du ganz gerne ein Dach über dem Kopf hast und ein Bad. Das möchte ich dir nicht wegnehmen.«

Svanhild gab keine Antwort. Es fiel ihr schwer, nichts zu sagen, denn implizit deutete das immer auf die eine Sache, die sie beide trennte. Sie schwieg, wenn sie nichts Angenehmes sagen konnte, ohne zu lügen.

»Was denkst du, Svanhild?«, fragte Solvi.

Sie drehte sich um, so dass ihr Kopf nun nicht mehr auf seinem Arm zu liegen kam und nur noch ihr Haar ihn berührte. »Ich kann dir doch keinen Rat geben, wann du gegen Harald kämpfen sollst, denn dann kämpfst du auch gegen meinen Bruder«, sagte sie langsam.

Er strich ihr Haar zur Seite und setzte sich auf. »Ich hab dich doch nicht um deinen Rat gebeten«, sagte er. Das war eine Lüge. Sie war nicht weltgewandt, aber sie war klug, und ihr Rat wäre weise, wenn auch vielleicht nicht richtig.

Sie setzte sich nun ebenfalls auf und legte ihre Arme um seine Schultern. »Ich bin dir gegenüber loyal. Ich würde dich nie verraten. Das schwöre ich beim Leben ...«, sie schluckte, »... aller Kinder, die wir haben werden, und die mir gewiss teurer sind als Geirny die ihren.«

Er beruhigte sich und dachte an die Kinder, denen er nie hatte Namen verleihen können. Es hätte ihm zugestanden zu entscheiden, ob er die Töchter anerkennen oder dem Tode aussetzen wollte. Stattdessen hatte sie wahrscheinlich zusammen mit seinem Vater diese Entscheidung für ihn getroffen. Damit war jetzt Schluss. Svanhild und er hatten seit jener magischen Nacht nicht mehr über Söhne oder Kinder gesprochen, und Solvi konnte nicht daran denken, ohne ganz krank zu werden vor Verlangen. Deshalb verbannte er jeden Gedanken daran. Was ihn selbst betraf, fürchtete er die Fahrt über die offene See von Friesland nach Norwegen nicht, auch nicht im Herbst. Doch nun musste er für Svanhild fürchten und für das Kind, das sie für ihn tragen würde.

»Bitte, es tut mir leid«, sagte Svanhild, die seine Anspannung falsch interpretierte. »Ich habe nur Angst, dass meine Angst um ihn stärker wird, und wenn ich etwas sage, das einem von euch schadet, könnte ich es mir nie verzeihen. Ich sage dir alles, aber am liebsten wäre es mir, wir würden Norwegen verlassen und nie mehr wiederkehren. Solange wir dort sind, bin ich immer hin- und hergerissen.«

»Dann fallen Tafjord und Maer in Haralds Hand«, sagte Solvi. Nun, da er ihr Schweigen verstand, zog er sie an sich. »Ganz gleich, was er getan hat, es ist mein Vater dort in Tafjord. Er ließ mich leben, wo er mich hätte sterben lassen sollen.«

»Ich habe gehört …«

»Ich habe keine Erinnerungen an jene Zeit«, beeilte Solvi sich zu sagen. Auch er hatte die Geschichten von der düsteren Halle seines Vaters gehört, den Riten zu Ehren von Hel, dem Foltern. Er war damals zu jung gewesen, um sich zu erinnern, auch zu jung, um sich an das Feuer zu erinnern, außer in seinen Träumen. Seine ersten Erinnerungen entstammten der Zeit, als sein Vater schon mit ihm sprach und ihm seine Gefährten zuwies. Doch es gab genügend Anzeichen, dass der Wahnsinn seines Vaters wahr gewesen war. Er würde immer für seinen Vater einstehen, der ihn leben ließ und einen verkrüppelten Jungen zu seinem Erben einsetzte. »Ich werde ihn verteidigen, was aber nicht bedeutet, dass ich in Tafjord sitze und darauf warte zu sterben. Ich sorge einfach dafür, dass der Kampf nicht vor seiner Tür stattfindet.« Er musste sich schließlich beweisen, dass sein Vater nicht die falsche Entscheidung getroffen hatte.

»Und ich steh an deiner Seite«, sagte Svanhild, »das schwöre ich dir.«

*

Am nächsten Morgen schloss Solvi seine Geschäfte mit Rorik ab und verstaute ein paar Ballen Tuch und andere Kostbarkeiten in seinem Laderaum, eventuelle Geschenke für Könige.

»Drei magische Schwerter«, sagte Rorik beim Abschied. »Mein Geschenk an dich und deine liebreizende Braut.« Er zwinkerte zu Svanhild hinüber. »Vielleicht bekommt ihr ja zwei Söhne.«

Solvi spürte, wie Svanhild an seiner Seite kurz Luft holte, sah aber nicht zu ihr hinüber. Er dankte Rorik und packte das erste Schwert aus.

»Es ist ein Ulfberht-Schwert«, sagte Rorik, »aus Sternmetall vom Orient und von unseren besten Waffenschmieden geschmiedet.« Solvis eigenes Schwert war von derselben Art, aber ein Mann konnte nie zu viele davon haben. Mit solch einem Schwert konnte man sich einen König mit all seinen Männern zu Verbündeten machen.

»Sie zerschlagen alle anderen Schwerter«, fuhr Rorik fort. »Solche Schwerter gehören in die Hände von Königen und Königssöhnen. Vergiss niemals, dass ich dein Freund bin. Sollte Harald Tafjord einnehmen, bist du hier jederzeit willkommen.«

»Das wird er nicht«, sagte Solvi. Er wickelte das Schwert wieder ein.

»Wenn du Verbündete findest, lass mir eine Nachricht zukommen«, sagte Rorik. »Dann schicke ich dir meine Männer. Odins Raben sollen mir die Augen aushacken, wenn ich lüge.«

*

Das Wetter war stürmisch, als Solvis Schiffe die Mündung des Rheins erreichten. Schwere Regenschauer stürzten ununterbrochen in die aufgewühlte See. Sie verbrachten eine kalte Nacht am Flussufer, in der Svanhild sich zitternd an ihn schmiegte. Dann setzten sie Segel für die norwegische Küste.

Nebeldunst und Sturmböen zogen übers Wasser und bestimmten ihr Tempo. Solvi hielt die Schiffe nahe beisammen. Als sie den Hardanger-Fjord in Hordaland erreichten, erzählten ihnen die Fischer dort, Harald sei gekommen, habe einige Könige zum Treueeid verpflichtet und sei dann wieder verschwunden. Darüber musste Solvi lachen.

»Er kommt, lässt sich Versprechungen geben und haut dann wieder ab«, sagte er zu Tryggulf und seinen Männern. »Das ist ja so, als sei er nie hier gewesen.«

Während einer Flaute, als der Lärm des Windes ihre Stimmen vor Mithörern verdeckte, fragte ihn Svanhild: »Dann glaubst du also, dass diese Könige ihr Wort nicht halten. Ich frage mich, warum deine Männer dir folgen, wo du doch so wenig an Treueschwüre glaubst.« Sie war selbst überrascht, wie unverblümt das herausgerutscht war.

»Dein Schweigen früher war gar nicht so schlecht«, erwiderte Solvi sarkastisch. »Meine Männer folgen mir, weil meine Raubzüge erfolgreich sind und ich sie danach immer wieder sicher aus der Gefahrenzone bringe. Sie folgen mir, weil sie an mein Urteilsvermögen glauben. Das ist auch der einzige Grund, warum ein Mann einem anderen folgen sollte. Dieser Harald ist jung und unerfahren, wenn er glaubt, der Eid eines Königs, mit dem Schwert am Hals erzwungen, hat irgendwelche Bedeutung.« Er sah Svanhild durchdringend an. Alles, was sie von der Welt wusste, außer dem Leben auf dem Bauernhof und die Reisen, in denen sie sich in Solvis Hand begeben hatte, hatte sie aus Liedern gelernt. Ihre Mischung aus Treuherzigkeit und Skrupellosigkeit hatte ihren Charme, und er konnte sich nie entscheiden, ob er ihr ihre Illusionen lassen oder ihr die Augen öffnen sollte über die grausamen Lektionen, die er selbst gelernt hatte. »Was würdest du denn tun, Svanhild, um dein eigenes Leben zu retten oder das Leben deines Kindes?«

Jede andere Frau hätte sich nun untergeordnet und zugegeben, dass es Bereiche gab, in denen er sich auskannte und von denen sie keine Ahnung hatte. Doch Svanhild hob den Kopf und sagte: »Ich glaube, du hast keine Vorstellung davon, wozu Mütter seit jeher fähig sind, um das Leben ihrer Kinder zu retten. Meine Mutter ...«, sie schüttelte den Kopf, »... meine Mutter hat sich aufgegeben, glaube ich wenigstens, nur damit Ragnvalds Land sicher ist, bis er es selbst übernehmen kann. Ich frage mich, ob dieser Preis die Sache wert war, ich meine die Heirat mit Olaf.«

»Das war eben ihr Schicksal.« Solvi wollte nicht, dass sie über den Preis einer Heirat nachdachte. Er streichelte ihre Wange, bevor er wieder an die Arbeit zurückging.

*

Solvi führte die Schiffe um die vorgelagerten Inseln herum in den Schutz des Hardanger-Fjords. Er hielt hie und da an, um sich mit den Leuten an Land zu unterhalten, die ihm ihre Geschichten von Überfällen erzählten. Wer etwas wusste, war sein Geld wert, und so trug er nach und nach Informationen darüber zusammen, was sich im Herbst ereignet hatte.

»Am Morgen segeln wir zu Gudbrands Halle«, verkündete Solvi seinen Männern. »Er ist der stärkste der verbliebenen Könige, und er hasst diesen Emporkömmling Harald.« Harald hatte sieben Könige getötet, erzählte man sich, aber Gudband war nicht darunter gewesen. Zweimal hatte Harald mit Gudbrand gekämpft, aber es war ihm nie gelungen, ihn zu töten. Er wäre der richtige König, um Harald zu schlagen.

Solvis Männer waren zwar loyal, aber sie erzählten sich auch die Geschichte von König Eirik im Oberland, seiner mächtigen Burg und seiner stolzen Tochter. Als sie sich abends zur Ruhe legten, erzählte Svanhild Solvi, was sie von Haralds Eid an Gyda gehört hatte. Der Wind ließ die Zeltwände erzittern.

»Harald heiratet jede Frau in norwegischen Landen, wenn ihm das hilft, die Herrschaft zu gewinnen«, sagte Solvi.

»Die Geschichte ist wichtig, nicht die Heirat«, sagte Svanhild. »Die bringt ihm Sympathien unter den Männern. Vergiss nicht, wie du mich gewonnen hast.«

»Ja«, sagte Solvi. »Das hat meine Männer für dich eingenommen.«

»Dich aber auch«, sagte sie und schmiegte sich an ihn. Als Antwort küsste er sie auf den Scheitel und erzählte ihr mehr von König Gudbrand. Sie hatten sich schon ein-, zweimal getroffen, und Gudbrand hatte seine Söhne für Raubzüge auf Solvis Schiffen untergebracht. Nun lebten sie in Island, wo ihnen mehr Land zur Verfügung stand.

»Vielleicht ruft er sie nun zurück«, fuhr Solvi fort. »Bei so vielen toten Königen gibt es hier ja nun auch mehr Land zu verteilen.«

»Dann hat Harald ihm einen Gefallen getan«, sagte Svanhild.

»Aber er hat ihn auch gedemütigt, und ich hoffe, das wiegt schwerer.«

»Versuchst du ihn damit auf deine Seite zu ziehen?«

»Ja«, antwortete er. »Und ich biete ihm die Reichtümer von Vestfold. Er vertraut darauf, dass ich mehr von der Welt kenne als er. Ich kann ihm sagen, dass Harald noch jung ist und noch unerfahren, und dass Vestfold schnell eingenommen werden kann, wenn wir genügend Verbündete finden.«

»Stimmt das denn?«, fragte Svanhild. Solvi zuckte mit den Schultern. Svanhild zog die Decke über sie beide. Sie drückte ihre Beine sanft gegen die seinen, um die Narben zu wärmen, die so leicht abkühlten.

»Es klingt auf jeden Fall plausibel«, antwortete er. »Haralds Siege sind nicht so beeindruckend, wie sie in den Erzählungen erscheinen. Er hatte immer viel mehr Männer auf seiner Seite, als die anderen auf die Schnelle zusammentrommeln konnten, und er hatte den Vorteil der Überraschung. Wenn wir gegen ihn segeln, in voller Stärke, früh im Jahr, noch bevor er genügend Männer um sich gesammelt hat, denn die Männer gehen ja nach Hause über den Winter, dann können wir ihn da schlagen, wo er lebt.«

»Ein offener Kampf also«, sagte Svanhild. »Das ist wohl ehrenhafter als ein Angriff aus dem Hinterhalt.«

»Mit Ehrenhaftigkeit hat das nichts zu tun«, erwiderte Solvi. »Es ist eine Kriegslist, die nur einmal funktioniert, und zwar jetzt, bevor er zu viel Macht gewonnen hat. Wenn wir verlieren, können wir von da an nur noch von Raubzügen leben.« Er gähnte. »Wenn wir gewinnen, nehme ich dich mit nach Dublin und behänge dich von oben bis unten mit irischem Schmuck.«

»Ich mach mir nicht viel aus Schmuck, und mir wäre es viel lieber, du würdest nicht kämpfen.« Weil er dann gegen Ragnvald kämpfen würde, nahm Solvi an. So lange sie immer zuerst an Ragnvald dachte, würde sie nie ganz ihm gehören.

*

Sobald sie im Schutz des Hardanger-Fjords segelten, ließen die Winde nach, und die Temperaturen sanken. Solvi segelte einen Flusslauf hinauf zu Gudbrands Halle.

Als die Abenddämmerung hereinbrach, fanden sie sie endlich. Sie war dem Erdboden gleichgemacht worden; nur ein paar verkohlte Balken waren zurückgeblieben, die aus dem zu früh gefallenen Schnee herausragten. Früher Schnee, milder Winter, lautete das Sprichwort, aber kein Winter war wirklich mild.

»Die Halle ist abgebrannt«, sagte Solvi. Er umrundete die verkohlten Fundamente. »Aber sie haben sie nicht mit den Leuten darin abgefackelt, sieh nur.«

Svanhild ging hinter ihm und sagte nichts. Er wünschte, er hätte sie in Dorestad gelassen. Das hier sollte sie gar nicht sehen müssen. Sie folgte ihm in den heiligen Hain an einen Berghang. Der Boden war glitschig von Eis und totem Laub. Runen waren in die Baumrinden geritzt. Unter Solvis Fuß knackte etwas, das sich nicht wie Holz anfühlte. Er beugte sich nieder und zog ein blasses Stück Knochen hervor. Schnell wischte er sich die Finger an den Hosen ab. Leichen, die nicht beerdigt waren, brachten Unglück.

»Wenn Harald und seine Leute hier waren, ob Gudband dann wohl noch lebt?«, fragte Solvi fast mehr sich selbst als seine Männer, die hinter ihm hergingen.

Auf einer Lichtung fanden sie ein kleines Lager. Die Zelte waren vom Wind umgeweht worden, und niemand hatte sie wieder aufgerichtet. Unter den ledernen Zeltplanen lagen die Leichen von Frauen und Kindern, die wohl zu alt oder jung gewesen waren, um sie als Sklaven mitzunehmen. Aus den Überresten unbearbeiteter Felle und winziger Knochen war abzulesen, dass sie sich von Kleingetier ernährt hatten und später dann zu Kannibalismus übergegangen waren. Diese

Menschen hatten auf ihre Rettung gewartet, auf Männer, die nie kamen.

»Das ist ein unheilvoller Ort«, sagte Svanhild. Solvi war froh, dass sie es sagte. Als Frau konnte sie Ängste ansprechen, dann blieb es den Männern erspart. »Wir müssen von hier weg.«

»Ja«, sagte Snorri durch seinen zerschlagenen Mund. »Diese Toten ruhen nicht.«

Solvi wies die Männer an, aus dem Holz des Hains, der durch das schreckliche Ende der Leute nun vergiftet war, einen riesigen Scheiterhaufen zu errichten, um die Toten darauf zu verbrennen. Im Morgengrauen, als das Feuer niedergebrannt war, führte er seine Männer zum Schiff zurück. Harald hatte Sicherheit versprochen und hätte niemals Familien dem Hungertod überlassen dürfen, selbst nicht die seiner Feinde.

Im Landesinnern stießen sie auf weitere verlassene Bauernhöfe. Am Ende des Fjords fanden sie eine größere Gruppe Menschen, die sich zusammengetan und ein paar Schuppen und Unterstände um eine Halle herum errichtet hatten. Die Gemeinde war nicht organisiert und bestand aus Flüchtlingen, meist Frauen und Kindern, und ein paar Männern, die zu alt und gebrechlich waren, um zu kämpfen.

Solvi fand einen Mann im Kriegeralter, der ihm erzählte, was passiert war. »Das waren König Hakons Männer«, sagte er. »Sie kommen und rauben. Sie zwingen uns, Hakon als König anzuerkennen, und wenn wir ja sagen, dann nehmen sie uns nur alles weg. Wenn wir nein sagen, töten und brandschatzen sie.«

»Nicht Harald?«, fragte Solvi.

»Er sagte, sie kämen im Auftrag von Harald.«

»Und was hast du als Antwort gegeben?«, fragte Svanhild.

»Ich sagte nein«, erwiderte der Mann stolz.

»Und doch lebst du, und diese Halle steht noch.«

Der Mann sah mürrisch drein. »Die Halle hat er für uns stehen lassen, damit wir über den Winter kommen. Vekel, der Jarl, der hier herrschte, er hat seine Männer und Schiffe geschnappt und ist zu seinem Vetter nach Rogaland abgereist. Dort wird anscheinend noch nicht gekämpft.«

Solvi sah den Mann durchdringend an. »Wenn du nein gesagt hast, wie kommt es, dass du noch lebst?«

Der Mann blickte zu Boden. »Vekel hatte mich für vogelfrei erklärt. Hakon hat gesagt, ich kann hier seinen Jarl machen. Ich wollte nicht sterben. Wir haben uns zusammengesetzt, und die Leute hier haben mich gewählt. Ich verteidige sie gegen Hakon, wenn er wiederkommt.« Er legte die Hand an sein Schwert.

Solvi schüttelte den Kopf. Die Leute hier sahen so aus, als würden sie jeden wählen, der stark genug war, ein Schwert hochzuheben, selbst wenn er es nicht schwingen konnte. »Das ist hoffnungslos hier«, sagte er leise zu Snorri.

Er sprach mit dem neuen Jarl und behandelte ihn, als verdiene er diesen Titel, als würde er diesen Winter gut überleben. So erfuhr er von dem Gerücht, dass Gudbrand sich auf eine Insel im Hardanger-Fjord zurückgezogen hatte. Sie war so gut wie uneinnehmbar, geschützt durch hohe Felsklippen und mit Ausblick in alle Richtungen. Es war ein guter Platz zum Überwintern. Gudbrand musste sich dort nicht das Elend seiner hungernden Leute mit ansehen oder sich ausrechnen, was Hakon und Harald ihn gekostet hatten.

Sie schliefen in Zelten, die sie rings um ein Lagerfeuer errichtet hatten. Einer von Solvis Männern musste das Feuer die ganze Nacht über unterhalten. Trotzdem kroch die Kälte aus dem Boden und setzte sich in Solvis schlimmer verwundetem Bein fest. Selbst in den kältesten Nächten auf See fühlte es sich nie so an, steif, als sei es schon abgestorben.

»Das gefällt mir überhaupt nicht«, flüsterte Solvi im Dunkeln zu Svanhild hinüber. Wer weiß, ob sie noch wach war, das war der beste Moment für Geständnisse.

»Was gefällt dir nicht?«, murmelte sie.

»Bündnisse und Könige. Vekel hatte viele Männer, und jetzt sind seine Hallen zerstört.«

»Hakon wird wohl mehr gehabt haben.«

»Er schnappt sich so viele Bezirke, wie er kann«, sagte Solvi bitter. »Sein Ehrgeiz kennt keine Grenzen. Zwischen ihm im Norden und Harald im Süden ...« Vor Svanhild hätte er diese Befürchtungen Tryggulf oder Snorri mitgeteilt, obwohl er dabei nie vergessen durfte, dass er ihr Anführer war und sie sich auf seine Entscheidungen verließen. »Lass uns aus dem Fjord hinaus aufs offene Meer segeln und immer weiter segeln, so wie du dir das gewünscht hast.«

»Du willst doch nur, dass ich dich an dein Ehrgefühl erinnere, glaube ich.« Sie kuschelte sich näher an ihn. »Ist das die Rolle, die du mir zugedacht hast, Solvi Hunthiofsson? Hüterin deiner Ehre?«

»Vielleicht«, sagte er.

»Ich kann das aber nicht. Sieh dir nur an, was der Krieg Hordaland gebracht hat. Wenn du es vorziehst zu entkommen, mehr, als deinen Vater schützen ...«

Er setzte sich auf und schob die Decken von sich. »Mir wäre lieber, du würdest mich ausschimpfen, als so mit mir zu sprechen.«

Sie erhob sich ebenfalls. Er hoffte, sie würde die Hand nach ihm ausstrecken. So selbstverständlich war ihm im letzten Monat ihre Liebkosung geworden, dass ihm schien, ihre Streitereien vorher habe es nie gegeben. Sie ließ den Kopf hängen. Alles, was er im Dunkeln sehen konnte, war ihr dichtes Haar, das die Konturen ihrer Schultern verbarg.

»Wenn du willst, dass wir segeln, dann segeln wir«, sagte er. »Zumindest würde ich es in Erwägung ziehen. Ich will das alles nicht, und du auch nicht. Es ist nur mein Vater …« Einst im Totenreich könnte er doch niemals seinem Vater gegenübertreten, wenn er Tafjord ungeschützt zurückließe.

Sie schwieg immer noch.

»Wo ist deine Überzeugung jetzt?«, flüsterte er ihr zu. »Jetzt, wo ich sie brauche?«

»Jetzt habe ich keine Überzeugung für dich, und nicht einmal für mich selbst. Jetzt habe ich nur noch das hier.« Sie schlang sich die Arme um den Leib in einer Geste, die ihm seltsam vertraut erschien, wenn er sie auch vorher nie bei ihr gesehen hatte. Doch er kannte sie von den Frauen in der Halle seines Vaters, von seiner Frau Geirny …

»Svanhild«, sagte er und streckte die Hand nach ihr aus.

»Ich bekomme ein Kind«, sagte sie. »Jetzt bin ich mir ziemlich sicher, wenn es auch noch früh ist. Deshalb kann ich dich auch nicht ausschimpfen. Ich will Sicherheit für dieses Kind. Ich will nicht, dass er im Krieg geboren wird. Ich will nicht, dass sein Vater anderen Leuten Krieg beschert.« Sie schüttelte den Kopf. »Mir wäre im Moment viel lieber, du wärst ein Bauer, dem niemand etwas anhaben will, von dem niemand etwas erwartet, als der Sohn eines Königs.«

Er zog sie zu sich herüber, aber auch in seinen Armen blieb sie angespannt. »Svanhild, du denkst, es ist ein Sohn?«

»Ja. Ich will die Götter nicht herausfordern, indem ich mich darauf verlasse, aber ja. Ich habe ihn im Traum gesehen.«

»Aber dir war morgens nie übel«, sagte er. Es schien ihm zu viel Glück auf einen Schlag.

»Nein«, antwortete sie. »Das hat mir auch Sorgen bereitet, aber jetzt bin ich mir ziemlich sicher. Es muss schon ganz früh geschehen sein.«

Er verspürte einen kleinen Stich der Enttäuschung, dass dieses Kind schon bei einer ihrer ersten, rauen Vereinigungen Wurzeln gefasst haben sollte und nicht in den süßen Stunden seither. Aber das war ja jetzt nur nebensächlich.

»Unser Sohn erbt einmal Tafjord«, sagte er. »Aber nicht, wenn ich jetzt fliehe. Mein Vater legt vielleicht keinen Wert auf meine Hilfe, aber er hier ...«, er legte die Hand auf ihren Bauch, »... er wird sie brauchen. Ich will meinem Sohn ein Königreich hinterlassen.« Ihr Körper blieb angespannt. »Svanhild, verlange nicht von mir, meinen Vater aufzugeben, nur um diesen Krieg nicht führen zu müssen.«

»Ich weiß nicht recht.«

»Aber ich«, sagte er. »Die norwegischen Könige werden Harald und Hakon dafür hassen, dass er ihnen ihr Land wegnimmt und das dann auch noch als rechtens proklamiert. Sie werden sich zusammenschließen.«

»Jetzt bist du voll Überzeugung.« Sie schüttelte den Kopf, so dass ihr Haar über seine Hand fiel, mit der er sie festhielt.

»Diese Überzeugung verdanke ich dir«, antwortete er. Wie zerbrechlich sich Svanhild in seinen Armen anfühlte, ihre schmalen Schultern, ihre zarte, weiche Haut. Sie musste ihr Kind schützen, und er musste sie schützen.

*

Kalter Nebel umwob Solvis Schiffe, als sie Gudbrands Halle auf der Insel mitten im Hardanger-Fjord erreichten. Früher waren sie daran vorbeigesegelt, ohne zu ahnen, dass die Insel bewohnt war, denn die Halle war in einem Hain hoch über dem Meer versteckt. Einer von Solvis Bootsführern wusste, wo man andocken konnte und wo der schmale Pfad die Klippen hinauf führte.

Sie gingen an Schiffen vorbei, die im Dickicht versteckt lagen, und stiegen dann einen ungeschützten Weg hinauf, der sie von oben her angreifbar machte. Solvi wies seine Männer an, genügend Abstand zwischen sich zu lassen, damit nicht ein einziger Angriff zu viele auf einen Schlag erledigen könnte. Die Felsen waren vereist, zerborsten in graue und schwarze Brocken und zu steil für Mensch oder Tier. Wenn Gudbrand sich wirklich hier befand und es nicht nur ein Gerücht war, dann hatte er sich einen guten Platz zum Überwintern ausgesucht.

Am oberen Ende der Felsen konnte Solvi zwischen den Bäumen ein schwaches Licht ausmachen und vielleicht auch eine kleine Rauchsäule, die sich schnell in den niedrigen Wolken verlor. Sie könnten sich auf jeden Fall auf das Gastrecht berufen.

Ein Wachposten löste sich aus den Bäumen und trat ihm mit gezogenem Schwert entgegen.

»Meine Männer bitten um Gastfreundschaft«, sagte Solvi. »Ich bin ein Freund von Gudbrand. Ist er hier?«

»Wenn du ein Freund bist, dann gib mir dein Schwert.«

»Ich bin Solvi Hunthiofsson«, erwiderte Solvi. »Geh und sage das deinem Herrn, und sieh dann selbst, ob er noch will, dass ich mein Schwert aufgebe.«

Der Wachposten nickte, einer seiner Kameraden erschien aus dem Grau und verschwand wieder zwischen den Schatten des Hains.

Solvis Füße wurden vom Stehen kalt. Nach und nach erschienen Männer am oberen Rand der Klippen. Er spürte Svanhilds Wärme, als sie sich neben ihn stellte. Sie trug wieder ihre Hosen, und eingepackt in Mantel und Überwurf würde der Wachposten sie eher als einen Jungen ansehen, nicht als seine Frau.

Schließlich erschien der Wachposten wieder. »Gudbrand heißt dich willkommen«, sagte er.

»Und meine Männer?«

»Gudbrand ist ein freigiebiger Anführer«, sagte der Wachposten. »Deine Männer sind natürlich auch willkommen.«

Solvi fürchtete aber weiterhin einen Hinterhalt, bis er dann in der hell erleuchteten Halle stand, voll lebendiger, frohgemuter Männer, in der König Gudbrand am Feuer saß und mit einem seiner Männer würfelte. Der König rief nach heißem Wein und einem Festessen, um ihre ausgekühlten Knochen zu erwärmen.

*

»Er ist ein junger Narr«, sagte Gudbrand, als Solvi beim Essen Harald ins Gespräch brachte. Gudbrand erzählte vom Kampf gegen Harald, dessen Übermacht und wie König Eirik sich in seiner Burg gemütlich eingeigelt hatte, während Gudbrands Männer unter Haralds Schwertern starben.

»Aber er hat dich besiegt«, sagte Solvi.

»Er hat mich ja nie gefunden«, sagte Gudbrand mit einer wegwerfenden Gebärde. »Und sein Onkel, der ist nicht dumm. Harald hatte Glück und mehr Männer, als ich in der kurzen Zeit aufbringen konnte.« Gudbrand war kein schöner Mann, seine Arme waren zu lang, der Bauch zu dick, er hatte hervorstehende Zähne und kurzgeschorenes, graues Haar über einem langen, strähnigen Bart. Seine schiefen Zähne waren jedoch weiß und kräftig, und er schien ein Mann zu sein, der durch Kompetenz anführte, nicht durch anfeuernde Reden oder großartige Gesten. Solvi fand das gut.

»Wenigstens konntest du ihm entfliehen«, sagte Solvi. Gudbrand sah ihn aufgebracht an. »Nein, ich finde das besser, als die Schlacht gegen ihn zu verlieren. Du lebst, also kannst du weiter gegen ihn kämpfen.«

»Ja«, sagte Gudbrand und hämmerte mit der Faust auf die

Lehne seines mit vielen Intarsien geschmückten Stuhls. »Und du, Seekönig? Kommst du, um mir Unterstützung anzubieten?«

»Es ist an der Zeit«, sagte Solvi. »Wir müssen uns zusammentun, oder alle unsere Ländereien fallen an Harald und seine Verbündeten.«

»Und was gehen mich deine Ländereien an?«

»Ich kümmere mich um deine, wenn du dich um meine kümmerst. Und falls dir das zu wenig ist, Vestfold ist auf jeden Fall reich.«

»Hast du die Absicht, Vestfold selbst anzugreifen?«

»Ja«, erwiderte Solvi. »Wir können uns nicht helfen, wenn wir nur unsere Königreiche verteidigen, aber wenn wir Harald direkt angreifen ...«

»Das stimmt«, sagte Gudbrand. »Diesem Harald muss man eine Lektion erteilen.«

»Ja natürlich«, sagte Solvi so glatt, als hätte er schon immer mit Gudbrands schneller Kapitulation gerechnet.

»Willst du diese Streitmacht selbst anführen?«, fragte Gudbrand.

»Ich bin nicht so machtbesessen wie dieser Harald, aber wenn du mir fest zusagst, dass du mit mir ziehst, dann schickt uns Rorik von Dorestad Männer und Schwerter dazu.«

»Du meinst, der reiche, alte Rorik verlässt sein gemütliches Nest für dich? Ich wette, dass auch Männer von Rogaland dazustoßen.« Gudbrand hämmerte wieder mit der Faust auf den Stuhl. »Ich bin wie ein Narr in diese Schlacht gezogen und war Haralds Armee praktisch immer nur einen Tag voraus. Die anderen Könige haben mir die Geschichten einfach nicht glauben wollen. Dann schleicht sich dieser Harald an mich heran, während du flink wie ein Wiesel reagierst und Zusagen von Männern wie Rorik einholst. Du kennst Vestfold. Du solltest uns anführen.«

»Zu viel der Ehre«, sagte Solvi höflichkeitshalber. Wahrscheinlich war er schon geeigneter, diese Streitkraft anzuführen, als Gudbrand, den Harald schon einmal geschlagen hatte. Ihm würden die Männer mehr vertrauen. Aber er zögerte. Einmal angenommen, wurde er diese Verantwortung vielleicht nicht wieder los. »Könnten wir auch deine Söhne dazu verlocken, aus Island herzukommen?«, fragte er. »Wenn Vestfold fällt, gibt es Kriegsbeute zu verteilen.«

»Das könnte hinkommen.« Gudbrand sah bei diesen Aussichten sehr zufrieden aus. Er rief nach mehr Most, einem wärmenden Gebräu aus Sommerfrüchten. »Aus dir wird mal ein größerer Mann als dein Vater, wenn die Götter gerecht sind. Lass uns darauf trinken und unsere Eide ablegen. Dann können wir uns überlegen, wer sonst noch zu uns stoßen könnte.«

*

Svanhild hatte ihrer Mutter nicht geglaubt, und auch nicht den Geschichten der Frauen auf dem Hof, dass sich Frauen in der Schwangerschaft ganz in sich selbst zurückziehen und nur noch an ihr Kind denken. Doch nun ging es ihr auch so. Sie wollte Solvi bei sich haben und fühlte sich mehr denn je wohl bei seiner Berührung. Aber sie konnte Solvi ja nicht von seinen Plänen abhalten, wenn diese Reichtum und Sicherheit für ihren Sohn bedeuteten. Als er seine Verhandlungen mit Gudbrand abgeschlossen hatte, sandte Solvi sie mit Tryggulfs Schiff zurück nach Tafjord.

Im Lauf des Winters, nachdem die frühen Tage der Schwangerschaft vorüber waren, entwickelte Svanhild viel Energie, die sie in die Organisation von Tafjord lenkte, um die Halle so herzurichten, wie sich das gehörte, angefangen bei den Mahlzeiten. Sie erstellte ein Inventar aller Lebensmittel und stellte

Berechnungen an, wie der Haushalt und all die Krieger gut und ausreichend versorgt werden konnten. Aus den Ernteabgaben gab es genug Lebensmittel in Tafjord, aber sie wurden schlecht verwaltet. Hörige mussten ernährt werden, sonst konnten sie ihre Arbeit nicht verrichten. Selbst ein einfacher Bauer, der sich nur einen Knecht leisten konnte, wusste das. Hunthiof sollte sich schämen, so etwas nicht zu wissen.

Das Abenteuer, auf Solvis Schiff mitzufahren, fehlte ihr sehr, doch hier kannte sie wenigstens ihren Platz. Geirny war irgendwann im Herbst zu ihrem Vater zurückgekehrt, so dass Svanhild ihr gegenüber alle Schuldgefühle erspart blieben, dass sie ihren Platz eingenommen hatte.

Noch vor dem Julfest kam Solvi nach Tafjord zurück mit weiteren Zusagen von Rorik und mehr noch, der dänische König hatte sich durchgerungen, Schiffe gegen Harald einzusetzen. Auch er hatte kein Interesse an einem starken norwegischen König.

Ein reisender Skalde blieb den Winter über bei ihnen, und von ihm erfuhr Svanhild Neuigkeiten aus Vestfold, von Harald, Hakon und seinen Söhnen, und natürlich von Ragnvald. Sie erfuhr, dass Ragnvald dem Tode nahe gewesen war und sein Leben für Harald riskiert hatte. Sie erfuhr, dass Ragnvald seine Treuepflicht auf Harald übertragen hatte.

Ragnvald war jetzt Haralds engster Vertrauter, sein Ratgeber, erzählte der Skalde. Das würde ihn glücklich machen, wusste Svanhild, so glücklich wie er seiner Natur nach eben sein konnte. Ragnvald hatte mehr im Kopf, als für einen Bauern oder Krieger notwendig war, daher stammte auch sein Ehrgeiz. Sie verstand, dass er sich einen König gesucht hatte, den er respektieren konnte, und wünschte sich nur, sie könnte sich für ihn freuen. Stattdessen stand ihr nur deutlich vor Augen, dass er und Solvi wieder auf Kollisionskurs standen, wie zwei

Schiffe, die sich in einer Meerenge begegneten, in der es für keines der beiden ein Entrinnen gab.

»Du machst dich ja ganz kaputt mit Arbeit«, sagte Solvi, als er eines Tages zum Morgenmahl in die Küche kam. Das stimmte auch. Svanhild wusste nicht einmal, womit Solvi seine Tage verbrachte, so beschäftigt war sie mit der Verwaltung der Halle. In der Küche hielt sie sich am liebsten auf, denn sie hatte sie nach dem Vorbild von Ardal umgestaltet. Noch ein Jahr, dann hätte sie alle Zutaten beisammen, die sie haben wollte.

»Es gibt einfach zu viel zu tun. Diese Misswirtschaft, die dein Vater zugelassen hat, ist einfach eine Schande.«

»Keine Schande«, verteidigte er wie immer seinen Vater. »Wir sind eben Seekönige und keine Bauern. Reichtümer fließen uns zu und rinnen uns wieder durch die Finger. Wir dienen keinen Männern und erwarten auch nicht, dass man uns dient.« Für ihn war es einfach, so etwas zu sagen, aber jemand musste schließlich dafür sorgen, dass die Männer zu essen und Kleidung hatten. Auf See kümmerten sie sich um sich selbst. Solvi hatte schon immer Wert darauf gelegt, dass seine Schiffe über genügend Proviant verfügten und Vorräte schnell aufgefüllt wurden, wenn sich die dem Ende zuneigten.

»Eine Halle ist wie ein Schiff«, sagte Svanhild. »Sie lebt durch ihren Bauch.«

»Also gut«, erwiderte Solvi. »Was brauchst du?« Er streichelte ihren anschwellenden Leib. Sie wollte sich ihm fast entziehen in einer Art Schutzreflex für das neue Leben, selbst vor Solvi würde sie es schützen. Sogar vor Ragnvald. Sie würde ihr Kind vor jedem und allem schützen, denn es gehörte ihr. »Ich will nicht, dass du das Leben unseres Kindes riskierst, nur um erwachsene Männer zu versorgen, die das eigentlich selbst übernehmen könnten.«

Svanhild lächelte über seine Worte, was er sicher auch beabsichtigt hatte. »Ich brauche tatsächlich Hilfe«, sagte sie. »Gibt es hier in der Nähe Bauernmädchen, die einige Zeit hier in der Halle verbringen möchten? Sicher hat der eine oder andere Bauer mehr Mädchen auf dem Hof, als er selbst braucht.« Das erinnerte sie an Hilda. Hilda, die wartete und von Ragnvald träumte. Und nun würde Solvi ihren Traum zerstören. Sie seufzte. »Ich arbeite, um mich vor Gedanken an das Frühjahr abzulenken«, sagte Svanhild. Sie legte ihre Hand auf seine, um sein Streicheln anzuhalten. Ihr Blut pochte gegen seine Finger und gegen ihren Schoß.

»Du wirst die besten Geburtshelfer um dich haben, das verspreche ich dir«, sagte Solvi. »Du wirst diese Geburt überleben und mir noch viele Kinder schenken. Du bist stark.« Das hatte Svanhild nie bezweifelt. Hier sprach Solvi wohl seine eigenen Ängste aus.

»Ich habe nur Angst um Ragnvald«, sagte sie. Solvi versuchte, ihr seine Hand zu entziehen, aber sie hielt sie fest. Eine der Küchenmägde starrte die beiden an. »Geh raus«, befahl ihr Svanhild.

»Du solltest dich eigentlich um mich ängstigen«, sagte Solvi, als sie alleine waren.

»Du hast keine Brüder«, erwiderte Svanhild, »sonst wüsstest du, was ich fühle. Wenn ich ihn verliere, dann ist es so, als verlöre ich einen Teil von mir selbst. Und du willst gegen ihn kämpfen.« Das stimmte zwar, aber auch, und fast noch mehr, sorgte sie sich um das Kind und Solvi und fühlte sich deshalb schuldig. Sie sollte mehr an Ragnvald denken.

»Ja«, sagte Solvi. Er entzog ihr seine Hand. »Das wird immer das Schwert zwischen uns beiden sein. Ragnvald hat sein Schicksal gewählt und du auch.«

»Er will keine Rache von dir.«

»Wie kannst du dir da sicher sein? Ich habe ihm seine Schwester geraubt. Ich habe ihm das Gesicht zerschnitten.« Also hatte er auch darüber nachgedacht. Was bedeutete es ihm, dass Ragnvald seither in der Hierarchie so weit aufgestiegen war? Fürchtete er Ragnvald? Er kannte Seiten von Ragnvald, die Svanhild nie kennengelernt hatte. Er kannte ihn als Krieger, sogar als Anführer.

»Ich weiß«, sagte sie. »Aber trotzdem, wenn du ihm begegnest, tue etwas für mich im Namen des Kindes, das ich für dich trage.« Er sah sie gequält an. Sie wusste, dass sie das Kind nur einmal als Pfand einsetzen konnte. »Töte ihn nicht. Wenn du es vermeiden kannst und er nicht versucht, dich zu töten. Wenn du ihn gefangen nehmen kannst, wenn du ihn von Harald trennen kannst. Ich habe nur einen Bruder. Ich habe keinen Vater. Ich habe meinen Bruder, dich und dieses Kind.«

»Svanhild«, sagte er, »Du weißt nicht, was du von mir verlangst. Wir sind Feinde. Es gefällt mir zwar nicht, aber das Schicksal hat es so bestimmt. Das musst du einsehen. Das Schicksal hat uns diesen Weg zugewiesen, ebenso wie es dich zwischen uns zwei gesetzt hat.«

»Versprich es mir«, bat Svanhild. »Ich will nicht, dass du dich deshalb in Gefahr begibst, aber wenn es eine Möglichkeit gibt, ihn bei dieser Schlacht gefangen zu nehmen, statt ihn zu töten, dann versuche es bitte.« Solvi antwortete nicht, und Svanhild fuhr fort in der Hoffnung, dass sie ihn mit genügend weisen Worten in die richtige Richtung lenken und alles gut einfädeln könnte. »Harald schätzt ihn sehr. Er wäre eine gute Geisel. Man weiß ja nie, wie die Schlacht ausgeht. Es wäre vielleicht ganz günstig, ihn zum Unterpfand zu haben.«

Solvi schwieg immer noch, und nun hatte Svanhild keine Argumente mehr. Endlich sah er ihr in die Augen. »Wenn ich es dir verspreche, wirst du dich dann beruhigen? Wirst du aufhören, dir Sorgen zu machen?«

»In einer Schlacht kann viel passieren«, sagte Svanhild. »Das weiß ich wohl. Und ich weiß auch, dass ich mich für dich entschieden habe. Diese Wahl ist mich teuer zu stehen gekommen und wird es auch in Zukunft. Ich flehe dich an, bitte, lass es nicht zu teuer werden.«

»Du sollst mich nicht anflehen, Svanhild.« Er nahm ihre Hand und presste sie gegen seine Lippen. »Das will ich nicht von dir. Ich verspreche dir, dass ich einen Weg finde, Ragnvald diese Schlacht überleben zu lassen, wenn ich es kann. Ich werde meinen Männern entsprechende Anweisungen geben. Wenn ihn einer tötet, wird er von mir bestraft, und wenn er ihn lebend fängt, belohnt. Genügt dir das?«

»Ja«, sagte sie. »Mehr kann ich nicht verlangen.«

»Ja«, sagte auch Solvi und ließ durchklingen, dass er selbst das schon als zu viel erachtete, dass diese Last ihn zutiefst bedrückte. »Wenn es überhaupt zur Schlacht kommt; wenn meine Verbündeten eintreffen. Wer weiß, was das Frühjahr bringt?«

KAPITEL 31

Als die Tage länger wurden, fühlte Ragnvald sich allmählich wie ein Bär im Frühjahr, viel zu lange eingesperrt, obgleich es ihn nach Vergeltung und Taten hungerte, nicht nach Nahrung. Er war viel zu wohlgenährt. Das traf auf sie alle zu, da sie fast ausschließlich aßen und tranken. Zumindest war er nun kräftiger durch die häufigen Kämpfe mit Harald, und die Trainingseinheiten, die Haralds Onkel für ihn geplant und für alle seine Männer angepasst hatte. Sie schleppten schwere Steine, rannten steile Hänge hinauf, trotz des schlechten Wetters, zumindest bis die Kälte ihren Fingern gefährlich wurde. Doch Ragnvald aß und trank auch viel und verbrachte halbe Nächte beim Glücksspiel. Er war es überdrüssig, stets dieselben Gesichter zu sehen, sich andauernd in den Hallen aufzuhalten und den Gestank zu vieler Männer zu riechen.

Seit dem Julfest hatten die Spannungen zwischen Haralds und Hakons Männern zugenommen. Ragnvald und Oddi wechselten nach wie vor häufig zwischen den beiden Hallen hin und her, doch Hakon tat dies äußerst selten, ebenso wie seine leiblichen Söhne. Ragnvald wusste nicht, ob Hakon immer noch vorhatte, sein Versprechen einzulösen und Ragnvald loszuschicken, um sich an Olaf zu rächen. Er müsste sich aufmachen und diese Aufgabe rasch erledigen, um rechtzeitig für den Krieg im Frühjahr zurück zu sein.

Der Frühling brachte nassen, durchweichten Schnee und Gerüchte. Solvi sei tot. Solvi sei geflohen und habe beim dänischen König Schutz gesucht. Solvi habe alle norwegischen Könige gegen Harald geeint, sogar Hakon und seine Söhne. Ragnvald wusste, dass dies nicht zutraf, doch es wurde rund um die Hallen andauernd wiederholt und zwischen den beiden Gruppen hin und her getragen.

An einem unerwartet schönen Tag stiegen er und Harald auf einen der Hügel hinter der Halle. Ragnvald kostete es einige Mühe, Schritt zu halten, er nahm die Äste der Bäume am Weg, um sich hochzuziehen.

»Was soll ich tun?«, wandte sich Harald frustriert an Ragnvald. Am Abend zuvor hatte es einen Streit zwischen einem von Haralds und einem von Hakons Männern gegeben. Harald hatte die beiden einen Ringkampf austragen lassen, den anderen Männern vorgeschlagen, Wetten abzuschließen, und anschließend sowohl den Gewinner als auch den Verlierer für seine Kampftechnik gelobt. »Ich kann nicht alle Streitigkeiten zu Wettkämpfen machen.«

»Was sagt dein Onkel dazu?«, erkundigte sich Ragnvald und wehrte einen Zweig ab, den Harald in sein Gesicht schnellen ließ.

Harald blieb stehen und wartete ungeduldig, bis Ragnvald ihn einholte. »Er sagt, ich soll warten, bis der Schnee weg ist, und dann wieder in den Krieg ziehen. Krieg gegen jemand anderen wird unsere Spaltung überwinden.«

»Oder sie zumindest eine Zeitlang verbergen«, meinte Ragnvald. »Dein Onkel hat recht. Besseres Wetter und Krieg werden helfen.«

Oddi kam den Berg hinaufgerannt, völlig außer Atem. Er war noch schlimmer zwischen Harald und Hakon hin- und hergerissen als Ragnvald, obgleich er über einen sechsten Sinn verfügte, der ihn warnte, wenn ein Streit auszubrechen drohte, so dass er stets unvermittelt verschwand. Ragnvald wünschte sich diese Fähigkeit ebenfalls. Sie kam wohl mit den Jahren, die man mit Hakons Söhnen verbrachte.

»Was ist los?«, fragte Ragnvald.

»Heming und Thorbrand duellieren sich«, antwortete Oddi. »Auf dem Kampfplatz.« Harald rannte zurück, Ragnvald und Oddi liefen hinter ihm her.

»Sofort aufhören!«, brüllte er, als er unten ankam. Heming und Thorbrand hatten einen Duellplatz abgesteckt. Sie mussten das heimlich geplant haben, so dass Ragnvald und die anderen nichts davon erfuhren. Beide hatten die erforderlichen drei Schilde an die Umzäunung gestellt, und jeder von ihnen hatte einen Sekundanten gewählt. Ein Seil markierte den Rand des Kampfplatzes. Sobald einer von beiden diese Grenze überschritt, würde er als Verlierer gelten.

»Ich kann nicht, mein König«, sagte Thorbrand. Er und Heming umkreisten einander bislang lediglich, ihre Schilde waren noch unbeschädigt, ihr Atem ging ruhig. »Es ist zu weit fortgeschritten. Wir müssen das austragen.« Einige Männer beobachteten das Duell mit versteinertem Gesicht und vermieden es, Harald anzusehen.

»Dein Königsjunge kann dich jetzt nicht retten«, sagte Heming zu Thorbrand.

»Ich befehle euch, sofort aufzuhören!«, rief Harald. »Oder der Sieger wird geächtet. Er wird für den Rest seines Lebens nie wieder einen Fuß in irgendein Land setzen, über das ich herrsche.«

»Was ist mit dem Verlierer?«, fragte Herlaug, Hakons jüngster Sohn, angriffslustig. Er war klein für sein Alter und von fieberhafter Ruhelosigkeit, stets auf der Suche nach Streit. »Sie kämpfen nur bis zur ersten Verwundung.«

»Der Verlierer wird ebenfalls geächtet, sollte er überleben«, entgegnete Harald. »Ihr müsst aufhören.« Er sah Ragnvald verzweifelt an. Ragnvald schüttelte den Kopf und zuckte mit den Schultern. Es gab nichts, was sie tun konnten. Sie würden auch auf Haralds Geheiß hin nicht aufhören, und je öfter er es ihnen befahl, ohne dass sie darauf hörten, desto schwächer stand er da.

Auch Harald schien das zu begreifen. Sie mussten den Stachel seines Zorns zu spüren bekommen, damit deutlich wurde, dass auch Freundschaft nicht über seinem Gesetz stand. Ragnvald empfand beinahe Erleichterung darüber, dass es endlich so weit war. Heming musste einsehen, dass er nicht jeden Konflikt mit dem Namen seines Vaters und seiner guten Fechtkunst lösen konnte. Wenn er diese Lektion auf Kosten Thorbrands lernen musste, ließ sich daran nichts ändern. Und eine unwürdige Stimme in ihm flüsterte, dass er Harald ohne Thorbrand und ihre gemeinsame Vergangenheit sogar näher stehen würde.

Heming und Thorbrand umkreisten einander, täuschten mit ihren Schwertern Vorstöße an, doch noch ging keiner von beiden zum Angriff über. Bis zur ersten Verwundung, dachte Ragnvald, zumindest hatten sie sich darauf beschränkt.

»Wirst du mir diesmal auch Betrug vorwerfen?«, wollte Heming von Thorbrand wissen. Thorbrand nutzte den Augenblick, als Hemings Aufmerksamkeit sich mehr darauf richtete, ihn zu beleidigen, als auf seine Kampftechnik, um vorzuschnellen und mit einem Hieb Hemings Ärmel aus pfauenblauer Seide aufzuschlitzen.

Heming sprang lachend zurück. »Ich besitze viele Tuniken«, rief er. »Du kannst sie alle in Streifen schneiden, wenn du willst, aber meine Haut wirst du nicht berühren.«

Beim nächsten Mal näherte Heming sich Thorbrand und

ließ das Schwert so rasch herabsausen, dass es pfeifend durch die Luft schnitt. In letzter Sekunde erhob Thorbrand seinen Schild, und Hemings Schwert bohrte sich krachend hinein und schlug ein Stück vom Lindenholz ab, das klappernd zu Boden fiel.

Sie hatten einen Kreis in die Mitte des Kampfplatzes getreten, in der Nähe des Seils, das den Platz begrenzte, lag noch Schnee. Thorbrand drängte Heming an den Rand, wo dieser ausglitt. Er riss seinen Schild hoch und traf Thorbrands Kinn, so dass sein Kopf nach hinten geschleudert wurde und man seine Zähne aufeinanderschlagen hörte. Hätte Heming sein Schwert benutzt, wäre Thorbrand jetzt tot.

Heming kam wieder auf die Füße und ging sofort zum Angriff über, während Thorbrand noch versuchte, nach dem Schlag, den Heming ihm versetzt hatte, einen klaren Kopf zu bekommen. Heming drängte ihn rückwärts immer näher an die Umrandung, darauf aus, ihn zum Übertreten der Grenze zu bringen, so dass er den Kampf auf die denkbar beschämendste Weise verlor.

Doch es gelang ihm nicht. Thorbrand wirbelte herum, aus Hemings Reichweite, und war dann hinter ihm. Es schien, als berührte sein Schwert Haut, denn Heming zuckte zurück, doch kein Blut floss an der Stelle, wo Thorbrand seinen Arm getroffen hatte.

Ragnvald vermochte nicht zu erkennen, welches Ziel Heming mit seinem nächsten Stoß verfolgte. Er sah, wie er das Schwert nach oben riss, möglicherweise wollte er Thorbrands Wange aufschlitzen, ihm ein Auge ausstechen und sein bulliges Gesicht dadurch für immer entstellen.

Hemings Schwertspitze verfing sich an Thorbrands Kinn und drang durch seine Kehle, so widerstandslos, dass Heming schockiert wirkte. Er ließ das Schwert los und trat zurück. Die

Wunde war tödlich, aber Thorbrand griff dennoch nach dem Schwert, als könne er es herausziehen und so auf irgendeine Weise sein Leben retten. Sobald seine Hände das Schwert berührten, sackte er zu Boden.

Aus der Menge vernahm Ragnvald ein Schreien, so schrill und wild, dass es mehr wie das eines gequälten Tieres klang als wie ein menschlicher Laut. Thorbrands Frau Erindis rannte aus der Menschenmenge zu Thorbrand und warf sich auf seinen Leichnam, ungeachtet des Schwerts, das immer noch aus seinem Hals ragte.

Als sie versuchte, es mit bloßen Händen an der Klinge herauszuziehen, eilte Harald herbei und zog sie fort von ihm. Ihre Hände waren rot von Thorbrands Blut und von ihrem eigenen. In Haralds Armen hörte sie auf zu schreien, ihr leises Wehklagen wurde von seiner Pelzjacke gedämpft. Haralds Augen waren schreckgeweitet, all sein übernatürliches Vertrauen war daraus verschwunden. In diesem Augenblick war er nichts als ein Junge, ein Junge, der seinen Freund verloren hatte und es noch nicht fassen konnte.

Hakon war während des gesamten Duells nicht zugegen gewesen. Nun kam einer seiner jüngeren Söhne mit ihm zurück. Harald trug Erindis hinein und kam steifbeinig wieder heraus, Wachen an seiner Seite.

»Ergreift ihn«, sagte Harald und wies auf Heming. »Fesselt ihn, und lasst ihn nicht entkommen.«

»Was soll das?«, fragte Hakon und schritt auf Harald zu.

»Dein Sohn ...«, er sprach die Worte aus, als hätten sie einen schlechten Geschmack, »... hat meinen besten Freund und Schiffsführer in einem verbotenen Duell getötet. Ich fordere dafür sein Leben.« Er vermied es, Hakon anzusehen oder seinem Blick zu begegnen.

Ragnvald sog überrascht die Luft ein, ebenso wie der Rest

der Menge. Hakon machte einen Schritt zurück, als Harald sich drohend vor ihm aufbaute.

Haralds Männer legten Heming Hand- und Fußfesseln an. »Wohin sollen wir ihn bringen?«, fragte der Anführer der Wachen.

»Ich werde ihn gleich jetzt töten«, erklärte Harald.

»Nein!«, rief Ragnvald im selben Moment, als Hakons Männer auf Harald zustürzten. »Er ist gefesselt. Man darf so etwas nicht überstürzen. Heming Hakonsson hat dein Gesetz gebrochen. Du wolltest, dass er dafür geächtet wird, und so sollte es geschehen.« Hakon sah Ragnvald aus zusammengekniffenen Augen an. »Das sollte nach Haralds Worten die Strafe für beide Teilnehmer des Duells sein«, erklärte Ragnvald mit lauter Stimme für all jene, die später hinzugekommen waren.

»Er hat Thorbrand getötet«, versetzte Harald. »Seine Frau ...«

»Mein König«, fuhr Ragnvald fort. »Bedenke, was du tust. Im Augenblick bist du in Trauer. Wir alle sind das. Aber das Töten kann nicht ungeschehen gemacht werden. Manche Verbindungen kann man nicht wieder zusammenfügen, wenn sie einmal durchtrennt sind.« Harald sah aus, als würde er zuhören. Ragnvald sprach weiter. »Betrauere Thorbrand. Veranstalte ihm zu Ehren ein würdevolles Begräbnis. Halte Heming gefangen, wenn es sein muss. Aber warte ab, bis du ein gerechtes Urteil sprechen kannst. Das schuldet ein König seinem Volk.«

Harald gefielen diese Worte nicht. Er wirkte zutiefst erschüttert durch das, was geschehen war, und durch die Stärke des Zorns, den er empfand. Ragnvald sah sich nach Guthorm um. Er würde Harald helfen, vernünftig zu sein. Guthorm stand bei Hakon, angespannt, als wollte er ihren wichtigsten Verbündeten mit eigener Körperkraft zurückhalten, falls dies nötig sein sollte.

»Geht alle in eure Hallen zurück«, rief Ragnvald laut. Es stand ihm nicht zu, aber im Augenblick schien es niemanden zu geben, der Befehle aussprechen konnte. »Niemand darf abreisen. Jede Art von Gewalt wird streng bestraft.« Er begegnete Guthorms Blick. Guthorm nickte bedächtig. Thorbrand war wie ein Sohn für ihn gewesen, doch Guthorm war älter und weiser als Harald. Er würde dafür sorgen, dass sich die Gemüter beruhigten, bevor Entscheidungen getroffen wurden.

»So lautet unser Befehl«, erklärte Guthorm. »Reist nicht ab. Bereitet keine Schiffe vor. Dies wird auf friedliche Weise beigelegt. Heute wurde bereits genug Blut vergossen.«

Haralds Männer folgten seinem Befehl und brachten Heming zu Haralds Halle. Hakon rief seine verbliebenen Söhne zu sich, einschließlich Oddi, und ging zu der kleineren Halle, die seine Männer beherbergte.

Ragnvald wartete, bis alle den Kampfplatz verlassen hatten, gewöhnliche Soldaten, Wachen, sogar Bedienstete. Nach dem Gesetz war er Hakons Mann, doch im Herzen und durch das Schicksal gehörte er zu Harald. Er wusste, dass Harald die Regeln befolgen musste, die er selbst aufgestellt hatte. Er würde niemals König werden, wenn er sich nun Hakon zum Feind machte. Selbst wenn Solvi nicht die angeblichen Verbündeten gegen ihn gefunden hatte, könnte er es sicherlich zu seinem Vorteil nutzen, wenn Harald und Hakon im Zwist lagen. Und dann würde es Ragnvald niemals gelingen, Svanhild zurückzugewinnen. Ragnvald straffte die Schultern und schritt auf Hakons Halle zu.

»Du«, empfing ihn Hakon gehässig, sobald er aus den Schatten in der Nähe des Eingangs auftauchte. »Du bist hier nicht willkommen, Mann Haralds.«

»Ich möchte, dass er vernünftig handelt«, entgegnete Ragnvald.

»Du kommst als Spion«, sagte Hakon.

»Planst du hier etwas, wovon Harald nichts wissen darf?«, versetzte Ragnvald wütend. Er hielt inne. Wut half ihm nicht weiter. »Würdest du es akzeptieren, wenn Heming geächtet wird? Harald hat von Anfang an deutlich gemacht, dass dies die Strafe für unerlaubtes Duellieren ist.«

»Ich akzeptiere gar nichts, außer dass ich meinen Sohn zurückbekomme«, erwiderte Hakon. »Er wird das Manngeld dieses Schiffsführers bezahlen, und ich werde ihn von Haralds Hof fortschicken.« Seine Augen verengten sich. »Harald braucht mich mehr als ich ihn.«

Ragnvald war sich keineswegs sicher, dass das stimmte, doch heute Nacht würde er Hakon nicht davon überzeugen können. »Ich werde Harald dies mitteilen, wenn ich deine Erlaubnis habe zu gehen.«

»Du hattest erst gar nicht meine Erlaubnis, hier zu sein«, gab Hakon zurück. »Komm nicht wieder.«

*

Guthorm befand, dass sich die Gemüter im Laufe einer Woche beruhigen würden. Er und Ragnvald bemühten sich gemeinsam darum, Harald den Schwur abzuringen, Heming während dieser Zeit keinen Schaden zuzufügen. Ragnvald befürchtete, dass es seinem Ansehen bei Harald schaden könnte, wenn er mit Heming sprach, doch er nutzte jede Gelegenheit, um über ihn zu wachen, damit sich ihm nicht einer von Haralds Männern in böser Absicht näherte. Gelegentlich fing er einen von Hemings Blicken auf und erkannte darin eine Furcht und Verzweiflung, die er noch niemals zuvor in Hemings Gesicht gesehen hatte.

Harald und Guthorm hielten eine Gedenkfeier für Thorbrand ab und begruben ihn. Erindis geisterte durch Haralds Halle, schweigend, mit dunklen Schatten unter den Augen. Es wäre besser, wenn Guthorm sie fortschickte und zu einem Bediensteten in der Nähe bringen ließ, damit Harald durch sie nicht andauernd an seinen Schmerz erinnert wurde und so endlich seine Wut erkalten konnte. Doch es war wieder kühl geworden, und ein feuchter Schneesturm machte das Reisen unmöglich.

Als die Woche vorüber war, brachte Guthorm Hakon und seine Söhne mit einer großen Anzahl an Wachen in Haralds Halle, um über Hemings Schicksal zu sprechen. Bislang war Harald nicht bereit gewesen, etwas anderes in Erwägung zu ziehen als Hemings Tod. Ragnvalds und Guthorms Geduld war geschwunden.

»Es war ein Versehen«, sagte Hakon, sobald er die Halle betrat, als könnten die Worte keinen Augenblick länger warten. Er ging auf die Stelle am oberen Ende der Halle zu, wo Harald auf und ab lief und auf ihn wartete.

»Das spielt keine Rolle«, entgegnete Harald mit schriller Stimme. »Sie hätten nicht kämpfen dürfen.«

»Du möchtest ein Königreich für Männer ohne Ehrgefühl errichten«, stellte Hakon fest. »Kein Königreich für mich und meine Söhne.«

Sie standen einander gegenüber, so dass ihre Zehenspitzen sich beinahe berührten. Ragnvald fürchtete, sie könnten jeden Augenblick anfangen, sich zu schlagen. Guthorm schob sich zwischen die beiden und schob sie auseinander. »Ihr seid heute hier, um über Hemings Schicksal zu entscheiden«, sagte er förmlich. »Das muss geklärt werden.« Er wandte sich Harald zu. »Männer müssen die Möglichkeit haben, ihre Meinungsverschiedenheiten zu regeln. Harald beabsichtigt nicht, Duelle grundsätzlich zu verbieten, er möchte sie jedoch bestimmten Regeln unterwerfen, damit sie sich nicht zu blutigen Fehden auswachsen. Und er wollte nicht zwei seiner wichtigsten Schiffsführer verletzt oder tot sehen.« Harald grinste höhnisch darüber, dass Heming in diesem Zusammenhang genannt wurde, doch er sagte weiter nichts.

»Da ihr nun beide hier seid, gibt es irgendeinen Weg, den Frieden wiederherzustellen?«, fragte Ragnvald. »Wir haben in Solvi Hunthiofsson und seinen Verbündeten einen gemeinsamen Feind.«

»Du«, rief Harald wütend. »Du und mein Onkel habt mich sieben Tage lang davon abgehalten, Vergeltung zu üben. Thorbrands Geist wird nicht eher ruhen, als bis er gerächt ist.«

Guthorm beachtete Ragnvald und Harald nicht und wandte sich an Hakon. »Heming hat diesen Konflikt geschürt. Thorbrand wäre jederzeit bereit gewesen, ihn friedlich zu beenden. Und Heming hat einen Mann getötet in einem Duell bis zur ersten Verwundung. Er hätte sein Blut auf viel einfachere Weise bekommen können.«

»In einem Duell kann alles geschehen«, gab Hakon zurück. »Ich werde dir den Preis für diesen Schiffsführer erstatten. Es wird dir nicht gefallen, den Preis zu bezahlen, wenn du meinem Sohn Schaden zufügst.«

»Du drohst mir?« Harald ging wieder auf ihn zu.

»Genug!«, brüllte Guthorm. »Wir werden zu einer Einigung kommen.«

Hakon lachte spöttisch. »Mit dir als Vermittler? Ich weiß genau, welches Ergebnis du sehen willst.«

»Wen möchtest du haben?«, wollte Guthorm wissen. »Niemand hier steht außerhalb dieser Auseinandersetzung.«

Möglicherweise hatte Hakon deshalb die Frage aufgeworfen. Er konnte jede Art von Einigung ablehnen, wenn ihm nicht gefiel, wie sie zustande gekommen war.

»Ragnvald Eysteinsson«, erklärte Hakon nach kurzem Schweigen. Ragnvald nahm zunächst nicht einmal wahr, dass Hakon gesprochen hatte, so unwahrscheinlich erschien ihm diese Wahl. Er sah Hakon an. »Ja, Ragnvald«, fuhr dieser fort. »Ich empfand sein Urteil stets als gerecht.«

»Er hat dir die Treue geschworen«, warf Harald ein. »Sein Urteil ist fragwürdig.«

»Ragnvald ist ein ehrenhafter Mann«, entgegnete Hakon. »Und jeder weiß, dass er viel lieber einer deiner Schiffsführer sein möchte als meiner.«

»Ich bin König Hakons Mann«, entgegnete Ragnvald. »Ich kann kein Richter sein.«

Guthorm winkte Harald zu sich, und sie berieten sich einen Augenblick mit gedämpfter Stimme. Harald drehte sich wieder zu Ragnvald und Hakon um. Er sah immer noch hitzig drein, aber weniger zornig.

»Du musst«, sagte er zu Ragnvald. »Hakon könnte keinen anderen Mann wählen, dessen Urteil ich ebenfalls annehmen würde.«

Ragnvald sah Guthorm an, in der Hoffnung, dieser würde den Konflikt beenden. Wenn es ihm gelingen sollte, zwischen diesen beiden Giganten eine Brücke zu schlagen, ohne selbst dabei zerquetscht zu werden, bräuchte er die sprachgewandte Zunge des Gottes Loki.

»Mögen die Götter in der Weise über dich Urteil sprechen, wie du es in diesem Streit tust«, sagte Guthorm.

Ragnvald neigte seinen Kopf. »Ich bin euch beiden verpflichtet. Ich werde mein Bestes tun, um eine gerechte Übereinkunft auszuhandeln.«

Er lief einen Augenblick lang auf und ab. Die ganze Zeit dachte er an die Verhandlung im Thing. Der Vertreter des Gesetzes musste Zeugen hören, das Urteil und die Entscheidung mussten allen gerecht erscheinen, damit sie akzeptiert wurden. Er ging zum Feuer hinüber und nahm einen Schürhaken aus dickem, gedrehtem Eisen, der in der Nähe hing.

»Das soll unser Redestab sein«, verkündete er, »wenn niemand etwas dagegen hat.« Keiner widersprach. »Ich glaube, niemand hat Zweifel an dem, was geschehen ist«, fuhr Ragnvald fort, »aber da Hakon nicht zugegen war, wollen wir alles noch einmal berichten lassen.«

Erneut widersprach niemand. Ragnvald erzählte, was er gesehen hatte. Er ließ Zeugen holen, die beobachtet hatten, wie die beiden das Duell vorbereiteten, und die gehört hatten, wie sowohl Heming als auch Thorbrand jeden Mann bedrohten, der vorhatte, es Harald oder Hakon zu erzählen. Alle Zeugen sagten, beide Männer seien versessen darauf gewesen, dieses Duell auszutragen.

Als Nächstes bat Ragnvald Heming, seine Sicht der Ereignisse zu schildern. Seine Geschichte wich kaum von dem ab, was die Zeugen berichtet hatten. »Thorbrand hat einen Mann geschickt, um mir ein Duell anzubieten«, berichtete Heming. »Mit Hilfe unserer Männer haben wir es vorbereitet.« Er warf Ragnvald einen flehenden Blick zu. »Bestraft sie nicht. Sie haben nur ihre Befehle ausgeführt.«

»Darüber entscheiden wir später«, erwiderte Harald. Ragnvald warf ihm einen zügelnden Blick zu.

»Ich wollte Thorbrand nicht töten«, erklärte Heming schließlich. Ein Duell bis zur ersten Verwundung konnte dank eines schicksalshaften Schlags immer mit dem Tod enden, doch Heming bekräftigte, dies sei nicht seine Absicht gewesen. Er schwor es bei allen Göttern, die er kannte.

Heming ließ den Kopf hängen. Nachdem er eine Woche gefesselt in Harald Halle verbracht hatte, sah er schlimm aus. Seine Haare hingen strähnig herab, und sein Mund war von

Essensresten verschmiert. Ragnvald hatte gesehen, dass man seine Fesseln oft genug gelöst hatte, um Verletzungen zu vermeiden, doch Haralds Männer hatten dennoch Gelegenheit gefunden, ihn zu misshandeln.

»Was wolltest du tun?«, fragte Ragnvald Heming.

»Ich wollte ihm eine schreckliche Narbe verpassen.« Das Lächeln in Hemings Gesicht war nur zu erahnen. »Wie deine, aber viel schlimmer.« Er sah in die Runde. Die Männer schickten sich an, ein Urteil über ihn zu sprechen, zumindest im Geiste. »Wenn ich dieses Schicksal ändern könnte, würde ich es. Ich will nicht sterben, aber ich werde eure Strafe annehmen ...«

»Nein!«, rief Hakon.

»Nein«, wiederholte Ragnvald mit ruhiger Stimme. »Jetzt geht es noch nicht um Bestrafung.« Er hob den Schürhaken wieder und sprach: »König Harald und König Hakon, ihr seid die beiden mächtigsten Männer auf der norwegischen Halbinsel. Wenn Geschworene ein Urteil sprechen, schwören die Männer des Königreichs, sich an diese Entscheidung zu halten. Hier kann euch niemand zwingen, eine Entscheidung anzunehmen, außer euer eigener Wille und der der Götter. Ich beabsichtige nicht, für euch zu entscheiden. Ich hoffe nur, dass ihr euch einigt und diese Einigung mit einem Schwur besiegelt.«

Weder Harald noch Hakon sagten ein Wort. »König Harald«, fuhr Ragnvald fort, »Hakons Sohn Heming hat deinen Schiffsführer Thorbrand aus Versehen getötet. Du hast dafür seinen Tod gefordert. Gibt es irgendeine andere Wiedergutmachung oder Strafe, die dir Genugtuung verschaffen würde?«

Er reichte Harald den Redestab. In Haralds Blick lag Unsicherheit. Er sah zu Guthorm hinüber und ließ die Schultern sinken. »Heming wird verbannt und darf niemals wieder nach

Norwegen zurückkehren«, sagte er. »König Hakon muss mir Herrschaft und Steuern übergeben von allen norwegischen Ländern außer Halogaland und Stjordal. Ich werde Könige meiner Wahl einsetzen, die über Hordaland und Maer herrschen, wenn wir es einnehmen. Und zuletzt muss Hakon Thorbrands Manngeld bezahlen: sein Gewicht in Gold.«

Hakon war mit jedem Wort, das Harald sprach, wütender geworden, und als er fertig war, legte Hakon die Hand ans Schwert. »Niemals«, rief er. »Mein Sohn braucht Land.« Er schob Ragnvald zur Seite und baute sich vor Harald auf, so dass seine Brust beinahe die des Jüngeren berührte. »Niemals wirst du den Westen Norwegens beherrschen. Du wirst nicht einmal diesen Raum hier lebend verlassen.«

Harald hatte den Schürhaken wieder Ragnvald übergeben, der mit ihm hart auf den Steinboden klopfte. »Dies ist eine Verhandlung«, rief Ragnvald laut. Mit ruhigerer Stimme fuhr er fort. »König Hakon muss ein Gegenangebot machen.« Er hielt Hakon den Redestab hin.

Hakon riss ihn Ragnvald aus der Hand und sprach zu Harald. »Du wirst die übliche Zahlung für einen Mann von Thorbrands Größe erhalten und mir meinen Sohn lassen, und im Gegenzug werde ich über die Beleidigung hinwegsehen, die du mir zugefügt hast, indem du ihn gefangen genommen hast. Wenn du stark genug bist, kannst du dir die Herrschaft über Norwegen mit meinen Söhnen teilen.«

Ragnvald streckte die Hand nach dem Schürhaken aus. »Du möchtest König Harald kein großzügigeres Angebot machen für den Verlust seines Schiffsführers und Freundes?«, fragte er und fühlte Verzweiflung in sich aufsteigen. Zumindest wollte Harald Heming nicht länger tot sehen, aber Ragnvald machte sich mehr Sorgen um das Bündnis zwischen den beiden Königen als um Hemings Leben.

»Dass ich ihn nicht hier und jetzt dafür töte, wie er meinen Sohn behandelt hat, ist Bezahlung genug.«

»König Harald, wirst du König Hakon gestatten, sein Territorium zu vergrößern, wenn er die Abgaben für das Land an dich entrichtet?«, fragte Ragnvald.

»Ich dachte, du wolltest versuchen, gerecht zu sein«, fiel Hakon ihm ins Wort, bevor Harald antworten konnte. »Du hast mir die Treue geschworen.«

»Gerecht dir gegenüber?«, warf Harald ein. »Heming sollte für das, was er getan hat, sterben.«

Die Wut, die Ragnvald die ganze Zeit über zu unterdrücken versucht hatte, brach sich Bahn. »Du hättest deinen Sohn besser führen sollen«, warf er Hakon vor. Dann wandte er sich an Harald. »Und du hättest dich mit einem Manngeld zufriedengeben sollen.« Ragnvald lächelte freudlos unter den Blicken der versammelten Männer. »Ein König muss mehr im Sinn haben als nur seinen persönlichen Schmerz. Wollt ihr euch lieber gegenseitig verletzen als über Norwegen herrschen?«

Einen Augenblick lang wirkte Harald beschämt, doch Hakon ging rasch auf Ragnvald zu und blieb so dicht vor ihm stehen, dass er ihm ins Gesicht spucken hätte können. »Wie kannst du es wagen, so mit mir zu sprechen? Du hast mir die Treue geschworen. *Mir* hast du sie geschworen!«

»Er war niemals wirklich dein Mann«, stellte Harald fest. »Aber mir gegenüber erweist er sich ebenfalls nicht als loyal.«

»Ich habe geschworen, deinen Interessen zu dienen«, sagte Ragnvald zu Hakon. Dann, an Harald gewandt: »Du bist mein König. Du brauchst Hakon, und nun hast du ihn möglicherweise für immer verloren.«

»Geh mir aus den Augen«, sagte Harald. »Ich schwöre, ich werde Heming heute Nacht töten.«

»Dann bist du ein Narr«, erwiderte Ragnvald kühl. Er ließ

den Schürhaken fallen. Seine hitzige Wut hatte sich in eine öde, gefühllose Leere verwandelt. Er war dankbar dafür, Ärger und Gram konnte er später immer noch empfinden. »Habe ich deine Erlaubnis zu gehen, mein König?«

»Geh«, erwiderte Harald. »Geh, und komm nicht wieder.«

Ragnvald verließ die Halle.

KAPITEL 32

Haralds Halle war so gedrängt voll, dass Ragnvald seine persönliche Habe auf ein Minimum beschränkt und immer gut verpackt gehalten hatte, um so wenig Platz wie möglich einzunehmen. Es war mehr Kleidung als zu Beginn seiner Reise hinzugekommen und viele Handvoll Silber, genug Silber, um in Dorestad oder Kaupanger Männer anzuheuern, die ihm helfen konnten, Ardal einzunehmen. Wahrscheinlich brauchte er nicht einmal viele Männer. Wenn er Ardal erst wieder in seinen Besitz gebracht hatte, konnte er sich immer noch um Svanhild und Solvi kümmern.

Der Oslofjord wurde noch immer von ein paar Fischerbooten befahren. Sie verkauften ihre Fische an die Hallen in Vestfold. Auch Händler kamen, um ihre Waren an unterbeschäftigte Krieger und ihre Frauen loszuschlagen. Ragnvald fand einen Mann mit Namen Frosti, der all seine Waren verkauft hatte und wieder abreisen wollte, bevor die Kriege erneut aufflammten. Er hatte eine kleine Mannschaft und bot Ragnvald an, ihn überall hinzubringen, wohin er wollte. An diesem Abend waren ihnen sogar die Gezeiten gesonnen.

Ragnvald half Frosti gerade beim Verstauen einiger Packstücke im Schiff, als er Schritte hinter sich hörte. Er drehte sich um und sah Oddi am Steg.

»Du gehst also?«, fragte Oddi. »Das ist nicht gut gelaufen.«

»Ich habe getan, was ich konnte«, erwiderte Ragnvald kurz angebunden.

»Ich meinte zwischen meinem Vater und Harald. Im Moment habe ich keine Lust, einem der beiden zu folgen.«

»Ich kann dir nicht helfen. Wir fahren mit der nächsten Flut aus.«

»Ganz alleine? Um Ardal zurückzugewinnen? Warum alleine, wenn hier Männer sind, die mit dir gehen würden?« Er sah weg. »Ich zum Beispiel.«

»Ich kann dir nicht mehr als Alternative zum Hof deines Vaters dienen«, sagte Ragnvald. »Ich gewinne Ardal zurück, und dann werde ich Bauer.«

»Du wirst viel mehr als das.«

Ragnvald fröstelte in der feuchtkalten Abendluft. Das klang fast wie ein Fluch. »Welche Männer?«, fragte er.

»Dagvith natürlich«, sagte Oddi. Er nannte noch vier weitere unter Hakons aber auch Haralds Gefolgsleuten, Männer, mit denen Ragnvald Wettkämpfe ausgetragen und geblutet hatte. »Im Moment können sie sich weder für Harald noch für Hakon begeistern. Die verübeln es dir, wenn du sie einfach so sitzenlässt.«

Die Narbe an Ragnvalds Hand schmerzte. Ronhild hatte ihn gescholten, als er sich damals erholte, dass er niemandem von seinem Schmerz erzählt hatte und stolz immer alles alleine bewältigen wollte. Einerseits wollte er nichts wie weg, aber andererseits wärmte es ihm auch das Herz, dass Oddi und andere an seiner Seite kämpfen wollten.

»Gut, dann gehe ich nicht allein«, sagte Ragnvald schließlich. »Was ... Wie kann ich mich mit ihnen in Verbindung setzen?«

Oddi lachte. »Ich habe sie schon für dich gefragt. Warte noch ein paar Stunden, dann komme ich mit zwanzig Mann, die mir mein Vater gegeben hat. Sie sind bereit, Ardal mit dir zu erobern.«

*

Sie brauchten fast eine Woche, um zum westlichen Ende des Sognefjords zu segeln. Das Wetter war eisig und bedrohlich, doch das konnte ihr umsichtiges Fortkommen nicht aufhalten. Ragnvald hielt Ausschau nach Sturmböen und anderen Gefahren, während er immer wieder im Kopf Hemings Verhandlung durchspielte. Er konnte sich an alles, was er gesagt hatte, genau erinnern, als wären die Worte in Stein gemeißelt, und dabei fielen ihm ständig andere Formulierungen ein, mit denen er zwischen Hakon und Harald hätte Frieden stiften können. Fast fühlte er sich versucht umzukehren, um die besseren Argumente geltend zu machen, die ihm seither in den Sinn gekommen waren, doch dann fiel ihm wieder ein, wie Harald ihn weggeschickt hatte, und das stärkte seine Entschlossenheit, die ihn nach Norden trieb.

Oddi war der fähigste Lotse unter ihnen, aber im Lauf der Tage wurde er immer erschöpfter und nervöser. Jeden Abend zogen sie lange vor Einbruch der Dunkelheit die Schiffe an Land, um auf geschützten Inseln zu kampieren.

Am letzten Abend lagerten sie an einem Felsenstrand, der sich bis zu den Seen und Hügeln von Ardal hochzog. Ragnvald sah sich um. Es besänftigte ihn, vor diesen Hügeln zu verweilen, die er so gut kannte, wo er jeden Pfad über Berg und Feld schon einmal gegangen war. Er ließ den Blick über seine Männer schweifen und konnte sein Glück kaum fassen, dass sie sich dafür entschieden hatten, ihn und Oddi zu begleiten. Oddi fand eben leicht Freunde, und dafür war Ragnvald ihm dankbarer denn je.

Einige der Männer hatte er kaum gekannt und erst bei der

Überfahrt mehr über sie erfahren. Alle hatten sie ihren eigenen Kopf und fanden es nicht gut, wie Harald und Hakon mit ihm umgesprungen waren. Er erinnerte sich an ihre Heldentaten in Hordaland, und viele hätten noch mehr Geschichten von sich preisgeben können, als sie während der Überfahrt erzählten.

»Olaf hat nur wenige Männer zu seiner Verteidigung«, sagte Ragnvald zu den Männern nach dem Essen. »Ein Dutzend Bauernjungen, jüngere Söhne, die öfter eine Hacke in der Hand halten als ein Schwert.« Die Männer grinsten verständnisvoll.

Ragnvald beschrieb ihnen die Lage von Ardal und markierte die Gebäude mit Steinen. Er sprach nicht über seine Befürchtung, Solvi könnte Olaf Verstärkung geschickt haben.

»Sie sind wahrscheinlich nicht auf einen Kampf eingestellt, und die meisten mögen mich sowieso lieber. Olafs einziger Blutsverwandter ist Sigurd.« Ragnvald versuchte sich Sigurds Gesicht am Ende seiner Schwertspitze vorzustellen, aber vor seinen Augen erschien nur der blonde Haarschopf und seine schlechte Haltung. »Sigurd ist kein Kämpfer, und ich will nicht, dass er getötet wird, es sei denn, er besteht darauf.« Seine letzten Worte wurden von der Brandung auf dem Felsenstrand fast übertönt. Ragnvald räusperte sich und sprach lauter: »Ein halber Tagesmarsch, fünfzehn Minuten Kampf, und dann feiern wir die Nacht hindurch. Schlaft gut heute Nacht, damit ihr morgen bei der Feier durchhalten könnt.«

»Olaf willst du dir wohl selbst vornehmen, wenn ich mich recht erinnere«, sagte Dagvith, der blonde, freundliche Riese, den Ragnvald in Yrjar kennengelernt hatte. Ragnvald empfand eine freundliche, fast närrische Zuneigung für ihn und die anderen Männer.

»Ja«, erwiderte er. »Ich habe die Erinnerung an seine Beleidigungen schon viel zu lange ertragen.«

Ragnvald selbst schlief natürlich nicht in dieser Nacht. Er wälzte sich herum, bis ihn Oddi aus dem Zelt warf, das sie miteinander teilten. Dann setzte er sich an den Strand oder ging auf und ab, wenn ihm kalt wurde. Als der erste orangefarbene Streifen am südlichen Horizont aufblitzte, legte er mehr Holz ins Lagerfeuer und erhitzte Trockenfrüchte und Fleisch für die erste Mahlzeit seiner Männer. Sie aßen schnell, und als die Sonne aufging, stapften sie schon über den gefrorenen Boden des Tals, das nach Ardal hinüber führte.

Der Pfad führte eine steile Anhöhe hinauf bis zum oberen Rand der Klippen, die den Sognefjord einrahmten. Ein Überhang verbarg ihm die Sicht auf sein Schiff. Graue Wolken flogen über den Himmel und versprachen Schnee. Obwohl es noch recht früh im Jahr war, waren einige Bauern schon auf den Feldern und inspizierten ihre Zäune. Ihnen musste vollkommen klar sein, dass hier eine Bande Krieger antrat, Tod und Zerstörung zu bringen, doch niemand schlug Alarm. Sie sahen zu, wie Ragnvald und seine Männer vorüberzogen, und gingen an ihre Arbeit zurück. Wenn er erst wieder über dieses Land herrschte, beschloss Ragnvald, sollten seine Pachtbauern beim Anblick von Räubern immer Warnfeuer entzünden. Olaf hätte es besser wissen müssen.

Er gab einen schnelleren Schritt vor, als gut war, denn er konnte kaum erwarten, was der Tag bringen würde. Schweiß rann ihm den Rücken hinunter und fror fest, und er hatte die anderen Männer weit hinter sich gelassen. Schließlich wartete er, bis alle am Fuß der letzten, kleinen Anhöhe angekommen waren, die sie vor der Halle von Ardal verbarg. Dort wies er sie an, mit größerem Abstand zu gehen, damit er sie rechtzeitig warnen konnte, falls er in eine Falle tappte.

Der Hof in Ardal lag still und friedlich im Morgenlicht da. Aus der Schmiede stieg Rauch auf. Einar war fleißig wie immer, und auch aus dem Küchengebäude kamen Rauchwolken. Ragnvald zog sein Schwert.

Im Lauf seines Lebens hatte Ragnvald so viel Zeit damit verbracht, Olaf aus dem Weg zu gehen, dass er nun fast konkret zu sehen meinte, wo dieser sich gerade aufhielt. Er sollte irgendwo auf dem Rückweg von seinem morgendlichen Ausritt auf seinem einzigen und sehr wertvollen Hengst Sleipnir sein. Ragnvald freute sich schon darauf, ihm das Pferd abzunehmen. Eine schmutzige Spur im Schnee zeigte, wohin Olaf geritten war.

Ragnvald konnte keine Wachposten ausmachen. Er wartete, bis seine Männer ihn wieder eingeholt hatten, und gab ihnen flüsternd die Anweisung, sich an der Schutzmauer um den Innenhof zu verbergen, nahe bei Sleipnirs Stall. Dorthin würde Olaf bald zurückkehren. Dafür überraschten sie den jungen Svein, einen der Wachposten, der Karotten und Gerste heranschleppte, die Olaf nach seiner Rückkehr an Sleipnir verfüttern wollte. Svein machte den Mund auf, um einen Warnschrei loszulassen, doch Ragnvald packte ihn am Genick und hielt ihm mit der Hand den Mund zu, wobei er sein Kinn mit dem anderen Unterarm nach oben drückte, damit Svein ihn nicht beißen konnte.

»Sei still«, sagte er. »Ich bin es. Bleib einfach still.« Doch Svein wehrte sich weiter.

»Ich brech dir das Genick, wenn du schreist«, sagte Ragnvald und drückte ihm zur Warnung gegen die Kehle. Vorsichtig ließ er Sveins Mund los, hielt ihn aber immer noch im Genick fest.

»Olaf hat gesagt, wir müssen den Hof gegen dich verteidigen«, sagte Svein.

Ragnvald grinste leise. »So?« Natürlich, Olaf hatte versucht, ihn töten zu lassen. Nun, da Ragnvald von Männern umgeben war, die für ihn töten würden, fühlte sich Olafs Angst richtig gut an.

»Achtung, Gefahr!«, schrie Svein aus voller Kehle. Plötzlich füllte sich der Übungsplatz mit schlaksigen Bauernburschen, die mit Schwertern aus minderwertigem Stahl herumfuchtelten. Ragnvald zählte mindestens fünfzehn, doch keiner schien das Erwachsenenalter erreicht zu haben.

»Tötet sie nicht unnötig«, rief Ragnvald über das Getümmel hinweg, denn das hier waren die Söhne der Bauern der Umgebung, und er wollte es sich nicht mit ihnen verderben, wenn er einmal hier herrschte.

Er sah, wie Dagvith einen der Jungen an den Handgelenken fasste und so lange schüttelte, bis dieser sein Schwert fallen ließ. Ragnvald kämpfte ein oder zwei Minuten mit einem etwas erfahreneren Jungen, bis es ihm schließlich gelang, ihm mit dem Schwertknauf ins Gesicht zu schlagen. Aus der Nase des Jungen schoss Blut, und er fiel auf sein Hinterteil. Mit einer Hand hielt er sich die Nase und sah mit elendem Blick zu Ragnvald hoch.

Ragnvald sah sich um, ob noch jemand Hilfe brauchte, aber Oddi und die anderen Männer hatten die jungen Burschen fest im Griff. Ragnvald schlug den Jungen auf den Kopf, so dass er auf den Boden sank.

»Du, du und du«, wählte Ragnvald drei Männer nach dem Zufallsprinzip aus. »Bringt die Jungs hier ...«, er wies mit dem Schwert auf die am Boden liegenden Jungen, »... in den Schuppen und fesselt sie an den Händen. Ich warte auf Olaf.«

»Ist das hier dein Stiefbruder?«, rief Oddi herüber. Sie standen im Schatten einer Scheune, und Ragnvald konnte nur Oddis dunkle Silhouette und Sigurds Blondschopf ausmachen.

»Ja«, sagte Ragnvald. »Sieh zu, dass er sicher gefesselt wird. Ich will ihn nicht umbringen.«

Von Sigurd hätte er wenigstens einen Ansatz von Widerstand erwartet, doch dieser ging brav mit Oddi und ließ sich widerstandslos an Händen und Füßen fesseln und zu den anderen Bauernjungen in den Schuppen bringen, verschnürt wie ein Brathuhn.

Ragnvald sah sich um, ob noch jemand kämpfte, aber fast alle Jungen waren entwaffnet worden. Einer hielt sich vorsichtig seinen gebrochenen Arm, der Kopf eines anderen lag seltsam verdreht, wahrscheinlich war er tot, aber durch Zufall. Ragnvald würde dem Vater des Jungen das ihm zustehende Wehrgeld bezahlen.

Er lehnte sich an eine Wand, als sich der Aufruhr des Kampfs legte. Ach wäre Olaf doch nur hier gewesen, dann könnte Ragnvald ihn töten, solange er noch vom Kampf erhitzt war. Nun musste er warten und ausharren.

Seine Mutter Ascrida kam aus der Küchentür, gefolgt von Vigdis. Ascridas Hände waren mehlbestäubt, doch Vigdis sah golden und gepflegt aus, als ginge sie zu einem Fest.

»Ragnvald«, rief seine Mutter, die mit ausgebreiteten Armen auf ihn zulief. »Du bist hier in Gefahr.«

»Geh nach drinnen, Mutter«, antwortete er. »Olaf kommt bald zurück, und ich werde ihn töten.«

Sie strahlte ihn voll Stolz an. Stolz hatte er bis jetzt noch nie an ihr gesehen, dann zerrte sie Vigdis zurück ins Haus. »Mein Sohn wird deinen Mann töten«, hörte er sie triumphierend zu Vigdis sagen. »Du kommst jetzt mit mir.«

Ragnvald musste grinsen bei dem Gedanken, was Ascrida Vigdis antun könnte, wenn sie die Oberhand hatte. Zumindest würde sie Vigdis davon abhalten, Olaf zu warnen. Vielleicht würde sie mit Vigdis genauso verfahren, wie Vigdis

Svanhild behandelt hatte, und sie fest verschnüren und knebeln.

Der ganze Lärm hatte Diener und Hörige herausgelockt, die nun über die Mauer herüberlugten. Oddi warf sich einen der bewusstlosen Jungen über die Schulter wie einen Sack Mehl.

»Steh nicht so dumm rum, bring mir lieber etwas Wasser«, sagte Ragnvald zu einem der Hörigen, der mit offenem Mund dastand.

Die Sonne erreichte den Zenit, und ein Wind kam auf, der Ragnvald in seiner Ledermontur frösteln ließ. Das Schwert wurde schwer in seiner Hand. Er reinigte es im Schnee und schob es in die Scheide. Immer wieder sah er nach, ob nicht Olaf auf seinem Pferd am Horizont auftauchte und seinem Schicksal endlich entgegenritt.

Stattdessen kam Einar aus der Schmiede auf Ragnvald zugerannt. Er schrie und schwang sein Schwert über dem Kopf, wobei er eher einen verängstigten als drohenden Eindruck machte. Einige Männer lachten über Einars Humpeln. Ragnvald dachte später darüber nach, wie lange Einar in der Schmiede gesessen und der Schlacht zugesehen haben musste, und wohl auch gehört hatte, wie Ragnvald ankündigte, er werde Olaf töten. Er musste viel Zeit damit verbracht haben, seine Freundschaft mit Ragnvald gegen seine Pflicht gegenüber Olaf abzuwägen, bevor er all seinen Mut zusammennahm und herausstürmte.

Ragnvald erhob sich mühsam und begegnete Einar auf dem aufgewühlten Grund des Übungsplatzes, auf dem sie früher als Jungen spielerisch miteinander gekämpft hatten. Es fiel ihm leicht, Einars Angriffe zu parieren, der zwar aufgrund jahrelanger Arbeit in der Schmiede muskelbepackt, aber eben auch verkrüppelt war. Einar hatte nie einen Raubzug oder Krieg mitgemacht, noch nie einen Menschen getötet.

»Hör auf damit, Einar«, sagte Ragnvald. »Olaf hat versucht, mich zu töten. Das weißt du. Du musst es gehört haben.« Einars wildes Herumfuchteln jagte ihm mehr Angst ein als die gezielten Hiebe eines Feindes, denn Einars Schwert könnte ihn da treffen, wo ein geübterer Kämpfer mehr auf die eigene Haut achten würde. Ragnvald führte einen schnellen Stich unter Einars erhobenen Arm aus. Eine rote Linie trennte Einars Hemdsärmel in zwei Teile. Er trug keinen Harnisch.

»Ich muss Olaf verteidigen«, sagte Einar. »Ich muss es.«

Ragnvald versuchte, Einars Defensive so weit zu unterlaufen, dass er ihm wie dem Jungen auf den Kopf schlagen konnte. Wenn Einar sich erst einmal beruhigt hatte, würde er leben wollen und auch Ragnvald leben lassen.

»Er hat mich beim Thing bei Nacht und Nebel angegriffen«, rief Ragnvald verzweifelt. »Hast du das nicht gehört?« Einar holte keuchend Atem, während Ragnvald trotz seines heftig schlagenden Herzens noch ganz ruhig atmete.

»Ich habe es gehört«, erwiderte Einar.

»Dann weißt du, dass er ehrlos ist.«

»Du wirst es verdient haben«, rief Einar aus und zog sich von Ragnvald zurück. »Er ist mein Ziehvater, der einzige Vater, den ich kenne.«

»Er ist auch mein Stiefvater, aber er ist ein Mann ohne Ehre.« Ragnvald hoffte, dass Einar das Schwert wegstecken würde und sie wieder Freunde sein könnten.

Doch Einar hielt das Schwert noch kampfbereit und ging wieder auf Ragnvald los. Seine Fußarbeit folgte noch den Unterweisungen, die sie als Jungen von Olaf erhalten hatten. Dagegen konnte Ragnvald sich leicht verteidigen. Er hieb Einars Schwert mit seinem zur Seite.

»Mich hat er nie verraten. Ich muss ihn verteidigen«, wiederholte Einar.

Er stürmte mit voller Kraft auf Ragnvald zu, der ihm schnell auswich, doch nicht ohne eine leichte Fleischwunde von Einars Schwert davonzutragen. Das ging nun wirklich zu weit. Ragnvald musste unverletzt und ausgeruht sein, wenn er Olaf töten wollte. Der Kampf mit Olaf würde schwerer werden, und er musste ihn alleine ausfechten.

Einar würde ihm das nie verzeihen, doch Ragnvald winkte mit dem Kopf zu Oddi und Dagvith hinüber. »Helft mir, ihn zu entwaffnen.«

»Nein!«, schrie Einar. Er rannte mit hoch erhobenem Schwert gegen Ragnvald, so als wollte er ihn wie mit einer Axt spalten. Ragnvald hob das Schwert, um sich zu verteidigen, und Einar rannte voll hinein, so dass es ihm durch die Schulter stieß. Blut strömte über Ragnvalds Klinge und Arme. Einar stürzte zu Boden.

»Schnell, kümmert euch um ihn«, rief Ragnvald. Er rannte vor und presste seine Hand auf Einars Wunde. Das Blut floss ihm durch die Finger. Warum kam denn niemand? »Schnell! Bitte! Helft mir doch!«

Er hörte, dass sich hinter ihm jemand losriss, dann kam Vigdis zu ihm her.

»Lass mich das machen«, sagte sie. Ragnvald stand auf, Vigdis presste ihr Kopftuch auf Einars Schulter. Es sog sich sofort mit rotem Blut voll. Ragnvald sah, wie ihr langes, goldenes Haar, losgelöst von seiner Bedeckung, durch den Schmutz streifte und von Einars Blut dunkel wurde. Sie sah aus wie die Göttin Freya, die sich um die Gefallenen kümmert. Vergeblich versuchte sie, den Blutstrom einzudämmen, und Ragnvald erinnerte sich plötzlich, dass er ihr Neffe war.

»Ich habe schon gesehen, dass Männer solche Wunden überleben«, sagte Ragnvald. Einar war auf ihn zugestürmt, und Ragnvald hatte seinen Angriff pariert. Er hatte ihn nicht töten wollen, aber wie es schien, konnte man durch seine Hand leicht zu Tode kommen. Auch der Draugr war auf diese Weise gefallen.

Vigdis schüttelte den Kopf. »Einar nicht. Sieh nur, wie das Blut herauspumpt.« Vigdis' Kopftuch reichte in der Tat nicht aus, um das Blut zu stillen. Blut floss ohne Ende. Ragnvald erinnerte sich an die Legende, dass ein Toter beim Anblick seines Mörders wieder zu bluten begann. Man sollte ihn wegbringen, oder sein Blut würde einen ganzen Tümpel füllen. Einars Gesicht war nun leichenblass, der Kopf zurückgelegt, und die Augen starrten wie bei einem Toten, als sähen sie etwas, das nur sie sehen konnten.

»Ich musste es tun«, sagte Ragnvald leise. Einar war auf ihn zugestürmt, aber er hatte das Schwert positioniert. Er war hierhergekommen, um zu morden, und nun war es geschehen.

Vigdis setzte sich wortlos auf die Knie. Sie und Ascrida würden diesen Körper heute Nacht für die Totenfeier waschen, ebenso wie Olafs Körper.

Der Hof stank nun nach Tod. Das war Ragnvalds Tun. Er ging im Sonnenschein auf und ab und versuchte, seine Arme warm zu halten. Ein Höriger brachte ihm eine Schüssel Wasser, damit er sich Einars Blut von den Händen waschen konnte.

*

Olaf kam, als Ragnvalds Magen schon anfing, vor Hunger zu knurren. Noch war er nichts weiter als ein Umriss am Horizont, als sein Pferd Gefahr witterte und sich aufbäumte. Ab da ritt Olaf langsamer und musterte genau die kleinen Einbuchtungen und Erhebungen auf den Feldern. Ragnvalds Erschöpfung war wie weggeblasen.

Direkt hinter der Einfassungsmauer stieg Olaf vom Pferd.

Er trug keinen Harnisch, trug aber sein Schwert an der Seite, wie jeder normale Mann.

»Du bringst den Tod mit dir, mein Sohn«, sagte Olaf und sah sich um. »Du wirst ja ein toller König.«

»Ich bin nicht dein Sohn«, sagte Ragnvald. Er spürte die Augen aller auf sich gerichtet, nahm vage Krieger und Diener, Männer und Frauen des Haushalts wahr, aber er konzentrierte sich voll auf Olaf.

»Nein. Schon als ich deinen Vater tötete, wusste ich, dass du eine falsche Schlange bist.«

Das sollte ihn eigentlich nicht so schmerzlich treffen. Ragnvald hatte schon lange vermutet, dass sein Vater durch Olafs Hand gestorben war. Olaf brachte es jetzt nur zur Sprache, um ihn wütend zu machen, und das war ihm auch gelungen.

»Du hast auch einen Mann dafür bezahlt, mich zu töten«, sagte Ragnvald. »Komm schon. Wenn du mich umbringen willst, dann erledige es jetzt doch selbst.«

»Das tu ich«, sagte Olaf und machte einen Ausfallschritt. Er bewegte sich langsam, als wäre er unter Wasser. Ragnvald hatte mehr als genug Zeit, dem Hieb auszuweichen.

Er hatte Olaf schon seit Jahren nicht mehr richtig kämpfen sehen, wohl seit dem letzten Überfall auf Ardal, als Ragnvald seinen ersten Mann getötet hatte. Olafs Bewegungen waren vorhersehbar und ungeübt. Ragnvald hatte in seiner Zeit mit Hakon und Harald gegen viel stärkere Gegner als ihn gekämpft.

Olaf machte wieder einen Ausfallschritt, wobei er seine Flanke exponierte. Ragnvald riss mit dem Schwert die Hinterseite von Olafs Bein auf, so dass Fleischfetzen an der Spitze steckenblieben. Olaf stolperte nach vorn und versuchte, sich abzustützen, doch sein Bein gab nach. Die Sehnen im Knie waren durchtrennt worden.

Danach kam Olafs Ende sehr schnell. Er torkelte auf seinem unverletzten Bein nach vorne, um den Abstand zwischen ihnen zu verringern, doch Ragnvald wehrte ihn ab, indem er ihm den Ellbogen an die Nase rammte, die mit einem lauten Geräusch zersplitterte. Ragnvald verpasste ihm zwei weitere Stichwunden, eine an der Schulter und eine weitere, aus reiner Rachsucht, quer über die Wange, dann schlug er Olaf mit dem Knauf seines Schwertes das seine aus der Hand.

Ragnvald kickte es aus dem Weg und hielt sein Schwert an Olafs Nacken. »Knie hin«, sagte er. Oddi schubste Olaf mit einem Tritt in den Hintern auf die Knie.

Olaf kniete, stolz und aufrecht, obwohl er aus mehreren Wunden blutete. Seine Nase war blau angelaufen von Ragnvalds Ellbogen, und seine Brust hob und senkte sich unter der Anstrengung, sich gerade zu halten. Er hielt seinen Blick auf Ragnvald fixiert, der vor ihm auf und ab ging. Ragnvald senkte das Schwert. Olaf konnte ihm nicht mehr entkommen. Selbst wenn er nicht lahm wäre, hätte er doch nirgendwo hin fliehen können.

»Weißt du, warum dein Onkel Gudrod nie an mir Rache geübt hat?«, fragte Olaf. Gudrod war der Bruder von Ragnvalds Mutter, ein Freund seines Vaters, hatte sie jedenfalls immer behauptet. Ragnvald hob das Schwert und setzte es unter Olafs Kinn. Olaf spuckte in den Schmutz, Blut und Speichel, und traf fast Ragnvalds Fuß. Er drückte den Hals gegen die Klinge. »Glaubst du, ich mach mir was daraus?«, fragte er. »Ich weiß ja, du lässt mich nicht leben.«

»Nein, das werde ich auch nicht«, erwiderte Ragnvald. »Aber vielleicht lasse ich dich auf den Beinen und mit dem Schwert in der Hand sterben. Vielleicht drücken die Götter ein Auge zu, dass du es schon vorher hast fallen lassen.« Zumindest so viel schuldete er Olaf dafür, dass er ihn im Kampf unterwiesen hatte.

»Dann tu es«, sagte Olaf. Er schwankte auf den Knien. Oddi beeilte sich, ihn abzustützen. »So lange kann ich noch stehen.«

»Nein, du musst mir vorher noch verraten, warum Gudrod meinen Vater nicht gerächt hat.«

»Gudrod wusste, dass König Hunthiof ihn in seiner Halle abgefackelt hätte, hätte er auch nur einen Mucks getan, und er hätte niemanden aus Eysteins Sippe am Leben gelassen.«

»Und glaubst du, dass das immer noch so ist?«, fragte Ragnvald. »Hunthiof wird dir genauso wenig zu Hilfe kommen, wie der Frostriese vom Berg herunterkommt und sein Leben für deins tauscht. Du stirbst jetzt.«

»Dein Vater war ein Feigling«, sagte Olaf nun verzweifelt. »Meine Söhne werden mich rächen.«

Darüber lachte Ragnvald. »Wo ist denn dein Sigurd? Warum kommt er dich nicht verteidigen?«

Er nickte Oddi zu, und dieser brachte Olafs Schwert und gab es Olaf in die Hand. Bevor dieser noch auf die Beine kommen konnte, schwang Ragnvald sein Schwert und hieb ihm mit einem gewaltigen Streich den Kopf ab. Der Halsstumpf pumpte noch einen Augenblick Blut heraus. Das war ein so seltsamer Anblick, dass Ragnvald fast lachen musste, obwohl er ihn nicht lustig fand. Der Körper fiel nach vorn auf den Boden und tränkte ihn mit Blut, wo Einars Blut schon versickert war.

Ragnvald wandte sich Aschrida und Vigdis zu, die auf einer Seite standen. Sie berührten sich nicht, doch ihre Körper waren einander zugewandt, als wollten sie sich vor dem Tod schützen, den Ragnvald mit sich brachte. Vor seinem inneren Auge stand die Hexe Alfrith bei ihnen, und die Vision war so stark, dass er den Kopf schütteln musste, um sie zu vertreiben. Er fragte sich, ob er sie wohl jemals wiedersehen würde.

»Er kann auf dem Scheiterhaufen verbrannt werden«, sagte

Ragnvald, »und soll einen Steinhaufen bekommen, aber kein Hünengrab. Kein Sohn von Olaf Ottarsson soll je die Herrschaft über dieses Land beanspruchen. Die Runen sollen die Wahrheit sprechen, nur: ›Olaf Ottarsson, der sich Eysteins Besitz anmaßte, fiel hier‹ und sonst nichts.«

»Ich errichte einen Steinhaufen für ihn«, sagte einer der älteren Diener. Ragnvald glaubte sich zu erinnern, dass er einmal mit Olaf zusammen auf Raubzug gegangen war, aber hier hatte er Olaf nicht verteidigt.

Ascrida machte einen Schritt nach vorn. »Und ich wasche seinen Körper«, sagte sie mit einer Stimme, die rau war vor Erregung. In den zehn Jahren seit Eysteins Tod hatte Ragnvald nur selten Trauer im Gesicht seiner Mutter gesehen, doch nun zeigte sie Traurigkeit und einen tiefen Groll.

»Ich helfe dir«, sagte Vigdis und ging auf Ascrida zu. »Er war auch mein Ehemann.«

»Bist du sicher, dass du dich nicht erst deinem neuen Herrn andienen musst?«, fragte Ascrida bösartig. »Es war doch schon immer deine besondere Begabung, dich gleich auf den Rücken zu legen.«

Ragnvald ging zu ihnen hinüber. »Mutter«, sagte er, »du musst das nicht tun.«

»Doch, ich muss«, antwortete sie.

Ascrida ging an Ragnvald vorbei zu der Stelle, an der Olafs Kopf mit dem blutigen Gesicht nach unten lag. Sie nahm ihn an den Haaren hoch, und seine Augen waren einen Moment auf Ragnvald gerichtet, bevor Ascridas entschlossener Gang ihn vor seinem Blick verbarg.

Zwei Diener hoben Olafs Körper vom Boden auf und trugen ihn hinter ihr her. Zu Lebzeiten war Olaf ein kräftiger Mann gewesen, doch nun wirkte sein toter Körper wie eine weggeworfene Stoffpuppe.

Vigdis trat einen halben Schritt auf Ragnvald zu. Zum ersten Mal, seit er sie kannte, sah sie verunsichert aus. »Nun bist du der Herr hier.«

»Das bin ich«, sagte Ragnvald und hoffte, seine Stimme drückte genügend Autorität aus. »Meine Männer haben Hunger und Durst. Sieh zu, dass ein Festessen auf den Tisch kommt.«

Es war jedoch noch mehr zu tun. Er ging in den Schuppen, um Sigurds Fesseln zu lösen. Er musste selbst sehen, wie sein Stiefbruder reagierte.

»Ich brauche auch ein Bier«, sagte Sigurd wehleidig. »Wir alle. Ihr habt uns den ganzen Tag hier gefesselt herumliegen lassen.«

»Was sie nicht umbringt, macht sie stark«, sagte Ragnvald und sah Sigurd in die Augen. Sigurd hielt dem nicht stand und senkte seinen Blick. Er hob den Arm, als erwarte er, dass Ragnvald ihm aufhalf.

Belustigt half Ragnvald ihm. »Tut mir leid, dass sich alles so entwickelt hat«, sagte er und folgte seinem Stiefbruder auf den Platz hinaus. Von ihm hätte er viel mehr Widerstand erwartet, doch stattdessen hatte sich Einar dazu hergegeben. Vielleicht wartete Sigurd nur seine Zeit ab. »Hätte dein Vater mir nicht mein Erbe streitig gemacht, dann hätte ich ihn zum Verwalter einsetzen können, während ich in die Welt hinausging, uns alle reicher zu machen.« Bei diesen Worten schmolz sein Zorn auf Olaf und löste sich in Traurigkeit auf. Solch eine Verschwendung, all das Blut von Olaf und Einar, das hier geflossen war.

»Und was machst du jetzt mit mir?« Sigurd warf einen Blick auf Vigdis, die Hallbjorn auf dem Arm trug. Hallbjorn war schon ein kräftiger Junge geworden, und seine weißen Beinchen baumelten unter Vigdis' Arm hervor. »Was hast du mit uns vor?«

Ragnvald hatte sich noch nicht entschieden. Wenn er tatsächlich mit Harald und Hakon fertig wäre, würde er hierbleiben und hätte genügend Zeit, Hallbjorn als Freund seiner eigenen zukünftigen Söhne großzuziehen.

Er legte die Hand auf Sigurds Schulter, eine Geste, die ihm widerstrebte, von der er aber erhoffte, sie würde Sigurd überzeugen, dass ihm sein Stiefbruder nichts nachtrug. Er schluckte. Das konnte er zumindest sagen.

»Ich trag dir nichts nach«, sagte er langsam. »Ardal gehört jetzt mir. Du hast dich verhalten, wie es von einem Sohn erwartet wird, du hast Olaf gehorcht und hast versucht, das zu tun, was er dir beim Thing aufgetragen hat. Das spricht für dich, und auch die Tatsache, dass du nicht für einen Mann gestorben bist, der seine Ehre verloren hat.«

Sigurd schien eifrig gewillt, sein Leben und alle Entscheidungen Ragnvald zu überantworten. Also so fühlte es sich an, zu herrschen und das Leben Schwächerer in der Hand zu halten. Eigentlich sollte Ragnvald dankbar sein für Sigurds Schwäche, denn nun musste er den Jungen nicht töten, der mit ihm als Bruder aufgewachsen war, aber er wünschte sich dennoch, Sigurd hätte mehr Rückgrat. Olaf hätte ihn zu den Priestern von Frey schicken sollen, statt ihn in die Kriegerrolle zu zwingen, aber vielleicht hatte er ja auch keine mystischen Neigungen.

»Heute Nacht hältst du die Totenwache für Olaf und Einar und sprichst deine Gebete, wenn wir sie einäschern«, wies er Sigurd an. »Über die Zukunft sprechen wir morgen.«

KAPITEL 33

An diesem Abend hielten Ragnvald und seine Männer in Ardal ein Festmahl, wenn auch nicht von der Art, über die Heldendichter in ihren Geschichten erzählten. Das Fleisch war nicht durchgebraten, so dass es einiger Anstrengung bedurfte, es zu kauen und zu schlucken. Doch Ragnvalds Männer tranken ausgiebig und benahmen sich, wie es sich für Krieger gehörte, sie stritten und würfelten, warfen den Hunden, die um die Tische herumschlichen, Knochen zu und schlossen Wetten über den Ausgang ihrer Streitigkeiten ab. Ragnvald sprach über einige ihrer Erfolge, wie es bei dieser Gelegenheit angebracht war, doch niemand wollte mit dem Sieg über eine Schar fünfzehnjähriger Jungen prahlen.

»Bist du sicher, dass du deinen Stiefbruder nicht hättest töten sollen?«, flüsterte Oddi in Ragnvalds Ohr. Er saß während des Festmahls bei ihm, tatsächlich war er Ragnvald seit dem Ende des Kampfes kaum von der Seite gewichen.

Ein Schatten fiel auf Ragnvalds Holzteller, und er sah auf. Es war Vigdis, die ihm einen Becher brachte. Sie drückte ihn ihm in die Hand, und er ließ sich Olafs besten Wein schmecken, von dem er bislang immer nur kleine Schlucke bekommen hatte. Er fühlte, wie ihm die Hitze ins Gesicht stieg, und hoffte, dass Vigdis Oddis Frage nicht gehört hatte.

»Hallbjorn ist nur ein Junge«, entgegnete Ragnvald, Oddis

Worte bewusst falsch verstehend. »Ja, ich bin sicher.« Vigdis lächelte leicht. Sie zeigte ihre Gefühle selten unbedacht, doch sie liebte ihren Sohn.

»Ich meinte den übergroßen Jungen, Sigurd«, bemerkte Oddi.

»Sigurd hat mir nicht nach dem Leben getrachtet, und aus ihm wird einmal ein guter Schwertkämpfer.« Das waren Lügen, doch er wollte im Moment nicht daran denken, weitere Menschen zu töten. Er blickte zu Vigdis hinüber, die zum oberen Ende der Tafel gegangen war. Sie sollte bei Sigurd sein, die Totenwache halten, um ihren Mann weinen. Sie hatte ihn nicht geliebt, dachte Ragnvald, dennoch war sie viele Jahre lang seine Lieblingsfrau gewesen. Sogar Ragnvalds Mutter trauerte heute Nacht.

Vigdis sah auf, und ihre Blicke trafen sich.

Oddi sah zwischen den beiden hin und her und lächelte. Als sie weiter tischabwärts ging, um einen weiteren seiner Männer zu bedienen, hob Oddi die Augenbrauen. »Sie wird heute Nacht mit dir das Bett teilen, wenn ich nicht völlig falschliege.«

Ragnvald warf Oddi einen finsteren Blick zu, weil dieser seine Gedanken gelesen hatte, und nahm noch einen Schluck von dem köstlichen süßen Wein. »Das glaube ich nicht. Sie ist meine Stiefmutter.«

»Nicht mehr.« Oddi grinste. »Wenn du sie wegschickst, gib ihr einen Schubs in meine Richtung. Sie sieht aus wie eine Frau, die weiß, was sie von einem Mann will.« Er warf Ragnvald einen wissenden Blick zu, der sein Gesicht noch heißer werden ließ. Ragnvald wusste nichts über Frauen wie Vigdis. Er konnte die Frauen an einer Hand abzählen, mit denen er zusammen gewesen war, allesamt Dienerinnen und Sklavinnen, Frauen, die keine Wahl gehabt hatten, und niemals öfter als einige Male. Er dachte an Alfrith in Smøla, die Zauberin. Sie erschien ihm weniger gefährlich als Vigdis.

Dennoch gefiel ihm die Vorstellung von Vigdis mit einem anderen Mann überhaupt nicht. Falls Vigdis zu ihm kam, müsste er sie bitten, hinauszugehen und ihre Pflicht ihrem toten Ehemann gegenüber zu erfüllen, damit Olaf nicht in Unruhe aus seinem Grab wiederkehrte.

»Schick sie nicht fort«, riet Oddi. »Du tust nicht gut daran, in der Nacht nach einem Kampf allein zu sein.«

»Bist du jetzt zum Kuppler geworden?«, scherzte Ragnvald.

»Nein«, erwiderte Oddi, »aber ich will nicht, dass du wieder mit deinen verdrießlichen Gedanken zu mir kommst. Vögle eine Frau und schlaf. So läuft das normalerweise.«

Als Ragnvald schließlich so viel getrunken hatte, dass die Erinnerung daran, wie Olafs Kopf in den Staub gefallen war, verblasste, erhob er sich vom Tisch. Er hielt eine kurze Rede, in der er Oddi und den anderen Kämpfern dankte. Dann brachte er Oddi in seinem früheren Schlafzimmer unter, das nun weder Einar noch Sigurd beherbergte, der eine tot, der andere auf Totenwache. Ragnvald versuchte, den Schmerz in seinem Herzen in Wut zu verwandeln. Einar hätte ihn nicht angreifen sollen. Er hätte wissen müssen, dass er nicht überleben würde. Ragnvald hätte Sigurd auf der Stelle gegen Einar eingetauscht. Der falsche Bruder war tot.

Olafs Zimmer lag an der Südseite der Halle, weit genug von der Küche entfernt, um die Hitze nicht überhandnehmen zu lassen, aber nahe genug, um den Duft des zubereiteten Fleisches riechen zu können. Das Bett war breit, breiter als jedes Bett, in dem Ragnvald jemals allein geschlafen hatte. Obgleich er vermutete, dass Olaf nicht oft allein gewesen war.

In Olafs Zimmer befand sich eine verriegelte Truhe mit seinen Kostbarkeiten. Ragnvald öffnete sie und fand wie erwartet das Silber, daneben einige Schmuckstücke aus Gold und ein paar fein geschmiedete bronzene Broschen, die er jedoch weder seine Mutter noch seine Stiefmutter jemals als Schmuck hatte tragen sehen. Sie sollten jetzt Hilda gehören, beschloss er.

Er hielt eine der Broschen in der Hand, drehte sie und bewunderte die Art, wie der Schein der Lampe sich in der polierten Oberfläche spiegelte und das Granatauge des Hundes zum Leuchten brachte, dessen Maul geöffnet war und das Bein eines weiteren Hundes verschlang. Das Licht flackerte, als Vigdis den Raum betrat. Ihr Haar war unbedeckt und an den Spitzen noch feucht. Für einen kurzen Moment tauchte das Bild wieder vor Ragnvalds innerem Auge auf, wie sie sich um Einar kümmerte und ihr Haar dabei mit seinem Blut in Berührung kam.

»Ich dachte schon, dass du vielleicht zu mir kommst«, sagte Ragnvald. Er hatte sich diesen Augenblick ausgemalt, sobald er alt genug war, um eine Frau zu begehren. Nicht genau so, in jenen Fantasien hatte er nicht Olaf getötet, doch gewöhnlich war Olaf in seinen Vorstellungen tot und weit weg gewesen, und Vigdis kam zu ihm, ihr Haar offen, ein Lächeln auf dem Gesicht, und sie sagte ihm, dass sie ihn begehrte.

»Alle Männer wussten, dass ich zu dir kommen würde«, erklärte Vigdis, als beschämte sie das nicht im Geringsten.

Ragnvald schwieg. Er wollte sie, und vielleicht war es sein Recht, sie sich zu nehmen, aber sie war so lange Zeit halb Mutter und halb Göttin für ihn gewesen. Er fühlte sich seltsam.

»Hier bin ich also.« Sie wirkte ebenfalls hilflos.

»Warum, Vigdis?« Es fühlte sich merkwürdig an, ihren Namen auszusprechen. »Ich werde Hallbjorn kein Leid zufügen. Er ist noch ein Junge.«

Sie senkte den Blick. »Möchtest du, dass ich gehe?«

»Nein«, erwiderte er mit rauer Stimme. Er sollte sie wegschicken, doch als sie ihn ansah, mit einem wissenden, zufriedenen Lächeln, wusste er, dass er es nicht tun würde. Er nahm ihre Hand, behutsam zuerst, dann zog er sie unsanft an sich. Warum sollte sie anders sein als eine Sklavin? Warum sollte es ihn kümmern, was sie über ihn dachte? Er hatte sie nun in seiner Gewalt. Er setzte sich und nahm sie auf den Schoß, damit sie sich bemühen musste, damit sie ihm bewies, dass sie aus freien Stücken hier war, doch als ihr Gewicht ihn in die Daunenmatratze drückte, ihre Brüste ihn sanft berührten und er ihre Hand zwischen seinen Beinen spürte, fürchtete er, es könnte zu schnell vorüber sein.

»Warte«, sagte er und langte nach der Kerze, um sie auszublasen.

»Möchtest du mich nicht sehen?«, wollte Vigdis wissen. »Ich bin deine Beute.«

Ragnvald ließ die Kerze brennen, drehte sie auf den Rücken und drückte ihre Hände neben ihrem Kopf auf die Matratze. »Machst du dich über mich lustig?«, fragte er und beschloss zugleich, dass es ihn nicht kümmern würde. Sie war hier, und das bedeutete mehr als jedes ihrer Worte.

»Warum sollte ich mich über den Jungen lustig machen, der zu einem besseren Mann herangewachsen ist, als es mein Ehemann jemals war?«

»Du musst mir nicht schmeicheln.«

Sie legte den Kopf zur Seite. »Sollte ich das nicht? Junge Männer mögen Schmeicheleien.« Er spürte wieder ihre Berührung zwischen seinen Beinen, durch seine Hosen hindurch.

»Ich nicht.«

»Ich denke, dieser Bursche hier schon.«

»Er mag eine starke Hand«, gab Ragnvald zurück. »Zieh dein Kleid aus.«

Wieder warf sie ihm einen belustigten Blick zu und zog sich das Kleid über den Kopf, dann half sie Ragnvald, seine Tunika abzulegen und seine Hosen aufzuschnüren. Sie zog ihn an sich, und er drang in sie ein, sobald sie beide nackt waren. Sie verharrte seltsam unbeweglich, als Ragnvald sich in ihr ergoss.

Als sie anschließend nebeneinander lagen und die Hitze aus ihren Körpern verschwand, spielte er mit ihren Brüsten und beobachtete, wie die Spitzen sich unter seinen Fingern verhärteten, bis sie sich seinen Berührungen entwand.

»War es so, wie du es dir vorgestellt hast?« Vigdis schmiegte sich wieder an seine Seite, als hätte sie sich ihm nicht eben gerade entzogen.

»Wie so vieles, war es in der Vorstellung besser als in Wirklichkeit«, gab Ragnvald zurück. »Ich hatte gedacht, du würdest dir mehr Mühe geben, mir vorzuspielen, als begehrtest du mich.«

»Ich dachte, du magst keine Schmeicheleien.« Ihr Lächeln hatte immer noch denselben Zauber wie vor dem Moment, als sie sich vereinigt hatten, ein neckendes, verheißungsvolles Lächeln, als hätte sich nichts zwischen ihnen verändert.

»Das stimmt auch. Dennoch dachte ich, manche Frauen genießen es.«

»Das können sie«, erwiderte sie. »Möchtest du deiner Frau Vergnügen bereiten? Mit mehr als nur Schmuck und Sklaven?«

»Ja«, antwortete Ragnvald kurz, obwohl er nicht in dieser Weise an Hilda denken wollte, nicht solange Vigdis' Haar noch auf seiner feuchten Haut haftete und ihre Brust seinen Arm berührte.

Sie zögerte, und Ragnvald fürchtete, er habe seine ganze Kraft vergeudet, weil er sie gewollt hatte. Sie stützte sich auf ihre Ellbogen. Ihr Haar umrahmte ihr Gesicht, und das Kerzenlicht ließ ihre Haut golden schimmern. Ragnvald fühlte die Erschöpfung in seinen Muskeln, doch er wollte mit dem Finger ihre Formen nachzeichnen, er wünschte sich, dass sie unter seinen Berührungen genussvoll keuchte und schrie. Er wollte sie auf eine Weise berühren, die mehr war als nur sein Körper auf ihrem.

»Es war ein guter Anfang«, sagte sie, »dass du nicht gleich danach eingeschlafen bist. Ich werde dir mehr zeigen, wenn du möchtest. Aber bitte nicht heute.« Schmerz verhärtete ihre Gesichtszüge. »Heute war kein einfacher Tag.«

In diesem Moment empfand er ein wenig Liebe für sie, mehr als für jede andere Frau. Auf eine Weise war sie tapfer gewesen, zu ihm zu kommen, nachdem er ihren Ehemann getötet hatte. Wie ein Mann, wie seine eigene Mutter, tat sie das, was notwendig war.

»Ja«, sagte er, zufrieden, dass er ihr etwas geben konnte, was sie wirklich wollte.

*

Er erwachte mit schmerzenden Schultern in Olafs Bett, neben Vigdis. Sie bewegte sich, während er sie beobachtete. Dann öffnete sie die Augen und sah ihn mit wachsamem Blick an. Einen Augenblick lang hatte er das Gefühl, sie beobachteten einander wie zwei fremde Tiere, die sich im selben Territorium begegnen, bereit zu kämpfen. Dann wurde ihr Lächeln warm und weich. Ein Lächeln, dem er nicht vertrauen konnte.

»Warum siehst du mich so an?«, erkundigte sie sich. »Was wirst du nun mit mir machen, jetzt, wo Olaf nicht mehr da ist?«

Nicht mehr da. Er war tot, tot, nachdem Ragnvald ihn wie ein Tier getötet hatte, abgeschlachtet. Aber wenigstens war er mit dem Schwert in der Hand gestorben.

»Darüber werde ich morgen entscheiden«, entgegnete er. »Nachdem du mich die versprochene Lektion gelehrt hast.« Er sah sie mit hochgezogenen Augenbrauen an, und sie lächelte schelmisch. »Das ist ein Geschäft, oder? Was möchtest du dafür? Ich könnte dich zu deiner Familie über den Keel schicken, und du könntest Sigurd und Hallbjorn mitnehmen.«

»Sigurd ist nicht mein Sohn«, gab sie zurück. »Was soll ich mit diesem Schwächling anfangen?«

Ragnvald schüttelte den Kopf. Er durfte Sigurd jetzt nicht bemitleiden. »Du könntest zu Thorkell gehen. Ich glaube, er sucht eine Frau.«

»Du kennst Könige, und ich glaube, eines Tages wirst du ein guter Fürst sein. Vielleicht sogar ein König«, antwortete sie. »Ich möchte lieber die Geliebte eines Königs sein als die Frau eines Farmers. ›Glücklich die Frau, die eine Witwe ist‹.«

Sie hatte das Sprichwort falsch zitiert. »Eine reiche Witwe«, verbesserte Ragnvald sie. Vigdis als seine Geliebte, das würde Hilda nicht gefallen, wenn sie kam, nicht, bevor sie ihm nicht wenigstens ein paar Söhne geboren hatte. Vigdis könnte niemals mit einer anderen Frau leben, ohne gegen sie anzukämpfen.

»Im Augenblick gibt es hier nicht viele Frauen, da meine Schwester fort ist«, stellte er fest. »Du solltest nicht so lange im Bett liegen bleiben.« Er setzte sich auf, griff nach seiner Tunika auf dem Boden und klopfte den Schmutz ab, bevor er sie sich über den Kopf zog. Sie roch nach dem Schweiß und Blut des gestrigen Kampfes. »Du wirst dich in allen Haushaltspflichten den Wünschen meiner Mutter unterordnen.«

Sie setzte sich auf und warf ihm einen Blick zu, den er nicht zu enträtseln vermochte. »Es gefällt dir, Befehle zu geben, Ragnvald.«

»Ich bin hier das Oberhaupt«, erwiderte Ragnvald und fühlte sich von ihr wieder wie ein Junge behandelt. »Du tust das, was ich sage.«

»Natürlich«, entgegnete sie mit einem heimlichen Lächeln und ließ das Haar so fallen, dass es ihr Gesicht zur Hälfte bedeckte. Natürlich, sagte ihr Tonfall, wirst du das tun, was ich möchte. Ragnvald stand auf und zog seine Kniehose an. So würde das nicht gehen. Er musste Hilda hierherholen. Er musste jeden Gedanken an die Reichtümer beiseiteschieben, die Harald und Hakon ihm in Aussicht gestellt hatten. Er musste die Ordnung in Ardal wiederherstellen. Wenn ein König kam, welcher auch immer, um das Land zu erobern, sollte er ihn um seinen Eid zur Gefolgschaft bitten, nicht um seine Unterwerfung.

*

Vigdis war tüchtig bei der Bewirtschaftung der Farm, und obgleich Olafs Herrschaft über Eysteins Land über die Jahre nachgelassen hatte, war der Hof selbst gut genug ausgestattet, um die Männer, die Ragnvald mitgebracht hatte, bis zum Sommer zu ernähren. Als der Schnee auf den tiefer gelegenen Hängen der umliegenden Berge zu schmelzen begann, verbrachte Ragnvald viel Zeit mit Planungen für das Frühjahr. Oddi und die anderen Männer waren bereit zu arbeiten, für Mahlzeiten und Zeit mit den weiblichen Bediensteten. Manche begannen, die Jungen auszubilden, die Olafs einzige Verteidigung gewesen waren.

»Was hast du vor?«, fragte Ragnvald Oddi. Der Tag war kalt, und es lag wieder Schnee in der Luft. Die Kühe mussten mit dem Maul eine Eisschicht durchbrechen, um an das trockene Gras darunter zu gelangen. Möglicherweise würden sie sich an den Lippen verletzen und eine heilende Salbe benötigen.

Er machte sich eine Notiz, dass er seine Mutter fragen musste, ob sie genug davon vorbereitet hatte.

Er musste Hilda bald holen lassen, doch etwas ließ ihn zögern. In diesem Moment wäre sein Schicksal endgültig festgelegt. Ein wohlhabender Bauer, Besitzer von Ardal. Einst war dies sein einziges Streben gewesen, aber nun fühlte es sich armselig an.

»Ich denke, ich muss endlich zu meinem Vater zurückkehren«, erklärte Oddi. Er runzelte die Stirn und trat nach einem Grasbüschel. »Der Krieg kommt. Ein Krieg, der über sein gesamtes Land hinwegfegen wird. Vielleicht kann ich meinen Vater überzeugen, mich zu den Färöer-Inseln zu schicken, bis er vorbei ist.«

»Glaubst du das?«, wollte Ragnvald wissen. Er erinnerte sich, wie er Hakon vorgeschlagen hatte, Heming dorthin zu schicken. Die Inseln lagen weit entfernt im nördlichen Meer, noch weiter im Norden als die Orkneys, fernab aller Kriege in Norwegen.

»Nein«, entgegnete Oddi. »Deshalb bleibe ich hier.«

*

Die erste Frühlingsbrise roch nach frischem Grün und brachte einen Boten von Heming. Der junge Mann, kaum mehr als ein Knabe, kam um die Mittagszeit und hatte Neuigkeiten aus der Welt außerhalb. Ragnvald erkannte ihn wieder, Oddi begrüßte ihn.

»Arnfast, du kommst mit der Geschwindigkeit eines Adlers«, sprach Oddi unter Anspielung auf seinen Namen. »Was hast du uns zu berichten?«

Der Junge war schlank, ein geborener Läufer. Er hatte die Strecke über den Hügel mit hoher Geschwindigkeit und weit ausgreifenden Schritten zurückgelegt. Immer noch außer Atem, antwortete er: »Nichts besonders Dringendes. Ich wollte nur laufen.«

»Im Thing bist du nicht gelaufen«, stellte Ragnvald fest und dachte an das Rennen, das er selbst gewonnen hatte.

»König Hakon wollte nicht, dass irgendjemand bemerkte, wie flink ich bin.« Arnfast grinste. »Gebt mir etwas Bier, und ich erzähle euch die Neuigkeiten.«

Er berichtete, dass Hakon mit Heming nach Yrjar zurückgekehrt war, kurz nach Ragnvalds Abreise. Zwischen Hakon und Harald bestand eine unüberbrückbare Kluft. Nach einigen Wochen in Yrjar war Heming der Beschimpfungen seines Vaters überdrüssig.

»Hakon gibt Heming die Schuld für den Zerfall seines Bündnisses mit Harald.«

»Das überrascht mich«, erwiderte Ragnvald mürrisch. »Früher oder später hätte er es unter irgendeinem Vorwand ohnehin aufgelöst.«

»Ragnvald«, sagte Oddi warnend.

»Habe ich unrecht?«

»Arnfast ist zu jung, um solchen Gesprächen beizuwohnen«, erwiderte Oddi mit übertrieben ernstem Gesicht, und Ragnvald wusste, dass er scherzte.

Arnfast fuhr fort: »Heming hat so viele von Hakons Männern um sich versammelt, wie er für sich gewinnen konnte, und plant, gegen Tafjord zu segeln.« An Oddi gewandt fügte er hinzu: »Dein Vater ist zornig auf dich. Du hättest in Vestfold bleiben und mit ihm gehen sollen.«

»Von dir lasse ich mir gar nichts sagen«, versetzte Oddi aufgebracht. »Du bist jetzt einer von Hemings Männern.«

»Mir war langweilig«, erwiderte Arnfast schulterzuckend. »Ich glaube, dein Vater hatte nichts gegen Hemings Plan.«

»Was hast du über Solvi gehört?«, erkundigte sich Ragnvald. »Ist er nach Tafjord zurückgekommen?«

»Wir haben viel gehört«, entgegnete Arnfast. »Manche sagen, er habe den Winter in Dorestad verbracht, oder gar mit dem dänischen König. Andere erzählen, er sei nach Tafjord zurückgekehrt.« Er lachte. »Ich schätze, Heming wird das herausfinden.«

»Heming ist töricht wie immer«, sagte Ragnvald leise zu Oddi.

»Er hat mich zu euch geschickt, um anzufragen, ob ihr euch ihm anschließen wollt«, erklärte Arnfast. Er richtete sich auf und fuhr in förmlichem Tonfall fort. »Oddbjorn Hunthiofsson und Ragnvald Eysteinsson, Heming Hakonsson bittet um eure Hilfe im Kampf gegen einen Erzfeind: König Hunthiof und seinen Sohn Solvi. Er lässt Oddbjorn ausrichten, dass Brüder zusammenstehen sollten. Dir, Ragnvald, soll ich sagen, dass du ihm ein Freund warst, als er es am wenigsten verdiente, und er möchte dich an seiner Seite haben. Hilfst du ihm, sein Land zu vermehren, so wird er dir ebenfalls dabei helfen. Wirst du dich ihm anschließen?«

Ragnvald brach in Lachen aus, zum einen über Hemings Nachricht, zum anderen wegen der förmlichen Art und Weise, in der Arnfast sie vorgetragen hatte. Also erfüllte sich Hemings Wunsch nun endlich: Er segelte gegen Solvi.

»Ich habe mich nicht aus Freundschaft darum bemüht, Hemings Leben zu retten«, meinte Ragnvald dann.

Arnfast zuckte die Schultern. »Trotzdem ist er dir dankbar.«

»Du könntest Svanhild zurückgewinnen«, gab Oddi zu bedenken. »Wäre es das nicht wert, dafür meinen Bruder zu ertragen?«

Von allen Männern, die ihn um seine Gefolgschaft gebeten hatten, war Heming derjenige, dem Ragnvald am wenigsten folgen wollte, und dennoch war dies seine Chance. Svanhild war vielleicht in Tafjord. Sollte Heming Erfolg haben, würde er die Gunst seines Vaters gewinnen, und Ragnvald würde vielleicht wieder die Dankbarkeit eines Königs spüren, eines Königs, der ihm niemals wieder so vertrauen würde wie zuvor, aber alles wäre besser als seine Feindschaft.

»Ich möchte etwas Bedenkzeit, bevor ich eine Entscheidung treffe«, erklärte Ragnvald.

»Heming wartet auf den Düneninseln vor dem Geiranger-Fjord«, erwiderte Arnfast. »Er wird noch eine Woche warten und dann ohne euch weitersegeln.«

»Einen Tag«, antwortete Ragnvald. »Morgen bekommst du meine Antwort.«

*

»Hast du wegen meines Bruders gezögert?«, erkundigte sich Oddi und setzte sich zu Ragnvald, der gedankenverloren am Feuer saß. Er erinnerte sich daran, wie er als Junge während der Gespräche der Erwachsenen ins Feuer geschaut und versucht hatte, die Gestalten in den Flammen zu erkennen. Jedes Mal, wenn er nun ins Feuer sah, erkannte er Bilder aus seiner Vision von Harald.

»Nein«, antwortete er.

»Wir könnten deine Schwester zurückholen. Ich verstehe nicht, warum du überhaupt zögerst.«

Er zögerte, weil er zu viel wollte. Er wollte glauben, dass Heming siegen würde und dass er durch diesen Sieg aufsteigen würde. Vielleicht würde ihn wenigstens dann Harald als seiner Aufmerksamkeit würdig erachten. Harald hatte Thorbrand mehr geliebt und Ragnvald im Zuge seiner Rache fallen gelassen, während Ragnvald seine Rache an Olaf um Haralds willen hinausgeschoben hatte, zumindest erschien es Ragnvald nun so.

»Ich habe Angst um Ardal, wenn ich gehe«, erwiderte er. »Ich habe seinen Beschützer getötet.«

»Tafjord ist nicht weit von hier«, meinte Oddi. »Du wirst zurück sein, bevor die Zeit der Raubzüge beginnt.«

»Und ich habe Sigurd«, sagte Ragnvald sarkastisch. »Er wird mir eine große Hilfe sein.«

»Möglicherweise tust du ihm unrecht«, antwortete Oddi. »Ich habe mit ihm gesprochen. Er möchte Verantwortung übernehmen.«

»Damit er mich von hinten niederstechen kann?«

»Mein Vater hat nicht richtig gehandelt, Heming all diese Jahre klein zu halten«, gab Oddi zurück. »Du selbst hast ihm das gesagt, als kein anderer es wagte. Mach nicht dieselben Fehler bei deinem Bruder.«

»Stiefbruder«, verbesserte ihn Ragnvald, doch Oddi hatte recht. Hakon hatte Ragnvald erzählt, dass er ein klares Urteilsvermögen besaß, außer, was seine eigenen Belange anbetraf. Es gab Schlimmeres, als Oddis Rat anzunehmen.

»Ich habe mir Ardal zurückgeholt und Olaf getötet«, sprach er zu Oddi. »Bedeutet das, dass ich nun vom Treueschwur deinem Vater gegenüber entbunden bin?«

»Ich würde sagen, du bist nun von allen Schwüren frei«, entgegnete Oddi. »Du kannst tun, was du willst.«

*

Nach dem Frühstück weckte Ragnvald Sigurd, der auf einer der Bänke in der Halle döste. Sigurd rieb sich die Augen, und Ragnvald geleitete ihn in die Küche, wo er Milch und Haferbrei bekam.

»Lässt Oddi dich nicht bei sich im Zimmer schlafen?«, erkundigte sich Ragnvald.

»Thora war letzte Nacht bei ihm«, entgegnete Sigurd. Sie war eine der Sklavinnen. Er seufzte. »Sie hat immer mit mir das Bett geteilt.«

»Er wird bald fort sein«, meinte Ragnvald. »Komm mit mir, lass uns auf den Feldern nachsehen, ob neues Gras für Heu gesät werden muss.«

Die Sonne schien, und von den Bergen wehte ein kalter Wind herunter. Die Wolken über ihnen sahen aus wie Schiffssegel. Es war ein verheißungsvoller Tag. Eine Zeitlang gingen sie schweigend nebeneinander her, bis sie die steinerne Mauer erreichten, die die westliche Grenze von Ardals Ländereien markierte. An einem Tag wie diesem konnte man von hier das Wasser des Sogn-Fjords erkennen, das in der Ferne im Sonnenlicht glitzerte.

Ragnvald hatte lange darüber nachgedacht, wie er das Problem mit seinen beiden Stiefbrüdern Sigurd und Hallbjorn lösen konnte. Die Lieder erzählten von Knaben, die zu Männern heranwuchsen und nur darauf warteten, ihre Väter zu rächen. Ragnvald hatte soeben dasselbe getan. Niemand schrieb Lieder über Söhne, die aufwuchsen, um lediglich in Raubzügen für andere Männer zu kämpfen und die Mörder ihrer Väter friedlich in ihren Betten sterben zu lassen. Vielleicht hatte Oddi recht, und der einzige Weg, sich Sigurd zum Freund zu machen, bestand darin, ihn um einen Gefallen zu bitten. Ein kluger Geist mochte denken, es müsse sich genau andersherum verhalten, doch Männer mochten die Gefälligkeiten nicht, die man ihnen erwies, liebten sich hingegen selbst für jene, die sie anderen gewährten.

Er hielt inne und blickte auf den weit entfernten Fjord hinaus. Sigurd blieb ebenfalls stehen und sah argwöhnisch zu Ragnvald, auf seine Hand, die an seiner Seite hing, weit vom Griff seines Schwertes entfernt. Er ging einen Schritt zurück.

»Ich will nicht getötet werden«, sagte er und machte ein unglückliches Gesicht. »Es ist nicht meine Schuld, dass …«

»Ich brauche deine Hilfe, Sigurd«, unterbrach Ragnvald ihn, bevor er sich ein noch größeres Armutszeugnis ausstellen konnte. Er sollte keine Zeit haben, über das nachzudenken, was er soeben gesagt hatte, und Ragnvald dann womöglich noch mehr hassen, weil dieser es gehört hatte.

Sigurd sah Ragnvald kurz in die Augen, bevor er dann auf seine Füße starrte. »Vigdis braucht dich«, fuhr Ragnvald fort und bereute seine Worte sogleich. Vigdis war auch Sigurds Stiefmutter, und er hatte gesehen, wozu sie fähig war, um das zu bekommen, was sie wollte. »Und meine Mutter braucht dich auch«, fügte er hastig hinzu. »Ardal braucht dich. Ich muss nach Norden segeln, um Svanhild von Solvi zurückzuholen, mit der Hilfe von Hakons Söhnen. Ich brauche dich, um Ardal für mich zu beschützen. Lass Fergulf dir helfen, die Bauernjungen zu Kriegern auszubilden, um Ardal gegen Plünderer zu verteidigen. Ich möchte keine Feindschaft mit dir. Wirst du mir helfen?«

Sigurd sah ihn an, mit jenem verschlagenen Blick, den Ragnvald aus ihrer Jugendzeit kannte, wenn er Svanhild schikaniert hatte oder einen Weg suchte, um seinen Pflichten zu entgehen. »Was wirst du tun, wenn ich mich weigere?« Er blinzelte, von der Sonne geblendet.

»Selbstverständlich kannst du gehen, wohin dich dein Schicksal führt«, erwiderte Ragnvald. Jede Möglichkeit, die einst Ragnvald offengestanden hatte, sich jenseits des Meeres Land zu suchen, bot sich nun auch Sigurd, wenn er sie nutzen wollte. Ragnvald könnte ihn dazu drängen. Das wäre möglicherweise sicherer.

»Warum sollte ich dir helfen?«, fragte Sigurd. »Du hast meinen Vater getötet.«

»Dein Vater hat meinen Vater getötet«, versetzte Ragnvald aufgebracht. »Möchtest du immer so weitermachen? Willst du, wenn wir nach Ardal zurückkehren, gegen mich kämpfen, im Duell unter Zeugen? Was willst du, Sigurd?«

Zu Ragnvalds Überraschung schwand der Kampfgeist aus Sigurds Gesicht. »Mein Vater ist tot«, sagte er mit gebrochener Stimme. »Und er hat dich stets mehr gemocht als mich.« Ragnvald stieß einen Laut aus, der seinen Einspruch kundtun sollte, den Sigurd jedoch nicht zu hören schien. »Meine Mutter ist tot, und ich kann mich nicht einmal an sie erinnern. Ich will nicht töten, und ich will nicht sterben.«

Ragnvald berührte sachte Sigurds Schulter. Er wollte diese Schuld nicht; die Schuld an Einar, die dazu drohte, zu einer Schuld an Olaf zu werden, oder zumindest zu einer Schuld daran, was Olafs Tod für Sigurd bedeutete. »Das musst du nicht, Sigurd. Dein Vater hat viele Fehler gemacht. Du kannst mein Verwalter hier in Ardal sein, während ich auf Raubzüge gehe, und wenn du deine Sache gut machst, werden deine Söhne diesen Titel erben. Das schulde ich dir, wenn du Ardal beschützt.«

»Du glaubst, ich vermag es zu beschützen?« Sigurds Gesicht war tränenverschmiert, und Ragnvald empfand beinahe so etwas wie Abscheu. »Vater hat immer gesagt, dass ich schwach bin.«

»Es sind deine Taten, die dich schwach oder stark machen«, erwiderte Ragnvald, obwohl er nicht so recht daran glaubte. Olaf hatte ihn ebenfalls als schwach bezeichnet. »Triff jetzt deine Wahl und sei stark. Fergulf ist ein guter Waffenmeister, und er kann dir wertvollen Rat geben. Du solltest ihn befolgen, wann immer du kannst, und zugleich lernen, auch auf dein eigenes Urteil zu hören.«

KAPITEL 34

Ragnvald und Oddi trafen auf Heming am kleinen Strand von Alesund, umgeben von einem Gewirr von Inseln und geschützten Buchten. Die Bäume über den Hügeln der Halbinsel zeigten schon das erste Grün.

Heming begrüßte ihr Schiff mit zwanzig Kriegern so herzlich, als hätte es fünfmal mehr Krieger mitgebracht. »Ragnvald, ich bin froh, dich zu sehen«, sagte er, umarmte ihn herzlich und klopfte ihm auf die Schulter. »Hast du deinen Stiefvater endlich getötet?«

»Ja«, antwortete Ragnvald.

»Ich bin dir zutiefst verpflichtet, dass du dich in Vestfold auf meine Seite und die meines Vaters gestellt hast. Er kann sich zwar nicht überwinden, dir zu danken, aber ich kann es.«

Ragnvald war ganz erstaunt, dass Heming die Sache nun so auffasste. Er nickte zurückhaltend. »Ich habe nur versucht, eine gerechte Lösung zu finden.«

»Kopf hoch, alter Junge«, sagte Heming. »Ich habe es überlebt und du auch.« Er sah ganz zufrieden aus. »Jetzt holen wir deine Schwester zurück und machen Solvi den Garaus.«

»Ja«, sagte Ragnvald. »Bist du sicher, dass er da ist?«

»Wenn nicht, dann besetzen wir seine Halle und warten auf seine Rückkehr. Wie ich gehört habe, ist Tafjord leicht zu verteidigen.«

»Ja, aber schwer anzugreifen.«

»Stimmt. Das hast du mir ja erzählt«, sagte Heming.

Heming wollte mit der Flut am nächsten Morgen auslaufen, und so stießen ihre Schiffe im fahlen Licht vor Sonnenaufgang in See und navigierten durch das Gewirr von Fahrrinnen um Alesund. Ragnvald segelte mit Heming im Führerschiff, denn er kannte die Gewässer so gut wie kein anderer. Schließlich hatte er sie schon mit Solvi und seinen erfahrenen Lotsen durchfahren.

Unweit von Alesund mussten sie eine Zeitlang Anker werfen und darauf warten, dass sie mit der anschwellenden Strömung über eine Enge zwischen zwei Inseln segeln konnten. Ragnvald beobachtete ein kleines Ruderboot, das sich zwischen den aufschäumenden Wellen zweier gegenläufiger Strömungen hindurchkämpfte, und hatte eine plötzliche Eingebung.

»Lasst uns mal den Fischer hier fragen, ob er etwas Neues weiß«, sagte Ragnvald. »Wäre ganz gut zu wissen, ob Solvi in Tafjord ist oder nicht.«

Ragnvald rief das Boot herüber und warf dem Fischer eine Leine zu. Er war amüsiert und kaum überrascht, als der Mann seinen Hut hochschob und sich herausstellte, dass es Agi war, Sohn von Agmar, der Fischer vom Geiranger-Fjord.

»Ragnar«, rief dieser ganz erfreut beim Anblick von Ragnvald. Heming zog die Brauen hoch, als er den Namen hörte, sagte aber nichts. »Dein Gesicht ist ja ganz ordentlich verheilt. Und wie ich sehe, hast du auch Freunde gefunden.«

»Ja«, erwiderte Ragnvald. »Aber du bist ziemlich weit weg von zu Hause. Dich hätte ich hier nicht erwartet.«

»Eine ganze Flotte fuhr gestern hier entlang und hat mir meinen Fang abgeknöpft«, sagte Agi. »Die haben alle Fische verjagt. Meine Frau mag es nicht, wenn ich mit leeren Händen nach Hause komme.«

»Eine Flotte?«, fragte Ragnvald.

»König Hunthiof und sein Sohn ... Solvi der Kurze.« Agi lachte rau. »Hat meine Fische höchstpersönlich einkassiert. Seine neue Frau hat er auch dabeigehabt.«

»Wie viele Schiffe?«, fragte Ragnvald, der bei der Nennung von Svanhild zusammengezuckt war.

»Mindestens zwei Handvoll«, sagte Agi. Also mehr als zehn, und Agi hatte vielleicht noch nicht einmal alle gesehen.

»Das haben wir schon gehört«, sagte Ragnvald zu Heming. »Es gab Gerüchte, dass er Verbündete gefunden hat, um diesen Winter gegen Harald zu kämpfen.« Er wandte sich wieder an Agi. »Welche Richtung haben sie eingeschlagen?«

»Nach Süden«, sagte Agi. »Sie sind in der Fahrrinne geblieben. Sonst fahren sie immer nach Westen.« Nach Westen für Raubzüge in Irland. Nach Süden für Raubzüge entlang der norwegischen Küste. Oder Friesland, aber Solvi war mit Rorik von Dorestad befreundet und war gerade erst dort gewesen. Nein, es musste bedeuten, dass die Gerüchte stimmten und Solvi hatte Verbündete gesucht, die er jetzt nach Süden führte, um Vestfold anzugreifen. Haralds Truppen würden nicht ausreichen, Vestfold zu verteidigen, nicht ohne Hakons Unterstützung.

Ragnvald nahm ein paar Silbermünzen aus seinem Beutel und zählte sie in Agis raue Handfläche. »Ich danke dir, Agi Agmarsson«, sagte er.

»Ragnvald, wir müssen die Strömung ausnützen«, sagte Heming.

»Ragnvald?«, sagte Agi, als er das Tau zurückwarf. »Ich hab schon von dir gehört.«

»Ragnvald Eysteinsson von Sogn«, sagte Ragnvald und war zum ersten Mal stolz auf seinen Namen. »Meine Halle und meine Gastfreundschaft stehen dir immer offen.«

Agi machte eine halbe Verbeugung in seine Richtung und manövrierte sein Boot dann geschickt über die Brandung und hinter eine Landzunge.

»Ragnvald, die Strömung«, drängte Heming wieder.

»Nein«, sagte Ragnvald. »Solvi und seine Leute wollen Harald angreifen.« Seine Stimme klang erstickt.

»Na und? Das bedeutet, dass Tafjord unbewacht ist«, sagte Heming. »Tut mir leid, dass deine Schwester nicht da ist, aber es gibt dort genug zu plündern.«

Tafjord plündern, sein Gold mit nach Ardal zurück nehmen, dort mehr Männer und mehr Land damit zu kaufen, das wäre wohl das Naheliegendste. Die dunklen Wasser des Fjords schlugen gegen den Kiel des Schiffes. Ragnvalds Haut fühlte sich wieder kalt und ertrunken an. Selbst als er von Harald weggegangen war, hatte er sich sicher gefühlt bei dem Gedanken, dass dieser sich in Vestfold aufhielt und seine goldene Zukunft noch immer auf ihn wartete. Wenn Solvi und Hunthiof diesen Traum nun platzen ließen, dann waren die Götter wahrhaft grausam, und Ragnvalds Vision war falsch gewesen. Das durfte einfach nicht sein. Die Zauberin Ronhild hatte sie für wahr erklärt, und Ragnvald spürte tief im Innern, dass sie echt war.

»Nein«, sagte Ragnvald halb zu sich selbst. Dann an Heming: »Wir müssen Harald zu Hilfe kommen.«

Oddi hatte sein Schiff näher gebracht und neben dem von Heming angelegt, während Ragnvald mit Agi gesprochen hatte. Er sprang über den Spalt zwischen den Schiffen, sobald sie nahe genug waren. »Worauf warten wir?«, fragte er.

»Ragnvald hat einen Freund getroffen«, sagte Heming sarkastisch. »Obwohl er ihn mit einem anderen Namen angesprochen hat.«

»Dieser Mann hat mich aus dem Wasser gezogen, als Solvi

mich hineingestoßen hatte«, erklärte Ragnvald. »Damals hielt ich es für klüger, ihm nicht meinen richtigen Namen zu nennen, so nahe an Solvis Gebiet.« Er erzählte Oddi, was Agi berichtet hatte. »Harald braucht unsere Hilfe.«

»Was geht dich das an?«, fragte Oddi. »Wir verpassen noch die Strömung.«

»Nicht doch«, sagte Ragnvald. Das Schiff begann sich mit der eintretenden Flut zu erheben. »Wir können jetzt nicht nach Tafjord gehen. Solvi ist nicht dort und Svanhild auch nicht. Ich gehe nicht.«

Oddi sah auf die Wasser hinunter, die den Kiel umspülten. »Harald ist doch nicht mehr der Verbündete unseres Vaters.«

»Ich weiß«, antwortete Ragnvald. »Heming hat ja den Bund gebrochen. Jetzt will Solvi Harald besiegen und stärker denn je zurückkehren.« Er wandte sich Heming zu. »Wenn du Tafjord einnimmst und auf Hunthiofs Stuhl sitzt, hältst du ihn nur für ihn warm, bis er zurückkommt.« Das Wasser begann sich zu heben und sie aus der Strömungsrinne zu treiben. Die Lotsen der beiden Schiffe warfen sich irritierte Blicke zu. Ragnvald fuhr dringlich fort: »Jetzt ist es zu spät. Lasst uns wieder an Land gehen und die Lage überdenken.« Sie konnten ja mit der nächsten Gezeit am Abend auslaufen.

Heming gab den anderen Schiffen hinter ihnen ein Signal. Die Männer gingen an ihre Ruder und ließen sich von der Flut aus der Strömungsrinne aufs offene Wasser zurücktragen. Nachdem Hemings Flotte wieder auf dem Strand lag, eilten die Kapitäne herbei, um zu erfahren, was los war.

»Fragt Ragnvald«, sagte Heming.

»Ich hatte eine Vision«, sagte Ragnvald und dachte an den goldenen Wolf. Von dieser Vision musste er sich leiten lassen.

»Ragnvalds Visionen sind wichtig«, erklärte Heming den

anderen. »So viel habe ich gelernt. Mein Bruder und ich sprechen mit ihm im Vertrauen, dann können wir mit der nächsten Flut in See stechen.« Ragnvald sah zu Heming hinüber, ob er sich lustig machte, aber der schien es ganz und gar ernst zu meinen.

Bis die Kapitäne gegangen waren, sagte Ragnvald kein Wort. Er wusste nicht, was er von Hemings Worten halten sollte, aber er spürte, dass er nun keinerlei Unsicherheit zeigen durfte, wenn er ihn von irgendetwas überzeugen wollte.

»Was war das für eine Vision?«, fragte Heming.

»Dass du dir die Dankbarkeit eines Königs gewinnst, wenn wir ihm zu Hilfe kommen.«

»Was macht dich denn so sicher, dass dein goldener Harald ohne uns verliert?«, fragte Oddi.

»Weil er Seeschlachten nicht so gut kennt wie Landschlachten. Weil er nicht darauf vorbereitet ist. Wenn er auch nur eine Schlacht verliert ...« Ragnvald brach ab. Harald durfte keine einzige Schlacht verlieren, wenn er König von ganz Norwegen werden wollte. Harald war Ragnvalds *wyrd*, sein Schicksal, Quelle und Ziel seiner Vision. Und Harald wäre der Richtige, Norwegen zu vereinen und in seiner Gänze vor den Anfeindungen anderer Länder zu schützen, gegen König Gorm von Dänemark, der sich Norwegen gern in sein dänisches Reich einverleiben würde, das nun auch dank Ragnar Lothbrok und seinen Söhnen den ganzen Norden Englands umfasste.

Doch diese Gründe wären Heming und Oddi egal.

»Sagen wir mal, Solvi hat zwanzig Schiffe«, sagte Ragnvald. »In Dorestad hat er noch mehr Verbündete und wer weiß, wo sonst noch. Harald hat nur seine Winterbesatzung bei sich, nur ein paar hundert Krieger. Seine Leute kommen erst im Lauf des Frühjahrs zurück, wenn er wieder in den Krieg ziehen kann. Bis jetzt musste er Vestfold noch nie verteidigen.« Heming und Oddi hörten mit ernsten Gesichtern zu, also fuhr Ragnvald fort, ohne ihnen Gelegenheit zu geben, Einwände vorzubringen.

»Heming, du hast den Bund deines Vaters mit Harald gebrochen, ein Bund, der euch beide reich gemacht hätte. Wenn ihr jetzt klug seid, wenn wir jetzt unsere Streitmacht nach Süden bringen und Harald heraushauen, dann ist der Bund wieder hergestellt, und Solvi ist erledigt.« Er sah, wie Heming zu schwanken begann. »Dein Vater wird dir dafür sehr viel dankbarer sein, als wenn du ihm nur eine verlassene Halle eroberst.«

Wut und Scham kämpften auf Hemings Gesicht miteinander. »Mein Vater ...«, begann er.

»Lass doch den Süden Süden sein«, unterbrach Oddi ungeduldig. »Kein König kann gleichzeitig Süd- und Westnorwegen regieren, weder Harald noch sonst jemand. Wenn ihr Harald verteidigt, hilft das niemandem.« Er schüttelte den Kopf. »Von mir aus kann Solvi Harald gern eins auswischen.«

»Aber dann kehrt er nach Tafjord zurück«, sagte Ragnvald.

»Dann lass uns doch einfach Tafjord überfallen«, erwiderte Oddi. »Wir segeln dorthin, machen alles dem Erdboden gleich und hauen dann wieder ab.«

»Ja«, meinte auch Heming. »Das wird unseren Vater beeindrucken. Wir schicken nach ihm, und mit seiner Hilfe übernehmen wir alle Ländereien von Hunthiof und können vielleicht auch Sogn für dich erobern, das ist es doch, was Harald dir angeboten hat, oder?«

Ragnvald schüttelte den Kopf. Hakon wäre nicht gerade begeistert, wenn Heming Sogn vergeben würde. Doch wenn Heming von Tafjord aus Maer regierte und Ragnvald wieder schätzte, dann würde Hakon seine Meinung eventuell ändern. Ein starker König in Hakons Schuld wäre eine kluge Wahl für

Sogn. Seit Ragnvalds Großvater hatte dort kein König mehr geherrscht.

»Harald hat dich doch weggeschickt«, sagte Oddi zu Ragnvald. »Er hält nicht viel von dir.«

Nun war es an Ragnvald, unsicher zu werden. Harald würde ihm Sogn nicht geben, jetzt nicht. Und doch war das hier seine Chance, die Fehler seines Vaters wiedergutzumachen, aber wie? Indem er Tafjord einnahm oder indem er Harald eine Armee zuführte, wenn dieser sie am dringendsten brauchte? Wenn Solvi in Vestfold siegreich war, würde er mit zehnfacher Stärke nach Tafjord zurückkehren und Hemings Pläne zunichtemachen.

»Es stimmt, er hat mich weggeschickt«, sagte Ragnvald. Doch dann hatte das Schicksal Agi wiederum seine Wege kreuzen lassen und ihn an seine Vision erinnert. Daran musste er sich festhalten. »Vielleicht war es der Wille der Götter, damit ich zu euch stoßen und euch zu ihm bringen kann.«

»Die Götter sind dir gnädig«, sagte Heming mit diesem seltsam sarkastischen Lächeln, das Ragnvald nicht deuten konnte. Noch nie hatte er Heming so reden hören und solch eine Miene aufsetzen sehen.

»Wenn das die Gnade der Götter ist, dann bewahre mich das Schicksal vor ihrer Ungnade«, murmelte Ragnvald. Sogn oder auch nur Teile davon waren ihm zweimal in Aussicht gestellt und dann wieder weggenommen worden, einmal bei der Verhandlung vor Harald und nun von Heming. Sich davon leiten zu lassen, würde ihn nur in Gefahr bringen.

»Ich weiß, wie das ist, wenn einem die Götter feindlich gesinnt sind«, sagte Heming leise. Ragnvald sah ihn an und konnte nur Gold und Glück erkennen, einen von den Göttern gesegneten Mann. »Glaubst du tatsächlich, dass das ihr Plan ist?«

»Ich glaube, wenn du den Bund zwischen deinem Vater und Harald wieder herstellst, dann schätzt er dich mehr, als wenn du Tafjord plünderst«, sagte Ragnvald. »Glaube wenigstens daran, wenn du schon nicht an meine Pläne und Visionen glauben kannst.«

»Du warst doch der Meinung, mein Vater würde Harald verraten«, sagte Oddi.

Ragnvald war bestürzt, dass Oddi ihm seine Worte vor Heming um die Ohren hauen würde. »Und du hast gesagt, dass er den Zeitpunkt selbst bestimmen würde«, erwiderte Ragnvald. »Ich weiß nicht, was dein Vater geplant hat, Heming, aber ich weiß sicher, dass er auf dich wütend war, weil du den Bund gebrochen hast. Wenn du nun Harald beistehst, gibt Harald dir Land und Männer. Harald schätzt dich dann für dich selbst.«

Heming sah Ragnvald mit verzweifelter Hoffnung an, fast wie damals, in Haralds Halle, als sein Schicksal entschieden wurde. Hakon musste sehr hart mit seinem Sohn umgegangen sein, seit sie Vestfold verlassen hatten.

»Ich war ein Narr. Schon seit dem Duell mit Runolf beim Sogn-Thing und auch schon vorher.« Heming seufzte. »Ich habe mich so oft falsch benommen, und du hast immer recht gehabt. Dafür habe ich dich gehasst.«

»So falsch hast du gar nicht gelegen«, sagte Ragnvald. »Denk nur, wie anders alles heute aussähe, wenn wir damals nach dem Eroberungszug in Hordaland Solvi verfolgt hätten? Du hast damals recht gehabt und ich nicht.«

»Vielleicht hatte ich recht, aber aus den falschen Gründen«, sagte Heming. »Ich folge auf jeden Fall jetzt deinem Rat. Wenn du meinst, dass Tafjord ein hohler Sieg ist, dann folgen wir deiner Vision und kehren nach Vestfold zurück.« Ragnvald versuchte, in seinem Gesicht zu erkennen, ob er sich einen heimlichen Scherz erlaubte, aber er sah todernst aus. Heming musste sich wirklich total geändert haben und schien sich zu einem Mann zu entwickeln, den Ragnvald respektieren konnte. Mit allem, was er auf die harte Tour gelernt hatte, würde er Hakon einmal ein ebenbürtiger Nachfolger werden.

Oddi hatte den beiden wortlos zugehört und platzte nun ungläubig heraus: »Du willst doch Harald nicht im Ernst unterstützen, Bruder.«

»Denk doch nur, wie viel ruhmreicher das klingt, als eine leere Halle zu zerstören«, sagte Heming mit einem Anflug seiner alten Leichtigkeit. Dann viel ernster: »Ich habe das Kommando über die Schiffe.«

Oddi zuckte die Achseln. »Wenigstens können wir Solvis Leute töten.«

»Wir haben jetzt beide recht«, sagte Ragnvald zu Heming. »Dein Vater wird zufrieden sein, wenn er wieder Haralds Freund ist, wenn Solvi besiegt wurde und die Verbündeten in alle Winde zerstreut sind.«

»Vorausgesetzt, wir siegen«, sagte Oddi düster.

»Wir werden siegen«, sagte Heming. »Ragnvald, sprich du mit den Kapitänen. Es ist schließlich dein Plan.«

*

Oddi bestand trotzdem darauf, Hakon eine Nachricht zu senden, um ihn darüber zu informieren, was sie getan hatten.

»Ich hatte die Absicht, ihm Solvi und Tafjord als fertige Siege zu überbringen«, meinte Heming, als er es herausfand.

»Vielleicht schickt er uns Unterstützung«, meinte Ragnvald. Er glaubte nicht daran, doch die Aussicht darauf kostete sie nur ein kleines Schiff mit Besatzung. Sie mussten noch die Flut abwarten, bevor sie auslaufen konnten. Ragnvald machte sich Sorgen, dass sie Solvi und seine schnellen Schiffe nie wieder einholen könnten, denn Solvi war instinktiv mit allen Strömungen und dem Wetter vertraut. Vielleicht kämen sie sogar erst an, wenn die Schlacht schon geschlagen war.

Als sie in den Abendstunden des nächsten Tages ausliefen, nahm Ragnvald einen Platz auf dem von Grim, Hakons bestem Kapitän, geführten Schiff ein. Oddi und Heming wollten eigentlich mit ihm segeln, doch Ragnvald überredete Oddi, das nächste Schiff zu übernehmen, dessen Aufgabe es war, ständig in Sichtweite von Grims Schiff zu bleiben, ohne dass sie von Solvis Schiffen entdeckt wurden.

Heming bildete die Nachhut. Ragnvald war froh, den beiden fern zu sein, und noch froher, dass es ihm gelungen war, sie voneinander getrennt zu halten. Oddi würde weiter an der Vorgehensweise herumnörgeln und könnte Heming am Ende noch umstimmen. Alleine auf dem Schiff musste er aber für seine Krieger den starken Mann markieren.

Grim war Ragnvald gegenüber freundlicher als letzten Sommer auf dem Weg nach Hordaland, obwohl er immer noch so aussah wie der erste Mann, den Odin aus dem Holz einer Esche geschnitzt hatte. »Da hast du einen klugen Plan ausgeheckt«, sagte er, als Ragnvald ihn an seinem Platz am Ruder aufsuchte.

Ragnvald ließ sich die Worte durch den Kopf gehen und suchte nach einer Spur Sarkasmus. Aber er konnte keinen entdecken und nickte nur. »Wie sieht es mit der Geschwindigkeit aus?«

»Gut«, sagte Grim. »Das Segel ist kalt und feucht in diesem Wetter, also füllt es sich nicht so leicht, und das macht uns etwas langsamer, aber der Wind ist gut.«

Ragnvald dankte ihm und ging wieder an den Bug des Schiffes zurück. Er konnte absolut nichts tun, um Solvis Schiffe in

Sichtweite zu bringen, nur warten und sich auf Grims Können verlassen, oder darauf, dass die Götter ihnen gute Winde schickten, und dann wiederum hoffen, dass es Grim gelang, nah heran zu fahren, ohne dass Solvi sie entdeckte.

In der ersten Nacht kampierten sie an einem Strand, an dem Ragnvald schon einige Male übernachtet hatte. Er wusste, dass der Sand Mulden bildete, in denen sie Regenwasser zum Trinken und zum Aufkochen von Trockenfleisch in etwas leichter Verdauliches finden würden.

»Seht her, meine Herren«, sagte Grim, als sie ihre Pläne für den nächsten Tag diskutierten. Er ritzte eine ungefähre Karte in den groben Sand.

»Solvi wird sich an die Schiffswege innerhalb der vorgelagerten Inseln halten, um seine Schiffe zu schützen.«

»Aber er will doch sicher nicht gesehen werden«, warf Ragnvald ein. »Würde er da nicht eher auf dem offenen Meer fahren?«

»Nein«, sagte Grim im Grundton der Überzeugung. »Dafür ist es viel zu früh im Jahr. Man kann dem Wetter auf See jetzt noch nicht trauen, und hier gibt es auch viel mehr Strände, an denen man kampieren kann. Wir aber wagen uns aufs offene Meer und stoßen hier auf ihn ...«, er deutete auf eine Stelle in seiner Skizze, an der Solvis Schiffe herauskommen mussten, »... und folgen ihm von da aus nach Vestford.«

Ragnvald genehmigte den Plan, und Oddi und Heming stimmten auch zu. Doch am nächsten Tag, als der Wind den Meerschaum aufpeitschte und niemand sie hören konnte, wenn sie leise sprachen, fragte Ragnvald Grim noch weiter aus.

»Ich habe zwar volles Vertrauen in deine Erfahrung, aber ich möchte besser verstehen, wie du denkst.«

Grim warf ihm einen spöttischen Blick zu. »In deinen Augen hat Solvi Hunthiofsson übersinnliches Wissen als Kapitän und Schiffsführer, aber ich kenne ihn, und seinen Vater kenne ich auch. Er ist vorsichtiger, als du denkst. Der Grund, warum ihm seine Männer vertrauen, wenn er sie in Gefahr bringt, ist der, dass er es so gut wie nie tut, wenn er sich nicht sicher ist, dass er gut wieder herauskommt.«

Ragnvald dachte an seine Zeit mit Solvi zurück und fand diese Einschätzung absolut korrekt. Er maß Grim mit einem Blick und fand, dass Hakon an ihm ein wahres Kleinod hatte. Ob er das wohl wusste? Er blickte zurück auf Oddis Schiff, ein grauer Schemen im leichten Meeresdunst im Norden. Die anderen Schiffe noch weiter hinten erschienen fast nebelhaft, unglaublich, dass sie aus soliden Planken bestanden und voll bewaffneter Männer steckten. Ragnvald schüttelte den Kopf, um die Vision zu vertreiben. Bald würde es wieder an der Zeit sein, mit Oddi ein Signal auszutauschen, um sicher zu sein, dass sie in Sichtweite blieben.

»Wenn es stimmt, was man im Winter so gehört hat, dann hat er genügend Verbündete zusammen, um Harald gleich dreimal zu schlagen«, sagte Ragnvald.

»Und wenn die Seehexen unsere Schiffe verzaubern, dann können wir dorthin fliegen«, erwiderte Grim mit seinem gewohnten Sarkasmus. »Hör zu: Wenn er von Tafjord an dem Tag ausgelaufen ist, den du genannt hast, dann müssen wir nur eine Nacht durchsegeln, um ihn einzuholen. Du musst die andern darauf vorbereiten, eine Nacht durchzusegeln.«

Die Götter waren auf ihrer Seite, rief sich Ragnvald in Erinnerung, sonst hätte er sich nie darauf verlassen, dass das Wetter so früh im Jahr halten würde, für eine Überfahrt bei Nacht im offenen Schiff. Der Mond schien zumindest hell, aber um diese Jahreszeit ging er früh unter, und dann mussten sie stundenlang übers Meer fahren und hatten nur die Sterne und das schwarze Wasser unter sich zur Gesellschaft.

»Wenn das klappt, wirst du reich belohnt«, sagte Ragnvald zu Grim.

»Wir alle, nehme ich an«, antwortete Grim, »und du ganz besonders, Ragnvald der Halb-Ertrunkene.«

Ragnvald schauderte bei diesem unglückseligen Beinamen. Er hatte versucht, alle Gedanken an Beute und Ehren aus diesem Abenteuer zu verdrängen, um die Götter nicht neidisch zu stimmen. »Ich danke dir für deinen Rat«, sagte er. »Er ist mir sehr viel wert.«

»Das weiß ich, mein Herr.« Grim spähte nach vorn und korrigierte ein wenig den Kurs seines Steuerruders. Sie hatten guten Wind, der die Segel füllte und sie fast zielgenau in ihre Richtung schob. Ragnvald begab sich an Heck, um ein Lichtsignal an Oddi abzugeben. Als Oddi ein Lichtsignal zurücksandte, atmete Ragnvald auf. Wenn sie sich auf dem offenen Meer verlören, würden sie sich vielleicht nie wieder finden.

*

Er überlegte sich, dass die Männer wohl ruhiger schliefen, wenn sie noch nichts wussten, und wartete daher bis zur Abfahrt am nächsten Morgen, bevor er ihnen mitteilte, dass sie die folgende Nacht auf See verbringen würden. Er ließ die erfahrensten Leute tagsüber ruhen, damit sie nachts zur Verfügung stünden. Er selbst konnte nicht schlafen und wusste, dass er die andern vom Schlaf abhielt, also hielt er sich bis Sonnenuntergang am Heck des Schiffes auf.

Wie geplant segelten die Schiffe dann näher beieinander, um während der Nacht Sichtkontakt zu halten. Die anhaltende milde Brise brachte Wolken mit sich. Damit ihr Plan aufging, musste der Wind unbedingt anhalten. Ragnvald ging nach vorn zum Bug, um die Nacht über Wache zu halten. Die Männer teilten unter sich kleine Portionen von Trockenfleisch und Fisch und tranken Leichtbier zum Abendessen. Man unterhielt sich im Flüsterton.

Die Stunden vergingen nur langsam. Ein mattes Licht schien von überall her zu kommen, vielleicht das Licht des Mondes durch die Wolken hindurch, obwohl es auch aus dem Meer selbst emporzusteigen schien. Um die Zeit totzuschlagen, beschäftigte sich Ragnvald mit einer Aufgabe, die er sich vorgenommen hatte: Fett in die Taue aus Seehundleder einzukneten, eine nie endende Aufgabe, denn Sonne und Salz trockneten sie täglich wieder aus und machten sie brüchig. Allzu leicht sah er seine Ängste und Hoffnungen in den trüben Formen der Wogen und Wolken abgebildet: der goldene Wolf, Rans dunkle Halle.

Je länger die Nacht sich hinzog, desto angespannter wurde Ragnvald. Im Westen sammelten sich Wolken über der endlos weiten See. Ein Sturm. Er beobachtete die Wasseroberfläche, wie sie unter dem Wind erzitterte. Die Brise, die sie hergeführt hatte, belebte sich. Er erinnerte sich daran, wie er von Solvis Schiff gefallen war. Die Kälte zerrte an der Narbe in seinem Gesicht. Angst, seine eigene und die seiner Männer, ließ ihn seinen Umhang enger um die Schultern ziehen.

Wenn es eine Zauberin war, die ihnen den Sturm schickte, dann musste es die Meeresgöttin selbst sein, die Ragnvald wieder zu sich in ihr Reich holen wollte. Fast hatte er ihr schon gehört; vielleicht wollte sie ihre Beute nicht so leicht entkommen lassen. Sie verlangte etwas, ein Opfer dafür, dass sie diese Nacht überlebten, sich nicht aus den Augen verlören, nahe an Solvi herankämen, ohne dass er sie bemerkte.

Ragnvald bewahrte seine ihm teuersten Schätze an seinem Gürtel auf, einschließlich des goldenen Armreifs, den er von Solvi als Entschädigung bekommen hatte. Er wog die Goldstücke in der Hand ab, eines schwerer als das andere. Eines davon war dazu bestimmt gewesen, Olaf für die Beleidigung zu entschädigen, doch Olaf hatte das zunichtegemacht, und nun war er tot. Seine Asche befruchtete das Land im Ardal besser als seine Arbeit davor als mittelmäßiger Bauer. Ragnvald erhob sich. Lieber hätte er das Folgende unter sich und der Göttin geheim ausgemacht … der Göttin, die ihn halb für sich forderte und halb ertrinken ließ, aber er wusste, dass seine Männer es gerne sehen würden.

Er musste nichts sagen, um die Aufmerksamkeit der Männer auf sich zu lenken. Alle, die wach geblieben waren, bebten vor Anspannung und gaben auf jede Bewegung acht. Sie wandten sich ihm zu. Selbst Grims tiefliegende Augen ruhten auf Ragnvald und warfen nur gelegentliche Blicke auf die dunkle Linie des Horizonts.

»Heute sind wir in Rans Hand«, sagte Ragnvald, ohne die Stimme zu erheben. Die noch immer stille See, die schwere Luft trugen seine Worte zu den anderen. »Ich kenne sie noch von früher.« Er verzog den Mund zu einem selbstironischen Lächeln, das aber furchtbar verzerrt herauskam. »Sie will ein Opfer, um uns zu schützen, und deshalb opfere ich dies.« Er hielt die beiden Hälften des Reifs hoch.

»Dir habe ich dieses Gold zu verdanken, Ran, und an dich gebe ich es hiermit zurück. Und ich verspreche dir noch viel mehr Gold, wenn du uns sicher durch den dunklen Ozean geleitest.« Er hob die Stücke über seinen Kopf und schleuderte sie dann ins Wasser hinaus. Einen Moment lang glitzerten sie in der Luft, bevor sie verschwanden.

Eine Stunde später holte der Sturm sie ein.

KAPITEL 35

Die wachsamsten Männer holten das Segel ein, und die sechs kräftigsten gingen an ihre Ruderplätze. Möglicherweise würden sie heute Nacht die Ruder verlieren, aber ohne Segel brauchte man ihre Kraft, um das Schiff in die hohen Wellen zu drehen.

Grim ließ alles festbinden und Felle über alles schnüren, das man bedecken konnte. Er positionierte Männer mit Eimern in der Mitte des Schiffes, die eindringendes Wasser schöpfen sollten. Ragnvald stand Grim zur Seite, um mit ihm seine Befehle auszurufen, falls nötig. Dann kam der Sturm mit all seiner tobenden Gewalt über sie, Blitze zuckten über den Himmel, starker Regen peitschte gegen das Schiff, durchweichte ihre eingeölten Jacken und drang durch alle Ritzen. Ragnvald vermochte die anderen Schiffe kaum zu erkennen, was gut war, denn sie mussten ausreichend Abstand zueinander halten, um in dem Chaos einen Zusammenstoß zu vermeiden. Zumindest in dieser Nacht wussten sie, wo sie sich wiedertreffen würden: an jener Landspitze, von der Grim gesprochen hatte.

Ragnvald schöpfte, bis seine Arme erlahmten, und reichte seinen Eimer dann einem anderen Mann. Vor Erschöpfung vor sich hin dämmernd, klammerte er sich am Seitendeck fest, um nicht über Bord gespült zu werden. Das Rauschen der Wellen und des Regens verschwammen miteinander und schnitten ihn in ihrem tosenden Schweigen von der Außenwelt ab, bis ihn jemand an der Schulter rüttelte und ihm den Eimer wieder reichte.

Er wusste nicht, wie oft sich dieser Kreislauf wiederholt hatte, als schließlich der Morgen anbrach, grau und düster. Der Wind ließ nach, und die Wellen verloren an Kraft. Sein Körper fühlte sich taub und ausgelaugt an. Die Männer hatten blaue Lippen, und diejenigen, die nicht vor Kälte zitterten, hatten jenen stumpfen Blick, der erkennen ließ, dass sie sich bereits in den gefährlichen Gestaden jenseits des Zitterns befanden. Das Schiff hatte den Sturm überstanden, doch Ragnvald wusste nicht, ob dies auch für die anderen Schiffe galt.

Dies sollte er erst am Nachmittag erfahren, als Grim die Landspitze sichtete. Eine Weile, nachdem die Sonne den Zenit überschritten hatte, lichteten sich die Wolken, und Sonnenstrahlen fielen auf das Wasser. Als Ragnvald sich umdrehte, sah er Hakons und Hemings Schiffe und seine eigenen in einer Reihe hinter ihnen segeln. Vor Erleichterung kamen ihm beinahe die Tränen. Er sprach ein weiteres Gebet für Ran. Sie verdiente jene Truhe mit Gold, die Tiere, die Menschenleben, alles, was sie wollte. Jedoch nicht sein eigenes Leben, noch nicht.

*

Am Nachmittag setzten sie die Schiffe in einer verborgenen Bucht in der Nähe von Grims Landspitze auf Strand. Einige Männer schliefen während des Tages oder ruhten sich aus. Ragnvald ließ diejenigen, die am Abend noch wach waren, die Schiffe so gut es ging verbergen, indem sie sie mit Gras bedeckten oder sie ein Stück weit die Tideflüsse hinaufzogen, wo sie zwischen den Hügeln nicht mehr zu sehen waren. Grim befahl, die Masten zu senken.

Ragnvald schickte Läufer zu den Überwachungspunkten, um Ausschau zu halten. Er folgte Arnfast über den Kamm der Landspitze, durch Gestrüpp und niedrige Bäume, bis zu dem Punkt, von dem aus sie Solvis Schiffe kommen sehen mussten. Falls er kam. Ragnvald hatte bereits beschlossen, nicht länger als einen Tag und eine Nacht zu warten. Sollten sie Solvi und seine Schiffe nicht sichten, hatten sie ihn verpasst und waren zu spät gekommen. Er wollte Heming um jeden Preis nach Vestfold drängen, wenn er konnte, aber vielleicht kam Heming zur Vernunft und drängte zurück.

Arnfast war neunzehn Jahre alt, älter, rief sich Ragnvald ins Gedächtnis, als sein eigener König Harald, und nur ein Jahr jünger als Ragnvald selbst. Er wirkte jedoch immer noch wie ein heranwachsender Knabe, schlaksig und ungelenk, seine einzigen Vorzüge waren seine Schnelligkeit und sein scharfer Blick. Er wartete am günstigsten Aussichtspunkt des Hügelkamms, oberhalb eines der Flussarme, bis Ragnvald ihn eingeholt hatte. Eis hing an einigen erhöhten Stellen über dem sanft dahinfließenden Wasser. Von diesem Punkt aus konnte man sogar einen weiteren Fluss weiter landeinwärts überblicken, falls Solvis Schiffe dort auftauchen sollten.

Arnfast kauerte sich eine Weile lang auf seine Absätze und hielt zusammen mit Ragnvald Ausschau, dann stand er wieder auf. Er war zu unruhig, um still zu verharren. »Ich muss schauen ...«

Ragnvald wusste nicht, wo er hinwollte, doch sie konnten ebenso gut von verschiedenen Punkten aus Ausschau halten. Er nickte zustimmend und setzte sich hin, um zu warten. Hier oben auf dem Hügelkamm blies ein scharfer Wind, feucht und stürmisch, der ihn trotz des Frühlings frösteln ließ wie ein Wintersturm. Er rieb seine Hände aneinander und lief dann ziellos auf der flachen Anhöhe auf und ab, mit den Füßen aufstampfend, um die Kälte aus seinen Gliedern zu vertreiben. Zum Zeitvertreib begann er den steilen Hang zum Fluss hinabzuklettern. Vielleicht hatte er von dort einen besseren Blick auf den Kanal, und solange er sich auf den Abstieg konzentrierte, lenkte ihn dies davon ab, wie kalt es war. Er klammerte sich an die winzige Chance, dass sie Solvis Schiffe überholt hatten und ihnen so weiter unbemerkt folgen konnten.

Solvis Flotte war zu groß, um heimlich aufzutauchen. Ragnvald stockte der Atem, als sie um die Flussbiegung herumkamen. Seit Agi Solvi gesehen hatte, wie er Tafjord verließ, hatte er weitere Verbündete hinzugewonnen. Es waren mehr als zwanzig Schiffe. Ihre farbenfrohen Segel hoben sich leuchtend vom Grau der Steilküste und des Himmels ab. Ragnvald wollte aufspringen und zum Lager zurücklaufen, um die Neuigkeiten zu verkünden.

Er rannte ein paar Schritte, als ihm einfiel, dass sein vorderstes Schiff Solvis letztem Schiff folgen würde, und dass er wissen musste, welches dies war. Er hatte das nicht mit Grim besprochen, doch es musste so sein. Er setzte sich hin und wartete, bis die zahllosen Schiffe eines nach dem anderen durch den Kanal an ihm vorbeigezogen waren. War Svanhild auf einem der Schiffe, oder hatte Solvi sie zurückgelassen, irgendwo, wo sie sicher und gut bewacht war? Er fragte sich beunruhigt, ob Solvi seine Streitmacht möglicherweise aufgeteilt hatte. Das letzte Schiff konnte eine Tagesreise oder länger hinter den anderen sein. Ragnvald wollte Solvi eine Falle stellen, doch möglicherweise würde er selbst in eine geraten.

Er stand da, die Arme eng um seinen Brustkorb geschlungen, und seine Hände und Füße waren beinahe taub vom langen Stillstehen, als sich schließlich eine Lücke zwischen den Schiffen auftat. Das letzte Schiff war schmal, ein Drachenschiff, das den Namen zu Recht trug, mit einem gewaltigen

Segel, beinahe so breit wie das Schiff lang war. Es war blau und gelb gestreift, mit Farben, die so kostbar anmuteten, dass Ragnvald sich kaum vorzustellen vermochte, wie jemand solch ein Vermögen für die Farben eines Segels ausgeben mochte. Wer auch immer die Nachhut übernommen hatte, es musste ein bedeutender Mann sein. Es war unwahrscheinlich, dass ihm ein geringeres Schiff mit einfach gefärbten Segeln folgte. Solvi hatte wohlhabende Verbündete gewonnen. Nachdem Ragnvald die Schiffe noch einige Minuten beobachtet hatte, um sicherzugehen, dass er mit seiner Vermutung richtiglag, lief er schließlich zum Lager zurück.

Ragnvald hatte Sorge, dass Solvi auf der Suche nach einem Übernachtungsplatz auf seine Streitmacht stoßen könnte. Er berichtete Oddi, Grim und Heming, was er gesehen hatte und welches Schiff er für das letzte hielt.

»Kein Feuer heute Nacht«, befahl er. »Wenn die Männer frieren, sollen sie sich die Schlafsäcke teilen oder wach bleiben.« Die Männer murrten, jedoch leise.

»Sie werden es tun«, meinte Oddi. »Alle haben davon gehört, wie du Ran besänftigt hast.«

Ragnvald winkte ab. »Ich fürchte, eines Tages wird sie mich bekommen«, erwiderte er. »Aber erst, wenn ich ein wertvollerer Fang bin.«

»Wie auch immer, diese Männer werden tun, was du sagst. Das hast du gut gemacht«, entgegnete Oddi. Ragnvald war dankbar, wenn dies der richtige Weg war, und auch dankbar dafür, dass Oddi sich mit diesem Weg abgefunden hatte. Ragnvald befürchtete, dass sich bislang zu vieles zu seinen Gunsten entwickelt hatte, dass ihm die Götter für all das Gute nun im Gegenzug ein Unglück schuldeten. Doch er handelte im Sinne Haralds, und Harald war ihr Liebling.

Er verbrachte eine eiskalte Nacht zusammen mit Oddi, sie

teilten sich die Decken wie damals in Hordaland, um die Wärme und Gesellschaft des anderen zu spüren. Alle paar Minuten schreckte er aus dem Schlaf, aus Angst, sie könnten verschlafen haben, so dass Solvis Flotte vorbeigefahren und entkommen war.

Als er sich am nächsten Morgen mit Grim beriet, erkannte er jedoch, dass ihr größtes Problem darin bestand, sich weit genug hinter Solvi zu halten. Er war auf dem Weg nach Vestfold, ebenso wie sie.

*

Waren die Tage, während derer sie versucht hatten, Solvi zu finden, nervenaufreibend gewesen, so waren sie dennoch harmlos im Vergleich zu der Mühe, die es sie kostete, sich weit genug hinter ihm zu halten, um unbeobachtet zu bleiben, ohne jedoch seine Streitkräfte aus den Augen zu verlieren. Ragnvald starrte in die Ferne und suchte mit zusammengekniffenen Augen den Horizont ab, bis er pochende Kopfschmerzen bekam. Sogar wenn er die Augen schloss, blieb die Welt in dunkel und hell geteilt.

Zumindest stand der Wind günstig für sie. Nur anderthalb Tage, nachdem sie die südliche Landspitze verlassen hatten, gelangte Ragnvalds Schiff auf den Oslo-Fjord in Richtung Vestfold. Ragnvald ordnete an, das Tempo weiter zu drosseln. Wenn Solvis Flotte kehrtmachte und sie angriff, bevor sie Vestfold erreichten, würden sie sinnlos niedergemetzelt werden. Ragnvald saß im Heck des Schiffes, beobachtete und wartete.

Ohne die mildernde Wirkung des Meeres schien das Land von Vestfold immer noch im Schnee gefangen zu sein. Ein Sturm war hereingebrochen und hatte eine knietiefe Schneedecke zurückgelassen, seit Ragnvald abgereist war. Bei jeder

Biegung des Fjords hatte Ragnvald das Gefühl, sie würden auf Solvis Schiffe stoßen.

In der letzten Kurve ließ Ragnvald Arnfast an Land gehen.

»Vestfold ist direkt hinter diesem Hügel, und dann ins Tal hinunter.« Er nahm eine Brosche, die Harald ihm geschenkt hatte, aus seinem Beutel und reichte sie Arnfast. »Gib das Harald oder seinem Onkel Guthorm und sage ihnen, es ist von mir. Erzähle ihnen, dass Solvi und seine Verbündeten kommen, und dass ich ihnen folge und helfen werde.« Er nannte ihm die Zahl von Hemings Schiffen, viel zu gering, als dass Ragnvald sich beruhigt fühlte, aber eine Hilfe, sofern sie den Überraschungseffekt nutzen konnten.

Er ließ Arnfast die Botschaft mehrere Male wiederholen, bevor er ihn losschickte. Arnfast bewegte sich zwischen den Bäumen wie ein Silberfisch im Wasser und war kurz darauf im Wald verschwunden.

»Was sollen wir jetzt tun?«, fragte Heming.

»Warten«, entgegnete Ragnvald. »Wir müssen warten, bis Solvis Schiffe mit Haralds verbunden sind, so dass er nicht einfach umdrehen und entkommen kann, und dann greifen wir an.«

Ragnvald wusste nicht, wie lang das dauern mochte. Der Fjord machte eine weitere Biegung, bevor er Vestfold erreichte, es dauerte eine Stunde, um die Strecke zu rudern, und noch weniger, wenn man segelte. Er fragte sich, ob er etwas hören würde, und nach einer geraumen Zeit, ob die Stille einer bereits gekämpften und verlorenen Schlacht geschuldet war. Er hätte einen weiteren Läufer mit Arnfast schicken sollen, damit dieser zurückkommen und Neuigkeiten bringen konnte. Doch viele Möglichkeiten gab es nicht. Solvis Männer würden Haralds angreifen, entweder zu Lande oder auf dem Wasser. Ragnvald wusste, dass Solvi wahrscheinlich eine Seeschlacht bevorzugen würde. Harald kannte sein Land und seine Verteidigungsstrategien, und Solvi war nicht schnell, wenn es ums Laufen ging.

Ragnvald vernahm Geräusche, die wie Kampflärm klangen. Wenn sein Botschafter durchgekommen war, wenn Harald ihn angehört hatte, wenn Haralds Streitkräfte rechtzeitig ausgerückt waren, wären sie nun auch auf dem Wasser. Ragnvald veranlasste, dass die Schiffe sich in Bewegung setzten. Er vermochte nicht zu sagen, um welche Art von Kampf es sich handelte, und das quälende Warten der letzten Tage, die Wochen, die vergangen waren, seit er von Harald fortgegangen war, machten es ihm unmöglich, noch länger auszuharren. Die Schiffe lichteten den Anker, und die Männer ruderten los, auf den Lärm zu, das Krachen, als ob Schiffsflanken gegeneinanderschlugen, die Kampfschreie, das dumpfe Geräusch, wenn Schwerter auf Schilde trafen. Oder zumindest stellte Ragnvald sich all dies vor. Allzu leicht entstanden unzählige Bilder vor seinem inneren Auge.

Als sein Schiff um die letzte Biegung fuhr, sah Ragnvald, dass Solvis Schiffe es bis an den Strand geschafft hatten und seine Männer gerade auf Haralds Halle zuströmten und zwischen den Gebäuden herumliefen. Einige Dächer schwelten, doch kein Gebäude stand bislang in Flammen. Mit einem Mal brachen Haralds Männer überraschend zwischen den Gebäuden hervor und griffen Solvis an. Doch es waren viel zu wenige, um Solvis Armee besiegen zu können, es sei denn, er hatte seine Verbündeten eher zu Hilfe gerufen, als Ragnvald zu hoffen gewagt hatte.

Ragnvald sah Flaggen von Friesland, Island und Dänemark unter den norwegischen: Solvi hatte Verbündete von nah und fern hinter sich versammelt. Ragnvald wusste nicht, was er tun sollte. Er hatte auf eine Schlacht zwischen den Schiffen gehofft. Allerdings waren einige von Solvis Schiffen noch nicht auf Strand gesetzt. Ragnvald gab Grim den Befehl, sein Schiff nahe genug heranzubringen, um eines von Solvis Schiffen oder seiner Verbündeten anzugreifen, welche die Nachhut bildeten, und die anderen sollten dasselbe tun.

Sein Schiff näherte sich einem von Solvis, auf dem noch zahllose Kämpfer darauf warteten, an Land zu gehen. Während die gesamte Aufmerksamkeit der Männer auf dem Schiff sich auf den an Land tobenden Kampf richtete, steuerte Grim Ragnvalds Schiff ganz nah heran, bevor jemand ihr Kommen bemerkte. Seine Männer warfen Enterhaken hinüber, um die Schiffe zusammenzuhängen und so einen Kampfplatz zu bilden.

Als der Abstand zwischen den beiden Schiffen sich verringerte, sprang Ragnvald hinüber. Bei der Landung sah er sich einem grauhaarigen Kämpfer mit grau-gelbem Bart und einem Friedhof halb verfaulter Zähne im Mund gegenüber. Ragnvald griff an. Der Mann kämpfte standhaft, doch er war langsamer und weniger geschickt als Ragnvald, weniger geübt im Kampf an Bord eines Schiffes. Ragnvald drängte ihn an den Rand des Schiffes und tötete ihn schließlich mit einem Schnitt durch die Kehle. Er schubste den Mann ins Wasser, bevor er zu Boden fiel. Sein Leichnam würde auf Deck lediglich im Weg liegen. Sollte ihn später jemand herausfischen, wenn er sein Schwert und seine Rüstung wollte. Oder noch besser sollte ihn Ran als Opfer annehmen.

Sein nächster Gegner, ein Junge mit dunklem Haar und einem pockennarbigen Kinn, sah Ragnvald mit schreckgeweiteten Augen an, als dieser auf ihn zukam. Ragnvald tötete ihn ebenfalls, so schnell er konnte, ohne über sein Alter nachzudenken. Er musste eine gleichbleibende Geschwindigkeit beibehalten, sonst würde er ermüden, denn sein Körper litt unter den Strapazen der Verfolgungsjagd, des tagelangen angespannten Wartens und des schauderhaften Wetters. Das Heft seines Schwertes verursachte ein Kältegefühl an der Narbe in seiner Handfläche und ließ seine Hand taub werden. Er umfasste es fester, damit es ihm nicht aufgrund der Feuchtigkeit, die Blut und Schweiß hinterlassen hatten, aus der Hand rutschte.

In der kurzen Atempause, bevor der nächste Krieger angriff, erkannte er plötzlich mit der seltsamen Klarheit, die ihn manchmal im Kampf überkam, dass seine Falle nach wie vor funktionieren konnte. Sie mussten sich durch Solvis Schiffe kämpfen, die nach wie vor bemannt waren, und dann ihre Männer an Land schicken, um Solvis Männer zwischen ihnen und Haralds Truppen einzukesseln. Es war immer noch eine Falle, nur würde sie an Land zuschnappen.

Ragnvald und seine Männer entledigten sich der verbliebenen Kämpfer auf diesem Schiff. Anhand der seltsam klingenden Worte, die sie schrien, vermutete Ragnvald, dass es Dänen waren. Es waren nicht Solvis wettergegerbte, in Seeschlachten erfahrene Männer, sie waren zu leicht zu töten.

Oddis und Hemings Männer griffen weitere von Solvis Schiffen an und schienen sie ebenfalls erfolgreich zu besiegen. Die Schiffe in Solvis Nachhut waren offenbar die schwächsten. Solvi musste sie bewusst dort positioniert haben, vermutlich hatte er nicht geplant, dass sie in den Kampf verwickelt würden.

Ragnvald befahl, die Verbindung zu dem nun leeren Schiff zu kappen, und ließ nach vorne rudern, um ein weiteres anzugreifen. Auch dessen Besatzung besiegten sie erfolgreich, und dann schob die steigende Flut sie nach vorn in ein Gedränge aus leeren Schiffen.

Es dauerte länger, als Ragnvald erwartet hatte, bis Solvis

Männer im vorderen Bereich der Flotte seinen Angriff bemerkten. Die Männer auf dem Schiff vor ihm verließen es angesichts seiner übermächtigen Streitkräfte, während das Schiff davor weiterhin Kurs auf Vestfold hielt, ohne die sich von hinten nähernde Bedrohung wahrzunehmen.

Ragnvald und seine Männer kamen heran, kurz bevor Solvis Kämpfer sie bemerkten, jagten die Schiffe vor sich her und trieben einige zur Seite. Als Ragnvalds Schiff sich der Küste näherte, erhaschte er einen Blick auf Harald, der an der Stelle stand, wo der Kampf am heftigsten tobte. Sein blondes Haar stach aus dem aller anderen Männer heraus, und in seinem Gesicht war dasselbe wilde Grinsen, das Ragnvald während ihres Wettrennens gesehen hatte, als wolle er es wagen, immer weiter zu gehen, immer höher zu gelangen, nach Göttlichkeit zu streben. An Land waren Solvis Männer Haralds um mindestens das Doppelte überlegen.

»An Land!«, schrie Ragnvald. »Zu Harald!«

Er sprang durch das Chaos quer über die Schiffe, die sich zwischen ihm und der Küste befanden. Hemings, seine und Haralds Männer rannten mit donnernden Schritten hinter ihm her und brachten die Schiffe unter ihren Füßen zum Schaukeln.

An Land hatten Solvis Truppen Harald und seine Männer umzingelt, und der Kreis schloss sich, während sie sich ins Landesinnere vorankämpften. Eine andere Gruppe von Solvis Männern versperrte die Halle, schleppte Holz aus dem Schuppen heran und verteilte es rund um das Gebäude, um es niederzubrennen. Im Inneren mussten Männer, Frauen und sogar Kinder gefangen sein, doch Ragnvald musste zuerst Harald retten. Es würde eine Zeit dauern, um ein Feuer zu entfachen.

»Zu Harald!«, rief er den Männern hinter sich zu. »Greift

von der Küste aus an. Schützt unsere Flanken. Lasst sie uns nicht in den Rücken fallen.« Er johlte gellend, ein wortloser Kampfschrei, und stürmte auf die Männer zu, die Harald umringten und mit dem Rücken zum Wasser standen.

Ein Kämpfer wandte sich überrascht um, und Ragnvald tötete ihn, bevor er dazu kam, sein Schwert zu heben. Der nächste Mann lieferte sich einen längeren Kampf mit ihm, bis Ragnvald ihm einen Schlag versetzte, der den hinteren Teil seines Beines abtrennte, so dass er schreiend zu Boden stürzte. Ragnvald versetzte ihm einen heftigen Tritt unter das Kinn, als er einen Schritt nach vorn machte, um dem nächsten Feind gegenüberzutreten.

Solvis Männer, oder wessen Männer auch immer es waren, Ragnvald konnte nicht glauben, dass Solvi diese uneinheitliche Streitmacht selbst befehligte, insbesondere an Land, wandten sich nach und nach um, um sich ihren neuen Angreifern zu stellen. Hemings Männer leisteten Ragnvalds Befehl anstandslos Folge, hielten sich am Rand und hinderten Solvis Krieger daran, zwischen sie und die Küste zu gelangen, was Harald und seine Kämpfer aus dem Knäuel von Männern befreite, in dem er gefangen gewesen war.

Der Kampf verlagerte sich. Solvis Männer hatten leichte Beute für ihre Plünderungen erwartet, eine einseitige Schlacht, um ihre Raubzüge für dieses Jahr einzuleiten. Sie hatten nicht mit ernsthaften Kämpfen gerechnet. Sobald die Kameraden neben ihnen tot zu Boden sanken, rannten einige Männer zu ihren Schiffen zurück. Unter ihnen erkannte Ragnvald König Hunthiof, der zum Rückzug aufrief, bevor ihn eine Axt in den Rücken traf und er nach vorn in das knöcheltiefe Wasser am Ufer des Fjords stürzte.

Ragnvald kämpfte sich bis zu Harald voran, durch Männer, die eher vor ihm auseinanderstoben, als sich ihm im Kampf zu stellen. Harald war voller Blut, seine Zähne waren rot, als er grinste. Ragnvald empfand nicht dieselbe Kampfeslust wie er, doch das Bewusstsein, dass es bald vorbei sein würde, verlieh ihm neue Kraft.

»Ich wusste, dass du zurückkommen würdest«, rief Harald Ragnvald zu, während ihre Feinde sich zurückzogen. Einen Augenblick lang empfand Ragnvald Wut ... natürlich hatte Harald niemals Zweifel, und seine Mutter hatte es ihm gesagt, ihm Ragnvalds Rückkehr prophezeit. Etwas mehr Unsicherheit würde Harald nicht schaden. »Wir müssen die Halle retten«, fügte Harald hinzu.

Ragnvald wartete einige Sekunden, bis er wieder zu Atem gekommen war, die Spitze seines Schwertes ruhte auf dem Boden. »Du zuerst«, sagte er und bedeutete Harald voranzugehen. Harald rannte los. Zahlreiche Männer, die das Feuerholz aufschichteten, sahen Harald und seine Kämpfer schreiend auf sich zukommen und ergriffen zusammen mit den anderen die Flucht in Richtung ihrer Schiffe, doch einige blieben.

Harald legte die Hände um den Mund und rief: »Männer von Solvi, Männer aus Dänemark, ihr seid hierhergekommen, um anzugreifen, doch nun seht ihr, dass die Götter mir gewogen sind und mir Verbündete bringen, wann immer ich sie brauche. Werft jetzt eure Schwerter zu Boden, und ihr könnt mir die Treue schwören, anstatt diesen gesetzlosen Königen. Ich werde euch unvorstellbar reich machen, dafür sorgen, dass eure Frauen und Kinder in Sicherheit sind, und euch Farmland geben.«

Das war ein großzügiges Angebot. Ragnvald sah, wie einige Männer Blicke wechselten. Diejenigen, die am nächsten bei Harald standen, begannen ihre Schwerter niederzulegen.

»Tut das nicht!«, brüllte Solvi. »Harald wird euch zu Sklaven machen.« Auch er hatte eine durchdringende Stimme. Er musste sich auf der anderen Seite der Truppen befinden, die Harald umgaben. Also war er nahe an der Küste und konnte jederzeit auf ein Schiff fliehen und entkommen. Ragnvald starrte stumm vor sich hin, während Solvis Männer ihn mit sich schoben. Nun, da die Gefahr vorüber war, spürte er, wie die Müdigkeit von der Flucht der letzten Woche und die Stunden des Kampfes seine Muskeln schwächten.

»Lass ihn nicht entkommen«, befahl Harald Ragnvald. »Tu es für deine Schwester.«

Ragnvald sah die Männer um sich herum an: Solvis Verbündete, müde und verschwitzt von einer Schlacht, von der sie wussten, dass sie sie verloren hatten, nicht etwa, weil sie im Nachteil gewesen waren, sondern weil ihnen der Kampfeswille fehlte. »Brauchst du mich nicht hier?«

»Nimm nicht zu viele Männer mit«, erwiderte Harald. Am Strand verteidigten sich Solvis Männer nach wie vor, doch sie wirkten kraftlos. Niemand schien mehr zu wissen, wofür sie kämpften.

»Oddi, Heming, Dagvith, Arnfast«, rief Ragnvald, und weitere Namen, alle Namen von Hemings und seinen Männern, die ihm einfielen. Solvi floh vor ihm. Er machte beim Laufen an Land eine erbärmliche Figur. Einer seiner Männer – Ragnvald erkannte, dass es Ulfarr war – gabelte ihn auf und rannte mit ihm auf dem Arm weiter. Ragnvald lachte und schickte sich an, ihm eine Beleidigung nachzurufen, doch dann hielt er sich zurück. Das würde ihn langsamer machen. Er konnte später dafür sorgen, dass die Dichter Solvis Flucht erwähnten, wenn sie ihre Lieder über diese Schlacht schrieben.

Ulfarr trug Solvi auf sein Schiff, das schnelle, schmale Drachenschiff, von dem aus Solvi Ragnvald vor fast einem Jahr ins Wasser geschleudert hatte. Die Männer saßen bereits an den

Rudern, bereit, Solvi zur Flucht zu verhelfen. Ragnvald befahl seinen Männern, auf dem nächstbesten Schiff die Ruder herauszuholen. Jeder Augenblick zählte, damit Solvi keinen weiteren Vorsprung bekam.

Solvis Männer ruderten das Schiff aus dem Gedränge der anderen Schiffe im Hafen heraus, setzten das Segel und wurden sogleich von einer Brise vorangetrieben, die Ragnvald und sein Schiff in der Bucht nicht erreichte. Als Ragnvalds Männer die Ruder ins Wasser senkten, war Solvis Schiff bereits hinter der nächsten Biegung verschwunden. Dennoch befahl Ragnvald seinen Männern, weiter zu rudern und das Segel zu setzen, sobald sie konnten.

Ragnvald bediente das Steuerruder. Sobald sie um die Biegung herum waren, sah er Solvis Schiff. Solvi stand am Bug, eine kleine braune Gestalt in Rüstung und Helm, mit erhobenem Schwert.

Sie mussten den Wind verloren haben und hatten nur noch wenige Ruder im Wasser, während Ragnvalds Männer sich weiterhin mit voller Kraft ins Zeug legten.

»Rudert, rudert!«, schrie er. »Wir können ihn einholen!«

Sie schlossen auf und waren schließlich neben dem Schiff. Es war nicht das Drachenschiff, auf das Solvi nach Ragnvalds Meinung geflohen war, sondern viel kürzer und robuster. Dennoch war Solvi an Bord und sah zu, wie sie sich näherten. Ragnvald musste sich zuvor geirrt haben.

Er und seine Männer warfen Enterhaken aus und zogen die beiden Schiffe aneinander. Mit gezogenem Schwert sprang Ragnvald als Erster hinüber.

Das Schiff war leer bis auf ein paar Männer mit dem kurz geschorenen Haar von Sklaven. Und es war nicht Solvi, der da am Bug stand, sondern Svanhild. Sie trug eine schlecht sitzende Rüstung, und ihr Gesicht war dreckverschmiert.

»Du?«, rief Ragnvald und wusste nicht, ober er wütend sein sollte oder nicht. »Solvi schickt dich hierher?«

Svanhild sah zu ihm auf, ihr Gesicht wirkte gelassen unter all dem Schmutz.

»Er hat mich nicht geschickt. Ich wollte es selbst, damit er entkommen konnte. Er wird wütend auf mich sein, aber das war es wert.« Sie sprach hastig. »Nun kannst du mich eintauschen für ein Bündnis mit Solvi. Hunthiof ist tot. Solvi muss nicht mehr Haralds Feind sein.«

Ragnvald fasste sie am Ellbogen. »Wenn du denkst, so dreht sich die Welt, dann hattest du einen schlechten Lehrmeister. Komm mit mir. Du wirst Solvi nicht wiedersehen.«

»Oh doch, das werde ich«, sagte sie und folgte ihm. »Er wird zu mir gelangen oder ich zu ihm. Du wirst sehen, Bruder.«

KAPITEL 36

Solvis Verbündete waren in alle Winde zerstreut, als Ragnvald zur Halle in Vestfold zurückkehrte. Harald hatte sie nicht verfolgt. Seine Männer waren zu beschäftigt, die zu töten, die sich nicht ergeben wollten, und die zu entwaffnen, die aufgegeben hatten.

Sobald Ragnvald sich von diesen Arbeiten befreien konnte, fand er heraus, wohin Ronhild seine Schwester gebracht hatte, eine stille Ecke im Frauengemach, voll mit Rollen von Wollvlies, die den Raum aussehen ließen, als sei er mit Wolken gepolstert. Svanhilds Schwangerschaft war nun schon deutlich zu sehen, ohne dass Ragnvald sagen konnte, wie weit sie schon fortgeschritten war. Es machte ihn ganz krank, ihren Bauch von Solvis Kind angeschwollen zu sehen und sie darüber auch noch glücklich zu sein schien. Ihre Hände lagen auf ihrem Bauch, und sie wirkte in sich gekehrt und zufrieden.

»Wie konntest du ... Ich hätte dich bei mir behalten sollen.« Er sank auf die Knie. Eigentlich hatte er hart mit ihr umgehen wollen, weil sie Solvis Flucht ermöglicht hatte, aber er schaffte es einfach nicht. Sie war doch Svanhild. »Ich hätte Hakon dazu überreden sollen, dich mit uns nach Yrjar zu nehmen. Hrolf Nefia wird dafür bezahlen, das schwöre ich dir. Solvi wird dafür bezahlen.«

»Nein«, erwiderte sie. »Solvi ist mein Mann.«

»Svanhild, es macht nichts aus, dass du …«, er schluckte, »… schwanger bist. Viele gute Männer haben um deine Hand angehalten.«

»Und mein Kind?«, fragte Svanhild. Ihre Worte klangen seltsam geschmeidig und erinnerten ihn an Vigdis. Ihr Gesicht drückte nichts von dem aus, was Ragnvald umtrieb, seit er sie wiedergesehen hatte. Dieser Sturm von Groll und Reue war ihm allein vorbehalten.

»Was immer du willst, Schwester. Du kannst das Kind großziehen, ich kann ihn mit nach Ardal zurücknehmen, wir können beide zurück nach Ardal. Olaf ist tot. Nun bin ich der Herr dort.«

»Und wird dein Herrscher dir das erlauben?« Svanhild zog etwas Wolle aus dem Vlies und rieb sie zwischen den Fingern.

»Welcher Herrscher?«

»Ganz recht, welcher Herrscher«, sagte Svanhild. »Ich habe ja gehört, dass du Hakon dienst und Harald, oder keinem von beiden.«

»Das ist doch jetzt egal«, sagte Ragnvald. »Svanhild, warum willst du dich mit mir streiten? Siehst du denn nicht, dass wir gewonnen haben?«

»Fast«, erwiderte Svanhild. »Wir haben erst gewonnen, wenn du Harald zu Solvis Verbündetem gemacht hast.«

»Er hat dich geraubt«, sagte Ragnvald und wünschte sich, bessere Worte zur Verfügung zu haben, um sie zu überzeugen.

»Solvi ist ein guter Mann. Er ist mein Ehemann.« Sie ließ sich auf einer der Vliesrollen nieder.

Ragnvald runzelte die Stirn. »Ein guter Mann würde seine schwangere Frau nicht mitten in eine Schlacht schleppen.«

»Ich habe ihn einfach nicht ohne mich losziehen lassen«, sagte sie. »Ich muss an seiner Seite sein.«

»Davon will ich nichts hören«, sagte Ragnvald. »Vorher hattest du keine Wahl, aber das ist jetzt anders.«

»Denk nicht ...«, fing sie an.

»An Haralds Hof singen sie von deinem Mut«, fuhr Ragnvald fort. »König Harald ist beeindruckt von dir und will dich zu seiner Frau machen.« Er sah sie an, bis sie verzagt lächelte. Ja, das gefiel ihr. »Das hier ...«, er wies auf ihren runden Bauch, »... ist ja keine Schande. Du kannst immer noch eine gute Partie machen.«

»Nein, da hast du recht. Das hier ist keine Schande. Ich bin stolz darauf, den Sohn des mächtigen Seekönigs Solvi Hunthiofsson zu tragen.«

»Ein Mann ohne Ehre«, schrie Ragnvald. »Der Mann, der versucht hat, deinen Bruder zu töten.«

»Er hat ja gesagt, dass es ihm leidtut«, erwiderte Svanhild. »Er hat dafür bezahlt.« Nun klang sie wieder wie ein Kind.

Ragnvald wandte sich zum Gehen. Jetzt nahm sie zwar noch keine Vernunft an, aber das würde sich mit der Zeit ändern, oder er würde sie einfach so lange behalten, bis ihr nichts anderes übrigblieb. »Svanhild, denk darüber nach. Solvis Verbündete sind geflohen. Er kann dir kein Heim bieten. Er kann dem Kind kein Heim bieten.«

»Mir reicht das, was immer er mir an Heim bieten kann.« Sie verschränkte die Arme. »Du kannst mich hier gefangen halten, aber ich bin immer noch seine Frau. Mein Heim ist bei ihm.«

*

Am nächsten Tag ging Ragnvald mit Harald und Guthorm durch die Reihen, um festzustellen, wer die Schlacht überlebt hatte und wer umgekommen war. Die Nacht zuvor hatte Ragnvald so tief geschlafen, als wäre er einer der noch nicht beerdigten Toten hier.

Svanhild wollte nicht weiter mit ihm sprechen. Sie bestand darauf, zu Solvi zurückgeschickt zu werden, und nur die Zeit würde sie eines Besseren belehren.

»Eigentlich hätten wir nicht gewinnen sollen«, sagte Ragnvald zu Harald, als sie die Schäden im Hafen begutachteten. Einige Schiffe hatten sich vom Anker gerissen. Harald musste Männer hinüberrudern lassen, um sie an den Strand zurückzubringen. So sehr war er vom Glück begünstigt, dass er nun mehr Schiffe hatte als vor der Schlacht.

Man fand die Leiche von König Hunthiof im seichten Wasser am Strand dümpeln. Auch König Gudbrand war anscheinend umgekommen, doch seine Leiche lag wohl auf dem Grund des Fjords. Hörigenfrauen wuschen Hunthiofs Leiche und legten ihn im Schuppen aus, um ihn zu beerdigen oder gegen andere Tote einzuhandeln. Niemand wusste bis jetzt, ob Heming unter den Toten oder ob er Solvis Geisel war. Die Stimmung in Vestfold war von Hochgefühl getragen, und Ragnvald hätte gerne mit seinen Männern gefeiert, doch Oddi ließ sich nicht beruhigen. Hakon würde bald anreisen, und Oddi hatte den Lieblingssohn seines Vaters verloren. Er befürchtete, Hakons Wutausbruch würde sich an ihm entladen.

»Sie hatten sich einen leichten Sieg erhofft«, sagte Guthorm. »Du hast dafür gesorgt, dass das nicht geschehen ist. Erwartungen sind immer gefährlich.« Das schien vernünftig zu sein, doch Ragnvald stand überhaupt nicht der Sinn danach. Er hatte Svanhild wiedergefunden, und doch hatte er sie verloren. Harald war fast geschlagen worden und schien nicht zu merken, wie nah seine Träume dem Zerschlagen gestanden hatten.

*

Hakon kam an diesem Abend an. Er wartete nicht, bis seine Männer einen Schutzschild um ihn herum bildeten, und stapfte über den Strand her, wobei er über die Leichen hinwegstieg, die noch im Schlamm und im niedergetrampelten Heu herumlagen.

Harald, Guthorm, Ragnvald und Oddi gingen gemeinsam zum Hafen hinüber, um ihn zu begrüßen. Hakon sah wütend aus wie nie zuvor, sein Gesicht war rot vor Rage, noch bevor er ein Wort gesagt hatte.

»Ich bringe hier eine Nachricht von Solvi Hunthiofsson, der mich nur deshalb durchließ, damit ich sie überbringen kann«, sagte er. »Er hat meinen Sohn Heming in seiner Gewalt und gibt ihn mir zurück, sobald man ihm seine Frau ausliefert. Er hat mich Heming sehen lassen. Er hat eine Wunde, die eitert.« Hakons Stimme brach ab. Er biss die Zähne zusammen. »Warum wurde mein Sohn gefangen genommen?«

Haralds Wächter umrundeten Hakon. Noch war er ein Feind, auch wenn seine Söhne zu Haralds Verbündeten geworden waren. Oddi kreuzte die Arme vor der Brust, als wolle er sich selbst beruhigen. Er trat vor, den Kopf gesenkt, und berichtete Hakon, was passiert war, dass Ragnvald Heming überredet hatte, seinen Plan, Tafjord zu erobern, aufzugeben, um stattdessen nach Vestfold zurückzukehren.

»Heming wollte das?«, fragte Hakon. »Wie praktisch für euch, da habt ihr wenigstens eine Ausrede.«

»Er wollte es«, sagte Oddi. »Ragnvald ... Heming wollte, dass sein Name bekannt würde als Kämpfer in dieser Schlacht gegen Solvi und auch dafür, dass er den einmal gebrochenen Bund wieder herstellte.«

»Das war natürlich Ragnvald, der ihn dazu überredet hat«, erriet Hakon. Er sah Ragnvald an. »Ich verfluche den Tag, an dem ich dich in die Reihen meiner Krieger aufnahm. Du hast mir nichts als Unglück gebracht.« Das war zwar nicht gerecht, aber Ragnvald konnte verstehen, warum es Hakon von seiner Warte aus so schien. »Ich hoffe, ihr habt das Mädchen? Dann ist sie wenigstens zu was nütze.«

»Solvi hat sie geraubt«, sagte Ragnvald. »Ich kann nicht zulassen, dass sie gezwungen wird, wieder zu ihm zurückzukehren. Du weißt, wo Solvi sich aufhält. Wir müssen eine Kampftruppe dorthin schicken und gegen ihn kämpfen.«

»Solvi hat meinen Sohn«, sagte Hakon müde. »Während ihr hier zu blöd wart, etwas zu merken, hat er eine Blockade um Vestfold gelegt. Ich bin nicht hierhergekommen, um zu kämpfen oder Frieden zu schließen. Ich kam her, um meine Söhne hier rauszuholen, und das werde ich auch.«

*

Als sie in die Halle gingen, sah Ragnvald, dass vor dem Zimmer, in dem er mit Svanhild gesprochen hatte, eine Wache postiert war.

»Was ist passiert?«, fragte Ragnvald. »Wer hat dich hierher beordert?«

»Ronhild«, antwortete die Wache. »Die Dame hier drin hat versucht, zu entkommen.« Schwanger und alleine, es war verständlich, dass sie das tun würde. Zwischen ihrem Willen einerseits und Hakons Bedürfnissen andererseits fühlte sich Ragnvald vollkommen hilflos. Harald würde sich zweifellos dazu überreden lassen, sie an Solvi auszuliefern, und alle wären es zufrieden, außer Ragnvald, und natürlich Svanhild, die ihre Entscheidung später einmal bereuen würde. Etwas anderes war ja undenkbar.

Ragnvald musste sich beeilen, wieder zu den anderen zu stoßen. Harald und seine Leute saßen am Feuer und aßen ein

Mittagsmahl aus Brot und Käse. Ein Höriger brachte Becher mit verwässertem Bier.

»Dein Sohn hat sich ausgezeichnet«, sagte Guthorm.

»Das stimmt«, bestätigte Harald und warf einen Blick auf seinen Onkel. »Ich wünsche mir zwar immer noch, dass mein Freund Thorbrand nicht getötet und seine Frau nicht Witwe geworden wäre, aber Heming hat sich als wahrer Krieger und Freund Norwegens erwiesen.«

»Norwegen?«, sagte Hakon. »Was soll das denn sein? Es sind deine persönlichen Ambitionen, die du hinter dieser irrigen Vorstellung versteckst. Es gibt kein Norwegen. Es gibt Länder, die zwischen Königen und Tälern aufgeteilt sind und die sich nie vereinigen lassen. Dein Norwegen wird ein schwaches Land sein mit einem schwachen König.«

»Da sprichst du wohl deine eigenen Ängste aus«, erwiderte Guthorm.

»Mein Norwegen wird viele Könige haben«, sagte Harald. »Du und deine Söhne, ihr gehört dazu, wenn du dich mir wieder anschließt. Müssen wir uns denn wieder gegenseitig bekämpfen? Denk doch nur, ich habe Solvis Übermacht mit einem kleinen Teil meiner Streitkräfte geschlagen.«

»Weil meine Männer dir geholfen haben«, sagte Hakon.

»Und viele von ihnen wurden getötet, aber meine Leute nicht. Sie sind immer noch auf ihren Bauernhöfen.«

»Was bist du denn für ein König, dass du dich damit brüstest, andere Männer für dich kämpfen zu lassen? Du solltest dich schämen, mir so etwas zu sagen.«

»Er gibt nicht damit an«, unterbrach Guthorm und stellte sich zwischen sie, so wie damals, als um Hemings Leben verhandelt wurde. »Es ist einfach Tatsache. Harald ist jetzt in einer stärkeren Position als du, sollte es zum Kampf kommen. Außerdem haben seine Männer an der Seite Haralds und seines Hauptmanns Ragnvald gekämpft, ebenso wie deine Söhne. Bist du dir sicher, dass sie dir loyal zur Seite stehen werden?«

Einer von Hakons Männern, der mit ihm in die Halle gekommen war, bewegte sich unruhig. Keiner von Hakons Leuten wollte der Treulosigkeit bezichtigt werden. Ragnvald war außerdem nicht davon überzeugt, dass sie lieber ihm als ihrem eigenen König folgen würden. Doch Hakons wütende Selbstsicherheit schien angeknackst. Er zupfte sich am Bart und rieb die Enden zwischen Daumen und Zeigefinger.

»Hilf mir, meinen Sohn wiederzubekommen«, sagte er nur müde. »Er hat dir geholfen, jetzt musst du ihm helfen.« Verächtlich sah er Ragnvald an. »Ragnvald macht es bestimmt nichts aus, seine Schwester gegen Heming einzutauschen, wenn er so loyal ist, wie er behauptet.«

»Wir segeln zu Solvi hinüber und greifen ihn an. Ich will das Mädchen heiraten«, sagte Harald, noch bevor Ragnvald protestieren konnte.

»Sie ist der Preis für meine Freundschaft«, sagte Hakon störrisch.

»Deine Freundschaft ist uns viel wert«, versicherte ihm Guthorm. Er sah Harald und Ragnvald an. »Wir müssen das überdenken.«

*

Harald und Guthorm überdachten die Situation einige Tage, während der Schnee schmolz und Hunthiofs Leiche verrottete. Harald wollte mit Svanhild sprechen, doch bis Guthorm sich entschieden hatte, ließ er Harald nicht zu ihr hinein. Er fürchtete, Harald würde sich zu sehr von seiner Ehre verleiten lassen und gegen Solvi um Svanhild kämpfen; das konnte er auf keinen Fall zulassen. Schließlich riefen sie Ragnvald hinzu, um bei der Entscheidungsfindung zu helfen.

Harald hatte eine Schlafkammer, die er mit seiner jeweiligen Favoritin teilte, bis zu Hemings Duell war dies Hakons Tochter Asa gewesen. Es stand ein Bett darin, außerdem ein paar Stühle und ein Tisch. Daran saßen Guthorm und Harald, als ein Diener Ragnvald hereinführte. Er war noch nie zuvor dorthin eingeladen worden. Es gab verschiedene innere Zirkel unter Haralds Vertrauten.

»König Hakon macht immer mehr Ärger, als er eigentlich wert ist«, sagte Harald.

»Im Moment hat er nicht viele seiner Männer bei sich«, erwiderte Guthorm, »aber er kann jederzeit mehr aus dem Norden und Westen aufbringen.«

»Wie denkst du darüber, Ragnvald?«, fragte Harald.

»Svanhild ist meine Schwester, wie kann ich da eine ausgewogene Antwort geben.«

»Du gibst immer eine ausgewogene Antwort.«

Ragnvald seufzte. »Ich will noch mal mit ihr sprechen.«

»Was willst du ihr denn sagen?«, fragte Guthorm. Das wusste Ragnvald auch nicht, und er war froh, als Harald sprach.

»Ich will sie nicht gegen ihren Willen zurücksenden«, sagte er. »Vielleicht können wir König Hunthiofs Leiche und einige Gefangene gegen Heming eintauschen.« Falls er noch am Leben war. Hakon hatte sich wirklich Sorgen gemacht, als er von dieser eitrigen Wunde gesprochen hatte. Wenn Harald und Guthorm zu lange warteten, würden sie sich Hakon ganz sicher zum Feind machen.

Guthorm schüttelte den Kopf. »Hakon schwört, dass Solvi ihn ausschließlich gegen sie eintauscht. Er sagt, ihm sei es egal, wo sein Vater liegt.« Ragnvald war entsetzt über diese Blasphemie. Er würde auf jeden Fall nicht wollen, dass Hunthiof in Vestfold begraben würde. »Glaubst du, du kannst sie überreden?«

Ragnvald seufzte wieder. »Es ist ja nicht einmal gegen ihren Willen. Ich wünschte, es wäre so.«

Harald gab ihm die Erlaubnis, mit Svanhild zu sprechen, und so ging er in die Kammer, in der man sie untergebracht hatte. Seit einigen Tagen teilte sie die Kammer von Haralds Mutter.

»Ragnvald, ich will hier nicht bleiben«, sagte sie, als er eintrat. »Lass mich zu Solvi zurückgehen.«

»Du singst immer dasselbe Lied, liebe Schwester.« Er setzte sich neben sie. »Ich habe mein Versprechen erfüllt und einen ausgezeichneten Mann für dich gefunden. Wenn du dich weigern würdest, zu gehen, könnte ich die Leute hier überreden, dich zu verteidigen.«

»Ich weigere mich zu bleiben.«

»Hilf mir wenigstens, dich zu verstehen. Was bedeutet dir Solvi jetzt? Warum stellst du ihn in deiner Achtung höher als mich?«

Sie zog die Knie an und zerrte ihren Rock darüber, so dass er eine Art Zelt formte. Zuerst sagte sie nichts, aber dann neigte sie den Kopf und sah ihn an. »Solvi ist meine Freiheit. Würde mich einer deiner feinen, heiratswilligen Freunde auf Raubzüge mitnehmen? Oder heißt es dann für mich ab in die Halle zu Kindern und Lieblingsfrauen, die das Sagen haben? Müsste ich zu Hause bleiben, während meine Männer in die Welt hinausfahren und leben?«

»Den Hof in Ardal hast du doch auch geliebt.«

»Nicht so sehr, wie ich das hier liebe. Nicht so, wie ich ihn liebe.«

Das war Ragnvald zu viel. Er stand auf und schritt unruhig auf und ab in dieser komfortablen Frauenkammer, in der er sich fehl am Platz fühlte.

»Und was ist mit dir, Bruder? Bist du es denn zufrieden,

den Botenjungen für Könige zu spielen, immer von ihren Launen abhängig zu sein? Ich habe mich stets gewundert, warum du nicht einfach hinausgezogen bist und dir dein eigenes Land geschaffen hast.«

Damit schloss sich für beide eine Tür. Er fragte nicht, ob ihm Svanhild dann gefolgt wäre, übers Meer. Sie hatte ihre Wahl ja schon getroffen. »Die Gebeine unserer Ahnen liegen in der Erde von Sogn begraben«, sagte er. »Wir wurden geboren, dieses Land zu schützen, und mit Harald als König gelingt uns das auch.«

»Und er ist dein goldener Wolf«, sagte Svanhild. Als sie Ragnvalds überraschtes Gesicht sah, streckte sie ihm die Hand entgegen. »Ronhild und ich haben miteinander gesprochen. Nun sag mir endlich, was du mir eigentlich sagen willst.«

Er nahm ihre Hand. »Folgendes soll geschehen: Harald, Guthorm und Hakon haben sich geeinigt. Weißt du, für wen du verkauft werden sollst?«

»Hakons Sohn.«

»Ja«, erwiderte Ragnvald. »Und für einen neuen Bund zwischen Hakon und Harald, einen Bund, der deinem Solvi nur schaden kann.« Er beobachtete ihre Reaktion. Sie fiel in sich zusammen und entzog ihm ihre Hand.

»Ganz gleich, wo ich hingehe, immer tu ich jemandem weh.«

»Erzähl mir, was wirklich auf Hrolfs Hof geschah und warum du weggegangen bist.«

Langsam und stockend erzählte sie ihm alles, wie Thorkell gekommen war und sie sich in einer Falle gefangen gefühlt hatte. Sie erzählte von ihrer Zeit mit Solvi auf See, und dabei wurde ihre Stimme wieder klar. »Sicher weiß Solvi das alles«, überlegte sie schließlich. »Ihm war das sicher alles klar, als er Hakon durchkommen ließ, dass sie mich gegen Heming tauschen und ihren Bund neu schließen würden. Ich kann doch praktisch nur zu ihm zurückkehren, oder?« Sie wischte ihre Tränen aus dem Gesicht und sah zu Ragnvald hoch. »Ich will nicht der Grund sein für einen Bund, der sich gegen ihn richtet. Er ist doch mein Mann.« Sie legte ihm die Hand auf den Arm. »Bring mich weg von hier, Bruder. Bring mich zu Solvi. Ohne diesen Tauschhandel. Komm mit uns. Du willst dein Leben doch nicht von den Ambitionen dieses Haralds abhängig machen. Folge doch deinen eigenen Ambitionen.«

Ragnvald wandte sich von ihr ab. Sie zeigte ihm einen Weg auf. Er könnte seine Versprechen brechen und Harald wieder mit Hakon verfeindet zurücklassen. Dann erinnerte er sich, wie Ronhild ihm vorausgesagt hatte, dass er für Harald Opfer bringen würde. Dies hier war nun das erste Opfer, das teuerste.

»Er ist meine Ambition«, sagte er.

»Du hast ihm noch nicht die Treue geschworen. Noch bist du frei.«

»Niemand ist frei. Zwar habe ich noch nicht geschworen, aber ich werde es.«

»Als unser Vater starb, hast du versprochen, dich um mich zu kümmern, und das hast du auch getan. Bis jetzt wenigstens. Was wirst du nun tun?« Die Worte taten ihm weniger weh, als er erwartet hatte. Sie waren Svanhilds letzte Waffe. Ragnvald stand auf und rieb seine Narbe im Gesicht.

»Svanhild, du hast deine Wahl getroffen. Wenn du hier bleibst und Solvi verlässt, helfe ich dir dabei. Aber Solvi kann ich nicht helfen. Willst du also hier bleiben oder zu ihm gehen?«

Sie zögerte nur eine Sekunde. »Ich will zu ihm gehen.«

*

Svanhild schien mit sich ganz im Reinen, als Ragnvald ihr auf das Schiff half. Wie war es Solvi nur gelungen, solch einen Keil zwischen sie zu treiben? Sie war doch seine Svanhild, die beste und liebste Schwester, und die mutigste. Und nun irrte sie so. Sie könnte die Frau eines Königs sein und wählte Solvi.

Hinter einer Biegung des Fjords trafen sie auf Solvi und seine wenigen Schiffe. Als Solvis Blick auf Svanhild fiel, ging Ragnvald ein Licht auf. Solvi war zwar der geschmeidigste Lügner, den er je kennengelernt hatte, ein Lügner nicht nur mit Worten, sondern auch mit jeder Handlung, jeder Geste, einer, der selbst mit Blicken lügen konnte, aber seine Liebe zu Svanhild konnte er nicht verbergen. Zumindest nicht seine Begierde für sie und das Kind, das sie trug.

»Ragnvald Eysteinsson«, sagte Solvi, als er Svanhild vom einen Schiff aufs andere herüber half. Das Wetter war wärmer geworden. Von den Bäumen tropfte nasser Schnee in den Fjord. »Du selbst hast mir gesagt, dass Svanhild sich von niemandem beeinflussen lässt. Ich habe gelernt, dass du recht hast.«

»Sie liebt dich«, sagte Ragnvald und schubste sie zu Solvi hinüber. »Aber warum, das verstehe ich nicht.« Solvi grinste ihn selbstzufrieden an. »Svanhild«, sagte Ragnvald, »egal was passiert, du wirst immer einen Platz bei mir haben. Dein Kind auch. Du musst nicht mit ihm gehen. Wir finden einen Weg …«

»Das hier ist es, was ich will, Bruder.« Svanhild bewegte sich leicht, trotz ihrer Schwangerschaft, in der Art erfahrener Seeleute, im Wissen, dass der Boden unter ihren Füßen jederzeit nachgeben konnte. Mit Solvi würde das sicher auch geschehen.

»Du willst dich an einen Geächteten binden, einen Mann ohne Land, ohne Heimat.«

Svanhild hob den Kopf. »Das Meer ist unsere Heimat. Unser Land ist jedes Ufer, an dem wir kampieren. Wie viel besser ist das doch als die Ketten, mit denen du dich an eine Heimat bindest, an einen König!«

Ragnvald schüttelte den Kopf. Er wollte sie nicht beneiden, nun, da ihr Leib von Solvis Samen eingenommen worden war, das war doch wohl ihre Bindung, eine weitaus stärkere als jeder Eid, den er Harald schwor. Nein, er beneidete sie um nichts, außer um ihre Gewissheit. Er war immer davon überzeugt gewesen, sie würde nie jemanden mehr lieben als ihn, selbst nach der Heirat mit einem Mann, den er ihr ausgesucht hätte, um sie noch enger an ihn zu binden, nicht um sie zu trennen.

Hakon gab einen ordinären Laut von sich. »Solvi Hunthiofsson, du hast mir meinen Sohn im Austausch versprochen. Du und deine Frau, ihr könnt später euer Heldensagendrama weiterspielen.«

Svanhilds Wangen röteten sich, doch Solvi zuckte nur mit den Schultern. Er steckte zwei Finger in den Mund und stieß einen grellen Pfiff aus. Wenige Minuten später ruderten Männer ein kleines Boot zu ihnen herüber. Man sah Hemings helles Haar über seiner Knebelung. Sein Kopf hing kraftlos herab, und der Wächter hinter ihm musste ihn aufrichten, damit er nicht vornüberfiel. Es ging ihm nicht gut.

»Ihr könnt das Boot und die Geisel haben«, sagte Solvi. »Meinen Dank dafür, dass ihr mir meine Frau zurückgebracht habt.«

»Das hast du wahrscheinlich einem armen Fischer von Vestfold abgeknöpft«, sagte Ragnvald.

Solvi grinste. »Stimmt.« Haralds Männer übernahmen das Boot. »Sind wir dann fertig?«

»Nein«, mischte sich Harald ein. »Solvi Hunthiofsson, ich

erkläre dich hiermit für vogelfrei. Die Götter sind meine Zeugen. Dein Vater ist tot. Deines Landes sollst du verlustig gehen, und jeder darf dich töten, ohne dafür bestraft zu werden. Und nicht nur das: Jeder, der mir deinen Kopf an den Hof bringt, bekommt von mir eine Belohnung.«

Solvi erblasste einen Moment lang, kein Mensch nahm Exil und Rechtlosigkeit leicht hin, nicht einmal Solvi Hunthiofsson, dann grinste er wieder. »Ich wollte nie König werden«, sagte er. »Komm, Svanhild.« Sie ging die letzten paar Schritte zu ihm hinüber und stellte sich neben ihn. Dann legte sie ihre Hand in die seine, als mache es ihr nichts aus, dass Harald es soeben Ragnvald und jedem freien Mann zur Pflicht gemacht hatte, ihren Ehemann ohne Warnung zu töten. Sie würde Ragnvald vielleicht nie wiedersehen, und es schien sie überhaupt nicht zu berühren.

Harald und seine Leute gingen auf ihr Schiff zurück. Ragnvald sah Solvis Schiffen nach, die sich in der Ferne verloren. Svanhild blickte zurück. Sie winkte zum Abschied, das Aufblitzen eines weißen Handgelenks, als Solvis Männer die Segel hissten.

Harald stand an Ragnvalds Seite. »Dieser Bund mit Hakon wird uns teuer zu stehen kommen, immer wieder«, sagte er leise, so dass Hakon, der am Bug stand, ihn nicht hören konnte. »Ich frage mich, wann er den Bogen überspannt. Du hast ein großes Opfer gebracht. Kein Mann hat mir je besser gedient als du. Du musst mir bis ans Ende unseres Lebens zur Seite stehen, und du sollst jede Belohnung haben, die du dir wünschst.«

»Du hast mich weggeschickt«, sagte Ragnvald. Das machte ihm immer noch zu schaffen.

»Sollte ich das je wieder versuchen, dann lachst du mir einfach ins Gesicht.« Harald sprach nun lauter. »Männer, hört alle her, und bezeugt dies: Ragnvald, du wirst der Erste unter meinen Hauptleuten und Beratern sein, außer meinem Onkel Guthorm. Kein Mann hat mir je treuer gedient.« Die Männer an Bord klatschten in die Hände; alle, nur Hakon nicht. »Du hast mir gesagt, dein Großvater war König in Sogn«, fuhr Harald fort, »und seine Väter und Vorväter vor ihm. Deshalb musst du König sein, mein König jetzt. Es ist Frühjahr, die See ist frei. Wir werden nach Sogn reisen und ein Königreich für dich ausrufen.«

»Ich danke dir, König Harald. Du erweist mir große Ehre.«

»Danke nicht mir«, erwiderte Harald. »Du hast es dir redlich verdient. Ich muss dir danken.«

Ragnvald konnte nicht sprechen. Harald wandte sich Hakon zu. »Dann fahren wir nach Tafjord und gewinnen die Königreiche von Maer für deine Söhne. Dort will ich auch meine nördliche Hauptstadt bauen. Zusammen werden wir dieses neue Land regieren.«

Ein Land, in dem seine Schwester nicht willkommen war. Er hatte sie geopfert, wie die Zauberin Ronhild geweissagt hatte. Er drückte die Finger in die Narbe in seiner Handfläche, als er mit Harald zusammen den Strand hoch und zur Halle ging. Ein Sonnenstrahl ließ Haralds wirren, glänzenden Haarschopf aufleuchten.

FIGUREN UND HANDLUNGSORTE

Handlungsorte

Maer. Ein Gebiet, das von König Hunthiofs Familie beherrscht wird; bisweilen unterteilt in Nördliches und Südliches Maer

Tafjord. König Hunthiofs Regierungssitz am Ende des Geiranger-Fjords

Geiranger-Fjord. Fjord in Maer

Sogn. Ein Gebiet in Westnorwegen, südlich von Maer, einst von Ivar, Ragnvalds Großvater, beherrscht, aber jetzt ohne einen König

Ardal. Ein reiches Bauerngut in Sogn, einst gehörte es Ragnvalds Vater Eystein, jetzt ist es im Besitz von Ragnvalds Stiefvater Olaf

Sogn-Fjord. Der Fjord in Sogn

Kaupanger. Eine Marktstadt an der Nordseite des Sogn-Fjordes; eine der wenigen Städte im Norwegen der Wikingerzeit

Der Keel. Die Bergkette, die über die ganze Länge von Norwegen verläuft und den Osten vom Westen trennt

Halogaland. Ein Gebiet in Nordwestnorwegen, beherrscht von König Hakon

Yrjar. König Hakons Regierungssitz in Halogaland

Smøla. Eine Insel nahe Yrjar

Vestfold. Ein Gebiet in Südost-Norwegen, beherrscht von König Harald
Hordaland. Ein Gebiet in Südwest-Norwegen, beherrscht von verschiedenen Königen: dem Bruderpaar Frode und Hogne; Gudbrand und in den Hochländern Eirik
Friesland. Ein Gebiet an der Nordsee, beherrscht vom Wikinger Rorik, heute Teil Deutschlands und der Niederlande
Dorestad. Handelszentrum Frieslands

Figuren

Olaf Ottarsson von Ardal, Ragnvalds Stiefvater
Ascrida Ragnvaldsdatter, Olafs Frau, Witwe von Eystein Ivarsson
Ragnvald Eysteinsson, Olafs Stiefsohn
Svanhild Eysteinsdatter, Olafs Stieftochter
Vigdis, Olafs Lieblingsfrau, Ragnvalds Stiefmutter
Hallbjorn Olafsson, Vigdis' junger Sohn von Olaf
Sigurd Olafsson, Olafs Sohn aus einer früheren Ehe und Ragnvalds Stiefbruder
Einar, Olafs Pflegesohn und Vigdis' Neffe
Fergulf, Krieger und Schmied in Ardal
Agi, Fischer bei Tafjord
Hunthiof, König von Nord-Maer, sein Herrschaftssitz ist in Tafjord
Afrith, Hunthiofs verstorbene Ehefrau
Solvi Hunthiofsson, Hunthiofs Sohn
Geirny Nokkvesdatter, Solvis Ehefrau
Snorri, segelt mit Solvi
Tryggulf, segelt mit Solvi
Ulfarr, segelt mit Solvi

Barni, Hunthiofs Vogt und Gutsverwalter
Harald Halfdansson, König von Vestfold, Möchtegernkönig von Norwegen
Guthorm, Haralds Onkel
Ronhild, Haralds Mutter
Thorbrand Magnusson, Haralds vertrauter Schiffsführer
Hrolf Nefia, Bauer in Maer
Bergdis, Hrolfs Ehefrau
Ragnhild Hrolfsdatter, genannt Hilda, Hrolfs Tochter
Malma, Sylga, Ingifrid, Hrolfs andere Töchter
Hakon Grjotgardsson, König von Halogaland
Heming Hakonsson, Hakons ehelicher Sohn
Geirbjorn Hakonsson, Hakons ehelicher Sohn
Herlaug Hakonsson, Hakons ehelicher Sohn
Oddbjorn (Oddi) Hakonsson, Hakons unehelicher Sohn
Rorik von Dorestad, König von Friesland
Lena, Roriks Lieblingsfrau
Kolla, Roriks Frau
Eirik, ein König in Hordaland
Gyda, Eiriks Tochter
Hogne und Frode, Brüder und Könige in Hordaland
Gudbrand, König in Hordaland

ANMERKUNG DER AUTORIN

Krone und Feuer ist ein Roman, der von der Saga über Harald Fairhair in Snorri Sturlusons *Heimskringla* inspiriert wurde.

Norwegen im ausgehenden neunten Jahrhundert befindet sich gerade erst beim Übergang vom Mythos zur dokumentierten Geschichte. Die Mehrzahl der bestehenden Quellen über das Leben von Harald und seinen Zeitgenossen wurde erst viele Jahrhunderte später niedergeschrieben. Im Norwegen des neunten Jahrhunderts gab es keine geschriebene Sprache, abgesehen von Runen, jener kantigen Schrift, die man auf Wikinger-Grenzmarken wie den dänischen Jelling-Steinen findet, die zum Gedenken an die großen Taten und an verstorbene Familienangehörige errichtet wurden. Runen wurden im Norwegen der Wikingerzeit auch verwendet, um die Zukunft vorherzusagen, darüber hinaus um einige religiöse und andere Denkmäler zu kennzeichnen, aber nicht zur Dokumentation von Ereignissen.

Im dreizehnten Jahrhundert schrieb der Isländer Snorri Sturluson, ein Geschichtsschreiber, Dichter und Politiker, die *Heimskringla* und viele andere Sagen nieder, das wäre etwa so, als würde heutzutage jemand die Geschichte von der Gründung der Vereinigten Staaten allein auf der Grundlage mündlicher Überlieferung aufschreiben. Deshalb beinhaltet die *Heimskringla* sicherlich Lücken und Ungenauigkeiten. Darüber hinaus sind viele Forscher der Ansicht, Snorri Sturluson habe die Saga dazu verwendet, um einen Kommentar zur damaligen politischen Situation Islands zu äußern, weswegen er einige Geschichten hervorhob und andere wegließ. Die Werke von Saxo Grammaticus, einem dänischen Geschichtsschreiber des 12. Jahrhunderts, sowie die *Historia Norwegiae,* eine Geschichte Norwegens, verfasst im dreizehnten Jahrhundert von einem anonymen skandinavischen Mönch, bezeugen ebenfalls Haralds Eroberung und Herrschaft über Norwegen, dabei stellen sie jedoch andere Aspekte der Ereignisse heraus als die *Heimskringla.*

In *Krone und Feuer* habe ich die Geschichten in der *Heimskringla* als Ausgangsbasis verwendet und mich dabei gefragt, welche realen Ereignisse hinter den Geschichten stehen könnten, die Snorri Sturluson und andere überliefert und aufgeschrieben haben. Meine Quellen erwähnen Ragnvald, Harald, Svanhild, Solvi und viele mehr, aber ich habe andere Aspekte in den Beziehungen dieser Figuren erfunden, etwa Svanhilds und Solvis Liebesbeziehung und auch einige neue Figuren ersonnen, wie Ragnvalds Stiefvater Olaf und seine Stiefmutter Vigdis.

Dennoch sollten jene, die keine Spielverderber für nachfolgende Romane sein möchten, vermutlich Wikipedia und die *Heimskringla* nicht lesen.

NAMEN

Da so viele Namen und Namensbestandteile in der Geschichte von Harald Fairhair wiederholt werden, musste ich einige harte Entscheidungen treffen. Beispielsweise teilt Ragnvalds Bruder Sigurd (hier habe ich ihn zum Stiefbruder gemacht) seinen Namen mit vielen anderen Sigurds, darunter mit einem Sohn von Hakon Grjotgardsson. Es wäre schrecklich verwirrend, wenn in einem Roman zwei wichtige Figuren den Namen Sigurd trügen, daher hat Hakons ältester Sohn den Namen eines seiner anderen Söhne, Heming, angenommen.

In ähnlicher Weise findet sich die Vorsilbe *Ragn-(*was Rat, Weisheit oder Macht bedeutet) bei zahlreichen Figuren in der Harald-Saga. Um der besseren Verständlichkeit willen habe ich für Haralds Mutter lieber die Schreibweise Ronhild statt Ragnhild verwendet. Außerdem habe ich den Namen von Ragnvalds Gattin Ragnhild(a) auf Hilda verkürzt, ebenfalls um der besseren Verständlichkeit willen.

Das Altnordische kennt ähnlich wie die modernen skandinavischen Sprachen gebeugte Formen, das heißt die Substantive werden dekliniert. Altnordische Namen im Nominativ, dem Fall, der verwendet wird, wenn die Person das Subjekt eines Satzes ist, endet mit dem Suffix-*r,* hieße es bei Ragnvald *Ragnvadr* (bisweilen geschrieben *Ragnvaldur).* In den meisten Fällen habe ich, um die Aussprache zu erleichtern, das *r*-Suffix weggelassen und die anglisierten Versionen der Namen ohne diakritische Zeichen verwendet, zum Beispiel Solvi statt Sølvi.

QUELLEN

Hier sind einige, aber längst nicht alle Bücher aufgelistet, die ich bei der Recherche über das Norwegen der Wikingerzeit und des europäischen Frühmittelalters verwendet habe. Christie Wards Website: www.vikinganswerlady.com ist ebenfalls eine nützliche Quelle.

Bauer, Susan Wise. *The History of the Medieval World: From the Conversion of Constantine to the First Crusade*. New York: W. W. Norton, 2010.

Davidson, Hilda Ellis. *Gods and Myths of Northern Europe*. New York: Penguin, 1990.

Dies. *The Roles of the Northern Goddess*. London: Routledge, 2002. Fitzhugh, William W., and Elizabeth I. Ward, eds. *Vikings: The North Atlantic Saga*, Washington, DC: Smithsonian, 2000.

Foote, Peter G., and David M. Wilson. *The Viking Achievement: The Society and Culture of Early Medieval Scandinavia*. London: Book Club Associates, 1974. Griffith, Paddy. *The Viking Art of War*. London: Greenhill, 1995.

Jesch, Judith. *Women in the Viking Age*. Woodbridge, England: Boydell, 1991. Jochens, Jenny. *Women in Old Norse Society*. Ithaca, NY: Cornell University Press, 1995.

Jones, Gwyn. *A History of the Vikings*. Oxford, England: Oxford University Press, 1984.

Larrington, Carolyne, trans. *The Poetic Edda*. Oxford, England: Oxford University Press, 2014.

Lindow, John. *Norse Mythology: A Guide to Gods, Heroes, Rituals and Beliefs*. New York: Oxford University Press, 2002.

Sturluson, Snorri. *Heimskringla; or, The Lives of the Norse Kings*. Translated by Erling Monson. New York: Dover, 1990.

Wells, Peter S. *Barbarians to Angels: The Dark Ages Reconsidered*. New York: W. W. Norton, 2009.

DANKSAGUNG

Das Schreiben dieses Buches hat sehr lange gedauert, und der Roman wäre vielleicht nicht zustande gekommen ohne die Unterstützung meines Mannes, Seth Miller, meiner Eltern, Mark und Karen Hartsuyker, die die Liebe für Mythen und Geschichte in mir weckten, und ohne meine Schwester, Julianna Lower, die an mich glaubte, und ohne eine Reihe von Freunden, Freundinnen und Cheerleadern. Meine ersten Leserinnen, Diana Spechler, Diana Fox, Caroline Burner, Beth Derochea, Elena Innes und Margo Axsom, gaben mir unschätzbar wertvolle Tipps und Feedback, und ihre Spuren finden sich überall im Buch. Scott McKowen, Milan Bozic, Fritz Metsch, Jillian Verrillo und Miranda Ottewell haben großartige Arbeit geleistet, um dem Buch seine endgültige Form zu verleihen. Und schließlich möchte ich mich ganz herzlich bei meiner Agentin Julie Barer und ihren Kollegen bei der Book Group bedanken, ebenso bei Terry Karten bei HarperCollins, dass sie an dieses Buch geglaubt haben und es auf seinem Weg in die Welt hinaus begleitet haben.